JACK VANCE
NACHTLAMP

Nachtlamp

Jack Vance

VERZAMELD WERK **58**

Copyright © 1996, 2002, 2019 Jack Vance
Vertaling Annemarie van Ewyck
Omslagillustratie Joe Bergeron

Uitgegeven door Spatterlight, Amstelveen 2019
Oorspronkelijk verschenen als *Night Lamp*,
Underwood Books, Grass Valley 1996
Deze vertaling verscheen eerder bij Meulenhoff, Amsterdam 1996

ISBN 978-1-61947-288-4

www.spatterlight.nl

Jack Vance
Nachtlamp

Hoofdstuk I

1

TEGEN DE BUITENRAND van de sector Cornu van Ophiuchus stond Robert Palmer's Ster felwit te schitteren, met een corona die vlamde in sluiers van blauw, rood en groen.

Een twaalftal planeten omstuwde de ster, als kinderen die rond de meiboom zwieren, maar alleen de wereld Camberwell vertoonde het smalle gebied van omgevingswaarden die menselijk leven verdragen. Het was een heel afgelegen gebied en de eerste ontdekkingsreizigers waren schuimers, vluchtelingen en zelfkanters* gevolgd door ongeregelde kolonisten, zodanig dat Camberwell nu reeds enkele duizenden jaren bewoond was.

Camberwell was een wereld van zeer uiteenlopende landschapsvormen. Vier continenten, gescheiden door oceanen, bepaalden de topografie; de flora en fauna waren zoals altijd geëvolueerd tot vormen van unieke bijzonderheid, waarbij de fauna een dusdanige bizarre verscheidenheid had bereikt, gepaard aan dusdanig onthutsende en destructieve gewoonten, dat twee van de continenten waren afgezonderd als natuurreservaat waar al het gedierte, groot en klein, tweebenig of anderszins, naar behoeven kon hippen, sjokken, draven en denderen, elkaar plunderen en tot moes pletten. Op de andere twee continenten was het dierenleven uitgewist.

De menselijke bevolking van Camberwell was ontleend aan een

---

* Afgeleid van 'zelfkant', als gebruikt in 'de zelfkant van de samenleving'. 'Zelfkanter': menselijke onderklasse die onmogelijk nauw te definiëren valt. Als aanvaardbare benadering wordt wel: 'mensenschuwe vagebond' gehanteerd.

tiental verschillende rassen die zich niet hadden vermengd maar waren ingedikt tot een aantal koppig afzonderlijk gehouden samenlevingseenheden. Door de jaren heen had de differentiatie een schilderachtige overvloed van menselijke samenlevingsvormen voortgebracht zodat Camberwell een geliefde bestemming was geworden voor buitenwereldse xenologen en antropologen.

De belangrijkste stad van Camberwell, Tanzig, was opgetrokken volgens een strak voorgeschreven plan. Concentrische ringen van gebouwen omgaven een centrale plaza waar drie bronzen standbeelden van dertig meter hoog waren opgesteld, met de ruggen naar elkaar, de armen geheven in gebaren waarvan de betekenis reeds langs vergeten was.*

2

Hilyer en Althea Fath waren beiden docent aan het Thanet Instituut op de wereld Gallingale. Ze waren beiden verbonden aan het College voor Esthetische Filosofie.

Hilyers specialisme was de Theorie der Samenvallende Symboliek, Althea bestudeerde de muziek van barbaarse of semibarbaarse volkeren, doorgaans uitgevoerd op unieke instrumenten en volgens onconventionele toonsystemen, die bizarre samenklanken voortbrachten. Dergelijke muziek was soms eenvoudig en soms complex, doorgaans niet te vatten voor buitenwereldse oren doch dikwijls fascinerend. Vaak had het al in de oude boerderij waar de Faths woonden geschald van de vreemde klanken, en van hartstochtelijk redetwisten over de vraag of op dergelijke merkwaardige geluiden de betiteling 'muziek' nog wel van toepassing mocht zijn.

Terwijl Hilyer noch Althea zichzelf als jeugdig zouden hebben beschreven, zouden ze niet grif hebben toegegeven dat ze van middelbare leeftijd waren. Hilyer en Althea waren beiden behoudend

---

* Oude kronieken stelden dat de drie beelden dezelfde persoon voorstelden, en wel de legendarische rechtspleger en wetgever David Alexander, die uitgebeeld was in drie typerende houdingen: het ontbieden naar het rechtsgeding, het neerslaan van het gepeupel en het opleggen van gelijke berechtiging. In deze laatste pose droeg hij een kortgesteelde bijl met een sikkelvormig blad, mogelijk slechts een voorwerp van ceremonieel belang.

van nature, zij het niet noodzakelijkerwijs conventioneel, beiden onderschreven ze de idealen van het pacifisme en beiden liet maatschappelijke status onverschillig. Hilyer was tenger, zij het taai van bouw, met een gelige gelaatskleur, muisgrijs dunnend haar boven een hoog voorhoofd en een koele, wereldse manier van doen. Zijn lange neus, hoge wenkbrauwen en smalle, afhangende mond schonken hem een ietwat misprijzende uitdrukking alsof hij iets onaangenaams rook. In werkelijkheid was Hilyer mild van inborst, beleefd op het zorgvuldige af en niet geneigd tot enige vorm van platvloersheid.

Althea was tenger, net als Hilyer, zij het ietwat daadkrachtiger en opgewekter. Zonder het zelf te weten was ze bijna knap om te zien, dankzij haar bruingroene ogen, een aangename gezichtsuitdrukking en een dos kastanjebruine krullen die ze droeg zonder zich om mode te bekommeren. Haar temperament was opgewekt en optimistisch en stoorde zich niet aan Hilyers gelegenlijke lichtgeraaktheid. Hilyer en Althea onthielden zich beiden van het nijvere streven naar maatschappelijk aanzien dat het leven van zovele mensen overheerst; ze behoorden tot geen enkele vereniging en maakten op geen enkele 'ponteneur' aanspraak. Hun specialismen sloten zo goed op elkaar aan, dat ze in staat waren gezamenlijke buitenwereldse onderzoekstochten te ondernemen.

Een van die expedities voerde hen naar de semibeschaafde wereld Camberwell, bij Robert Palmer's Ster. Op de vervallen ruimtehaven van Tanzig aangekomen, huurden ze een zwever en vertrokken direct naar de stad Sronk bij de Wychingheuvels, aan de rand van de Wildebessteppe, waar ze voornemens waren de muziek te registreren en de leefwijze te bestuderen van de Vongo-zigeuners, waarvan een achttiental stammen over de steppe rondtrok.

De zigeuners waren een fascinerend volkje, op vele niveaus. De mannen waren fors en krachtig met lange armen en benen; ze waren intens beweeglijk en atletisch en zeer trots op hun vaardigheid in het springen over doornstruiken.

Zowel de mannen als de vrouwen waren weinig aantrekkelijk om te zien. Hun hoofden waren langgerekt en vlezig, met een doffe gelaatskleur als van een bleekroze pruim, grove trekken, een stijve bos gelakt zwart haar en vierkante baarden die ze eveneens lakten. De mannen schilderden witte kringen rond hun oogkassen om hun felle zwarte ogen te benadrukken. De vrouwen waren robuust, met ronde wangen, grote haakneuzen en haar dat ter hoogte van het oor bot werd afgeknipt. Mannen zowel als vrouwen droegen pittoreske kledingstukken die bestikt waren met de tanden van dode vijanden: krijgsbuit vergaard tijdens wraakoorlogen tussen de stammen. Water werd beschouwd als een hinderlijke, ja, een verwerpelijke vloeistof die koste wat het kost diende te worden geschuwd. Een zigeuner zou nimmer toestaan dat hij of zij werd gebaad, van de wieg tot het graf niet, uit angst dat het magische persoonlijke smeermiddel, dat door de huid werd afgescheiden en de bron van mana was, zou worden weggewassen.

De stammen bedreven vijandigheden jegens elkaar volgens een ingewikkeld patroon, dat moord en verminkingen omvatte, alsmede het vol leedvermaak van littekens voorzien van buitgemaakte kinderen, met het doel hen in de ogen van hun ouders afzichtelijk te maken. Dikwijls werden dergelijke kinderen verstoten door hun ontzette ouders en zwierven dan eenzaam rond over de steppe, waar ze opgroeiden tot huurmoordenaars en bedreven muzikanten op de tweeslagsfluit, die alle andere muzikanten verboden was. Deze kaste van muzikantmoordenaars omvatte mannen zowel als vrouwen, die allen verplicht waren gele pantalons te dragen. Als de vrouwen zwanger werden en een kind baarden, lieten ze het heimelijk achter in de kinderbewaarplaats van hun geboortestam waar het verdraagzaam werd opgevoed in gepaste trant.

De zigeunerstammen kwamen viermaal per jaar bijeen in aangewezen kampementen. De stam van de gastheer verschafte de muziek en trachtte hovaardig de muzikanten van andere stammen tot ontzag te dwingen. De tegenstrevende muzikanten mochten, nadat ze de muziek van hun gastheren hadden uitgejouwd, na zekere tijd ook zelf spelen, samen met de moordenaars en hun tweeslagsfluiten. Elke stam bracht zijn meest geheime, zijn machtigste muziek ten gehore, die de muzikanten van de andere stammen trachtten na te spelen, teneinde de heerschappij te verwerven over de zielen van de stam van wie ze de melodie hadden gestolen. Dientengevolge werd eenieder die betrapt werd op het registreren van muziek ogenblikkelijk geworgd.

Om de muziek veilig en wel te kunnen vastleggen droegen de Faths dan ook kleine, in het lichaam aangebrachte opnameapparatuur, waarvan de aanwezigheid aan de buitenkant niet vast te stellen was. Aan zulke wanhopige noodmaatregelen moest een toegewijd musicoloog zich onderwerpen, zeiden de Faths tegen elkaar met een wrange glimlach.

Een bezoek aan een Vongo-kamp was te allen tijde een onthutsende belevenis voor een buitenwerelder, maar tijdens de stammenbijeenkomst ging het nog veel heftiger toe. Een geliefd tijdverdrijf van de opgeschoten jongeren was het roven en verkrachten van meisjes van een andere stam, hetgeen grote opschudding veroorzaakte maar slechts zelden tot bloedvergieten leidde, aangezien dergelijke daden beschouwd werden als jeugdig kattenkwaad, waarbij de meisjes waarschijnlijk grif hadden meegewerkt. Een veel ernstiger daad was het ontvoeren van een hoofdman of sjamaan, die dan, tegelijk met zijn kleding, gewassen werd in warm zeepsop teneinde hem te ontdoen van zijn heilig huidvet. Na de wasbeurt werd het slachtoffer de baard afgeschoren en bond men een boeketje witte bloemen aan zijn testikels, waarna het hem vrij stond terug te sluipen naar zijn stam: naakt, baardeloos, gewassen en beroofd van mana. Het waswater werd zorgvuldig gedestilleerd tot er uiteindelijk een liter gele zalfachtige stinkende smeer overbleef, die voor de toverij van de stam zou worden gebruikt.

Na geschenken in de vorm van lappen zwart fluweel te hebben aangeboden, kregen de Faths toestemming een dergelijke bijeenkomst te bezoeken, waarbij ze erin slaagden de moeilijkheden uit de weg te gaan, die dusdanig in de lucht hingen dat deze te snijden leek. Ze keken toe terwijl bij zonsondergang een groot kampvuur werd ontstoken. De zigeuners deden zich te goed aan in bier gekookt vlees met rimp en zuursappels. Een paar minuten later verzamelden de muzikanten zich bij een van de woonwagens en begonnen daar merkwaardige piepende geluiden voort te brengen, kennelijk bezig de instrumenten te stemmen en warm te laten draaien. De Faths namen plaats in de schaduw van de woonwagen en zetten hun opnameapparatuur aan.

De muzikanten hieven snerpende, indringende frasen aan die allengs uiteenvielen in schrille variaties en een op het oog nergens op slaand geknerp, dat werd bijgedragen door een geelgebroekte moordenaar op zijn tweeslagsfluit. Na een groot gerammel van gongs werd het proces herhaald. Intussen waren de vrouwen begonnen te dansen — een van alle sierlijkheid gespeend gewaggel in een trage kring rond het vuur, tegen de klok in bewegend. Zwarte rokken slierden over de grond, zwarte ogen blikkerden boven een merkwaardig zwart halfmasker dat mond en kin bedekte en waarop een grote, gemeen grijnzende mond was geschilderd met witte verf. Uit elke geschilderde mond hing een namaaktong van vijftien centimeter lang die knalrood was geschilderd. De tongen zwiepten en flapten terwijl de vrouwen hun hoofd met rukjes heen en weer bewogen.

"Dit zal door mijn dromen spoken," fluisterde Hilyer schor.

"Wees sterk, omwille van de wetenschap!" voegde Althea hem toe.

De dansers schuifelden zijdelings voort, waarbij eerst het rechterbeen vooruit werd gestoken en neergezet; dan werd de knie gebogen en zwalpte de massale rechterbil naar voren terwijl de rechterschouder omlaagdook om de beweging op te vangen, waarna het gehele proces links werd herhaald.

De dans van de vrouwen werd beëindigd en ze trokken af om bier te gaan drinken. De muziek werd luider en indringender; een voor een kwamen de mannen naar voren om te dansen. Eerst wierpen ze hun benen hoog op naar voren en vervolgens naar achteren, daarna voerden ze vreemde kronkelingen uit, met de handen in de zij, terwijl de schouders sidderend bewogen, gevolgd door een voorwaartse sprong en dan weer meer van hetzelfde. Ten slotte trokken ook zij af om bier te drinken en op hun sprongen te pochen. Opnieuw werd muziek aangeheven en de Vongo-mannen zetten een nieuwe dans in, waarbij ze in het wilde weg rond dolden en wonderbaarlijke combinaties van schoppen, sprongen en acrobatische toeren verzonnen, met een kreet van triomf, elke keer als er eentje een bijzonder moeilijk kunststukje had voltooid.

Slap van vermoeidheid trokken ze ten slotte weer af naar de bierkuipen. Nog waren ze echter niet klaar. Enkele ogenblikken later keerden de mannen terug naar de rand van de lichtkring rond het vuur waar zij zich overgaven aan een merkwaardige bezigheid die 'lompen'* werd geheten. Eerst stonden ze waggelend van beschonkenheid

---

* Letterlijk: 'het tarten van de sterrenhelden', en in het verlengde daarvan, de IPCC.

omhoog te turen naar de hemel en wezen de sterrenbeelden aan die ze voornemens waren te beschimpen. Vervolgens staken ze een voor een de gebalde vuisten in de lucht en schreeuwden hun ver verwijderde tegenstanders honend en uitdagend toe: "Kom maar, gewassen ratten, parvenu's en zeepvreters dat jullie zijn! Hier staan wij! Wij zijn klaar voor jullie, wij zullen je strot oppeuzelen! Kom maar met je bolwangige krijgers; we zullen ze aan stukken scheuren! We zullen ze in water dompelen! Wij bang? Nimmer! Wij dagen jullie uit!"

Bijna alsof het afgesproken werk was, kwam er een bliksemstraal uit de hemel omlaag en striemde de regen neer in een plotselinge stortbui. Met schorre kreten en vloeken stoven de Vongo heen om dekking te zoeken in hun woonwagens zodat de plek ineens verlaten lag, op de Faths na, die de gelegenheid te baat namen om naar hun zwever te rennen.

Ze keerden terug naar Sronk, voldaan over hun nacht werk. De volgende ochtend kuierden de Faths door de bazaar van Sronk waar Althea een stel bijzondere kandelaars kocht ter uitbreiding van haar verzameling. Ze vonden er geen interessante muziekinstrumenten, maar kregen te horen dat er in het marktplaatsje Latuz, zo'n honderdvijftig kilometer naar het zuiden, dikwijls zigeunerinstrumenten konden worden aangetroffen, soms nieuwe en soms antieke, aan de achterzijde van de marktkraampjes. Niemand wilde dat soort oude rommel hebben, dus de prijzen zouden laag zijn — behalve voor de Faths, die als buitenwerelders zouden worden herkend, waarna de prijzen ogenblikkelijk zouden stijgen.

De volgende dag vlogen de Faths naar het zuiden, laag boven de weg scherend die langs de verlaten Wychingheuvels liep terwijl de steppe zich uitstrekte naar het westen.

Vijftig kilometer ten zuiden van Sronk stootten ze op een onthutsend tafereel.

Beneden op de weg waren vier opgeschoten boerenjongens, gewapend met stokken, bezig een kronkelend wezentje dood te knuppelen dat voor hen in het zand lag. Ondanks dat zijn botten gebroken waren en hij overal bloedde, trachtte het schepseltje zich nog te verweren en vocht zo wanhopig terug, met een dapperheid die meer was dan moed, dat het op de Faths de indruk maakte van pure zieleadel.

Wat dies ook zij, de Faths zetten hun zwever neer op de weg, sprongen op de grond en duwden de jongens bij hun gebroken slachtoffertje vandaan dat, naar ze nu zagen, een donkerharig jochie was van vijf of zes jaar oud, uitgemergeld als van de honger en gehuld in lompen.

De boerenjongens stonden er gemelijk bij. De oudste legde uit dat het schepsel een wildling was, niks beter dan een dier dat, als hij de kans kreeg, zou opgroeien tot rover of oogstdief. Het was niet meer dan verstandig dergelijk ongedierte te vernietigen wanneer de gelegenheid zich voordeed, zoals nu; dus als de reizigers zo goed wilden zijn opzij te gaan, dan konden ze hun karwei afmaken.

De Faths gaven de boerenjongens een schrobbering die ze met open mond aanhoorden, en tilden toen met grote zorg het mishandelde kind in hun voertuig terwijl de boerenjongens met verbijstering en afkeuring toekeken. Later zouden ze hun ouders in geuren en kleuren vertellen over het buitenissige gedrag van die rare mensen met hun gekke kleren, buitenwerelders waarschijnlijk, te oordelen naar hun manier van praten.

De Faths brachten het half bewusteloze kind naar de kliniek in Sronk, waar dr. Solek en dr. Fexel, de geneesheren die aan de instelling waren verbonden, de flakkerende levensvonk van de jongen voedden tot zijn conditie zich ten slotte had gestabiliseerd en hij buiten gevaar leek te zijn.

Solek en Fexel gingen achteruit, met afhangende schouders en gespannen gezicht, maar tevreden over hun succes.

"Een harde dobber," zei Solek. "Ik dacht dat we hem kwijt zouden raken."

"Dat moet je die jongen nageven," zei Fexel. "Hij wil niet sterven."

Het tweetal nam de stille gedaante in ogenschouw. "Een knap joch, zelfs met al die blauwe plekken en al dat verband," zei Solek. "Hoe kunnen mensen zo'n kind nu in de steek laten?"

Fexel onderzocht de handen en de tanden van het joch en raakte even diens keel aan. "Een jaar of zes oud, schat ik. Hij kan heel wel een buitenwerelder zijn, en van hoge klasse, zou ik denken."

De jongen sliep. Solek en Fexel vertrokken om te rusten en lieten een verpleegster bij hem waken.

De jongen sliep aan een stuk door en sterkte langzaam aan. In zijn geest begonnen brokjes herinnering gebroken schakels te dichten. De jongen roerde zich in zijn slaap en de verpleegster die bij hem waakte en naar zijn gezicht keek, schrok van wat ze daar zag. Ze liet ogenblikkelijk dr. Fexel en dr. Solek halen. Toen ze aankwamen was de jongen bezig zich te verzetten tegen de banden die hem het bewegen moesten beletten. Zijn ogen waren gesloten; hij lag te sissen en te hijgen terwijl trage gedachtenprocessen op gang kwamen. Losse flarden geheugen smolten samen tot ketens. De oude synapsen hergroepeerden zich en de ketens werden tot blokken. De herinnering bracht een explosie van beelden voort, die te vreselijk waren om te verdragen. De jongen verviel tot hysterie zodat zijn geradbraakte botten knarsend langs elkaar schuurden in zijn stuiptrekkingen. Solek en Fexel waren ontzet, maar dat duurde niet lang. Ze zetten hun schrik opzij en dienden een kalmerend middel toe.

Bijna onmiddellijk verslapte de jongen en bleef stil liggen, nog steeds met zijn ogen dicht, terwijl Solek en Fexel onzeker toekeken. Sliep hij nu? Schijnbaar wel.

Zes uur verstreken terwijl de artsen de tijd namen om te rusten. Teruggekeerd op de kliniek, hieven ze heel behoedzaam de verdoving op. Even leek alles goed te gaan, maar toen werd de jongen opnieuw door een plotselinge aanval geteisterd. De pezen in zijn hals stonden strak als kabeltouwen, zijn ogen puilden uit van inspanning om los te komen. Allengs werden zijn worstelingen zwakker, als een klok die afloopt. Uit zijn keel ontsnapte een gejammer van zulk een woeste smart dat Solek en Fexel met een schok in beweging kwamen en opnieuw een kalmerend middel toedienden om een fatale toeval te voorkomen.

In diezelfde tijd was een onderzoeker, verbonden aan de Centrale Medische Inrichting van Tanzig, ter stede om een reeks lezingen te houden voor studenten. Zijn naam was Myrrle Wanish; hij was gespecialiseerd in cerebrale disfuncties en algemene hypertrofische afwijkingen van de hersenen. Solek en Fexel grepen de gelegenheid aan om de gewonde jongen onder zijn aandacht te brengen.

Dr. Wanish liep de lijst van scheuringen, botbreuken, ontwrichtingen, verstuikingen en kneuzingen door, die de jongen waren aangedaan en schudde zijn hoofd. "Waarom is hij nog niet dood?"

"Dat hebben wij ons al wel tien keer afgevraagd," zei Solek.

"Tot nog toe weigert hij eenvoudig om te sterven," zei Fexel. "Maar hij houdt het niet veel langer vol."

"Hij heeft een of andere verschrikkelijke ervaring achter de rug," zei Solek. "Vermoed ik althans."

"Die ranselpartij?"

"Mogelijk, maar mijn instinct zegt van niet. Wanneer zijn herinnering terugkomt is de schok hem te veel. Wat hebben we dus verkeerd gedaan?"

"Waarschijnlijk niets," zei Wanish. "Ik vermoed dat de gebeurtenissen een gesloten lus in zijn geheugen teweeg hebben gebracht, waarbinnen de terugkoppeling de herinneringen voortdurend heen en weer jaagt en opdrijft. Daardoor wordt hij erger in plaats van beter."

"En de remedie?"

"Ligt voor de hand! De lus moet worden verbroken." Wanish bekeek de jongen aandachtig. "Er is niets bekend over zijn achtergrond, neem ik aan?"

"Niets."

Wanish knikte. "Laten we eens in zijn hoofd kijken. Houd hem onder verdoving terwijl ik mijn uitrusting opstel."

Wanish was een uur bezig de jongen aan te sluiten op zijn apparatuur. Eindelijk was hij klaar. Twee metalen halve bollen hielden het jongenshoofdje in een vaste greep en lieten alleen de tengere neus, de mond en de kin vrij. Metalen manchetten omsloten zijn polsen en enkels; metalen banden hielden zijn heupen en borst in bedwang.

"Nu beginnen we," zei Wanish. Hij drukte op een knopje. Een scherm lichtte op, waarop in heldergele lijnen een web was afgebeeld waarvan Wanish vertelde dat het een schematische voorstelling was van de hersenen van het kind. "Overduidelijk topologisch vertekend, maarre..." Zijn stem stierf weg terwijl hij alle aandacht wijdde aan het scherm. Minutenlang bestudeerde hij de om elkaar heen geslingerde netwerken en de lichtende vlechtweefsels, terwijl hij korte uitroepen of sissende geluiden van verbijstering slaakte. Ten slotte draaide hij zich om naar Solek en Fexel. "Zie je die gele lijnen?" Hij tikte met een potlood op het schema. "Die stellen overactieve verbindingen voor. Waar ze zich verdichten tot vlechtwerken veroorzaken ze moeilijkheden zoals we gezien hebben. Ik behoef niet te zeggen dat ik het nu zeer vereenvoudig."

Solek en Fexel bestudeerden het scherm. Sommige verbindingen waren zo dun als spinrag, andere pulseerden met een trage kracht. Wanish merkte die laatste aan als segmenten van een zichzelf versterkende lus. Op diverse plaatsen kronkelden en verdichtten de lijnen zich tot vezelige vlechtwerken, zo hecht dat de afzonderlijke zenuwen erin verloren gingen.

Wanish wees met zijn potlood. "Deze klitten vormen het probleem. Het zijn net zwarte gaten in de hersenen; alles wat ermee in aanraking komt kan niet meer ontsnappen. Ze kunnen echter worden vernietigd en dat zal ik nu ook doen."

"Wat gebeurt er dan?" vroeg Solek.

"Om het eenvoudig te stellen," zei Wanish, "de jongen blijft in leven, maar raakt een groot deel van zijn geheugen kwijt." Noch dr. Solek, noch dr. Fexel had daar iets op te zeggen. Wanish stelde zijn apparatuur in. Een blauwe vonk verscheen op het scherm. Wanish toog aan het werk. De vonk gleed door de pulserende gele verknopingen; de lichtende vlechtwerken ontbonden tot losse draden die vervaagden, oplosten en toen verdwenen, op een paar schimmige vleugen na.

Wanish zette het instrument uit. "Dat is dat. Hij behoudt zijn reflexen, zijn taal en zijn motorische vaardigheden, maar zijn primaire geheugen is verdwenen. Er zijn nog wat vleugjes van overgebleven; die kunnen hem onwillekeurige beelden bezorgen... een enkele glimp nu en dan, voldoende om hem van streek te maken maar niets waar hij echt problemen mee kan krijgen."

Het drietal bevrijdde de jongen uit de metalen manchetten, banden en halve bollen.

Ze bleven staan kijken en de jongen sloeg zijn ogen op. Hij nam de mannen op met een nuchtere uitdrukking op zijn gezicht. "Hoe voel je je?" vroeg Wanish.

"Ik heb pijn als ik me beweeg." De stem van de jongen was hoog en helder en hij had een verzorgde uitspraak.

"Dat was te verwachten. Het is feitelijk ook een goed teken. Je zult gauw weer beter zijn. Hoe heet je?"

De jongen keek niet-begrijpend op. "Ik ben..." Hij aarzelde en toen zei hij: "Ik weet het niet."

Hij deed zijn ogen dicht. Uit zijn keel kwam een zacht grommend geluid, gedempt maar rauw, alsof het met de grootste moeite werd voortgebracht. Het geluid vormde zich tot woorden: "Hij heet Jaro."

Wanish boog zich geschrokken naar voren. "Wie ben je?" De jongen loosde een lange, droevige zucht en viel in slaap.

De drie geneesheren bleven waken tot de ademhaling van de jongen rustig was geworden. Solek vroeg aan Wanish: "Hoeveel van dit alles gaat u aan de Faths rapporteren?"

Wanish trok een lelijk gezicht. "Het is merkwaardig, zo niet griezelig... Maar toch..." Hij dacht na. "Waarschijnlijk heeft het niets om het lijf. Wat mij betreft, meen ik dat ik de jongen heb horen zeggen dat zijn naam 'Jaro' was, en meer niet."

Solek en Fexel knikten. "Ik geloof dat dat ook is wat wij hebben gehoord," zei Fexel.

Dr. Wanish liep naar de balie waar de Faths op hem wachtten.

"U kunt gerust zijn," zei Wanish. "Het ergste is voorbij en hij zal spoedig weer beter zijn, zonder verdere complicaties dan een aantal leemten in zijn herinnering."

De Faths verwerkten het bericht. Althea vroeg: "Hoe verstrekkend is het geheugenverlies?"

"Dat valt moeilijk te voorspellen. Zijn angst is veroorzaakt door iets dat ongewoon verschrikkelijk moet zijn geweest. We waren gedwongen diverse knooppunten te verwijderen, met alle vertakkingen. Hij zal nooit weten wat er met hem gebeurd is of wie hij is, anders dan dat hij 'Jaro' heet."

Hilyer Fath zei gewichtig: "U zegt dus dat zijn hele geheugen verdwenen is?"

Wanish dacht aan de stem waarmee Jaro zijn naam had uitgesproken. "Ik zou wat dat aangaat niets durven te voorspellen. Zijn schema vertoont nu geïsoleerde punten en vonken die de vorm van de oude matrixen schetsen; misschien brengen die een paar onwillekeurige glimpen en vleugen voort, maar waarschijnlijk niets samenhangends."

3

Hilyer en Althea Fath deden her en der in het rivierdal van de Foisie navraag maar werden niets wijzer aangaande Jaro of zijn plaats van

herkomst. Overal stootten ze op hetzelfde onverschillige schouder-
ophalen en dezelfde verbazing dat een mens zulke zinloze vragen kon
stellen.

Teruggekeerd in Sronk beklaagden de Faths zich bij Wanish over
hun ervaringen. Hij zei: "Er bestaan hier maar een paar georganiseerde
samenlevingen en vele kleine groeperingen, clans en districten — allemaal onafhankelijk en allemaal achterdochtig. Ze hebben geleerd dat
ze geen moeilijkheden krijgen, als ze zich maar met hun eigen zaken
bemoeien, en zo gaat het hier dus op Camberwell."

Jaro's schoenen en kleding deden een buitenwereldse herkomst vermoeden en met Tanzig, een belangrijke ruimtehaven, zo dicht bij de
rivier, kwamen de Faths tot de overtuiging dat Jaro van elders naar
Camberwell was gebracht.

Jaro werd uit het ziekenhuis ontslagen en aan de hoede van de Faths
toevertrouwd. Bij de eerste de beste gelegenheid trachtte Althea schuchter een paar vragen te stellen, maar zoals dr. Wanish had voorspeld was
Jaro's geheugen blanco op een enkele schimmige glimp na, die bijna
voor hij opkwam alweer verdwenen was. Een van die beelden was een
uitzondering en was zo intens, dat hij Jaro hevige schrik bezorgde.

Het beeld, of het visioen, overkwam Jaro laat op een middag, zonder voorafgaande waarschuwing. Luiken sloten de laagstaande zon
buiten en de kamer was aangenaam duister. Althea zat naast het bed en
probeerde zo goed als ze kon Jaro's mentale landschap in kaart te brengen. Na een poosje werd hij slaperig; het gesprek, voor zover daarvan
sprake was, zakte in. Jaro lag op zijn rug naar het plafond te kijken met
halfgesloten ogen. Plotseling slaakte hij een zacht hijgend geluid. Zijn
handen balden zich tot vuisten en zijn mond zakte open.

Althea merkte het meteen op. Ze sprong overeind en keek hem aandachtig aan. "Jaro! Jaro! Wat is er? Zeg me wat er is!"

Jaro antwoordde niet maar ontspande zich gaandeweg. Althea probeerde haar stem gelijkmatig te laten klinken. "Jaro, zeg eens iets! Gaat
het met je?"

Jaro keek haar twijfelend aan en sloot toen zijn ogen. Hij mompelde: "Ik zag iets waar ik bang van werd."

Althea probeerde haar stem te beheersen. "Vertel me dan wat je zag."

Na een ogenblik begon Jaro te spreken, zo zacht dat Althea zich naar hem moest over buigen om hem te verstaan. "Ik stond voor een huis; ik geloof dat ik daar woonde. De zon was onder zodat het bijna donker was. Aan de andere kant van het hek aan de voorkant stond een man. Ik kon alleen zijn omtrek zien, zwart tegen de hemel." Jaro hield op en zweeg.

Althea vroeg: "Wie was die man? Ken je hem?"

"Nee."

"Hoe zag hij eruit?"

Met haperende stem, voortgeholpen door aansporingen van Althea's kant, beschreef Jaro een lange, magere gedaante die tegen de grauwe avondhemel stond afgetekend en die een strakke jas droeg, een zwarte hoed met een lage bol en een stijve rand. Jaro was bang geweest, hoewel hij zich niet kon herinneren waarom. De gedaante was streng en vorstelijk; hij had zich omgedraaid en Jaro aangekeken. Zijn ogen waren net vierpuntige sterretjes, waar zilveren lichtstralen uit blikkerden.

Geboeid vroeg Althea: "Wat gebeurde er toen?"

"Dat weet ik niet meer." Jaro's stem zakte weg en Althea vroeg niet verder.

4

Het was gelukkig voor Jaro dat de herinnering uit zijn geest was gewist. Wat er vervolgens gebeurde was namelijk verschrikkelijk.

Jaro liep het huis binnen en vertelde zijn moeder van de man die achter het hek stond. Ze verstarde een ogenblik en slaakte toen een geluid dat zo verbeten en wanhopig klonk dat het de angst te boven ging. Ze kwam daadkrachtig in beweging, pakte een metalen doos van een plank en duwde die Jaro in handen. "Neem de doos mee; verstop hem waar niemand hem kan vinden. Ga dan naar de rivier en klim in de boot. Ik kom ook als het enigszins kan, maar hou je klaar om af te stoten als er iemand anders naar de boot toe komt. Gauw nu!"

Jaro holde naar de achterdeur. Hij verstopte de doos in een geheime bergplaats en bleef toen besluiteloos staan, vol akelige voorgevoelens. Ten slotte draafde hij naar de rivier, maakte de boot klaar en wachtte. De wind zong in zijn oren. Hij waagde een paar stappen terug naar het huis toe en luisterde uit alle macht. Wat was dat? Een jammerkreet, die amper boven het lawaai van de wind uit kwam? Hij slaakte een wanhopig gekreun en holde, in weerwil van de opdracht die zijn moeder hem gegeven had, terug naar het huis. Hij loerde naar binnen door het raam aan de zijkant en begreep eerst niet wat hij daar zag gebeuren. Zijn moeder lag op haar rug op de vloer, met haar armen wijd uitgespreid, terwijl naast haar een zwart rugzakje stond en bij haar hoofd een of ander apparaat. Wat raar! Een muziekinstrument soms? Haar lichaam was gespannen en ze maakte geen geluid. De man zat naast haar geknield en was doende met het muziekinstrument alsof hij erop speelde. Het leek een soort klein klokkenspel, of iets dergelijks. Nu en dan hield de man op en stelde dan vragen, alsof hij informeerde of de melodie haar beviel. De vrouw lag er star bij alsof ze van steen was en sprak geen voorkeur uit.

Jaro deed een stap opzij en kon het instrument nu tot in details zien. Na een kort ogenblik van ontsteltenis leek zijn geest zich terug te trekken terwijl een ander, veel onpersoonlijker — zij het ook minder logisch iets — bezit van hem nam. Hij rende naar de veranda bij de keuken, pakte een bijl met een lange steel uit de gereedschapskist en snelde toen geruisloos de keuken door naar de deuropening, waar hij bleef staan om de situatie op te nemen.

De man zat met zijn rug naar Jaro toe geknield. Zijn moeders armen waren aan de vloer bevestigd met grote nieten die door haar handpalmen waren gedreven terwijl zwaardere metalen banden haar voeten in bedwang hielden. In beide oren stak een buis die met een bocht door de gehoorgang en de neusholte tot achter in de mond liep, om weer naar buiten te komen in een soort hoefijzervormige haak, die haar lippen aan weerszijden strak trok in een groteske doodsgrijns. De buizen waren verbonden met de klankstaven van het klokkenspel; ze galmden en tinkelden wanneer de man ze aansloeg met een zilveren staafje en voerden het geluid kennelijk rechtstreeks door de hersenen van de vrouw.

De man staakte zijn spel even en stelde een korte vraag. De vrouw bleef roerloos liggen. De man sloeg een enkele noot aan, heel licht. De vrouw begon te kronkelen, kromde haar rug en zakte weer terug. Jaro sloop naar voren en haalde met zijn bijl uit naar het hoofd van de man. Gewaarschuwd door een of andere trilling draaide deze zich om zodat de slag rakelings langs zijn gezicht ging en op zijn schouder belandde.

De man slaakte geen enkel geluid maar kwam overeind. Hij struikelde over zijn zwarte rugzak en viel. Jaro draafde de keuken door, de achtertuin in en liep om naar de voordeur die hij behoedzaam opendeed. De man was verdwenen. Jaro ging naar binnen. Zijn moeder keek naar hem op. Met haar vertrokken lippen fluisterde ze: "Jaro, wees nu dapper als nooit tevoren. Ik ben stervende. Dood me voor hij terugkomt."

"En de doos?"

"Kom terug wanneer het veilig is. Ik heb een leidraad over je geest geworpen. Dood me nu, ik kan de gongs niet meer verdragen. Wees snel, hij komt eraan!"

Jaro keek opzij. De man stond door het raam te kijken. De rechthoekige opening omlijstte zijn bovenlijf als poseerde hij voor een staatsieportret. De vlakverdeling en de licht- en schaduwpartijen waren volmaakt. Het gezicht was streng en hard, strak en wit, als uit been gehouwen. Onder de rand van de zwarte hoed school het voorhoofd van een filosoof, met een lange rechte neus en vurige zwarte ogen. De kaak maakte een scherpe hoek en de wangen versmalden zich tot een kleine puntige kin. Hij staarde Jaro aan met een uitdrukking van broeierig misprijzen.

De tijd verstreek traag. Jaro wendde zich om naar zijn moeder. Hij hief de bijl hoog op. Achter zich hoorde hij een schorre bevelende stem, die hij negeerde. Hij liet de bijl neerkomen, midden op het voorhoofd van zijn moeder, en begroef het bijlblad in de ogenblikkelijk opwellende mengeling van bloed en hersenen. Achter zich hoorde hij voetstappen.

Hij liet de bijl vallen, holde de keuken uit en de nacht in, naar de rivier. Hij duwde de boot af, sprong erin en werd meegevoerd naar het midden van de stroom. Op de oever klonk een kreet op, rauw, maar tegelijk zacht en klankvol. Jaro zat diep weggedoken in de boot, hoewel de oever al niet meer te zien was.

De wind kwam aan met felle vlagen; golven stuwden op rond het dobberende bootje en sloegen nu en dan over de dolboorden. Water begon zwaar heen en weer te klotsen in de bodem van boot. Ten slotte kwam Jaro in beweging en begon te hozen.

Aan de nacht leek geen einde te komen. Jaro zat ineengedoken, voelde de bolderende wind, het schommelen van de boot, het spatten en overslaan van het water. Dat was zoals het hoorde; het hielp hem zijn geestelijk evenwicht te bewaren. Hij mocht niet nadenken; hij moest zijn geest in bedwang houden als was het een sombere zwarte vis, die diep onder de boot in het water zweefde.

De nacht verstreek en de hemel werd grauw. De brede Foisie maakte een bocht en stroomde verder naar het noorden, langs de rand van de Wychingheuvels. Bij de eerste blikkerende stralen van de oranjerode zon werd de boot door de wind op het strand gedreven. Vanaf de oever liep het land met talloze dalletjes en kopjes omhoog, om in de Wychingheuvels over te gaan. Op het eerste gezicht leken de heuvels vlekkerig of zelfs schurftig, weelderig begroeid als ze waren met honderden plantensoorten — vaak exotisch maar ook inheems: stijve blauwe kransen van tiktakstruiken, kluitjes zwarte artisjokbomen, hommelheesters. Op de heuvelkam stonden rijen oranjerosse schuithoorns, die vlamden als vuur in de laagstaande zonnestralen.

Een aantal dagen, een week misschien, zwierf Jaro door de heuvels en voedde zich met doornbessen, graszaden en de knollen van een plant met harige bladeren, die niet bitter of scherp roken en hem gelukkigerwijs niet vergiftigden. Hij bewoog zich lusteloos voort in een toestand van onthechting, zich niet van enige gerichte gedachte bewust.

Op een dag kwam hij omlaag uit de heuvels om vruchten te plukken van bomen die langs de weg stonden. Een groepje boerenzoons uit de Wychinggordel merkte hem op. Het was een onaantrekkelijk zootje, vierkant en stevig gebouwd met lange armen, dikke benen en strijdlustige koppen. Ze droegen zwarte vilten luifelhoeden, met gaten boven de oren waar plukken kastanjebruin haar doorheen staken, strakke pantalons en bruine jassen — trotse, vormelijke kledij, gepaste dracht voor de wekelijkse Cataxis, waarnaar ze op dat moment op weg waren. Maar ze hadden nog wel de tijd om onderweg een paar goede daden te verrichten. Joelend en juichend maakten ze zich op deze snoeper van wegbomenfruit af te maken. Jaro verweerde zich zo goed als hij kon, wat reuze vermakelijk was, zodat de jongens werden geprikkeld tot het verzinnen van variaties in hun techniek. Ten slotte werd besloten alle botten in Jaro's lijfje te breken om hem een straf lesje te leren.

Op dat punt arriveerden de Faths op het toneel.

5

In het ziekenhuis van Sronk waren Jaro's kwetsuren genezen en waren de beschermende banden van zijn lichaam verwijderd. Hij lag nu ontspannen op zijn bed in de zachte blauwe pyjama die de Faths voor hem hadden meegebracht.

Althea zat naast het bed en nam Jaro's gezicht heimelijk maar met aandacht op. Het zwarte haar, nu gewassen, geknipt en geborsteld, lag zacht en soepel over zijn schedel. De beurse plekken waren weggetrokken uit zijn gave, donkere, olijfkleurige huid; lange donkere wimpers omlijstten zijn ogen en de brede mond hing aan de hoeken iets af, alsof hij in weemoedig gepeins was verzonken. Het was een gezicht met een dichterlijke bekoring, dacht Althea, en ze moest zich verzetten tegen de aandrang hem op te pakken en dicht tegen zich aan te drukken en te knuffelen en te kussen. Dat ging niet aan, natuurlijk; om te beginnen zou Jaro geschokt zijn door zo'n ongewenste intimiteit. Ten tweede zou zijn nog zo breekbare gebeente mogelijk niet opgewassen zijn tegen een knuffelpartij zoals zij hem zou willen geven.

Voor de duizendste maal vroeg ze zich af wat voor gebeurtenissen Jaro naar de Paggse straatweg konden hebben gevoerd en hoe verdrietig zijn ouders wel moesten zijn. Hij lag er doodstil bij met half geloken ogen; misschien ging hij op in zijn eigen gedachten. Hij had de omtrek van de man zo goed als hij kon beschreven; meer was er op dat gebied niet uit hem te krijgen. Ze vroeg: "Herinner je je nog iets over het huis?"

"Nee. Het was er gewoon."

"Stonden er ook andere huizen in de buurt?"

"Nee." Jaro klemde zijn kaken opeen en balde zijn vuisten.

Althea streelde over zijn hand en de vuist ontspande zich geleidelijk aan weer. "Rust nu maar," zei ze. "Je bent veilig en je bent gauw weer helemaal beter."

Er ging een minuut voorbij. Toen vroeg Jaro met matte stem: "Wat gebeurt er dan met me?"

Althea werd er door verrast en antwoordde licht hakkelend, waarvan ze hoopte dat Jaro het niet zou merken: "Dat hangt van de autoriteiten af. Die zullen doen wat het beste voor je is."

"Ze zullen me wegsluiten in het donker, beneden, waar niemand weet dat ik besta."

Even was Althea te verbijsterd om wat te zeggen. "Wat een merk-waardige uitspraak. Wie heeft je dat gemene idee aangepraat?"

Jaro's bleke gezicht vertrok. Hij sloot zijn ogen en keerde rusteloos zijn gezicht af.

Althea vroeg opnieuw: "Wie heeft je zoiets vreselijks wijsgemaakt?"

"Weet ik niet," prevelde Jaro.

Althea fronste haar voorhoofd. "Probeer het je te herinneren, Jaro."

Jaro's lippen bewogen. Althea boog zich voorover om het te ver-staan, maar Jaro's uitleg, als het dat was geweest, ging geluidloos aan haar voorbij.

Althea zei op felle toon: "Ik kan me niet voorstellen wie je dat kan hebben wijsgemaakt! Het is volslagen onzin, natuurlijk." Jaro knikte, glimlachte en scheen in slaap te vallen.

Althea bleef naar hem zitten kijken, vol verwondering en gedachten. Er scheen geen eind te komen aan de verrassingen! Op een dag, peinsde Althea, zou Jaro's verbrokkelde geheugen misschien weer worden geheeld — en hoogstwaarschijnlijk zou dat een kwade dag zijn voor Jaro.

Dr. Wanish had echter gesteld dat de bedreigende herinneringen waren vernietigd, wat goed nieuws was — als het klopte. Voor het ove-rige was de prognose voor Jaro gunstig en scheen hij er geen blijvende schade aan te hebben overgehouden, anders dan wat Wanish een 'geheu-genleemte' had genoemd.

De Faths waren kinderloos. Als ze Jaro opzochten in het ziekenhuis begroette hij hen met een overduidelijk genoegen dat hen diep trof. Ze kwamen tot een besluit, vulden een aantal documenten in en betaalden evenzovele kosten en rechten en toen ze terugkeerden naar Thanet op Gallingale ging Jaro met hen mee. Na verloop van tijd werd hij wettig geadopteerd en droeg hij voortaan de naam Jaro Fath.

Hoofdstuk II

1

"Een samenleving zonder rituelen is als muziek die met één vinger wordt voortgebracht op één enkele snaar." Zo luidde de stelling van Unspiek, Baron Bodissey, in zijn monumentale werk *Leven*. En hij ging voort met te stellen: "Altijd wanneer mensen bijeenkomen om een gezamenlijk doel na te streven — dat wil zeggen een samenleving te vormen — zal elk lid van de groep uiteindelijk een zekere status bezitten. Zoals wij allen weten zijn deze statusniveaus nimmer volledig star."

In Thanet op de wereld Gallingale was het streven naar status de overheersende maatschappelijke kracht. Het maatschappelijk niveau, ofwel 'schap', werd zeer nauwgezet omschreven en ontleende onderscheid aan de gezelligheidsverenigingen die het bewuste schap bezetten en er karakter aan schonken. Het hoogst in aanzien stonden de zogeheten Onvergankelijken: de Rafeliers, de Mosseltaarten en de Quantorsi; het lidmaatschap van deze clubs betekende een aanzien, gelijk aan dat van de hoogste adel.

Maatschappelijke opgang werd gemeten in 'ponteneur', een moeilijk te definiëren begrip. De voornaamste bestanddelen ervan waren een agressief streven de schappen te bestijgen, goede manieren, welstand en persoonlijk mana. Iedereen was op het ponteneur van de ander gespitst: ogen speurden naar onbeschoft gedrag, oren stonden open om te horen wat niet gezegd had mogen worden. Een ogenblik van onachtzaamheid, een tactloze opmerking of een verstrooide blik konden maanden van streven tenietdoen. Wie zich een status aanmatigde die men niet had verdiend werd ogenblikkelijk afgewezen.

De dader viel verbaasde minachting ten deel, waarbij hij heel wel als 'schmeltzer'* kon worden bestempeld.

Hilyer en Althea Fath waren, hoewel ze zeer gerespecteerd werden op het Instituut, 'nixo's', en leefden zonder weet te hebben van de vreugden van ponteneur of de veel heviger smarten van de afwijzing.

2

De Faths woonden een kilometer of zes ten noorden van Thanet op Merriehew, een grote oude boerenbehuizing, gelegen op tweehonderd hectare ruig land, waar Althea's grootvader zich vroeger met experimentele tuinbouw had beziggehouden. Het gebied werd nu beschouwd als wildernis en omvatte een tweetal beboste heuvels, een rivier, een hoge weide, een uiterwaard en een klein, dicht bos. Alle getuigen van de tuinbouwexperimenten waren weggezakt in de humus van het bos.

Jaro kreeg kamers toegewezen op de bovenverdieping van het oude huis met zijn hoge plafonds. De moeilijkheden die hij als kind had gehad vervaagden in zijn herinnering. Hilyer en Althea waren liefhebbend en tolerant — de ideale ouders. Jaro verschafte hen op zijn beurt trots en vervulling; binnen de kortste keren konden ze zich hun leven niet meer zonder hem indenken en werden ze geplaagd door een niet-aflatende bezorgdheid: was Jaro wel werkelijk gelukkig op Merriehew?

Een poos lang vertoonde Jaro een neiging tot ingekeerdheid, die hun bezorgdheid aanscherpte, maar die ze uiteindelijk toeschreven aan de angstaanjagende ervaringen in zijn vroege jeugd. Ze aarzelden hem ernaar te vragen uit angst inbreuk te maken op zijn privacy, hoewel Jaro

---

* Schmeltzer: iemand die tracht in de gunst te komen van, of zich in te dringen bij, leden van een maatschappelijke klasse die boven de zijne staat.

Op Gallingale was het bereiken van status een enerverende en dikwijls wanhopige onderneming. Zij die weigerden aan het streven mee te doen waren 'nixo's' en dwongen over het geheel genomen geen respect af, ofschoon velen van hen een grote reputatie hadden opgebouwd op hun eigen terrein.

Iemands status werd bepaald door het prestige van zijn club en zijn 'ponteneur' — die dynamische stuwing die maatschappelijke opgang teweegbracht en gelijk werd gesteld met het begrip 'mana'.

niet van nature gesloten was en hun vragen zeker zonder terughouding beantwoord zou hebben als ze ze maar hadden gesteld.

De veronderstelling van de Faths was juist. De stemmingen kwamen voort uit Jaro's verleden. Zoals dr. Wanish had voorspeld, hadden een paar flarden van de uiteengeslagen geheugenknopen zich herschikt langs de lijnen van de oude matrix, waardoor ze nu en dan een beeld voortbrachten dat weer wegzwierde voordat Jaro zich erop richten kon. De twee meest indringende van die beelden waren heel verschillend van aard. Ze waren allebei zwaar emotioneel geladen en allebei konden ze opkomen wanneer Jaro's geest werkeloos was, of wanneer hij moe was of al bijna sliep.

Het eerste en mogelijk het oudste van de twee beelden riep een zoete, trieste pijn bij hem op, die hem de tranen in de ogen deed springen. Het was alsof hij uitkeek over een prachtige tuin die zilver en zwart oogde bij het licht van twee bleke manen. Soms kreeg Jaro een sidderend gevoel alsof hij in iemand anders trad. Maar dat kon toch niet? Hij was zichzelf, hij was Jaro, die aan de lage marmeren balustrade stond uit te kijken over de maanverlichte tuin, naar het hoge donkere woud daarachter.

De herinnering behelsde niet meer dan dat; hij was kort en leek net een droom, maar hij riep bij Jaro een diep verlangen op naar een zeker iets of ergens, dat voorgoed verloren was gegaan. Het was een tafereel van tragische schoonheid, doortrokken van een oude, naamloze emotie: de teloorgang van iets onschuldigs en verrukkelijks, zodat zijn keel werd dichtgeknepen door smart en pijn om verloren grootsheid, en door erbarmen.

Het tweede van die beelden, krachtiger en ook levendiger, sloeg hem altijd weer met doodsangst tot in het diepst van zijn ziel. De hoekige gedaante van een man stond afgetekend tegen de lichtende avondhemel. De man droeg een hoed met een lage bol en een stijve rand en een strakke zwarte magistersjas. Hij stond met zijn benen wijd somber uit te kijken over het landschap. Toen hij zijn hoofd omwendde om Jaro aan te staren leken zijn ogen te fonkelen als kleine vierpuntige sterretjes.

Naarmate de tijd verstreek kwamen de beelden steeds minder vaak op. Jaro kreeg meer zelfvertrouwen en zijn perioden van gepeins namen af en verdwenen; Jaro was alles waarop de Faths ooit hadden mogen hopen en week alleen van de norm af in die zin, dat hij proper was en ordelijk, zijn stem niet verhief en betrouwbaar was.

Aan deze gulden tijd leek geen eind te komen. Maar toen werd Jaro op een dag iets gewaar dat hij niet eerder had opgemerkt, een onbehaaglijk gewicht aan de rand van zijn bewustzijn, alsof hij iets belangrijks vergeten was. Het gevoel ging weer weg en Jaro bleef achter in een gedrukte stemming waarvoor hij geen verklaring had. Twee weken later, toen hij al naar bed was gegaan, keerde de gewaarwording terug, vergezeld van een bijna onhoorbaar geluid, als het monkelen van een onweer in de verte. Jaro lag star in bed omhoog te staren in het donker terwijl zijn lijf tintelde van de nabijheid van iets griezelig ontastbaars. Na een minuutje was het geluid verdwenen en bleef hij uitgeput liggen, terwijl hij zich afvroeg wat er toch met hem gebeurde.

De lente ging over in de zomer. Op een avond, toen de Faths waren uitgegaan om een lezing bij te wonen, hoorde Jaro het geluid opnieuw. Hij legde zijn boek weg en luisterde uit alle macht. Heel in de verte meende hij een lage menselijke stem te horen, die uitdrukking gaf aan verdriet en pijn. Woorden werden niet gevormd.

Eerst was Jaro eerder verbaasd dan bezorgd, maar de geluiden werden steeds duidelijker en smartelijker. Betekende het eenvoudig een doorsijpelen vanuit zijn dode geheugen — de naweeën van duistere daden die hij gelukkig vergeten was? Die theorie was even logisch als een andere. Hij beluisterde de geluiden zo afstandelijk als hij kon opbrengen, tot ze wegebden en tot zwijgen kwamen.

Jaro zat er volkomen verbijsterd bij. Zonder veel overtuiging hield hij zich voor dat de geluiden hinderlijk maar onbelangrijk waren en dat ze vroeg of laat wel in het niet zouden verdwijnen.

Dat was niet het geval. Jaro bleef van tijd tot tijd de smartelijke geluiden horen. De scherpte veranderde voortdurend, alsof ze hun oorsprong hadden op een plek die nu eens dichtbij was en dan weer veraf. Het was enorm verwarrend en na een poosje gaf Jaro zijn pogingen tot analyse maar op.

Naarmate de tijd verstreek werden de geluiden directer, alsof ze moedwillig Jaro's evenwicht tartten. Dikwijls drongen ze in zijn geest binnen wanneer hij juist geen afleiding kon gebruiken. Hij meende er kwaadaardigheid en haat in op te vangen, wat de geluiden angstwekkend maakte. Jaro besloot uiteindelijk dat het telepathische boodschappen moesten zijn van een onbekende vijand — een idee dat niet vergezochter was dan menig ander. Wel tien keer stond hij op het punt het aan de Faths op te biechten en telkens weer hield hij zich in, omdat hij Althea niet van streek wilde maken.

Wie kon het toch zijn die hem die akelige hinder bezorgde? De stem kwam en ging zonder enige regelmaat. Jaro begon zich te ergeren; andere mensen werden niet op die manier vervolgd! Het stamde overduidelijk uit de verduisterde jaren van zijn leven en Jaro nam zich iets voor, waar hij nimmer van af zou zien: zodra hij kon zou hij alle mysteriën onderzoeken en de waarheid leren kennen. Hij zou de bron van het stemgeluid opzoeken en hem uit zijn kwelling verlossen.

Vragen trokken voorbij door zijn geest. Wie ben ik? Hoe ben ik verdwaald geraakt? Wie was die magere man die zo donker en onheilspellend tegen de avondhemel afgetekend stond? Zijn vragen zouden overduidelijk nooit op Gallingale worden beantwoord, zodat er maar één weg voor hem open lag. Ondanks het feit dat de Faths er beslist tegen zouden zijn, moest hij ruimtevaarder worden.

Toen Jaro dit bedacht voelde hij zijn huid vreemd tintelen, hetgeen hij opvatte als een voorbode van de toekomst — ten goede of ten kwade, dat wist hij nog niet. Intussen moest hij een manier vinden om met de plaag om te gaan die zijn geest was binnengedrongen.

Na verloop van tijd ontdekte hij dat de meest doeltreffende strategie erin bestond de stem gewoon te negeren en onbeluisterd door te laten zeuren. De stem hield echter aan, akelig als altijd, en kwam terug met tussenpozen van twee weken tot een maand.

Een jaar verstreek. Jaro deed zijn best op de Langolenschool en werd van de ene naar de andere groep bevorderd. De Faths gaven hem alles, met uitzondering van datgene wat ze zelf hadden afgezworen: een hoge maatschappelijke status die alleen kon worden bereikt door omhoog te streven langs een reeks steeds aanzienlijker gezelligheidsverenigingen.

Aan de top van de piramide hielden de drie Onvergankelijken zich in heikel evenwicht. Dit waren de geheimzinnige Quantorsi — zo uitgelezen dat het lidmaatschap tot negen personen was beperkt — de al net zo exclusieve Mosseltaarten en de Rafeliers. De Onvergankelijken waren uniek in die zin, dat hun leden erfelijke voorrechten genoten die het gewone volk ontzegd waren. Vlak daaronder bevonden zich de Bon-Tons en de betrouwbare oude Palindromen. De Lemurianen maakten aanspraak op gelijke status maar werden als een beetje buitenissig beschouwd.

Op de schappen een fractie lager klampten zich Bustamonte, Val Verde en de Sasselton Tijgers vast. De Misselijke Kippen en de Scythen maakten aanspraak op gelijke status; beide groepen werden als ietwat buitensporig en hypermodern beschouwd. De onderste laag van de 'Respectabele' clubs werd (ofschoon ze het zelf verontwaardigd tegenspraken) gevormd door de vier Kwadranten van de Cirkel: de Kahulibahs, de Zonkers, de Kwade Bent en de Naturalen. Elk ging er prat op de meest vooraanstaande te zijn, terwijl de tekortkomingen van de andere drie half-gekscherend werden gehoond. Elke club gaf uitdrukking aan een bijzonder karakter. De Kahulibahs omvatten veel financiële magnaten terwijl de Zonkers onconventionele types tolereerden, zoals musici en kunstenaars van fatsoenlijk allooi. De Naturalen hadden zich gewijd aan de verfijning van vormelijk levensgenieten, terwijl de Kwade Bent een contingent toplieden van de faculteiten van het Instituut omvatte. Toch was er, alles bijeengenomen, weinig verschil tussen de onderlinge kwadranten, ondanks de soms ietwat luidruchtige aanspraken op hogere status en een aantal incidenten, die plukharen en het toedienen van muilperen behelsden en nu en dan een zelfdoding.

De Cirkelkwadranten waren, net als alle andere clubs van middelbare status, erop gebrand nieuwe leden van hoge kwaliteit aan te trekken, maar nog meer gespitst op het uitsluiten van buitenstaanders, schmeltzers en proleten.

Het was een verrassing en een schok voor Jaro toen hij ontdekte dat zijn beminde pleegouders zowel als hijzelf als nixo's werden beschouwd. Jaro was beschaamd en verontwaardigd. Hilyer lachte alleen maar. "Dat maakt ons niets uit. Het is niet van belang! Is het eerlijk? Waarschijnlijk niet, maar wat doet dat ertoe? Volgens Baron Bodissey* klagen alleen verliezers dat het spel niet eerlijk was."

---

* Unspiek, Baron Bodissey, een filosoof van de Oude Aarde en elders, had een twaalfdelige filosofische encyclopedie gewrocht met de titel: *Leven*. ☞

Jaro ontdekte al spoedig dat hij, net zomin als Hilyer en Althea, als strever in de wieg was gelegd. Op de Langolenschool betoonde hij zich geen gezelligheidsmens maar evenmin maatschappelijk agressief; hij nam niet deel aan groepsactiviteiten en deed niet mee aan sport en spel. Dergelijk gedrag riep geen bewondering op en Jaro maakte maar weinig vrienden. Toen bekend werd dat zijn ouders nixo's waren en hij niet van eigen ponteneur blijk gaf, raakte hij nog verder geïsoleerd, ondanks zijn nette kleding en zijn propere voorkomen. Maar in de klas muntte hij uit, zodat zijn leraren hem bijna op hetzelfde niveau inschatten als de beruchte Skirlet Hutsenreiter, wier intellectuele prestaties in de hele school over de tong gingen, net als haar hooghartige en heerszuchtige manieren. Skirlet was een paar jaar jonger dan Jaro — een slank kaarsrecht wezentje, zo opgeladen met intelligentie en levenskracht dat, zoals de schoolverpleegster het uitdrukte, 'blauwe vonken van haar afspatten in het donker'. Skirlet gedroeg zich als een jongen terwijl ze duidelijk een meisje was en verre van lelijk. Een dikke zwarte haardos omlijstte haar gezichtje; ogen van een bijzonder lichtend grijs keken uit onder fraaie zwarte wenkbrauwen; vlakke wangen liepen uit in een gedecideerd kinnetje en een strenge kleine neus met daaronder een brede, beweeglijke mond. Skirlet scheen gespeend te zijn van persoonlijke ijdelheid en kleedde zich zo eenvoudig, dat haar leraren zich soms afvroegen of haar ouders wel goed genoeg voor haar zorgden — wat des te verbazingwekkender was, aangezien haar vader de weledele Clois Hutsenreiter was, decaan van het filosofiecollege aan het Instituut, een transwerelds financier, zeer welgesteld naar verluidde en, wat belangrijker was, een Mosseltaart, dus aan het hoogste topje van de statuspiramide. En haar moeder, Espeine? Daar scheen sprake te zijn van zo niet schandalen, dan toch onregelmatigheden op hoog

---

☞ Hij was buitengewoon vernietigend in zijn oordeel over wat hij noemde: 'hyperdidactiek', waarmee bedoeld werd het toepassen van abstracties die vijf tot zes stadia verwijderd waren van de werkelijkheid, ter rechtvaardiging van een of ander pseudo-diepzinnig intellectualisme. Tegen het eind van zijn leven werd hij buiten het mensdom gestoten door de Assemblee van Egalisten. Het commentaar van Baron Bodissey was kort: "Zo zie je maar weer!"

Tot op de dag van vandaag breken de meest erudiete denkers van het Gaiaanse Bereik zich het hoofd over de betekenis van deze opmerking.

statusniveau, zeer pikant allemaal, als men de praatjes mocht geloven. Skirlets moeder resideerde nu in een schitterend paleis op de wereld Marmone, waar ze Prinses van de Dageraad was. Hoe en waarom dat zo was gekomen scheen niemand te weten of te durven vragen.

Skirlet deed geen pogingen de goedkeuring van haar klasgenoten te verwerven. Sommige jongens mopperden dat ze geslachtsloos was, zo koud als een dode vis, omdat ze hun kunsten negeerde. In de lunchpauze ging Skirlet dikwijls buiten op het terras zitten waar ze een hele groep bekenden aantrok. Bij die gelegenheden was Skirlet soms charmant, soms nukkig, en sprong soms ook opeens overeind om weg te lopen. In de klas volvoerde ze haar opdrachten met beledigend gemak; dan smeet ze haar schrijfstift neer en ging met neerbuigend vermaak in het rond zitten kijken naar de andere leerlingen. Ze had ook de onthutsende hebbelijkheid met felle blik op te kijken wanneer de leraar uit onachtzaamheid een foutje maakte of zich overgaf aan een flauwe snaaksheid. De leraren wisten niet wat ze daarmee aan moesten, vooral omdat Skirlet nooit anders dan met koele hoffelijkheid sprak. Uiteindelijk bejegenden ze haar met omzichtig respect. Wanneer ze bijeenkwamen in de lerarenkamer tijdens de lunchpauze kwam Skirlet dikwijls ter sprake. Sommigen mochten haar niet en waren vol van bitterheid en afgunst, anderen waren gematigder en wezen erop dat ze nog maar amper een tiener was en heel weinig levenservaring bezat. Meneer Ollard, de erudiete leraar sociologie, analyseerde Skirlet in psychologische termen. "Ze is intellectueel ijdel en zelfs onverdraagzaam en wel in die mate dat het de normale aanmatiging overstijgt en een elementair principe wordt: bepaald een prestatie voor een zo jong en zo tenger iemand." Hij zei er maar niet bij dat hij haar bekoorlijk vond.

"Het is geen kwaad kind," zei joffer Wirtz. "Er zit geen spatje slechts of gemeens in haar, hoewel ze natuurlijk het bloed onder je nagels vandaan kan halen."

"Het is een minne spriet," zei joffer Borkle. "Ze moest eens een goed pak slaag krijgen."

Aangezien Skirlet van geboorte een Mosseltaart was terwijl Jaro als nixo niet over het geringste prestige beschikte, was er niet veel kans op communicatie tussen die twee en nog minder op maatschappelijk contact. Jaro had al ontdekt dat sommige meisjes leuker waren om te zien dan andere. Aan de top van zijn lijstje schreef hij Skirlet Hutsenreiter bij. Hij mocht dat strakke, tengere lijfje wel en ook de zwier waarmee ze haar zaken bestierde. Helaas was het niet Skirlet maar joffer Idora Wirtz, de wiskundelerares van middelbare leeftijd, die Jaro bekoorlijk en verrukkelijk vond. Jaro was zo knap, zo schoon, zo onschuldig, dat ze de grootste moeite had hem niet beet te pakken en stevig te knuffelen tot hij zou piepen als een jong katje. Jaro voelde haar voorliefde wel aan en bleef uit haar buurt.

Idora Wirtz ontbrak het aan aantrekkelijkheid; ze was klein, mager en energiek, met scherpe gelaatstrekken en een barbaarse krans steenrode pijpenkrullen. Ze droeg kleren in opzichtige, moedwillig vloekende kleuren en altijd minstens een stuk of tien armbanden, dikwijls aan beide polsen. Ze had de Parnassianen weten te bereiken, een vereniging van het middelste schap, maar kon daar niet meer uit weg; ondanks haar toegewijde inspanningen was haar de opgang tot de slimme Safardips en de nog veel avantgardistischer Zwarte Hoeden ontzegd.

Op een dag nam ze Jaro apart. "Ik zou graag even met je praten. Ik moet mijn nieuwsgierigheid bevredigen."

Joffer Wirtz ging Jaro voor naar een leeg klaslokaal. Tegen de lessenaar geleund bleef ze hem daar een ogenblik opnemen. Toen zei ze: "Jaro, je zult wel weten dat je werk voortreffelijk is — ja, soms is het zelfs waarlijk elegant."

"Dank u wel," zei Jaro. "Ik doe mijn best en ik heb er plezier in."

"Dat is te merken. Meneer Buskin zegt dat jouw opstellen zeer goed geschreven zijn, hoewel ze altijd gaan over onpersoonlijke onderwerpen en je nimmer een eigen gezichtspunt tot uitdrukking brengt. Waarom is dat?"

Jaro haalde zijn schouders op. "Ik schrijf niet graag over mezelf."

"Dat begrijp ik!" zei joffer Wirtz kortaf. "Ik vroeg naar je beweegredenen."

"Als ik over mezelf zou schrijven zouden ze allemaal denken dat ik verwaand was."

"Wel, en? Skirlet Hutsenreiter schrijft de meest onbehoorlijke dingen die je je kunt voorstellen en het kan haar geen sikkepit schelen of het de anderen bevalt of niet. Ze heeft volstrekt geen last van remmingen."

Jaro begreep het niet. "Zo zou ik dus moeten schrijven?"

Joffer Wirtz zuchtte. "Nee. Maar je zou kunnen overwegen eens een ander gezichtspunt in te nemen. Je schrijft nu als een trotse eenzaat. Waarom bevind je je niet in het hart van het menselijk gebeuren, optornend tegen de maatschappelijke stroom?"

Jaro glimlachte. "Misschien omdat ik werkelijk een trotse eenzaat ben?"

Joffer Wirtz trok een zuur gezicht. "Je weet natuurlijk wat zo'n uitdrukking wil zeggen?"

"Ik geloof dat het iemand is als een Mosseltaart die nooit zijn contributie betaalt."

Joffer Wirtz ging een poosje uit het raam staan kijken. Toen ze zich weer omdraaide zei ze: "Ik wil je iets heel belangrijks uitleggen. Geef me dus je volle aandacht."

"Ja, joffer Wirtz."

"Je kunt je niet in het bestaan begeven zonder je naar beste vermogen in te zetten voor het streven."

Jaro bleef beleefd zwijgen. Idora Wirtz weerstond de verleiding hem door zijn haar te woelen. Als ze er toch eens zelf zo eentje had, wat zou ze hem vertroetelen! Ze zei: "Als ik me goed herinner zijn jouw ouders allebei verbonden aan faculteiten van het Instituut?"

"Ja."

"Ik meen dat het ook nixo's zijn. O, niet dat daar iets mis mee is!" haastte ze zich te zeggen. "Hoewel ik zelf de maatschappelijke helling verkies, met al zijn ingewikkelde poespas. Maar hoe staat het met jou? Uiteraard ben je niet van plan een nixo te blijven en dit is het ogenblik om je voet op de ladder te zetten. De eerste sport is meestal de Jeugdliga voor Hulpverlening. Iedereen kan daar lid van worden dus het prestige is gering. Maar het is een bruikbaar opstapje naar belangrijker clubs en iedereen moet toch ergens beginnen."

Jaro schudde glimlachend zijn hoofd. "Dat zou voor mij verspilling van tijd zijn. Ik ben van plan ruimtevaarder te worden."

Joffer Wirtz was geschokt. "Wat is dat nu?"

"Het lijkt me een opwindend bestaan, op zoek gaan naar planeten in de uithoeken van de Melkweg. Ruimtevaarders hoeven niet lid te zijn van clubs."

Idora Wirtz kneep haar lippen op elkaar. Een typische jongens-droom, dat zou het wel zijn...maar wel erg oppervlakkig. "Dat is allemaal goed en wel, en het is vast ook opwindend, maar het is ook een eenzaam, asociaal bestaan, ver van je familie en je heerlijke clubs! Je zou niet naar feesten kunnen gaan of politieke bijeenkomsten, of in de optocht kunnen meelopen met de vaan hoog geheven. En je kan nooit worden verkozen voor mooie nieuwe lidmaatschappen helling-opwaarts, als je niet aanwezig bent om je zaak kracht bij te zetten!"

"Daar ben ik niet in geïnteresseerd."

Joffer Wirtz raakte opgewonden. "Je zegt allemaal verkeerde din-gen! De werkelijkheid bestaat uit interactie binnen de gemeenschap! Ruimtevaart is een vluchten voor de problemen van het leven!"

"Voor mij niet," zei Jaro. "Ik heb belangrijke dingen te verrichten die ik op Gallingale niet kan doen."

Joffer Wirtz greep Jaro bij diens schouder en schudde hem kort door elkaar. "Ga weg, Jaro! Ik kan je niet meer aanhoren! Je bent om dol van te worden; ongetwijfeld zul je alle meisjes die het ongeluk hebben ver-liefd op je te worden tot razernij drijven."

Jaro liep dankbaar naar de deur. Daar aangekomen draaide hij zich om en zei: "Het spijt me als ik iets heb gezegd dat u van streek heeft gemaakt. Het was echt niet mijn bedoeling."

Joffer Wirtz schonk hem een grijns. "Ja, ja, jongens als jij, daar weet ik alles van! Ga nou maar en bedenk eens iets aardigs om me te verrassen."

Jaro vertelde Althea over zijn gesprek met joffer Wirtz. "Ze wil dat ik lid word van de Jeugdliga."

Althea schudde geërgerd haar hoofd. "Zo gauw al? We hadden gehoopt dat probleem nog een jaartje te kunnen ontwijken." Ze gingen aan de keukentafel zitten. Althea zei: "Op Thanet streeft bijna iedereen omhoog. Een paar beklimmen de ladder ook — van de Parnassianen tot de Zwarte Hoeden tot de Onderbossen, tot de Cirkelkwadranten en dan misschien tot de Val Verdes of de Misselijke Kippen, tot de Girandoles en uiteindelijk tot de Mosseltaarten. Natuurlijk is dat maar een van de tientallen routes." Ze keek Jaro van terzijde aan. "Interesseert het je?"

"Niet zo."

"Zoals je weet zijn je vader en ik niet lid van clubs. We zijn 'non-orgs' of 'nixo's' en we hebben geen maatschappelijke status. Voor jou geldt hetzelfde. Denk er dus over na. Als je dan het gevoel hebt dat je met de anderen wilt meedoen, kun je lid worden van de Jeugdliga en dan, als je er klaar voor ben, kun je proberen naar het volgende niveau door te steken: de Pimpernoten bijvoorbeeld, of de Zoeaven. Je zult nooit een-zaam zijn; je zult veel vrienden maken en aan allerlei sporten meedoen en niemand zal je voor 'nixo' uitmaken. Tevens zul je uren doorbrengen met aardig doen tegen mensen die je niet mag, wat mogelijk een goede oefening is. Je zult hoge contributies betalen, het clubembleem dragen en het clubjargon spreken. Misschien heb je daar plezier in; veel mensen gedijen er goed bij. Anderen vinden het makkelijker een nixo te zijn."

Jaro knikte nadenkend. "Ik heb tegen joffer Wirtz gezegd dat het tijdverspilling zou zijn lid van een club te worden aangezien ik ruimte-vaarder wil worden."

Althea probeerde haar lach te verbergen. "En wat zei ze?"

"Ze werd nogal knorrig. Ze zei tegen me dat ik vluchtte voor de wer-kelijkheid van het bestaan. Ik zei dat dat niet zo was, maar dat ik dingen te doen had die ik niet op Gallingale kon doen."

"Nou ja!" Althea was geschrokken en bezorgd. "Wat voor dingen zijn dat?"

Jaro wendde zijn blikken af. Dit was een onderwerp dat voor hem heel privé was en waarover hij niet wilde praten. Hij zei langzaam: "Ik denk dat ik graag zou willen weten waar ik vandaan kom en wat er met me gebeurd is in de jaren die ik me niet herinneren kan."

De angst sloeg Althea om het hart. Hilyer en zij hadden gehoopt dat Jaro de belangstelling voor zijn verleden zou zijn kwijtgeraakt en er nooit meer serieus aan zou denken. Kennelijk was dat niet het geval geweest.

Jaro liep de kamer uit. Althea zette een pot thee en ging zitten om het onwelkome nieuws te overpeinzen. Ze wilde beslist niet dat Jaro ruimtevaarder werd; dan zou hij de ruimte in trekken en Merriehew en de Faths verlaten — en wie weet wanneer ze hem dan weer zouden zien? Het was een verschrikkelijk eenzame gedachte!

Althea zuchtte. Kennelijk zouden Hilyer en zij al hun overredings-kracht moeten inzetten om Jaro te geleiden op de academische loopbaan aan het Thanet Instituut die ze voor hem hadden uitgestippeld.

Hoofdstuk III

1

JOFFER WIRTZ DEED NOG een laatste poging Jaro te werven voor de Jeugdliga. "Het is de beste training die je je kunt voorstellen! En het is ook zo leuk! Wanneer je in het gelid marcheert dan brul je de volgende strijdkreet:

Op de schappen, hogerop!
Wie niet wil is een luizenkop.
Bommeldebommel, toet, toet, toet,
En alle schmeltzers een peut in hun snoet!

"Daar! Klinkt dat nou niet leuk! Nee? Waarom niet?"

"Ik vind het nogal lawaaiig," zei Jaro.

Joffer Wirtz snoof. "Het is anders reuzeleuk, met elkaar in het gelid lopen! Het geheime wachtwoord is: 'ponteneur'."

"En wat gebeurt er dan?"

"Dat is een verrassing!"

"Hm. Wat voor soort verrassing?"

Joffer Wirtz glimlachte dapper. "Een beetje van het een, een beetje van het ander."

Jaro schudde zijn hoofd. "Alleen een idioot zou erachter willen komen wat dat inhoudt."

Joffer Wirtz deed net of ze het niet hoorde. "Het is zoiets magisch en wonderlijks, dat ponteneur, en dankzij je staffelboek word het je zo makkelijk gemaakt. Je registreert gunsten die je iemand anders bewezen hebt tegenover gunsten die jou bewezen zijn — de zogeheten

Uitgaande en Inkomende posten. De verhouding daartussen bepaalt je maatschappelijk drijfvermogen en je moet nauwkeurig een balans bijhouden. Dat zal je helpen bij het streven en binnen de kortste keren ben je tot de Pimpernoten opgeklommen! Net als Lyssel Binnoc, die door de Liga omhoog is gestormd als een baviaan die een schop voor z'n achterste heeft gekregen. Haar vader is een Cirkelkwadrant. Dat smeert menige netelige situatie en Lyssel is ook een charmant schepseltje, maar het feit blijft dat ze een echte strever is en dat ze ponteneur in hart en nieren heeft." Joffer Wirtz giechelde. "Men zegt wel dat als Lyssel uitademt wanneer het vriest, er geen stoomwolkjes maar twee pluimpjes ponteneur uit haar neus komen."

Jaro trok zijn wenkbrauwen op. "Dat zal toch niet waar zijn?"

"Waarschijnlijk niet, maar het toont alleen maar aan hoe heftig van streven ze is."

Jaro was zich wel bewust van de ondeugende Lyssel Binnoc met haar gouden haren, hoewel ze nog nooit zelfs maar zijn kant op gekeken had. Lyssel flirtte al met oudere jongens uit clubs hogerop en verspilde haar tijd niet met nixo's. Jaro vroeg: "En Skirlet Hutsenreiter?"

"Aha! Skirlet is een geboren Mosseltaart en beschikt al over de volle reikwijdte van voorhanden prestige, boven alle andere aristocraten op Gallingale! Skirlet hoeft nooit bezorgd te zijn omtrent haar status, en zou dat mogelijk toch al niet zijn, aangezien ze alles doet met groot *éclat*." Joffer Wirtz wendde haar hoofd af. "Nu ja, we kunnen niet allemaal Mosseltaarten zijn zoals onze lieve kleine Skirlet, en nu moeten we ervoor zorgen dat je wordt ingeschreven bij de Jeugdliga. Je begint natuurlijk bij de Makkertjes."

Jaro stribbelde tegen. "Ik heb geen tijd voor dergelijke dingen!"

Joffer Wirtz lachte kakelend, vol ongeloof. "Dat is absurd! Je bent bijna net zo intelligent als Skirlet; die rolt door haar huiswerk alsof het een schaal rijpe kaas is en dan heeft ze nog tijd genoeg over voor iedere gril die haar maar te binnen schiet. Hoe besteed jij je vrije tijd?"

"Ik bestudeer handboeken van ruimtevaartmechanica."

Joffer Wirtz hief haar handen ten hemel. "Mijn beste jongen, je moet je tijd niet verdoen met fantasie!"

Jaro zocht zo hoffelijk mogelijk een goed heenkomen.

Rond die tijd werd Skirlet overgeplaatst naar Jaro's groep en of ze het nu leuk vonden of niet, de kwaliteit van hun werk werd voortdurend onderling vergeleken.

Het bleek al spoedig dat Jaro Skirlet overtrof in de natuurwetenschappen, wiskunde en technologie; ook was hij vaardiger in technisch tekenen waarin hij van een soepele en zuivere hand blijk gaf. Skirlet muntte uit in taal en retoriek en muzikale symboliek. Ze waren allebei even goed in Gaiaanse geschiedenis, de aardrijkskunde van de Oude Aarde, antropologie en biologie.

Het verraste Skirlet dat zij voor iemand anders onderdeed, in wat dan ook, en in hoeverre dan ook. Een paar dagen lang gedroeg ze zich heel stilletjes. Van ieder ander dan een Mosseltaart zou men hebben kunnen zeggen dat ze de smoor in had. Ten slotte haalde ze haar schouders op. Als Jaro een mismaakte bezienswaardigheid was geweest, of een bizar genie, zou ze de situatie hebben aanvaard met niet meer dan een ongeïnteresseerde kinbeweging. Maar Jaro was volkomen normaal, hij was netjes en zag er aardig uit, was een beetje een eenzaat en daarbij liet zij hem nog onverschilliger dan hij haar — althans, dat leek zo. Jammer dat hij een nixo was en dus niet serieus kon worden genomen. Ze vroeg zich af wat er van hem worden zou. Toen dacht ze aan haar eigen situatie en trok een sarcastische grijns. Ja, wat zou er van Skirlet Hutsenreiter worden?

Uiteindelijk nam Skirlet Jaro's aanwezigheid maar filosofisch op. Het was per slot van rekening een voortreffelijk iets als Hutsenreiter en Mosseltaart te zijn geboren! Oneerlijk misschien? Niet per se. De zaken waren zoals ze waren; waarom zou je ze veranderen?

Op een middag halverwege het schooljaar zat Skirlet in een groepje waar ze Jaro's naam hoorde noemen door een zekere Hanafer Glackenshaw. Hanafer was een luidruchtige jongeman met weelderige blonde krullen en overdreven grote en krachtige gelaatstrekken.

Hanafer beschouwde zichzelf als een beslisser en een heerserstype: een grondlegger en richtinggever voor grootse ondernemingen. Hij stond graag met zijn hoofd achterover om zijn trotse smalle neus beter te laten uitkomen. Hij voelde dat hij begiftigd was met groot aangeboren ponteneur, en misschien was dat ook zo; hij had zich met dringen en flemen en met behulp van zijn ellebogen langs de schappen omhooggewerkt, was de Pimpernoten ontstegen en de Hannekemaaiers voorbij en had ten slotte de Ondankbare Luiden bereikt. Nu was de tijd aangebroken om zijn maatschappelijk drijfvermogen te herstellen en nieuwe posten op te tekenen in zijn staffelboeken.

Hanafer was aanvoerder van het zwerfbalteam van de Langolen-school, dat dringend behoefte had aan een aantal sterke, vlugge voorhoedespelers die wel in waren voor wat lijf-aan-lijfwerk. Een slungelig jongensachtig meisje genaamd Tatninka wees naar Jaro die aan de andere kant van het schoolplein zat. "Waarom die niet? Hij ziet er sterk en gezond uit."

Hanafer wierp een blik op Jaro en maakte een snuivend geluid. "Je weet niet wat je zegt! Dat is Jaro Fath en hij is een nixo. Bovendien is zijn moeder professor Fath van het Instituut; ze is pacifiste en hij mag van haar niet worstelen of boksen of enige andere gewelddadige sport beoefenen. Hij is dus niet alleen een nixo, hij is een volstrekte, absolute fleup."

Skirlet, die aan de rand van het groepje zat, hoorde zijn opmerkingen. Ze keek eens in Jaro's richting en bij toeval ontmoetten hun blikken elkaar. Heel even was er een verbinding tussen hen beiden, toen keek Jaro weer de andere kant op. Skirlet was onredelijk geërgerd. Besefte hij niet dat zij Skirlet Hutsenreiter was, vrij en haar eigen baas, die kritiek of oordelen van anderen niet tolereerde en die ging waar het haar inviel?

Het was niet Skirlet maar Tatninka die het nieuws aan Jaro overbriefde. "Heb je gehoord wat Hanafer van je zei?"

"Nee."

"Hij zei dat je een fleup was!"

"O ja? Wat is dat? Zeker niks goeds."

Tatninka giechelde. "Dat vergat ik even, jij zit echt met je hoofd ergens anders, hè? Goed dan!" Ze herhaalde de beschrijving die ze Hanafer net vorige week had horen bezigen: "Als je een heel schuchtere nixo tegenkomt die zijn bed benat en die nog te bang is om een muis te laten schrikken — dan heb je een fleup voor je."

Jaro zuchtte. "Goed, dan weet ik het nu."

"Pf! Je bent niet eens boos," zei Tatninka minachtend.

Jaro dacht even na. "Hanafer mag worden ontvoerd door een reuzenvogel wat mij betreft. Afgezien daarvan heb ik hem niks te zeggen."

Geërgerd zei Tatninka: "Werkelijk, Jaro, je zou je niet zo onverschillig behoren te gedragen; je hebt nog geen nagel om de plek te krabben waar je ponteneur niet zit."

"Neem me vooral niet kwalijk," mompelde Jaro. Tatninka draaide zich om en beende terug naar haar vrienden. Jaro liep terug naar Merriehew.

Althea kwam hem beneden in de hal tegemoet. Ze gaf hem een kus op zijn wang, deed toen een stapje achteruit en nam hem aandachtig op. "Wat is er met je?"

Jaro was te verstandig om net te doen of er niets was. "Niks ernstigs, hoor," gromde hij. "Gewoon Hanafer Glackenshaw met zijn grote mond."

"Wat heeft hij dan gezegd?" wilde Althea weten, meteen aangebrand.

"O, gewoon, dat ik een nixo was en een fleup."

Althea kneep haar lippen op elkaar. "Dat is onaanvaardbaar gedrag en ik zal er zijn moeder over aanspreken."

"Nee!" riep Jaro in paniek. "Het kan mij niet schelen wat Hanafer van me denkt! Als u tegen zijn moeder gaat klagen, dan lacht iedereen me uit!"

Althea wist dat hij gelijk had. "Dan zul je Hanafer gewoon apart moeten nemen en hem op een rustige manier aan zijn verstand brengen dat je niets tegen hem hebt en dat hij geen enkele reden heeft jou uit te schelden."

Jaro knikte. "Misschien doe ik dat wel ook — nadat ik hem op zijn hoofd heb getimmerd om zijn aandacht te trekken."

Althea slaakte een kreet van verontwaardiging. Ze liep naar de bank en trok Jaro naast zich. Hij werd helemaal stijf en ongemakkelijk en wou maar dat hij niet zo loslippig was geweest, want nu moest hij Althea aanhoren terwijl ze hem de leerstellingen van haar ethische filosofie uiteenzette. "Lieve Jaro, er is niets mysterieus aan geweld. Het is een reflex van mensen die het aan intelligentie, manieren en zedelijk besef mankeert. Ik sta verbaasd dat je zoiets kan zeggen, zelfs als grap!"

Jaro schoof ongedurig heen en weer en deed zijn mond open om iets te zeggen, maar Althea scheen het niet te merken. "Zoals je weet zien je vader en ik onszelf als strijders voor universele broederschap. Wij kijken neer op gewelddadigheid en we verwachten van jou dat je leeft volgens dezelfde principes."

"Daarom maakt Hanafer me uit voor fleup."

Althea zei onverstoord: "Hij zal er wel mee ophouden zodra hij ziet hoezeer hij het mis heeft. Dat moet je hem duidelijk maken. Vrede en geluk zijn geen passieve aangelegenheden, het zijn bloemen in een tuin die voortdurend moet worden bewerkt."

Jaro sprong overeind. "Ik heb geen tijd om in Hanafers tuintje te werken; ik heb wel andere dingen aan mijn hoofd."

Althea keek hem met grote ogen aan; Hanafer was geheel uit haar gedachten gebannen en Jaro begreep dat hij alweer een vergissing had begaan. "Wat voor andere dingen zijn dat?" vroeg Althea.

"Gewoon, dingen."

Althea aarzelde nog een halve tel en besloot toen niet verder op de zaak door te gaan. Ze stak haar armen uit en gaf hem een knuffel. "Waar het ook om gaat, je kunt er altijd met mij over praten. Alles kan altijd worden uitgepraat en ik zal je nooit dwingen om iets te doen dat schadelijk of verkeerd is. Geloof je me, Jaro?"

"O, ja, ik geloof u wel."

Althea ontspande zich. "Ik ben blij dat je zo verstandig bent. Ga je nu maar netjes maken; meneer Maihac komt eten. Als ik me goed herinner kunnen jullie het samen goed vinden."

Op zijn hoede antwoordde Jaro: "O, ja hoor." Eerlijk gezegd mocht hij Tawn Maihac heel graag, hetgeen enige verbazing opriep ten opzichte van zijn ouders, aangezien Maihac niet typerend was voor hun gebruikelijke kennissenkring. Maihac was een buitenwerelder die kennelijk het Gaiaanse Bereik tot in de uithoeken had bereisd en vele merkwaardige avonturen had beleefd. Hij had meteen grote indruk op Jaro gemaakt — zij het om heel verkeerde redenen, vanuit het standpunt van de Faths gezien. Maihac was geen pacifist, noch een geleerde en al evenmin een vertegenwoordiger van een avantgardistische vorm van kunst.

2

Tawn Maihacs avonturen hadden hem niet onverlet gelaten. Zijn gezicht kon bogen op een gebroken neus en zijn hals werd ontsierd

door een litteken. Verder was Maihac verstoken van opvallende uiterlijke kenmerken en leek hij op het eerste gezicht een kalm en mild
mens. Hij was jonger dan Hilyer, mager en sterk, met een verweerde
donkere huid en een bos zwart haar. Althea vond hem bijna knap want
zijn gezicht was welgevormd. Hilyer, die kritischer was, vond diezelfde
trekken hard en verstoken van gevoel, misschien vanwege de gebroken
neus die kon wijzen op gewelddadigheid.

Hilyer had weinig aardigheid in Maihacs gezelschap, omdat hij
vermoedde dat Maihac ruimtevaarder was geweest, hetgeen hem in
Hilyers ogen geen goed deed. Ruimtevaarders werden gebruikelijk
geworven uit de nietsnutten en vagebonden aan de rand van de samenleving. Als klasse bezaten ze normen en waarden en gedragspatronen
die niet verenigbaar waren met die van Hilyer, die hij ook bij Jaro wilde
aankweken.

Vanaf het eerste begin had Hilyer diep wantrouwen gekoesterd
jegens Maihac. Toen Althea hem gispte, beweerde Hilyer duister dat
zijn instincten hem nooit bedrogen. Hij voelde dat Maihac zo niet
een schurk was, dan wel veel te verbergen had, waarop Althea zei:
"Lariekoek. Ieder mens heeft wel iets te verbergen."

"Ik niet!" wilde Hilyer al op gedecideerde toon zeggen, toen hij
ineens moest denken aan een paar in nevelen gehulde episoden uit zijn
eigen verleden en zich tevredenstelde met een nietszeggend gebrom.

De dagen daarop nam hij de moeite discreet informatie in te winnen, waarop hij triomfantelijk naar Althea liep met zijn bevindingen.
"Het is zo ongeveer wat ik al dacht," zei Hilyer. "Onze vriend gebruikt
een valse naam. Hij is in werkelijkheid een zekere Gaing Neitzbeck die
om hem alleen bekende redenen de naam Tawn Maihac gebruikt."

"Dat is niet te geloven!" verklaarde Althea. "Hoe weet je dat?"

"Een vleugje speurderswerk en een spikkeltje deductief redeneren,"
zei Hilyer. "Ik heb zijn aanvraag om toelating tot het Instituut eens
ingekeken. Ik noteerde de datum waarop hij volgens zijn verklaring op
de ruimtehaven van Thanet was aangekomen en de naam van het schip
waarin hij arriveerde, de *Alice Wray* van de Seniorlijn. Toen ik de lijst
van op de vermelde datum aangekomen passagiers op de *Alice Wray*
nakeek, stond daar geen Tawn Maihac bij, alleen een Gaing Neitzbeck
die als beroep 'ruimtevaarder' opgaf. Ik heb de lijsten van aangekomen

passagiers van het hele afgelopen jaar nagezocht en geen Tawn Maihac gevonden. De conclusie is onontkoombaar."

"Maar waarom zou iemand zoiets doen?" stamelde Althea.

"Ik zou wel honderd hypothesen kunnen opstellen," zei Hilyer. "Misschien probeert hij zijn schuldeisers te ontlopen of uit de buurt te komen van een lastige echtgenote — of echtgenotes. Eén ding is echter duidelijk: wanneer lieden een valse naam gebruiken verschuilen ze zich voor iemand." Hilyer citeerde vervolgens een van de voortreffelijkste stelregels van Baron Bodissey: 'Eerlijke lieden dragen geen masker wanneer ze een bank betreden.'"

"Nee, dat zal wel niet," zei Althea twijfelend. "Wat jammer! Ik mocht die Tawn Maihac of hoe hij ook heet best graag."

De volgende avond bespeurde Hilyer iets van onderdrukte opwinding of binnenpret of iets dergelijks bij Althea. Hij negeerde de tekenen, wel wetend dat ze niet in staat was haar nieuwtje erg lang voor zich te houden. Hij had het bij het rechte eind. Toen ze hun dagelijkse roemer Taladerra Fino inschonk barstte ze los: "Je raadt het nooit!"

"Wat raad ik nooit?"

"Ik heb het mysterie opgelost!"

"Ik was me van geen mysterie bewust," zei Hilyer stijfjes. "Natuurlijk wel!" zei Althea plagend. "Je bent je van wel honderd mysteries bewust! Dit gaat over Tawn Maihac."

"Ik neem aan dat je doelt op Gaing Neitzbeck en heus, Althea, ik ben niet geïnteresseerd in diens pekelzonden of wat hem er ook toe gedreven mag hebben ons te bedriegen."

"Goed! Geen pekelzonden, ik beloof het je! Wat er dus gebeurd is, is het volgende. Ik ben naar de telefoon gegaan en heb opdracht gegeven Gaing Neitzbeck op te zoeken. Ik kreeg contact met hem op zijn werk, in de werkplaats op de ruimtehaven. Zijn gezicht verscheen op het scherm; het was heel bepaald niet Tawn Maihac. Ik zei hem dat ik belde namens het Instituut met betrekking tot Tawn Maihacs inschrijfformulier, waarop hij had ingevuld dat hij in Thanet was gearriveerd op de *Alice Wray*.

" 'Wel, wat is daarmee?' vroeg Neitzbeck.

" 'Hij is op dezelfde dag aangekomen als u?'

" 'Zeker.'

" 'Waarom komt zijn naam dan niet voor op de lijst van de ruimte-haven?'

"Gaing Neitzbeck lachte. 'Maihac is ooit agent van de IPCC geweest. Hij is nu buiten dienst maar dat zegt niets. Wanneer hij op een ruimte-haven arriveert laat hij gewoon zijn kaart zien en loopt door. Ik had het ook kunnen doen, maar ik had vergeten mijn kaart bij me te steken.' "

Althea leunde achterover in haar stoel en nam een slok van haar wijn.

Hilyer trok een ietwat zuur gezicht. "Het was niet van zulk groot belang. Geen enkele aanleiding om een storm in een glas water te ver-oorzaken. De man is wie hij is; dat is mij genoeg."

"Zul je dan aardig tegen hem zijn? Hij gedraagt zich altijd keurig."

Hilyer beaamde ietwat sip dat er op Maihacs gedrag niets viel aan te merken. Maihac was rustig en gedroeg zich correct; zijn kleding was conservatiever dan die van Hilyer. Hij zei niet veel over zijn verleden en merkte alleen op dat hij zich in Thanet had gevestigd om zijn voorheen onderbroken opleiding af te ronden. Althea had hem ontmoet op het Instituut waar Maihac een van haar colleges voor gevorderden volgde. Hij en de Faths bleken een geboeide interesse in buitenissige muziek-instrumenten gemeen te hebben. Maihac had op zijn zwerftochten een aantal van deze unieke instrumenten vergaard, waaronder een kwaak-hoorn, een tweetal wenteltonen, een wensdroomser, een prachtige tudelpijp — meer dan een meter lang en ingelegd met honderd zilveren dansende demonen — en een compleet stel Blori-naaldgongen. Ze hadden Althea's aandacht getrokken en al gauw werd Tawn Maihac een geregelde bezoeker op Merriehew.

3

Bij de onderhavige gelegenheid had Hilyer niet geweten dat Maihac zou komen eten en het pas gehoord toen hij zelf thuiskwam van het Instituut. Hij raakte nog meer geïrriteerd toen hij de in zijn ogen uitge-breide voorbereidingen in ogenschouw nam. "Ik zie dat je je kandelaars uit Basingstoke hebt neergezet. Het is vanavond kennelijk een bijzon-dere gelegenheid."

"Natuurlijk niet!" verklaarde Althea. "Ik heb die mooie voorwerpen nu eenmaal en die dien je te gebruiken. Noem het 'creatieve aandrang', zo je wilt. Maar dit zijn de Basingstokes niet."

"Zeker wel! Ik herinner me die koop nog heel duidelijk. Ze hebben ons een fortuin gekost."

"Maar deze niet — en dat kan ik bewijzen." Althea tilde een van de kandelaars op en bestudeerde het etiketje op de onderkant. "Op het etiket staat: 'Hofstede Rijjalooma'. Deze zijn afkomstig van die boerderij in de Rijjaloomaheuvels, weet je niet meer? Daar werd jij toen aangevallen door dat merkwaardige beest dat op een egel leek."

"Ja," gromde Hilyer. "Dat herinner ik me heel goed. Het was volstrekt ongerechtvaardigd en ik had die boerin een proces moeten aandoen wegens onverantwoordelijk gedrag."

"Nou ja, dat doet er niet meer toe. Ze heeft me die kandelaars verkocht voor een heel zacht prijsje, dus je hebt niet voor niets geleden. En nu hebben we iets om op terug te kijken wanneer we aan tafel zitten!"

Hilyer mompelde nog iets in de geest van dat hij hoopte dat Althea's 'creatieve aandrang' zich niet zou uitstrekken tot de keuken. Hiermee duidde Hilyer op de uitzonderlijke schotels die het resultaat waren geweest van Althea's voorgaande pogingen tot experimentele of avantgarde kookkunst.

Althea draaide zich om en glimlachte bij zichzelf. Het had er veel weg van dat Hilyer een beetje jaloers was op hun toch wel erg fascinerende gast. "Tussen twee haakjes," zei ze. "Meneer Maihac brengt die malle kwaakhoorn van hem mee. Hij zal misschien zelfs een poging doen erop te spelen; dat kan nog pret worden!"

"Ha. Hm!" gromde Hilyer. "Dus afgezien van zijn andere talenten is Maihac ook nog een bedreven musicus!"

Althea lachte. "Dat staat nog te bezien. Op de kwaakhoorn zal hij dat zeker niet bewijzen."

Jaro had intussen beseft dat gedurende Maihacs bezoeken die dingen waarin hij het meest was geïnteresseerd, namelijk verhalen over de ruimtevaart, niet geschikt werden geacht als onderwerp van gesprek en dat praten erover niet werd aangemoedigd. Aangezien de Faths voor Jaro een universitaire loopbaan voor ogen hadden aan het College voor Esthetische Filosofie, moedigden ze behoedzaam Jaro's belangstelling voor Maihacs buitenissige muziekinstrumenten aan, terwijl ze net deden of ze geen acht sloegen op de pittoreske manier waarop hij ze verworven had.

Op deze avond had Althea, zoals Hilyer had opgemerkt, de tafel fraai gedekt. Ze had uit haar verzameling een stel massieve kandelaars opgezocht die waren vervaardigd uit grofgesmede staven van een blauwzwarte kobaltlegering, ter completering van een servies van oud plateel met een dof, maanlichtblauw glazuur, in de diepte waarvan onderzeese bloemen leken te drijven.

Maihac was naar behoren aangedaan en gaf Althea een compliment over haar tafelschikking. Het diner verliep voorspoedig en aan het slot vond Althea dat het allemaal best succesvol was geweest, ofschoon Hilyer, met betrekking tot de pikante landvis in korst, de korst te taai had gevonden en de saus te heet, terwijl de soufflé, zoals hij opmerkte, was ingezakt.

Althea ging hoffelijk om met Hilyers commentaar en kon tevreden zijn over Maihacs gedrag. Hij had Hilyers soms ietwat pompeuze meningen keurig aangehoord en had niets gezegd over de ruimte of over ruimteschepen, tot teleurstelling van Jaro.

Toen het groepje naar de zitkamer was verhuisd, haalde Maihac zijn kwaakhoorn tevoorschijn — waarschijnlijk het meest bizarre exemplaar van zijn verzameling, aangezien het bestond uit drie verschillende instrumenten in één. De hoorn begon met een rechthoekig koperen mondstuk, gekoppeld aan een plengkast waaraan vier ventielen ontsproten. De ventielen regelden de toevoer naar vier pijpen, die zich eerst eenmaal rond een centrale koperen bol kronkelden en er vervolgens in verdwenen; die bol was de zogeheten 'mengbeker'. Aan de kant tegenover het mondstuk stak een buis uit de bol die uitliep in een vlakke trompetkelk. De vier ventielen werden bespeeld door de vingers van de linkerhand waardoor tonen werden voortgebracht die behoorden tot een exacte maar zeer irrationele toonschaal en overkwamen als een zalvend, onwelvoeglijk gerochel.

Boven het mondstuk bevond zich een tweede buis die aan de neusvleugels werd vastgeklemd en zo een skriedelfluit vormde, die door de rechterhand werd bespeeld; de fluit bracht tonen voort die niet waarneembaar in verhouding stonden tot de klanken van de hoorn. De rechtervoet pompte ten slotte lucht in een blaas die werd bespeeld door bewegingen van de linkerknie en die zware, volle klanken voortbracht die iets meer dan een octaaf besloegen. Het was duidelijk dat het met enige virtuositeit bespelen van de kwaakhoorn eindeloze uren van oefening zou vergen, ja zelfs jaren, of tientallen jaren.

"Ik kan de kwaakhoorn bespelen," zei Maihac tegen de Faths, "maar of ik hem goed bespeel? Dat zullen jullie nooit weten, aangezien goed ongeveer net zo klinkt als slecht, voor zover ik kan horen."

"Ik ben ervan overtuigd dat je prachtig speelt," zei Althea. "Maar laat ons niet op hete kolen zitten! Speel iets frivools en verrukkelijks!"

"Goed dan," zei Maihac. "Ik zal *De kwade vrouwen van Antarbus* spelen, dat is het enige deuntje dat ik ken."

Maihac pakte het instrument, trok de riemen en gespen aan en blies een paar inleidende glissando's. De neusfluit bracht een schel gekwinkeleer voort. De klanken van de bolbuikige hoorn leken als door stroop naar boven te borrelen en uit te monden in een geluid dat zo rauw en onwelvoeglijk klonk, dat Hilyer en Althea van kleur verschoten. De blaas klaagde en jammerde voort langs een reeks miniem van elkaar verschillende tonen, zeer delicaat, zij het ietwat saai.

Maihac legde de belangrijkste functies van het instrument uit. "De grote virtuoso's op de kwaakhoorn bezaten waarschijnlijk een volmaakte beheersing van de halve tonen, de toeten, de rochels, de bonzen en de knerpen. Maar goed, daar gaat-ie dan: *De kwade vrouwen van Antarbus.*"

Jaro, die aandachtig luisterde, hoorde: "Tiedel-diedel-iedel-tiedel e-buggel uggel e-buggel jeun jeun de-buggel-uggel jeun tiedel-iedel jeun tiedel-iedel-iedel e-buggel e-buggel-uggel jeun jeun tiedel-iedel tiedel de-buggel."

"Ik heb het naar beste kunnen gespeeld," zei Maihac. "Wat vonden jullie ervan?"

"Heel aardig," zei Hilyer. "Als je het nog beter onder de knie krijgt slaan we straks dwangmatig aan het dansen."

"Men moet voorzichtig zijn met kwaakhoorns," zei Maihac. "Volgens zeggen worden ze door duivels gemaakt." Hij wees naar de symbolen die op de tromp van de koperen hoorn waren gegrift. "Zie je die tekens? Daar staat: 'Gedaan door Suanez'. Suanez is een duivel. Volgens de winkelier is in elke hoorn een geheime melodie verwerkt. Mocht een menselijke muzikant bij toeval een gedeelte van deze melodie spelen, dan is hij gevangen en moet hij voortspelen tot hij er dood bij neervalt."

"Steeds dezelfde melodie?" vroeg Jaro.

"Voor afwijkingen is geen ruimte."

Hilyer vroeg ironisch: "En het was de winkelier die de herkomst van de hoorn staafde?"

"Welzeker. En toen ik om bewijsmateriaal vroeg, gaf hij me een afbeelding van de duivel Suanez en legde nog eens twintig sol op de prijs. Hij wist dat ik de hoorn wilde hebben. Ik kon kiezen: nog twee uur loven en bieden of de twintig sol betalen — hetgeen ik maar heb gedaan. Die winkeliers zijn onverbeterlijke schurken."

Hilyer grinnikte. "Dat hebben we zelf ook ervaren, van binnen tot buiten en van onder tot boven."

"Toen ik mijn koperen kandelaars vond had ik bijna net zo'n ervaring als jij," zei Althea. "Dat gebeurde op onze eerste buitenwereldse expeditie, die op zichzelf ook al een waar avonturenverhaal was!"

"Kom, kom," zei Hilyer glimlachend. "Laten we niet al te dramatisch doen! Meneer Maihac is tenslotte zeker wel gewend aan exotische oorden."

"Nee, vertel het maar," zei Maihac. "Ik ben niet overal geweest, dat staat wel vast."

Hilyer en Althea vertelden het verhaal getweeën, met talloze wederzijdse tussenvoegingen en nevenopmerkingen. Kort na hun huwelijk waren ze vertrokken op een expeditie naar de wereld Plaise, in een kleine plaatselijke sterrenzwerm gelegen, niet ver van de rand van de Melkweg. Zoals zovele werelden was Plaise ontdekt en gekoloniseerd gedurende die eerste grote explosie van het mensdom in wat uiteindelijk het Gaiaanse Bereik zou worden. De Faths waren naar Plaise gegaan voor wat, naar ze nu wisten, een roekeloze onderneming was, en wel om de zogeheten 'Zonnewendegroeten' van de bewoners der Verwantbergen te registreren. Dit was nog nimmer tevoren gepoogd, laat staan volbracht en wel om een heel goede reden: het was ronduit zelfmoord. Onbekommerd als vogeltjes waren de Faths op de ruimtehaven van Plaise gearriveerd waarna ze hun intrek namen in een landelijk pension te Sern, in de heuvels aan de voet van de Verwantbergen. Daar werd hun verteld van de moeilijkheid die hun voornemen onuitvoerbaar zou maken: ze zouden ogenblikkelijk worden gedood zodra ze werden opgemerkt.

De Faths, eerder overmoedig en dwaas dan dapper, negeerden de waarschuwingen en verzonnen listen om de moeilijkheden stuk voor stuk te omzeilen. Ze huurden een zwever en vlogen twee nachten voor de zonnewende het Kouhouravijn in en bevestigden daar tweeëndertig opnameapparaten aan de steile rotswanden. Ze hadden het enorme geluk niet te worden gezien, waarop de zwever in een net zou zijn verstrikt en omlaaggehaald naar de bodem van het ravijn, waar de Faths zouden zijn onderworpen aan daden die te ijselijk waren om gewag van te maken.

"Ik word er koud van wanneer ik eraan denk!" huiverde Althea. "We waren jong en onbezonnen," zei Hilyer. "We dachten dat we gewoon konden zeggen dat we aan het Thanet Instituut waren verbonden, als we gevangen werden, en dat er dan verder geen bezwaar zou worden gemaakt."

Op de nacht van de zonnewende voltrok het bergvolk zijn ceremonie. Heel de nacht galmden langgerekte stoten geluid door het ravijn. De dag daarop volvoerde het volk zijn boeteritueel; de daarbij geslaakte kreten stegen op als droevigzoet kwelen.

De Faths hielden zich intussen gedekt in Sern waar ze zich uitgaven voor landbouwdeskundigen. Om de tijd te korten was Althea wat gaan snuffelen in een oud rommelig winkeltje waar allerlei ongeregelde waar te koop aangeboden werd. In een slordige stapel spullen ontdekte ze een stel massief koperen kandelaars, waar ze haastig haar blik van afwendde; ze pakte wat een gebutste oude pan leek en begon die te bestuderen. "Een waardevol stuk," zei de winkelier. "Dat is echt aluminium."

"Ik ben niet echt geïnteresseerd," zei Althea. "Ik heb al een pan."

"Natuurlijk. Misschien lijken die oude kandelaars u iets? Bijzonder waardevol — zuiver koper!"

"Nee, toch maar niet," zei Althea. "Een stel kandelaars heb ik ook al."

"Maar ze zijn heel handig als er eens een kapotgaat," voerde de winkelier aan. "Het is niet goed zonder licht te zitten."

"Dat is ook weer waar," zei Althea. "Wat vraagt u voor die vieze oude dingen?"

"Niet veel. Zeg vijfhonderd sol."

Althea wierp hem slechts een minachtende blik toe en begon een stenen plaquette te bestuderen die glanzend gewreven was en druk bewerkt met ingesneden glyphen. "Wat is dit?"

"Het is heel oud. Ik kan het niet lezen. Men zegt dat er de tien geheimen van de mens op staan: van groot belang dus, zou ik denken."

"Mits men dat rare schrift kan lezen."

"Altijd beter dan niets."

"Hoeveel?"

"Tweehonderd sol."

"Nu neemt u me in de maling!" riep Althea verontwaardigd. "Houdt u mij voor dwaas?"

"Wel…zeventig sol dan. Dat is een koopje: zeven sol per geheim!"

"Poe. Die geheimen zijn oud en nutteloos, zelfs al zou ik ze kunnen lezen. Vijf sol is mijn prijs."

"Aiee! Moet ik dan mijn kostbaarheden weggeven aan iedere krankzinnige vrouw die mijn winkel binnenkomt?"

Althea begon lang en toegewijd af te dingen, maar de winkelier bleef vasthouden aan een prijs van veertig sol.

"Die vraagprijs is verachtelijk!" tierde Althea. "Ik wil wel betalen, maar dan op voorwaarde dat u er nog het een en ander van geringere waarde bij doet. Laten we zeggen dat kleedje en, ja, waarom ook niet: die kandelaars."

Opnieuw gaf de winkelier blijk van ontsteltenis. Hij beklopte het kleedje dat geweven was in een streeppatroon van zwart, roodbruin en goudbruin. "Dit is een vruchtbaarheidsmat. Hij is geweven van de schaamharen van maagden! De kandelaars zijn zesduizend jaar oud en komen uit de grot van de eerste Kluizenaarkoning Jon Solander. Ik schat deze kavels bij elkaar op duizend sol!"

"Ik bied veertig sol voor het geheel."

De winkelier stak Althea een kromzwaard toe en ontblootte zijn keel. "Dood mij, alvorens me te onteren met zulke afperserij!"

Uiteindelijk verliet Althea enigszins verdwaasd de winkel met de kandelaars, de plaquette en het kleedje, nadat ze betaald had wat volgens Hilyers berekeningen naderhand ongeveer tweemaal zoveel was als ze had behoeven te betalen. Desalniettemin was Althea gelukkig met haar aanwinsten.

De volgende dag namen ze de zwever en vlogen op grote hoogte over Kouhou. Het gebied was verlaten; het bergvolk was in groten getale naar de Polleplas getrokken voor de Reinigingsrite. De Faths haalden haastig hun opnameapparatuur op, keerden terug naar de ruimtehaven van Plaise en vertrokken op de eerste geschikte lijnboot.

De resultaten van hun roekeloze expeditie waren hoogst bevredigend; ze hadden een verbijsterende reeks klanken opgenomen — opgolvingen van, ja, van wat? Melodie? Dynamische projectie? Verklankte zielekracht? Niemand kon in de taxonomie der muziek een geschikte plaats vinden om de Zangen van Kouhou, zoals ze bekend werden, onder te brengen.

"Nooit zullen we meer zo'n onbezonnen avontuur ondernemen," zei Althea tegen Maihac. "Hoewel, alles daargelaten ben ik toen wel begonnen kandelaars te verzamelen. Maar nu genoeg over mij en mijn bespottelijke hobby. Speel nog eens een deuntje op de kwaakhoorn."

"Vanavond niet," zei Maihac. "Ik heb last van valse lucht bij de neusfluit. Het zit hem in de embouchure van het neusstuk. Het kost jaren om een werkelijk goede embouchure te krijgen met de neusvleugels. En als ik die ooit waarlijk onder de knie zou krijgen, zou ik eruitzien als een vampiervleermuis." Maihac borg het instrument weer in de koffer.

"De volgende keer moet je je viersnaarder meebrengen," zei Althea. "Dat is een veel milder instrument."

"Dat is waar! Dan loop ik niet het risico van Suanez de duivel, of van een zere neus."

"Maar toch zou je een repertoire op de kwaakhoorn moeten opbouwen. Als je elke week een concert gaf in het Centrum, dan zou je niet weinig de aandacht trekken en een heel behoorlijk honorarium kunnen vragen, zou ik zo denken."

Hilyer grinnikte. "Als je verlangt naar roem en ponteneur dan heb je nu je kans. De Scythen zouden je spoorslags als lid inschrijven; die pronken graag met het excentrieke."

"Ik zal die suggestie in overweging nemen," zei Maihac beleefd. "Hoewel ik niet meer afhankelijk ben van de kwaakhoorn om mijn geldelijke problemen op te lossen. Ik heb namelijk een deeltijdbaan genomen in de werkplaats op de ruimtehaven. Het betaalt vrij goed, maar naast mijn colleges op het instituut zal ik weinig tijd overhouden om op de kwaakhoorn te oefenen."

Hilyer en Althea, die Jaro's enthousiasme wel zagen, waren terughoudend in hun gelukwensen. Net als joffer Wirtz vonden ze dat Jaro's geboeide belangstelling voor de ruimtevaart hem zou afleiden van de academische loopbaan die hij naar ze hoopten zou volgen.

Er verstreek een maand. De voorjaarsvakantie op de middelbare school van Langolen naderde. Jaro's werk was intussen zeer plotseling in kwaliteit achteruitgegaan, alsof Jaro leed onder gedachteloosheid. Joffer Wirtz vermoedde dat Jaro zijn aandacht al te vrijelijk had doen uitzwerven tussen de verre planeten en op een ochtend, na het eerste lesuur, nam ze hem apart in haar kantoortje.

Jaro gaf toe dat hij te kort was geschoten en beloofde beter zijn best te zullen doen. Joffer Wirtz zei dat dat allemaal goed en wel was, maar niet voldoende. "Jouw werk is altijd voortreffelijk geweest en we waren allemaal zo trots op je. Vanwaar dan plotseling die dromerigheid? Je kunt niet zomaar alles uit je handen laten vallen om achter vlinders aan te lopen! Dat ben je toch met me eens?"

"Ja, natuurlijk, maar —"

Joffer Wirtz wilde niet luisteren. "Je dient je dagdromen terzijde te leggen en aandacht te schenken aan je toekomst."

Jaro probeerde wanhopig de beschuldiging van luiheid te ontzenuwen. "U zou het toch niet begrijpen, ook al zou ik het uitleggen!"

"Probeer maar!"

Jaro mompelde: "Ik geef geen zier om ponteneur. Zo gauw als ik kan ga ik de ruimte in."

Joffer Wirtz begon zich af te vragen wat er aan de hand was. "Dat is allemaal goed en wel, maar vanwaar die wanhopige haast?"

"Daar heb ik een goede reden voor."

Zodra Jaro dat had gezegd begreep hij dat hij te ver was gegaan. Joffer Wirtz sprong er bovenop.

"Zo, zo. En wat is die reden dan wel?"

"Er is iets belangrijks dat ik moet doen, als ik niet gek wil worden."

"Zo, zo," zei joffer Wirtz opnieuw. "En wat moet je dan doen?"

"Dat weet ik nog niet."

"Juist. Waar ga je dan heen om te doen wat gedaan moet worden, en wat ga je dan doen?"

"Dat weet ik ook nog niet."

Joffer Wirtz hield haar stem zorgvuldig in bedwang. "Waarom ben je er dan zo mee bezig als je niet weet wat je aan het doen bent?"

"Dat weet ik heus wel."

"Hoe weet je dat dan? Vooruit!"

"Omdat ik dingen hoor in mijn hoofd! O, alstublieft, vraagt u nu niet verder!"

"Ik zal dit tot op de bodem uitzoeken. Wil je me vertellen dat je opdrachten krijgt, 's nachts in je dromen?"

"U begrijpt het helemaal verkeerd! Het zijn geen opdrachten en ik hoor ze niet in mijn dromen en lang niet altijd 's nachts. Mag ik nu alstublieft weg?"

"Ja, Jaro — zodra ik weet wat hier aan de hand is. Dit is volstrekt niet normaal! Jij hoort stemmen die je aanwijzingen geven?"

"Ze geven me geen aanwijzingen. Er is maar één stem en die maakt me bang."

Joffer Wirtz zuchtte. "Goed, Jaro, je kunt gaan."

Maar Jaro, ontzet door wat hij zich had laten ontglippen, bleef dralen en probeerde joffer Wirtz ervan te overtuigen dat er echt niets ernstigs was en dat hij echt alles in de hand had, zodat ze maar moest vergeten wat hij haar had verteld.

Joffer Wirtz glimlachte en gaf hem een klopje op zijn schouder en zei dat ze erover na moest denken. Jaro draaide zich langzaam om en vertrok.

Althea was druk bezig in haar kantoor op het Instituut. De gong van de communicator op haar bureau galmde. Ze wierp een blik op het beeldscherm en zag het in elkaar gewerkte blauwrode rechthoek-patroon van de Parnassusclub. Een tikje op haar bureau en het gezicht van Idora Wirtz verscheen op het scherm.

"Het spijt me dat ik u moet storen, maar er is iets gebeurd dat u dient te weten, vind ik."

Althea was meteen geschrokken. "Is Jaro ongedeerd?"

"Bent u alleen? Kan ik vrijuit spreken?"

"Ik ben alleen. Hanafer Glackenshaw heeft zich zeker weer mis-dragen?"

"Dat zou ik niet weten. Jaro negeert hem trouwens geheel en al."

Althea's stem sloeg over. "Wat kan hij anders doen? Die jongen van

Glackenshaw op zijn beurt uitschelden? Hem te lijf gaan met zijn vuisten? Hem doodmaken, misschien? We hebben Jaro geleerd zich verre te houden van ruwe sporten waarin gewedijverd wordt, omdat ze oorlogszuchtigheid aanmoedigen en in feite oorlogjes zijn in het klein!"

"Juist ja," zei joffer Wirtz. "Maar daarvoor belde ik niet. Ik vrees dat Jaro lijdt aan geestelijke problemen die heel wel ernstig kunnen zijn."

"Och, kom nu!" riep Althea. "Dat geloof ik niet!"

"Het is helaas maar al te waar. Hij hoort innerlijke stemmen die hem aanwijzingen geven — waarschijnlijk om de ruimte in te trekken om daar een of andere avontuurlijke daad te verrichten. Ik heb deze informatie slechts met de grootste moeite uit hem weten te krijgen."

Althea zweeg. Inderdaad had Jaro de laatste tijd nu en dan heel merkwaardige opmerkingen gemaakt. Ze vroeg: "Wat heeft hij u precies verteld?"

Joffer Wirtz rapporteerde wat ze had gehoord. Toen ze klaar was bedankte Althea haar. "Ik hoop dat u dit niet aan iemand anders vertelt."

"Natuurlijk niet! Maar we moeten zorgen dat het weer goed komt voor die arme Jaro!"

"Ik zal er direct werk van maken!"

Althea belde Hilyer op en herhaalde wat ze van Idora Wirtz had gehoord. Eerst was Hilyer geneigd het sceptisch op te nemen, tot Althea volhield dat ze vergelijkbare uitspraken had gehoord en dat er geen twijfel aan bestond dat Jaro deskundige hulp van node had. Hilyer stemde er ten slotte mee in dienaangaande navraag te doen. Het scherm werd donker.

Een halfuur later verscheen Hilyer weer op het scherm. "De gezondheidsdienst spreekt lovend over een groepspraktijk genaamd de FWG-groep, gevestigd in Huize Buntoon, in het district Celece. Ik heb ze gebeld en we moeten er onmiddellijk heen voor een onderhoud met hun dr. Fiorio. Ik neem aan dat je weg kunt?"

"Vanzelfsprekend!"

4

Mel Swope, de directeur van de gezondheidsdienst van het Instituut, had Hilyer ingelicht over de FWG-groep. Het kader bestond uit drie aanzienlijke artsen, dr. Fiorio, dr. Windle en dr. Gissing. Ze bezaten een goede reputatie; volgens zeggen waren ze stevig geworteld in de orthodoxe geneeskunde, maar bereid vernieuwende procedures in aanmerking te nemen als de noodzaak zich voordeed. Buiten Huize Buntoon genoten ze alle drie een hoge maatschappelijke status en hun clubs waren verzamelplaatsen van het hoogste ponteneur. Dr. Fiorio was bij de Val Verde, dr. Windle bij het Palindroom en dr. Gissing was lid van diverse clubs waarvan de meest aanzienlijke de Lemurianen was, die als zowel gedurfd als onvoorspelbaar werden beschouwd. Dr. Fiorio was gezet, uiterst precies en zo roze als een stevig gewassen zuigeling. Dr. Windle, de oudste van de groep, leek geheel te bestaan uit lange dunne armen, puntige ellebogen en bottige stelten. Het gelige schedeldak dat zich boven zijn voorhoofd verhief, ondersteunde een aantal bruine moedervlekken en een paar slierten kleurloos haar.

In tegenstelling daarmee was dr. Gissing luchtig, kwikzilverachtig, tenger van postuur en met een fraaie bos wit haar. Hij was eens in een vaktijdschrift beschreven als 'heeft veel weg van een sierlijke tuindryade die men verscholen kan vinden tussen de viooltjes, of met zijn bevallige voetjes in het vogelbadje.' Hetzelfde vaktijdschrift had de FWG-groep beschreven als 'een uiterst bijzondere synergie, in alle opzichten krachtiger dan de som van de afzonderlijke delen.'

Hilyer en Althea waren binnen het uur bij Huize Buntoon. Het bleek een indrukwekkend gebouw te zijn van roze steen, zwart ijzer en glas, in de schaduw van zeven langalbomen.

De Faths betraden het bouwsel en werden naar het kantoor van dr. Fiorio gebracht. Hij kwam overeind; een lange man was het, met een gesteven wit jasje. Hij nam zijn bezoekers met minzame blauwe ogen op. "Professor Hilyer Fath, professor Althea Fath? Ik ben dr. Fiorio." Hij gebaarde naar de stoelen. "Als het u belieft?"

De Faths namen plaats. Hilyer nam het woord. "Zoals u weet zijn we hier vanwege onze zoon."

"Ja, ik heb de aantekening gezien. Uw omschrijving was wat vaag."

Hilyer was overgevoelig voor mogelijke kritiek op zijn schriftelijk uitdrukkingsvermogen en nam het meteen verkeerd op. Hij zei kortaf: "Onze informatie was ook erg vaag. Dat feit heb ik getracht u zo helder mogelijk over te brengen. Kennelijk ben ik daarin niet geslaagd."

Dr. Fiorio zag dat hij een vergissing begaan had. "Natuurlijk, natuurlijk! Ik bedoelde er niets misprijzends mee, dat verzeker ik u."

Hilyer beantwoordde de opmerking met een vormelijk knikje. "Jaro heeft melding gemaakt van merkwaardige voorvallen waarvoor wij geen verklaring hebben. We zijn bij u gekomen om advies van een deskundige te vragen."

"Juist, ja," zei dr. Fiorio. "Hoe oud is Jaro?"

"Ik kan u maar beter het hele verhaal vertellen." Hilyer schetste de meest belangrijke gebeurtenissen in Jaro's leven, vanaf het moment dat hij gered werd aan de voet van de Wychingheuvels tot aan de huidige dag. "U dient rekening te houden met een leemte in Jaro's herinnering ter grootte van zes jaar. Ik heb helaas het gevoel dat die zogeheten 'stem' een overblijfsel is uit die periode."

"Hm," zei dr. Fiorio. "Dat kan heel wel." Hij trok aan zijn ronde roze kin. "Ik zou er graag mijn collega, dr. Gissing, bij halen. Meervoudige persoonlijkheden is een van zijn specialismen."

Dr. Gissing verscheen: een kleine, ietwat branieachtige man met een waakzaam, nieuwsgierig gezicht. Zoals dr. Fiorio al had voorspeld was hij meteen geïnteresseerd in Jaro's geval. "Hebt u de protocollen van de behandeling die Jaro in de kliniek in Sronk heeft ondergaan?"

"Nee." Hilyer had het gevoel dat hij meteen in de verdediging werd gedrongen door de lepe dr. Gissing. "Het ging allemaal erg overhaast. We waren bezig te proberen het kind te redden; formaliteiten als het bijhouden van rapporten zijn daar waarschijnlijk bij ingeschoten."

"Begrijpelijk!" verklaarde dr. Gissing. "U hebt zich natuurlijk net zo goed geweerd als ieder andere geschrokken leek zou hebben gedaan."

"Precies," galmde dr. Fiorio. "Trouwens, we zullen toch nieuwe schema's nodig hebben."

"Het is een interessant geval," zei dr. Gissing. Vriendelijk glimlachend naar Hilyer en Althea verliet hij het kantoor.

"Dat is dan afgesproken," zei Althea haastig. "Wanneer kunnen we komen met Jaro?"

"Morgenochtend rond deze tijd, dat zou prima zijn."

Althea gaf aan dat de tijd wel uitkwam. "Ik kan u niet zeggen hoe opgelucht we ons voelen nu de zaak in uw handen ligt!"

"Blijft er nog één ding over," zei dr. Fiorio. "Ik doel op de betaling, die wij evenzeer verlangend zijn te ontvangen als u verlangend zult zijn erop te beknibbelen. Wij zijn niet goedkoop en gulhartig al evenmin, en het is beter uiteen te gaan in een sfeer van wederzijds begrijpen."

"Wees niet bang," zei Hilyer. "Zoals u weet zijn wij verbonden aan de faculteit Esthetische Filosofie van het Instituut. U kunt uw rekeningen indienen bij de penningmeester van de gezondheidsdienst."

Dr. Fiorio trok een lelijk gezicht. "Het bureau van de penningmeester is overmatig scrupuleus," zei hij. Hij snoof. "Bij gelegenheid werpen ze gemelijk moeilijkheden op over een paar sol. Maar dat doet er niet toe! Morgenochtend ontvangen we Jaro!"

HOOFDSTUK IV

1

LAAT IN DE MIDDAG, toen Jaro uit school thuiskwam, trof hij Hilyer en Althea aan die in de zitkamer op hem zaten te wachten — een ongewone situatie.

Althea sprong overeind en schonk drie kleine glaasjes speciale Altengelb in, waarvan ze er eentje aan Jaro gaf. Dit was een wijn voor bijzondere gelegenheden en Jaro voelde wel dat er iets significants op handen was.

Na voor de vorm een slokje te hebben genomen schraapte Hilyer zijn keel. Zijn onbehagen maakte dat hij veel pompeuzer klonk dan hij wilde, toen hij begon te praten. "Jaro, je moeder en ik waren heel verbaasd te vernemen dat je problemen had. Het is jammer dat je niet tevoren je hart bij ons hebt uitgestort."

Jaro slaakte een lichte zucht bij zichzelf. De zaak was die onvermijdelijke fase ingegaan die hij tegelijk had gevreesd en verwelkomd. Nu wilde hij alles uitleggen, het er in een grote vloedgolf uitgooien — al zijn ontzag, zijn vrees, zijn verwarring, zijn krampachtige aanvallen van claustrofobische paniek, zijn angst voor het onbekende. Hij wilde in een grote explosie van woorden alle liefde en erkentelijkheid uitdrukken die hij voelde voor die twee lieve mensen, die nu misschien ongerust of zelfs gekwetst waren, om hem.

Maar toen hij begon te praten klonken zijn woorden stijf en gekunsteld. "Het spijt me dat jullie je ongerust hebben gemaakt. Ik wilde het niet zo. Ik dacht dat ik er zelf wel uit kon komen."

Hilyer knikte scherp. "Dat is allemaal goed en wel, maar —"

Althea viel hem in de rede. "Om een lang verhaal kort te maken, wij vinden dat je een specialist moet consulteren. We hebben een afspraak voor je gemaakt met dr. Fiorio van de FWG-groep. Hij staat goed bekend en we hopen dat hij in staat zal zijn je te helpen."

Jaro nam een slokje van zijn wijn hoewel hij die niet zo lekker vond. "Hoelang gaat dat duren?"

Hilyer haalde zijn schouders op. "Wat dat aangaat, dat weten we niet echt zeker, aangezien niemand nog weet waardoor het probleem wordt veroorzaakt. Je eerste afspraak is morgenochtend, tussen twee haakjes, op Huize Buntoon in het Celece. Het is er erg aardig."

Jaro schrok ervan. "Zo gauw al?"

"Hoe eerder hoe beter. Je voorjaarsvakantie is net begonnen; het had niet beter kunnen uitvallen."

"Nee, dat is wel zo."

Althea streelde Jaro's schouder. "En wij zijn natuurlijk bij je. Je hoeft je geen zorgen te maken."

"Dat doe ik ook niet."

2

Niet lang na het avondeten zei Jaro Hilyer en Althea welterusten en vertrok naar bed. Heel lang lag hij in het donker te staren, terwijl hij zich afvroeg met wat voor therapie ze hem onderhanden zouden nemen. Al te vernietigend kon het niet zijn, anders zou er al gauw geen cliënt meer terugkomen bij de FWG-groep.

Eén ding leek wel zeker: ze zouden proberen de geheimen van zijn kinderjaren te ontraadselen, en dat was alleen maar goed. Jaro kon maar weinig aanwijzingen aandragen: het beeld van een magere man, afgetekend tegen de schemering van een verre wereld, een blik in een romantische tuin, verlicht door twee grote bleke manen. En dan de stem!

Een groot mysterie! Waar kwam de stem vandaan? Jaro wist het een en ander over telepathie, heel oppervlakkig; misschien was dat de oplossing. Misschien was hij de ontvanger geworden van de tragische gevoelens van iemand anders!

Jaro was dikwijls begonnen zijn hart uit te storten bij de Faths, maar telkens had hij zich op het laatste moment ingehouden. De Faths, zo goedhartig en liefhebbend, hadden de neiging overdreven te reageren. Hilyer ging nogal onpraktisch om met noodsituaties en zou de noodzakelijke tegenmaatregelen uitermate precies beginnen te organiseren, tot in alle details. Althea zou het ene ogenblik door de kamer darren en hem het volgende ogenblik knuffelen tot hij bijna stikte, terwijl ze hem verweet dat hij alles voor zich gehouden had. Met hen beiden zouden ze eisen dat hij beloofde in het vervolg elk onlustgevoel, elk pijntje en steekje, kriebeltje en scheutje te melden, hoe nietig ook, aangezien zij het beste wisten wat goed voor hem was. In elk geval had hij nu geen zeggenschap meer over de zaak; wie weet wat er zou gebeuren.

Nu zou hij er dan achter komen.

3

Hilyer kon zijn werkrooster niet veranderen, zodat het Althea was die Jaro begeleidde op zijn eerste bezoek aan Huize Buntoon. Ze arriveerden op het afgesproken uur en werden meteen naar dr. Fiorio gebracht die Jaro van hoofd tot voeten opnam. "Dat is dus onze jongeman met al die problemen? Hij ziet eruit als een kerngezonde jongen. Hoe voel je je vandaag, Jaro?"

"Heel goed, dank u."

"Aha, zo mag ik het horen! Recht door zee!" Dr. Fiorio wees naar een witte rotanstoel. "Ga daar maar zitten, alsjeblieft, dan kunnen we even praten."

Dat ging allemaal goed. Dr. Fiorio leek wel aardig, zij het een tikje erg joviaal.

"Goed, Jaro! Als je nu nog een ogenblikje geduld hebt... Ik heb nog wat af te wikkelen met je moeder." Hij nam Althea mee naar de andere kamer waar ze, zoals hij uitlegde, een standaardpakket wettelijke documenten moest tekenen. De deur bleef halfopen staan; Jaro kon ze over de paperassen horen praten.

"Mooi," zei dr. Fiorio ten slotte. "Dat is dan afgewikkeld. Wilt u dan nu zo goed zijn mijn geheugen nog wat op te frissen wat Jaro's problemen aangaat. Hoe is het ook weer begonnen?"

Althea zette haar gedachten op een rijtje. "Wat de stem zelf betreft, daar kan Jaro u meer over vertellen dan ik."

"Heeft hij kortgeleden hoofdletsel opgelopen? Een val, een klap, een botsing?"

"Niet dat ik weet."

"En zijn gezondheid? Is hij zo gezond als hij eruitziet?"

"O, zeker! Hij is nooit ziekelijk geweest. We hebben verteld dat hij toen hij zes jaar was bijna is doodgeknuppeld door een bende schurken die bijna al zijn beenderen hebben gebroken. We hebben hem gered, maar hij was op sterven na dood. In het ziekenhuis kreeg hij stuipende aanvallen van hysterische gemoedsbewegingen, die het beetje levenskracht dat hij nog bezat uitputten. Iets in zijn geest maakte hem krankzinnig. Als laatste redmiddel heeft de therapeut toen een segment van zijn geheugen verwijderd en dat heeft zijn leven gered, hoewel hij bijna alle herinneringen aan zijn eerste zes jaar is kwijtgeraakt."

"Interessant! En waar is dat alles gebeurd? Toch zeker niet op Gallingale?"

"Nee," zei Althea. "Dat was..." Ze hield op en er volgde een merkwaardig soort zwijgen, schichtig en heimelijk, niets voor Althea. De deur werd zachtjes dichtgedaan en hij hoorde verder niets meer.

Vreemd! Jaro had nooit geweten waar die gebeurtenissen uit zijn jeugd hadden plaatsgevonden. Als hij ernaar vroeg kreeg hij vage antwoorden: "O, ergens op een onbetekenende kleine wereld waar we met een onderzoekje bezig waren. Dat is allemaal verleden tijd en niet echt van belang, feitelijk."

Vreemd, al die uitvluchten!

De deur ging open; het tweetal kwam de kamer binnen waar Jaro zat te wachten. Althea voerde juist aan dat Jaro zich prettiger zou voelen als zij erbij bleef gedurende het eerste onderzoek. Dr. Fiorio wilde er niet van horen. "Volstrekt niet! Uw aanwezigheid zou Jaro maar onbehaaglijk maken. Misschien wilt u een kopje thee gaan drinken in onze kantine, aan de overkant van de binnenplaats."

Met tegenzin vertrok Althea naar de kantine. Dr. Fiorio bracht Jaro naar een onderzoekskamer met grijsgroene wanden die licht uitstraalden dat vanonder water leek te komen. Jaro wachtte, fatalistisch gestemd.

Dr. Fiorio was gereed. Hij sloeg met zijn vlakke handen op het bureaublad. De therapie was begonnen. "Goed dan, Jaro, daar zitten we dan! Onze eerste taak is elkaar beter te leren kennen. Als ik het zo zeggen mag, je ziet eruit als een eersteklas pientere knaap en een echte maatschappelijk klimmer ook, ongetwijfeld. Je bent de Jeugdliga vast al ontgroeid, zeker? Ik zie geen emblemen, maar ik zou zo zeggen dat je al een heel eind gevorderd bent binnen de Pimpernoten, of de Zouaven misschien, of de Golliwogs."

"Ik ben niets, zelfs geen nixo."

"Aha. Ja. Hm. Ha!" Dr. Fiorio trok zijn wenkbrauwen op. "Juist ja! Ieder dient zijn eigen hoogten te veroveren; ponteneur is een masker met vele gezichten. Maar dat is een gecompliceerde waarheid en daar zullen we nu niet verder op doorgaan. Mee eens?"

"Ja meneer."

"Zo mag ik het horen! Zo, en nu die mysterieuze stemmen van jou. Vertel me daar maar eens over; in een mum van tijd hebben we ze zover dat ze om genade smeken."

Jaro zei langzaam: "Het is wel wat ernstiger dan u het wil laten voorkomen."

Dr. Fiorio keek hem een ogenblik aan met opgetrokken wenkbrauwen terwijl de opgewekte glimlach langzaam wegtrok. "Zozo!" Hij dacht even na. "Ik zie dat ik je verkeerd ingeschat heb. Neem me niet kwalijk; ik zal proberen me aan te passen. Vertel me maar over die stem. Hoor je hem vaak?"

"Eerst niet zo erg vaak, een keer per maand, en dan leek het nog nauwelijks iets om aandacht aan te schenken. Het afgelopen jaar hoor ik hem een paar maal in de week en nu maakt hij me onrustig. Hij schijnt ergens van binnen in mijn hoofd te komen en ik kan er niet aan ontsnappen."

Dr. Fiorio bromde zachtjes. "Die stem — is dat een vrouwen- of een mannenstem?"

"Een mannenstem. Wat me nog het meest bang maakt is dat hij soms klinkt als mijn eigen stem."

"Hm. Dat is mogelijk van belang."

"Ik denk van niet," zei Jaro. "Ik ben tot de conclusie gekomen dat het niet mijn stem is." Vervolgens beschreef hij de stem zo goed als hij kon. "Uiteindelijk moest ik het toch aan iemand vertellen en nu zit ik hier."

"Je hebt me heel wat gegeven om over na te denken," zei dr. Fiorio. "Dit is iets wat ik nooit eerder ben tegengekomen."

"Waar wordt die stem door veroorzaakt?" vroeg Jaro bezorgd.

Dr. Fiorio schudde zijn hoofd. "Dat weet ik niet. Ik kan ernaar raden en zeggen dat er ten gevolge van je vroegere therapie een paar onnatuurlijke gesloten lussen zijn ontstaan die uiteindelijk begonnen zijn energie op te nemen. Zo ja, dan kan dat ernstige gevolgen hebben. We weten meer zodra we je onderzocht hebben. Onze eerste taak is het isoleren van de oorsprong van die stem. We beginnen maar meteen." Dr. Fiorio stond op. "Hierheen graag, naar het laboratorium. Ik zal je voorstellen aan mijn collegae, dr. Windle en dr. Gissing. We zullen ons gedrieën met jouw geval bezighouden."

Drie uur later kwamen dr. Fiorio en Jaro terug in de wachtkamer. Althea keek van de een naar de ander. Jaro was kalm, zij het een tikje uit zijn doen. Dr. Fiorio leek te zijn ingezakt en had de opgewekte maniertjes die zijn conversatie eerder hadden verlevendigd afgelegd. "We zijn begonnen met een milde hypnose en een gegevensondersteuning," zei hij tegen Althea. "Maar we zijn niets van belang te weten gekomen. Dat is ongeveer alles wat ik u zeggen kan, behalve dat het ons het beste lijkt als Jaro tijdelijk zijn intrek neemt in een van onze tuinsuites, waar hij dicht bij de hand is voor zijn therapie."

Althea protesteerde. "Alles goed en wel, maar dan wordt hij afgesneden van zijn familie en zijn vrienden! Wij willen toch zijn therapie met hem bespreken en hem goede raad geven waar dat nodig lijkt. Als Jaro hier blijft is dat onmogelijk!"

"Precies," zei dr. Fiorio. "Daarom stelde ik het ook voor."

Althea stemde met tegenzin met de regeling in. "Maar maak je geen zorgen," zei ze tegen Jaro. "We laten je niet in de steek! Ik kom elke dag langs en dan houd ik je gezelschap zo lang als ik kan!"

Dr. Fiorio schraapte zijn keel en richtte zijn blik op het plafond. "Het zou beter zijn voor alle betrokkenen als u uw bezoeken tot een redelijk minimum beperkt — laten we zeggen om de drie dagen een uurtje."

"Maar dr. Fiorio!" kreet Althea. "Dat is toch nauwelijks redelijk! Jaro heeft mijn steun nodig; bovendien wil ik alle details van zijn therapie weten!"

Dr. Fiorio zei ietwat korzelig: "Wij geven er de voorkeur aan geen regelmatige voortgangsrapportage te leveren. Als er geen veranderingen optreden, zoals gebruikelijk, worden wij gedwongen een hoeveelheid opgewekte nietszeggendheden te verzinnen. Dat is hinderlijk. Wanneer we iets van belang te melden hebben, dan weet u het ogenblikkelijk."

"Het valt niet mee in een kennisluchtledige te verkeren," klaagde Althea. "Vooral wanneer men bezorgd is."

Dr. Fiorio streek met de hand over het hart. "We zullen proberen u op de hoogte te houden van wat we aan het doen zijn. Vandaag hebben we Jaro bijvoorbeeld onder hypnose gebracht, in de hoop de stem tot actie te prikkelen, zonder succes. Toen zijn we begonnen een schematische analoog te construeren van Jaro's hersenen, die ons in staat zal stellen de synaptische routes na te trekken. We beschikken over de meest moderne autoflexen en gegevensverwerkers; het blijft echter een traag, precies werkje en verrassingen komt men altijd tegen."

Althea aarzelde en vroeg toen: "Denkt u dat u het in orde zult kunnen maken?"

Dr. Fiorio keek Althea bedroefd aan, als was zijn trots gekwetst. "Maar mevrouwtje, natuurlijk! Dat is de grondslag van onze ponteneur!"

Althea had afscheid genomen en de huishoudster was Jaro naar zijn kamer gaan brengen. De drie collegae trokken zich terug in de eetsalon om op krachten te komen. Dr. Gissing maakte een opmerking over Jaro's sombere zelfbeheersing. "Ik kreeg het onbehaaglijke gevoel dat hij ons nog nauwlettender gadesloeg dan wij hem."

"Onzin," zei dr. Windle. "Je hebt last van schuldneurose!"

"Dat is zeker waar, maar is dat niet de oerkracht die ons allen voortdrijft?"

"Sta mij toe dat ik je nog wat thee inschenk," zei dr. Fiorio en toen stapten ze van het onderwerp af.

4

Jaro's leven bestond allengs slechts uit de therapiesessies in Huize Buntoon. Het werk vorderde methodisch. Elektronische tekenpennen trokken het hoofdschema van zijn hersenen na, zowel in twee, als in drie dimensies. Hij werd uitgerust met monitors. Mocht de stem zich manifesteren, dan kon dat deel van de hersenen dat erbij betrokken was nu worden geïdentificeerd.

De stem bleef echter zwijgen, hetgeen dr. Windle, de meest sceptische van de drie therapeuten, op zich al een belangrijke aanwijzing vond. "De jongen heeft natuurlijk een paar akelige dromen gehad," zei hij tegen zijn collegae. "Hij is een nixo die denkt dat de hemel op zijn hoofd valt. We hebben wel honderden gevallen van dat soort hysterie gehad."

Het drietal bevond zich in de bibliotheek voor hun dagelijks overleg, waarbij het hun gewoonte was een glaasje of twee van een rokerige oude maltdrank te nemen. Ze hadden hun gebruikelijke plekje opgezocht: dr. Fiorio, met een gezicht als van een bedaagde cherubijn, stond tegen de tafel in het midden geleund. Dr. Windle, sarcastisch en erudiet, zat een tijdschrift door te bladeren terwijl dr. Gissing in een nonchalante pose op de sofa hing, met een sereen gezicht vol vervoering, als luisterde hij naar de klanken van een verrukkelijke muziek — een uitdrukking die dr. Windle onvriendelijkerwijs vergeleken had met 'de kop van een verbijsterde rat'.

Dr. Gissing gispte dr. Windle om zijn sceptische houding. "Kom nu toch! Die jongen is volkomen oprecht, dat ziet men zo. Hij kan het toch niet plezierig vinden wat wij met hem doen. Hij heeft akelige ervaringen gehad en wil daarvan af."

Dr. Fiorio zei langzaam: "Wij staan hier bepaald voor iets ongrijpbaars. Deze zaak is zo bizar als ik nog nimmer heb meegemaakt. Ik doel hier uiteraard niet slechts op de stem, maar ook op de maanverlichte tuin en de donkere gedaante in de schemering. Ik vraag me maar steeds af wat er verder nog verloren is geraakt in het geheugen van die jongen. Daar kunnen feiten bij zijn die onze wimpers zouden doen krullen!"

"Misschien kan nog iets van zijn verstrooide herinnering worden geborgen," opperde dr. Gissing.

"Die mogelijkheid is vergezocht," betoogde dr. Windle met grote nadruk. "De leemten zijn duidelijk te zien op zijn schema!"

"Zeker! Maar hebt u die verbrokkelde roosters gezien? Ik telde er op het eerste gezicht al meer dan tien. Toegegeven, ze bevinden zich in diverse stadia van verval."

Dr. Windle wees het onderwerp brommend van de hand. "Die hebben niets te beduiden! Het zijn alleen maar oriëntatiepunten die geen mnemonische functie bezitten. Ze zijn niet werkelijk van betekenis."

"Van betekenis niet. Maar intrigerend wel."

"Voor u misschien. Maar we kunnen onze tijd niet verdoen met het najagen van iedere wilde gedachte die u invalt, als krankzinnige wetenschappers die met vlindernetjes door het moeras dollen."

"Kletsika!" verklaarde dr. Gissing goedgeluimd. "Bent u mijn ponteneur vergeten? Wij Lemurianen eten onze kaas met peper! Zo nodig zal ik geheel alleen verder gaan!"

"Mijn beste man," neuzelde dr. Windle, "wij kennen uw voorkeuren! Uw neiging naar het geheimzinnige en afwijkende kan u nog tot droevige misrekeningen verleiden!"

"Ik ben u erkentelijk voor uw waarschuwing," zei dr. Gissing. "Voortaan zal ik mijn genezende vermogens slechts met grote discretie aanwenden."

5

Een week later kregen de Faths het bericht dat dr. Fiorio Jaro's geval wenste te bespreken. Op het afgesproken uur arriveerden de Faths en werden meteen naar dr. Fiorio's spreekkamer gebracht. De dokter verscheen, begroette de Faths, deed ze plaatsnemen in zachte fauteuils en leunde achterover tegen zijn werktafel. Hij keek Hilyer en Althea om beurten aan en zei: "Wat ik u te berichten heb is geen goed en geen slecht nieuws; het is eenvoudig een overzicht van onze werkzaamheden tot nu toe."

De Faths hadden daar niets op te zeggen en dr. Fiorio vervolgde: "Wij boeken vooruitgang in zekere zin, zoals ik u dadelijk zal uitleggen. De stem heeft zich niet meer laten horen. Als het werkelijk een levend iets is, kan het zijn dat het door schrik is bevangen en zich verstopt heeft in een verre uithoek van Jaro's geest."

Althea riep ontsteld: "En dat is wat u gelooft dat er gebeurd is?"

"Bij ontstentenis van bewijs geloof ik aan niets," zei dr. Fiorio. "Maar we hebben nu zeer sterk het vermoeden dat de stem daadwerkelijk bestaat."

Hilyer besloot dat het tijd werd koude logica in het gesprek te brengen. Hij zei: "U klinkt verrassend positief op dat stuk."

"Ik kan me uw scepticisme goed indenken," zei dr. Fiorio. "De beredenering waarop ik mijn opinie baseer, zal een leek niet intuïtief duidelijk zijn. Ik zal me dus uitdrukken in elementaire begrippen. De gedachtegang die daaruit voortvloeit zal niet bijzonder elegant of exact zijn, maar zich wel binnen uw begripsbereik bevinden. U kunt me tot dusver volgen?"

Hilyer knikte kortaf. "Gaat u verder."

"Gaat u dan, als u zo goed wilt zijn, van het volgende perspectief uit. Jaro hoort de stem en slaat de herinnering daaraan op in zijn geest. Bij de volgende gelegenheid gebeurt hetzelfde, en de keer daarop opnieuw, totdat een groep van mnemonische ketens in zijn geheugen is vastgelegd. Daar zou zich dus de informatie moeten bevinden die wij op ons schema in kaart wensen te brengen. Eerst trachtten we via een openlijke rechtstreekse stimulans de zogeheten 'startknop' te lokaliseren, maar zonder succes. Daarop probeerden we het met lichte hypnose, maar dat leverde evenmin iets op. Onze volgende optie was dus Nyaz-23, een middel dat diepe hypnose mogelijk maakt. Wij stootten op een barrière, maar waren in staat die op de flank aan te vallen, bij wijze van spreken, en vonden uiteindelijk de 'startknop'. We brachten contact tot stand en verzochten Jaro zo goed als hij kon de stem na te bootsen. Hij gaf daaraan gevolg door een reeks zeer merkwaardige geluiden ten beste te geven, die wij op de band hebben opgenomen. Het gekreun, de kreten en de gemonkelde verwensingen komen precies overeen met wat hij ons beschreven had. Dit is over het geheel genomen het totaal van onze bevindingen tot nu toe."

Hilyer kneep zijn lippen opeen. "Als ik u goed begrijp, zijn de klanken die u hebt opgediept niet de oorspronkelijke, maar veeleer Jaro's pogingen na te bootsen wat hij zich meent te herinneren; kortom: een herschepping van wat mogelijk om te beginnen al een hallucinatie was."

Dr. Fiorio nam Hilyer een ogenblik aandachtig op; zijn uitdrukking was nu niet meer die van een onschuldige cherubijn. "Dat is in het algemeen genomen correct, ja. Maar ik begrijp niet goed waar u met uw opmerking heen wilt."

Hilyer glimlachte ijzig. "Dat is eenvoudig genoeg. U voert hier aan wat in juristentaal 'bewijs uit de tweede hand' zou worden genoemd. Zoiets heeft weinig bewijskracht."

Dr. Fiorio's gezicht verhelderde. "Ik ben u heel erkentelijk voor dit kijkje in de keuken! We behoeven daar geen woorden meer aan vuil te maken; we gaan ervan uit dat ik een sufferd en een onbenul ben. Dit gezegd zijnde kunnen we verder."

"Ik zou het niet wagen dergelijke uitdrukkingen te gebruiken," zei Hilyer pinnig. "Ik wees u er alleen maar op dat uw bewijs zwak was."

Dr. Fiorio zuchtte. Hij liep om zijn werktafel heen en ging zitten. "Het spijt me dat ik het zeggen moet, maar uw opmerkingen geven alleen maar aan dat u nog niet hebt gevat welke richting ons onderzoek uitgaat. De fout ligt bij mij; ik moet me zorgvuldiger uitdrukken.

"Om het even te herhalen: gebruikmakend van zeer geavanceerde technieken zijn wij erin geslaagd de herinnering aan zekere gebeurtenissen te prikkelen, waardoor weer significante vectoren op onze schema's konden worden aangetekend. De inhoud van deze gebeurtenissen was uiteraard van geen belang."

Tot dr. Fiorio's opluchting vroegen de Faths niet of ze de opgenomen klanken mochten beluisteren, hetgeen hen zeker zou hebben ontsteld.

"Welnu," zei dr. Fiorio. "Onze uitgangsstelling luidt als volgt: Jaro's herinneringen aan de geluiden zijn te vinden op diverse adressen op zijn hersenschors. Zij zijn daar niet beland via de geijkte kanalen — dat wil zeggen zijn gehoorzenuw — maar via een andere route. De stroom van berichten laat een spoor na dat onbepaalde tijd in stand blijft. Met ons uitzonderlijke instrumentarium kunnen wij een bepaalde herinnering prikkelen en vervolgens de lijn van de synaptische aansluitingen terugvolgen tot aan de bron. Ben ik tot zover duidelijk genoeg?"

"Het lijkt me een bijzonder omslachtige procedure," mopperde Hilyer. "Hebt u daarbij een doel voor ogen of stelt u zich tevreden met de eerste de beste haas die uit de bosjes stuift?"

Dr. Fiorio grinnikte. "Geduld, mijnheer; ik ga zo verder."

Hilyer knikte kortaf. "Graag; wij zullen trachten u naar beste vermogen bij te houden."

"Zo mag ik het horen! Met een beetje doorzettingsvermogen komt men er altijd!" prees dr. Fiorio.

"Wel, wat gaan we nu verder doen? In zeer brede zin zijn wij bezig gegevens te verzamelen om te zien wat voor patroon daaruit opdoemt. Dit patroon zal ons richtlijnen geven voor onze behandeling."

Aarzelend stelde Althea een vraag. "Wat voor verschil is er tussen 'behandeling' en 'therapie', zo dat er al is?"

"Dat is een kwestie van gradatie. Maar vergeet niet, op het ogenblik bevinden we ons nog in de diagnostische fase."

Hilyer zei bijna temerig: "We hopen dat de andere segmenten van Jaro's intellect niet door de therapie zullen worden aangetast."

Dr. Fiorio telde zijn argumenten af op zijn vingers. "Punt een: de voorgaande therapie heeft alleen Jaro's geheugen aangetast, niet zijn intellect. Dat zijn twee onderscheiden functies, al werken ze in elkaars verlengde. Punt twee: er is geen enkele reden om een dergelijke therapie te herhalen. Punt drie: we gedragen ons niet zo onverantwoordelijk als u misschien vreest. Jaro loopt bepaald niet het gevaar dat er roekeloos door zijn hoofd wordt gebanjerd. Hebt u nog meer vragen?"

Hilyer was niet in het minst van zijn stuk gebracht door dr. Fiorio's drie argumenten. "Hoe reageert Jaro op al dat gepeuter?"

Dr. Fiorio haalde zijn schouders op. "Zijn zelfbeheersing is uitnemend. Hij klaagt nooit; zelfs als hij moe is, werkt hij mee zo goed hij kan. Het is een fijne jongen. U kunt trots op hem zijn."

"O, dat zijn we ook!" riep Althea uit. "Wel honderdwerf!"

Dr. Fiorio stond op. "Ik kan u pas weer iets vertellen wanneer het volgende stadium van ons werk zal zijn afgerond. Dat kan nog wel een volle week duren."

6

Vier dagen later, tegen het eind van de middag, voegde dr. Fiorio zich bij zijn collegae in de vergaderzaal. Een jonge vrouw in het kekke blauw-met-witte uniformpje van een verpleeghulp serveerde thee en notencake. Een poosje bleven de drie geleerden stil, bijna slap in hun stoelen zitten, alsof ze uitrustten na inspannende lichamelijke arbeid. Allengs trok de spanning uit hen weg. Dr. Fiorio zuchtte, pakte zijn theekopje en zei: "In ieder geval zijn we nu niet langer in het wilde weg bezig. Dat is een hele opluchting."

Dr. Windle snoof. "We kunnen de mogelijkheid van een poets niet uitsluiten."

Dr. Fiorio zuchtte. "Van alle suggesties is dat wel de meest ongelofelijke."

"Wat blijft ons anders over?" kreet dr. Windle. "Of wij willen of niet, wij zijn gedwongen aan te nemen dat een min of meer rationeel intellect dit verschijnsel stuurt!"

Dr. Gissing hief speels een bestraffende vinger tegen hem op. "Dat is net zoiets als wanneer u zou zeggen dat wij, of wij willen of niet, het bestaan van siderale vergelijkingen moeten aanroepen om de zonsopgang te verklaren*."

"De strekking van uw opmerkingen ontgaat me," zei dr. Windle koel.

Welwillend legde dr. Gissing het uit. "Deze 'sturende kracht' zou duiden op een meervoudige persoonlijkheid, zo zij iets innerlijks was. Is zij iets van buiten, dan zouden we gedwongen worden een telepathische oorsprong in overweging te nemen, hetgeen ietwat buiten ons werkterrein ligt, althans naar ik meen."

Dr. Windle's stem kreeg een scherp kantje. "U hebt ons enkele handzame termen verschaft. Mijn commentaar daarop is het volgende: een ziekte benoemen is nog niet haar genezen."

Dr. Fiorio sprak korzelig: "Dat alles is niet relevant. Onze vectoren wijzen een specifieke plaats aan, namelijk het Plaatje van Ogg."

Dr. Windle maakte een afkeurend geluid. "U lokt ons in de valstrik van het mysticisme. Als wij die molensteen om onze nek krijgen, zal het ons nog duur te staan komen, zowel wat de doeltreffendheid van ons werk als wat ons prestige aangaat!"

"Als ons doel de waarheid is," zei dr. Gissing, "behoren wij niet de deur dicht te werpen voor alles dat de zuiver mechanistische theorieën te buiten gaat."

"Wat is uw opinie dan?" wilde dr. Windle weten.

"Ik heb het gevoel dat hier meer aan de hand is dan simpele schizofrenie."

"In dat opzicht zijn we het met elkaar eens," zei dr. Fiorio somber.

---

* Diegenen die bekend zijn met het werk van Baron Bodissey herinneren zich misschien zijn geschiedenis over een gast bij een diner die, in zijn verlangen indruk op het gezelschap te maken, beweerde dat hij net was teruggekeerd van een buitengewone planeet waar de zon in het westen opkwam en in het oosten onderging.

Er klonk een bel. Dr. Fiorio stond op. "De Faths zijn gearriveerd. We moeten hun de feiten mededelen; daar helpt geen lievemoederen aan."

Dr. Windle wierp een blik op zijn horloge. "Vandaag kan ik er niet bij zijn; ik ben al te laat voor mijn vergadering. Breng eenvoudig een feitelijk verslag uit, zonder uw gebruikelijke bombarie, dan komt alles goed."

Dr. Fiorio lachte, zij het ietwat pijnlijk. "Mijn 'bombarie', zoals u dat stelt, is niets meer dan een gedegen manier om de cliënten op hun gemak te stellen — bij ontstentenis waarvan u nu oude dametjes op de knie zou zitten tikken met een rubber hamertje."

"Ja, ja, vast wel," zei dr. Windle. "Doe het maar net zoals u wilt." Hij verliet de kamer.

"Ook ik moet u helaas in de steek laten," zei dr. Gissing spijtig. "Ik probeer al een poos mijn ellebogen onder de rokken van de Girandole te krijgen en vandaag is de grote dag: het Bedwingen der Onschuldigen zoals zij dat noemen, en ik dien aanwezig te zijn om te worden bedwongen. Wie weet, misschien bent u nog voor het eind van de maand gelieerd met een Girandole."

"Goed, goed," gromde dr. Fiorio. "Ga maar! Laat u maar bedwingen! Ik zal de Faths wel alleen ontvangen — hetgeen waarschijnlijk toch het beste is, hoe dan ook."

7

Dr. Fiorio voegde zich bij de Faths in de wachtkamer. Ze zaten stil naast elkaar met sombere gezichten. Hilyer droeg op deze dag een wijde broek van bruingrijze keper en een donkerbruine pullover met zwarte mouwen. Althea droeg een donkergroene rok met een witte bloes en een jasje van donkeroranje bobbeltjesstof. Dr. Fiorio merkte afwezig op dat ze geen emblemen droegen die hun status aangaven, maar toen herinnerde hij zich weer dat ze nixo's waren. Dat was ook uitstekend, maar ze zouden natuurlijk niet pronken met emblemen die dat feit uitdroegen.

Hij liet zich op zijn gebruikelijke stoel achter het bureau zakken en begroette het tweetal plichtmatig. Het antwoord van de Faths was al even plichtmatig; ze namen hem aandachtig op, voelend dat hij nieuws voor hen had.

Dr. Fiorio zei: "Wij hebben duidelijke voortgang geboekt in het geval van uw zoon. De mysteriën zijn er nog steeds, maar we zijn nu eindelijk in staat ze aan te vatten."

"Is het goed nieuws of niet?" vroeg Althea met bevende stem.

"Geen van beide. Die betekenis mag u er zelf aan hechten."

"Goed," zei Hilyer. "Vertelt u dan maar wat u te weten bent gekomen."

"Zoals u weet zijn wij bezig geweest Jaro's geest systematisch te bestuderen, waarbij we het spoor van vectoren hebben gevolgd op onze schema's. Tot onze verrassing wezen die alle op een onopvallend, klein knooppunt van vervlochten zenuwweefsel, dat bekend staat als het Plaatje van Ogg, achter het ruggenmerg. Toen wij vandaag doende waren dat gebied in detail te bestuderen, begon Jaro om de zoveel tijd geluiden te slaken. Ze waren niet bijzonder belangwekkend, maar desniettemin hebben we ze opgenomen. Toen raakte de sonde kennelijk een bijzonder gebied en wat er toen gebeurde zal ik u nu laten horen."

Dr. Fiorio zette een klein zwart kastje op tafel. "Na wat alledaagse geluiden en een waarschuwende gongslag zult u Jaro's stem horen. Die zal u vreemd in de oren klinken. Ik waarschuw u, roep uw zelfbeheersing te baat; dit zou u kunnen ontstellen." Hij drukte op een knop en draaide zich toen om en wachtte, terwijl hij de Faths gadesloeg.

Er kwam geluid uit het kastje: geritsel van papier, enkele doffe bonzen, dr. Fiorio die iets prevelde tegen zijn assistent, een schrapend geluid, een zachte gongslag en toen een stem, rauw en zwaar. Hij kwam voort uit Jaro's keel, maar verder kon men er niets karakteristieks van Jaro in herkennen.

De stem riep, zacht en troosteloos: "O, mijn leven! Mijn kostbare leven; het gaat voorbij en ik ben hulpeloos in het donker! Ik ben een verloren ziel terwijl mijn leven wegsijpelt, wegsijpelt, wegsijpelt! Weg sijpelt het! Ik ben vergeten, in diepte en duister, terwijl mijn heerlijke leven wegsijpelt." De stem slaakte een snik en sprak toen opnieuw, troostelozer dan tevoren: "Waarom ik, verloren in het donker, voor eeuwig en altijd?" Er klonk het geluid van gedempt snikken en daarop stilte.

Dr. Fiorio's stem, scherp en gespannen, klonk nu uit het kastje. "Wie ben je? Zeg me hoe je heet!"

Er kwam geen antwoord. Er klonken geen geluiden meer uit het kastje, alleen de zingende stilte van eenzaamheid en niets.

Dr. Fiorio drukte een knop in op het kastje en de opname werd stilgezet. Hij draaide zich om en zag niet de Faths tegenover zich, maar twee vreemden, met witte uitgemergelde gezichten en grote ronde ogen als zwarte modderpoelen.

Dr. Fiorio knipperde met zijn ogen; de betovering werd verbroken en de werkelijkheid keerde weer. Hij hoorde zichzelf zeggen: "Voor het eerst hebben we nu een feit om mee aan het werk te gaan. Voor ons is dat gunstig; het is een opluchting te weten dat we niet naar dwaallichten tasten."

Althea kreet zachtjes: "Waar komt die stem vandaan? Van Jaro zelf?"

Dr. Fiorio breidde zijn armen uit en liet ze toen slap langs zijn zij vallen. "We hebben de tijd nog niet gehad om ons een zinnig oordeel te vormen. Op het eerste gezicht lijkt het een klassiek geval van meervoudige persoonlijkheid, maar een dergelijke diagnose is niet onverdacht, om een veelheid van technische redenen waarover ik nu niet verder zal uitweiden."

Hilyer vroeg aarzelend: "Welke andere mogelijkheden zijn er dan zoal?"

Dr. Fiorio antwoordde behoedzaam: "In dit stadium kan ik alleen maar speculeren, hetgeen u misschien tot verkeerde conclusies zou brengen."

Hilyer glimlachte zuur. "Ik heb geen bezwaar tegen speculaties, zolang ze maar duidelijk als zodanig worden aangemerkt. Bijvoorbeeld, in Sronk is er een heel blok uit Jaro's geheugen gewist. Is het mogelijk dat er door een misrekening een gehele hersenkwab van de rest van zijn geest geïsoleerd is geraakt en daardoor verstoken blijft van zintuigimpulsen? Misschien zijn het kreten uit die geïsoleerde kwab die we horen."

Dr. Fiorio zei peinzend: "Het is een slim idee en oppervlakkig gezien plausibel. Maar een dusdanig geïsoleerd segment zou zich hebben afgetekend op de schema's. Dat kan de oplossing niet zijn, ondanks de aantrekkelijke eenvoud van het idee."

"Maar er moet toch iets aan de hand zijn dat daar opmerkelijk veel weg van heeft!"

"Nu ja, misschien…"

Althea waagde ook een vraagje. "Zult u Jaro kunnen helpen?"

"Ja — hoewel ik nog niet precies weet waar we moeten beginnen. Als we de waarheid over Jaro's verleden kenden, konden we misschien de trieste spoken bezweren die door zijn geest waren."

"Tja, dat lijkt wel redelijk," zei Althea, "hoewel het niet erg praktisch klinkt."

"Volstrekt niet praktisch," verklaarde Hilyer. "Een dergelijk programma zou verre reizen betekenen en veel tijd en geld, het volgen van een koud geworden spoor met zeer weinig vooruitzicht op succes."

"Dat is waar, vrees ik," zei dr. Fiorio.

Althea zei weemoedig: "U bent niet echt optimistisch wat Jaro betreft, is het wel?"

Dr. Fiorio trok een lelijk gezicht. "Ik wil u niet opzadelen met valse hoop en u evenmin in wanhoop naar huis sturen. De waarheid is eenvoudig deze, dat we nog bezig zijn gegevens te verzamelen."

Hilyer nam hem sceptisch op. "En dat is alles wat u ons kunt vertellen?"

Dr. Fiorio dacht even na. "Normaal gesproken geven wij onbewerkte gegevens liever niet vrij totdat ze volledig geanalyseerd zijn; ik zie er echter geen kwaad in een gegeven te noemen dat u misschien zal interesseren."

Dr. Fiorio zweeg om zijn gedachten op een rijtje te zetten. Hilyer werd ongeduldig. "Welaan! Wat is dat dan?"

Dr. Fiorio wierp Hilyer een verwijtende blik toe, maar zei: "Gedurende onze sessies registreert de bewakingsapparatuur de neurale stroompjes die hersenactiviteit verraden. Terwijl de stem aan het woord was, bespeurde de apparatuur geen activiteit. Als de stem zou zijn aangedreven door de herinnering, zou men dergelijke activiteit verwachten op de karakteristieke locaties. Dat was niet het geval."

"En dat betekent?"

"Het moet nog worden herbezien en geanalyseerd, maar het duidt erop dat de bron van de stem zich buiten Jaro's geest bevindt."

Na een poosje zei Hilyer stijfjes: "Ik kan dat maar moeilijk geloven. Het idee neigt naar mysticisme."

Dr. Fiorio haalde zijn schouders op. "Dat is mijn verantwoordelijkheid niet. Ik kan u alleen het bewijsmateriaal voorleggen."

De Faths stonden op en liepen naar de deur. Dr. Fiorio liep met hen mee naar de hal. "U stelde belang in speculaties," zei hij tegen Hilyer. "Nu bent u in het bezit van de feiten en kunt u speculeren naar hartenlust. Zo ook ik, zodra ik mij gebaad heb en mijn fraaie linnen vrijetijdskostuum heb aangeschoten en me heb neergelaten in de bar van het Palindroom waar ik mij onverwijld een, zo niet meerdere, gin pahits zal laten serveren."

8

Toen dr. Fiorio een week later opnieuw een gesprek had met de Faths in zijn spreekkamer, was hij vergezeld van Jaro. Althea vond dat Jaro er bleek en wat afgetrokken uitzag maar ook ontspannen en zeker van zichzelf.

Jaro ging op de bank zitten, tussen Hilyer en Althea in.

Dr. Fiorio stond tegen de tafel geleund. "Dit is een raadselachtig geval voor ons geweest — hoewel we nu wel iets meer weten dan toen we begonnen. We kunnen wel stellen dat we een eind hebben gemaakt aan Jaro's problemen; daar ziet het althans op dit moment naar uit."

"Dat is glorieus nieuws!" riep Althea.

Dr. Fiorio knikte zonder veel geestdrift. "Ik ben niet geheel en al tevreden. Onze techniek was niet elegant, was geen staaltje van briljant improviseren, en werd al evenmin ingegeven door de klassieke theorie. In plaats daarvan hebben we een grof en onverkwikkelijk pragmatisme toegepast, waarvan de enige verdienste is dat het succes had."

Althea lachte opgetogen. "Maar is dat niet voldoende? Ik vind u veel te bescheiden!"

Dr. Fiorio schudde droevig het hoofd. "Ons doel was het oplossen van het mysterie, dat van fundamentele aard is. In essentie kwam het hierop neer: werd de stem intern voortgebracht door Jaro's geheugen, of extern, door tussenkomst van bijvoorbeeld telepathie? Tijdens ons onderzoek hebben we min of meer bij toeval Jaro's aandoening genezen. De stem kreunt en tiert niet meer, dus nu moeten we onze apparatuur uitzetten en een grote overwinning uitroepen."

Hilyer kneep zijn lippen op elkaar. Dr. Fiorio's zwaarwichtige lucht-hartigheid — als het dat inderdaad was — kwam hem niet meer zo gepast voor en was eerlijk gezegd al begonnen hem op de zenuwen te werken.

"Het spijt me," zei Hilyer. "Ik geloof dat ik niet goed begrijp wat u ons probeert te vertellen."

"Het is heel simpel, wanneer ik het in de woorden van een leek vertaal."

"Ja, graag, doet u dat," mompelde Hilyer.

"Natuurlijk, natuurlijk!" verklaarde dr. Fiorio, die in de verste verte niet kon vermoeden dat die gedweeë professor zonder status iets anders zou kunnen voelen dan ontzag en bewondering voor hem, zijn deskundigheid en zijn band met het Palindroom. "Zoals ik al eerder opmerkte, hadden wij een gebied in de hersenen gelokaliseerd dat de zetel van het probleem leek te zijn: een plakje sponsachtig weefsel achter de medulla, dat bekend staat als het Plaatje van Ogg. Een toevallige prikkeling van dit gebiedje werd gevolgd door een optreden van de stem, die u beluisterd hebt. We ondernamen nieuwe prikkelingen, met uiteenlopende resultaten. De elementaire vraag naar de oorsprong van de stem hebben we niet beantwoord, aangezien ze niet meer te beantwoorden is."

"Hoe dat zo?"

Dr. Fiorio zweeg en dacht even na; toen zei hij: "Om een lang verhaal kort te maken, we hebben de invoer van zenuwimpulsen naar het Plaatje van Ogg geblokkeerd, door het met pannaxfolie te omwikkelen en geheel in te kapselen in isolerend materiaal. Op datzelfde ogenblik verdween de ruis die met het Plaatje van Ogg wordt geassocieerd. Jaro ervoer meteen een gevoel van bevrijding. Hij meent nu dat de stem te ruste is gelegd en hij is zeer opgelucht. Waar of niet, Jaro?"

"Ja," zei Jaro.

Hilyers aandacht werd getrokken door een lichte aarzeling in Jaro's antwoord. Hij vroeg op scherpe toon: "Wat is er mis? Voel je je onprettig over wat er gedaan is?"

"Nee! Natuurlijk niet! Ik ben alleen bang dat de stem misschien terugkomt als de therapie slijt."

"Je hebt dus het gevoel dat de stem van buiten jouzelf komt?" vroeg Althea.

"Ja."

Althea huiverde. "Een griezelige gedachte."

Hilyer zei met koele, rationele afstandelijkheid: "Als de stem deel uitmaakte van wat men een 'meervoudige persoonlijkheid' noemt, zou hij ook klinken alsof hij van iemand anders was."

Dr. Fiorio glimlachte met dezelfde zelfvoldaanheid die Hilyer al zo geërgerd had. "Zijn er nog meer punten die u opgehelderd zou willen zien?"

"Inderdaad," zei Hilyer zakelijk. "De kwestie van bijverschijnselen, bijvoorbeeld. U hebt een orgaan in Jaro's hersenen geïsoleerd; is dat niet een ingrijpende zaak?"

"Waarschijnlijk niet. Het Plaatje van Ogg is uitgebreid bestudeerd; het wordt algemeen beschouwd als een overtollig evolutionair restant."

"Maar tast u daarmee niet iets aan dat u niet geheel en al begrijpt?"

Dr. Fiorio zei geduldig: "Een kort antwoord op uw vraag is: ja. Wij zijn voornemens Jaro in observatie te houden. Zijn problemen zijn bedwongen; nu moeten we wachten wat er eventueel verder gebeurt."

"Is het Plaatje van Ogg actief gedurende hypnose?" vroeg Althea. "Regelt het de hypnotische suggestie?"

"Het antwoord daarop is: zeer beslist niet. Hypnose werkt in op geheel andere delen van de hersenen. Zo — wat verder nog? Niets meer? Dan wil ik nog een opmerking maken van mijn kant, met betrekking tot Jaro. Gedurende ons onderzoek heeft hij onze genegenheid en ook ons respect weten te verwerven. Hij heeft blijk gegeven van doorzettingsvermogen, moed en pit; karaktertrekken waar hij trots op mag zijn. Hij heeft tevens een goed humeur en is opgewekt en beleefd. Ik weet dat u non-orgs bent, maar mocht Jaro zich inzetten voor het streven, dan zal hij zeer snel de schappen beklimmen, aangezien hij beschikt over een aangeboren ponteneur die hem uiteindelijk zeer hoog zal voeren."

Althea gaf Jaro een snelle knuffel. "Hoor je dat? Dr. Fiorio hier heeft het over jou! Misschien dat je dan nu even zal doorbijten, dat je een beetje van dat doorzettingsvermogen zal inzetten voor je huiswerk en dat dagdromen over zwerftochten door de ruimte zal opgeven."

Dr. Fiorio lachte toegevend. "Op zijn leeftijd hebben we allemaal romantische ideeën! Ik wilde roverbalheld worden; vliegende stamper bij Club Kandeel." Hij wendde zich tot Jaro. "Luister naar je moeder, Jaro; die heeft het goed gezien. Er is akelig weinig status te behalen in de ruimte en hoewel er op zich niets mis mee is een nixo te willen zijn, is het toch het beste om het zoetste sap uit de meloen te zuigen! En naar de top te streven!"

"Hm!" zei Hilyer. "Jaro heeft zijn zinnen gezet op een academische loopbaan en zal misschien liever niet worden afgeleid door de noodzaak zijn ponteneur op te kweken en duizend doden te sterven, elke keer dat een club van hogere status zijn aanvraag afwijst."

Dr. Fiorio glimlachte welwillend. "Dat is uiteraard ook een wijze van levensbeschouwing die ongetwijfeld een zekere geldigheid bezit. Welaan, dan wens ik u allen verder een prettige dag!"

Hoofdstuk V

1

Jaro's verblijf op Huize Buntoon was samengevallen met de voorjaarsvakantie van de Langolenschool, zodat hij zonder onderbreking zijn lessen kon hervatten. Desondanks leek alles nu anders. Zijn pas gevonden vrijheid bracht hem in een bijna gelukzalige stemming. Hij was overtuigd van zijn kunnen; niets kon hem er nog van weerhouden zijn queeste te ondernemen! Misschien dat hij onaangename feiten zou vernemen, of erger nog; hij had al voorgevoelens ervaren van de verdorvenheid die in zijn verleden school en die nu misschien tastend een weg zocht naar het heden. Ergens kreunde en brulde de stem nog voort in een ruimte die nu donker en leeg was.

Waar?

Waarom?

Waar moest hij naar zoeken?

Jaro had vele vragen maar geen antwoorden. De Faths weigerden over de stem te speculeren of zelfs te praten. Hilyer had het officieel afgedaan als een 'rare kronkel' in Jaro's denkprocessen die nu gelukkig hersteld was. Ze waren altijd terughoudend geweest over zijn jeugdjaren. Als hij vragen stelde, hadden ze met afwezige algemeenheden geantwoord. Het naamloze schoffie was verdwenen uit hun geest en herinnering; nu bestond alleen nog maar Jaro Fath, die een aanzienlijke academische loopbaan tegemoet ging. Ze bedoelden er niets kwaads mee, uiteraard; ze wilden alleen maar dat hij net zo zou worden als zijzelf, hetgeen het voorrecht van alle ouders is.

Joffer Wirtz begroette hem met een onderzoekende blik en een klopje op zijn bol. Ze stelde geen vragen, maar Jaro was ervan overtuigd dat zij contact had gehad met Althea en dat die twee langdurig over hem hadden gesproken. Hoe dan ook, het kon Jaro weinig schelen. Hij keek het lokaal rond en bezag zijn klasgenoten vanuit een heel nieuw perspectief. Hij voelde zich verder van hen verwijderd dan ooit. Het waren bijna allemaal strevers. Ongeveer de helft droeg de blauw-witte emblemen van de jeugdliga. Anderen waren al aangenomen bij de Pimpernoten en een paar waren al gevorderd tot de Zouaven. Er waren nog twee nixo's die stilletjes achter in het lokaal zaten. De jongen kwam net als hij uit een familie van academici van het Instituut, het meisje was pas aangekomen van een buitenwereldse planeet en hield er, naar men zei, merkwaardige eetgewoonten op na. Er zat een enkele Mosseltaart in de klas: Skirlet Hutsenreiter.

Jaro's beschouwing van de groep versterkte bij hem het gevoel dat hij alleen stond. Zijn klasgenoten beschouwden hem niet alleen als een nixo, maar als een eenzaat die klasse-activiteiten schuwde en zich misschien wel overgaf aan een of andere vorm van mysticisme. Bij diverse gelegenheden had Jaro uitgelegd dat hij van plan was ruimtevaarder te worden, zodat voor hem het streven langs de schappen van Thanet alleen maar verspilde inspanning zou zijn. Niemand had de moeite genomen naar hem te luisteren. Het maakte weinig verschil. Volgend jaar zou hij naar het lyceum gaan waar hij zich zou concentreren op ruimtevakken: astronomie, geschiedenis en aardrijkskunde van de Oude Aarde, de morfologie van het Gaiaanse Bereik, ruimtetechnologie, de plaatsbepalers en de steeds verder verwijderde grens die het Bereik van de Zelfkant scheidde. Hij zou proberen alle twaalf delen van Baron Bodissey's *Leven* te lezen, hetgeen waarschijnlijk wel de goedkeuring van Hilyer zou wegdragen. Bij nader inzien: misschien ook niet; de Baron werd nauw vereenzelvigd met de verkenning van de ruimte terwijl voor vele lieden, waaronder de Faths, het Gaiaanse Bereik al groot genoeg was en er geen behoefte was aan nog meer ruimtevaarders. De Faths hadden al een programma voor Jaro's toekomst opgesteld dat strookte met hun eigen idealen. Jaro's plannen zouden thuis zeker op weerstand stuiten. Die gedachte maakte hem bedroefd, aangezien hij veel hield van Althea en Hilyer, die zich zo hadden ingezet voor zijn welzijn. Maar hij kon er niets aan doen. Hij wilde helemaal geen academische loopbaan, net zomin als hij ernaar taalde een Rafelier te worden of een Mosseltaart. Jaro dacht aan Tawn Maihac, die hem vast en zeker discreet van advies zou dienen.

Het was een week geleden dat Jaro Maihac voor het laatst had gesproken. Bij die gelegenheid had Maihac Jaro, met schoorvoetende toestemming van de Faths, meegenomen naar de ruimtehaven. Nadat ze door de entreehal waren gelopen waren ze een lange hangar binnengegaan en hadden een wandeling gemaakt langs de lange rij ruimtejachten van allerlei soorten en afmetingen. Ze hadden op hun gemak gelopen en de blinkende vaartuigen stuk voor stuk bestudeerd, om de kwaliteiten af te wegen — het gerief, het vermogen, en die vreemde flair van onbevreesde grootsheid die in geen ander werk van mensenhanden werd aangetroffen.

In de werkplaats had Maihac Jaro voorgesteld aan Trio Hartung, de chef, en aan een akelig lelijk uitziende monteur, Gaing Neitzbeck geheten, die Jaro met een kort knikje begroette.

Toen ze de werkplaats weer verlieten nam Maihac Jaro mee naar een terrasje aan de plaza. Onder het genot van thee en een schotel roomsoesjes vroeg Maihac Jaro wat hij van Hartung en Neitzbeck vond. Jaro overwoog de vraag een poosje en zei toen: "Meneer Hartung lijkt me gelijkmoedig en best aardig. Ik mocht hem wel."

"Da's redelijk. En Gaing Neitzbeck?"

Jaro fronste zijn wenkbrauwen. "Ik weet niet wat ik van hem denken moet. Hij komt een beetje grimmig over."

Maihac lachte. "Hij is niet wat je van hem zou denken. Een ding is zeker: schuchter is hij niet."

"U kent hem dus al lang?"

"Ja. Mag ik je wat vragen? Toen de Faths je meebrachten naar Thanet, kon je je toen niets meer van je verleden herinneren?"

"Niets van belang."

"En je weet niet waar ze je gevonden hebben?"

"Nee. Dat willen ze me niet vertellen voordat ik afgestudeerd ben aan het Instituut."

"Hm. Vertel eens wat je je nog wel herinnert."

Jaro beschreef de vage gevoelens en beelden waarmee hij op Thanet was aangekomen.

Maihac luisterde aandachtig, zijn blikken strak op Jaro's gezicht gevestigd, alsof hij meer dan woorden in Jaro's uitdrukking kon lezen. "En meer herinner je je niet?"

Jaro staarde uit over de plaza. "Een paar keer — ik weet niet precies hoe vaak — heb ik van mijn moeder gedroomd. Ik kon haar amper ontwaren maar haar stem hoorde ik wel. Ze zei iets in de geest van: 'O, mijn arme kleine Jaro! Ik vind het zo erg dat ik deze last op je schouders moet leggen! Maar het kan niet anders!' Haar stem klonk verdrietig en toen ik wakker werd was ik zelf ook verdrietig."

"Wat bedoelde ze met die last?"

"Dat weet ik niet. Soms, als ik aan haar denk, krijg ik het gevoel dat ik het zou moeten weten, maar als ik probeer me te herinneren wat het is, glipt het weer weg."

"Hmm. Interessant. En meer herinner je je niet?"

Jaro trok een lelijk gezicht. "Er is nog wel iets. Ik denk dat dat verband houdt met de tuin in het licht van de twee manen." Jaro vertelde Maihac over de droevige stem die hem zoveel zorgen had gebaard. Hij beschreef de therapie op Huize Buntoon en de rauw uitgestoten woorden op de band. "De artsen hadden er geen verklaring voor, behalve telepathie," zei Jaro. "En zelfs daarover konden ze het niet eens worden. Maar ik heb nu tenminste geen last meer van die stem."

Terwijl Jaro zat te vertellen had er een verandering bij Maihac plaatsgegrepen. Hij leunde naar voren, star en gespannen, alsof het relaas hem op een akelige manier fascineerde. Jaro vroeg zich af of Maihac aan soortgelijke inbreuken op zijn geest had geleden.

Ten slotte zei Maihac: "Dat is een opmerkelijke reeks gebeurtenissen." Jaro knikte. "Ik ben blij dat het nu afgelopen is."

Maihac leunde achterover op zijn stoel en staarde over de plaza. "Je hoort die stem nu niet meer?" vroeg hij.

"Ik geloof het niet. Soms voel ik de lucht tintelen, alsof je in een kamer komt waar iemand net iets gezegd heeft."

"Dat is dan prettig," zei Maihac. Hij stond op. "Ik moet weer eens terug naar mijn werk."

Maihac liep weg. Jaro keek de kaarsrechte gestalte na die de plaza overstak en in de ruimtehaven verdween. Een poos lang bleef Jaro zitten nadenken over Maihacs vreemde gedrag. Het was meer geweest dan alleen verbazing; Maihac was erdoor aangegrepen geweest.

Toen Jaro naar Merriehew terugkeerde had hij zijn buik vol van geheimzinnigheid.

De tijd verstreek en Jaro hoorde verder niets meer van Maihac, die zich ook niet meer op Merriehew liet zien. Misschien werd hij niet meer uitgenodigd? Jaro meende wel te weten wat er gebeurd was. Zoals de Faths het bekeken, was Maihac niet meer iemand die ze in verband brachten met esoterische muziek of geheimzinnige instrumenten. Maihac werkte nu op de ruimtehaven; hij had wijd en zijd de ruimte bereisd en de Faths waren bang voor de invloed die hij op Jaro kon uitoefenen. Als Jaro een rolmodel nodig had, dan hadden ze liever dat het Hilyer Fath zou zijn dan Maihac, die niet alleen ruimtevaarder was, maar ook nog eens geen pacifist.

Jaro glimlachte zuinig en wat triest. Het was allemaal overduidelijk. De Faths, goedhartig en liefhebbend als ze waren, drongen hem een begeleiding op die hij niet nodig had en niet wilde hebben. Jaro wist dat Maihac hem graag mocht; zodra het even kon zou hij hem opzoeken en proberen dieper te duiken in die lokkende geheimenissen waarvan Maihac nu ook deel uitmaakte.

De volgende ochtend ging hij terug naar school en richtte zijn geest op zijn studie alsof hij een luchtdichte discipline over zichzelf afriep. In de lunchpauze kwam hij Hanafer Glackenshaw tegen op de grote binnenplaats. Hanafer keek even op, kennelijk elders met zijn gedachten, maar niet zo ver weg dat hij niet een spottende lach en een neusophalen voor hem kon missen, om aan te geven dat zijn minachting van weleer nog volop bestond. Jaro ging zijns weegs zonder een spier te vertrekken.

Het was een onaangename situatie. Hanafers minachting kon overwaaien, of kon hem aanzetten tot daden die Jaro niet naast zich neerleggen kon. En wat dan? Stel dat Hanafer zo aanstootgevend werd dat Jaro zich gedwongen zou voelen slaags met hem te raken? Dat strookte niet met de leer van de Faths. Ze zouden hem eraan herinneren dat er geen wet was die hem dwong een ander mens te slaan en te bezeren, hoezeer hij ook werd uitgedaagd. Hun hoogstaande ethische doctrine eiste dat Jaro hoffelijk zou verklaren dat hij een afschuw had van geweld, waarna hij zich zou excuseren en de onverkwikkelijke zaak de rug toe zou keren. Op die manier, zeiden de Faths, zou hij schaamte en berouw bij zijn tegenstanders oproepen en zichzelf de vreugde bezorgen van een goede daad. Opnieuw vertrok Jaro's mond zich tot een triest half glimlachje. De Faths hadden hem nooit toegestaan sportcursussen te volgen waarbij boksen of andere vechtsporten werden onderwezen; als gevolg daarvan zou hij bij een eventuele aanval behoorlijk in het nadeel zijn en zou Hanafer hem ongetwijfeld grondig aframmelen.

Die gedachte stak Jaro. Dat tekort zou hem ernstig in verlegenheid kunnen brengen als hij het niet herstelde.

De middag van zijn eerste schooldag bracht Jaro een bezoek aan de bibliotheek waar hij een boek leende dat diverse methoden van handgemeen beschreef. Hij liep de bibliotheek uit en ging op een betonnen bankje op de binnenhof zitten om zijn aanwinst te bekijken. Hij werd zich ervan bewust dat er iemand op het andere uiteinde van de bank was gaan zitten. Het was de beruchte Skirlet Hutsenreiter, wier status als Mosseltaart zo verheven was dat ze zich niet om ponteneur bekommerde. Ze zat dwars op de bank met haar ene been onder zich en haar ene arm op de rugleuning terwijl de andere op haar schoot lag, waarmee ze een achteloze élégance uitstraalde die Jaro wel moest opvallen, voor hij zich aan zijn boek wijdde.

Er verstreek een ogenblik. Jaro wierp een korte blik opzij en zag dat Skirlet hem aandachtig zat op te nemen met heldergrijze ogen die vonkten van intelligentie. Een achteloze warbol van korte donkere lokken omlijstte haar gezicht en zoals gewoonlijk had ze zich gehuld in wat er maar voor de hand hing. Dit keer was dat een blauwe boerenkiel die haar een maat te groot was en een broek van gebroken wit linnen die liefkozend haar gewelfde achterste omspande. Jaro zuchtte en dook weer in zijn boek, terwijl zijn zenuwen tintelden van niet-onaangename opwinding. In het verleden had Skirlet hem amper een blik waardig gekeurd; nu sloeg ze al zijn bewegingen gade. Merkwaardig. Wat ging er in haar om? Als hij haar aansprak en afgewezen werd — zoals te verwachten viel — zou hij zich maar ergeren en zijn tijd verdoen met bittere gedachten. Hij besloot zich niets van haar aan te trekken. Skirlet scheen zijn gedachten te hebben geraden en veroorloofde zich een ietwat neerbuigend glimlachje.

Jaro raapte al zijn waardigheid bij elkaar en bleef stijf rechtop zitten.

Hij vond het een goed plan: hij zou haar volstrekt negeren tot haar aandacht vanzelf afdwaalde en ze wegliep om zich elders te vermaken. Ze sprong altijd van de hak op de tak; het zou op z'n hoogst een minuut of twee, drie duren.

Skirlet riep: "Hoei! Jij daar! Hallo!"

Jaro nam haar op zonder een spier te vertrekken. Ze diende als onvoorspelbaar te worden beschouwd en met de grootste omzichtigheid te worden bejegend.

Skirlet sprak hem opnieuw aan. "Leef je of ben je dood? Of verkeer je gewoon in coma?"

Jaro antwoordde op stijve, vormelijke toon: "Ik leef, dank je zeer."

"Bravo! Jij bent Jaro Fath, waar of niet?"

"Niet helemaal."

Jaro's ontwijkende antwoord ergerde Skirlet. "Hoe dat zo?"

"De Faths zijn mijn pleegouders."

"O? Heb je nog een andere naam?"

"Hoogstwaarschijnlijk wel." Jaro bekeek haar van top tot teen. "Wie ben jij?"

Skirlet was onthutst. "Mij moet je toch wel kennen? Ik ben Skirlet Hutsenreiter."

"Ja, ik herinner me je naam; hoogst ongebruikelijk."

Skirlet zei op vlakke toon: "Het is een afkorting van 'Shkirzaksein', en dat is het landgoed van mijn moeder op Marmone, waar haar paleis Piri-Piri zich bevindt."

"Dat klinkt behoorlijk groots."

Skirlet knikte een tikje somber. "Dat is het ook in zekere zin. Ik heb twee jaar geleden bij haar gelogeerd." Skirlet kneep haar lippen opeen en staarde de lange Flammarionboulevard langs. "Ik heb daar dingen geleerd die ik op Thanet nooit te weten zou zijn gekomen. Ik ga er nooit meer heen."

Skirlet schoof dichter naar hem toe op de bank. "Op het ogenblik stel ik belang in jou."

Jaro kon zijn oren maar nauwelijks geloven. Hij staarde haar stomverbijsterd aan. "Jij stelt belang in *mij*?"

Skirlet knikte zedig. "In jou en je gedragingen."

Jaro ontspande zich. Skirlet was heel vriendelijk en hoewel hij moest oppassen niet al te zelfvoldaan te worden, was het wel erg moeilijk niet te fantaseren over wat ze met hem voor had. Had ze plotseling een partner nodig voor een onverwachte feestelijke gelegenheid? Of wilde ze hem misschien uit pure grilligheid in de gelederen van de Mosseltaarten introduceren? Of zou ze mogelijkerwijs... Jaro's geest wankelde op de drempel van ideeën die wild en ondenkbaar waren en trok zich toen behoedzaam weer terug. Dat soort dingen gebeurde natuurlijk wel. Hij keek Skirlet scheef aan. "Je geeft blijk van goede smaak. Maar ik ben wel verbaasd."

"Doet er niet toe. Heb je er bezwaar tegen dat ik je een poosje lang nauwlettend gadesla?"

"Dat hangt ervan af. Hoe nauwlettend en hoelang?"

"Niet langer en niet nauwlettender dan nodig is," antwoordde Skirlet energiek.

"En mijn privacy dan?"

"Daar heb je op het ogenblik geen behoefte aan. Kom!" Skirlet stak haar hand op en drukte haar duim om beurten tegen elk van haar vingertoppen. "Kun jij dat?"

"Natuurlijk."

"Laat zien."

Jaro deed het kunstje na. "Goed zo?"

"Heel goed. Nou nog eens. En nog eens. En nog eens."

"Zo is het voorlopig wel genoeg," zei Jaro. "Ik heb geen zin me een hinderlijke nerveuze hebbelijkheid aan te wennen."

Skirlet klakte geërgerd met haar tong. "Je hebt de reeks verbroken. Nu moeten we weer van voren af aan beginnen."

"Niet als ik niet weet waarom."

Skirlet maakte een ongeduldig gebaar. "Het is een klinische test. Mensen die gestoord zijn maken bij de zoveelste beurt karakteristieke vergissingen. Ik had gehoord dat jij, nou ja, een tikje gek was verklaard door de psychiaters en ik wilde het experiment zo gauw mogelijk uitvoeren."

Na een doodse stilte zei Jaro heel zacht een enkel woord. Toen keek hij omhoog naar de lucht. Alles was in orde; de wereld was weer normaal. Skirlet was niet ten prooi gevallen aan een plotselinge amoureuze obsessie. Jammer, in zekere zin. Een dergelijke ervaring kon hij best gebruiken.

"Nu begrijp ik je belangstelling," zei Jaro. "Heel even verdacht ik je ervan dat je verliefd op me was geworden."

"O, nee," zei Skirlet luchtig. "In dat soort dingen ben ik niet geïnteresseerd. Ik mag je niet eens bijzonder graag, trouwens."

Jaro grijnsde spijtig. Na een poosje zei hij: "Mag ik je een waardevolle raad geven?"

Skirlet trok een hooghartig gezicht. "Jij als nixo? Uiteraard niet."

"Ik zal het toch maar doen. Als je hoopt op een succesvolle carrière in de psychotherapie, zul je moeten leren charmant en meelevend te zijn. Anders erger je al je cliënten en komen ze niet voor een tweede keer terug."

Skirlet lachte schamper. "Dat is louter larika! Ben je vergeten dat ik een Mosseltaart ben? Ik ben niet van plan carrière te maken! Het idee alleen al is ordinair!"

"In dat geval —" begon Jaro, maar Skirlet viel hem in de rede.

"De feiten liggen heel eenvoudig. Ik ben geïnteresseerd in de menselijke persoonlijkheid en haar afwijkingen. Een achteloze interesse — 'dansen met speelgoed' zoals de Mosseltaarten dat noemen. Toen de kans zich voordeed besloot ik tot een snelle verkenning van jou en je abnormaliteiten."

"Goed bedacht," zei Jaro. "Er is maar één ding mis mee: ik ben niet gek."

Skirlet staarde hem aan met opgetrokken wenkbrauwen. "Waarom ben je dan naar de psychiater geweest?"

"Dat is mijn eigen zaak."

"Ha ha! Misschien ben je dus toch gek — een *croque-couvert* zoals ze dat in vaktermen noemen."

Jaro besloot althans een stukje van de waarheid te onthullen. "De eerste zes jaar van mijn leven zijn een mysterie. Ik weet niets over mijn vader en moeder of over waar ik geboren ben. De psychiaters probeerden iets van mijn verloren geheugen terug te krijgen."

Skirlet was onder de indruk. "En zijn ze daarin geslaagd?"

"Nee. Die eerste zes jaar zijn verdwenen."

"Merkwaardig! Er moet iets heel verschrikkelijks met je zijn gebeurd."

Jaro knikte somber.

"De Faths hebben me gevonden op een van hun buitenwereldse expedities. Ik was bijna dood geslagen. Ze wisten me te redden, maar mijn herinneringen waren verdwenen en niemand kon ze vertellen waar ik vandaan was gekomen. Ze hebben me mee teruggebracht naar Thanet en hier ben ik dus."

"Hmm. Materiaal voor een werkelijk ongebruikelijke ziektegeschiedenis!" Skirlet dacht een ogenblik na. "Ik neem aan dat dit trauma je leven heeft overschaduwd?"

Jaro beaamde dat dat waarschijnlijk wel het geval was. "Wil je weten wat ik denk?" vroeg Skirlet.

Jaro deed zijn mond al open om antwoord te geven, maar Skirlet ging ervan uit dat hij er belang in stelde. "Je vertelt me een zielig verhaal — maar hoe wanhopig je je ook voelt, dat is geen excuus om medelijden met jezelf te hebben! Zelfmedelijden verlamt de geest! In het allerergste geval krimpt alle ponteneur samen tot een stilstaand plasje. Je moet eens goed naar jezelf kijken, ook al bevalt het je misschien niet wat je ziet. Je bent nog steeds een nixo terwijl anderen je voorbij stormen, de schappen op, naar de Zouaven of zelfs de Kwade Bent! Dat contrast roept schaamte bij je op, vanbinnen, een schaamte die vervalt tot een defaitistische terugkoppeling en je uiteindelijk de Buntoonheuvel op stuurt, naar de psychiaters."

Jaro dacht even na over haar analyse en knikte toen. "Ik begrijp wat je bedoelt. Het is een zeer gedegen oordeel, al kan ik me niet bedenken over wie je hier aan het oordelen bent; bepaald niet over mij in elk geval."

"O?" Skirlet trok een lelijk gezicht. Dit was niet het mistroostige gemummel dat ze had verwacht. "Waarom zeg je dat?"

Jaro lachte — een onbeleefde, spottende lach, vond Skirlet. "Is je dat niet duidelijk? Ik geef geen sikkepit om jullie verenigingen. Mosseltaarten, Lemurianen, Sasselton Tijgers of nixo's zijn voor mij één pot nat! Ik ga de ruimte in zodra ik kan en dan zie je me nooit meer terug."

Skirlets mond viel open. Jaro had in een klap haarzelf, de Mosseltaarten en heel de verrukkelijke pracht van de kosmische orde gekleineerd! Zijn aanmatiging was verbijsterend! Uiteindelijk kreeg ze haar spraakvermogen terug, maar wachtte nog even alvorens iets te zeggen, teneinde haar woorden zo te kiezen dat ze zo treffend mogelijk aankwamen. Het diende degelijk en wel gedaan te worden, maar daar was ze niet bang voor — ze was Skirlet Hutsenreiter. Met geen ander instrument dan haar glorieuze intellect zou ze deze trotse, zij het best wel aardig ogende jongeman platwalsen! Ze zou hem overwinnen en verwarren, tot hij kruipend en onderdanig voor haar stond; van clementie zou geen sprake zijn tot hij om genade had geschreeuwd. En daarna — nou, dan zou ze nog wel zien en misschien kon er dan nog een minzaam klopje op het hoofd af.

Dat was dus de doelstelling. Hoe de zaak nu aangepakt? Ze moest een grondslag leggen van onaantastbare logica zodat ze hem geen angst zou aanjagen. Ze dwong zich heel vriendelijk te spreken. "Je kunt toch maar zomaar niet op je eentje de ruimte in. Je hebt passagebiljetten nodig. Die zijn duur. Heb je geld?"

"Nee."

"En de Faths? Zouden die je het geld geven?"

"Nooit; ze zouden me zelfs niet vertellen waar ik moest beginnen met zoeken."

"Maar dat is niet aardig!"

Jaro haalde zijn schouders op. "Ze zijn bang dat ik een vagebond zal worden, eeuwig op zoek op de achterafwerelden van het Bereik. Ze willen hun geld niet wegsmijten aan een zinloze onderneming en gelijk hebben ze. Als ik mijn passage niet kan betalen, neem ik dienst als ruimtevaarder."

"Maar dat is nog geen oplossing. Als je ruimtevaarder bent moet je gaan waar het schip je heenvoert."

"Ik ben het met je eens dat dat een probleem vormt. Mijn enige oplossing is een vrouw met geld te trouwen. Wat dacht je van jezelf? Kun jij een zoektocht naar zes verloren jaren financieren? Zo ja, dan trouw ik ogenblikkelijk met je. Je bent natuurlijk welgesteld, als Mosseltaart."

Skirlet was zo verontwaardigd dat ze bijna geen woord kon uitbrengen. Het was een wrede, gemene grap en een die ze van Jaro niet verwacht zou hebben. Kil zei ze: "Kennelijk heb je de geruchten ook gehoord. Ik vind je grapjes niet getuigen van goede smaak."

"Ik heb geen geruchten gehoord en ik maak geen grapjes."

Skirlet begreep dat ze zich vergist had. "Als jij het niet weet, dan ben je de enige."

"Ik heb geen idee waar je het over hebt."

"Waarom denk je dat ik ingeschreven ben op die smoezelige Langolenschool in plaats van aan de Aeolische Academie? Heb je je nooit afgevraagd waarom we geen fraaie tuinen hebben op Sassoon Ayry?"

Sassoon Ayry, gelegen op de Lesmondheuvel, was zoals Jaro wist, woonplaats van de Hutsenreiters. "Uit vrije verkiezing denk ik," zei hij.

"Precies! De bankiers verkiezen mijn vader geen geld meer te lenen. De tuinlieden verkiezen betaald te worden voor hun werk. Wij leven op de rand van de armoede!"

"Vreemd!" zei Jaro. "Ik dacht dat alle Mosseltaarten rijk waren."

Skirlet lachte. "Mijn vader beschouwt zich als een briljant financier, maar hij speculeert altijd net te vroeg of te laat. Hij bezit nog wat brokjes onroerend goed, allemaal min of meer waardeloos, waaronder Geelvogel, een veeboerderij vlak bij waar jij woont. Hij denkt dat hij het land kan verkopen aan Mildoon, de projectontwikkelaar, maar Mildoon wil hem er niet meer voor bieden dan het land waard is en mijn vader is te trots om het met verlies te verkopen. Hij heeft het geld dat voor mij was apart gezet gebruikt om aandelen te kopen in een rondreizende dierentuin. De dieren zijn doodgegaan en mijn geld is weg."

"Dat is jammer."

"Zeker. Ik kan je zoektocht niet financieren en je bent dus ontslagen van je huwelijksaanzoek."

Jaro nam haar van terzijde op. Ze klonk bijna serieus — wat natuurlijk bijzonder onwaarschijnlijk was.

Skirlet bevestigde wat hij net dacht. Ze stond op. "Alles daargelaten is de gedachte van goede smaak ontbloot — zelfs al had je het slechts als grap bedoeld."

"Volkomen juist," zei Jaro. "Mijn gevoel voor humor is wat grof. Een ruimtevagebond kan geen vrouw gebruiken."

Skirlet draaide zich om en staarde over de balustrade de lange Flammarionboulevard langs. Jaro bekeek haar geboeid en vroeg zich af waaraan ze dacht.

De zon was neergezweefd op de heuvelkam. Het daglicht begon al te verdwijnen. Een windvlaag blies door Skirlets haren. Gedurende een kort, vliedend moment leek er een knop in de wereld te zijn omgezet. Jaro meende een verlaten kind voor zich te zien met uitgeteerde wangen, een verloren snippertje tragische mensheid.

Skirlet bewoog; de schaduwen volgden haar en de illusie werd verbroken; ze zag er weer net zo uit als tevoren. Langzaam draaide ze zich om en keek Jaro aan. "Waarom zit je zo dom met je ogen te knipperen?"

"Dat is moeilijk uit te leggen. Heel even zag ik je als wie je had kunnen zijn als je geen Mosseltaart was geweest."

"Wat een merkwaardige uitspraak! En, was er nog verschil?"

"Dat weet ik niet zeker."

"Poe! Er is geen verschil. Ik heb het allebei uitgeprobeerd. En geen enkel verschil."

Ze liep de binnenplaats op, draafde het brede stenen bordes naast de bibliotheek op en was verdwenen.

2

Een week ging voorbij. Jaro zag Skirlet op school maar bleef op een afstand en zij nam geen notitie van hem.

Op een avond vroeg Jaro aan Althea waarom ze Tawn Maihac de laatste tijd zo weinig zagen. Althea deed net of ze er met haar gedachten niet bij was, maar het resultaat was niet erg geloofwaardig. "Wie? Tawn Maihac? O, ja, natuurlijk! Die grappige man met de kwaakhoorn! Die zit niet meer in mijn groep. Hij heeft tegen een van de anderen gezegd dat zijn nieuwe baan hem zo in beslag neemt dat hij geen tijd meer vrij had voor sociaal contact."

"Jammer," zei Jaro. "Ik mocht hem graag."

"Ja, het was een knaap met talent," zei Althea vaag.

Jaro liep naar zijn kamer en probeerde Maihac op te bellen, om tot de ontdekking te komen dat Maihacs nummer niet vermeld stond.

De volgende dag ging Jaro wat eerder van school weg en reed met de bus naar de ruimtehaven. Rechts van de vertrekhal werd het veld geflankeerd door een lange, hoge hangar die een rij ruimtejachten tegen weersinvloeden beschutte. Een groot aantal stond te koop. Jaro was hier eerder geweest met Maihac; toen hadden ze de aaneengerijde jachten besproken, met liefdevolle aandacht voor het kleinste detail. De minst dure waren voornamelijk verder ontwikkelde versies van de antieke Model 11-B Plaatsbepaler, die nu door talloze scheepsbouwers werd geproduceerd en verkocht onder namen als Ariel, Cody Extensor, Spadway Heremiet en zo meer. Het waren vaartuigen met een brede kiel, compact van lijn en allemaal rond de vijftien meter lang, die alleen in de versiering afweken van het stoere, zij het spartaanse prototype. Prijzen voor dergelijke vaartuigen begonnen bij zo'n twintigduizend sol*, afhankelijk van ouderdom, staat van onderhoud en extra voorzieningen.

Maihac had Jaro verteld dat zulke schepen soms wel op afgelegen ruimtehavens te koop waren voor tienduizend of vijfduizend of zelfs tweeduizend sol, afhankelijk van de eisen van het moment. Dikwijls, zei Maihac, verwisselden de eigendomspapieren van eigenaar aan de speeltafels van de kroegen bij de ruimtehaven.

"Ik weet niet veel van gokken," had Jaro weemoedig gezegd.

"Ik weet er genoeg van om me er verre van te houden," zei Maihac.

De andere schepen vertegenwoordigden het hele scala van grootte, kwaliteit, elegantie en prijs, met als hoogtepunt een magnifieke Golschwang 19 en een Sansevere Triomf, die geen van beide te koop waren, hoewel ze volgens Maihac per stuk waarschijnlijk over de twee miljoen sol zouden opbrengen. De Golschwang 19 behoorde toe aan een Rafelierse bankier en het andere schip aan een Val Verdische magnaat, wiens bron van inkomsten in nevelen was gehuld. Jaro's favoriet was een schitterende Fortunatus van de Glitterwegreeks, de *Pharsang* genaamd, die op dat ogenblik te koop werd aangeboden door een bankier. Het bordje op de boeg zette uiteen dat het de eigenaar aan tijd ontbrak om zijn fraaie jacht te benutten naar het verdiende, zodat hij genegen was het van de hand te doen voor de juiste prijs aan een koper van passende status; anderen behoefden niet de moeite te doen een bod uit te brengen. De vraagprijs bleef onvermeld, maar Maihac had zo'n vermoeden gehad dat het ver over de een miljoen sol zou zijn. Het schip was fonkelend zwart gelakt met accenten in scharlakenrood en mosterdokergeel. Jaro was verrukt van het schip, net als Maihac.

---

* Sol: munteenheid, ongeveer gelijk aan $ 8,00 in toenmalige termen.

"Ik weet wel waaraan ik mijn eerste zuurverdiende miljoentje uit-geef," had Maihac gezegd. "Het heeft precies de juiste afmetingen om ofwel aan boord te wonen, ofwel passagiers te vervoeren, voor vaste rondreizen of langs niet-geplande havens. In vijf jaar zou je de kosten eruit hebben."

Jaro had gezegd dat het toch heel wat moest kosten om te exploite-ren.

"Dat hangt er helemaal van af," had Maihac geantwoord. "De hui-dige eigenaar zet waarschijnlijk een volledige bemanning in: kapitein, eerste officier, eerste en tweede machinist, kok, twee hofmeesters en misschien nog een reservekracht. Eersteklas cuisine voor de eigenaar, de gasten en de bemanning kan behoorlijk kostbaar zijn. Kortom: een enorme investering. Aan de andere kant zou iemand het jacht makkelijk in zijn eentje kunnen besturen. Dan zijn de kosten verwaarloosbaar."

Lopend langs de rij schepen op weg naar de werkplaats kwam Jaro bij de Glitterweg *Pharsang* en bleef zoals gewoonlijk even staan om de forse maar sierlijke lijn te bewonderen. Het bordje TE KOOP hing er niet meer; zou iemand van toereikende status het schip hebben gekocht? Jaro zag iets bewegen in de voorste salon. Een meisje liep langs het panoramavenster. Jaro herkende ogenblikkelijk de golvende blonde lokken van Lyssel Binnoc. Ze scheen met iemand te praten en te lachen, heel geanimeerd — hetgeen uiteraard haar normale manier van doen was. Jaro bewonderde Lyssel best, want ze was heel knap om te zien, maar hij wilde ook weer niet dat ze hem naar de *Pharsang* zag staan kijken met afgunstig verlangen, zoals ze misschien zou denken. Te laat! Ze draaide zich om en keek omlaag naar waar hij omhoog stond te staren. Ze draaide zich weer om; Jaro vermoedde dat ze hem niet had herkend, hetgeen nog ergerlijker was dan wanneer ze het wel had gedaan.

Het dient tot Jaro's eer gezegd dat hij om zichzelf kon lachen. Hij had Lyssel jaren geleden ontmoet op de Langolenschool, in het natuurkundelokaal. Zelfs toen was hij onder de indruk van haar uiter-lijk geweest, zij het met enige afstandelijkheid, want op dat moment werd hij nogal in beslag genomen door zijn eigen aangelegenheden. Lyssel had op haar beurt de lange, donkerharige jongen met het pein-zende gezicht ook opgemerkt. Ze voelde dat hij aandacht voor haar had en draaide zich af, in de verwachting dat hij haar met een of ander voorwendsel zou aanspreken, maar toen ze weer omkeek was hij druk met zijn werk bezig.

Hmm, dacht Lyssel. Ze nam hem verholen op. Kalm en onopvallend als hij was, was hij toch best aantrekkelijk. Hij had een goed gevormd gezicht, een tikje aristocratisch zelfs. Ze vroeg zich af of hij misschien een buitenwerelder was. Heel wel mogelijk, dacht ze. Wat romantisch! Lyssel hield wel van romantische bespiegelingen. Natuurlijk zou hij, net als alle jongens die ze kende, als was zijn in haar handen — als ze hem eenmaal in haar greep had. Het leek haar een goed idee; Hanafer Glackenshaw zou zich groen ergeren.

Hanafer was inderdaad geërgerd toen ze over Jaro begon en zijn deugden breed uitmat. "Hij ziet er zo interessant uit, als een adellijke grootgrondbezitter of misschien een Overman van Dambrosilla. Er is iets mysterieus aan hem — naar verluidt althans."

"Bah!" hoonde Hanafer, een grote, ietwat corpulente jongeman met forse gelaatstrekken, waaronder een lange neus die hem, in zijn eigen ogen, een heerdersprofiel verleende. Hij droeg zijn blonde haren naar de nieuwste gedurfde mode, in een weidse lok over zijn voorhoofd die vervolgens naar achteren en opzij werd geslagen. Hij deed schamper toen Lyssel het over Jaro had. "Dat is allemaal krullepap. Er is niks geheimzinnigs aan die jongen. Om te beginnen is hij een nixo!"

"O ja?"

"O ja! Zijn ouders zijn ook nixo's, van die academische types aan het Instituut, en pacifisten ook nog. Beperk je enthousiaste getheoretiseer in het vervolg dus maar tot mij. Laten we verder gaan waar we gebleven waren."

"Hou op, Hanafer! Straks ziet iemand ons nog!"

"Zou je dat erg vinden?"

"Natuurlijk wel!"

"Dat vraag ik me af. Heb je gehoord wat Darsay Jechan over jou heeft gezegd?"

"Nee."

"We stonden bij de fontein. Hij was helemaal in vervoering en zei dat jij was als die kwetsbare, zuivere bloem uit de legende, die na de bestuiving verflenst en verwelkt."

"Wat een schattig compliment!"

"Kilby Diffenbeck had er ook nog een. Die zei dat het een prachtig denkbeeld was, maar dat jij waarschijnlijk wat duurzamer was dan die legendarische bloem en dat, als er al bestuiving had plaatsgevonden, jij er zo te zien niet onder geleden had."

"Merkwaardige complimenten, Hanafer Glackenshaw. Ik kan het niet grappig vinden, en jou al helemaal niet. Je kunt gaan, zo snel als die dikke beentjes van je je kunnen dragen."

3

Jaro kwam bij de werkplaats en liep regelrecht naar het kantoortje van de chef. Daar trof hij Trio Hartung aan, die hem hartelijk begroette. "Zo, Jaro, en wat kom je vandaag doen? Ben je zover dat je mijn baan kan overnemen?"

"Nog niet," zei Jaro. "Maar ik wou wel dat ik ervoor in aanmerking kwam."

"Kom me maar eens opzoeken als je zover bent," zei Hartung. "We zullen je de ladder op helpen. Er valt een hele hoop te leren, geloof mij maar."

"Dank u wel," zei Jaro. "Ik kom zodra ik kans zie tijd vrij te maken van school. Is meneer Maihac er ook?"

Hartung keek hem verbaasd aan. "Maihac is vertrokken... even kijken, nu alweer twee weken terug. Hij heeft passage geboekt op de *Audrey Anthey* van de Osirislijn. Wist je dat niet?"

"Nee."

"Raar. Hij had nog zoiets gezegd dat hij een boodschap voor jou zou achterlaten."

Jaro ging in gedachten de laatste twee weken langs. "Ik heb geen enkele boodschap ontvangen." Toen vroeg hij: "Wanneer komt hij terug?"

"Daar valt niks van te zeggen."

Jaro haalde zijn schouders op, niet wetend wat hij ermee aan moest. Hij verliet de werkplaats en liep terug langs de rij ruimtejachten. Er schenen nog steeds mensen aan boord van de *Pharsang* te zijn, maar er stond niemand achter de uitkijkvensters in de voorste salon.

Jaro liep door de vertrekhal en kwam op de plaza uit. Op de terrasjes zaten mensen van de frisse lucht te genieten. Jaro ging aan een tafeltje zitten en kreeg een coupe gekoeld vruchtensap. Hij staarde over de plaza met een hol, verward gevoel vanbinnen. Mensen liepen voor hem langs, van en naar de vertrekhal — mensen van allerlei slag, van allerlei werelden. Jaro lette er niet op.

Als er een boodschap was ontvangen op Merriehew, wat dan? Zouden de Faths misschien hebben besloten hem niet af te leiden gedurende de tijd dat hij het zo moeilijk had? En zouden ze daarop de boodschap zijn vergeten of hem hebben zoekgemaakt?

Als Jaro zijn naspeuringen actief doorzette zou hij uiteindelijk de Faths om inlichtingen moeten vragen — hetgeen Hilyers gemoedsrust zou verstoren en Althea's gevoelens zou kwetsen. Hij had geen keus — hij moest de zaak laten rusten.

Jaro bleef een halfuur lang zitten piekeren. Het feit op zich was een raadsel. Maihac was op stel en sprong vertrokken en had geen aanwijzingen achtergelaten over zijn beweegredenen.

Misschien, dacht Jaro, was hij gewoon iemand die een hekel had aan afscheid nemen; iemand die liever stilletjes wegglipte, de vergetelheid in.

Misschien.

Eén ding was zeker, iemand die in geheime plaatsen ging spitten, groef dikwijls zaken op die hij liever niet had gevonden.

HOOFDSTUK VI

1

HET LAND ACHTER MERRIEHEW had ooit bestaan uit twaalfhonderd hectare woest terrein dat bekend stond als het land van Katzvold. Door de eeuwen heen was het bezit met een perceeltje hier en een perceeltje daar geslonken tot niet veel meer dan tweehonderd hectare. Toch omvatte het nog een groepje beboste heuvels, een riviertje, diverse graslanden, dicht bos, stukken golvend parklandschap en, dicht bij het huis, het gebied waar Henry Katzvold, Althea's grootvader, zijn tuinbouwexperimenten had bedreven.

Henry Katzvold was een noest baasje geweest met een laaiend temperament, die een heel stelsel van tantristische theorieën bezat, die hij koppig getracht had aan de werkelijkheid op te leggen. Hij oogstte daar geen successen mee en bracht alleen maar rariteiten en wanproducten voort: slappe rotting, groen slijm en stinkende troebele troep. Hij werd gedood door een bliksemstraal toen hij over zijn land beende; sommigen zeiden dat hij terwijl hij viel nog een laatste woedend gebaar maakte, als wilde hij de bliksemschicht terugslingeren, de hemel in.

Henry's zoon Ornold, een dichter die een vaste aanstelling had aan het Instituut, was toegelaten tot de Schrijvenaarsvereniging, hoewel hij van nature een nixo was. Hij had die neigingen overgebracht op zijn dochter Althea en haar tevens een aanzienlijk pakket behoudende investeringen, plus Merriehew en de tweehonderd hectare achterland nagelaten.

Het huis ontbeerde elk greintje modieus aanzien en iedereen was het er roerend over eens dat het alleen maar voor bewoning door nixo's geschikt was. De bezitting was min of meer trapezoïde van vorm, gemiddeld zo'n kilometer breed en iets meer dan twee kilometer lang. Het landschap werd doorsneden door kleine kloven, dalletjes en ravijnen en ontsierd door bonken verpulverende rots. Het was al dikwijls onbruikbaar verklaard voor enige vorm van landbouw; Althea en Hilyer vonden het best en lieten het gewoon een wildernis.

Twintig jaar tevoren waren er geruchten gegaan dat Thanet zich in noordelijke richting zou uitbreiden langs de Katzvoldse baan en speculanten hadden overhaast stukken land aangekocht tegen de hoogste prijs — waaronder ook Clois Hutsenreiter, Skirlets vader. Thanet had zich echter uitgebreid naar het zuiden en het oosten. De zeepbel was geknapt en de speculanten bleven zitten met stukken afgelegen en onbruikbaar woest land. Ook de droom van de Faths, dat ze een waardevol stukje grond bezaten, was ingestort.

Te dien tijde was Merriehew een excentriek bouwsel van donker hout en steen onder een ingewikkelde dakpartij met vele dakkapelletjes, gevelspitsen en spokenverschrikkers. Elk jaar leek Merriehew weer een stukje afgeleefder en sjofeler en behoefde het dringender een liefderijke en zorgzame hand. Maar het was tevens een ruim, geriefelijk en over het algemeen vrolijk huis, dankzij Althea's bruisende persoonlijkheid, haar bloembakken, haar felgekleurde wandtapijten en haar fantasierijke tafelschikking.

In het begin had Althea kandelaars verzameld in alle denkbare soorten, maten en materialen en iedere avond haar eettafel getooid met weer een ander paar of een andere kaarsengroep. Dit, zo besloot ze al gauw, was niet voldoende en ze begon serviezen te verzamelen ter meerdere opluistering van haar tafel. Gedurende de jaren dat haar enthousiasme op z'n hoogst was, creëerde Althea iedere avond een nieuw romantisch avontuur in haar eetkamer. Hilyer bewonderde haar opstellingen plichtsgetrouw hoewel hij in zijn hart wenste dat ze iets meer van haar energie zou richten op de voortbrengselen van de keuken zelf.

"Laat het voortreffelijk zijn en vooral ruim voldoende!" prevelde Hilyer bij zichzelf.

Hilyer was minder verknocht aan Merriehew dan Althea. Nu en dan kon hij zich er kort en bondig over uitlaten: "Rustiek, ja! Landelijk, ja! Pittoresk, ja! Comfortabel, nee!"

"O, Hilyer, kom nou!" protesteerde Althea. "Dit is ons heerlijke oude huis! We zijn gewend aan al zijn leuke kleine eigenaardigheidjes!"

"Zeg in plaats van 'eigenaardigheidjes' maar rustig 'ergernissen'," gromde Hilyer.

Althea sloeg er geen acht op. "We kunnen de traditie niet zonder slag of stoot laten varen. Merriehew is al zo lang in de familie dat het een stukje van ons is geworden!"

"Jij bent hier de Katzvold, ik niet."

"Dat is waar en ik kan de gedachte niet verdragen dat er hier ooit iemand anders dan wij zou wonen."

Hilyer haalde zijn schouders op. "Vroeg of laat zal er iemand die geen Katzvold is eigenaar van Merriehew zijn. Dat staat wel vast, lieve. Zelfs Jaro is geen echte Katzvold, als je naar bloedverwantschap kijkt."

Bij zulke opmerkingen kon Althea alleen maar zuchten en toegeven dat Hilyer zoals gewoonlijk gelijk had. "Maar ja, wat kunnen we eraan doen? Naar de stad verhuizen midden tussen al dat lawaai? We zouden ook niets voor het land krijgen als we het probeerden te verkopen."

"Het is hier nu best vreedzaam," beaamde Hilyer. "Maar ik heb horen vertellen dat een van de plaatselijke magnaten het gebied hier wil ontwikkelen tot een of ander gigantisch project. Ik weet er het fijne niet van, maar als dat ooit gebeurt, dan zitten we hier midden tussen nog ergere herrie dan wanneer we een kleine woning hadden ergens, gemakkelijk dicht bij het Instituut."

"Dat gebeurt waarschijnlijk toch niet," zei Althea. "Weet je niet meer? Ze hebben het daar al eens eerder over gehad en toen is er ook niets van gekomen. Ik hou van dit vervallen oude huis. Ik zou er nog meer van houden als jij de vensters eens zou repareren en het houtwerk een verfje zou geven."

"Voor dat soort werkjes heb ik geen aanleg," zei Hilyer. "Tien jaar geleden ben ik van een ladder gevallen, terwijl ik nog pas op de tweede sport stond."

En zo bleef alles op Merriehew bij het oude en was het enige wat het bood lucht, ruimte, licht, afzondering en gerief.

In zijn tijd op Merriehew was Jaro er vaak op uit getrokken om het gebied achter het huis te verkennen. Althea had aanvankelijk liever niet dat hij vrijelijk rondzwierf, maar Hilyer had erop gestaan dat de jongen de vrijheid kreeg om te gaan waar hij wilde. "Wat kan hem nou gebeuren? Hij kan niet verdwalen. We hebben hier geen verscheurende dieren en Gihilitische Perpatuariërs* al helemaal niet."

"Hij zou kunnen vallen en zich bezeren."

"Onwaarschijnlijk. Laat hem toch doen wat hij wil, dan leert hij zichzelf te redden."

Althea protesteerde verder niet meer en Jaro mocht gaan en staan naar eigen verkiezing.

Jaren tevoren had Althea Jaro uitgelegd waar de naam van het huis, Merriehew, vandaan kwam. Jaro vernam dat merriehew oorspronkelijk de benaming was van een bovennatuurlijk wezentje van delicate schoonheid, iets als een elfje, met ragfijn haar en vliezen tussen de vingers. Als iemand een merriehew ving en hem in een van zijn oren beet, dan was de merriehew voortaan onverbrekelijk verbonden aan de bijter en moest hem voor altijd als slaaf dienen. De Faths hadden Jaro van de geldigheid van deze legende verzekerd en hij zag geen aanleiding een zo aangename mogelijkheid niet te geloven; altijd als hij een wandeling maakte door het bos of in het weiland, bewoog hij zich geruisloos en bleef hij waakzaam.

2

Een rij gedeeltelijk beboste heuveltjes met steile hellingen gaf de zuidelijke grens van het Katzvold-land aan. Halverwege een van die hellingen, op een vlak gedeelte naast een beekje en overschaduwd door een stel monumentale smaragdbomen, was Jaro een paar jaar lang doende geweest een hut te bouwen. Voor de muur gebruikte hij stenen die hij zorgvuldige aan elkaar paste, waarna hij de kieren met mortel dichtsmeerde, voor de dakspanten jonge dennenstammetjes en voor de dakbedekking een paar lagen brede sebaxbladeren. Gedurende zijn laatste jaar op de Langolenschool was hij begonnen aan een open haard en een schoorsteen, maar allengs begon hij te beseffen dat zijn

---

* Gihiliten: een sekte van mystici, woonachtig in de Uirbach, een gebied aan de andere kant van het vasteland. De Perpatuariërs waren rondzwervende zendelingen die naar men beweerde kinderen roofden om naar Uirbach te brengen met onaangenaam oogmerk.

hut hem te klein was geworden, een stuk speelgoed dat hij ontgroeid was. Voortzetten van het project diende tot niets. Hij kwam er nog wel vaak, maar nu om te lezen, om te tekenen op zijn schetsblok, om landschapjes te schilderen in waterverf; in een bepaalde periode had hij geprobeerd de kunst van het decoratief knopen leggen onder de knie te krijgen, gebruikmakend van de aanwijzingen in een boekje getiteld: *Compendium van 1001 knopen, van eenvoudig tot luxueus.*

Op een dag trok Jaro naar de hut en ging buiten op het gras zitten met zijn rug tegen de stam van een smaragdboom en zijn sterke bruine benen recht voor zich uit. Hij droeg een lichtbruin-grijze korte broek, een donkerblauw overhemd en lage enkellaarsjes. Hij had een boek meegenomen en een schetsboek, maar die legde hij weg om de gebeurtenissen in zijn vreemde, woelige leven te overpeinzen. Hij dacht na over de stem en over de psychiaters van de Buntoonheuvel. Hij dacht na over de Faths, die hem niet langer als volstrekt wijs en onfeilbaar voorkwamen. Met een steek van eenzaamheid dacht hij aan Tawn Maihac en diens plotselinge vertrek van Gallingale. Maar eens zou hij Maihac weerzien, daar was hij van overtuigd, en dan zou het wel worden uitgelegd.

Jaro werd afgeleid door verre stemmen en geroep, afkomstig uit het landgoed ten zuiden, dat over de heuvel werd aangedragen. Het geluid maakte inbreuk op de primitieve stilte van het land. Hij mopperde een beetje, pakte toen zijn schetsboek en begon te tekenen: een ruimtejacht, slank maar stevig en krachtig, dat veel weg had van de Glitterweg *Pharsang*.

Een nieuw geluid trof zijn oren. Hij keek om en zag dat iemand half glijdend, half klauterend van de heuveltop omlaag kwam zetten. Het was een meisje, slank, zwierig en ietwat roekeloos, te oordelen naar de manier waarop ze de helling afdaalde. Ze droeg een donkergrijze korte broek, een rood-wit gestreepte bloes, een donkergroene trui, donkergroene kniekousen en grijze enkellaarsjes. Met open mond van verbazing zag Jaro dat de nieuwaangekomene Skirlet Hutsenreiter was, die je niet langer voor een jongen kon aanzien. Ze landde met een sprong op het vlakke terrein, bleef even staan om op adem te komen, liep toen naar Jaro toe en keek op hem neer. "Je ziet er reuze vreedzaam uit — bijna slaperig. Heb ik je laten schrikken?"

Jaro grijnsde. "Zelfs ik moet rusten."

Skirlet bedacht dat Jaro er nog veel aardiger uitzag als hij glimlachte. Ze wierp een blik op zijn schetsblok. "Wat teken je daar? Ruimteschepen? Is dat het enige waar je aan denkt?"

"Niet het enige. Ik wil jou wel tekenen als je zou willen poseren." Skirlet trok haar bovenlip op. "Naakt, bedoel je zeker?"

"Dat zou ook leuk zijn. Het hangt ervan af wat voor effect je beoogt."

"Wat een onzin! Ik beoog nooit effecten! Ik ben mezelf, Skirlet Hutsenreiter, dat lijkt me voldoende effect voor wie dan ook! Jouw idee is absurd."

"De meeste fantastische ideeën zijn absurd," zei Jaro. "Vooral de mijne. Wat doe je hier?"

Skirlet wees met haar duim naar het zuiden. "Mijn vader en Forby Mildoon zijn bezig het Geelvogelterrein te bekijken met een landmeter."

"Ter gelegenheid van wat?"

"Mijn vader wil het verkopen. Hij denkt dat hij een happige koper heeft aan meneer Mildoon, die zeer slim is en waarschijnlijk onscrupuleus. Wat erger is, hij is lid van een van die ordinaire Cirkelkwadranten; de Kahulibahs geloof ik."

"Ik was vergeten dat je vader eigenaar was van dat land."

Skirlet zei bitter: "Ja, en van niet veel meer en dat is tragisch." Ze liet zich op de grond ploffen en kwam naast Jaro zitten. "Een Mosseltaart heeft rijkdom nodig om naar behoren grandeur op te houden. En rijk ben ik niet."

"Maar je hebt nog je grandeur."

"Niet lang meer."

"En je moeder? Is die niet rijk?"

Skirlet maakte een kleinerend gebaar. "Een interessant geval, maar rijk? Nee." Ze nam Jaro van terzijde op. "Ik zal er niks over zeggen tenzij je het weten wilt."

"Ik heb toch niks beters te doen."

Skirlet trok haar benen op en sloeg haar armen eromheen. "Goed dan. Luister en huiver. Mijn moeder is heel mooi. Op Marmone behoort ze tot de maatschappelijke klasse die men de 'Sensenitza' noemt, de 'Begenadigden'. Ze is Naonthe, 'Prinses van de Dageraad', wat nogal belangrijk is, en ze kan zich niet het hoofd breken over ons arme provinciaaltjes op Thanet. Ze woont op Piri-Piri, dat is een paleis dat half tuin, en een tuin die half paleis is. Elke dag zijn er festivals en feestgelagen. De mensen die er komen feestvieren dragen de meest opmerkelijke kostuums en kosten noch moeiten worden gespaard in het najagen van genot. Dat gaat een half jaar zo door en dat is het 'Hoogseizoen'. Dan breekt het 'Laagseizoen' aan, de tweede helft van het jaar, waarin de Sensenitza moeten ploeteren om hun schulden af te betalen. De nobele Begenadigden zijn nu tot alles bereid voor geld. Ze bedriegen, ze stelen, ze verkopen hun lichaam. Ze zijn zo schraapzuchtig, dat geloof je niet. Toen ik mijn moeder bezocht kwam ik net halverwege het Laagseizoen aan, en dus moest ik drie maanden lang bessenranken verzorgen op de hellingen van Flinkheuvel. Het was hard werk en een van de vriendinnen van mijn moeder, freule Mavis, stal al mijn geld. Niemand kon het wat schelen. En toen brak met de Rite der Hernieuwing het Hoogseizoen weer aan. Mijn moeder was opnieuw Prinses van de Dageraad en we namen onze intrek op Piri-Piri, tussen de bloemen en de vijvers. De Sensenitza droegen hun schitterende nieuwe kostuums en joegen de vreugde na met hartstochtelijk gevoel. 's Nachts werd er bijzondere muziek ten gehore gebracht die verondersteld werd zowel de vervoering van de vreugde als de pathetiek van het gebroken hart uit te drukken. Ik mocht die muziek niet, ze was mij te overdadig en te onbehaaglijk. Onder al die pracht lag nog steeds de verbetenheid en het smachten en de geldzucht, al ging die nu schuil achter elegante poses en amoureuze bezieling. Het bal masqué was het vreemdste evenement van allemaal; zo vreemd dat ik aan mijn zintuigen begon te twijfelen. De lucht was zwaar van de essentie van dromen."

Skirlet trok een lelijk gezicht toen ze terugdacht aan het bal masqué. "In de Optocht der Idyllen kreeg ik de rol toegewezen van naakte nimf die door een weiland huppelt. Ik verstopte me in het bos, maar een stel jonge mannen zette me na."

"En kregen ze je te pakken?"

"Nee," zei Skirlet koel. "Ik klom in een boom en sloeg naar ze met takken en twijgen. Eerst smeekten ze me omlaag te komen om me met hen te vermeien, toen smeten ze kluiten modder naar me en scholden me uit en noemden me een rariteit en een maagd. Ten slotte gingen ze weg."

"Dat moet een nare ervaring zijn geweest, voor jou als Mosseltaart en zo."

Skirlet keek Jaro aan, maar die scheen volkomen ernstig te zijn en alleen bezorgd om haar welzijn. Hij vroeg: "En hoe is het toen uiteindelijk afgelopen?"

"Halverwege het Hoogseizoen, dus voordat iedereen door zijn geld heen was, heb ik al het geld van freule Mavis gestolen. Het was voldoende voor mijn overtocht naar Gallingale, dus ik ben naar huis gegaan. Ik geloof niet dat mijn vader blij was me te zien. Ik wilde naar de Aeolische Academie in Glist, een particuliere school voor studenten van hoge kaste; mijn vader zei dat we de middelen niet hadden om het schoolgeld te betalen, dat vrij hoog is. Hij stuurde me naar de voet van de heuvel, naar de Langolenschool, waar ik tussen strevende Jeugdligaleden en nixo's zit, maar dat was nog altijd beter dan Piri-Piri. Om dus je vraag te beantwoorden: ik verwacht geen geld van moederskant."

"En je gaat niet meer terug naar Marmone?"

"Dat is hoogst onwaarschijnlijk."

Jaro keek om en luisterde toen opnieuw het geluid van verre kreten over de heuvel kwam. "Roepen ze jou?" vroeg hij aan Skirlet.

"Nee. De landmeter roept naar zijn hulpje met het baken." Ze wees naar een klein zwart schijfje dat op de schouder van haar trui zat geklipt. "Via dat knoopje roepen ze me op als ze klaar zijn om te vertrekken."

"Ik dacht dat je misschien wel zou helpen bij het opnemen van het terrein — aantekeningen maken en meneer Mildoon charmeren en zo."

Skirlet keek hem ongelovig aan. "Natuurlijk niet! Ik ben gewoon meegegaan voor het uitje en omdat ik dacht dat ik je hier wel zou kunnen vinden in je kluizenaarshut."

"Dit is geen kluis en ik ben geen kluizenaar. Ik kom hier voor de rust en de stilte."

"Aha! Heb je liever dat ik weg ga?"

"Nu je er eenmaal bent kun je net zo goed blijven. Wie heeft je verteld dat je me hier kon vinden?"

Skirlet haalde haar schouders op. "Joffer Wirtz maakt zich zorgen over je. Ze wil niet dat je onbekookt de ruimte in trekt. Ze zegt dat het niet gezond is om hier te gaan zitten piekeren terwijl je aan het streven had kunnen zijn. Wat zit er in dat pakje, tussen twee haakjes?"

"M'n twaalfuurtje. Er is genoeg voor ons allebei."

"Uiteraard betaal ik voor wat ik eet," zei Skirlet hooghartig. "Hoewel, ik bedenk me net dat ik geen geld bij me heb."

"Doet er niet toe. Ik zal je gratis en voor niets te eten geven." Skirlet had er niets op te zeggen en aanvaardde Jaro's gulle gaven zonder commentaar.

Jaro begon peinzend: "Toen ik klein was, fantaseerde ik graag dat dit plekje deel uitmaakte van een magisch rijk, dat in vier vorstendommen was verdeeld, elk met zijn eigen soort magie. Dit was het koninkrijk Daling, en ik was daar een prins, heel knap en galant."

"Net zoals je nu bent, zo'n beetje," zei Skirlet. Jaro probeerde uit te maken of ze nu een grapje maakte of niet. Hij vervolgde: "Daarginder ligt het Land van Coraz dat wordt geregeerd door koning Tambar de Onvoorspelbare. Tambar heeft een kleerkast met allemaal planken waarop wel duizend gezichten staan. Elke dag loopt hij door Coraz rond in een andere vermomming, sluipt door de straten en legt zijn oor te luisteren op de markt. Als hij trouweloze praat verneemt raakt de boosdoener ter plekke zijn kop kwijt. Hij liefhebbert in magie en kent net genoeg hocus pocus om iedereen het leven zuur te maken. Zijn hof borrelt van de intriges en dan komt op een goeie dag prinses Flanjear naar Daling. De prins vindt haar bekoorlijk maar vraagt zich af of ze gekomen is om hem kwaad te berokkenen."

"Is ze mooi?" vroeg Skirlet.

"Uiteraard. Trouwens, jij mag best prinses Flanjear zijn als je wilt."

"Tsjonge! En waaruit bestaat mijn taak?"

"Dat is nog niet besloten. Wat je plannen ook mogen zijn, kwaadaardig of niet, in elk geval word je verliefd op de prins."

"En dat is prins Jaro?"

"Soms moet ik het wel zijn," zei Jaro bescheiden. "Vaak ben ik de enige die voorhanden is."

"En ik veronderstel dat jij verliefd wordt op prinses Flanjear?"

"Alleen als ik de betovering kan verbreken waardoor alle meisjes lange rode neuzen lijken te hebben. Dat is een van Tambars streken, natuurlijk, hetgeen verklaart waarom hij zo weinig gezien is."

Skirlet streek nadenkend over haar neus maar zei niets. Een poosje zwegen ze. Ten slotte vroeg Jaro behoedzaam: "Ga je volgend jaar ook naar het lyceum?"

"Er is nog niets vastgesteld."

"Hoe bedoel je?"

"Wanneer mijn vader het Geelvogelgoed verkoopt wil hij een jaar lang buitenwerelds gaan reizen. Als dat te pas komt, wil hij Sassoon Ayry sluiten en mij weer naar Marmone sturen."

"Wat vind je daarvan?"

"Daar zeg ik nee tegen. Ik blijf liever thuis. Hij zei dat ik dan alleen in huis zou zijn, afgezien van de bedienden. Dat zou niet sjiek genoeg zijn aangezien ik als Mosseltaart een stand heb op te houden. Ik vroeg hem wat hij dan dacht van de normen op Marmone; hij zei dat dat wat anders was en dat het mijn moeders verantwoordelijkheid was wat er daar gebeurde; bovendien was het zuiniger om het huis te sluiten." Skirlets stem klonk opeens uitdrukkingsloos. "Wat er ook gebeurt, ik ga niet terug naar Marmone."

"Heeft je vader geen vrienden? Kun je niet naar het bestuur van de Mosseltaarten gaan? Of naar de Academische raad? Er moet toch wel iemand zijn die een poosje voor je kan zorgen? Ik zou het grif zelf doen als ik kon."

Skirlet keek hem schuins aan. "Opmerkelijk," zei ze zachtjes. Ze zweeg een ogenblik en vervolgde toen: "Ik dacht dat je erop gebrand was Gallingale met de grootste spoed te verlaten. Wat zou er dan met mij gebeuren?"

Jaro zei, op een toon alsof hij het tegen een kind had: "Ik kan nergens heen en ik kan niets ondernemen voor het haalbaar is. Dat wil zeggen: niet binnenkort. Vroeg of laat moet het wel gebeuren, natuurlijk."

Skirlet maakte een luchtig handgebaar. "Die hersenloze aandrang van je brengt me in de war."

Jaro zei geduldig: "Op een dag, als je serieus bent, zal ik het je allemaal vertellen."

"Ik ben serieus. Vertel het me nu maar."

Jaro was niet voorbereid op alweer een brokje psychoanalyse. "Nee, het is een veel te mooie dag daarvoor."

"Vertel me dan tenminste hoe je weet wat je moet doen, of waar je heen moet."

Jaro haalde zijn schouders op. "Het is een weten dat ik heb."

"Wat voor weten? Met data en plaatsen erbij?"

Jaro had al meer gezegd dan hij van plan was geweest. Toch ging hij door. "Soms kan ik bijna de stem van mijn moeder horen — alleen kan ik nooit verstaan wat ze zegt. Soms lijk ik een lange magere kerel te zien met een magistersjas en een zwarte hoed. Zijn gezicht is bleek en hard, alsof het uit been is gesneden. Als ik aan hem denk moet ik huiveren — van angst, vermoed ik."

Skirlet zat met haar armen stijf rond haar knieën. "En jij bent van plan die man te zoeken?"

Jaro slaakte een kort lachje. "Als ik op zoek ga zal ik hem vinden."

"En dan?"

"Zo ver gaan mijn plannen nog niet."

Skirlet stond op. Op niet onvriendelijke toon zei ze: "Wil je mijn mening horen?"

"Niet bijzonder graag."

Skirlet sloeg er geen acht op. "Het is duidelijk dat je gebukt gaat onder een ernstige obsessie die zich mogelijk op het randje van de schizofrenie bevindt."

"Die analyse kun je meteen afschrijven," zei Jaro. "De psychiaters hebben verklaard dat ik geestelijk gezond ben. Ze hadden bewondering voor de kracht van mijn persoonlijkheid."

"Doet er niet toe. Er is niets dringends aan die zogeheten mysteries. Als je halsoverkop de ruimte in trekt, wat kun je daar dan hopen aan te treffen? Een man met een hoed? Zie de feiten onder ogen, Jaro! Je bent ten prooi aan wat de psychiaters een idee-fixe noemen."

"Neem me niet kwalijk, Skirlet, maar ik ben niet gestoord en al evenmin krankzinnig."

"Dan moet je je ook behoorlijk gedragen! Je voorbereiden op het behalen van je graad aan het Instituut zoals de Faths voorstellen! Je aandacht wijden aan je ponteneur en eens beginnen aan de bestorming van de schappen!"

Jaro keek vol verbazing naar haar op. Dat kon ze toch niet menen! "Dat is allemaal goed en wel," zei Jaro, "maar dat wil ik helemaal niet. Ik wil geen Zonker zijn en geen Misselijke Kip en geen Palindromer en zelfs geen Mosseltaart."

Vol afkeer zei Skirlet: "Het is toch triest! Ondanks alles wat de Faths voor je gedaan hebben ben je in je hart nog steeds een buitenwerelder!

Je hebt respect voor niets en niemand — niet voor de Faths, niet voor de Mosseltaarten, niet voor de professoren en zelfs niet voor mij!"

Jaro krabbelde grijnzend overeind. Eindelijk was het hem allemaal duidelijk! "Ik weet best waarom je zo kwaad op me bent."

"Bespottelijk! Waarom zou ik kwaad zijn?"

"Wil je het echt weten?"

"O, ik wil wel naar je luisteren, zeker wel."

"Het antwoord is tweeledig. De eerste reden is dat ik te zelfgenoegzaam ben en geen oog heb voor allerlei werkelijk belangrijke zaken, zoals hoe bijzonder het is een Mosseltaart te zijn en tegelijk ook zo wonderbaarlijk knap en zo intelligent! Maar daar heb ik wel oog voor! Ik ben van de kaart van de persoonlijkheid van Skirlet Hutsenreiter en haar vermogens! Haar ijdelheid is geheel gerechtvaardigd!"

"Wat een onzin," schamperde Skirlet. "Ik ben helemaal niet ijdel. Wat is de tweede reden?"

Jaro aarzelde. "Die is zo geheim dat ik hem alleen maar in je oor kan fluisteren."

"Dat is onredelijk! Waarom is dat?"

"Dat zijn de regels nu eenmaal."

"O, goed dan." Skirlet hield haar hoofd schuin. Jaro boog zich naar haar oor toe.

Skirlet riep: "Ooo! Je hebt me in m'n oor gebeten! Dat was niet de bedoeling."

"Nee," zei Jaro. "Je hebt gelijk. Ik heb me vergist en dat was verkeerd van me. Laten we het nog eens proberen."

Skirlet keek hem sceptisch aan. "Ik weet niet of ik je nog wel kan vertrouwen."

"Natuurlijk wel! Je oor is volkomen veilig. Ik zal niet blazen, hijgen of bijten."

Skirlet nam een besluit. Ze schudde haar hoofd. "Het is absurd. Je zou de moed moeten kunnen opbrengen het me in mijn gezicht te zeggen."

"Goed dan, als jij denkt dat dat de beste manier is. Doe je ogen dicht."

"Waarom in vredesnaam?"

"Anders geneer ik me."

"Ik kan me niet voorstellen waar al die poespas voor nodig is." Skirlet deed haar ogen dicht en Jaro kuste haar. De tweede keer kuste ze hem terug. "Nou! Dat ben je alvast kwijt. Vertel dan maar op!"

"Ik zou je liever kussen."

"Nee," zei Skirlet ademloos. "Een keer is genoeg."

"Het was twee keer."

"Maar het geeft me een raar gevoel. Ik geloof niet dat ik daar al aan toe ben. Nog niet."

Het radioknoopje op Skirlets schouder bracht een zacht getingel voort. Een stem slaakte op hoge toon enkele bevelen. Skirlet meldde zich, aarzelde, keek om naar Jaro maar draaide zich haastig weer om. Ze bekeek de helling, koos de meest geschikte route uit, wuifde Jaro vaarwel — en weg was ze.

Jaro keek haar na tot ze over de kam was verdween, toen pakte hij zijn spullen bij elkaar en ging terug naar Merriehew.

3

De eerste drie dagen van de volgende week was Skirlet niet aanwezig op school. Toen ze terugkwam leek ze somber gestemd en gedroeg ze zich zonder die dappere roekeloosheid van weleer, die de drijfveer had gevormd van zo menig onvoorspelbaar kunststukje. Ze negeerde Jaro en keek de andere kant uit als hij eraan kwam. Jaro was niet blij met haar manier van doen en gedroeg zich met hooghartige onverschilligheid terwijl hij haar vanuit zijn ooghoeken in de gaten hield. Ze scheen het niet te merken en ging haar eigen gangetje, op een holletje zoals gewoonlijk, terwijl haar onbeduidende, bij elkaar geraapte kledingstukken op magische wijze werden omgetoverd tot een kledij met een dramatische zwier, omdat zij, Skirlet Hutsenreiter, het was die ze tot leven bracht met haar pezige lijfje.

Jaro was om nog meer redenen ongelukkig. Zijn oude, soepele verhouding met de Faths werd vertroebeld door een zweem van terughoudendheid, voornamelijk opgeroepen door hun weigering hem in te lichten over zijn verleden. Ze waren niet van zins hem aan te moedigen roekeloze strooptochten door de ruimte te ondernemen; als hij was afgestudeerd zouden ze hem alles vertellen wat ze wisten. Jaro deed zijn best zijn gekwetste gevoelens opzij te zetten, maar er bleef toch iets van hangen.

Hilyer en Althea waren zich van de verandering bewust. Op ietwat holle toon hielden ze elkaar voor dat Jaro bezig was op te groeien en niet langer als klein jongetje kon worden beschouwd. "Hij verkent de reikwijdte van zijn zelfbeschikkingsrecht," was het wat pompeuze commentaar van Hilyer. "Dat zijn de werkelijkheden van het leven."

Althea was minder objectief. "Die werkelijkheden staan me niets aan! Ze komen veel te vroeg, net nu ik aan de voorgaande gewend was!"

"Ach," zei Hilyer. "We kunnen er toch niets aan doen, alleen hem in de goede richting sturen."

"Maar hij denkt maar aan één ding! Hij heeft tegen me gezegd dat hij van de zomer op de ruimtehaven wil gaan werken!"

Hilyer haalde zijn schouders op. "Hij is nog erg jong. Gun hem de tijd om op te groeien en te leren wat er in de wereld te koop is; na een poosje wordt hij vanzelf weer redelijk."

De gedachte dat hij de Faths mogelijk kwetste, deed Jaro's geweten dikwijls steken. Hilyer was, ondanks zijn korzeligheid nu en dan, zachtaardig, geduldig en edelmoedig; Althea liep over van liefde. Toch bleef Jaro's voornemen rotsvast overeind en zou de vervreemding van zijn pleegouders moeten blijven bestaan, tot hij gedaan zou hebben wat hij diende te doen. Jaro vroeg zich af hoeveel jaar er zouden verstrijken, welke avonturen hem zouden overkomen, hoeveel gevaren hij zou moeten overwinnen voordat hij zijn doel zou hebben bereikt. Het was een angstaanjagend idee. Ergens op die weg zou hij de man met de zwarte hoed tegenkomen, met de fonkeling van vierpuntige sterretjes in zijn ogen. En Skirlet? Die dierbare, roekeloze, trotse, fascinerende, wrange en bijtende, lieve en mokkende Skirlet? O, wonder boven wonder, hij had haar gekust en zij had hem teruggekust! Zouden ze elkaar ooit weervinden? En dan was er Tawn Maihac, die misschien even abrupt zou terugkomen als hij vertrokken was. Jaro hoopte het maar. Hij kon een vriend goed gebruiken.

Twee dagen voor het eind van het schooljaar was Skirlet opnieuw absent; ook verscheen ze niet op de diploma-uitreiking. Ze was aangewezen als klassenwoordvoerster, zowel vanwege haar status als vanwege

haar bijna volmaakte prestaties. Haar afwezigheid veroorzaakte ontsteltenis en verwarring en de leiding besloot dat er een vervanger
moest worden gekozen. Jaro Fath werd in overweging genomen als
een van de mogelijke kandidaten, aangezien zijn prestaties ook bijzonder hoog waren en zijn zogeheten 'burgerschapsstaat' smetteloos was.
Hij was echter een nixo en kon dus niet worden beschouwd als een
geschikte vertegenwoordiger van een klas vol strevers, zodat ten slotte
een jongeman genaamd Dylan Underwood werd uitgekozen, die al was
aanvaard bij de Kwade Bent. Het liet Jaro volkomen koud. Gedurende
de avond werd hij aangesproken door joffer Wirtz, die hem eerst een
hand gaf en hem vervolgens knuffelde. "Ik zal je missen, Jaro, heel erg
missen. Het was een genoegen je in mijn klas te hebben — ook al ben
je een ontaarde kleine dwarsdrijver, zodat ik mag hopen dat het niet
slecht met je afloopt."

"Dat mag ik ook hopen. Wat is er trouwens met Skirlet gebeurd?
Waarom is ze er niet?"

Joffer Wirtz lachte spijtig. "Haar vader is decaan Hutsenreiter; hij
is een Mosseltaart maar hij blijft zo wild als de wind. Hij heeft Skirlets
betrokkenheid bij de Langolenschool nooit goedgekeurd, aangezien
ze daardoor in contact kwam met streverij van het ordinairste en
hinderlijkste soort. Hij wilde zeer beslist niet dat ze de klas zou vertegenwoordigen; een dergelijke taak zou haar waardigheid maar naar
beneden halen; daar komt het op neer."

"Hmm! En het volgende schooljaar? Gaat ze door naar het lyceum?"

Joffer Wirtz schudde meewarig het hoofd. "Wie zal zeggen wat er
met haar gebeuren gaat? Er was sprake van een particuliere school, de
Aeolische Academie in Glist, op Axelbarren; een uitstekende school
maar heel duur."

Jaro woonde stoïcijns de diploma-uitreiking bij en stond er gegeneerd bij terwijl zowel joffer Wirtz als Althea dikke tranen van emotie
schreiden. Dat nooit weer, zei Jaro bij zichzelf. Niet als ik het ook maar
enigszins kan vermijden.

De zomervakantie brak aan. Eer er een week verstreken was kreeg
Jaro een ietwat geheimzinnig telefoontje van Skirlet. Hij antwoordde
met enige behoedzaamheid, terwijl hij zich afvroeg wat ze van hem
wilde. "Met Jaro."

Skirlets stem klonk bits en prikkelbaar, alsof ze zenuwachtig was. "Wat ben je aan het doen?"

"Niet veel op het ogenblik. En jij?"

"Ik ook niet."

"Waar was je bij de diploma-uitreiking?"

Skirlets stem werd nog bitser. "Ik ben thuisgebleven, uiteraard. Voor de verandering was ik het met mijn vader eens. Hij zei dat men ervan uit ging dat ik de beste was, gezien het feit dat ik een Mosseltaart ben en dat het opschepperig zou lijken en in strijd met mijn waardigheid als ik bij de diploma-uitreiking ereprijzen in ontvangst nam. Hij had uiteraard gelijk."

"Dat had hij niet. Waardig ben je pas wanneer je er niets om geeft of het niet eens opmerkt op welke plaats je eindigt."

"Laat nu maar!" beet Skirlet hem toe. "Het is van geen enkel belang. Ik wil dat je meteen hiernaartoe komt, want mijn vader is er niet."

"Waar is hier?"

"Op Sassoon Ayry natuurlijk! Kom naar de tuindeuren bij het zuidelijke gazon. En laat je niet zien."

Jaro gehoorzaamde haar aanwijzingen en zocht met enige angst in het hart een weg door de tuinen die Sassoon Ayry omgaven, naar de deuren die Skirlet had aangeduid. Ze stond er te wachten en nam hem mee naar wat haar vaders privéstudeerkamer was, zoals ze uitlegde. Vitrines stonden langs de wanden met curiosa en siervoorwerpen, waaronder een fraaie verzameling rituele poppen. Op een bureau voor het raam lag een wirwar van folders, documenten, brochures en voorstellen, netjes gebrocheerd in blauw papier.

"Dit is waar mijn vader zijn financiële successen behaalt," zei Skirlet sarcastisch. "Dat is zijn kasboek." Ze pakte het van tafel en liet Jaro de laatste bladzijde zien. Hij zag een solide blok getallen die allemaal in rood waren gedrukt. Skirlet gooide het kasboek terug op het bureau. "Heel droevig! Het is ook de aanleiding voor deze vergadering van de Overbruggers."

"Overbruggers? Wat overbruggen die dan?"

"Onrecht, geldzucht, onrechtvaardigheid. Maar voorlopig hoef je je van die details niets aan te trekken."

Jaro liep naar de deur. "In dat geval ga ik maar, dan kan jij de details zelf uitpluizen. Heel eerlijk gezegd voel ik me hier niet zo erg op mijn gemak."

Skirlet sloeg geen acht op zijn scrupules. "Luister asjeblieft aandachtig. De Overbruggers vormen een exclusieve vereniging waarvan de leden bijzonder hoog aanzien genieten. Vergeleken bij ons lijken de Onvergankelijken onhandig en saai, hoewel we hun bestaan nog wel erkennen. Onze doelstellingen zijn inspirerend. Wij verkennen gebieden van grandeur en schoonheid die anderen links hebben laten liggen en we maken kwaad weer goed wanneer dat in ons vermogen ligt."

"Allemaal goed en wel," zei Jaro, "maar kost dat geen zeeën van tijd?"

"Precies," zei Skirlet. "En daarom zoeken de Overbruggers nu en dan nieuwe leden aan."

"En hoeveel actieve leden zijn er op dit moment?"

Skirlet fronste haar wenkbrauwen, als was ze aan het rekenen. "Tot op dit ogenblik zijn de Overbruggers altijd fanatiek exclusief geweest. Eerlijk gezegd ben ikzelf het enige lid. Alle andere kandidaten zijn afgewezen."

"Hm. Dan zijn de voorwaarden zeker erg streng."

Skirlet haalde haar schouders op. "Tot op zekere hoogte. Personen met een ongebonden geest worden niet om die reden alleen buitengesloten. Kandidaten dienen proper te zijn, beleefd en intelligent. Daarbij mogen ze niet sloom of ordinair zijn of te veel praten."

Skirlet vervolgde dat, terwijl ze over de toelatingseisen zat te peinzen, de naam 'Jaro' in haar geest was opgekomen en dat het hem van harte vrij stond zich aan te melden voor het lidmaatschap, zo hij dat verkoos. "Prestige zit er automatisch aan vast, natuurlijk," zei ze, "aangezien ik erbij betrokken ben en we verschrikkelijk exclusief zijn."

Jaro beaamde dat hij niets te verliezen had. Hij meldde zich ter plekke aan voor het lidmaatschap en werd aanvaard.

Om dat te vieren liep Skirlet naar een kast en kwam terug met een fles van Hutsenreiters kostbaarste gedestilleerd. Ze schonk twee glaasje vol. "Deze drank is, zo is me althans verteld, meer dan tweehonderd jaar oud en werd in mythische tijden gebruikt om de God van de Donder mild te stemmen."

Skirlet proefde behoedzaam van het donkerrode drankje. Ze vertrok haar gezicht. "Sterk maar smakelijk. Goed dan, onze agenda. Er zijn voldoende Overbruggers aanwezig voor het quorum zodat we ons nu aan de hoofdpunten kunnen wijden."

"En wat zijn die punten?"

"Het onmiddellijk voorliggende probleem betreft de helft van ons ledenbestand, dat is te zeggen mijzelf. Mijn vader gaat binnenkort een grote reis maken, eerst naar Planeet Canopus en dan naar de Oude Aarde. Hij blijft ten minste een jaar weg en reist altijd eerste klas. Om zijn middelen te ontzien wil hij Sassoon Ayry sluiten en mij wegsturen naar mijn moeder op Marmone. Ik blijf liever thuis, zelfs al zou dat betekenen dat ik naar het lyceum moest gaan. Hij zegt dat dat onmogelijk is. Ik zei dat hij me in dat geval naar de Aeolische Academie in Glist kon sturen. Dat is een zeer verlichte school. De studenten zijn ondergebracht in privésuites waar ze hun maaltijden op bestelling krijgen opgediend. Ze bestuderen onderwerpen naar eigen verkiezing, in hun eigen tempo, en worden aangemoedigd maatschappelijke relaties te ontwikkelen naar eigen inzicht. De academie staat aan de kust van de Grote Kanjieirzee en de stad Glist ligt er vlakbij. Ik legde mijn vader uit dat ik met plezier de Aeolische Academie zou bezoeken, maar hij zei dat dat veel te duur was en dat het tijd werd dat mijn moeder de verantwoordelijkheid voor mijn opvoeding op zich nam. Ik zei dat ik op Piri-Piri veel meer zou leren dan ik weten wilde en dat ik met genoegen ofwel op Sassoon Ayry zou blijven ofwel naar de Aeolische Academie zou gaan. Hij werd heel korzelig en zei dat ik me kon wenden tot het Bestuur van de Mosseltaarten en dat die me in een 'begeleid-wonenproject' zouden plaatsen, wat wel erg somber zou zijn. Geld is hier uiteraard het grootste probleem en het gebrek daaraan is wat de Overbruggers zullen dienen te herstellen." Skirlet stond op. "Nog een half maatje van die drank zal misschien ons denkproces stimuleren."

Jaro keek geboeid toe hoe Skirlet zijn coupe bijvulde. "Heb je al bedacht hoe je deze middelen het best kunt bekomen?"

"Chantage leek mij het beste," zei Skirlet. "Het is snel en gemakkelijk en bijzondere vaardigheden zijn er niet voor nodig."

Er klonken voetstappen. De deur ging open en decaan Hutsenreiter stormde naar binnen — een magere man met een vlot gesneden kostuum van parelgrijs zilverstrak. Hij was bleek en zijn huid zat strak over de hoekige beenderen van zijn gezicht gespannen; zacht bruin haar golfde boven een kalend voorhoofd achterover tot in zijn hals. Hij scheen in een staat van nerveuze geëmotioneerdheid te verkeren; zijn blikken schoten door het vertrek en bleven ten slotte rusten op de fles die Skirlet nog steeds boven Jaro's roemer hield. "Wat is hier gaande? Een slemppartij, en wel met mijn kostbare Bagongo?" Hij griste Skirlet de fles uit de hand. "Verklaar je nader, als je zo goed wilt zijn!"

Jaro kwam galant tussenbeide en zei met vormelijke hoffelijkheid: "Mijnheer, wij waren in een kalm en boeiend gesprek verwikkeld; uw opwinding valt uit de toon!"

De mond van decaan Hutsenreiter viel open. Toen wierp hij woest zijn handen ten hemel. "Als ik me in mijn eigen huis onbeschaamdheden moet laten welgevallen, kan ik net zo goed buiten op straat gaan liggen; daar kost het me minder." Hij draaide zich om naar Skirlet. "Wie is die knaap?"

Opnieuw was het Jaro die antwoord gaf. "Ik ben Jaro Fath, mijnheer. Mijn ouders zijn verbonden aan het Instituut, aan de faculteit voor Esthetische Filosofie."

"De Faths? Die ken ik. Nixo's! Ontleen je daaraan het recht mijn huis binnen te dringen, mijn paperassen te doorzoeken, mijn verfijnde likeur te drinken en je op te maken mijn dochter te verleiden?"

Jaro wilde protesteren, maar decaan Hutsenreiter werd hoe langer hoe opgewondener. "Besef je wel dat je daar in mijn favoriete leunstoel hangt? Kom eruit, naar buiten jij! En laat je nooit meer in dit huis zien! Eruit jij, ogenblikkelijk!"

Skirlet zei vermoeid: "Je moest maar liever gaan voor hij kwaad wordt."

Jaro liep naar de deur. Hij draaide zich om, maakte een buiging voor decaan Hutsenreiter en vertrok.

Er ging een week voorbij waarin Jaro niets van Skirlet hoorde. Op een middag kwam joffer Wirtz langs om Althea te werven als hulpkracht voor de bloemententoonstelling. Jaro kwam toevallig de kamer in. Hij begroette joffer Wirtz en maakte een praatje waarbij hij naar Skirlet vroeg. Joffer Wirtz was verrast. "Heb je dat niet gehoord? Decaan Hutsenreiter zag zich voor de noodzaak geplaatst zijn huis te sluiten voor het zomerseizoen en dus heeft hij Skirlet weggestuurd naar een particuliere school, de Aeolische Academie in Glist op Axelbarren meen ik. Het is een prima school en Skirlet mag zich gelukkig prijzen. Ik wens haar het allerbeste, maar het Bereik is wijd en we zullen haar misschien nooit meer terug zien."

"Dat weet ik zo net nog niet," zei Jaro. "Hier is ze een Mosseltaart, maar overal elders alleen maar een Hutsenreiter."

4

Gedurende de zomervakantie werkte Jaro in de werkplaats op de ruimtehaven. Trio Hartung stelde hem aan als hulpje van de vierkant gebouwde, gespierde werktuigkundige met het grijze stoppeltjes-haar, de donkerverweerde huid en de kwaadaardige grijns die Gaing Neitzbeck was geheten. Jaro herinnerde zich dat Tawn Maihac hen aan elkaar had voorgesteld.

Hartung had Jaro apart genomen. "Laat je niet bedotten door Gaings voorkomen; hij is niet zo vriendelijk en geduldig als hij eruitziet."

Jaro keek weifelend in de richting van Gaing die er, zo vond hij, werkelijk allesbehalve vriendelijk en geduldig uitzag. Zijn gezicht was een tragisch mombakkes met fonkelende ogen en een dikke, platte neus die ofwel zo ingrijpend, ofwel zo dikwijls was gebroken, dat hij eerst naar de ene kant was omgeslagen en vervolgens naar de andere. Gaings schouders en borstkas waren fors, zijn armen waren lang en zijn benen zwaar en krachtig. Hij stond altijd enigszins ineengedoken en bewoog zich met sprongetjes of grote zwalkende stappen.

Hartung zei: "Het is waar, Gaing is een lelijke kerel, maar hij weet alles wat je van ruimteschepen en ruimtevaart maar weten kan. Volg gewoon zijn bevelen op, praat alleen wanneer het nodig is, dan zul je het bij hem wel rooien."

Jaro liep naar Gaing toe. "Mijnheer Neitzbeck, ik ben klaar om te beginnen, zodra het u uitkomt."

"Goed," zei Gaing. "Ik zal je laten zien wat er gedaan moet worden."

Jaro ontdekte dat Gaings werkwijze eruit bestond hem een karwei op te dragen en dan weg te gaan en Jaro zijn gang te laten gaan tot het karwei geklaard was, waarna hij het werk aan een nauwkeurig onderzoek onderwierp. Die werkwijze stoorde Jaro niet in het minst en bezorgde hem zelfs een grimmige voldoening, aangezien hij al besloten had zijn werk volmaakt te verrichten, zo niet beter. Jaro liep dus zelden een reprimande op en die bestonden meestal uit wat zwak gemopper, alsof het Gaing teleurstelde dat hij geen echte redenen tot klagen had.

Jaro begon zich allengs te ontspannen. Hij volgde nauwgezet alle aanwijzingen op en deed alleen zijn mond open als Gaing iets gezegd had, hetgeen Gaing kennelijk prima uitkwam. Jaro kreeg alle smerige karweitjes toebedeeld die Gaing zelf liever liet liggen. Jaro pakte elk nieuw karwei aan met energie en toewijding en probeerde het goed en efficiënt te klaren, al was het maar bij wijze van uitdaging aan Gaing.

Jaro merkte dat hij onmogelijk een hekel aan Gaing kon hebben. Gaing was niet kleinzielig of onrechtvaardig en als het nodig was ontzag hij zichzelf niet minder dan Jaro. Buitendien begon Jaro complexe trekjes te bespeuren in Gaings karakter, die Gaing zo goed mogelijk probeerde te verhullen.

Jaro begreep al snel dat hij, als hij zijn hoofd erbij hield en alles in zich opnam wat Gaing hem kon of wilde leren, uiteindelijk een uitmuntend en veelzijdig monteur zou worden.

Halverwege de zomer liep Trio Hartung Jaro tegen het lijf op de gang. Hij bleef staan en vroeg hoe de zaken gingen.

"Heel goed," zei Jaro.

"En kun je al opschieten met Gaing?"

Jaro grijnsde. "Ik doe mijn best hem niet te ergeren. Ik begin te begrijpen wat een opmerkelijk iemand hij is."

Hartung knikte. "Dat is hij zeker. Hij heeft een veelbewogen leven geleid en is op zijn reizen overal geweest, tot in de Zelfkant en wie weet waar nog meer. Ik heb horen vertellen dat hij voor de IPCC heeft gewerkt en gevechtstechnieken heeft onderwezen aan rekruten, maar ik geloof dat de orde en netheid bij de IPCC hem te veel zijn geworden."

"Verbazend," zei Jaro. "Ik zou hem niet graag in het donker tegenkomen als hij boos op me was."

"Weinig kans op," zei Hartung. "Gaing mag jou graag. Hij zegt dat je een goede werker bent, dat je je nergens aan onttrekt en dat je nog koppiger bent dan hij; bovendien val je hem niet lastig met dom geklets. Voor Gaing is dat de hoogste lof, maar zelf zal hij het jou nooit zeggen."

Jaro grijnsde. "Ik ben blij dat u het me dan tenminste hebt verteld."

Hartung wilde zich al omdraaien maar bleef toen staan. "Je gaat straks naar het lyceum, is het niet?"

"Over een maand ongeveer."

"Als je wilt kan ik een bijbaantje voor je regelen, wanneer dat met je studieschema uitkomt."

"Dank u wel, meneer Hartung."

HOOFDSTUK VII

1

JARO'S EERSTE TWEE JAREN aan het lyceum gingen verhoudingsgewijs kalm voorbij. Hij koos voor een basispakket met nadruk op de
natuurwetenschappen, wiskunde en techniek. In zijn eerste jaar nam
hij er nog drie keuzevakken bij, die naar hij hoopte de Faths genoegen zouden doen: Elementen der Harmonie; Een Geschiedkundig
Overzicht van de Muziek, en lessen in het bespelen van de suanola.
Dat was een instrument dat afgeleid was van de antieke trekharmonica,
met een pomp die de luchttoevoer verzorgde en toetsen, waarmee
men door het omzetten van een schakelaar beurtelings de hoge en
lage registers kon bespelen. De Faths beschouwden de suanola als een
triviaal of zelfs ordinair instrument maar hielden hun kritiek voor zich,
om Jaro's pogingen om hen te plezieren niet te kleineren. Jaro kende
zijn beperkingen echter; zijn spel was correct maar te zorgvuldig en
ontbeerde de wilde, ietwat dissonante hartstocht die musici onderscheidt van beoefenaars van muziek. Hij was bedreven genoeg om in
een orkestje te spelen — de Arcadische Gladjakkers — waarbij hij het
kostuum van een gitanque-schaapherder droeg. De groep trad ongere-
geld op, bij partijtjes, picknicks, fiesta's en boottochtjes.

De Faths konden over het geheel genomen Jaro's studiepakket, dat
vrij veeleisend was, wel goedkeuren; ze konden bijna hopen dat hij
langzaam afboog in de richting van het Instituut en de faculteit der
Esthetische Filosofie. Die hoop nam af toen Jaro ook nog in staat bleek,
door heel vroeg op te staan, elke ochtend in het weekeinde vier uur op
de ruimtehaven te werken.

Zoals Jaro al verwacht had waren Hilyer en Althea daar geen van beiden blij mee. Hilyer sloeg zijn meest pedante toon aan. "De tijd die jij vermorst in die werkplaats zou veel opbouwender gebruikt kunnen worden."

"Ik leer daar hoe ik een ruimteschip moet repareren en misschien zelfs bedienen," zei Jaro rustig. "Vindt u dat geen nuttige kennis?"

"Nee. Niet werkelijk. Het is werk voor specialisten. De ruimte is een leegte tussen beschaafde leefomgevingen. De ruimte is geen bestemming op zich. De romantiek waarmee je dit soort werk omgeeft is onecht."

Jaro grijnsde. "Maakt u zich geen zorgen; als ik mijn werk voor school niet meer af krijg laat ik mijn baantje schieten."

Hilyer wist wel dat Jaro alles zou doen wat er van hem gevergd werd zonder dat het hem zichtbaar moeite zou kosten. Toch was hij nog niet verslagen. "Uit wat je me vertelt maak ik op dat ze je daar afschepen met de minste baantjes: het uitsorteren van stukjes en brokjes, het opdweilen van lekkende vloeistoffen, loopjongen spelen voor een korzelige monteur."

"Dat is helaas waar," zei Jaro. "Maar iemand moet het toch doen? Aangezien ik de nieuweling ben doe ik ze. Daarbij is Gaing echt zo kwaad nog niet wanneer je hem beter kent. Hij mag mij best; wanneer hij me nu ziet gromt hij al, in plaats van dat hij net doet of ik niet besta. Intussen leer ik stukje bij beetje hoe een ruimteschip werkt."

"Ik begrijp er nog steeds niets van," zei Hilyer knorrig. "Wat voor nut heeft dergelijke kennis nu voor iemand met jouw vooruitzichten? En ook het loon, dat niet buitensporig hoog is, kan niet zijn wat je aantrekt. Je geeft niet eens je zakgeld uit, volgens wat je moeder me vertelt; je spaart het op in een jampotje."

"Dat is zo. Maar ik wil geld verdienen voor een heel speciaal doel."

"Wat voor doel dan wel?" vroeg Hilyer kil en op hoge toon, hoewel hij het allang wist.

Desondanks antwoordde Jaro hem heel beleefd. "Ik wil de waarheid over mezelf te weten komen. Het is een mysterie dat ik niet uit mijn gedachten krijg; ik zal niet rusten voor ik het ontrafeld heb. Maar ik wil u niet vragen om iets te financieren wat een heikele onderneming kan worden. Ik wil proberen het geld ervoor zelf te verdienen."

Hilyer maakte een ongeduldig gebaar. "Voorlopig moet je dat

mysterie laten voor wat het is; afstuderen aan het Instituut is een eerste vereiste voor je bestaanszekerheid. Zonder die titel word je een dwaallichtje, een vagebond."

Jaro deed er het zwijgen toe en Hilyer vervolgde, met strenge stem: "Ik dring er krachtig bij je op aan deze speurtocht, die hoe dan ook hoogstwaarschijnlijk op niets zal uitlopen, uit te stellen. Eerst het belangrijkste! Je moeder en ik zullen je onbekrompen steunen bij het verwerven van een behoorlijke opleiding, maar tegen elke andere keuze zullen we ons verzetten, waar die tegen jouw belang indruist."

Althea kwam de kamer binnen. Hilyer noch Jaro wensten verder op het onderwerp door te gaan en lieten het er verder bij.

2

Wat Jaro betrof gleden die drie eerste jaren aan het lyceum zo soepel voorbij dat ze later, als hij eraan terugdacht, leken te versmelten en niet meer van elkaar te onderscheiden waren. Het waren de laatste van zijn onbezorgde jaren en nooit weer zou het leven zo vreedzaam zijn.

Toch gebeurde er wel iets in die jaren; wel honderd geleidelijke veranderingen vonden er plaats. Jaro groeide bijna een decimeter en werd een jonge man met rechte rug en vierkante schouders, redelijk gespierd — zij het dat zijn borst, heupen, armen en benen niet opbolden — en rustig en onafhankelijk in zijn optreden. Wanneer de meisjes bijeengroepten om hun liefdesaffaires te bespreken, waren ze het er algemeen over eens dat Jaro knap was, op een wat strenge manier, zoals de elfenbaronnen uit de romantische legenden. Wat bedroevend en triest, toch, dat hij een nixo was!

Gedurende de zomervakantie na Jaro's derde jaar kreeg hij een baan voor hele dagen in de werkplaats. Op een dag was hij bezig met een bijzonder ingewikkeld karwei. Het ging hem vlot af en hij was er, naar hij dacht, ruim op tijd mee klaar. Hij mat het mechanisme door met de testapparatuur; alles leek in orde te zijn en hij tekende de opdrachtbon af. Toen hij zich omdraaide zag hij Gaing vlak achter zich staan; het pezige gezicht was onleesbaar. Jaro kon alleen maar hopen dat hij alle procedures correct had afgewerkt. Gaing wierp een blik op Jaro's opdrachtbon en zei toen, met een zachte, schorre stem die Jaro niet eerder gehoord had: "Da's een mooi stukje werk dat je daar geleverd hebt, jongen. Je hebt het fraai gedaan, je hebt het snel gedaan en je hebt het juist gedaan."

"Dank u wel, meneer Neitzbeck," zei Jaro.

Gaing vervolgde: "Van nu af aan mag je jezelf beschouwen als assistent-werktuigkundige, met een overeenkomstige verhoging van je salaris. En zeg maar Gaing."

Hij pakte van een plank een knoestige kruik, gemaakt van lavendelgrijs plateel, en goot twee scheuten ambergele vloeistof in een paar vierkante aardewerk bekers. "Deze gelegenheid vraagt om een slokje Bijzondere Ouwe, die niet vrijelijk wordt rondgeschonken, dat kan ik je wel vertellen." Hij schoof Jaro een van de bekers toe. "Laten we proosten op je nieuwe status!"

Jaro nam de wellustige drank ietwat twijfelend in ogenschouw. Samen Bijzondere Ouwe drinken had de kracht van een ritueel, zo begreep hij, en hij diende zijn rol daarin naar behoren te vervullen. Hij draaide zich om naar Gaing. Dapperheid verenigend met stoïcisme hief hij de beker op en zei: "Op je gezondheid."

Gaing hief zijn beker op, knikte en nam een slok. Stijf rechtopstaand zette Jaro de beker aan zijn mond en slikte een behoorlijke hoeveelheid naar binnen. En nu: dapper zijn en kalm blijven! Hij mocht zich niet verslikken en niet hoesten, hij mocht alleen beleefde erkentelijkheid tonen.

Eindelijk bereikte de vloeistof zijn maag waar hij tot rust kwam. Jaro liet langzaam zijn adem ontsnappen. Hij wist dat er nu een opmerking van zijn kant werd verwacht. Maar eerst het belangrijkste, zoals Hilyer zou zeggen. Hij hief zijn vierkante beker op en dronk in een enkele teug alles op wat er nog van de Bijzondere Ouwe in restte. Hij knipperde met zijn ogen, zette de beker neer en probeerde een daadkrachtige stem op te zetten. "Ik ben geen ervaren kenner, maar ik geloof dat dit van een uitzonderlijke kwaliteit is. Dat fluistert mijn instinct me in elk geval in."

"Dat instinct heeft je goede diensten bewezen!" verklaarde Gaing. "Je hebt een belangrijke waarheid ontdekt en je oprechtheid is verfrissend. Je kunt veel van iemand te weten komen door te zien hoe hij met drank omgaat. De mensen spreken dan van wat hen het naast aan het hart ligt en de verscheidenheid aan onderwerpen is even eindeloos als het Gaiaanse ras zelf! Ik heb verdriet en rouw aangehoord, maar ook liederen van vreugde, soms binnen hetzelfde kwartier. Sommige mensen brengen hun stamboom ter sprake en de grandeur die hen rechtens toekomt, anderen vertrouwen vreemden hun geheimen toe. Sommige mannen spreken over schone vrouwen terwijl anderen herinneringen ophalen aan een lieve moeder." Gaing hief de kruik op en keek Jaro vragend aan. "Trek in nog een half maatje? Nee? Misschien heb je gelijk, want we hebben nog werk te doen. Morgen gaan we tussen twee haakjes die zwarte Scarabee ginder vaarklaar maken." Hij doelde op een slank zwart ruimtejacht, iets compacter dan de *Pharsang* maar zeker een indrukwekkend vaartuig.

Jaro kon amper een woord uitbrengen. "Wij met ons tweetjes?"

"Klopt! Dat karwei is ons nu toegewezen. Het werd tijd dat je de procedures voor het vaarklaar maken leert beheersen."

Jaro keerde opgetogen naar Merriehew terug. Zijn nieuwe positie betekende een grote toename in zijn status; hij mocht zich nu met recht ruimtevaartwerktuigkundige noemen en binnenkort zou hij leren niet alleen ruimtevaartuigen te repareren, maar ook te bedienen.

3

Drie weken later liep Jaro na zijn werk langs de rij slapende ruimtejachten. Toen hij de Glitterweg *Pharsang* naderde ontdekte hij Lyssel Binnoc, die ongedurig bij het ruimteschip wachtte terwijl een tweetal oudere heren een kaart stond te bestuderen die ze op het stuurboordsponson hadden uitgevouwen. De oudste en meest energieke van het tweetal overheerste de discussie. Hij verwoordde bitse eisen en prikte herhaaldelijk in de kaart met een stijve wijsvinger terwijl hij geen acht sloeg op de opmerkingen van de ander.

Beide heren waren duur gekleed en gedroegen zich met de zelfverzekerdheid van lieden met hoge ponteneur. De oudste was lang en mager, met een lang bleek gezicht, een witte haardos en een puntig wit sikje. Hij was energiek maar sereen in zijn optreden. De tweede heer was gezet en volvet, met een gepoederd roze gezicht en bruine hondenogen.

Lyssel stond tegen de bakboordsponson van de *Pharsang* geleund en trommelde met haar vingers op het glimmende zwarte oppervlak. Ze zag een niet-onknappe jongeman aankomen; dat kon mogelijk de verveling verlichten. Ze drapeerde zich tegen het schip in een pose van luie onverschilligheid; pas toen de jongeman dichterbij was gekomen wendde ze haar hoofd om en richtte haar vochtige blauwe blikken op hem. Tot haar verbazing herkende ze Jaro, die ze zich herinnerde van de Langolenschool. Hij was alleen in de verte een bekende van haar geweest, aangezien Lyssel altijd wel aanzienlijker ijzers in het vuur had gehad: serieuze strevers zoals Hanafer Glackenshaw, Alger Oals, Kosh Ditzenbocker en anderen van hetzelfde opschappelijke soort. Grootse dingen werden van deze jongelui voorspeld; sommige waren al voorgedragen voor de junioren van de Cirkelkwadranten.

Lyssel was zelf een energieke strever geweest — en was het nog — met geheel eigen, geheime technieken, die haar de zwart-met-zilveren clip van de belangrijke Jinkers hadden opgeleverd. Ze hield van prestige, maar ze genoot nog meer van de werking van haar natuurlijke instincten en dus was ze best blij Jaro te zien, al kon ze zich niet veel van hem herinneren.

Jaro's reactie op Lyssel was directer en gelijk aan die van andere gezonde jongelieden. Hij wilde naar haar toe gaan, een paar complimenten maken en haar na een minimum aan beleefde plichtplegingen mee naar bed nemen. Lyssel was door de jaren heen niet veel veranderd. Fijn mat goudblond haar hing af tot op haar schouders; de lokken golfden en zwierden uit als ze zich bewoog. Haar ogen waren onschuldig blauw en rond in een vrij smal gezichtje, waar een brede mond voortdurend vertrok en in beweging was, op de vlindervleugelslag van haar gedachten — ze glimlachte, pruilde, kneep haar lippen samen, trok ze scheef, liet haar mondhoeken zakken vol komiek gespeeld berouw of zette haar tanden op haar onderlip als een klein kind dat op iets stouts wordt betrapt. Haar lichaam was tenger en soepel en als ze opgewonden was kronkelde het van tomeloze energie als een klein aanhankelijk diertje. Meisjes waren op hun hoede voor haar en voelden zich zoutzakken in haar nabijheid. De jongens waren echter gefascineerd en er werd eindeloos over haar gespeculeerd. School er vuur achter al die rook? Niemand was ooit, naar het scheen, achter de waarheid gekomen, hoewel velen hun ernstigste aandacht hadden geschonken aan het vraagstuk.

Ze sprak op een vrolijk, zangerig toontje: "Jij bent Jaro, is het niet?" Toen zweeg ze, alsof ze verwachtte dat hij schaapachtig zou grijnzen van blijdschap omdat ze hem aandacht had geschonken.

Jaro antwoordde beleefd: "Ja, ik ben Jaro. Ik heb je op het lyceum gezien."

Lyssel knikte en bedacht dat Jaro een tikkeltje pompeus leek, of saai misschien zelfs wel. "Wat doe je hier?"

"Dat is geen geheim; ik heb een baan hier in de werkplaats."

"Natuurlijk! Nu weet ik het weer! Jij bent die kloeke jongeman die ruimtevaarder wil worden!"

Jaro beluisterde het klokkende spotlachje waarmee Lyssel soms haar verveling placht te verdrijven, zoals een katje zijn nagels scherpt aan het beste meubilair. Hij haalde ongeïnteresseerd zijn schouders op. Haar plaagstootje had geen reactie opgeleverd en Lyssel begon zich te ergeren. Ze blies haar wangen bol en trok haar neusje op, teneinde op haar verfijnde manier aan te geven dat het haar begon te vervelen. Maar Jaro had over haar heen naar de *Pharsang* staan kijken en had het niet gemerkt.

Lyssel trok een lelijk gezicht. Jaro was een nixo en dus saai en degelijk. Hoewel, degelijk? Ze bekeek hem aandachtig en vroeg: "Waar glimlach je om?"

Jaro keek haar onschuldig aan. Ze vervolgde: "Het is niet vleiend dat je me zo staat uit te lachen."

Jaro, die nu openlijk stond te grijnzen, zei: "Om je de waarheid te zeggen genoot ik van het uitzicht."

Lyssels fraaie kaken verslapten zodat haar mond openviel. Verbijsterd vroeg ze: "Wat voor uitzicht?"

"Van de *Pharsang* met jou ervoor. Het is net een bladzij uit een reclamefolder."

Lyssels ergernis nam af. "Dus zelfs een nixo kan galant zijn." Jaro trok zijn wenkbrauwen op en wilde iets zeggen, hield zich toen in en vroeg: "Wie zijn die kennissen van je?"

Lyssel wierp een blik op de bejaarde heren. "Dat zijn personen van buitengewoon hoog ponteneur: een Val Verde en een Kahulibah." Ze keek of Jaro wel onder de indruk was, maar ontwaarde niet meer dan lichte nieuwsgierigheid. Ze wees naar het gezette heertje: "Dat is mijn oom Forby Mildoon. Die andere met het satanische sikje is Gilfong Rute. Hij is de eigenaar van de *Pharsang*, de naarling!" Lyssel trok een oneerbiedige grimas tegen Rute's rug. Toen ze Jaro's onthutste gezicht zag legde ze uit: "Hij is volslagen ergerlijk en onredelijk bovendien."

Jaro nam de heer in kwestie eens op. "Hij oogt zo te zien redelijk genoeg."

Lyssel kon haar oren niet geloven. "Dat kun je niet menen!"

"Ik ga ook alleen maar af op zijn achteraanzicht," gaf Jaro toe.

"Dat is niet de beste manier."

"Goed, wat doet hij dan van voren dat zo onredelijk is?"

"Hij is al vijf jaar eigenaar van de *Pharsang* en hij is er nog maar één keer mee de ruimte in geweest. Vind je dat normaal?"

"Misschien heeft hij last van ruimteziekte of hoogtevrees. Waarom zou jij je dat aantrekken?"

"Ik trek het me heel erg aan en oom Forby ook! Meneer Rute had beloofd hem de *Pharsang* te verkopen voor een heel schappelijk prijsje, maar nu vaart hij beurtelings achteruit en vooruit en noemt nu eens zo'n prijs en dan weer zo'n prijs, en allemaal even absurd hoog."

"Dat klinkt alsof hij het nog niet wil verkopen."

Lyssel wierp een woedende blik op Gilfong Rute. "Zo ja, dan is dat helemaal niet aardig van hem."

"Hoe dat zo?"

"Omdat oom Forby heeft beloofd dat hij me mee zal nemen voor een pleziertocht van wel een jaar, zodra hij de *Pharsang* heeft gekocht. Maar voor het zover is ben ik al oud en gerimpeld!"

"Maak je geen zorgen," zei Jaro. "Zodra ik mijn eigen ruimtejacht heb, neem ik je mee tot achter Wiggs' Vleug, voor een heel jaar of misschien wel twee."

Lyssel trok hooghartig haar wenkbrauwen op. "Dan zou je mijn moeder ook moeten meenemen, als chaperonne, en het zou best kunnen dat die niet mee wil. Ze is een Hoge Bustamonte van zich en intolerant jegens lagere schappen. Als ze zou weten dat je een nixo was, zou ze je voor schmeltzer uitmaken en je van boord zetten."

"Ze zou me op mijn eigen schip van boord zetten?"

"Jazeker, als ze dat correct zou achten."

Jaro wist geen antwoord op zo'n bewering.

Lyssel ging weer tegen het schip staan leunen en bekeek haar nagels. Jaro begon haar te vervelen. Hij zag er wel leuk uit, zij het erg schoon en proper, maar het ontbrak hem aan die flair en roekeloze zwier, waardoor andere jongelieden zo opwindend waren als gezelschap. Jaro, dacht ze vals, was slap en schuchter, net als alle nixo's.

Lyssel keek achterom, zich afvragend hoe oom Forby was gevaren in zijn pogingen Gilfong Rute te beïnvloeden. Niet zo best, te oordelen naar zijn afhangende wangen.

"Waar hebben ze het eigenlijk over?" vroeg Jaro.

"O…iets zakelijks," zei Lyssel luchtig. "Een of ander ontwikkelings-project. Als alles goed gaat en meneer Rute bereid is te investeren, zijn al onze problemen van de baan. Ik word verondersteld hem te helpen door mijn lieve blauwogige onschuld op hem los te laten."

Forby Mildoon rolde de kaart op; de twee mannen gingen het schip binnen en Lyssel liep erachteraan. Bij de deur keek ze nog even om met een gezicht waarvan de uitdrukking onmogelijk te duiden viel, en toen verdween ze in het schip.

Jaro haalde zijn schouders op en ging zijns weegs.

Hoofdstuk VIII

1

DRIE DAGEN LATER kregen zowel Hilyer als Althea hun vaste aanstelling als hoogleraar, met een aanmerkelijke verhoging van hun salaris. Ook hun status nam hierdoor toe, in die mate dat ze werden gekozen als lid van de Altroverten, een onconventionele club voor niet-strevers, bezocht door intellectuelen, non-conformisten, hooggeplaatste nixo's en andere vrijdenkers en zelfs een paar Lemurianen.

De Faths deden wel net of ze hun nieuwe status niet belangrijk vonden, maar waren inwendig verrukt over de erkenning die ze niet alleen welverdiend achtten, maar die naar hun smaak veel te lang was uitgebleven. Ze begonnen er zelfs over te denken een aantal van hun nieuwe kennissen op Merriehew uit te nodigen. "Ik heb mijn prachtige kandelaars echt in geen eeuwen meer gebruikt," zuchtte Althea. "Maar Hilyer — nu moet je niet gaan mopperen, maar je kunt toch niet ontkennen dat ons oude huis nodig eens opgeknapt moet worden, vanbinnen en vanbuiten, en nu we het ons kunnen veroorloven is er geen enkele reden meer het uit te stellen. Als we dan eens iemand een avondje uitnodigen, zoals professor Chabath en joffer Intricx, hoeven we ons geen vagebonden te voelen."

"Mij deert het niet als ze me een vagebond vinden," zei Hilyer, die neigde naar zuinigheid. "Als iemand mijn gedrag op die manier wil uitleggen — wel, laat ze dan maar!"

Althea liet zich niet bedotten door de kloeke woorden van haar echtgenoot. "Kom nu, Hilyer, ik weet dat je net zoveel plezier hebt in dinertjes als ik; je bent gewoon te koppig om het toe te geven."

Hilyer lachte. "Ja en nee. Als je het echt wilt weten, ik ben er huiverig voor een heleboel geld uit te geven voor niets."

"Ik begrijp niet wat je bedoelt!"

"Herinner je je dat gerucht, twintig jaar geleden, over nieuwe voorsteden en uitbreiding van de stad? Wel, gisteren hoorde ik datzelfde praatje weer en ik ben ervan overtuigd dat het vroeg of laat zal gebeuren."

"Maar de eerste honderd jaar vooralsnog niet!" protesteerde Althea. "Thanet heeft zich al naar het oosten uitgebreid, over de heuvels tot in Vervil. Waarom zou de stad zich opeens ongeremd uitbreiden naar deze kant?"

"Je kan gelijk hebben," zei Hilyer. "Maar zo niet, dan is het in ons eigen belang om te zorgen dat we het district uit zijn voor de grote toeloop begint; in dat verband heb ik vanmorgen een terloops bod gehad op Merriehew, op het huis met de grond."

"Werkelijk? Van wie dan?"

"Van dezelfde persoon als eerst, een makelaar in onroerend goed genaamd Forby Mildoon. Hij liet vallen dat hij een aantal heel aardige huizen in het district Catterline onder zijn hoede heeft. Als wij, naast wat hij ons 'oude kavalje van een huis' noemde, nog tienduizend sol op tafel konden leggen, kon hij ons wel een van die huizen aanbieden. Hij wees erop dat ze dichtbij het Instituut zijn gelegen, net even over de heuveltop, en dus voordelig gesitueerd zijn."

Althea haalde diep adem. "En wat heb je daarop gezegd?"

"Ik heb hem ronduit uitgelachen en gezegd dat zijn prijs veel te hoog was. Hij zei, en dat was heel redelijk, dat ons huis in zijn huidige staat amper een koper zou vinden, maar dat hij misschien wel duizend sol van de vraagprijs kon laten vallen, op zekere voorwaarden. Ik zei dat dat nog veel te hoog was en ten slotte heb ik de prijs omlaag weten te drijven tot vijfenzestighonderd sol plus ons huis en de grond, maar ik heb er de nadruk op gelegd dat ik de overeenkomst niet kon sluiten voordat ik met jou en Jaro had overlegd. Hij wilde weten wat Jaro met de zaak te maken had en ik heb hem gezegd dat, aangezien Jaro verwacht Merriehew te zijner tijd te zullen erven, ook met zijn gevoelens rekening gehouden moet worden. Ik heb ook gezegd dat als hij bereid was Merriehew buiten de overeenkomst te laten, we misschien wel belangstelling hadden voor een van zijn huizen tegen vijfenzeventighonderd of zelfs achtduizend sol, zoals hij had geopperd."

Althea zei minachtend: "Ik zou onder geen voorwaarde in een van die bekrompen blokkendozen van huisjes in Catterline willen wonen! Ze zijn allemaal boven op elkaar opgetrokken, in terrassen! Ik kan er goed kwaad om worden dat die vervelende vent het zelfs maar durfde opperen! Het is een belediging, en nog niet zo verholen ook!"

De volgende dag kreeg Hilyer op zijn kantoor in het Instituut een telefoontje van Forby Mildoon. Mildoon sprak joviaal: "U herinnert zich nog wel dat we een gesprek hadden over uw mogelijke interesse in een huis in Catterline. Nu ben ik heel toevallig vanmorgen benaderd door een buitenwereldse cliënt, die projecten zoekt om te ontwikkelen. Hij liet doorschemeren dat hij wel geïnteresseerd zou zijn in een rustieke bezitting, ietwat buiten de stad gelegen, die hij zou willen ombouwen tot een restaurant van een bepaald type. Ik dacht meteen aan Merriehew. Nu wil ik u niet valse hoop geven op grote bedragen; hij werkt met een krap budget en mijn courtage zal zeer weinig bedragen, maar ik heb uitgerekend dat ik u, met uw vijfenzestighonderd sol plus Merriehew, een schattig huisje kan aanbieden in Catterline, praktisch naast het Instituut."

Hilyer zei op besliste toon: "Ik vrees dat u dat voorstel maar moet vergeten, meneer Mildoon. Op de eerste plaats wil mijn zoon Jaro er niet van horen —"

Forby Mildoons stem kreeg een gemelijke gedrevenheid: "Het komt mij voor dat u toch niet mag toestaan dat hij zich bemoeit met uw gemak en gerief! Merriehew is tenslotte, als ik het zo zeggen mag, geen waardige residentie voor twee academici van zulk een hoge status! Het oogt eerder als een toevluchtsoord voor schurken en vagebonden."

"Mijn vrouw is niet geïnteresseerd in het district Catterline. Ze vindt het laag-bij-de-gronds en ordinair en wilde weten of u zelf ook in Catterline resideert."

"Neen, zeker niet," zei Mildoon ietwat uit de hoogte. "Ik woon in Chermond Park."

"Juist ja. Wel, veel maakt dat niet uit, aangezien ik meen dat we het onderwerp gerust mogen beschouwen als van verdere interesse ontbloot. Goedendag!"

"Goedendag professor!" siste Mildoon met opeengeklemde kaken.

2

Tegen het einde van het najaarstrimester werden de Arcadische Gladjakkers ingehuurd om te spelen op de Bummelboster Giller, een feest dat werd georganiseerd door Isogram, een juniorenafdeling van de Cirkelkwadranten. De Giller was een jaarlijks terugkerend festival ter ere van de verzamelde ponteneur van de Cirkelkwadranten. Wekenlang waren vrijwilligers en beroepskrachten bezig geweest het Sourcypaviljoen het aanzien te geven van een straat in de mythische stad Poowaddel. Loze gevels stelden huizen voor in een onwaarschijnlijke bouwstijl; op de balkons stonden bolle opblaasbare potsenmakers, uitgedost in traditioneel Poowaddels kostuum: hoge geknakte hoeden met een brede rand, waarop kwinkelerende balukvogels en kniepers met koperen pootjes zaten, een wijde broek en enorme schoenen met krulneuzen. De leutige Poowaddelaars die de promenade bevolkten, werden geacht een of andere versie van het Poowaddelse kostuum te dragen. In kraampjes langs de promenade werden gratis pullen 'Boebel' verstrekt, een drank die bereid werd naar geheim recept maar altijd min of meer hetzelfde smaakte. Drie orkesten, waaronder de Arcadische Gladjakkers, waren ingehuurd om horlepieps en gaillardes te spelen, en men zei dat een Isogram die zich niet kon vermaken op de Bummelboster Giller, ofwel dood moest zijn of uitstedig.

Op het afgesproken tijdstip namen de Arcadische Gladjakkers plaats in een nagemaakte grot die uitkeek over de hoofdpromenade. Duizenden piepkleine paarse en groene lichtjes twinkelden boven hun hoofd en verspreidden een zacht schijnsel van een onbeschrijflijke tint.

De Gladjakkers speelden met hun gebruikelijke ijver en kwamen na afloop van de eerste serie van het podium in de grot om uit te rusten en een verfrissing te nemen. Jaro droeg net als de anderen het kostuum van een gitanque-nomade: een strakke kniebroek van zwart katoenfluweel, een grijsbruine kiel met roze geborduurde brandebourgs en een wijde muts van donkerrood met een lange zwarte kwast die over zijn linkeroor bengelde. Jaro draaide zich om naar de parade en kwam oog in oog te staan met een tweetal feestgangers:

Lyssel Binnoc en een jonge man die was uitgedost als Bummelboster desperado.

Lyssel bleef stokstijf staan en zette grote ogen op. Ze droeg een zachte witgazen rok tot op haar enkels, een zwart vestje en een tiara van groene agapanthusbladeren, zoals men die om het hoofdje van een woudnimf zou verwachten. Ze kreet, gedempt maar vol verbazing: "Jaro! Is dat werkelijk Jaro de ruimtevaarder?"

Jaro bekende dat hij het was. Merkwaardig! Lyssel oogde zoals altijd levendig, fascinerend, klaar voor alle kattenkwaad dat zich aandiende — daar was niets buitengewoons aan, kortom. Maar toch voelde Jaro dat er iets uit de toon viel, hij kon er niets aan doen. De laatste keer dat ze elkaar ontmoetten had ze geen moeite gedaan de volstrekte verveling te verbergen die zijn aanwezigheid haar bezorgde. Waarom dan nu die blijde opwinding die ze tentoonspreidde? Een gril? Misschien.

Lyssel nam zijn kostuum eens op en keek toen naar het podium waar Jaro zijn instrument had achtergelaten. Ze vroeg vol verwondering: "Ben je ook al muzikant?"

"Ik krijg ervoor betaald, voor zover dat iets bewijst."

"Ik zie daar een suanola. Is die van jou? Of bespeel je iets zots, zoals de taterende tandenstokers of de galopperende lepels?"

"Alleen de suanola. De lepels gaan me te boven."

"Kom, Jaro!" zei ze. "Je bent veel te bescheiden, maar je overtuigt me niet!"

De Bummelboster desperado pakte haar arm. "Hierheen, Lyssie. Onze tafel staat al klaar."

Lyssel deed haar best haar arm te bevrijden. "Een ogenblikje. Ik moet even nadenken."

Haar geleide trachtte ongeduldig haar mee te tronen. "Kom nou, Lyssie! Denk aan tafel maar na! Ik zie niets om ons hier te houden!"

Lyssel trok haar arm los. "Kosh, wees niet zo heerserig en hou toch eens op met trekken! Zo dadelijk wring je mijn arm nog uit de kom!"

"Maar we raken onze tafel kwijt," gromde Kosh met een vijandige blik op Jaro.

Lyssel zag de kans schoon om een streek uit te halen. "Neem me niet kwalijk, ik ben onbeleefd geweest! Jaro, dit is Kosh Ditzenbocker. Kosh, dit is Jaro Fath."

Kosh keek niet-begrijpend van de een naar de ander en zei toen ongeduldig: "Kom nou, Lyssie, nu is het genoeg met die malligheid! We raken onze tafel nog kwijt als we niet opschieten!"

Lyssel gaf hem een duwtje. "Schiet dan op! Ga! Haast je! Met een hink en een stap en een sprong! Het is de Bummelboster Giller; je mag desnoods haasje-over spelen onderweg!"

"Wat moet ik tegen Hanafer zeggen?"

"Wat je maar wilt; ik hoef me om hem niet te bekommeren. Hij denkt trouwens maar dat hij alles mag."

Kosh zei onzeker: "Dat is typisch Hanafer. Hij weet wat-ie wil en wanneer-ie het wil."

"Dat heb ik gemerkt, ja. Ga nu eerst onze tafel maar vrijhouden; ik kom zo."

Met tegenzin beende Kosh Ditzenbocker heen door de schitterende menigte. Lyssel wendde zich om naar Jaro terwijl een glimlachje rond haar lippen beefde. "Wel, Jaro, en wat vind je van onze prachtige Giller?"

"Bijzonder chic. Ik vind de aankleding mooi."

Lyssel lachte tevreden. "Ik heb meegewerkt in de commissie. Kijk daar maar! Zie je dat rare gedierte met die groene hoed en die opge-rolde staart? Ik heb de hele staart geschilderd, inclusief de pluim! Ik heb heel nauwlettend de juiste tinten uitgezocht!"

"Je hebt prachtig werk verricht. Je bent een geboren kunstenares in plaats van..." Jaro zweeg en keek opzij, de promenade op.

"In plaats van wat?" wilde Lyssel weten.

"O, laat ik zeggen in plaats van een mysterieuze dame van duizend intriges."

"Maar ik wil allebei zijn!" verklaarde Lyssel. "Waarom zou ik mezelf beperken? Vooral wanneer ik belangrijke zaken met jou heb te bespreken."

"Ha. Hm. Wat voor zaken?"

Lyssel wapperde luchtig met haar hand. "O, gewoon. Zaken."

"Ik begrijp iets niet," zei Jaro. "Op de ruimtehaven heb je me duide-lijk gemaakt dat ik niet alleen een nixo was maar ook een door en door saaie piet. Nu is alles opeens anders. Het is opeens goeie Jaro, boven-ste beste Jaro, talentvolle, charmante Jaro. Ofwel je hebt wat van me nodig, ofwel je bent verliefd op me geworden en je wilt een wervelende romance in gang zetten. Welk van tweeën is het?"

Lyssel schudde verwonderd haar hoofd. "Ik kan niet geloven dat je zo cynisch bent. Toen ik je ontmoette op de ruimtehaven was ik bezorgd vanwege mijn oom en leek ik daardoor misschien wat gedachteloos. Maar vandaag is dat anders."

"Precies," zei Jaro. "Het is ook vandaag waar ik mijn vraagtekens bij heb. Waarom zijn we zo opeens de beste maatjes?"

Lyssel stak haar wijsvinger uit en tikte er even Jaro's neuspunt mee aan; een kunstje waardoor haar lichamelijke nabijheid overweldigend werd. Jaro besloot dat een liefdesaffaire met Lyssel wel prettig zou zijn — zij het mogelijk vol verrassingen. En tevens hoogst onwaarschijnlijk, gezien Lyssels schappelijk streven. Hij vroeg: "Is dat een antwoord? Zo ja, dan begrijp ik het niet."

"Het was niet de bedoeling dat je het zou begrijpen. Zo verberg ik mijn geheimen."

"Jammer," zei Jaro. "Ik heb geen tijd voor raadselen, dus dan word ik maar weer gewoon vervelende Jaro de ruimtevaarder."

Jaro voelde een forse gedaante achter zich opdoemen. Toen hij omkeek zag hij daar een plompe jongeman in het flamboyante marktdagkostuum van een Poowaddelse hondenbarbier. Het was Hanafer Glackenshaw, wiens gezicht rood aangelopen zag van woede. Hij voegde Jaro bijtend toe: "Wat moet dat allemaal? Wat doe jij hier? Je bent een nixo en dit is de Bummelboster Giller — strikt voorbehouden aan Cirkelkwadranters! Dus je bent nog een verfoeilijke schmeltzer ook!"

Lyssel kwam naar hem toe. "Hanafer, wees niet zo idioot! Zie je dan niet dat hij een van de muzikanten is?"

"Nou en? Dan hoort hij uit het zicht te blijven, achter het schot! Niet hier beneden!"

"Hanafer, wees nu alsjeblieft even redelijk! Jaro doet toch geen kwaad?"

"Ik ben volkomen redelijk! Achter dat schot is hij muzikant; als hij hier beneden achterlijk staat te lachen is hij een schmeltzer."

Lyssel schudde geërgerd haar hoofd. "Je wordt hysterisch. Kom nu maar; Kosh zou onze tafel vasthouden." Ze wierp Jaro over haar schouder een snelle blik toe en troonde Hanafer mee.

De episode had Hanafer bepaald gehinderd. Hij had nooit veel op gehad met Jaro, die hij zowel een hielenlikker als verwaand vond. Ten tweede nam hij er diep aanstoot aan dat een nixo als Jaro mooi weer speelde in de betere kringen, alsof hij de schappen had beklommen.

Op weg naar hun tafel klaagde Hanafer tegen Lyssel: "Waarom verwaardig je je hem te zien staan? Het is een schmeltzende fleup!"

Lyssel zei luchtig: "Wees eerlijk, Hanafer! Hij is reuze intelligent en hij speelt heel aardig op de suanola. Bovendien is hij erg knap, op een vreemde, archaïsche manier, vind je ook niet?"

"Beslist niet!"

Lyssel vond het heerlijk Hanafer te plagen. "Zou je niet wat ruimhartiger kunnen zijn, voor een keertje? Ik zou hem graag uitnodigen aan onze tafel; hij is echt een heel interessant iemand."

Hanafer zei knarsetandend: "Hij mag van mijn part de wedergekomen drietenige Geezemijer zijn, maar hij maakt geen deel uit van de Cirkel, en dat is wat telt voor mij!"

"Hanafer, je bent wel erg extreem. Het spijt me dat ik het moet zeggen, maar het is zo. De Cirkel is niet alles in het leven."

"Ha, ha! De Cirkel is misschien niet alles, maar hij trekt wel de grens tussen kwaliteit en schmeltzers, poenen en fleupen!"

"Maar Hanafer, je hebt het nu toch niet over Jaro?"

"Ik heb het welzeker en wel degelijk over Jaro. Ik zeg dat hij een proleet is, een grak en een stipper; en als hij om jou heen gaat draaien dan zal ik me gedwongen zien hem zijn lurken te wassen." Hanafer doelde hier op de ouderlijke bestraffing van ongezeglijke kinderen.

"Nou, het is maar dat je het weet, maar ik nodig hem uit voor de Multiflor waar hij optreedt als een van de rondtrekkende muzikanten, en ik verwacht van jou dat je je hoffelijk gedraagt."

"Dat zien we dan nog wel. Maar als hij begint te schmeltzen zal ik hem gauw zijn plaats wijzen."

3

Drie dagen verstreken en Lyssel verdween allengs uit het brandpunt van Jaro's gedachten. Toen stond ze opeens naast hem, toen hij op het eind van de middag het lyceum verliet. "Jaro! Je zou zo langs me heen zijn gelopen zonder me zelfs maar te zien!"

Jaro had een aantal ferme voornemens gemaakt, maar nu hoorde hij zich, enigszins tot zijn eigen verrassing, zeggen: "Als ik je gezien had zou ik je zeker hebben opgemerkt." Een voornemen was makkelijker gemaakt dan uitgevoerd.

Deze middag droeg Lyssel een eenvoudige donkerblauwe jurk met een witte kraag. Ze vroeg: "Waarom kijk je zo naar me?"

"Ik probeer iets te bedenken."

"O? Wat dan?"

"Ik bedenk dat ik heel beleefd zou moeten zeggen: 'Hallo Lyssel. En tot ziens maar weer, Lyssel!' "

Lyssel kwam een stapje dichterbij. Ze wees naar de lucht. "Kijk! De zon staat te schijnen. Ik ben geen vrouwtjesduivel met vier slagtanden. Ik wil vriendjes met je zijn."

"Natuurlijk. Wat je maar wilt."

Lyssel keek snel het voorplein over en pakte toen Jaro bij de arm. "Kom, laten we ergens anders heengaan. Ze hebben meteen alles in de gaten en roddels hebben hier vleugels."

Zonder veel geestdrift liet Jaro zich meetronen.

"Laten we het Oude Hol proberen," zei Lyssel. "Daar is het rustig om deze tijd, dan kunnen we praten."

In het Oude Hol vonden ze een tafeltje op het achterterras in de schaduw van drie olijfbomen waarvan de takken zo met elkaar waren vergroeid en vervlochten dat ze een prieel vormden. Een dienstertje bracht hun kannen vruchtenpunch. Jaro zat er werkeloos bij en keek naar de stroom van uitdrukkingen op Lyssels gezicht. Na een poosje werd ze ongeduldig en boog zich naar voren. "Ik wil al zo'n lange poos eens met je praten."

"Dan heb je nu de kans. Ik ben hier en ik luister!"

Lyssel trok een droeve grijns. "Ik geloof dat je mij niet serieus neemt."

"Natuurlijk niet. Waar wou je over praten?"

Lyssel pruilde niet-gemeend. "Over jou, voornamelijk."

Jaro lachte. "Ik kan me niet voorstellen waarom."

"Nou, om maar wat te noemen: ik heb gehoord dat er iets geheimzinnigs is aan je vroege jeugd, en dat de Faths niet je werkelijke ouders zijn."

"Dat is zeker waar. Toen ik zes jaar was hebben ze me bevrijd uit handen van een bende boeven en mijn leven gered. Dat was op een andere wereld, tijdens een van hun expedities. Naderhand hebben ze me meegenomen naar Gallingale en me geadopteerd. Dat is mijn levensverhaal."

"Maar er moet toch wel meer aan vastzitten."

"Dat klopt. Het is erg gecompliceerd."

"Maar ken je je eigenlijke vader en moeder niet?"

"Nee. Op een goede dag hoop ik achter de feiten te komen." Lyssel vond het een fascinerend verhaal. "Misschien ben je wel afkomstig uit een familie met groot prestige, of hoe ze ponteneur ook noemen op de buitenwerelden."

"Dat is een mogelijkheid."

"En daarom wil je dus ruimtevaarder worden?"

"Ten dele."

"En als je nou de ruimte intrekt maar nooit vindt wat je zoekt?"

Jaro haalde zijn schouders op. "Ik zou niet de eerste zijn."

Lyssel nam een slokje vruchtenpunch. "Dus, eh, het zou kunnen dat je van Gallingale vertrekt om nooit weer terug te komen?"

Jaro staarde naar de overkant van het prieeltje alsof hij trachtte in de toekomst te kijken. Ten slotte zei hij: "Ik zal altijd terugkomen naar Merriehew, al was het maar om mijn ouders op te zoeken."

Lyssel beet op haar lip. "Misschien willen de Faths weleens geriefelijker wonen dan op dat haveloze Merriehew."

Jaro schudde zijn hoofd. "Ze zouden zich ergens anders nooit gelukkig voelen. Daar zijn we het over eens."

"Ja, maar je weet nooit. Misschien veranderen ze nog van gedachten."

"Niet als ik er wat aan doen kan. Verleden week heeft zo'n gladde makelaar geprobeerd ze zo'n blokkendoos in Catterline aan te smeren. De vent was kennelijk een schurk en mijn vader heeft hem vierkant uitgelachen."

Lyssels gezicht vertrok. "Je vader moet niet zo snel met zijn oordeel klaar staan. Die makelaar was waarschijnlijk geheel te goeder trouw."

"Alles is mogelijk."

Lyssel pakte zijn hand en gaf er een kneepje in. "Zo is het al veel menslievender. Dat is een karaktertrek waarvan ik wou dat je er goed op oefende, zodat je in staat zult zijn met me mee te voelen en me te helpen bij mijn problemen."

Jaro maakte zijn hand los. "Ik voel wel met je mee op een afstandje, zodat ik niet de kans loop erbij betrokken te raken."

Lyssels mondhoeken zakten jammerlijk af. "Maar ik dacht dat je wilde dat we vrienden werden!"

Jaro grinnikte. "Ik kan dat woord wel gebruikt hebben, maar waarschijnlijk bedoelde ik wat anders."

Lyssel zei behoedzaam: "Er is toch niets mis met dat woord 'vrienden'?"

"Natuurlijk niet. Maar 'vrienden' gaan samen naar feestjes terwijl wij moeten uitwijken naar het Oude Hol, gewoon om te kunnen praten."

Lyssel leek zich onzeker te voelen. "Dat is toch niet van belang! Als jij je netjes gedraagt en mij helpt met mijn plannen, kunnen we nog steeds vrienden zijn — min of meer dan," voegde ze er slapjes aan toe.

"Laat ik het je uitleggen," zei Jaro. "Jij oefent een forse kracht op mij uit. Die kracht doet mijn scheppende sappen rondkolken tot ik je wil vastgrijpen en platdrukken en meeslepen naar bed. Vriendschap komt pas later kijken."

"Niets van dien aard is haalbaar," zei Lyssel beslist. "Als ik zou worden vastgegrepen, platgedrukt en meegesleurd naar bed, zou ik voor mijn reputatie vrezen. Vervolgens zou ik de schuldige terechtwijzen, zelfs als jij dat was."

"In dat geval," zei Jaro met een berustend gebaar, "is er weinig ruimte voor een relatie."

"Je geeft het wel erg makkelijk op," zei Lyssel nijdig. "Het is bijna een belediging! Vooral terwijl ik je juist wilde uitnodigen voor de Multiflor! Daar heb ik het op de Giller ook over gehad, weet je nog?"

"Niet echt."

"Het is het Tuinfeest van de Jinkers en ik wil dat jij er ook bij bent. We hebben overal bloemen en je zult het vast leuk vinden."

"Ik? Ik ben geen Jinker, of wat dan ook. Ik kom niet verder dan de eerste paardenbloem. Bovendien, als Hanafer me zou zien, zou hij in luidruchtige verontwaardiging ontsteken en me voor schmeltzer uitmaken."

"Dat geeft niet! Je komt gewoon omdat ik je speciaal uitnodig en zo plechtig is het allemaal niet. Ik zit zelf in de commissie en we willen dat het 't mooiste feest van het seizoen wordt. Er komen bloemenregens en grote ijzeren kruiken boordevol met dieppaarse gradencia; en dan natuurlijk in plaats van een orkest jou, gekostumeerd als de plaatselijke sater, die rondzwerft terwijl hij aardige deuntjes speelt op de suanola."

Jaro vroeg met ontzag in zijn stem: "Je wilt dat ik een kostuum draag?"

"Maak je geen zorgen, we hebben een passend kostuum in gedachten; het wordt toch zo komisch, met een hoge knikhoed, een groene wijde broek met een malle schapenstaart achterop — waar staarten bevestigd plegen te zijn." Lyssel giechelde. "Er zit een touwtje aan de staart dat naar je knie loopt zodat de staart kwispelt wanneer je bokkensprongen maakt; het is werkelijk heel komiek!"

Jaro zat Lyssel verbijsterd aan te staren. Lyssel vervolgde blij: "En wat mij betreft, ik ga als een blauwe kleine diengeest met blauwe kanten muiltjes. Het kostuum bestaat voornamelijk uit mij, maar alles is altijd een beetje gewaagd op de Multiflor; dat is ook eigenlijk de ware stijl van de Jinkers. Afgezien van de gradencia serveren we nog ijsgekoelde titilanthus in authentieke melkglazen urnen en er is een vat met een drankje volgens nieuw recept, dat speciaal voor het feest is gebrouwen; het heet Jachtige Zabamba. Ze hebben Yasher Farkinbeck er een slokje van laten proeven en die werd er enorm speels van, heb ik me laten vertellen. Je zult het er naar je zin hebben."

Jaro reikte naar haar beide handen en pakte ze vast. "Lyssel, nog even en we horen de snerpende wanklanken van twee tuinfeesten die op elkaar botsen."

"Dat begrijp ik niet."

"Ik kan beter zeggen: twee versies van hetzelfde tuinfeest. Als je een van de twee kiest verdwijnt de andere."

"O lieve help, moet je je zo aanstellen?" Lyssel probeerde haar handen te bevrijden. "Je kijkt zo grimmig! Laat me alsjeblieft los!"

Jaro liet haar handen los. "Ik zal je die twee tuinfeesten beschrijven. Het eerste is een triomf. Het weer is prachtig, de verversingen zijn gedenkwaardig, de tuinsater heeft goed gespeeld en iedereen vermaakt met zijn bokkensprongen; Hanafer Glackenshaw is blij, Yasher Farkinbeck is speels, Lyssel Binnoc straalt: haar schoonheid heeft alle jongens het hoofd op hol gebracht en alle meisjes in het harnas gejaagd."

"Fantastisch!" kreet Lyssel in vervoering. "Laten we niet verder gaan, dat is de Multiflor die ik wil."

"Maar wacht! Luister naar de tweede versie! Op die Multiflor arriveren wij samen. Ik ben je geleide en we dragen kostuums die op elkaar lijken. Jij draagt mijn suanola, waarop ik misschien zal spelen en misschien ook niet, dat hangt van mijn stemming af — misschien na een paar teugjes Jachtige Zabamba. We blijven het hele feest bij elkaar en op een gepast ogenblik vertrekken we en verdwijnen in de avond. Het is een prettig feest geweest."

Jaro zweeg, maar Lyssel kon hem alleen maar met open mond aanstaren.

Jaro zei: "Als we het ene feest kiezen, verdwijnt het andere. Als jij bijvoorbeeld het eerste feest zou kiezen, dan zou de sater na afloop zijn loon opstrijken en teruggaan naar zijn kamp. Dat zou natuurlijk niet Jaro zijn."

"Dat kun je niet menen!"

"Welzeker meen ik dat."

"Maar dat tweede tuinfeest is klinkklare onzin! Ik zou nooit deel kunnen nemen aan zo'n fiasco!"

Jaro stond op. "In dat geval hoeft er niets meer gezegd te worden. Ik ga naar huis." Hij ging op weg naar de deur.

Er verstreken een paar seconden, toen kwam Lyssel hem achternahollen. Ze greep zijn arm en dwong hem stil te staan. "Ik heb nog nooit iemand meegemaakt die zo gauw aangebrand is!"

"Maar jij bent beledigend! Je hypnotiseert me en verleidt me, alleen maar om me te kunnen uitdossen als koddige sater en me gratis en voor niets suanola te laten spelen. Je vindt me niet eens aardig."

Lyssel kwam een stapje dichterbij. "Je vangt me op dingen die ik niet meen. Ik geloof dat jij degene bent die belangstelling voorwendt."

Jaro stak zijn arm uit. "Kijk! Zie je hoe mijn hand beeft? Ik moet me verzetten tegen mijn oeraandriften. Die zijn heel werkelijk."

Lyssel grijnsde tegen hem en leek heen en weer te kronkelen uit pure reactie. "Zolang je maar doet wat ik je beveel vind ik het niet erg. Ik vind het wel leuk, zelfs; ik begin me er onoverwinnelijk door te voelen."

"Ik begin me er zenuwachtig en moe door te voelen. Het spelletje is uit en ik ga naar huis." Maar Jaro aarzelde. "Ik vraag me nog steeds af wat je werkelijk van me wilt en hoe ver je zou gaan om het te krijgen."

Lyssel legde haar handen op zijn schouders. "Ik heb het fout gedaan, ik geef het toe!" Ze kwam nog dichter naar hem toe en Jaro voelde de druk van haar borsten. Hij wist dat hij afstand moest nemen en het Oude Hol moest verlaten, maar zijn voeten wilden niet in beweging komen. Hij zei: "Zeg me de waarheid."

Lyssel trok een lelijk gezicht. "Wat voor waarheid? De voornaamste waarheid is dat ik alles wil! Maar ik weet niet hoe ik het moet krijgen of hoe ik zelfs maar een stukje moet krijgen. Ik ben in de war." Ze zweeg en zei toen heel zacht, meer bij zichzelf dan tegen Jaro: "Ik durf het niet! Ik zou al mijn ponteneur kwijtraken als we werden gesnapt."

Jaro begon zich van haar los te maken. "Ik wil geen intriges meer en ik wil jouw reputatie niet schaden. Dus..."

Aan het andere eind van de zaal klonken zware stemmen; toen Jaro zich omdraaide zag hij Hanafer Glackenshaw staan met twee van z'n vrienden: de logge Almer Culp en de magere, grijpgrage Lonas Fanchetto.

Lyssel liet haar armen zakken en deed een stap achteruit. Hanafer bulkte vol triomf: "Ze zeiden dat ik je hier kon vinden, samen met onze fleup!"

"Je bent buitengewoon onbeschoft!" zei Lyssel. "Ga alsjeblieft weg, en wel meteen!"

"Het is niet onbeschoft de harde waarheid uiteen te zetten! Dit is een verfoeilijke fleup en hij dient te weten wat zijn plaats is."

"Je weet niet wat je zegt. Jaro is hoffelijk en heeft talent, en hij is een stuk beschaafder dan jij. Luister dus! Ik heb hem uitgenodigd op de Multiflor. Hij komt als aspirant-Jinker, dus maak hem alsjeblieft niet voor schmeltzer uit."

"Natuurlijk is hij een schmeltzer!" balkte Hanafer. "Hij is immers een nixo? Hoe kan-ie dan aspirant-Jinker zijn?"

"Omdat ik in het bestuur zit en ik als aspirant mag aanwijzen wie ik wil!"

"Maar niet een nixo! Dat is een klucht! Het bewijst dat hij aan het schmeltzen is!" Hij draaide zich met een ruk om naar Jaro. "Ik zal je een goeie raad geven. Blijf uit de buurt van de Multiflor. We willen geen poenen of graks of schmeltzers op onze feesten. We streven en we klauwen ons omhoog langs de schappen en dan willen we niet als we opkijken een of andere walgelijke schmeltzer op ons neer zien grijnzen! Nu heb je me gehoord; wat heb je daarop te zeggen?"

Lyssel riep: "Hanafer, hou op met Jaro te ringeloren! Je maakt jezelf alleen maar belachelijk en als je zo doorgaat vind ik je niet aardig meer!"

Hanafers gezicht vertrok van woede. "Ik ben niet degene die zich belachelijk maakt, dat ben jij, dat je je laat befoezelen door die proleet! Besef je dan niet dat hij een schmeltzer is, en volkomen afstotelijk?"

"Hanafer, gedraag je. Je bent werkelijk niet op je best vandaag," zei Lyssel.

Hanafer negeerde haar en draaide zich woedend om naar Jaro. "En, nixo? Laten we het even heel duidelijk stellen. Ben jij van plan op de Multiflor rond te banjeren en te schmeltzen, of zul je je gedragen als het brave nixootje dat je maar verdomd beter zijn kan ook?"

Het spreken kostte Jaro moeite. De situatie was gênant. Hij wilde de Multiflor niet bijwonen. Hij verlangde er niet naar te moeten vechten met Hanafer, die groot en zwaar was en vals en van wie hij een stevig pak ransel mocht verwachten. De publieke opinie schaarde zich achter Hanafer; geen van de strevers hield van schmeltzers en Jaro's status als aspirant-Jinker was niet overtuigend. Maar Jaro merkte dat hij niet in staat was zich gedwee aan Hanafer te onderwerpen zonder zijn zelfrespect te verliezen. Ondanks zijn eigen wensen en tegen alle logica en het gezonde verstand in, zei hij: "Ik ga waar ik wil en dat zul je maar voor lief moeten nemen."

Hanafer deed langzaam een stap naar voren: "Je bent dus van plan je op de Multiflor te vertonen?"

"Wat ik van plan ben gaat jou niets aan."

"Schmeltzen gaat iedereen aan."

Lyssel kwam naar voren. "Hij komt naar de Multiflor omdat ik hem heb uitgenodigd om me te begeleiden! Dus gedraag je nu!"

Hanafer keek haar stomverwonderd aan. "Ik dacht dat ik je begeleider zou zijn! Je hebt nog gezegd dat ik beslist mijn kostuum van de Scharlaken Schurk moest dragen!"

"Ik ben van gedachten veranderd. Ik ga als blauwe diengeest en jouw kostuum zou vloeken bij het mijne."

Hanafer wenkte zijn twee vrienden. "Grijp die proleet en smijt hem eruit! Als ik het doe weet ik niet of ik me wel kan inhouden."

Lonas en Almer kwamen op Jaro af, Almer met zijn stevige schouders gekromd, Lonas met uitgestrekte bottige armen en lange dunne vingers als insectenklauwtjes die in de lucht graaiden, kennelijk teneinde Jaro te hypnotiseren en zijn aftocht te verhaasten.

De eigenaar verscheen. "Stop! Zo is het genoeg! Ik wens hier geen baldadige kloppartijen! Eén beweging en ik roep de toezichthouders!" En tegen Jaro zei hij: "En wat jou betreft, jongmens, maak nu maar dat je wegkomt terwijl het nog kan!"

Jaro haalde zijn schouders op en vertrok. Lyssel draaide zich vinnig om naar Hanafer. "Je bent een hork! Ik schaam me gewoon voor je!"

"Helemaal niet!" tierde Hanafer. "Je hebt tegen mij gezegd dat ik je begeleider zou zijn naar de Multiflor en dat we later zouden gaan souperen in het Zevenmijlshuis."

"Dat heb ik nooit gezegd en als het wel zo mocht zijn, dan had ik het nog niet vast beloofd."

"En nou wil je dus liever met die schmeltzer gaan?"

Lyssel rechtte haar rug. "Als ik jouw advies wil hebben vraag ik er wel om. Houd je tot dan toe maar bij je eigen zaken."

"Natuurlijk. Net wat je zegt." Hanafer draaide zich om en marcheerde het Oude Hol uit, gevolgd door zijn vrienden.

4

Jaro toog na zijn avonddienst op de ruimtehaven op weg naar huis. De interlokale bus zette hem af op de plaats waar de Katzvoldse Baan het Nainbos binnenreed, bijna een kilometer ten zuiden van Merriehew. De nacht was warm en drukkend en de blauwgroene maan Mish dreef tussen hoge wolken.

De bus verdween in de richting van de stad en liet slechts stilte achter. Jaro ging op weg naar het noorden door het bos met zachte tred, wat hem op een nacht als deze gepast leek.

De maan dreef weg achter een wolk, de weg ging op in de duisternis en Jaro deed het wat langzamer aan, om niet tegen de struiken langs de weg op te lopen. Merkwaardig; door wat voor oorzaak dan ook kwam de weg hem vanavond niet vertrouwd voor, alsof hij een verkeerde afslag had genomen en nu door een onbekend deel van het bos dwaalde. Dwaasheid natuurlijk — maar toch leek er iets mis te zijn. Was dat een geluid? Hij bleef staan om te luisteren. Stilte. Aarzelend liep hij verder. Na een paar meter bleef hij opnieuw staan; dit keer had hij zich niet vergist! Van ergens hoog in de bomen klonk een zacht, triest geluid, dat de korte haartjes in Jaro's nek rechtop deed staan. Hij luisterde, maar de stilte was alweer over het bos gevallen.

Jaro liep langzaam verder; zijn voeten vonden de weg op de tast.

Er verstreek een ogenblik. Opnieuw kwam het zachte geluid omlaag zweven. Jaro hief zijn hoofd op om te luisteren; het zou wel de roep zijn van een nachtvogel, al was het er niet eentje die hij ooit eerder had gehoord.

Jaro vermande zich en liep verder, stap voor stap. De wolken gingen vaneen en de maan dreef de open hemel weer in. Bleke maneschijn verbreidde zich door het bladerdak en legde een schaduwpatroon op de weg. Opnieuw dat geluid: een griezelig geklok. Jaro bleef abrupt staan en zocht het geboomte boven zich af. Een zangerige stem riep uit: "De Zwarte Engelen komen omlaag gevlogen van de achterkant van de maan!"

Er stond iets op de maanverlichte weg, vijftig meter verderop. Het was meer dan twee meter hoog en gehuld in een golvend zwart gewaad met zwarte vleugels die zich hoog boven de schouders verhieven. Onder een zwarte capuchon staarden ogen als schijven van git op Jaro neer vanuit een uitgemergeld wit gezicht, zodat hij verstarde.

Rechts en links verschenen vier gemaskerde gedaanten in groteske kostuums: wijde capes, gedrapeerd over abnormaal brede schouders waarachter een stel vleugels hoog oprees, net als bij de gedaante op de weg. Tot Jaro's weeë verbazing merkte hij dat hij zo slap was als een lappenpop, niet bij machte weg te rennen of zich te verweren.

Met zwaarwichtige doelgerichtheid vielen de vier Engelen op Jaro aan; ze sleurden hem op de grond en ranselden hem af met hun lange, soepele gummistokken. Jaro weerde hen af met zijn arm; de stok kwam omlaag en er brak een bot. Jaro zakte neer en het slaan ging door. Oude herinneringen stroomden zijn geest binnen: de gloed van de hete zon op de Wychingheuvels, de smaak van het zand op de weg, het bonken van de knuppels op zijn magere ribben. Hij kreunde, meer van pijn dan uit angst om de herinnering.

Op deze avond in het Nainbos waren de afgemeten slagen van de rubberstokken niet bedoeld om hem te verminken maar om hem af te straffen. Een diepe stem nam het woord en sprak ernstig en statig: "De Zwarte Engelen der Boete vervullen eens te meer hun plicht! Dat de schmeltzers zich hoeden, nu en immer!"

Van de anderen kwam een bassende tegenzang: "Immer zal het zo zijn! Dat de schmeltzers zich hoeden! Zo zij het en zo en zo!" En de gummistokken gingen omhoog en daalden neer ter onderstreping.

De diepe stem sprak: "Je bent geoordeeld en een schmeltzer bevonden; nu dien je je fout goed te maken. Zeg dat het je spijt!"

Jaro stribbelde zwakjes tegen maar werd weer op de grond geduwd en hard in zijn ribben geschopt.

De stem riep zangerig: "Verklaar dat je onjuistheden hebt begaan! Zeg dat het je spijt en dat je verder je plaats zult kennen! Zul je spreken, of dien je nog getuchtigd te worden? Aha, je wilt niet spreken! Welaan, zo zij het; dan is het allemaal je eigen schuld!"

Omlaag kwamen de gummiknuppels. De Zwarte Engelen, zich getart voelend door Jaro's zwijgen, gingen met zelfvoldane vlijt te werk om de onhandelbaarheid van hun slachtoffer te genezen; ze sloegen toe met steeds grotere kracht en hieven hun gummistokken hoog op, tot Jaro er beweginloos bij lag. Verbazend! Terwijl Jaro's lichaam ineenkromp onder de slagen klonk er ergens diep in zijn hoofd een spottende schaterlach, alsof er ergens iemand genoot van het gebeuren. Een nog diepere angst greep Jaro aan.

De Zwarte Engelen stonden te hijgen. Een van de reusachtige figuren gaf Jaro een harde trap. "Spreek! Zeg je verontschuldiging op!"

Een andere Engel mompelde: "Dat heeft geen zin. Hij is even hardnekkig als de stank van een bangdong."

"Hardnekkig, of dood."

Het viertal boog zich over Jaro heen. "Hij heeft een pittig lesje gehad, meer niet. Dat zal hem leren dat hij zijn ijdelheid moet intomen."

Jaro's bewustzijn stroomde uit hem weg. Hij voelde zich bijna vredig. Het was prettig, die ontvankelijkheid! Het werkte als een soort reservoir, waarin alle emotie en wil werden afgetapt en verzameld, zodat er niets verloren ging. Zijn geest werd wazig en hij bleef roerloos liggen.

De Zwarte Engelen verrichtten de rest van hun karwei. Ze schoren Jaro's hoofd kaal met een tondeuse en plakten een bespottelijke hanenkam van witte veren op zijn schedel. Ze verfden zijn gezicht zwart en stopten een lange dikke witte staartpluim aan de achterkant onder de tailleband van zijn broek. Ze hesen hem in de laadbak van een bestelwagen en reden weg in de richting van Thanet.

Een uur voor middernacht ontdekte een groepje studenten, die van een late lezing terugkwamen, Jaro op het voorplein van het lyceum waar hij rechtop tegen een lantarenpaal stond vastgebonden. Er hing een bord om zijn hals, waarop stond:

IK BEN EEN SCHMELTZER GEWEEST!
IK VERONTSCHULDIG MIJ DAARVOOR.
OP BEVEL VAN DE ZWARTE ENGELEN DER BOETE!

5

Een ambulance bracht Jaro naar het ziekenhuis waar zijn verwondingen en breuken werden behandeld. Hij had een hersenschudding. Zijn ribben, armen en sleutelbeenderen waren gebroken. Hij had nog geluk gehad, zo zei men, dat hij geen schedelbasisfractuur had opgelopen. Het leek erop dat de Zwarte Engelen hun strafmaatregelen in een staat van krankzinnige opwinding hadden verricht. De politie deed routinematig wat pogingen om de Engelen te identificeren, maar er was weinig verontwaardiging bij het publiek over de bestraffing van een schmeltzer. Zo iemand was niks beter dan een bloedzuiger en aangezien de politie het schmeltzen niet in de hand kon houden was de samenleving wel gedwongen zichzelf te beschermen. Over het algemeen werd het geval beschouwd als een studentengrap en een deugdelijk lesje voor alle betrokkenen.

Jaro bleef twee weken in het ziekenhuis. De Faths kwamen hem dagelijks opzoeken, maar vonden het moeilijk om zich opgewekt en optimistisch voor te doen. De politie was oppervlakkig beleefd geweest en had beweerd dat hun ijverige naspeuringen geen aanwijzingen hadden opgeleverd.

Op een dag vroeg Hilyer, bij wie de gedachte eigenlijk pas later was opgekomen, of Jaro misschien een van de Zwarte Engelen had herkend.

Jaro scheen verbaasd te zijn. "Natuurlijk! Ze waren met hun vieren: Hanafer Glackenshaw, Kosh Ditzenbocker, Almer Culp en Lonas Fanchetto."

"Dan zullen we een vervolging instellen."

Jaro wilde er niet van horen. "Ik kan niets bewijzen. Er waren geen getuigen bij. De justicaris krijgt nooit toestemming de Waarheidsmachine te gebruiken. En zelfs als ze schuldig zouden worden bevonden, zouden zij alleen maar een berisping krijgen en ik de waarschuwing om hen in het vervolg niet meer uit te dagen. Zij komen er met alle waardigheid af, terwijl ik slap en dom lijk."

"Maar we kunnen zo'n schanddaad niet zomaar over ons heen laten gaan! Dat zou beschamend zijn!"

"Dat zou het zeker."

Hilyer kneep zijn lippen op elkaar. "Je bent zo kil als een vis; je toont geen enkele emotie! Ben je niet kwaad?"

Jaro glimlachte. "Ik ben kwaad, wees wat dat betreft maar niet bang. Wanneer het ogenblik daar is, is mijn boosheid bij de hand."

Hilyer bromde: "Ik geloof dat ik je niet begrijp."

"Doet er niet toe."

Hilyer bekeek het bleke gezicht aandachtig. "Je bent toch niet van plan het recht in eigen hand te nemen?"

Jaro grinnikte pijnlijk. "Zeker niet op dit ogenblik."

Het antwoord voldeed Hilyer niet; hij verliet het ziekenhuis in aangeslagen stemming.

Jaro kreeg bezoek van een stuk of vijf, zes medestudenten, met wie hij min of meer op vriendschappelijke voet was komen te staan. Ze drukten allemaal hun medeleven uit voor het pak slaag en de vernedering van de verentooi en de pluimstaart. Tot hun verbazing ontdekten ze dat het Jaro ongemeen koud had gelaten. "Er is geen sprake van vernedering als iemand zich niet vernederd voelt," zei Jaro.

Basil Krom, die sociologie studeerde, ging met hem in debat. "Dat kan zijn, maar hier in Thanet is vernedering bijna iets opzichzelfstaands. Hoe komt dat? Niets raadselachtigs aan. Het maatschappelijke stelsel van onderlinge wedijver maakt de mensen kwetsbaar voor spot.

Ten koste van alles moeten ze hun gezicht zien te bewaren. Daarom begrijpen je vrienden niet dat jij je er niets van aantrekt."

"Ten eerste," zei Jaro, "heb ik geen reputatie die kan worden afgebroken."

"En ten tweede?"

"Aangezien ik onverschillig ben voor spot, is er geen plezier aan om mij te bespotten zodat het binnenkort wel afgelopen zal zijn."

"En ten derde?"

"Een derde argument heb ik nog niet in zicht."

Lyssel ontbrak onder de bezoekers; Jaro had haar ook niet verwacht. Gaing Neitzbeck kwam echter opdagen zodra Jaro bezoek mocht hebben. Bij het zien van dat gehavende gezicht voelde Jaro een warme golf van troost en opluchting. Hij had niet beseft hoe zwaar de spanning hem nog drukte.

Gaing, die nooit veel van zijn gevoelens liet blijken, gaf Jaro desondanks een klopje op diens schouder en ging toen zitten. Schor zei hij: "Je kan me maar net zo goed het hele verhaal vertellen."

Jaro beschreef wat er die verschrikkelijke avond was gebeurd. "Ik ben niet erg trots op mezelf. Ik hoorde een griezelig geluid vanuit een boom komen; ik zag de pop met de vleugels en ik was als verlamd. Ik stond er verdoofd bij, als een gehypnotiseerde kip. En nu voel ik me een nutteloze zwakkeling."

Gaing nam Jaro een ogenblik op. "Kennelijk wil je iets aan jezelf veranderen."

"Ja," mompelde Jaro. "Ik wil een manier vinden om die zwakheid, die fout in mezelf, wat het ook is, te herstellen."

"Een dergelijke episode is slopend voor je trots," beaamde Gaing. "Maar dat moet je je niet aantrekken. Trots is een intellectuele waardering van jezelf. Het is een mengeling van hoop en fantasie die je van je af dient te zetten. Zekerheid, op grond van vaardigheid, is een veel nuttiger maatstaf."

Jaro zei met holle stem: "Dat is een fraaie opmerking, maar bij gebrek aan vaardigheden moet ik me dan maar bekommeren om mijn arme verfomfaaide trots en haar weer wat opkalefateren."

Gaing grijnsde minzaam. "Je hebt wel het een en ander aan vaardigheden, maar geen die je voor een volgende aframmeling kan behoeden."

"Dat is zo. Maar dat hoop ik te veranderen. Misschien kun jij me van advies dienen?"

Gaing knikte. "Dat kan ik inderdaad. Het is met die vaardigheden als met alles. Je moet ze leren en vervolgens oefenen tot ze je als van nature afgaan. Maar je hebt geluk. Die vaardigheden kunnen onderwezen worden en er is een bevoegd leraar bij de hand. Ik doel hiermee op mezelf. Er is een tijd geweest dat ik meende carrière te zullen maken bij de IPCC, maar daar is toen iets tussen gekomen. Om je de waarheid te zeggen hebben ze me eruit gezet, op gronden die bijna banaal waren. Ze beweerden dat ik onconventioneel was en alleen bevelen opvolgde als mij dat uitkwam."

"Bespottelijk," mompelde Jaro.

"Ik heb ook in de omstandigheid verkeerd dat ik me moest meten met waarschijnlijk het meest valse volk dat er in het Gaiaanse Bereik bestaat — of zoals in dit geval, de Zelfkant. Ik heb ervan geleerd en ik heb het overleefd. Vandaag de dag ben ik traag en log, vergeleken bij twintig jaar geleden, maar mijn geest is nog wendbaar genoeg en wat ik weet zal ik je bijbrengen als je daartoe gemotiveerd bent."

Jaro zei met een stem die dun en bibberig klonk van emotie: "Ik ben gemotiveerd; ik wil het zo graag leren dat ik helemaal wee ben vanbinnen."

Gaing glimlachte. "Ik ken jouw doorzettingsvermogen. Zodra je weer kunt lopen beginnen we. Lees er intussen over." Hij legde een pakje boeken op het nachtkastje. "Begin maar met de samenvatting."

Jaro liet er een paar dagen overheen gaan voor hij de Faths op de hoogte stelde van zijn plannen. Er leek geen manier te bestaan om het ze voorzichtig te vertellen. Jaro zei: "Ik heb besloten lessen in zelfverdediging te nemen. Ik hoop dat jullie het goed vinden."

Althea trok haar wenkbrauwen op in pijnlijke verbazing. "Heb je de situatie wel helemaal doordacht?"

"Natuurlijk."

"Het is niet de weg der verzoening! Het is hetzelfde alsof je een heel wapenarsenaal aanschaft; je zult er zeker anderen mee deren. Is het dat echt waard, jezelf in zo'n positie te brengen?"

"Haha!" zei Jaro. "En de positie waarin ik nu verkeer dan?"

Hilyer zei, met nadenkend toegeknepen ogen: "Ik geloof dat ik niet goed begrijp wat je met zelfverdediging bedoelt."

"Dat is heel eenvoudig. Als ik weer word aangevallen wil ik in staat zijn mezelf te beschermen."

"Dat klinkt op het eerste gezicht redelijk. Maar zijn dergelijke tactieken niet een vorm van geweld en bezeren ze je tegenstander niet ernstig?"

"Niet meer dan nodig is, mag ik hopen."

Althea kreet: "Dat is ijdele hoop, wanneer er iemand kreupel op de grond ligt."

"Waar wilde je je die vaardigheden eigen maken?" vroeg Hilyer.

"Ik geloof dat jullie meneer Gaing Neitzbeck hebben ontmoet, die ook op de ruimtehaven werkt?"

"Die herinner ik me heel goed," zei Hilyer en snoof.

"Dat lijkt me niet een erg beschaafd persoon," zei Althea.

Jaro lachte. "Laat je niet bedriegen door zijn voorkomen. Hij is intelligent en weet veel. Wat meer is, hij is zeer bedreven. Hij heeft een poosje bij de IPCC gediend en kan me alles leren wat ik weten wil."

Hilyer bleef een ogenblik zwijgen en zei toen onbeheerst: "Misschien is dit niet het moment voor zorgvuldige ethische afwegingen. Je bent gewond. Vergis je niet, ik ben net zo kwaad als jij! Maar ik wil wraak nemen via de aangewezen kanalen die in de samenleving voorhanden zijn. De geëigende en toegestane kanalen, kortom de beschaafde werkwijze. Ik wil niet dat je geweld bedrijft alsof je een ruimtezwerver was of een piraat uit de Zelfkant."

Jaro zei hard: "Ik ben aangevallen. Ik kon er niets tegen doen. Ik lag machteloos op de grond. Het zou verkeerd zijn dat nog eens te laten gebeuren."

Hilyer maakte een verslagen gebaar en wendde zich af.

Hoofdstuk IX

1

Terug uit het ziekenhuis bleef Jaro blokken op de handleidingen die Gaing hem had gebracht. Na verloop van tijd waagde hij zich aan een paar oefeningen, waarbij hij zich verder belastte naarmate zijn kracht weer toenam. "Doe het langzaam en rustig aan in het begin," had Gaing gezegd. "Werk nooit langer dan tien minuten aan een en dezelfde oefening, anders verslappen je zenuwen. Beperk je tot ongeveer zes bewegingen per keer. Werk eerst aan accuratesse, dan pas aan snelheid. Waak tegen verveling, dan word je slordig. Elke beweging is onderdeel van een samengestelde handeling en dient net zo lang geoefend te worden tot hij een reflex wordt. Je hebt nog een lange weg te gaan, verlies de moed niet."

"Mij hoor je niet klagen," zei Jaro. "Eerlijk gezegd weet ik niet hoe ik je moet bedanken."

"Laat maar zitten."

"Toch vraag ik me af waarom je zoveel tijd aan me besteedt. Ik ben je heel erkentelijk, maar is er ook een verklaring voor? En zo ja, welke?"

"Redelijke vragen," zei Gaing. "Ik heb er geen eenduidig antwoord op. Op het ogenblik heb ik niets beters te doen. Jij hebt dringend training nodig en het zou zonde zijn zulk goed basismateriaal ongebruikt te laten. Verder komt er eigenbelang bij kijken. Ik vind het een prettige gedachte dat ik wat krediet opbouw voor de toekomst. Misschien dat jij op een goede dag eens iets voor mij kunt doen. Daarbij komt dat ik in heel het Gaiaanse Bereik maar twee mensen tot mijn vrienden tel. Een daarvan ben jij."

"Wie is de andere?"
"Die ken je. Tawn Maihac."

2

Diezelfde week ging Jaro weer naar school. Zijn haar was nog niet gelijkmatig aangegroeid. Hij kamde het zo goed als hij kon naar achteren, maar er waren opstaande plukken die hij niet plat kon krijgen en bleke plekken waar het haar langzamer was aangegroeid en die hij niet kon verbergen.

Geeft niet, hield hij zichzelf voor. Hij volgde de lessen zonder te letten op de indringende blikken van de andere studenten. Over een paar dagen zou hun aandacht vanzelf weer wegzakken en zouden ze hem niet meer bekijken. Intussen moest hij zijn roemruchtheid onaangedaan aanvaarden.

Jaro lunchte in de kantine en ging toen buiten op een bankje langs het voorplein zitten. Lyssel verscheen, leek hem eerst niet op te merken, maar veranderde toen van gedachten en kwam hem eens bekijken. "Hm," zei ze. "Ze hebben je mooi te pakken gehad."

"Ze zijn grondig te werk gegaan," beaamde Jaro.

Lyssel nam hem aandachtig op. "Je lijkt er heel blijmoedig onder! Het is onbegrijpelijk! Ben je niet ontdaan?"

"Dat soort dingen gebeurt nu eenmaal. Je kan het maar het beste filosofisch opvatten."

"Begrijp je het dan niet? Ze hebben je tot afschrikwekkend voorbeeld gesteld." Lyssels stem klonk luchthartig en vermaakt. "Ze hebben je al je trots afgenomen en nu ben je beschaamd*."

Jaro haalde zijn schouders op. "Daar heb ik niets van gemerkt."

Lyssel was verongelijkt. "En het heeft ook z'n weerslag op mij. Mijn plannen liggen nu in het water." Ze wierp hem een listige, schuinse blik toe. "Tenzij je nog bereid bent me te helpen, zoals je beloofd had."

---

* Onvolkomen vertaling van het woord 'tchabade' — een schrijnend, meervoudig gevoel dat de volgende elementen behelst: ontdaan van mana, ontmand, gedwongen tot onderwerping als aan perverse seksuele handelingen, gedemoraliseerd, nietswaardig gemaakt, verslagen achtergelaten en beroofd van alle ponteneur. Kortom, een venijnige, ontkrachtende gevoelsbeweging.

Jaro keek haar ongelovig aan. "Wat zeg je daar? Ik heb je niets beloofd. Je zult iemand anders bedoelen."

Lyssel zei boos: "Je zei dat ik je fascineerde en hypnotiseerde! Je hebt me laten zien hoe je handen beefden van emotie. Dat was jij, Jaro Fath, ontken het maar niet!"

Jaro knikte bedroefd. "Ik herinner me iets van dien aard. Maar het verleden heeft nu afgedaan."

Lyssels gezichtje was verstard zodat ze er helemaal niet meer knap uitzag. "Je wilt me dus niet helpen?"

"Waarschijnlijk niet, zelfs niet als ik wist wat je wilde."

Lyssel nam Jaro op alsof ze hem nooit eerder had gezien. Toen vertrok haar mond en stootte haar keel een ware woordenstroom uit. "Je bent werkelijk uniek, Jaro Fath! Je banjert op school rond met een poeslief lachje, alsof je kokette binnenpretjes hebt. Je bent net een geslagen hond die glimlachend en kruiperig en met opgetrokken lip smeekt om verdraagzaamheid."

Kaarsrecht op zijn bankje gezeten, trok Jaro een pijnlijk gezicht. "Op een goede dag zal ik dit allemaal vast wel vermakelijk vinden," zei hij.

Lyssel scheen het niet te hebben gehoord. Haar stem steeg een octaaf. "Je verwerft heus geen medeleven door je zo te vertonen! Om je de waarheid te zeggen snapt niemand waarom je hier eigenlijk bent! Je zou er verstandiger aan doen je boeken te pakken en weg te gaan!"

"Dat zou grote dwaasheid zijn! Mijn volgende les begint over tien minuten, anders zat ik hier niet."

Lyssel zei minachtend: "Het kan je niets schelen wie je ziet? Het kan je niet schelen wat anderen van je denken?"

"Zoiets, ja."

Hanafer Glackenshaw kwam het voorplein op. Een ogenblik bleef hij staan in een vorstelijke pose, met zijn schouders naar achteren, zijn benen wijd, zijn armen op zijn rug, terwijl zijn gouden krullen glinsterden in de zonneschijn. Hij wendde langzaam zijn hoofd om, eerst naar rechts en dan naar links opdat iedereen zijn nobele profiel maar goed zou zien. Hij zag Lyssel en Jaro en zijn voorhoofd betrok. Hij stak het voorplein over met langzame, onheilspellende schreden. Hij bleef staan en keek op Jaro neer. "Ik zie dat je weer terug bent en weer ijverig bezig bent."

Jaro zei niets. Na een veelbetekenende blik naar Lyssel zei Hanafer: "Het gerucht gaat dat je gewaarschuwd bent tegen het grazen in verboden weiden, waar je niet bent uitgenodigd."

"Het gerucht is juist," zei Jaro. "Dat is wat er gebeurd is."

Hanafer maakte een hoofdbeweging in Lyssels richting. "En toch zie ik je weer hier, loerend en snuffelend in hoekjes waar nixo's niet gewenst zijn. Begrijp je wat ik bedoel?"

"Hanafer, doe alsjeblieft niet onaardig," zei Lyssel. "Jaro heeft niets verkeerds in de zin."

"Bah!" zei Hanafer. "Hij heeft helemaal *niets* in de zin. Hij glimlacht gedwee, hij likt zijn lippen, hij is niet eens geërgerd. Als hij prijs stelt op mijn goedkeuring, zoekt hij voortaan omgang met de andere nixo's."

Lyssel zei vol afkeer: "Hanafer, je bent ronduit beledigend!"

"Pff! Wat maakt dat nu uit. Hij geeft er niets om."

"Mis!" zei Jaro. "Ik erger me wel degelijk maar ik wil dat gevoel op dit ogenblik niet verspillen. Het heeft geen haast."

"Je slaat dwaasheid uit en je bent waarschijnlijk nog gek ook. Nou, dat is mij best; wees maar zo gek als je wilt, zolang je maar niet loopt te schmeltzen, want dat wordt niet getolereerd."

Er ging een bel. Hanafer pakte Lyssel bij de arm, maar die rukte zich los en draafde weg over het voorplein, terwijl Hanafer met een sip gezicht achter haar aan marcheerde.

Jaro keek hen na, pakte toen zijn boeken en vertrok naar zijn les.

3

Twee maanden later liep het trimester ten einde. Tijdens de wintervakantie vertrokken Hilyer en Althea op een korte expeditie naar de eilanden van Baneek op de wereld Lakhme Verde om opnamen en aantekeningen te maken van de zogeheten 'Tymaghese' orkesten die een muziek voortbrachten van tinkelende waterklokjes, klanklovertjes en sidderende gongen, die werden bespeeld volgens een wisselend weergalmend ritme. Een muziek die sommigen vergeleken met het aanrollen en terugvloeien van een zilveren branding, en weer anderen met 'dagdromen in de geest van Pasiphae, de godin der muziek'. Op Lakhme Verde onderhield elk dorp een of meer orkesten en vervaardigde of bespeelde vrijwel eenieder een van de verfijnde en soepele instrumenten.

De muziek had zich lange tijd onttrokken aan de analyse der musicologen en de Faths waren vast voornemens zekere nieuwe theorieën toe te passen op de verrukkelijke klankweefsels, waarvan zelfs de muzikanten van de eilanden niet beweerden dat ze ze volledig doorgrondden.

Intussen was Jaro bezig zich tot de grens van zijn krachten te trainen in de technieken die Gaing hem voordeed. Hij was ongeduldig en vroeg voortdurend om nieuwe grepen, nieuwe bewegingen, nieuwe tactieken. Gaing weigerde erop in te gaan zolang Jaro niet elke fase van het voorgaande volmaakt onder de knie had. "Je vordert snel genoeg; ik wil niet dat je jezelf opbrandt."

"Geen kans op," zei Jaro. "Ik voel dat ik hiervoor in de wieg gelegd ben. Ik kan er niet genoeg van krijgen. Ik hou er niet mee op voor ik alles beheers."

"Dat zal je zeker niet lukken," zei Gaing. "Sommige systemen zijn duizenden jaren oud en iedereen denkt dat hij snellere en betere bewegingen kent dan de oude meesters. Ik heb het ook gedacht. Waarschijnlijk ten onrechte."

"Maar hoe ver ben ik dan nu?"

"Je vordert goed. Tot nog toe hebben we ons beperkt tot verhoudingsgewijs elementaire technieken — geen acrobatiek, geen exotische combinaties."

"Wanneer beginnen we daarmee?"

"Zodra je spieren en je lichaam voldoende ontwikkeld zijn. Tegen de tijd dat ik met je klaar ben — of zelfs voordien — zal je zelfverzekerdheidsindex flink gestegen zijn. Intussen gaan wij methodisch verder. We hebben tenslotte geen haast."

"Dat weet ik zo net nog niet," zei Jaro. "Dit is mijn laatste jaar aan het lyceum. Wat er daarna gaat gebeuren weet ik niet. De Faths willen me niet vertellen waar ze me gevonden hebben voordat ik ben afgestudeerd aan het Instituut."

"Hebben ze geen journalen bijgehouden waarin ze hun expedities beschrijven?" vroeg Gaing.

"Ik geloof het wel, maar die hebben ze weggeborgen en ik kan er niet bij. Ze zeggen dat ze me alles zullen vertellen zodra ik ben afgestudeerd, maar ik wil zo lang niet wachten."

Gaing haalde zijn zware schouders op. "Laten we weer verder gaan met oefenen. Dat is vastomlijnd en echt."

Het voorjaarstrimester begon aan het lyceum. Jaro's cijfers waren van dien aard, dat er een aparte classificatie voor hem werd gemaakt en hij grote vrijheid kreeg voor wat betreft het bijwonen en uitwerken van zijn lessen. Jaro verkoos thuis te studeren en eens per week per telescherm verslag uit te brengen aan zijn docenten. Daardoor kreeg hij de handen vrij om zich te concentreren op de steeds inspannender oefeningen die Gaing hem opgaf.

Hij begon ook te merken dat zijn lichaam veranderde. Zijn schouders en zijn borstkas werden breder; zijn flanken, dijen en heupen werden zo hard als leer; zijn onderarmen, polsen en handen leken nu omwikkeld te zijn met dikke pezen, terwijl zijn botten zelf dikker en zwaarder waren geworden. Hij was begonnen ingewikkelde combinaties en exotische oefeningen te leren, die een tegenstander ernstig konden verwonden als hij zichzelf niet strak in de hand hield. Gaing legde voor alles de nadruk op snelheid, precisie en evenwicht. Zoals altijd mocht Jaro geen nieuwe technieken aanleren voordat alle oude bewegingen hem even automatisch afgingen als lopen.

Op een dag zei Gaing tegen Jaro: "Je bevindt je nu ruimschoots op het derde niveau van bekwaamheid en dat is een behoorlijke prestatie. Er zijn nog verdere niveaus te bereiken en het terrein vertakt zich in wel honderd specialismen die op het ogenblik niet relevant zijn. Ik doel op ijselijke geluiden, begoochelingen, poeders en nevels, visuele hulpmiddelen, miniwapens en dergelijke; het terrein is onbegrensd. Op het ogenblik is het 't beste als je je houdt bij de fundamentele technieken. Je hebt nog een heel eind te gaan, hoewel je jezelf niet langer als beginneling behoeft te beschouwen. Bouw maar aan je zelfverzekerdheidsindex voort, als je wilt."

Jaro grijnsde alleen maar en zette zijn oefeningen voort.

Diezelfde dag kwam Hilyer thuis met een nieuwtje dat hij had opgedaan op het kadaster. Toen hij zich achter de middagthee zette, maakte hij er Althea en Jaro deelgenoot van.

"Jullie herinneren je dat het oude Geelvogelterrein ten zuiden van hier vroeger eigendom was van Clois Hutsenreiter?"

"Natuurlijk," zei Althea.

"Precies. Een paar jaar geleden heeft hij zijn bezitting verkocht aan een syndicaat, de Fidolcoöperatie — en voor een vrij lage prijs, als ik me wel herinner. Vandaag was ik toevallig op het kadaster en toen heb ik uit nieuwsgierigheid Fidol opgezocht in het register. Ik ontdekte dat Fidol voor het overgrote deel eigendom is van Gilfong Rute, een excentrieke miljonair en een Val Verde. Twintig procent van Fidol is in handen van Forby Mildoon, een projectontwikkelaar of iets dergelijks. Dat is dezelfde Forby Mildoon die ons dat huis in Catterline probeerde te verkopen. Dat gaf me te denken. Ik heb het een en ander nagevraagd en kwam te weten dat Rute een flamboyant type is met een hang naar inventief investeren, op Gallingale zowel als buitenwerelds."

"Waarom zou hij dat Geelvogelterrein willen hebben?" vroeg Althea. "Het is gewoon woest gebied, net als het onze, alleen minder aardig."

"Er gaan altijd wel geruchten, maar er komt nooit wat van. Ik heb horen vertellen over een luxe project dat ze er willen opzetten, waar alleen Onvergankelijken zouden worden toegelaten. Rute wil ook een Onvergankelijke worden, maar geen van de drie verenigingen wil hem hebben. Hij is te onconventioneel voor de Mosseltaarten en te dominant voor de Rafeliers. De Quantorsi hebben nog aanvragen liggen van drie generaties terug. Kennelijk hoopt hij zich bij de Onvergankelijken binnen te vleien door dat exclusieve woonproject."

"Dat lijkt mij vreemd," zei Althea. "Hoe kan hij een Onvergankelijke worden als geen van de drie hem als lid wil aanvaarden?"

Hilyer haalde zijn schouders op. "Door osmose of zo. Ik heb er geen idee van, kortom, en waarschijnlijk is het allemaal loze praat."

Jaro zei opeens: "Forby Mildoon? Dat is de oom van Lyssel Binnoc. Rute heeft een prachtig jacht staan op de ruimtehaven dat hij nooit gebruikt. Lyssel heeft me verteld dat Forby Mildoon het wil kopen maar dat Rute er de meest buitensporige prijzen voor vraagt."

"Kennelijk wil hij het dan niet verkopen," zei Hilyer.

Jaro liep weg om zijn huiswerk te doen terwijl Hilyer en Althea hun naslagwerken erbij haalden om iets te weten te komen over de wereld Ushant waar ze gedurende de zomervakantie een groot conclaaf van esthetische filosofen zouden bijwonen. Bij het avondeten vroegen ze Jaro of hij zin had om mee te gaan. "Ushant is op zichzelf al een boeiende wereld," zette Althea uiteen. "De mensen daar hangen volgens zeggen een filosofie aan die de gewaarwording opvoert tot de hoogste gevoeligheid. De tactieken van het besef worden daar tot een scheppende kunstvorm op zich."

Hilyer voegde eraan toe: "Vergeet niet dat het conclaaf je zeer van nut zou kunnen zijn als je inderdaad esthetische filosofie gaat studeren, zoals wij je aanraden."

"Zo niet, dan kun je er altijd nog waardevolle contacten opdoen," zei Althea.

Hilyer stemde er wijs knikkend mee in. "We zullen op intieme voet verkeren met gezaghebbende lieden op velerlei terrein: antropologen van allerlei slag, esthetisch analisten, cultuurfilosofen, geleerden in de vergelijkende kunstgeschiedenis en de parallelle ontwikkeling, symbologen zoals wij zelf, en zelfs decaan Hutsenreiter zal aanwezig zijn. Het belooft een inspirerende aangelegenheid te worden."

"Ik zal erover denken," zei Jaro. "Op het ogenblik heb ik het zo druk dat ik me alleen maar bezig kan houden met mijn werk voor school en mijn oefeningen."

"Hm!" zei Hilyer. "Hoelang ben je van plan met die oefeningen door te gaan?"

Althea snoof en zei: "Totdat hij een arm onschuldig iemand kan verminken door hem alleen maar met een vinger aan te raken."

Jaro lachte. "Dat kan ik nu al. Wie wilden jullie verminkt hebben?"

"Wees alsjeblieft serieus," zei Hilyer. "Je zult uiteraard een doel voor ogen hebben."

"Dat ben ik met u eens," zei Jaro. "Maar op het ogenblik ben ik nog pas halverwege de stof en hoe meer ik leer, des te meer ik wil weten."

Hilyer zette zijn meest sarcastische stem op. "Ik hoop dat je nog iets van die opmerkelijke ijver over zult hebben voor je studie aan het Instituut."

4

Het trimester liep ten einde. Er was een korte vakantie van twee weken en toen was Jaro's laatste jaar aan het lyceum bijna achter de rug. De tijd verstreek snel. De belangrijkste gebeurtenis van het schooljaar, het

Dombrillion — een groots bal voor de schoolverlaters — zou een week voor de diploma-uitreiking plaatsvinden.

Het Dombrillion was een officieel schoolfeest en hield geen rekening met maatschappelijke verschillen, zodat in theorie iedereen, van de nederigste nixo tot en met de strevers die de hoge schappen bedwongen, in goede verstandhouding met elkaar konden verkeren; in de praktijk maakte elke vereniging plannen voor een groepje eigen tafels en schreven ze hun leden speciale kostuums voor.

De romantische bovenstroom van deze gelegenheid begon Jaro's verbeelding te kleuren. Hij kon het niet helpen dat hij een steek van verlangen voelde bij de gedachte aan de feesten en festiviteiten waarvan hij uitgesloten was. Maar dat was zijn eigen keuze, hield hij zich voor. Als hij het werkelijk wilde kon hij best de grote Maskerade bijwonen, zonder problemen. Als gezelschap waren de meisjes van de Buitenstaandersclub voorhanden; die boden een rijkgeschakeerde keus. De meisjes waren van allerlei allooi en omvatten nixo's, buitenwereldsen en provinciaaltjes en meisjes die het streven halverwege eraan hadden gegeven — een samenraapsel, waaronder zich onaangepaste en anarchistische meisjes, godsdienstfanaten en halve psychopaten bevonden.

De meeste meisjes waren best charmant; sommige konden onvoorspelbaar gedrag vertonen. Sommige zaten te kniezen, huilden, tierden of dansten met grote sprongen. Sommige maakten schunnige gebaren en maakten hun haar op in gelakte hoorns met gloeilampjes aan het uiteinde. Een meisje was een keer op een deftig bal verschenen in een uitdossing die slechts uit de kronkelingen van een tweekoppige slang bestond. Een ander meisje had, na overmatig drankgebruik, bulderende zeemansliedjes ten beste gegeven bij het orkest, ofschoon dat op dat ogenblik een stemmige passacaglia ten gehore bracht. Weer andere waren ongezeglijke wildebrassen. Uiteindelijk vond Jaro het maar beter elders een dame te zoeken, mocht hij inderdaad besluiten het Dombrillion bij te wonen.

De gedachte trok hem twee tegenovergestelde kanten uit; hij voelde wrang vermaak om het feit dat hij zo onlogisch was. Hoe kort het ook mocht duren, hij wilde een keer de geneugten van hoge ponteneur smaken, terwijl hij de ontberingen van het beklimmen van de schappen, van het ene wankele steunpunt naar het andere, wilde ontgaan. Het was, zo bedacht hij, een onredelijk verlangen dat hem ook ietwat misstond, maar hij kon het bestaan ervan niet negeren. Praktisch bezien, zou hij zich erbij moeten neerleggen en thuis moeten blijven, op het gevaar af een romantische herinnering mis te lopen. Jaro bleef zich er niet lekker bij voelen, welke kant zijn gedachten ook opgingen.

Een week voor Dombrillion kwamen de schoolverlaters traditioneel een middag bijeen voor gezellig samenzijn, het nemen van foto's, het tekenen van elkaars jaarboeken, het maken van plannen voor de zomer en in het algemeen om zich te vermeien in droefzoete herinneringen aan de gebeurtenissen van een tijdperk dat al voorbij was.

Het bezoek aan de middag was verplicht. Jaro kleedde zich netjes aan, ordende zijn dikke zwarte haardos en verscheen op de bijeenkomst. Het voorplein was vrolijk versierd voor de gelegenheid, met serpentines, vlaggetjes, zelfsturende torpedoballonnen en de blazoenen van wel dertig verenigingen. Rechts en links boden lange tafels taartjes, gebak, schuimwijn en vruchtenbowl.

Jaro tekende het register, bekeek het voorplein en ging toen aan de zijkant op een bankje zitten. Hij zou een poosje blijven en dan weer weggaan, even onopvallend als hij was gekomen.

Dat waren zijn plannen, die naar gelang de omstandigheden konden worden bijgesteld. Terwijl hij het komen en gaan van zijn jaargenoten gadesloeg begon hij zich licht te verwonderen. Ze zagen er geen van allen nog uit zoals hij zich herinnerde. Er had een gedaanteverandering plaatsgevonden: ze waren ouder geworden. Hij had ze bijna een jaar lang niet gezien. Ongetwijfeld zouden ze bij hem ook veranderingen opmerken als ze hem meer dan een voorbijgaande blik schonken. Maar niemand scheen hem te zien zitten, zo peinzend en alleen. Zou de schande van zijn vernedering nog aan hem kleven? Hoe dan ook, het maakte geen verschil. Jaro's lippen vertrokken in een lichte glimlach, maar het was geen vrolijk lachje.

Hij leunde achterover en sloeg de studenten gade die over het voorplein liepen. Hij zag Kosh niet, en Almer, Lonas of Hanafer evenmin. Lyssel kwam in zicht. Ze was opgegaan in een groep meisjes die op het voorplein bijeen stond gedromd. Toen zwierde de groep uiteen en daar was ze, lichtvoetig, bijna dansend van pret en opwinding. Ze droeg een charmant donkergroen jurkje met een korte plooirok en groene kniekousen. Jaro kon een steek van emotie niet bedwingen. Het was geen begeerte of het verlangen haar te bezitten — tenminste, niet helemaal — maar voornamelijk een wat trieste onrust. Lyssel vertegenwoordigde jeugd en leven en frivoliteit en al die fasen van het bestaan die hem door een of andere oorzaak waren ontzegd. Met al haar tekortkomingen was ze toch enorm bekoorlijk.

Jaro bleef naar haar kijken. Ze had hem niet gezien en het was duidelijk dat haar gedachten allesbehalve bij Jaro Fath waren, die rare nixo die Jaro de ruimtevaarder genoemd wilde worden. In Lyssels geval was er van heel weinig verandering sprake. Ze was nog steeds vrolijk, flamboyant en stralend, met die zwier die bij alle mannen, jong en oud, het verlangen deed opkomen haar stevig vast te pakken en zich te verdrinken in haar toverij.

Lyssel dacht aan iets heel belangrijks: eten en drinken! Ze maakte zich van haar vriendenschaar los en holde naar het buffet om een keus te maken uit de uitgestalde lekkernijen.

Jaro sprong overeind en slenterde het voorplein over. Toen Lyssel naar een hartig spiesje reikte, kwam haar elleboog ergens mee in aanraking — een menselijke arm. Ze keek achterom en verstarde op slag. Toen legde ze met sierlijke nadruk het spiesje op haar bord en zei tegen niemand in het bijzonder: "Ik geloof dat ik in tegenwoordigheid verkeer van de kluizenaar Jaro Fath."

Een stem antwoordde: "Ik ben Jaro wel, maar een kluizenaar ben ik niet."

Lyssel keek om. "Het is dus wel degelijk Jaro! En je bent wel degelijk een kluizenaar! Ik heb je in geen maanden gezien!"

Jaro lachte. "Ik heb *jou* ook in geen maanden gezien. Ben jij een kluizenaar?"

"Uiteraard niet!" Lyssel koos uit een schotel met allerhande schaaldieren een ingelegde boomkrab. "Ik ben druk aan het streven en studeren geweest en heb door de Gang der Seizoenen gebuiteld zoals de conventie voorschrijft, terwijl jij je in raadselen hebt gehuld."

"Mijn leven is allesbehalve raadselachtig geweest," zei Jaro. "Ik heb al mijn werk voor school thuis gedaan en in mijn vrije tijd werkte ik op de ruimtehaven."

"Echt waar? Je bent dus niet uit het zicht verdwenen vanwege die zaak met de Zwarte Engelen?"

"Niet rechtstreeks."

"Wat bedoel je daarmee?"

"Dat is te ingewikkeld om uit te leggen."

Lyssel haalde haar schouders op. Ze laadde haar bord vol en nam een roemer wijn; Jaro volgde haar voorbeeld en samen gingen ze op een bankje zitten.

Lyssel draaide zich naar Jaro toe; nooit hadden haar grote blauwe ogen onschuldiger gekeken. "Is het niet schandalig, de manier waarop mensen altijd het ergste van anderen denken?"

Jaro beaamde het. "Ja, schandalig."

"Ze zeggen namelijk dat jij je, nadat ze je de lurken gewassen hadden, te veel geneerde om in het openbaar te verschijnen en dat je je daarom al die tijd hebt schuilgehouden."

"Dat hebben ze mis," zei Jaro. "Maar ze mogen het gerust weer zeggen, wat mij betreft."

Lyssel kneep haar lippen op elkaar om niet te grijnzen. "Maar dat pak rammel zal je toch niet onberoerd hebben gelaten."

"Dat niet," gaf Jaro toe. "Het is moeilijk om netjes te blijven als de zaken niet gaan zoals je wilt."

Lyssel knikte wijs. "Ik vraag me af waarom je je vandaag hebt laten zien."

"Het is verplicht. Bovendien wilde ik het klassealbum ophalen."

"Waarom dat? Je bent van geen van de clubs lid en daar gaat het album nou juist over, als herinnering aan onze streverij."

Jaro haalde zijn schouders op. "Op een goeie dag, als ik tussen de buitenste sterrenhopen zwerf, kijk ik dat album nog eens in en dan zal ik me afvragen hoe ver al die hoopvolle gezichten de schappen opgeklommen zijn."

Lyssel trok een lelijk gezicht. "Wat een griezelige gedachte! Ik voel me er helemaal raar door, vanbinnen."

"Neem me niet kwalijk."

Nu werd Lyssel boos. "Je bent de meest merkwaardige persoon die ik ooit ben tegengekomen! Ik kijk naar je gezicht en al wat ik zie is een masker van raadsels!"

Jaro trok zijn wenkbrauwen op. "Ik zou hetzelfde kunnen zeggen van jou met al je geheimpjes."

Lyssel verkoos deze opmerking hooghartig te ontvangen. "Ik begrijp niet waar je het over hebt."

"Luister dan! Ik stel je een eenvoudige vraag die je niet kan misverstaan. Ben je bereid daar antwoord op te geven?"

"Misschien wel. Wat is de vraag?"

"Je wilde dat ik iets voor je deed. Wat was dat?"

Lyssel lachte. "Iets triviaals. En ik herinner me nu weer wat jij wilde dat ik daarvoor terugdeed."

"O! Ook iets triviaals?"

Lyssel schonk hem een van haar excentrieke grimassen. "Je wilde me verleiden en ik moest je clandestiene minnares worden. Is dat triviaal?"

Jaro schudde glimlachend zijn hoofd. "En heb je daar toen mee ingestemd?"

"Naar ik me herinner is er nooit iets besloten."

"En wat was het dan dat je van mij wilde?"

Lyssel haalde haar schouders op. "Het is al zo lang geleden."

"Dus de noodzaak bestaat niet meer?"

Lyssel tuitte haar lippen. "Dat heb ik niet gezegd. Misschien kun je me nog steeds helpen."

"Op dezelfde voorwaarden als toen?"

Nog steeds in haar frivole stemming, zei Lyssel: "Er is niets veranderd. Ik kan je niets vertellen en ik kan niets ondernemen als ik niet zeker van je ben, en dat ben ik niet."

Jaro stak zijn hand uit. "Kijk! Mijn vingers trillen niet meer!"

Lyssel stak hem haar lege bord toe. "Haal nog eens een glas wijn voor me, wil je. Terwijl je weg bent probeer ik na te denken."

Jaro bracht de borden naar het buffet en kwam terug met twee volle roemers wijn. "Zo, wat heb je besloten?"

"Ik ben nog aan het denken." Lyssel pakte de wijn aan, boog zich toen als in een opwelling naar Jaro toe en gaf hem een kus op zijn wang. "Dank je wel. Je bent echt aardig; ik heb besloten dat ik je graag mag."

Jaro zorgde ervoor zijn verbazing te verbergen. Wat was er nu weer voor idee bij Lyssel opgekomen, dat ze opeens zo zacht en warm en intiem deed? Waar wilde ze nu weer met hem heen?

"Alles daargelaten ben ik toch verbaasd dat ik je hier zie," zei Lyssel.

"Zo dramatisch is deze gelegenheid nu ook weer niet," zei Jaro.

"Ben je van plan naar het Dombrillion te gaan?"

"Waarschijnlijk niet. En jij? Ga je met Hanafer?"

"Nee, en dat heb ik hem heel duidelijk gemaakt. Hij is woedend, vooral omdat ik waarschijnlijk met Purley Walkenfuss ga, die hij ziet als zijn grote rivaal en die al een Misselijke Kip is."

Gevolg gevend aan een gewaagde ingeving stelde Jaro voor: "Misschien zou je met mij willen gaan."

Lyssel lachte ongelovig. "Wou je Hanafer een hartaanval bezorgen? Hij haat je nog steeds; het is een obsessie van hem. Als hij ons samen zag op het Dombrillion, dan sta ik niet in voor wat hij doet."

"Je wilt dus niet met mij gaan?"

Lyssel nam kleine slokjes van haar wijn terwijl ze over het voorplein staarde. Jaro wachtte en vroeg zich af wat die duizenden kleine brokjes waren die ze aaneenpaste om tot een besluit te komen. Langzaam draaide ze zich om en keek Jaro schattend aan. "Ik kan niet met jou naar het Dombrillion. Dat zou een groot schandaal geven, wat ik me niet veroorloven kan, net nu ik probeer bij de Ondankbare Luiden binnen te komen." Haar woorden stierven weg. Ze sprong op en kwam dicht bij Jaro staan, die ook overeind was gekomen. "Er schiet me net iets te binnen. Misschien is dat wel het beste ook. Vanavond speelt mijn nichtje Dorsen op een concert. Ik ben verplicht erbij te zijn. Jij kunt me daarheen begeleiden als je wilt. Dan kun je ook een paar familieleden van me ontmoeten, waaronder mijn oom Forby. Je zult hem vast wel mogen; hij is een Kahulibah en van niet gering belang. Na het concert wil mijn grootmoeder geloof ik een souper aanrichten ter ere van Dorsen."

"Dat klinkt me allemaal niet aantrekkelijk in de oren," zei Jaro.

Lyssel hield haar hoofdje schuin en schonk hem haar bekoorlijkste glimlachje. "Jaro! Ik kan niet met je naar het Dombrillion, maar je mag met me mee naar het concert en dat wordt heel fijn." Ze legde haar hand op zijn schouder en leunde een eindje naar hem toe. "Je zult het zien, daar zorg ik wel voor!"

"Hoe dan?"

Lyssel zei zachtjes: "Jaro toch! Moet je dat nog vragen?"

"Hm. Hoe laat zal ik je komen halen, en waar woon je?"

Lyssel aarzelde. "We moeten oppassen dat we mijn grootmoeder niet ontrieven; ze houdt er zeer strenge principes op na. Ik zal tegen haar zeggen dat je musicus bent en we ontmoeten elkaar gewoon op het conservatorium; dat staat achterin in het Pingareepark, naast het gedenkteken van Vax."

Jaro besloot dat het ogenblik daar was om de kracht en strekking van Lyssels bedoelingen eens te beproeven. Hij aarzelde, overwegend hoe hij het zou aanpakken.

Lyssel vatte de aard van zijn aarzeling verkeerd op. Half gedempte woorden kwamen in een stortvloed naar buiten. "Ik moet erbij zeggen dat het concert georganiseerd wordt door het Instituut. Niemand zal je daar een nixo noemen of een schmeltzer, maar je beweegt je wel op mijn maatschappelijk niveau en je kunt kennismaken met mijn bewonderenswaardige familie, allemaal lieden van beschaving en ponteneur. Ik hoop dat je blij bent met dat vooruitzicht."

Jaro's mond viel open. Toen lachte hij. "Je hebt het faliekant mis. Ik zou liever hebben dat je je familie en je ponteneur thuis liet. Ik wil je meenemen naar het Bergmeerhotel om gebakken vis te eten en Ouwe Jonge te drinken en zo veel mogelijk tijd in bed door te brengen."

"Jaro!" riep Lyssel. "Dat is volstrekte dromerij! Ik heb me al verplicht naar het concert te gaan!"

"Geen probleem," zei Jaro. "Na het concert verontschuldigen we ons en gaan we er saampjes vandoor. Mee eens?"

Lyssel trok een lelijk gezicht. "Oom Forby zal waarschijnlijk juist graag willen dat je bij het souper blijft."

Jaro schudde zijn hoofd. "Dat is niet logisch. Ik ken je oom Forby niet. Maar zeg op, ik moet het weten! Wordt het ja of nee?"

Lyssel zuchtte, wierp haar hoofd achterover zodat haar graangele krullen over haar schouders vielen en schonk hem een blik van treurig verwijt. "Heb je er zo dringend behoefte aan ons in intimiteit te verwikkelen, dat je bereid bent het risico van een schandaal naast je neer te leggen?"

Jaro zweeg even en dacht na en zei toen: "Niet tenzij jij er ook toe bereid bent."

Lyssel wist niet hoe ze het had. Ze beet op haar lip. "Ik weet niet wat ik zeggen moet."

"Het risico kan tot vrijwel nul worden teruggebracht," zei Jaro. "Er zijn vervelender manieren om een avond door te brengen, zoals je waarschijnlijk zelf wel weet."

"Dat is geen erg flatteus argument, Jaro. Kun je je niet wat galanter uitdrukken?"

"Ik kan je een paar harde feiten noemen."

"O? En wat zijn die feiten dan wel?"

"Ik heb geen behoefte aan jouw familie, of aan je oom Forby of aan het spel van je nichtje of het souper van je grootmoeder. Wat ik wil dat ben jij."

"Jaro, je bent ronduit primitief, je lijkt wel een van onze voorouders, zo'n lomp holenmens. En als ik nou nee zeg?"

"Dan zeg ik nee tegen het concert, aangezien ik er geen behoefte aan heb met je familie kennis te maken."

Lyssel zuchtte. "Laat me even denken. Nou ja, ik kan waarschijnlijk wel onder dat souper uit komen met een of ander voorwendsel."

Jaro wist nu dat het haar oprechte, dringende wens was dat hij met Forby Mildoon zou kennismaken, om nog onopgehelderde redenen. Zou ze zelfs bereid zijn met hem te vrijen om haar oogmerk te behalen? Misschien was ze kuis — of half kuis — en misschien ook niet, maar mannen bewust het hoofd op hol brengen deed ze zeker, en om haar behoefde hij geen scrupules te hebben; Lyssel zou alleen maar doen wat Lyssel het best beviel. Alles bij elkaar was het wel een vermakelijk spelletje. "Dus wat wordt het nu? Ja of nee?"

Lyssel knikte, maar Jaro vermoedde dat ze al slagen om de arm en beperkingen aan het inbouwen was voor als het nodig mocht zijn.

Door een van de boogpoortjes kwam Hanafer met een groepje vrienden het voorplein op. Lyssel zag hen en glimlachte droevig. "Er is vanavond een feestje bij de Madelieven. Hanafer wou dat ik ook kwam. Ik heb geweigerd vanwege het concert. Als hij erachter zou komen dat jij daar met mij heen bent geweest, en dat we na afloop samen weg zijn gegaan, dan zou hij van streek raken. Maar maak je geen zorgen — hij komt er niet achter; niet door mijn toedoen in elk geval."

Jaro keek het voorplein over. "Daar is hij. Vertel hem maar net zoveel als je wilt."

Lyssel keek hem geschrokken aan. "Je wilt toch zeker niet dat ik het hem vertel?"

"Mij maakt het niet uit. Misschien vertel ik het hem zelf wel."

Hanafer ging naar de inschrijftafel en voegde zich toen weer bij zijn vrienden. Na een paar plagende opmerkingen over en weer liep hij in de richting van het buffet. Hij zag Lyssel en Jaro en bleef stokstijf staan. Het tweetal stond veel intiemer bij elkaar dan hij smaakvol of passend achtte.

Hanafers goudblonde wenkbrauwen gingen omhoog, hij stak zijn kaak vooruit en riep: "Hé daar, schmeltzer! Jij schijnt het maar niet te kunnen leren! Je graast alweer op de hooglanden! Zie je het bord niet? Er staat: 'Verboden toegang voor grakkers, fleupen, leppers en schmeltzers!' Dus smeer hem; wees een braaf klein etterstrankje en maak als een speer dat je wegkomt. Vooruit! Smeer hem!"

"Hanafer is echt niet meer te genieten," zei Jaro tegen Lyssel.

Lyssel slaakte een zenuwachtig lachje. "Hanafer wil gewoon zijn zin doordrijven. Ga maar liever. Bel me straks als ik thuis ben."

Jaro schudde zijn hoofd. "Althea Fath heeft me uitgelegd hoe ik dergelijke situaties moet aanpakken. Ik moet Hanafer verzekeren dat ik geen kwaad jegens hem in de zin heb en hem uiteenzetten wat voor destructieve macht woede is. Hanafer zal dan zijn vergissing inzien en zijn verontschuldigingen aanbieden."

"Probeer het maar, als je wilt," zei Lyssel. "Daar komt hij."

Hanafer beende het voorplein over. Hij bleef staan, wierp Jaro een enkele schuinse blik toe en pakte toen Lyssel bij de arm. "Lyssie, laten we hier weggaan. Ik kan de stank van schmeltzers niet uitstaan; ik dacht dat ik je dat duidelijk genoeg had gemaakt."

Lyssel trok haar arm los. "Hanafer, alsjeblieft! Ik word het echt beu zo heen en weer te worden gesleurd."

"Neem me niet kwalijk! Maar laten we even ergens gaan zitten met een glas wijn om onze plannen voor het Dombrillion te bespreken."

"Bespaar je de moeite," zei Jaro. "Lyssel gaat met mij naar het Dombrillion."

Hanafers gezicht verslapte van onbegrip. Jaro vervolgde. "En voor vanavond hebben we ook al plannen."

"En wat gebeurt er dan wel vanavond?" vroeg Hanafer, met een neuzige stem, zwaar van dreiging.

"Een concert op het conservatorium, Hanafer; iets wat jouw

verstandelijke vermogens te boven gaat. Daarna rijden we waarschijn-lijk ergens heen voor een middernachtelijk soupertje."

Lyssel slaakte een verstikt lachje. "Prachtig! Maar plaag die arme Hanafer niet zo; hij is al kwaad genoeg."

"Je gaat dus inderdaad naar dat concert met die gaggelbuil?"

"Echt, Hanafer, daar heb jij niets mee te maken. Ik wou dat je je eens een keertje behoorlijk gedroeg."

Hanafer balde zijn vuisten tot tweemaal toe en beende toen weg. Lyssel keek hem na. Zachtjes zei ze op peinzende toon: "Je hebt iets heel onbekookts gedaan."

"O ja? Wat dan?"

"Je hebt iets in gang gezet dat je niet meer kunt tegenhouden."

Hanafer had zich weer bij zijn kameraden gevoegd; het viertal stond nu te mompelen en wierp nu en dan een blik in Jaro's richting.

Lyssel huiverde. "Het zijn net beesten en ze hebben niets goeds in de zin. Ben je niet bang?"

"Op het ogenblik niet. Waar zie ik je vanavond? En wat moet ik aan?"

Lyssel gaf hem ietwat weifelend aanwijzingen. "Ik weet opeens niet of het wel zo'n goed idee is. Mijn moeder is buitengewoon beschaafd dus die zal geen moeilijkheden maken. Maar mijn grootmoeder is zo heerszuchtig dat ik haar een keer een statige oude Lemuriaan heb zien geringschatten en alleen maar omdat hij een roomsoesje van het blad nam, in plaats van een toastje ansjovisboter. Wat je kleding betreft, het veiligst is zwart, met een eenvoudige Belminster pantalon. Draag vooral niets groens of iets met oranje spikkels. Wees keurig en beleefd en vergeet niet dat je musicus bent."

Jaro kneep zijn lippen op elkaar. "Ik krijg het gevoel dat ik straks op eieren moet lopen."

Lyssel kwam dichter naar hem toe. "Nee, Jaro! Het is vanavond, vanavond! Ik ben zo opgewonden! Maar het moet allemaal prettig ver-lopen en het moet goed gaan tussen jou en oom Forby."

"Goed dan," zei Jaro. "Vanavond zal ik alle aspecten van hoge eti-quette tentoonspreiden. Ik zal toastjes ansjovisboter eten en niet mijn nieuwe groene stropdas dragen! Als bijdrage tot de conversatie zal ik de suanola beschrijven en misschien de kwaakhoorn van Tawn Maihac."

Lyssel zei haastig: "Wees nou maar aardig tegen oom Forby; hij kan een waardevolle vriend voor je zijn."

"Ik zal mijn best doen. Dan neem ik nu afscheid. Staat Hanafer naar ons te kijken?"

"Hij doet de hele tijd niet anders."

Jaro sloeg zijn armen om Lyssel heen en kuste haar. Eerst verstarde ze, toen vleide ze zich tegen hem aan.

"Dat heb ik al jaren willen doen," zei Jaro.

Lyssel grijnsde naar hem op. "Het zou fijner zijn geweest als je het niet had gedaan om Hanafer te pesten."

"Hanafer heeft het niet eens gezien," zei Jaro. Hij wilde haar opnieuw zoenen, maar ze hield hem van zich af. "Hanafer heeft alles gezien — net als alle anderen." Lyssel deed een stap naar achteren en gleed uit Jaro's armen. "Een kus kan nog worden verklaard als afscheidsgroet tussen vrienden; een beetje sentimenteel natuurlijk, maar geen reden tot opwinding. Twee kussen betekent dat de kussenden het prettig vinden. Drie kussen beduidt een schandaal."

"Telde Hanafer mee?"

"Heel nauwlettend, maar nu slentert hij weg. Hm. Merkwaardig. Hanafer heeft eerder de reputatie dat hij bruuske opmerkingen maakt." Ze wierp Jaro een zijdelingse blik toe. "Ik vrees dat je zijn gevoelens hebt bezeerd, arme Hanafer."

"Hanafer moet maar stoïcijnser worden," zei Jaro.

Lyssel keek de andere kant op. Zachtjes zei ze: "Soms maak je me bang."

5

Toen Jaro Lyssel vroeg in de middag opbelde, antwoordde ze traag en aarzelend, alsof ze een reeks onvoorziene moeilijkheden het hoofd moest bieden.

"Het hele huis staat op stelten," zei ze somber tegen Jaro. "Oom Forby is nergens te vinden; kennelijk zit hij in een belangrijke vergadering en niemand weet wanneer hij weer vrij is. Grootmoeder verkeert in staat van explosie, en dat betekent dat we allemaal op onze tenen lopen." Lyssel legde vervolgens uit dat Jaro's functie als begeleider min of meer nominaal was geworden, gezien de bijzondere omstandigheden.

"Met 'bijzondere omstandigheden' bedoel je je grootmoeder?"

"Ik vrees het wel. Tante Dulcie had het feestje georganiseerd, maar het was allemaal niet naar grootmoeders zin en nu is ze binnen komen stormen als een dolle stier en heeft alles omgegooid. Maar het concert gaat door, dus mijn aandeel in onze afspraak ben ik nagekomen."

Jaro begreep het niet. "Wat voor afspraak was dat dan? En hoe kan die met zulk groot gemak worden nagekomen?"

"Alsjeblieft Jaro, doe niet zo vervelend. Jij wilde mij begeleiden en dat heb ik geregeld. Nou moet je goed luisteren. Het plan verloopt min of meer zoals eerst. Joffer Vinzie — mijn grootmoeder — wil op de koop toe vanavond de verjaardag van tante Zelda vieren. De familie komt voor een avondaperitief bijeen op Primaeo, joffer Vinzie's buiten op de Larningdalerheuvel, en gaat vandaar naar het conservatorium, achter in het Pingareepark. Na afloop van het concert gaat de familie terug naar Primaeo voor een intiem familiesouper."

"En waar pas ik in dat rooster?" vroeg Jaro.

"Het gaat allemaal niet zo glad als ik gehoopt had, vooral nu oom Forby niet te vinden is. Maar je kunt ons opwachten in de foyer van het conservatorium. Ik zal je voorstellen als musicus en dan zul je ongetwijfeld worden uitgenodigd je bij de groep aan te sluiten in de loge van joffer Vinzie. Misschien mag je zelfs naast me zitten; dat hangt ervan af of joffer Vinzie je ziet als een nixo en een melkmuil, of als een bonafide student exotische muziek." Lyssel zette verder uiteen dat Jaro zich met onberispelijke beschaving diende te gedragen aangezien de andere leden van het gezelschap alles wat hij deed zouden gadeslaan. Lyssel zou zijn gebrek aan ponteneur stilletjes uitleggen door te wijzen op zijn verwantschap met de hoogleraren Hilyer en Althea Fath, die golden als gezaghebbende deskundigen met interwerelds prestige. Lyssel zou misschien ook nog laten vallen dat Jaro voornemens was de muziek van verloren volksstammen op afgelegen werelden te verkennen. "Hoe dan ook," zei Lyssel, ietwat scherp, "je dient bescheiden en discreet te zijn en niet uit te weiden over eigen particuliere theorieën. Op die manier ontglip je misschien de achterdocht van joffer Vinzie, hoewel er geen schijn van kans op is dat ze je uitnodigt voor het soupertje."

Wat haar moeder, joffer Ida Binnoc, betrof, ried Lyssel Jaro aan geen enkele opmerking van haar kant te bestrijden, aangezien hij anders zou worden gekenschetst als een 'aanmatigend uilskuiken'.

Jaro vond dat Lyssel koel en afstandelijk klonk, alsof ze het uitje nu al betreurde en vreesde voor de goede afloop. Hij vroeg zich af of hij Lyssels toezegging om na het concert stilletjes met hem weg te gaan nog te berde zou brengen. Hij besloot er niets over te zeggen. Het hele idee was trouwens toch niet meer geweest dan een zeepbel vol droomgas, waarvan noch hij, noch Lyssel, werkelijk geloofd hadden dat het te pas zou komen. Lyssel was waarschijnlijk uiterst vaardig in het doen van dergelijke flinterdunne beloftes, die ze heel opwindend vond, maar die ze niet van plan was ooit te houden.

Jaro zuchtte en haalde zijn schouders op. Als Lyssel zich aan een persoonlijke verhouding onttrok was dat waarschijnlijk maar beter ook. Lyssel was knap, maar haar manier van denken spoorde volstrekt niet met de zijne. Het was opvallend, bedacht hij, dat toen ze van huis af belde, die onverantwoordelijke jeugdige uitgelatenheid en al haar verwijzingen naar seksuele uitspattingen hadden ontbroken, waardoor er een persoonlijkheid overbleef die een behoedzame en berekenende indruk maakte. Hij dacht terug aan zijn tijd op de Langolenschool. Lyssel was knap en uitdagend en verlokkend geweest; ze was niet veel veranderd, alleen wat intenser van smaak geworden. Maar zelfs toen had ze hem nooit zo geboeid als Skirlet Hutsenreiter en als Skirlet verscheen leek Lyssel kleintjes te worden en te verbleken. Merkwaardig! Jaro dacht terug aan die tijd van jaren geleden. Die lieve, dappere kleine Skirlet! Wat was er van haar geworden? Ze was uit Thanet vertrokken en er was niets meer van haar vernomen.

De middag verstreek.

Lyssel belde Jaro met een paar allerlaatste instructies. Ze klonk bezorgder en meer gespannen dan ooit en maakte zich nog steeds zorgen om haar oom. "Hij heeft ons gebeld en het is reuze vervelend, aangezien grootmoeder alles altijd tot in de puntjes geregeld wil hebben."

"Waarschijnlijk heeft hij vrienden ontmoet op de club," zei Jaro.

"Hij heeft een belangrijke zaak aan de hand, maar dat zou alleen maar een formaliteit zijn en vanavond zouden we de goede afloop vieren. Nou ja, doet er niet toe. Je komt nog steeds, neem ik aan?" Lyssel klonk verre van enthousiast, alsof ze hoopte dat Jaro een reden zou verzinnen om af te zeggen.

"Ik zal er heel beslist zijn," verzekerde Jaro haar.

Er viel een korte stilte en toen zei ze: "Goed dan, hoewel ik je misschien weinig aandacht zal kunnen geven. Om je de waarheid te zeggen, als oom Forby er niet bij is om het ijs te breken..." ze maakte haar zin niet af.

Toen zei ze: "Het wordt misschien een beetje moeilijk aangezien mijn moeder en mijn grootmoeder allebei erg staan op maatschappelijke status."

"Dat is prima," zei Jaro. "Ik heb andere redenen om erbij te willen zijn."

"Wat voor redenen zijn dat?" vroeg Lyssel achterdochtig.

"Misschien vertel ik je dat nog weleens."

"Hm. Goed dan, maar wees wel op tijd, want ik kan niet op je wachten, geen seconde."

"Ik zal er zijn."

6

Jaro kleedde zich met zorg en liet alle opvallende uiterlijkheden achterwege die men misschien als fatterig zou beschouwen. Hij reed met de kleine wagen die het gezin om beurten gebruikte naar Thanet, maar aangezien hij geen lid was van de bond Pro Arte, was hij gedwongen hem te parkeren op de openbare parkeerplaats achter het Instituut om vervolgens te voet door het Pingareepark naar het conservatorium te gaan.

Na enige tijd betrad Lyssel met haar gezelschap de foyer. Jaro kwam naar voren en werd voorgesteld, waarbij het gezelschap ternauwernood de pas vertraagde om de geijkte beleefdheidsfrasen te wisselen. Maar het ging allemaal goed, dacht Jaro. Geen wantrouwig aan de tand voelen, geen hooghartige blikken —ja, de geduchte joffer Vinzie merkte hem amper op. Joffer Ida, Lyssels moeder, nam hem van hoofd tot voeten op met een blik die doordringend was maar niet vijandig. De rest van de groep trok zich niets van hem aan. Forby Mildoon schitterde door afwezigheid. Misschien kwam het daardoor dat joffer Vinzie, joffer Ida en Lyssel gespannen, somber en verbeten oogden. Jaro begreep dat zijn optreden zowel hoffelijk als onopvallend diende te zijn, wilde hij een prettige avond beleven, en moest een beetje schaapachtig glimlachen om zijn eigen dubbelhartigheid.

De groep betrad de conservatoriumzaal, met Jaro en Lyssel achteraan. Ze liepen meteen door naar de loge; even heerste er drukte en verwarring terwijl de schorre stem van joffer Vinzie door de zaal schalde. Jaro zocht onopvallend een plaatsje naast Lyssel, tegen de zijwand van de loge, waar niemand hem scheen op te merken. Lyssel gedroeg zich erg afstandelijk. Jaro zat er rustig bij, nam het gezelschap eens goed op en vroeg zich af wat er gebeurd kon zijn, dat Lyssels stemming zo opvallend was omgeslagen. Haar gezicht was bleek en smalletjes, maar ze zag er zoals gewoonlijk stemmig en sierlijk uit in een donkerblauwe japon, versierd met een paar zedige roze en witte strepen. Rond haar hoofd droeg ze een haarband met borduursel in donkerrood en blauw, met op het voorhoofd een cabochon geslepen maansteen.

Het gezelschap installeerde zich terwijl joffer Vinzie haar omgeving opnam en haar mening niet onder stoelen of banken stak. Na een poosje bloeide er een gepaste conversatie op, waarbij het zelfs Jaro werd veroorloofd een paar zinnen te zeggen. Hij gedroeg zich met zoveel welvoeglijkheid dat zelfs joffer Ida, met haar arendsblik aan de andere kant van Lyssel gezeten, geen reden tot kritiek kon ontdekken. Joffer Ida was een rijpe matrone, ietwat kort van stuk, met een modieuze boezem, een roomblanke huid en roze krulletjes. Ze was zo smetteloos verzorgd dat ze bijna leek te glimmen, alsof ze zo tussen de bladzijden van een modeblad was uitgestapt. Daar, zo dacht Jaro, zit Lyssel, over een aantal jaren, als haar jeugd vervlogen is.

Joffer Ida richtte zich, zoals iedereen, naar joffer Vinzie, een bijzonder forse en lelijke vrouw met een zwaar bovenlijf, lange magere armen en benen en brede, bottige heupen. Een kransje staalgrijs haar omgaf haar schedel en haar gezicht was bezaaid met roestkleurige vlekken. Haar trekken waren fors, grof en platvloers: haar wenkbrauwen staken een heel eind uit boven haar diepliggende nijdige ogen, leerachtige huidplooien drapeerden zich langs haar wangen en hingen af tot beneden haar kaak, terwijl haar neus met een grote bocht omlaagdook en tot voorbij haar bovenlip reikte. Desondanks straalde joffer Vinzie zo'n vitaliteit en bravoure uit, dat haar lelijkheid een positief iets werd en ieders geboeide aandacht opeiste. Haar stem, die luid en bars klonk, was een ware voorloper voor haar persoonlijkheid; haar meest intieme en vertrouwelijke opmerkingen konden aan de andere kant van de zaal worden verstaan, hoewel dat haar overduidelijk geen sikkepit kon schelen. Omgeven door haar verwanten leek ze wel een oermatriarch, riekend naar mana. Jaro vond dat er een geur van haar afsloeg als van het karkas van een enorm bottig beest dat is opgehangen om te besterven. Jaro keek van joffer Vinzie naar joffer Ida en ten slotte naar Lyssel. Drie generaties, drie vrouwen op een rijtje! Als hij goed keek kon hij de onderlinge gelijkenis bespeuren, hoe grotesk die gedachte ook mocht zijn. Nooit zou hij zich meer laten prikkelen door Lyssels bekoorlijkheden, dacht hij.

Lyssel, die zijn aandacht opmerkte, fluisterde: "Daar! Nou heb je kennisgemaakt met mijn familie; zijn ze niet fantastisch? Mijn moeder is net een schattig popje, zo kieskeurig en zo mooi, en iedereen zegt dat joffer Vinzie werkelijk groots is."

Jaro sneed een ander onderwerp aan. "Waar is je oom?"

Lyssels kortdurende levendigheid verdween en haar gezicht leek spichtiger dan ooit. "Hij heeft vandaag een tegenvaller te verduren gekregen en daarom is hij nu ziek."

"Wat is hem dan gebeurd?"

Lyssel kneep haar lippen opeen. "Hij is bedrogen door die afschuwelijke Gilfong Rute, wat ons allemaal duur te staan is gekomen."

"Jullie allemaal?"

Lyssel zoog haar wangen hol en stak haar gezicht naar voren zodat haar neus de lucht in priemde; heel even zag Jaro een wazige, onduidelijke tekening van joffer Vinzie, uitgevoerd in bleke pasteltinten. Het beeld verdween even snel als het opgekomen was. Jaro's adem stokte; doodstil en krachteloos bleef hij zitten. Hij zou Lyssel nu niet meer willen hebben, al kreeg hij haar naakt cadeau in een badkuip vol slagroom.

"We delen allemaal in oom Forby's smart," zei Lyssel en keek snel de andere kant op.

Joffer Vinzie merkte Jaro nu voor het eerst op. Ze onderwierp hem vijf seconden lang aan een onderzoekende blik en toen had hij afgedaan; net als een visser een onbruikbare vis terugwerpt in het water.

Jaro keek in zijn programma waar hij las:

Vanavond voeren de Tala-Lala Vinkers een groep
geïnspireerde muzikale begoochelingen uit, naar de trant
van de vijf Herauten van de Nieuwe Tijd, gevolgd door
een samenvatting waarin een verblindend expressieve
eenheid wordt geschapen.

Toen Jaro verder las ontdekte hij dat het programma, ondanks de verfijnde precisie van de klankpatronen, mogelijk niet grif toegankelijk was voor de onvoorbereide toehoorder.

Het kwintet kwam op, zette zich en begon de instrumenten te stemmen. Telkens als Jaro een concert met echte musici bijwoonde, bleek dat de periode te zijn waarvan hij het meest genoot; de losse tonen die nog zo schril klonken en werden bijgesteld zodat ze steeds zoeter en betekenisvoller werden naarmate ze de harmonie naderden, terwijl er een opwindende, aangename spanning werd opgebouwd.

De muziek begon. Jaro erkende al snel zijn nederlaag. De 'begoochelingen' gingen zijn verstand te boven, in alle richtingen tegelijk. In de pauze verklaarde joffer Vinzie dat alleen het meesterlijk spel van haar kleindochter Dorsen dat kattengejammer draaglijk maakte. Dankzij de prima akoestiek van de zaal bereikte haar opmerking ieders oor.

Jaro hield zijn mening voor zich, hoewel hij behoedzaam instemde met joffer Ida, dat de muziek ietwat ondoordringbaar overkwam. Dorsen kwam naar de loge met een collega-musicus, een sombere jonge tamurettspeler die de muziek aan joffer Ida probeerde te verklaren. "U hoort hier materiaal van een zeer bijzondere aard. Ik geef toe dat niemand onze melodieën zal fluiten als hij de zaal verlaat. De klanken zijn niet bedoeld te functioneren als zodanig, maar als begrenzingen of vattingen, die de lege stiltes daartussen vormgeven. Het is in het tegenover elkaar stellen van deze zogeheten 'lege stiltes' en in de spanning van hun interactie dat men de ware schoonheid van deze muziek vindt."

Joffer Ida zei dat de muziek ongetwijfeld de moeite waard zou zijn — want anders zou niemand haar spelen, natuurlijk — maar dat hij haar begrip desondanks te boven ging. Jaro meende dat hij veilig kon verklaren dat hij haar mening deelde, maar niemand lette erop. Joffer Vinzie vroeg zich hardop af waarom de musici niet gewoon hun instrumenten wegborgen en het publiek de kans gaven van stilte in haar zuiverste vorm te genieten.

De muziek begon opnieuw en het publiek luisterde braaf. Na afloop van het concert marcheerde joffer Vinzie de loge uit, gevolgd door de rest van haar gezelschap, met Jaro als hekkensluiter. In de foyer bleef joffer Vinzie nog even staan om zich met een paar kennissen te onderhouden. Jaro en Lyssel liepen naar het bordes om daar te wachten. Lyssel zei: "De muziek was wel grandioos, vind je ook niet? Ik hoop dat je ervan genoten hebt. Het is echt een bijzondere avond voor je geweest, zou ik zo denken. Je hebt kennis kunnen maken met mijn moeder die een Bustamonte is en je bent voorgesteld aan joffer Vinzie, wat echt een eer is. Ze is een Sasselton Tijger en wordt grotelijks bewonderd. Je mag me wel heel erg dankbaar zijn."

"Dankbaar? Waarvoor?" wilde Jaro, plotseling verontwaardigd, weten. "Je hebt me gedwongen naar die muziek te luisteren en wat meer is: in aanwezigheid van die oude feeks. Toen ik links van je moeder wilde gaan zitten pakte ze nadrukkelijk haar handtasje en zette het rechts van zich. Dacht je dat je mij een gunst bewezen had? Volgens mij heb je me er afgrijselijk tussen genomen!"

Lyssel werd nu ook woedend. Ze maaide met haar armen en stampvoette. "Waarom ben je dan gekomen?"

"Daar had ik mijn reden voor."

"O ja? Wat voor reden?"

"Daar maken onze oorspronkelijke plannen voor vanavond geen deel van uit. Dat kan ik je met de hand op het hart verzekeren, aangezien ik nooit in jouw beloftes geloofd heb. Ik weet te goed hoe je bent."

Lyssel wierp snelle blikken om zich heen. "Stil toch! Je gedraagt je ordinair, iedereen staat naar je te kijken."

Joffer Vinzie kwam uit de foyer tevoorschijn. Ze zeilde langs Jaro heen alsof hij nooit bestaan had. Joffer Ida schonk hem een kort knikje en snelde toen ook weg. Lyssel riep: "Alles staat vandaag op zijn kop! Ik weet niet wat ik doen moet. Goeienacht!"

Lyssel draafde de anderen achterna. Het groepje stapte in het statige oude voertuig dat voor het bordes stond te wachten. Het reed plechtig de oprijlaan af en verdween in de duisternis van het Pingareepark, Jaro in zijn eentje op de trappen achterlatend. Hij wachtte nog een poosje terwijl het publiek naar buiten kwam en vertrok. Achter hem werd de verlichting van het conservatorium gedoofd. Alleen de eeuwige vlam in de bronzen lantaarn verlichtte het bordes nu nog.

Jaro trok zijn schouders op tegen de mistslierten die omlaag kwamen van de Vaxerberg en tussen de bomen van het park dreven. Hij daalde de treden af en ging op weg naar waar hij de wagen had geparkeerd. Het voetpad door het park slingerde zich met grote lussen tussen oude jeneverbessen, ceders, madrones en vele inheemse boomsoorten door. Het bladerdak boven hem onttrok de sterren aan het zicht; een zwak schijnsel, afkomstig van een paar lantaarns op het parkeerterrein, drong tussen de bomen door.

Jaro liep ongehaast een meter of vijftig het pad op. Hij bleef staan en luisterde. Niets, alleen het suizen van de wind door de bomen.

Jaro liep nog een eindje verder en bleef opnieuw staan. Hij siste ongeduldig tussen zijn tanden. Was hij gedwongen geweest die 'Vinkers' uit te zitten en de nabijheid van joffer Vinzie en joffer Ida te verduren — en dat allemaal voor niets? Eindelijk hoorde hij wat hij verwacht had: het zachte ploffen van haastige voeten.

Jaro glimlachte zacht en peinzend, deed zijn jasje uit en nam het onder zijn arm. Hij luisterde opnieuw. De voetstappen klonken nu luider; Jaro kon wiegende zwarte vleugels en zwierende zwarte gewaden ontwaren. Hij legde zijn jasje keurig op de aarde langs de kant van de weg, draaide zich om en wachtte af.

7

De volgende ochtend was er bericht over een uiterst merkwaardig en dramatisch gebeuren. Het scheen dat vier jongelui, laatstejaars van het lyceum, waren uitgegaan met een of andere dolle streek als oogmerk, want ze droegen de rituele gewaden van de Zwarte Engelen der Boete. Maar hun luchthartige escapade was rampzalig afgelopen. In het Pingareepark was een middernachtelijk wandelaar op de deerlijk buiten gevecht gestelde lichamen van de vier branies gestoten.

De slachtoffers waren alle vier vooraanstaande studenten aan het lyceum, van goede ponteneur en voortreffelijk maatschappelijk aanzien. Hun namen waren Hanafer Glackenshaw, Kosh Ditzenbocker, Almer Culp en Lonas Fanchetto. Ze waren gevieren overvallen door een bende geweldenaars en ongenadig afgeranseld. Zwaar letsel was hun zonder uitzondering ten deel gevallen: gebroken botten, verbrijzelde knieschijven en ellebooggewrichten, meervoudige breuken, blauwe plekken en kneuzingen. Verder had het groepje een hoeveelheid ontharingsmiddel bij zich gehad, met vooralsnog alleen aan henzelf bekende bestemming. Deze substantie was op hun eigen hoofden uitgesmeerd, met gevolg dat ze allen nu zo kaal waren als een knikker en dat de eerstkomende jaren zouden blijven ook.

Inspecteur Gandeth was nog niet in staat geweest getuigenverklaringen van de slachtoffers te horen. Zijn uitspraken tegenover de pers benadrukten zijn persoonlijke verontwaardiging. "Het schijnt dat de vier jongelui op weg waren om een jolige streek uit te halen toen ze een bende vandalen tegenkwamen, die zich met ongekende gewelddadigheid op hen hebben uitgeleefd. Dergelijk gedrag kunnen wij niet tolereren! Weest ervan overtuigd dat wij de daders voor de rechtbank zullen slepen, zonder aanzien des persoons. Zodra het mogelijk is zal ik de slachtoffers horen en me van de feiten vergewissen; op het ogenblik verkeren ze onder invloed van kalmerende middelen. Het ziet ernaar uit dat ze nog minstens drie weken in het ziekenhuis zullen moeten blijven. De jongelui zouden volgende week hun einddiploma van het lyceum ontvangen. Hun deelname aan de ceremonie is nu uiteraard onmogelijk geworden."

Twee dagen later kwam het bericht dat Hanafer Glackenshaw weer zodanig hersteld was dat hij kon spreken, maar hij scheen zo gedemoraliseerd te zijn door de hele episode dat hij niet in staat was een samenhangend relaas van de overval te doen. Hetzelfde bleek op te gaan voor de andere slachtoffers, zodat de politie uiteindelijk begon te vermoeden dat er het een en ander werd verzwegen. Geërgerd trok men de handen van de zaak af. De vier waren Zwarte Engelen der Boete en kennelijk waren ze zelf bij illegale streken betrokken en daar bleef het verder dus bij.

HOOFDSTUK X

1

DE VOLGENDE OCHTEND, toen de Faths aan het ontbijt zaten, kwam op het telescherm het bericht over de wandaden die waren begaan aan de Zwarte Engelen die 's nachts op jool uit waren geweest in het Pingareepark. Het was een daad van doortrapte wreedheid geweest, verklaarde de nieuwslezer. De Zwarte Engelen zouden elk nog weken-lang in het ziekenhuis moeten blijven.

Hilyer en Althea waren beiden ontzet door het nieuws. Hilyer zei: "Ik weet niet wie men het ergst moet verfoeien — de Zwarte Engelen of de boeven die hen zo gemeen hebben afgeranseld."

"Ze zijn allebei slecht," zei Althea. "Ze leven voor geweld! Pijn is hun wachtwoord!" Ze keek naar Jaro die braaf zat te ontbijten aan de overkant van de tafel. "Is dit nu niet voldoende om je ertoe te brengen van die akelige oefeningen af te zien?"

"Helemaal niet," zei Jaro. "Die oefeningen zijn ter bescherming. Mijn uithoudingsvermogen wordt er door vergroot. Als ik word aangevallen kan ik heel hard wegrennen en dan kan geen enkele boef me ooit vangen."

Althea keek hem twijfelend aan. Hilyer zei: "Hij maakt een grapje. Een flauw grapje, mag ik wel zeggen."

"Ik hoop dat je die voorsprong nooit nodig zult hebben, grapje of geen grapje," zei Althea vanuit de grond van haar hart.

Hilyer sneed een ander onderwerp aan. "Ik hoorde gisteren een buitengewoon interessant gerucht. Wil je het horen?"

"Natuurlijk," zei Althea. "Is het een schandaaltje?"

"Het is vreemd en triest ook. Je herinnert je dat het oude Geelvogel-terrein een paar jaar geleden is verkocht?"

"Ja, natuurlijk. Dat was toen het eigendom van decaan Hutsenreiter, die waarschijnlijk goed in de boot genomen is."

"De makelaar was Forby Mildoon. Hij verkocht het land aan de NV Fidol. Gilfong Rute bezat tachtig procent van de aandelen en Forby Mildoon kreeg de resterende twintig procent. Gisteren maakte Fidol bekend dat het Geelvogelterrein was doorverkocht aan Lumilar Vistas, een maatschappij waarvan Rute enig eigenaar is. De koopprijs was vastgesteld door een taxateur die het gebied als wildernis beoordeelde, zodat Mildoons twintig procent hem maar heel weinig opleverde. Het was een geheime overeenkomst; Mildoon hoorde er gistermiddag van, tot zijn grote verontwaardiging. Hij is naar Rute's club gegaan en heeft hem met een proces gedreigd, waar Rute zich volstrekt niets van aantrok. Mildoon raakte zijn bezinning kwijt. Hij trok Rute aan diens baard en sloeg hem op het hoofd met een opgerolde krant. Rute keerde hem met een glimlach van soepele waardigheid de rug toe terwijl Mildoon uit het pand werd verwijderd. Nu staat hem een berisping te wachten van de overkoepelende commissie van de samenwerkende clubs, en daarmee is de kous af."

"Aha," mompelde Jaro. "Het raadsel van de afwezige Forby Mildoon is opgelost."

"Waar was hij afwezig?"

"Bij het concert op het conservatorium, gisteravond."

Hilyer glimlachte. "Forby Mildoon was niet in de stemming voor muziek, gisteravond."

Jaro bedacht dat er waarschijnlijk licht was geworpen op nog een ander mysterie. Lyssel was heel dringend en overredend geweest toen ze hem uitnodigde voor het concert. Op het concert zelf was ze omgeslagen als een blad aan een boom; ze was stijf en koel tegen hem geweest. Wat had die verandering veroorzaakt? Een afdoend antwoord had hij nog niet, maar de gebeurtenissen begonnen nu herkenbare vormen aan te nemen.

Hilyer vroeg Jaro wat hij die dag van plan was te gaan doen.

"Het is Ruimdag op het lyceum. We worden verondersteld onze kastjes leeg te halen, geleende laboratoriumspullen terug te brengen, een bezoekje aan onze lokalen af te leggen en dergelijke. En jullie?"

"Niets van belang. Gewoon de gebruikelijke karweitjes om het eind van het semester af te ronden."

"Denk eraan, we moeten onze introductiekaarten voor het conclaaf ophalen!" zei Althea tegen Hilyer. "Anders komen we Dimpelwater niet binnen!"

"Natuurlijk!" zei Hilyer. "We moesten maar liever vroeg op kantoor zijn, want er gaat een heel contingent van Thanet — inclusief decaan Hutsenreiter in hoogsteigen persoon. Hij gaat een zeer diepzinnige voordracht houden: 'De doorgevoerde dimensies van de Filosofie, zoals geïllustreerd door de linguïstische tensoren van William Schultz.'"

"Hm," zei Althea. "Dat klinkt een beetje gewrongen."

"Is het ook. Ik hoop dat hij in zijn voordracht ordelijker is dan in zijn financiële aangelegenheden. Volgens de geruchten zit hij in het drijfzand."

"Maar hoe kan dat?" wilde Althea weten. "Hij staat bekend om zijn intellect!"

"Misschien heeft hij daar wat te veel van," opperde Hilyer. "De tensoren van Schultz bewegen zich in zeventien dimensies, waar zowel Schultz als decaan Hutsenreiter zich volkomen thuis voelen. De economie beweegt zich langs een enkele y-as: goedkoop kopen, duur verkopen. Decaan Hutsenreiter drijft zijn zaken in veel te veel dimensies en de bankiers vatten zijn nulloze wiskunde niet."

Althea klakte met haar tong. "Hilyer, jij kunt moordend zijn, als je wilt."

Hilyer glimlachte smalletjes en zei tegen Jaro: "Jij hebt zijn dochter gekend, is het niet?"

"Skirlet? Ja. Ze is vertrokken naar een buitenwereldse particuliere school; ik weet niet meer waar."

"Ik heb het geweten maar ik ben het vergeten," zei Althea. "Ik herinner me nog dat het op een eiland was. De studenten slapen er in tenten en de lessen worden op het strand gegeven. Ik heb me laten vertellen dat het heel duur is, ondanks het feit dat de studenten alleen bananen te eten krijgen en vis uit de lagune, die ze eerst zelf moeten vangen."

"Dat zal wel een zware dobber zijn geweest voor dat meisje," zei Hilyer. "Hier is ze een Mosseltaart; daar is ze gewoon een van de meisjes die achter de vissen aanplonsen."

"Misschien heeft haar vader haar daarom weggestuurd," opperde Althea. "Zodat ze met beide benen op de grond zou leren staan."

Jaro begon meteen te protesteren. "Zo is Skirlet niet! Ze is helemaal niet verwaand! Ze trekt zich zelfs niets aan van wat wie dan ook van haar denkt!"

"Is dat niet een beetje hooghartig?" opperde Althea op milde toon.

"Ja — en ze heeft er alle reden voor."

"Je bent verrassend heftig," merkte Hilyer droog op.

Jaro grijnsde. "Ze is ook buitengewoon knap. Ik heb haar altijd beter willen leren kennen, maar ja, ze is een Mosseltaart en dan is dat moeilijk."

Althea zei vaag: "Mosseltaarten doen allerlei merkwaardige dingen. Dat is een van hun bestaansredenen."

Hilyer glimlachte ironisch. "Ik vermoed dat ze thuis is gekomen omdat haar buitenwereldse onkosten decaan Hutsenreiter te veel werden."

Jaro keek verrast op. "Is Skirlet weer in Thanet?"

Hilyer knikte. "Ik zag haar gisteren op het kantoor van de decaan."

"Dat is interessant. Hoe zag ze eruit?"

Hilyer haalde zijn schouders op. "Ik kon niet zien dat ze erg veranderd was. Ze heeft nog steeds die achteloze 'je-kan-me-wat'-pose die je bij ieder ander onbeschaamdheid zou noemen. Ze is nog steeds een beetje een wildebras, naar haar kleren en haar figuur te oordelen. Maar je kunt wel zien dat ze een beetje volwassener is geworden. Ik vond dat ze er vermoeid uitzag, om je de waarheid te zeggen, en misschien een beetje bedrukt. Ze herkende mij natuurlijk niet."

Althea zei opgewekt: "Ze zal natuurlijk zijn teruggekomen om haar studie af te ronden aan het Instituut." Ze dacht even na. "Je zult haar volgend trimester dan wel zien op college, is dat niet fijn?" vervolgde ze tegen Jaro.

"Niet als ze me bits afwijst of onbeschaamd doet," zei Jaro, met een grijns naar zijn vader.

"Het is jammer dat je niet met ons mee kunt naar Ushant," zei Hilyer. "Helaas zou dat in botsing komen met je eerste trimester aan het Instituut."

Althea zei vergoelijkend: "Er komen nog wel andere gelegenheden en je studie komt natuurlijk altijd op de eerste plaats."

Jaro had zich er sip bij neergelegd dat hij nog vier jaar zou moeten studeren, terwijl al zijn instincten hem aanspoorden het geheim van zijn oorsprong na te trekken, maar hij maakte er geen ruzie meer over met Hilyer en Althea. Soms vroeg hij zich af of hij de waarheid ooit wel te weten zou komen. Dergelijke aanvallen van twijfel deden altijd een golf van koppigheid opwellen vanuit het diepst van zijn binnenste, en dan kwam zijn vastbeslotenheid weer terug.

Na het ontbijt ging Jaro naar Gaings kantoortje op de ruimtehaven.

Gaing had al gehoord van het gebeuren in het Pingareepark, de vorige avond, en nam Jaro kort en zakelijk op, van hoofd tot voeten. "Er schijnt een soort schermutseling te hebben plaatsgevonden gister-avond bij het conservatorium."

Jaro grinnikte. "De Zwarte Engelen waren erbij betrokken, althans, dat heb ik me laten vertellen. Die zullen voorlopig niet meer zo hoog vliegen."

Gaing knikte. "En wat was je van plan, van de zomer?"

"Het gebruikelijke. De Faths gaan weg en ik ben alleen thuis. Ik ben van plan het dak te repareren en het hele huis een verfje te geven; dan zijn er een paar weken nodig voor de formaliteiten eer ik op het Instituut kan worden ingeschreven. Intussen wou ik graag doorgaan met mijn lessen en zoveel mogelijk uren maken in de werkplaats."

"Dat kan worden geregeld," zei Gaing. "Ik kan je hulp goed gebruiken, want het werk begint zich op te hopen. Volgende week hebben we een proefvlucht op het rooster staan voor die grote rode Ruimtevreter M19. Tenzij de eigenaar zelf aan boord is mag jij opstijgen en landen."

"Fantastisch! Bedankt!"

Gaing knikte. "Nou, laten we dan maar een werkrooster opstellen."

2

Halverwege de ochtend kwam Jaro aan op het lyceum en wikkelde af wat er van schoolverlaters werd verwacht. Voor sommigen was het een weemoedig gebeuren; Ruimdag en de diploma-uitreiking betekenden een overgang. Achter hen lag hun jeugd, met zijn gebruikelijke portie speelsheid, onverantwoordelijkheid, verliefdheidjes en het zogenaamd serieuze streven langs de schappen, wat allemaal grote symbolische betekenis had en de allerbeste voorbereiding was op de toekomst.

Jaro liep door de vertrouwde gangen, zocht zijn bezittingen bij elkaar en nam afscheid van zijn docenten, van wie hij er een paar graag gemogen gehad. Tussen de middag ging hij naar de kantine en nam zijn twaalfuurtje, bestaande uit een sandwich, een slaatje en een vruchten-vlaaitje mee naar een tafeltje. Net toen hij begon te eten kwam Lyssel binnen, in een charmante witte rok met een donkerblauwe trui. Ze was alleen en zag er, vond Jaro, wat afgetrokken en stilletjes uit, alsof ze niet lekker was.

Ze zag Jaro pas toen hij achter haar stond en haar blad overnam. Ze draaide zich verbaasd om. "Kom maar," zei Jaro. "Mijn tafeltje is daar."

Lyssels gezicht verstrakte; star en zwijgend stond ze naar haar blad te staren.

"Kom!" zei Jaro. "We houden de rij op."

Met een lelijk gezicht marcheerde Lyssel achter hem aan naar het tafeltje en ging zitten, met duidelijke tegenzin.

Jaro deed net of hij het niet merkte. "Ik vond het prettig met je familie te hebben kennisgemaakt. Ze waren helemaal niet zoals ik had verwacht."

"O nee?" Lyssel kon niet blijven weigeren antwoord te geven, zon-der tegen de etiquette in te gaan; bovendien was ze nieuwsgierig. "In welk opzicht waren ze anders dan je had verwacht?"

"Het leken me allemaal doortastende mensen, met een energieke persoonlijkheid."

Lyssel reageerde met een kort knikje. Met tegenzin zei ze: "Je hebt volkomen gelijk; het zijn heel belangrijke mensen. Joffer Vinzie is een Sasselton Tijger en ze zou ook een Lemuriaan kunnen zijn, als ze wilde. Mijn moeder is een Bustamonte en heeft net een aanbod gehad van Ambrosiana. Ze zou zo de Kahulibahs binnen kunnen rollen, wanneer ze maar wilde."

"Interessant," zei Jaro. "Hoe vond je het concert?"

Lyssel zei somber: "Ik kon het niet volgen; niemand die bij zijn volle verstand is kan dat. Dorsen begrijpt er net zomin iets van als de ande-ren maar ze moet wel spelen wat de dirigent haar opdraagt. Ze studeert nu een werk in van Jeremy Cavaterra, dat aardiger is, zegt ze."

Jaro vroeg behoedzaam: "Ik hoop dat ik op iedereen een goede indruk heb gemaakt?"

"Maakt dat wat uit?" vroeg Lyssel. "Joffer Vinzie dacht dat je de plaatsaanwijzer was en begreep maar niet waarom je in de loge zat. Mijn moeder mocht je niet zo; ze zei dat je een flikflooier was en een schmeltzer. Ze zei dat je er zo raar stijf en ongemakkelijk bij zat, dat ze het idee kreeg dat je net je broek benat had."

"Oeioei!" zei Jaro. "Als ik haar ooit weer tegenkom weet ik niet wat ik moet zeggen."

Lyssel reageerde er niet op. Jaro zuchtte. "Gelukkig maar dat mijn innerlijk evenwicht of mijn trots, of hoe het ook heet, geen behoefte heeft aan complimenten om te overleven."

Lyssel bleef zwijgen. Humeurig en stuurs nam ze een paar hapjes van haar eten en duwde het toen van zich af. Ze keek Jaro aan met harde blik. "Merkwaardig om jou te horen praten over trots en zelfrespect! Wanneer Hanafer je voor fleup uitmaakt, lach je alleen maar stom en wapper je met je wimpers." Ze keek de andere kant uit. "Ik moet ervandoor. Jij hebt natuurlijk je verzameling geheimpjes waar je je om moet bekommeren. O ja, en je moet niet vergeten je bende te betalen."

"Bende? Wat voor bende?"

"Kom nou, Jaro, doe niet zo dom! Ik bedoel die bende die je hebt ingehuurd om Hanafer en de anderen af te ranselen, gisteravond."

"Er was geen bende. Ik was alleen. Hanafer overviel me vanuit de bosjes met zijn Zwarte Engelen. Wil je het hele verhaal horen?"

Lyssel knikte heel eventjes. Jaro vervolgde: "Ik ging gisteravond naar het conservatorium. Waarom was dat, dacht je?"

Lyssel zei kil: "Dat weet iedereen! Je ging om tegen mij en mijn familie te schmeltzen vanwege hun hoge status."

Jaro glimlachte. "Je zit er volkomen naast! Ik ging erheen om Hanafer en zijn Engelen uit hun tent te lokken. Ik zorgde ervoor dat hij wist wat er gebeuren zou en hij hapte. Hanafer en zijn vrienden kwamen naar het park om mij een gevoelig lesje te leren. Ik was klaar voor ze, en ik was alleen."

Lyssel zette grote ogen op van ongeloof. "Dat kan niet waar zijn! Hanafer heeft gezegd dat het een stuk of zeven, acht potige kerels waren, waarschijnlijk Kolakken. Dat is de waarheid niet en ik kan leugenaars niet uitstaan!" Ze kwam overeind.

"Wacht even! Wanneer zoek je Hanafer weer op?"

"Vanmiddag laat."

"Zeg maar dat je de waarheid wil horen. Zeg hem ook, dat als hij doorgaat met leugens vertellen, ik gewoon zal wachten tot ze allemaal uit het ziekenhuis zijn. Op een mooie avond weet ik ze dan wel te vinden. Ik zal weer alleen zijn. En ik zal ze nog erger te pakken nemen dan de eerste keer zodat ze hobbelend en kruipend het ziekenhuis uitkomen, als kapotte ledenpoppen. Wil je dat tegen hem zeggen?"

Lyssel huiverde, draaide zich snel om en liep weg met hangende schouders. Jaro keek haar na en vroeg zich af waarom hij medelijden met haar had.

Bij de diploma-uitreiking liep Jaro Lyssel tegen het lijf. "Heb je het aan Hanafer gevraagd?"

Lyssel knikte. "Ik heb hem je boodschap overgebracht." Jaro wachtte.

Lyssel keek langs hem heen, de zaal door. "Hij zei dat er geen bende was, alleen jij. Hij zei dat je een duivel was en dat hij voor de rest van zijn leven zo ver mogelijk uit jouw buurt zou blijven." Ze wilde al weglopen, keek toen nog even om. "En dat geldt ook voor mij."

3

Hilyer was naar zijn kantoor op het Instituut vertrokken, om te ontdekken dat hij een stapel documenten had vergeten die hij nodig had voor een commissievergadering. Hij belde naar huis; Althea vond de documenten en zei tegen Jaro dat hij ze moest gaan brengen. Ze kwam weer aan de telefoon, vertelde Hilyer dat het probleem was opgelost en dat Jaro onderweg was.

Hilyer drukte zijn opluchting uit en zei toen: "We hebben net weer een bod gehad op Merriehew."

"O ja? Was het weer die akelige figuur Mildoon? Ik wil geen zaken met hem doen, al biedt hij me de juwelen van Koningin Kaha in een gouden dekschaal."

"Het was Mildoon niet. Deze man was waardig en knap van uiterlijk, net een gepensioneerd juristicus. Hij gaf de naam Pomfrey Yikes op en zei dat hij van een bedrijf was dat Weldadige Ontwikkelingen heette."

"Zo, en wat heb je tegen meneer Yikes gezegd?"

"Ik heb gezegd dat we op het punt stonden naar Ushant te vertrekken en dat we pas als we terug waren met hem zouden kunnen praten. Hij zei toen dat hij ons later nog zou benaderen. Ik vroeg hem naar de identiteit van zijn cliënt en hij zei dat hij die niet mocht onthullen. Ik zei vervolgens dat hij niet terug hoefde te bellen zolang hij niet bereid was die informatie te verschaffen en dat we uitsluitend met de belanghebbende zelf wilden onderhandelen, daar kwam het op neer. Hij antwoordde dat hij zich zou beraden en daar bleef het bij."

"Raar, zoals dat soort aanbiedingen steeds weer opduiken," zei Althea peinzend. "Het lijkt wel alsof iemand iets weet dat wij niet weten."

Hilyer grinnikte cynisch. "Daar kan je wel van uitgaan."

"Het is echt een raadsel!" zei Althea. "Dat oude kavalje van ons heeft geen intrinsieke waarde, alleen voor ons drietjes. Het is er rustig en vredig en we kunnen er de wind horen in de bomen en 's avonds de minstreelvleermuizen."

"Er zal wel het een en ander veranderen als iemand woonprojecten gaat ontwikkelen langs de Katzvoldse baan."

"Dat is allemaal loze praat," zei Althea. "Daar hoor je al jaren over er is nog nooit wat van gekomen."

"Dat mag een feit zijn," zei Hilyer. "Maar het is ook een feit dat Merriehew in zijn voegen begint te kraken. Het dak lekt, we hebben nieuwe kozijnen nodig in de keuken en het houtwerk moet nodig worden geïmpregneerd. Dat betekent allemaal geld, tijd en inspanning en wat hebben we dan nog, uiteindelijk? Een wrakke oude hofstede met vloeren die aflopen en geen muur die recht staat. Vroeg of laat gaat Jaro zijn eigen weg en dan blijven wij met ons beidjes over in een oude verloederde barak."

Althea zei verbaasd: "Zo heb ik je nog nooit horen praten!"

"Ik zal wel een slechte bui hebben."

"Ik voor mij hou van ons oude huis. Ik wil het niet verkopen en ik weet zeker dat Jaro er net zo over denkt."

"Goed dan," zei Hilyer. "Zolang je maar niet erop staat dat ik op een ladder klim om de zaak in de verf te zetten."

Ze praatten nog een poosje en toen zei Hilyer: "Jaro is net binnengekomen met mijn documenten. Tot straks dan."

4

Jaro verliet Hilyers kantoor en liep de gang weer in. Een paar meter verderop gaf een dubbele deur toegang tot de sjieke burelen van decaan Hutsenreiter. Toen Jaro er vlakbij was, gleden de deuren open en kwam een slank donkerharig meisje naar buiten. Ze droeg een kort rokje met een jasje van blauwe keper en haar figuurtje was strak en rijzig; ze droeg haar hoofd rechtop, haar wenkbrauwen waren opgetrokken en haar mond had ze samengeknepen. Toen ze Jaro zag bleef ze eensklaps staan en wachtte tot hij bij haar zou zijn.

Jaro bedacht dat ze maar heel weinig veranderd was. Een wilde dos kort zwart haar omgaf nog steeds haar gezicht en verried weinig bewuste planmatigheid. Ze gedroeg zich nog steeds met die zwierige bravoure die onderdeel vormde van de fantastische mythen die over haar de ronde deden. Ze was misschien een centimeter of vijf langer geworden en haar figuur was niet langer dat van een hongerend weeskind. Ze leek wat serener, minder stekelig dan de Skirlet die Jaro zich herinnerde, zodat hij niet verrast was toen ze hem beleefd groette. "Jij bent Jaro Fath."

"Natuurlijk ben ik Jaro Fath! Wie dacht je dan dat ik was?"

Skirlet glimlachte, maar zonder veel plezier. "O, niemand. Ik wilde gewoon een goed begin maken."

Jaro keek haar ongelovig aan en langzaam verbleekte haar glimlach. Hij zei: "Ik hoorde dat je weer thuis was en ik vroeg me al af wanneer ik je weer zou zien."

Skirlet keek achterom naar haar vaders kantoor. "Dit lijkt me niet de juiste plaats voor een gesprek. Kom."

Ze liepen de trappen af naar de straat en gingen naar een terrasje aan de brede Flammarionboulevard. Ze gingen zitten aan een tafeltje onder een blauw met groene parasol en kregen even later ijsgekoeld vruchtensap.

Een poosje zaten ze ongemakkelijk en gedwongen tegenover elkaar en deden er het zwijgen toe. Ten slotte stelde Jaro een beleefdheidsvraag. "Ben je van plan je te laten inschrijven op het Instituut?"

Skirlet lachte, een vreemde, bittere lach, alsof het een hopeloos naïeve vraag was. "Nee."

Jaro trok zijn wenkbrauwen op. Het was een bijtend antwoord geweest. Hij probeerde het opnieuw. "Wat heb je zoal gedaan sinds je de laatste keer thuis was?" Skirlet keek hem aan met een blik van steen. Jaro werd onzeker. Hij zei: "Nee, dat is niet belangrijk. Laat maar, als je er geen antwoord op wilt geven."

Skirlet zei waardig: "Neem me niet kwalijk. Ik was bezig mijn gedachten te ordenen. Wat er gebeurd is, is in zeker zin heel eenvoudig. Ik ben naar de buitenwereldse Aeolische Academie gestuurd, in Glist, op Axelbarren. Ik heb mijn diploma behaald met uitmuntende cijfers. Ik heb een aantal mensen leren kennen, ik heb een aantal interessante avonturen beleefd en nu ben ik weer thuis."

"Dat klink allemaal prettig genoeg," zei Jaro. "Dat was dus wat je me wilde vertellen?"

"Niet helemaal."

Jaro wachtte terwijl Skirlet haar ervaringen somber overpeinsde. Ten slotte zei ze met een vlakke stem: "Ik heb fijne dingen meegemaakt, maar er waren tijden dat het niet zo fijn ging. Ik heb heel veel geleerd. Maar ik zou niet meer terug willen, nu niet en nooit niet." Toen, na een poosje, vroeg ze: "En jij? Ik zie dat jij nog niet de ruimte in bent gevlucht."

"Nee, nog niet. Maar wat dat betreft is er niets veranderd."

"Je voelt je nog steeds gedrongen je verleden na te trekken?"

Jaro knikte. "Zo gauw als het mogelijk is — dat wil zeggen, zodra ik afgestudeerd ben aan het Instituut. De Faths staan erop en ik heb dus geen keus."

Skirlet nam hem koeltjes op. "En je bent niet boos op de Faths?"

Jaro verschoof op zijn stoel. "Nee."

"Hmf. Maar je zou dus op stel en sprong de ruimte in gaan, als je kon."

"Waarschijnlijk wel. Ik weet het niet. Er is nog heel wat te doen voor ik weg kan."

"Hmm. Wat studeer je nu aan het Instituut?"

"Werktuigbouwkunde, dynamica en ruimtevakken. En daarbij Gaiaanse geschiedenis en musicologie, om mijn ouders tevreden te stellen."

"Vind je dat ik veranderd ben sinds de vorige keer?" vroeg Skirlet.

Jaro dacht na. "Ik weet niet goed wat je wilt horen. Maar voor mij ben je nog steeds Skirlet Hutsenreiter, alleen dan wat heftiger. Ik heb je altijd knap gevonden. Nee, dat is het woord niet. Mooi? Onthutsend? Bekoorlijk? Verbijsterend? Dat is het allemaal net niet."

"En 'betoverend'?"

"Ja, dat komt er dicht bij in de buurt."

Skirlet knikte nadenkend alsof Jaro een diep zetelende overtuiging van haarzelf had bevestigd. "De jaren gaan voorbij. Vroeger zag ik ze als trage, tragische hartenkloppen." Ze keek opzij, de promenade langs. "Ik herinner me een knappe jonge jongen van lang geleden. Hij was heel proper en netjes, hij had lange wimpers en een gezicht vol romantische dromen. Op een middag heb ik hem in een opwelling gekust. Herinner je je dat nog?"

"Ik wel. Ik zweefde gewoon, die dag. Als je me nog eens wilt kussen word ik die jongen van toen weer."

"Je kan niet terug veranderen, Jaro. Wat erger is, ik kan nooit meer dat meisje zijn. Als ik eraan denk kan ik wel huilen."

Jaro stak zijn hand uit en pakte een van de hare. "Misschien zijn we niet zo erg veranderd als jij denkt."

Skirlet schudde haar hoofd. "Wat er met mij gebeurd is kan je niet weten. Als het eropaan komt kun je het je waarschijnlijk niet eens voorstellen."

"Vertel het me maar."

Skirlet nam plotseling een besluit. "Goed dan, als het je interesseert. Maar dan moet je iets voor mij doen. Het meisje dat vier jaar geleden vertrok was Skirlet. Ze is intussen iemand anders geworden en die heet Skirl. Zo moet je me voortaan noemen."

"Net zo je wilt."

"Ik zal je min of meer vertellen wat er gebeurd is. Het kan niet meer dan een schets zijn, zonder de meeste details — anders ben ik een maand lang aan het woord. Het zal niet meevallen het in te korten, want wat ik eruit laat is even vreemd en verweven als al het ander."

"Ik luister."

Skirl zakte achterover op haar stoel. "Er zijn wel honderd, wel duizend dingen gebeurd. Het valt niet mee ze op een rijtje te zetten." Ze dacht na. "Toen ik van de Langolenschool kwam zei mijn vader dat hij Sassoon

Ayry zou sluiten en dat ik maar bij mijn moeder moest gaan wonen op Marmone. Ik legde uit dat haar paleis een erotische leeuwenkuil was; hij zei: 'Kom, kom, kom,' en was ervan overtuigd dat ik dat wel zou kunnen hanteren met een mate van betrokkenheid die mijzelf het beste uitkwam. Ik zei dat de vraag helemaal niet aan de orde was aangezien ik weigerde erheen te gaan. Ik herinnerde hem eraan dat hij beloofd had me naar de Aeolische Academie te sturen, die door de deskundigen zeer hoog werd aangeslagen. De staf verzorgt niet alleen de vorming, maar spant zich ook in om de school zo aangenaam mogelijk te maken. Het omringende land is prachtig, met de zee in het noorden en wouden en heidevlakten in het zuiden en de stad Glist vlakbij.

"Hoe dan ook, ik had mijn zinnen gezet op de Aeolische Academie, maar mijn vader zei dat het te duur was en dat hij al zijn geld nodig had om een tocht naar de Oude Aarde te financieren. Het geld voor die tocht had hij 'geleend' uit een van de fondsen die hij voor mij beheerde — hetgeen uiteraard betekende dat ik het geld niet meer terug zou zien.

"Ik zei dat ik, als hij me niet naar de Aeolische Academie zou sturen, verhaal zou halen bij het bestuur van de Mosseltaarten, dat hem zeker onder 'gerechtelijke begeleiding' zou plaatsen zoals dat heet, hetgeen zijn keuzevrijheid ernstig zou inperken. Ik had nog een paar honderd sol over in een ander beleggingsfonds; dat geld nam hij op, waarna hij zei: 'Goed dan, jij wilt die buitensporig dure Aeolische Academie bezoeken, dan zul je ook!'

"Hij zette die aparte grijns op waardoor hij eruitziet als een oude vos die in het huisafval wroet en ik wist toen dat er waarschijnlijk iets mis was. Maar hij droeg me op mijn koffers te pakken en zei dat ik was ingeschreven voor de Aeolische Academie; de volgende dag vertrok ik." Skirl zweeg even. "Nu moet ik meer tijd en meer gebeurtenissen bestrijken. Ik zal proberen ze allemaal aan te stippen, maar voor het overgrote deel zul je je verbeeldingskracht moeten gebruiken, wat wel jammer is, want de werkelijkheid was zo wild en weelderig. Ik zie niet eens kans om Axelbarren zelf te beschrijven.

"Ik arriveerde in Glist en werd bij de Aeolische Academie afgezet. Ik werd er meteen verliefd op. Die euforie duurde totdat ik ontdekte dat ik niet was ingeschreven als Mosseltaart, met een privéappartement en een hoogwaardige keuken. In plaats daarvan werd ik ingedeeld in wat ze het 'kale-netenhuis' noemden, een soort van derde-klasse barak, waar onbemiddelde studenten werden ondergebracht. Ik kreeg mijn maaltijden aan een lange tafel in de maag-die-rammeltkantine en moest baden in een gemeenschappelijke doucheruimte. Verder werd er geëist dat ik twaalf uur per week werkzaamheden verrichtte als tegemoetkoming in mijn schoolgeld. Ik legde de directeur uit dat er een vergissing in het spel moest zijn, dat ik Skirl Hutsenreiter was, een Mosseltaart, en dat ik accommodatie wenste in overeenstemming met mijn status." Skirl moest glimlachen bij die herinnering. "De directeur lachte, net als alle andere aanwezigen. Ik liet ze vinnig weten dat hun gedrag lomp was en dat ik, als ze hun houding niet aanpasten, ervoor zorgen zou dat ze werden berispt. 'Door wie dan wel?' vroegen ze. 'Door mijzelf, als er geen ander gezag voorhanden is,' zei ik. Toen raakte hun geduld op en verklaarden ze nogal bot: 'Dat gezag zijn wij!' Ze zeiden dat ik de schoolregels diende te lezen, in me op te nemen en te gehoorzamen, op straffe van uitzetting. Maar toen ik weg zou gaan zei de directeur dat ik de verplichte werkuren ook kon volmaken met bijlessen geven. Ik stemde ermee in en werd al gauw voorgesteld aan mijn pupil, een meisje van mijn eigen leeftijd, uit een zeer welgestelde familie. Ze heette Tombas Sunder en ze was volstrekt niet achterlijk of gebrekkig. Haar probleem scheen te zijn dat ze haar gedachten nergens bij kon houden en dat ze niet genegen was tot het harde werk dat bij leren komt kijken. Ze was vrij tenger, loom en sierlijk en romantisch bleek van huid, met lang donker haar en grote donkere ogen. We werden meteen vriendinnen en ze stond erop dat ik haar privéappartement zou delen, dat ruim genoeg was voor ons beiden. Ik maakte kennis met Myrl Sunder, haar vader — een rechtskundig consulent, zoals hij zichzelf noemde. Hij was niet fors van postuur maar handig en sterk, met patricische gelaatstrekken en zacht grijs haar dat opmerkelijk afstak bij zijn donkere, zonverweerde huid. Zijn vrouw was vijf jaar tevoren omgekomen bij een ongeval en hij sprak nooit over haar, net zomin als Tombas.

"Hij gedroeg zich beleefd en correct. Ik vertelde hem het een en ander over mezelf en mijn achtergrond en merkte daarbij op dat ik een Mosseltaart was. Ik probeerde hem uit te leggen hoe het zat met de Onvergankelijken en hun verhouding tot de strevende lagere clubs, maar ik vrees dat ik hem alleen maar in verwarring bracht daarmee, dus had ik het verder niet meer over mijn status.

"Myrl Sunder aanbad zijn dromerige, verstrooide dochter. Hij was blij dat we zo goed samen konden werken. De leerstof zelf leverde haar geen moeilijkheden op, maar ze begon steevast te dagdromen als ik haar niet strak bij het onderhavige onderwerp hield. We hadden nooit ruzie; ze was gedwee en aanhankelijk en bezat daarnaast een geest die overliep van de meest wonderlijke en vreemde denkbeelden. Als ik zo naar haar luisterde raakte ik vaak geboeid, maar dikwijls keek ik ook wat vreemd op van de macabere elementen waarmee ze haar fantasieën garneerde. Ze babbelde opgewekt over haar erotische experimenten, die eerder speels waren dan diepgaand, en ik reageerde daarop met anekdotes over Piri-Piri. We praatten tot diep in de nacht en altijd hoorde ik weer iets nieuws of onconventioneels. Soms waren haar denkbeelden zo wild en mysterieus dat ik me afvroeg of ze haar misschien vanuit een hoger plan werden aangereikt.

"Tombas tobde bij voorkeur over vragen waarop geen antwoord bestond, zoals: wat was er voor het begin? Zou het universum blijven bestaan als alles wat leefde dood was? Wat was het verschil tussen Iets en Niets? En dan filosofeerde ze over de betekenis van de dood. Misschien, zo opperde ze, was het leven niets meer dan een generale repetitie voor hetgeen erna kwam. Het was een onderwerp waarop ze veel te vaak terugkwam naar mijn smaak, zodat ik ten slotte met klem aandrong op vrolijker gespreksonderwerpen.

"Het tweede trimester verstreek. Het was voor mij een prettige situatie. Ik was in weelde gehuisvest en had net zoveel geld als ik wilde. Mijn vader stuurde me geen enkel bericht. Tombas gedroeg zich min of meer net als tevoren, hoewel we niet langer van die intieme gesprekken hadden. Ze had andere vrienden: een beeldhouwer, een paar hulpdocenten van de faculteit Filosofie en een musicus. Haar sociale contacten waren normaal genoeg.

"Aan het eind van het tweede trimester verhuisden we voor de duur van de zomer naar hun strandhuis op Wolkeneiland. Daar gebeurde veel vreemds, maar ik mag niet te veel uitweiden. Hoewel er een voorval was dat ik moet vermelden. Tombas bracht veel tijd alleen door op het strand, waar ze zat te kijken naar de aankomende branding. Vervolgens was ze een poos lang doende zandkastelen te bouwen, waarvoor ze een slurry gebruikte die bestond uit zand, water en sap uit de bollen van zeeanjers, en die uithardde tot een luchtig, knapperig schuim. Ze boetseerde dit materiaal tot koepels, spitsen, zuilengangen, galerijen, binnenhoven en balkonnetjes. Ze bezigde een bouwstijl die fantasie en magie uitdrukte op een manier die mij volkomen vreemd was. Tombas scheen er altijd ongedurig van te worden als ik meeging naar het strand, dus ik liet haar grotendeels maar alleen gaan. Op een dag ging ik naar haar toe en zag dat ze niets bijzonders zat te doen en wel bereid scheen om te praten. Het kasteel was af, zei ze. Ze zou niet verder bouwen. Ik zei dat het prachtig was en vroeg waar ze die bouwstijl had gezien. Ze haalde alleen maar haar schouders op en zei dat de stijl stamde uit een plaats die twaalf universa van het onze verwijderd was. Ze wees naar een venster. 'Kijk daar eens door.' Ik keek door het venster en kon mijn ogen niet geloven. Het vertrek was ingericht met prachtige tapijten en stoelen en tafels; in een groot bed lag een meisje te slapen.

"Tombas zei: 'Dat is Earne; ze is ongeveer zo oud als wij en dit is haar paleis. Ze heeft haar twee beste paladijnen bericht gezonden dat ze naar haar toe moeten komen en dat ze degene die het eerst arriveert zal ontvangen. Uit het westen komt Shing, die vervaardigd is van git en zilver. Uit het oosten komt Shang, vervaardigd van koper en groene moidras. Ze zullen elkaar ontmoeten voor het paleis en ten dode toe strijden. De overlevende zal naar haar sponde gaan en haar in liefde nemen. Wie van de twee zal het zijn? Als de ene wint schenkt hij haar een leven vol verrukking en liefdevolle zorg; de ander zal haar een reeks verschrikkelijke vernederingen doen ondergaan.'

"Ik vond het een nogal droevig verhaal; ik bukte me en keek nog eens door het venster. Ik zag alleen zand, verder niets.

"De schemering begon te vallen en een kille wind stak op uit zee. Tombas keerde het paleis de rug toe; zwijgend gingen we terug naar het huis.

"Daarna verloor Tombas alle belangstelling voor het strand. De wind en overslaande waterdroppels gingen tegen het kasteel tekeer; het brokkelde af en verviel tot een hoop zand. Telkens als ik er voorbijkwam, vroeg ik me af wat er met Earne was gebeurd. Wie had haar opgeëist, Shing of Shang? Maar ik heb het nooit aan Tombas gevraagd.

"De zomer verstreek en het derde trimester begon. Alles ging zijn oude gangetje. Op een avond laat zaten we samen in het donker. We dronken milde blauwbloemwijn en verkeerden allebei in een ongewone stemming. Heel achteloos zei Tombas dat ze dacht dat ze wel spoedig zou sterven, dat ze veel van me hield en wilde dat ik haar bezittingen zou willen aanvaarden om te gebruiken, als waren ze van mij.

"Ik zei dat het een bespottelijk idee was en dat ze natuurlijk niet gauw zou sterven en dat ze zich dergelijke wanhopige gedachten bovendien niet mocht veroorloven.

"Tombas hield haar hoofd schuin zoals zij dat kon doen, en glimlachte alleen maar. Ze vertelde me dat ze in een openbaring een verruiming had beleefd die alle grenzen oversteeg. Nu wist ze zo veel en was haar hoofd zo volgestampt met feiten, dat ze maar een klein gedeelte van haar kennis kon verwerken per keer.

"Ik zei dat dat heel interessant klonk, maar waarom was haar dood daarbij inbegrepen?

"'Dat is onvermijdelijk,' zei Tombas. Vervolgens zette ze uiteen dat de vijf zintuigen een kartonnen façade hadden opgetrokken om de geest om de tuin te leiden. Met haar verlichting was haar een tragisch zicht op de werkelijkheid ten deel gevallen. Ze had de ijselijke waarheid achter de façade gezien; onderwerping was de enige juiste oplossing, aangezien daarmee een eind aan de worsteling werd gemaakt. Onderwerping bood haar verlossing van de pijnen van hoop en liefde en verwondering.

"Dat was dus de oplossing: totale onthechting en een snelle overgave aan de dood, al was het maar om een eind te maken aan de hoop.

"Ik zei dat het pure hysterie was die haar dat soort dingen deed zeggen. Hoe kon ze bijvoorbeeld nu weten dat haar dood aanstaande was? Ze vertelde dat ze haar lichaam kon zien als een driedimensionaal staketsel, overspoeld door sluiers van kleur: roze, geel, blauw, kersrood… de kleuren gleden over het staketsel en stelden, naar haar opvatting, de verschillende fasen van normaliteit voor. Maar nu was er een roestkleurige vorm verschenen die beduidde dat het afsterven was begonnen.

"Ik had voldoende gehoord. Ik sprong overeind en knipte het licht aan. Ik zei dat het vuile, walgelijke praatjes waren. Tombas lachte alleen maar haar zachte lachje en zei dat de waarheid niet door scheldpartijen veranderd kon worden. Waarom deinsde ik terug voor de zoete, schone dood, in zulk een hartstochtelijke aanval van rechtschapenheid?

"Ik vroeg naar de oorsprong van die denkbeelden; wie had haar dat verteld? Ik vroeg of ze een liefdesaffaire aan de hand had, misschien met dezelfde persoon die haar gedachten stuurde? Tombas deed er vaag over en zei dat dergelijke vragen een doodlopend slop in voerden; dat alleen de waarheid van belang was, niet de persoon. Daar bleef het bij."

Skirl zweeg even. "Ook hier is het weer veel te veel om allemaal te vertellen. Wat ik noem zijn de belangrijkste punten. Ik bracht verslag uit aan Myrl Sunder. Hij werd woedend. Ik vertelde hem alles wat ik wist en wat ik vermoedde. Hij veranderde voor mijn ogen in iemand met maar één doel voor ogen. Hij was van plan degene te vinden die zijn dochter geestelijk en misschien ook lichamelijk op dwaalwegen had geleid, om die persoon of personen af te straffen. Opeens begreep ik dat hij een heel gevaarlijk man was. Ik ontdekte dat Myrl Sunder van beroep bewerkstelliger was, achter de façade van rechtskundig consulent. Samen, zo zei hij, zouden we erachter komen wat er gaande was. Om te beginnen regelde hij een medisch onderzoek voor Tombas zowel als mijzelf. We werden kerngezond bevonden, hoewel Tombas symptomen vertoonde van een merkwaardige en dubbelzinnige geestesstoornis, waarvoor men geen behandelwijze kon aanbevelen.

"Tombas was gebelgd over al die aandacht. Ze had het gevoel dat ik haar vertrouwen had beschaamd, hoewel ik eenzelfde onderzoek had ondergaan. Ze doorzag het spelletje en werd vrij koel tegen me.

"Ik overlegde opnieuw met Myrl Sunder. Hij gaf aan dat ik in de beste positie verkeerde om te ontdekken wie er zo'n grote invloed op Tombas had en droeg me op het te onderzoeken.

"Uiterst discreet begon ik inlichtingen te verzamelen. Het spoor was niet moeilijk te volgen. Het voerde naar een zekere Ben Lan Dantin en nog twee mannen. Het waren docenten aan de school voor Religieuze Filosofie. Tombas had een cursus gevolgd in Religieuze Afleidingen bij Dantin en het tweetal had zich begeven in lange discussies na de les en avondlijke ontmoetingen.

"Ik bracht verslag uit aan Myrl Sunder en vertelde hem wat ik te weten was gekomen. Hij bracht een bezoek aan Dantin. De romance en de lessen werden ogenblikkelijk stopgezet. Dantin gaf een flauw smoesje op aan Tombas. Ze scheen licht verbaasd te zijn, maar niet erg aangedaan. Ik vond het heel vreemd en mijn opinie over Dantin ging er niet door op vooruit. Hij was een merkwaardig type: slank, sierlijk, nog vrij jong maar intellectueel zijn leeftijd vooruit, met een bleek ernstig gezicht in een aureool van donkere krullen. Zijn ogen waren groot, glanzend en donkerbruin; zijn mond was zo teder en zijn glimlach zo lief dat de meeste meisjes hem ter plekke wilden kussen. Ik hoorde daar niet bij. Als ik naar hem keek draaide mijn maag om. Als ik hem al iets vond, dan was het overrijp, decadent en verdorven, zij het op een interessante manier.

"Tombas wist niet dat ik in de zaak betrokken was en het duurde niet lang voor we onze oude verhouding weer opvatten. Op een dag zei ze heel achteloos dat ze besloten had aan het eind van de volgende dag te sterven.

"Ik was geschokt. Ik praatte een uur lang op haar in, maar ze zei alleen maar dat het zo het beste was. Ik wees haar erop dat ze haar vader en mij zou achterlaten en dat we verdriet zouden hebben. Tombas zei dat daar een gemakkelijke oplossing voor bestond: we konden allemaal tegelijk sterven.

"Ik zei dat we liever wilden leven, maar ze lachte alleen maar en zei dat het domme koppigheid van ons was. Ik liet haar alleen en lichtte Myrl Sunder in over haar plan.

"De dag verstreek en ook de nacht. De volgende dag nam Myrl Sunder ons mee uit lunchen in Wolkenland, een restaurant dat hoog in de lucht zweeft, vlak onder de drijvende cumuluswolken. Het is een prachtig plekje, uniek in het Gaiaanse Bereik en zelfs voor de meest bedroefde en verslagen lieden een prikkel om in leven te blijven. We zaten aan een tafeltje aan de lage balustrade met uitzicht op Glist en het omringende gebied. Tombas had weinig eetlust en scheen in een peinzende stemming te zijn, maar Myrl Sunder slaagde erin een krachtig verdovend middel door haar eten te doen. Tegen de tijd dat we terugkeerden naar de begane grond was ze slaperig en halverwege de middag lag ze in diepe slaap verzonken thuis in haar eigen bed.

"De middag vergleed en de zon daalde af naar de horizon. Bij zonsondergang hield Tombas op met ademen en was dood."

Skirl aarzelde en zei toen: "Ik wil niet tot in details afdalen, maar
in grote lijnen aangeven wat er daarna gebeurde. Ik heb al gezegd dat
Myrl Sunder bewerkstelliger was en iemand met een krachtige persoonlijkheid. Ik kwam bij hem in huis waar ik Tombas' bezittingen
moest opruimen: een erg trieste taak. Ik nam haar brieven en haar
dagboek door en ontdekte een paar namen. Ik zette mijn studie aan de
academie voort en kwam alles te weten wat er te weten viel. Het was
een schrijnend verhaal. Tombas was aangezet om te sterven en wel om
een aantal redenen. De meest raadselachtige daarvan was een soort
verfijnde necrofilie, die uitgebreid was omschreven zodat een erotische
mentale gewaarwording werd opgeroepen. Dantin was de aanvoerder.
Hij had de principes van de sekte uitgedacht als een oefening in een
buitenissig soort psychische seksuele perversie. Zijn twee discipelen
waren Flene en Raud, allebei verknipte zielen. Tombas was hun vierde
slachtoffer en had hun een griezelig soort verrukking geschonken die in
gewone taal onmogelijk te beschrijven valt.

"Sunder was opgetogen toen ik hem van mijn ontdekkingen vertelde. Hij beraamde zijn plannen met zorg, want het drietal was op
zijn hoede. Hij nam ze met mijn hulp gevangen en bracht ze naar het
zomerhuis dat uitzag op de kust waar Tombas haar magisch paleis had
opgetrokken.

"Ingevolge Sunders instructies begaf ik me naar de keuken en begon
daar het avondeten klaar te maken. Sunder bracht het drietal naar het
strand en ik ging door met mijn werk.

"Na een uur kwam Sunder glimlachend terug. Tijdens de soep vroeg
ik wat er gebeurd was. Hij vertelde het me zonder terughouding. Het
was op dat moment eb. Hij had hen in het zand begraven, en wel zo dat
alleen hun hoofden erbovenuit staken, met het gezicht naar zee, zodat
ze de vloed konden zien opkomen. Maar ze zouden weinig genoegen
ontlenen aan hun eigen dood en misschien niet eens verdrinken, aangezien de zandkrabben hen direct zouden vinden.

"Onder het eten bespraken we de toekomst. Hij vertelde me in
alle openheid dat hij gewend aan me was geraakt en dat ik voor hem
de dochter vertegenwoordigde die hij in de schemer van haar eigen

droomwereld had zien verdwijnen. Hij wilde dat ik bij hem bleef wonen; intussen kon ik mijn studie aan de Aeolische Academie voortzetten. Of ik kon, als ik daartoe genegen was, zijn assistent worden en dan zou hij me de techniek van het bewerkstelligen bijbrengen — en zo is het ook gebeurd. Ik deed een paar extra vakken erbij op de Aeolische Academie en kreeg vervroegd mijn certificaat. Ik hielp Sunder bij zijn werk en — wat nog belangrijker was — ik nam de plaats in van die arme gestorven Tombas die zich van het leven had beroofd op een wijze die ons begrip nog steeds te boven ging.

"Sunder bracht me over het bewerkstelligen bij wat ik maar in me kon opnemen. Hij benadrukte dat het werk over het algemeen bestond uit het vergaren van gegevens die daarna aan elkaar werden gepast, hoewel het soms ook gevaarlijk kon zijn. Hij stortte regelmatig bedragen op mijn bankrekening tot ik vijfduizend sol had staan, hetgeen voldoende moest zijn voor noodgevallen, als hij niet bij de hand was om ze op te lossen.

"Vier maanden geleden werd Sunder uitgestuurd op een missie naar de wereld Morbian in de achtergebieden van Aquila, waar hij door bandieten werd gedood.

"Zijn jongere broer Nessel erfde het huis en deelde me mee dat ik moest vertrekken, hoe eerder hoe liever. Hij confisqueerde mijn bankrekening, met de bewering dat vijfduizend sol veel te veel was. Hij stond me krap duizend sol af, wat volgens hem maar voldoende moest zijn.

"Ik vertrok uit het huis van Sunder met niet veel meer dan mijn kleren. Ik ontdekte dat ik heimwee had en zodoende ben ik weer hier: opnieuw een Mosseltaart maar verder berooid, aangezien mijn vader zoals gewoonlijk in leven blijft door gegoochel met onzichtbare bankrekeningen. Over een week vertrekt hij naar Dimpelwater op Ushant, naar een conclaaf van xenologen of zoiets. Ik durf er niet naar te raden hoe hij van plan is dat reisje te betalen."

"Je bent dus helemaal alleen op Sassoon Ayry terwijl hij weg is?"

Skirl lachte. "Het gaat weer net als vorige keer. Hij wil het huis sluiten, om de onkosten te drukken."

"Wat ga je dan doen?"

"Ik ben van plan bewerkstelliger te worden." Skirl zei het uitdagend, alsof ze gelach of kritiek verwachtte.

Jaro verwoordde zijn reactie met zorg. "Nu meteen bedoel je, of ergens in de toekomst?"

"Nu meteen. Kijk niet zo dom. Ik heb met Myrl Sunder samenge-werkt. Ik heb een heleboel geleerd."

"Het is gevaarlijk werk."

"Dat weet ik. Aan de andere kant is Sunder niet gedood omdat hij bewerkstelliger was maar omdat hij werd aangezien voor een rijke toerist."

Jaro keek met gefronste wenkbrauwen omhoog naar het hart van de blauw-met-groene parasol. "Voor je zelfs maar kunt beginnen moet je bekend zijn met Gaiaans recht, politieprocedures, forensi-sche wetenschappen, psychologie van de misdadiger, de kunst van het vermommen, de wapenhandel en het gebruik van technische appara-tuur. En bovenal zul je een werkkapitaal nodig hebben om je kosten te dekken."

"Dat begrijp ik allemaal." Skirl stond op. "Ik ga naar de bibliotheek. Ik wil uitzoeken wat ik moet doen om een bewerkstelligersvergunning te krijgen. Ik heb een voorlopige vergunning die in Glist is uitgegeven en misschien is die hier ook geldig."

Ze verlieten het café en bleven op straat staan. Jaro zei aarzelend: "Als de Faths naar Ushant gaan, blijf ik alleen op Merriehew. Als je wilt kun je wel bij me intrekken. Er is plaats genoeg en je kunt zoveel pri-vacy krijgen als je wilt."

Skirl scheen het te overwegen. Jaro vervolgde: "Wanneer het 's avonds regent en de wind door de bomen waait is het heel prettig om bij de open haard te zitten met een late maaltijd, en te luisteren naar de storm."

Skirl tuitte haar lippen en keek de andere kant op. Eindelijk zei ze: "Ik kan geen enkele reden bedenken om erop in te gaan."

"Ik eigenlijk ook niet."

"Waarom vroeg je het dan?"

"Roekeloze dwaasheid van mijn kant."

Skirl haalde haar schouders op. "Mocht ik me vervelen — of nat worden, of last krijgen van honger of kou — dan kom ik misschien weleens langs."

5

De Faths zouden de overtocht naar Ushant maken op het grote passagiersschip *Francil Ambar*. Ze hadden dat soort tochten al zo vaak gemaakt dat ze een dag voor vertrek al alles ingepakt en op orde hadden, zodat ze nog een rustige avond met Jaro konden doorbrengen.

Hilyer bracht het grote conclaaf in Dimpelwater te berde. "Om eerlijk te zijn wist ik tot een maand geleden heel weinig over Ushant — alleen dat het een milde, vriendelijke wereld is, gastvrij voor toeristen en met een hoogst beschaafde bevolking. De toeristenfolders bezigen woorden als 'verrukkelijk' en 'hedendaags paradijs'. Vorige week ben ik naar de bibliotheek gegaan en daar heb ik heel wat meer ontdekt." Hilyer nestelde zich dieper in zijn stoel en vertelde Jaro wat hij te weten was gekomen.

"Ushant werd vijfduizend jaar geleden gevonden en verkend en werd van begin af aan beschouwd als een zeer geschikte wereld voor menselijke kolonisatie, met een magnifieke flora en een vrijwel volstrekte afwezigheid van gevaarlijke fauna. Waar de Leis samenvloeide met de Ling had het water van beide rivieren een weidse vlakte met kopjes, heuvels en dalen overstroomd, zodanig dat er een gebied met ontelbare kleine eilandjes was ontstaan. De oorspronkelijke kolonisten trokken op deze eilandjes hun luchtige paleizen op, in tuinen met bargeiken, nenufaren, sprankelpluimen, ceders, deodaren en bloesemende dendrons. Na verloop van tijd ontwikkelde het gebied zich tot het fabelachtige Dimpelwater, de stad met de Duizend Bruggen.

"Van de aanvang af behoorden de mensen die zich op Ushant vestigden tot een heel apart slag: 'Ontwikkeld, sterk individualistisch gericht, met een aversie tegen de drommen samenklonterende mensheid die zich voorheen aan hen had opgedrongen — warmkloppend, ademend, riekend naar mensenlijven, vol rauw lawaai en even smerig als de drommen troeteldieren die ze erop na hielden,' zoals Ian Warblen, een van de eerste kolonisten, het stelde.

"Vandaag de dag zijn de bewoners er van een uitgelezen verfijning, zeer gevoelig voor alle esthetische schakeringen. Ze verzamelen voorwerpen van schoonheid en maken die tot onderdeel van hun bestaansbeleving. Toch blijft hun meest opvallende karaktertrek een extreem gevoel voor zelfbeschikking, dat hen ertoe brengt alleen te leven.

"Van tijd tot tijd vieren ze de teugels van hun afzondering. Ze zijn lid van zeilclubs en vermeien zich met regatta's op de grote lagune; ze bezoeken voortdurend cursussen over geheimzinnige onderwerpen, ze nemen hun kinderen mee op kampeertochten in de achterlanden en nu en dan wonen ze als gastheer of gast intieme etentjes bij waarbij nooit meer dan vijf personen aanzitten. Doorgaans zijn dat lieden waarmee ze een bepaalde belangstelling gemeen hebben, hoe esoterischer hoe beter. Bij dergelijke gelegenheden is het voedsel uitgelezen en is de etiquette van een rituele precisie. Buitenwerelders worden maar zelden uitgenodigd; is dat het geval, dan geven hun vergrijpen tegen de goede manieren aanleiding tot wrang commentaar. Liefdesaffaires zijn er intens en hoogst romantisch, zij het van korte duur. Kinderen worden opgevoed in crèches met geringe bemoeienis van de ouders.

"Komt men ze als individu tegen, dan zijn de bewoners van Dimpelwater beleefd, al vindt de buitenwerelder hen wat koel. Hun meest opvallende eigenaardigheid treedt volstrekt niet aan de dag. Dat is het feit dat elk in psychologische afzondering leeft, alsof hij zelf een eiland is."

"Heel raar," zei Jaro. "Het lijkt me een soort gekunstelde pose."

Hilyer haalde zijn schouders op. "Het gaat dieper dan louter maatschappelijk vertoon. Iedereen is rijk, iedereen is trots, niemand heeft behoefte aan steun van de omgeving, en dus leeft ieder zijn eigen leven en viert zijn tamsour geheel alleen."

" 'Tamsour'?" Opnieuw was Jaro verbaasd. "Wat is 'tamsour'?"

Hilyer leunde achterover in zijn stoel, keek naar de zoldering en sprak op de gewichtige toon die aan zeer belangrijke onderwerpen was voorbehouden: "Als ik op die vraag antwoord kon geven, zou ik de meest vooraanstaande xenoloog zijn in het Gaiaanse Bereik. Het is een denkbeeld dat zowel buitenwerelders, toeristen als sociologen voor een raadsel stelt. Ik kan 'tamsour' en wat de uitwerking ervan is echter wel beschrijven. De betekenis schijnt te zijn: de totaliteit van iemands leven, samengebald in een enkele droppel essence, in een enkel diepzinnig symbool, een enkel ogenblik van volkomen verlichting. Maar dat zijn slechts woorden en tamsour kan niet in woorden worden uitgedrukt."

"Het klinkt als een aanval van hysterische openbaring," zei Jaro.

"Tot op zekere hoogte, ja. Maar tamsour bezit buitengewoon veel energie, zodanig dat de samenleving als geheel zich gedraagt als een massa radioactief materiaal. Op ongewisse ogenblikken raakt een van de componenten op onverklaarbare wijze overbelast en explodeert in een machtige fontein van energie. De persoon in kwestie houdt daarbij steevast een dramatische oratie; dat wordt van hem verwacht en men wordt slechts zelden teleurgesteld. Het thema is tamsour en de inhoud omvat doorgaans persoonlijke ophemeling, soms een vleugje zelfmedelijden maar nimmer verontschuldigingen voor ware of denkbeeldige wandaden uit het verleden."

Hilyer pakte een cassette van de tafel. "Ik heb hier een opname van zo'n oratie." Hij liet de cassette in de geluidsafspeler glijden. "Je zult een man horen spreken ten overstaan van een aandachtig publiek. De man is abnormaal opgewonden, buiten zinnen en niet meer aanspreekbaar. Na een poosje slaat hij de hand aan zichzelf, en wel zo dramatisch en dichterlijk mogelijk. De gebeurtenis geeft aanleiding tot kritische beschouwingen in brede kring en wordt monkelend besproken in termen van goed onderbouwde analyse."

"Merkwaardig."

"Ha!" zei Hilyer. "Je hebt het ergste nog niet eens gehoord. Soms verzamelt degene die de dood zoekt hoeveelheden fraaie voorwerpen om zich heen: kleden, porselein, figuurzaagwerk van zeldzame houtsoorten, bibelots, oude curiosa. Vaak eigent hij zich dergelijke kostbare voorwerpen harteloos toe bij vrienden en buren, waarbij hij ervoor zorgt de meest dierbare bezittingen te kiezen. Hij hoopt deze onschatbare voorwerpen op rond een zuil en steekt ze in brand terwijl hij erboven op een platform een horlepiep danst en zijn eigen requiem ten gehore brengt. Luister, hier volgt zijn voordracht."

Hilyer drukte op een knop op het toestel. Een klankvolle stem riep uit: "Hier sta ik, de lieveling der tijden, de koning van het licht, de ziel der liefde, de gezegende, dierbare en beminde kern van alle wezen! Ik ben de vooraanstaande, voorbestemd tot grote dingen! Ik wist het, iedereen wist het, het was overduidelijk. En waar is nu de gulden belofte?

Ik schreeuw het uit tegen de onrechtvaardigheid die de kosmos teistert en mij ten leste heeft bedrogen, zodat mij geen andere keus openstaat dan een eind te maken aan deze droeve ellende. Maar als ik niet in triomf mag sterven, zal ik tenminste schitteren in de glorievolle pracht van mijn tamsour! Als de kosmos meent deze tragische grap aan mij te moeten voltrekken, dan zal de kosmos er meer leed van ondervinden dan ik, want ik ga heen in een baaierd van schoonheid! Deze rook die ik nu inadem is mij als wierookgeur; ik ben dronken van de schoonheid van mijn heengaan! Laat de kosmos zich in acht nemen! De toekomst is kleurloos, maar ik zal glorie beleven aan de zonsondergangstinten van mijn dood! Ik zal befaamd zijn om mijn grootse tamsour! Zie! Ik kies het luchtruim vanaf mijn hoge plaats; ik zweef in opperste kloekmoedige en parabolische élégance naar het eind van alle dingen!"

De stem zweeg. Een andere stem zei zonder enige uitdrukking: "De weledelgeboren Varvis Malapan is zojuist van dertig meter hoogte omlaag gestort en heeft aldus zijn tamsour voltrokken. Hij is niet meer. De kosmos waarover hij heerste is verdwenen en is minder dan een leegte geworden. Zij is heen en wordt niet meer herinnerd."

Hilyer nam de cassette uit het apparaat. "Een gebeuren zoals dit is ongewoon. Het is er misschien maar een op de honderd die zich zijn tamsour zo ter harte neemt, dat hij het op deze wijze zijn wezen toe-wijdt."

"Ik vind het allemaal een beetje griezelig," zei Jaro.

6

Jaro ging met de Faths naar de ruimtehaven en toen ze aan boord waren gegaan van de statige *Francil Ambar* bleef hij staan kijken terwijl de luiken dichtschoven en waarschuwingslampjes begonnen te knippe-ren op de startmodules. Het grote gevaarte verhief zich in de lucht. Jaro, die aan de balustrade stond op het uitkijkterras, bleef het schip nakijken tot het uit het zicht verdween achter de hoge wolken. Nog vijf minuten bleef hij daar doelloos over de startbaan, de lucht en het woud daarachter staan staren. Toen draaide hij zich om en liep naar de werkplaats.

"De Faths zijn weg," zei hij tegen Gaing. "Ik voel me nutteloos en een beetje triest. Misschien ben ik toch afhankelijker van ze dan ik mezelf graag verbeeldde."

Gaing schonk een kop thee voor hem in. "En, hoe ziet je dagindeling eruit?"

Jaro nam een slokje thee en scheen nieuwe energie op te doen uit het bittere brouwsel. "Zoals gewoonlijk: werken, en verder trainen bij Bernal. Ik begin net een beetje wat hij de 'benedenste ongelijkzijdige vierhoek' noemt door te krijgen."

"Leer die maar goed. Die truc kan je op een dag het leven redden."

Jaro liet zijn armspieren rollen. "Ik voel me nu al veel beter. Heb je al gegeten?"

"Nog niet."

"Laten we dan naar Dulle Harry gaan; het is mijn beurt om te betalen."

Onder het eten vertelde Jaro Gaing over Skirl en haar problemen.

Gaing was onder de indruk. "Dat lijkt me een meisje met pit."

"Erger nog: ze is een Mosseltaart."

"Je hebt Merriehew nu voor jezelf alleen; waarom vraag je haar niet om het huishouden voor je te komen doen?"

"Dat was al bij me opgekomen," bekende Jaro. "Maar het is een onhaalbare dagdroom in het beste geval. En in het ergste geval zou ik moeten koken en alle afwas moeten doen ook."

Gaing knikte ernstig maar zei er niets op. Jaro vervolgde: "Ik weet niet hoe dat zou uitpakken. Het zou kunnen dat ze me afleidt van wat ik werkelijk wil doen, namelijk erachter komen waar de Faths me gevonden hebben."

"Dat moet toch niet zo moeilijk zijn."

"Ha! De Faths hebben hun aantekeningen zorgvuldig verdoezeld; ze weten dat ik op zoek zal gaan en bovendien heb ik al op alle plaatsen gekeken die ik kon bedenken. Op een dag vond ik een briefje van Hilyer: 'Jaro, gooi de papieren in deze la alsjeblieft niet door elkaar. Soms ben je niet al te netjes.'"

"Wat heb je toen gedaan?"

"Ik wilde er iets onder schrijven. 'Er zou minder door elkaar worden gegooid als ik wist waar ik zoeken moest.' Maar ik besloot dat dat een beetje minderwaardig was en toen heb ik het briefje maar weer teruggelegd."

"Dat doet me ergens aan denken," zei Gaing. "Ik heb nieuws voor je. Herinner je je Tawn Maihac?"

"Natuurlijk! Hij is vertrokken zonder afscheid van me te nemen; ik was bang dat hem iets akeligs overkomen was."

Gaing schonk Jaro wat bedoeld was als een innemende glimlach, maar overkwam als een verwrongen spotgrijns. "Je zat er niet ver naast."

"Wat is er met hem gebeurd?"

"Dat laat ik hem zelf vertellen. Hij is binnenkort weer in Thanet."

7

De Faths waren weg. Jaro was alleen op Merriehew. Het huis leek vervuld te zijn van gefluister en Jaro's voetstappen klonken hol in de lege kamers. 's Nachts als hij in zijn bed lag hoorde hij soms de echo van Hilyers bezadigde stem of een fluistering van Althea's klokkende lachje, maar meestal leek het gemompel en gemopper en gegiechel afkomstig te zijn van het huis zelf.

Jaro belde naar Sassoon Ayry. Hij kreeg alleen een telefoonbeantwoorder die hem meedeelde dat het huis voor onbepaalde tijd gesloten was maar dat belangrijke vragen konden worden gericht aan de secretaris van het bestuur van de Mosseltaarten. Jaro belde er inderdaad heen en vroeg om Skirls adres. Zoals hij al verwacht had werd de informatie hem botweg geweigerd. Jaro gaf zijn naam op en verzocht of Skirl Hutsenreiter verwittigd kon worden van het feit dat hij had gebeld. De stem zei dat zijn verzoek zou worden verwerkt, hetgeen Jaro opvatte als de toezegging van een snelle afdaling naar de prullenmand.

Halverwege de avond echter belde Skirl hem op Merriehew. Haar stem klonk kil en ze kwam direct ter zake. Waarom had hij haar gebeld?

Jaro legde uit dat hij zich ervan had willen overtuigen dat alles goed met haar was en dat hij hoopte dat ze een onderkomen had gevonden dat haar beviel.

Skirl zei dat de omstandigheden op dat ogenblik bevredigend waren; ze verbleef in feite op haar oude kamer op Sassoon Ayry.

Jaro gaf blijk van verbazing. Hij dacht dat het huis gesloten was.

"Correct," zei Skirl. Ze was binnengedrongen via een geheime route en was van plan er in het verborgene te blijven wonen tot haar vader terugkwam. Er waren nadelen aan verbonden; ze durfde bijvoorbeeld niet de telefoon te gebruiken of haar aanwezigheid anderszins bekend te maken, uit angst dat de bewaker die wacht liep op het terrein iets zou merken, en ook kon ze niet naar behoren gasten ontvangen.

Jaro vroeg wat ze in de bibliotheek te weten was gekomen. Niet veel bemoedigends, antwoordde Skirl. Ze was van mening dat de eisen voor een bewerkstelligersvergunning, en zelfs voor een leerlingbewijs, veel te star waren. Ze was bij lange na niet oud genoeg, ze was niet afgestudeerd in het strafrecht en ze was niet opgeleid bij de IPCC. De 'algemene instructies' vermeldden dan ook nog dat een ruim werkkapitaal van het grootste belang was. Daarnaast voelde ze zich ontmoedigd door een uitspraak als: 'Een vakbekwame bewerksteliger moet in staat zijn zich onopvallend in elk maatschappelijk milieu te bewegen, van het smerigste provinciale bordeel tot de salons van mooie en cultureel hoogstaande kunstenaars. Dikwijls ligt het gevaar op de loer.'

Jaro probeerde haar wat op te beuren. "Natuurlijk zullen er uitdagingen opdoemen, maar je bent goed uitgerust om die te ondervangen."

"In een 'provinciaal bordeel'?" beet Skirl hem toe. "Ik ben tenslotte een Mosseltaart!"

Jaro zei nadenkend: "Je zult je zaken met zorg moeten selecteren."

"Soms is dat niet mogelijk," zei Skirl. Ze las verder in de 'algemene instructies':

"'De bedreven bewerksteliger is een heel bijzonder iemand. Hij verenigt in zich een groot intellectueel vermogen, een vurige maatschappelijke aanwezigheid en genadeloze managersvaardigheden. Hij moet immuun zijn voor pijn en zich kunnen aanpassen aan elke kookkunst, hoe bizar die aanvankelijk ook mag lijken. VAN HET GROOTSTE BELANG: hij dient te beschikken over een werkkapitaal, dat —'" Skirl smeet de 'algemene instructies' opzij. "Kortom, ze ontzeggen me een leerlingbewijs, dat even goed zou zijn als een vergunning. Ik heb nog het certificaat dat Myrl Sunder me heeft gegeven, daar zal ik het mee moeten doen."

"En die financiële reserves, en die rechtenstudie? Als je een paar trimesters zou doorstuderen aan het Instituut zou je beter gekwalificeerd zijn."

"Ja, dat kan zijn, maar dat trekt me niet in het minst."

Skirl verbrak de verbinding voordat Jaro een landelijke picknick kon voorstellen, of een bezoek aan Hotel de Blauwe Bergen, of een ander uitstapje.

Jaro leunde achterover in zijn stoel en dronk bier uit Hilyers lievelingskroes, die hij van Althea nooit mocht gebruiken — dat zou majesteitsschennis zijn geweest. Hij dacht na over zijn eigen plannen voor die zomer. Die kon hij verdelen over drie categorieën. Ten eerste zou hij zoveel uren draaien op de ruimtehaven als hij vrij kon maken. Ten tweede zou hij doorgaan met zijn training in gevechtstechnieken. Ten derde zou hij gebruik maken van de afwezigheid van de Faths om naar aantekeningen te zoeken die hem konden helpen te ontdekken waar hij vandaan kwam.

HOOFDSTUK XI

1

DE FATHS KWAMEN vroeg in de ochtend op de ruimtehaven van Ushant aan. De douaneformaliteiten bleven tot een minimum beperkt en halverwege de ochtend waren ze op weg naar Dimpelwater, dat dertig kilometer noordelijker lag, aan boord van een trein met panoramawagons die aan de zijkant waren opengewerkt en die hen met een kalm gangetje door het flamboyante oerwoud voerde dat bekend stond als de Pruimengaard van Lyrhidion. Toeven roze, zwarte en oranje vedervarens trilden in de wind en stootten wolkjes zoetgeurende sporen uit die, eenmaal verzameld en geperst, een snoeperij vormden die door de plaatselijke bevolking op hoge prijs werd gesteld.

Her en der verhieven zich de stekels van de zotteklap tot een hoogte van wel zestig meter, star en stijf als palen. Elke stekel liep uit in een zwelling van drie meter dikte, waaruit een corona van oranje vlammen spoot, regelmatig gevormd als de blaadjes van een bloemkroon. De vlammen bleven eeuwig branden, zodat de Pruimengaard van Lyrhidion er 's nachts van bovenaf uitzag als een weide met vuurbloemen.

Voor het grootste gedeelte van het traject volgde de trein de loop van een trage rivier, door zonneplekken en schaduw van groene treurwilgen en lantaarnjasmijn. Beboste eilandjes doemden op gezette tijden op, elk voorzien van een rustiek landelijk huisje met een veranda die uitzag op het water.

In Dimpelwater aangekomen gingen de Faths naar hun hotel en werden naar kamers gebracht van meer dan toereikende gerieflijkheid. Brede openslaande vensters boden uitzicht op een typisch tafereeltje: een bruggetje, gehakt uit hout dat zwart was van ouderdom, een beekje beneden, een strook beplant met ebben met zalmroze, hartvormige bladeren en daarachter, op een afstand van tweehonderd meter, de rotonde van Hotel Tia-Taio, waar het conclaaf zou plaatsvinden — een wonder van bouwkunst op zich. De koepel van de rotonde, bestaand uit blokken glas van vijftien centimeter dikte, samengesmolten tot een enkele schaal, verhief zich zestig meter boven de begane grond. Het zonlicht dat door het glas werd gebroken verlichtte het interieur met een symfonie van kleur. 's Nachts werd een schijnsel van eenzelfde intensiteit verspreid door een enorme bol die aan een ijzeren ketting was opgehangen. De samenstelling van de bol was eenvoudig maar zeer elegant. Op een ijzeren rooster waren geslepen edelstenen bevestigd: robijnen, smaragden, saffieren, topazen, jacynthen en nog een tiental meer. Licht afkomstig van een inwendige bron viel door de juwelen en zette de ruimte in een veelkleurig schijnsel dat voller en rijker was dan het licht van de koepel overdag.

De Faths verlieten na een poosje hun hotel, liepen over het bruggetje en wandelden door het ebbenbosje naar de rotonde naast hotel Tia-Taio. In de hal ontmoetten ze toevallig Laurz Mur, de voorzitter van het organiserend comité.

Laurz Mur was knap op een onopdringerige manier, zij het wat statig en onpersoonlijk. Althea vond hem fascinerend en onderhoudend. Hilyer vond hem maar niets en beschouwde Mur als niet veel meer dan een elegante dilettant.

Mur nodigde hen uit voor de lunch, waar hij zo'n moeite deed aangenaam gezelschap te zijn, dat zelfs Hilyers achterdocht werd gesust. Mur was zeer geïnteresseerd in het specialisme van de Faths: kunstzinnig symbolisme, met de nadruk op muzikale uitingsvormen. "Persoonlijk heb ik iets meer inzicht in de materie dan de doorsnee amateur; ik moet zelfs bekennen dat ik een paar nietige brokjes oorspronkelijk onderzoek heb verricht en een paar artikeltjes heb geschreven met mijn gevolgtrekkingen. Nee, nee!" protesteerde hij toen Althea vroeg of ze zijn artikelen mocht inzien. "Eerst moet ik ze helemaal afronden."

Mur weigerde verder over zijn werk te spreken. Aan Hilyer vroeg hij: "Hebt u het programma al gezien?"

"Nog niet."

Mur haalde twee brochures tevoorschijn die hij aan Hilyer en

Althea gaf. "U zult zien dat u morgenochtend het spreekgestoelte beklimt. Ik hoop dat dat u uitkomt?"

"Zeer zeker! Ik zal graag mijn voordracht houden zodat ik daarna ontspannen van de rest van het conclaaf kan genieten."

"Als ik me wel herinner," zei Laurz Mur peinzend, "is er nog een spreker van Thanet die voor morgenmiddag staat genoteerd."

Althea keek op haar exemplaar van het programma. "Dat zal decaan Hutsenreiter zijn. Zijn voordracht gaat over de permutaties van de taal en is volgens zeggen zeer diepzinnig."

Mur raadpleegde zijn aantekeningen. "Dat zal ik moeten missen aangezien ik dan een vergadering moet bijwonen." Hij schudde bedroefd het hoofd. "Maar ja ... een taak als deze zal ik nooit meer op me nemen."

Althea vroeg: "Ik heb de lijst doorgenomen en zie behalve uzelf geen vertegenwoordigers van Ushant. Zijn er geen geleerden op deze wereld?"

"Niet zo veel. Om deze en dan weer gene reden trekken de meest vooraanstaande wijsgeren naar andere werelden om te studeren en hun bul te behalen en ze keren zelden terug. Wederom is het zo, dat wij niet bijzonder neigen naar abstract onderzoek. Wij hebben vele uitmuntende musici maar slechts een paar musicologen."

"Interessant," zei Hilyer. "Mag ik u een persoonlijke vraag stellen?"

Laurz Mur glimlachte beleefd. "Natuurlijk."

"U draagt op de epaulet van uw jasje een aantal elementjes die eruitzien als opnameapparatuur. Wat is het doel daarvan?"

De glimlach van Laurz Mur werd iets schraler. "De verklaring is nogal ingewikkeld; wat mij betreft is het de macht der gewoonte die apparatuur bij me te dragen, aangezien ik het doel dat ze dienen niet serieus neem."

"En wat mag dat doel zijn?"

Laurz Mur haalde licht zijn schouders op. "Sinds mensenheugenis heeft men dagboeken en journalen bijgehouden voor eigen gebruik. Deze apparaatjes helpen daarbij. Ze leggen alle gebeurtenissen van iemands bestaan vast en vormen zo in feite een uitstekende geheugensteun, voor het geval men een belangrijk feit of een afspraak vergeet."

"Hoe verwerkt u zo'n overdaad aan gegevens?"

"We trekken er elke dag een ogenblik voor uit om het materiaal te ordenen. Wat belangrijk is bewaren we. De rest wordt opgeruimd. Het is een obsessieve gewoonte, maar om een of andere reden kunnen wij ons er niet van losmaken. Nu moet u mij verontschuldigen. Ik vond onze ontmoeting heel plezierig en zal hem zeker als dierbaar aandenken bewaren."

De Faths keken hem na terwijl hij wegliep. "Verbazende lieden," zei Hilyer. "Weet je wat ik denk?"

"Waarschijnlijk wel," zei Althea, "maar zeg het toch maar."

"Deze lieden leven in vrijwel ideale omstandigheden en toch zijn ze somber. Hoe komt dat? Omdat het rad van de tijd langzaam hun levens vermaalt en ze nergens heen kunnen. Ze verzamelen fraaie snuisterijen en schrijven hun dagboek. Elke dag hetzelfde. De ogenblikken van hun leven vlieden voorbij, met hun hoop op een glorieuze tamsour. Waarbij ik het woord mogelijk wel, en mogelijk niet correct gebruik."

"Hm!" snoof Althea. "Niemand trekt zich er wat van aan of ik wel een aardige tamsour heb."

"Je zult niet veel medeleven krijgen op Ushant. Ze maken zich hier alleen bezorgd om zichzelf."

"Misschien heb je gelijk."

"Laurz Mur verspilde weinig tijd aan ons. Hij verorberde zijn maaltijd en weg was hij weer, als een opgejaagd parelhoen," merkte Hilyer op.

"We konden hem niet uitzinnig bekoren," zei Althea. "Hilyer, zeg eens eerlijk: bekoor ik jou uitzinnig?"

"Nee," zei Hilyer. "Maar je bent prettig in de omgang."

2

De volgende dag opende Laurz Mur het conclaaf van xenologen. Vanaf het spreekgestoelte nam hij het publiek op met schattende blik. Vijfhonderd xenologen bevonden zich in zijn gezichtsveld: alle denkbare soorten filosofen, ontdekkingsreizigers, biologen, antropologen, geschiedkundigen, cultuurpsychologen, linguïsten, analytisch esthetici, filologen, dendrologen, lexicografen, cartologen en nog zo een tiental duistere beroepsgroepen. Sommigen stonden in het programma vermeld als spreker, anderen zouden slechts toehoren en zich bezighouden met het belangrijke werk van intellectuele kruisbestuiving. Weer anderen hadden artikelen meegenomen die ze van plan waren voor te lezen als de gelegenheid zich voordeed, of zelfs indien niet; op een of andere manier, goedschiks of kwaadschiks, moest dat kostbare artikel met de zorgvuldig bijgeslepen zinsneden en het bekoorlijke gedachtegoed worden gehoord!

Laurz Mur had zijn gehoor genoegzaam opgenomen en hief, kennelijk voldaan, een satijnhouten staf op waarmee hij met een sierlijk gebaar op een kleine bronzen gong sloeg. Het publiek werd stil. Laurz Mur sprak: "Dames en heren! Ik behoef niet te zeggen dat het een eer van de allerhoogste graad is zoveel befaamde geleerden toe te spreken. Het zal een vooraanstaande passage vormen in mijn opgetekende herinneringen! Maar we hebben de tijd niet ons over te geven aan heilwensen over en weer. We hebben een strak gereguleerd programma voor de boeg en zullen de ochtendzitting stipt om twaalf uur schorsen. Zonder verdere omwegen stel ik u nu de eerste spreker voor: de weledelgeboren heer jonker Wilfred Voskovy."

Jonker Wilfred trad naar voren: een stevig heerschap met een hoog opgeknipte bos zwart haar en een nogal gemelijk gezicht. Zijn flamboyante kleding gaf blijk van een ware vlucht aan modieuze versieringen en verfijningen die opvallend strijdig waren met zijn melancholieke gelaat. In een opwelling van diep inzicht zei Althea tegen Hilyer dat jonker Wilfred gedwongen was zo'n buitensporig opvallende kledij te dragen op aanstichten van zijn vrouw, hetgeen tevens zijn norse uitdrukking verklaarde.

De boodschap die jonker Wilfred bracht was al even vreugdeloos. "De samenlevingen binnen het Gaiaanse Bereik zijn nu zo complex, zo onderling verschillend en zo ver, diep en wijdverbreid, dat wij niet langer kunnen denken in termen van allesomvattende kennis op enig gebied, hoe subliem dat denkbeeld onze voorvaderen ook mag hebben toegeschenen. Om mijn stelling iets breder uiteen te zetten: de omvang van de kennis is tienmaal sneller toegenomen dan ons vermogen die kennis te ordenen, laat staan te begrijpen.

"Dit biedt een somber vooruitzicht voor de toekomst, zoals ieder van mijn verheven toehoorders zal onderkennen. In de grond komt het hierop neer, dat onze carrières aantoonbaar oefeningen in futiliteit zijn en dat de gewetensvollen onder ons in het vervolg hun salaris zullen toucheren met een pijnlijk gevoel van schuld. De tijd is daar om ons een ander perspectief te kiezen en realist te zijn, in plaats van academische fossielen die dromen van een verloren tijdperk van onschuld.

"Wat dan nu? Is alles dan verloren? Niet noodzakelijkerwijs. Ons werkterrein, zoals nu opnieuw afgepaald, behelst dan eenvoudig het classificeren van informatie. Niet langer zullen wij vergelijken, analyseren, synthetiseren en op zoek gaan naar ons goed uitkomende overeenkomsten. Onze gekoesterde en verrukkelijke wetten der maatschappelijke dynamica kunnen in dezelfde archiefdoos worden bijgezet als de theorie van het flogiston. Wij zijn nu realisten! Toch zal het ons nog niet meevallen alle nieuwe informatie alleen maar bij te houden, laat staan te analyseren. Waarom zouden we onszelf bedotten?"

Een man met een rood hoofd op de eerste rij sprong overeind. Op minachtende, strijdlustige toon schreeuwde hij het antwoord op wat jonker Wilfred bedoeld had als een louter retorische vraag. "Dat ligt voor de hand; om onze baantjes te behouden!"

Jonker Wilfred wierp een hooghartige blik op de man en ging verder.

"Er zijn ten minste twee wegen die deze schijnbare impasse omzeilen. Ten eerste kunnen we naar willekeur een aantal bewoonde werelden — zeg: dertig of veertig of zelfs vijftig — aanwijzen en stellen dat deze werelden het enige geschikte werkterrein vormen voor serieuze studie. Daarmee negeren we alle andere menselijke bezigheden, hoe verbijsterend ook. Zijn de nieuwe gegevens tragisch, sensationeel, doortrokken van menselijk drama? Wij malen er niet om; wij vegen de onwelkome informatie van tafel! Wij zijn tenslotte het gezag, zoals wij onze studenten voorhouden, en wij weten het beter. De zogeheten controlegroep van werelden, met hun makkelijk toegankelijke beschaving, zal een beheersbaar scala aan gegevens opleveren en elk van ons kan uiteraard stemmen voor het meetellen van zijn favoriete planeet. Op deze manier handhaven wij de waardigheid en de roem van ons beroep. Onze studie kan zo diep graven als wij maar willen en allen zullen we uitermate gerieflijk af zijn. Intussen kunnen onze studenten zich de eerste beginselen van culturele antropologie eigen maken, om toe te passen naar eigen goeddunken. Mochten belhamels of krankzinnige genieën in onze groep er voor kiezen andere samenlevingen te bestuderen, wel — laat hen maar; het is ons om het even. Wij lachen hen eenvoudig weg en aangezien wij de zeggenschap hebben over subsidies, aanstellingen en salarissen zullen ze spoedig weer in het gareel lopen."

"Belachelijk!" kreet de man met het rode gezicht op de eerste rij. "Wat een imbeciel idee!"

Zoals tevoren sloeg jonker Wilfred geen acht op de man. "Het tweede plan is iets gecompliceerder. Wij stellen een gigantische informatiebank samen — een apparaat voor het verwerken van data van nimmer vertoonde reikwijdte. Onze taak verandert dan van aard; wij vergaren nog slechts informatie en voeren deze in het mechanisme in, zonder te pietlutten of te kniesekausen met de details, als zouden wij weten waarmee we bezig zijn. De machine neemt de informatie op in rauwe toestand, niet-geclassificeerd, niet-voorgekauwd, niet-geanalyseerd. En meer niet. De machine is zo geprogrammeerd dat ze de gegevens zal vergelijken en rationaliseren. Ons bestaan zal een en al rust zijn. Wanneer we zitten te babbelen op onze club, met uitgelezen dranken, zal er misschien een onderwerp op tafel komen waarvoor wij een luchtige belangstelling opvatten, of misschien wensen we uitsluitsel inzake een weddenschap. In de nare oude tijd — ik bedoel dus het heden — zouden we gedwongen zijn ons daartoe in te spannen. In het nieuwe systeem steken we slechts de hand uit, drukken op een knop, en de betrokken gegevens worden ogenblikkelijk vertoond. Niet langer zijn wij dan nietige, onderbetaalde academici van laag aanzien; het goede leven is ons ten deel gevallen. Wij onderscheiden ons niet meer van elkaar op grond van ons vroeger, bekrompen, werkterrein; we zullen Doctor in de Eruditie zijn geworden! Een glorieus vooruitzicht, naar mij verzekerd is.

"Een laatste opmerking nog. Zekere zelfvoldane bonzen, wier namen ik niet noemen zal ofschoon ik hun zielig gegrijns hiervandaan kan zien, zouden liefst als voorheen slaafs hummen en bulken tegen de sollicitatiecommissie. Maar aha! De grote grap! Die commissie, dat zijn wij!"

"Bah!" zei de rood aangelopen man op de eerste rij minachtend. "Als dat idiote plan van u in werking trad, wat zouden wij dan nog van nut zijn?"

"U kunt altijd uw lichaam nog verkopen als hondenvoer," antwoordde jonker Wilfred. "En dat van uw echtgenote ook, mocht zij voor u komen te overlijden; zij behoeft van uw voornemen niets af te weten. Behoed haar en koester haar wel, want ze is uw spaarpotje."

Laurz Mur zei: "Dank u, jonker Wilfred, voor uw provocerende denkbeelden; ik weet zeker dat ze ons nog lang zullen bijblijven. De volgende spreker is de eminente professor Sonotra Sukhail, een Groot-Tantriciste van de Antimaten en een negendegraads Putra. Zij zal ons enkele uittreksels bieden uit haar artikel over de bergdorpen van Ladaque-Royale. Ik meen dat ze ons belangwekkende zaken zal vertellen over de menselijke vliegers en de Windtovenaars van de Pittispasiaanse Klippen, die, zoals wij allen weten, het Centraal Massief van het tweede continent omzomen, daar waar het aan de Kreunende Oceaan grenst."

De man met het rode hoofd kwam zwaarwichtig overeind. "U refereert hier kennelijk aan de planeet Ladaque-Royale, Sagittarius DFC 32-DE-2930?"

"Ik heb hier geen rechtstreekse toegang tot de Definitieve Functionele Catalogus," zei Laurz Mur, "maar ik vermoed dat u ons de juiste benaming hebt verschaft, waarvoor onze erkentelijkheid."

"En professor Sukhail is een Putra?"

"Precies; van de negende graad."

"In dat geval ben ik meer dan voldaan. Wij kunnen vol vertrouwen deze dame aanhoren."

Laurz Mur knikte beleefd. "Welaan, dan is hier professor Sukhail. Madame, u kunt beginnen met uw voordracht."

De Putra, een vierkante vrouw met een breed gezicht en een stijve kuif van kastanjebruin haar, zei tot de heer op de voorste rij: "Uw aanduiding was correct, mijnheer. Bent u bekend met Ladaque-Royale?"

"Ik heb de Windtovenaars diepgaand bestudeerd! Ja, ik kan het Mirakel van de Floncingrivier voltrekken en heb toegang gekregen tot de Tantriek van de Pellucideweg."

"Aha!" zei Sonotra Sukhail. "Ik zie wel dat ik me geen vrijheden met de waarheid kan veroorloven! Maar dat doet er niet toe; ik zal mijn verbeeldingskracht beteugelen en me beperken tot een feitelijk relaas."

Sonotra Sukhail had zich geen zorgen behoeven te maken. Haar onopgesmukte feiten waren fascinerend genoeg en werden opgeluisterd door foto's van de zwierende, zwevende onderwerpen van haar studie; ze stelde dat de vaardigheden van de Windtovenaars slechts konden worden verklaard in termen van gedachtenoverdracht. Ze keek naar de man met het rode hoofd op de eerste rij. "Heb ik het met die opvatting bij het rechte eind, mijnheer?"

"Volkomen correct, in elk opzicht," zei de man plechtig. "Ik zou mij achter uw uitspraken scharen, zelfs als ik niet uw echtgenoot was."

Laurz Mur kwam het podium op. "Er volgt een kort oponthoud terwijl professor Sukhail haar materiaal verwijdert."

Een poosje zaten Hilyer en Althea zwijgend naast elkaar. Toen fluisterde Althea Hilyer toe: "Toen ze het had over gedachtenoverbrenging en dergelijke moest ik denken aan Jaro en zijn narigheid van vroeger — die nu hopelijk achter hem ligt."

Hilyer overdacht de kwestie. "Ze gaat wel erg ver met haar veronderstellingen. Die Tantriekers lijken bijna abnormaal in hun eigenschappen en de Windtovenaars zijn opmerkelijk, op z'n zachtst gezegd. Maar ik zie geen verband tussen dit alles en Jaro."

Althea zei twijfelend: "Jaro's ervaringen waren bepaald ongebruikelijk. Misschien zijn er verbanden die wij niet hebben opgemerkt."

"Onzin!" zei Hilyer bars. "Jaro heeft nimmer gecommuniceerd met deze stromen van tijdoverschrijdende straling en bedrijft evenmin de Zeven Taken der Dagelijkse Plicht."

Althea was niet helemaal overtuigd. "Jaro is beslist een geval apart. Dat weet hij evengoed als wij, en het knaagt aan hem. Geen wonder dat hij wil weten waar hij vandaan komt."

"En dat zal hij ook, te zijner tijd, maar zijn opvoeding gaat voor. Ik ben trouwens bang dat hij niet ten volle meewerkt in deze."

"Hoe dat zo?" riep Althea uit. "Ik heb het gevoel dat hij allerinschikkelijkst is."

"Inschikkelijk misschien wel, maar hij werkt maar ten dele mee. Hij heeft bijvoorbeeld zijn lessen in niet-semantische poëzie en de symbologie der kleuren laten vallen om meer tijd vrij te maken voor zijn werk op de ruimtehaven."

Althea wilde het gesprek een andere wending geven. "O, kijk ginds, naast die man met de blauwe cape. Dat is decaan Hutsenreiter met een volstrekt ongepaste hoed op."

Hilyer draaide zich om en keek. "Om die hoed maal ik niet! Wie is die ongepaste dame?"

Althea nam de gezellin van Hutsenreiter, die een centimeter of dertig langer was dan hijzelf, aandachtig op. Ze had lange armen en benen, haar achterwerk was gestroomlijnd, haar boezem was vorstelijk en haar gezicht was een masker van marmeren misprijzen voor de blikken die op haar werden geworpen. Ze droeg een opvallende strakke japon in paars en groen met een hoge kegelvormige tulband van goudlaken.

"Zou dat zijn vrouw kunnen zijn, de Prinses van de Dageraad, van Marmone?" vroeg Hilyer.

"Ik geloof het niet," zei Althea. "Maar zeker weten doe ik het niet. Maar wie ze ook is, hoe kan hij zich zo iemand veroorloven? Ik dacht dat hij diep in de financiële moeilijkheden zat."

"Dat is me ook een raadsel. In elk geval geloof ik niet dat ze een Mosseltaart is."

Laurz Mur verscheen opnieuw op het podium. "De tijd dringt en we lopen een tikkeltje achter op ons schema. Zonder omwegen stel ik u nu onze volgende spreker voor — een geleerde met een smetteloze staat van dienst: de hooggeboren Kyril Hape."

Een lange man met een vogelachtige neus, felle zwarte ogen en een bos wit haar betrad nu het podium. Laurz Mur ging verder en beschreef Hape als iemand die hij vrijwel van kindsbeen af had vereerd, een linguïst en zeer vooraanstaand op zijn terrein. Hij was afkomstig van de Oude Aarde maar was tegenwoordig woonachtig bij zekere intrigerende ruïnes, waarvan hij de ligging nog niet bereid was te openbaren.

Hape kwam nu naar voren en beschreef zijn pogingen om tot een vertaling te komen van de inscripties op een stel van vijfentachtig platen van een irridiumlegering, die hij in een ondiepe grot nabij zijn kamp had aangetroffen. Zijn verhaal kwam neer op een relaas van een onophoudelijk pogen de onbegrijpelijke tekens een betekenis te ontrukken. Hij verhaalde over diverse kunstgrepen, technieken en proeven die hij door de jaren heen had toegepast — alle met hetzelfde resultaat. Toen hij klaar was wierp hij een blik op Laurz Mur. "Naar de hier heersende maatstaven heb ik mij waarschijnlijk slechts een zeer nederig en nogal morsig tamsour verworven," zei hij verbeten glimlachend. "Ik ben ervan overtuigd dat ik het woord niet juist gebruik, maar dat doet er niet toe. Ik heb vele jaren aan deze inscripties gewijd en niets heeft mijn zwoegen mij opgeleverd, zelfs geen pensioen van mijn universiteit. Meer dan tien jaar geleden heeft de faculteit me ontslagen. Maar ik sla me er wel doorheen, op de ene of de andere manier. Het zal u misschien verbazen te vernemen dat ik een aantal nieuwe benaderingsmethoden heb, die ik dringend op die vermaledijde inscripties wil beproeven. Ik kan bijna niet wachten tot ik weer terug ben op mijn kantoor. Ik zou waarlijk niet weten of ik nu door de kosmos bedrogen ben of niet.

"Wel kan ik u er op wijzen dat ginder, zelfvoldaan als altijd en onge-twijfeld even abuis in zijn theorieën als altijd, Clois Hutsenreiter zit. Ik heb eenmaal met hem samengewerkt en zelfs de arbeiders noem-den hem Slordige Clois en ontdeden hem elke avond van zijn geld in de loop van een of ander gokspel. Sindsdien heeft hij het geluk naar zijn hand gezet en is decaan geworden aan een of ander instituut voor voortgezet wetenschappelijk onderwijs. Hoe heeft Slordige Clois die functie weten te verwerven? Door nijvere toepassing van het bruin-werkersprincipe, naar ik me heb laten vertellen. Bovendien trad hij in het huwelijk met een begoochelde erfdochter, zonder deze te verwitti-gen van een voorgaand —"

Decaan Hutsenreiter sprong op en riep: "Waar is de presentator? Hoelang tolereert hij deze krankzinnige bombarie nog? Wij horen hier het gesnater van een gek! Houdt dat nimmer op? Presentator, doe alstublieft uw plicht! Verwijder deze demon der orale verloedering!"

Laurz Mur kwam naar voren en drong er met grote koelbloedigheid bij Kyril Hape op aan dat deze het podium zou verlaten of althans de teneur van zijn opmerkingen zou matigen. Hape protesteerde dat hij nog verschillende anekdotes wilde verhalen die het gehoor moge-lijk interessant zou vinden. Hij kreet: "Vanmiddag zult u Slordige Clois aanhoren, waarbij hij een poging zal doen mijn opmerkingen te bestrijden. Weest gewaarschuwd! U zult getuige zijn van sofisterij en insinuaties!"

Laurz Mur gaf hem een veelzeggend teken.

Kyril Hape zei: "Ik zie dat de klok voor alles gaat en dat ik mijn opmerkingen dien af te ronden. Ik kan u slechts aanraden uw beurs stevig vast te houden als Clois in de buurt is en hem geen geld te lenen. Helaas! Mijn tijd van leven is verstreken! Tenzij ik in mijn gulden nadagen de plaquettes alsnog weet te ontcijferen, zal mijn loopbaan gespeend blijven van distinctie. In het voorbijgaan wil ik nog opmerken dat ik er Clois Hutsenreiter van verdenk deze zelfde plaquettes te hebben vervaardigd en te hebben verborgen waar hij wist dat ik ze zou vinden. Is hij aan deze misdaad schuldig of onschuldig? Zie hem aan! U zult zien dat hij breed zit te glimlachen. En dat is niet de klare glimlach van de onschuld.

"Hiermee, dames en heren, besluit ik mijn opmerkingen."

Kyril Hape maakte een buiging voor Laurz Mur en verliet het podium, onder applaus van het publiek.

"Een hoogst onconventionele toespraak!" mompelde Hilyer tegen Althea.

Althea knikte. "Maar onconventioneel of niet, Hutsenreiter was niet erg enthousiast."

Laurz Mur nam het woord. "Vervolgens beluistert u de opmerkingen van professor Hilyer Fath van het Thanet Instituut te Thanet, op Gallingale. Zijn onderwerp is, naar ik begrepen heb: Aspecten van de Esthetische Symbologie."

Hilyer marcheerde naar het spreekgestoelte. Normaal gesproken voelde hij zich bij dergelijke gelegenheden volkomen op zijn gemak, maar vandaag zat decaan Hutsenreiter in de zaal. Hilyer rechtte zijn schouders. Er viel niets aan te doen. Om niet te worden afgeleid van de inhoud van zijn voordracht, moest Hilyer ervoor zorgen zijn blikken af te houden van Hutsenreiter, wiens ogen hem dreigend aanstaarden vanonder de rand van zijn excentrieke knalrode hoed.

"Mijn vakgebied is zeer breed," zei Hilyer. "Het is echter tevens samenhangend en universeel constant. Ik persoonlijk zou de beperkingen afwijzen die jonker Wilfred Voskovy zou willen opleggen omwille van de hanteerbaarheid. Wat is er per slot van rekening mis met overdaad? Wanneer u aan een banket wordt genood zult u geen kritiek hebben op een teveel aan voortreffelijk voedsel, doch wel op het ontbreken daarvan. Laten wij dus de verrukkelijke misdaad van de gulzigheid hooghouden, zonder ons iets aan te trekken van de hologige vegetariër die ons vol afgunst boze blikken toewerpt. Het zal u duidelijk zijn: jonker Wilfred dient een nieuw credo te zoeken. 'Overvloed', 'Overmaat', 'Verscheidenheid' — dat zijn de richtingborden die ons de weg wijzen naar een fraaie 'tamsour', om een van de merkwaardige plaatselijke begrippen te gebruiken — wellicht ook verkeerd. Dit gezegd hebbende, kom ik aan mijn hoofdthema.

"De tijd is kort en mijn werkterrein is onbegrensd; ik zal u slechts vergasten op een klein aantal beschrijvende anekdotes. Ze zullen kort zijn en ter zake, aangezien mijn vakgebied, wil het waarlijk doorgrond worden, een gevoelsmatige waarneming van de te beschouwen symbolen vergt. Ik leg er de nadruk op dat elke afzonderlijke symbologie een geweldige en uiterst subtiele studie vergt. Ik voel me altijd droevig vermaakt door lieden die pretenderen chic of avantgarde te zijn door voor te wenden dat zij genot beleven aan muziek uit een beschaving die verschilt van de hunne. Daardoor kenmerken ze zich ogenblikkelijk als poseurs.

"Toch is het mogelijk de symbolen waar te nemen zonder de gevoelsmatige lading te verstaan. Ja, er schuilt intellectuele bevrediging in de eenvoudige herkenning van patronen. Dikwijls meen ik zelf plezier te beleven aan de muziek, ofschoon ongetwijfeld om de verkeerde redenen. De symbologie der muziek dient met moeders paplepel en door moeders stem te worden ingegeven, met het geheel der klanken van het ouderlijk huis.

"Mijn werkterrein is dus meervoudig ingewikkeld, aangezien de bestudering van elke vorm van muziek een analyse met zich meebrengt van de samenleving waaruit de symbologie is ontstaan. De analyticus zal fascinerende dwarsverbindingen aantreffen tussen de symbologie van de muziek en andere aspecten van het maatschappelijke bestel. Om een voorbeeld te geven —" Hier vermeldde Hilyer een aantal samenlevingen, beschreef het aldaar voorkomende menstype en liet representatieve muziekfragmenten uit elk der samenlevingen horen. "Luistert u aandachtig. Van elke beschaving laat ik eerst feestmuziek horen, vervolgens staatsiemuziek en ten slotte uitvaartmuziek. U zult interessante verschillen en interessante overeenkomsten beluisteren."

Aldus zette Hilyer zijn presentatie voort. Hij besloot met de uitspraak: "Esthetische symbologie is uiteraard niet beperkt tot de muziek, ofschoon die mogelijk nog het meest toegankelijk blijkt voor bestudering. Andere stelsels zijn ingewikkelder en van grotere meerduidigheid. Ook kunnen de begrippen elkaar tegenspreken. Ik waarschuw mijn studenten altijd dat zij, indien ze de hoop koesteren absolute waarden op te leggen aan esthetische symbologie, beter een kneedbaarder vak kunnen kiezen."

Hilyer keerde terug naar zijn plaats. Althea verzekerde hem dat hij de aandacht van het publiek heel aardig had weten vast te houden met zijn voordracht en dat zelfs decaan Hutsenreiter zo te zien een lovende opmerking had gepreveld tegen zijn metgezellin. "En nu zou ik de zitting graag een poosje verdagen, als je er net zo over denkt als ik."

"Verdagen? De zaal verlaten, bedoel je?" Hilyer was verbaasd. "Waarom in vredesnaam? Het programma duurt nog een uur."

Althea trok een lelijk gezicht. "Dat is zo, maar ik heb ondertussen te veel moeten aanhoren — aandrang en humeurigheid en gedachtenoverdracht... Misschien ben ik ook een tikkeltje buitenzintuiglijk gevoelig, of hoe die lieden dat ook uitdrukken."

Hilyer keek weifelend om zich heen. "Ga jij maar, als je wilt. Ik zou zo opvallen als ik nu wegging."

Althea liet zich weer in haar stoel zakken. "Dan wacht ik wel. Maar laten we weggaan zo gauw als het kan."

Hilyer stemde ermee in en Althea legde zich met tegenzin bij de situatie neer.

Laurz Mur kondigde joffer Julia Neep aan, die als onderwerp had gekozen wat ze Zieke Samenlevingen noemde. Voor ze het thema aansneed nam ook zij even de tijd om jonker Wilfreds voorstellen af te wijzen. "Net als Hilyer Fath verfoei ik dergelijk triest pessimisme. Als wij jonker Wilfred ernstig zouden nemen, zouden wij dit conclaaf onverwijld beëindigen en allemaal naar huis gaan om onze vooraanstaande positie op te geven en de rest van onze levensdagen te slijten in vegeteren en apathie. Ik weiger dat, in elk geval. Welnu, sommigen onder u zullen denken dat mijn onderwerp, Zieke Samenlevingen, niet minder grimmig en onheilspellend is dan dat van jonker Wilfred. Mijn voordracht wordt al gekscherend 'Joffer Julia's Korte Inleiding tot het Eind van alle Dingen' genoemd. Dat is natuurlijk een valse voorstelling van zaken. Voor elke zieke samenleving vindt men er tientallen die gezond zijn, waar letterlijk van alles kan, en waarschijnlijk ook zal, plaatsvinden. Toch is dat voor ons geen reden de handen ten hemel te slaan, help te roepen en de dekens over ons hoofd te trekken." Ze keek met samengetrokken wenkbrauwen neer op de man met het rode hoofd op de eerste rij, die opgesprongen was. "Ja, mijnheer?"

"U hebt een geletterd publiek voor u. Als uw kennis even verward is als uw beeldspraak staat ons een pijnlijke ochtend te wachten." Hij boog kortaf en nam weer plaats.

Joffer Neep nam hem een ogenblik op en zei toen: "Mijn onderwerp is Zieke Samenlevingen en u zou heel wel kunnen dienen als toonbeeld. Wilt u misschien op het podium komen zodat ik u aan een onderzoek kan onderwerpen?"

"Zeker niet!" zei de man stijfjes. "Tenzij u eerst van het podium afkomt om u door mij aan een onderzoek te laten onderwerpen."

Joffer Neep ging verder met haar uiteenzetting en beschreef de karakteristieke kenmerken van een zieke samenleving, de symptomen, de rijping, de neergang en het uiteindelijke verval. "De aanwijzingen die op het eerste gezicht kunnen worden waargenomen zijn geenszins gelijkvormig. Een statische samenleving behoeft bijvoorbeeld niet ziek te zijn, indien er voldoende uitdaging is vanuit de leefomgeving. Een maatschappij met grote verschillen in voorrechten of rijkdom kan heel wel gezond zijn indien de mogelijkheid bestaat om op te klimmen. Diezelfde samenleving is ziek wanneer die mogelijkheid niet bestaat en beloningen en bonussen toevallen aan uitvreters en parasieten.

"Geïsoleerde samenlevingen kunnen vreemde en merkwaardige richtingen inslaan maar behoeven niet ziek te zijn; ze lopen echter een groot risico aangezien ze niet blootstaan aan corrigerende kritiek, waardoor ze zich niet bewust zijn van een eventueel fataal afglijden. Geïsoleerde samenlevingen zijn vrijwel altijd tot verval gedoemd. Klerikale, godsdienstige, door priesters overheerste samenlevingen zijn als organismen die aan kanker lijden."

Joffer Neep werkte haar denkbeelden beknopt uit, beantwoordde een paar vragen uit het publiek en verliet het podium.

Laurz Mur trad naar voren; hij droeg nu een kegelvormige hoed van zwart fluweel die zijn elegante bleke teint onderstreepte.

"Ik wil joffer Neep bedanken voor haar doorwrochte uiteenzetting. Ik zie dat het tijdstip nadert waarop we volgens afspraak zouden pauzeren. Wij zullen trachten ons aan het rooster te houden." Een nuffig glimlachje verscheen op zijn gelaat. "Op Ushant halen we dikwijls het gezegde aan: 'Alle gebeurtenissen dienen aan hun eigen richtlijnen te gehoorzamen.' En dus, hoewel de tijd kort is, ongeveer zes minuten slechts, zal ze toereikend zijn voor mijn eigen korte voordracht, die ik uit bescheidenheid niet in het programma heb opgenomen.

"Het is namelijk zo dat ook ik, op mijn eigen wijze, socioloog ben en wel van een formaat dat met het uwe gelijk staat, naar ik meen. Ik kan dit zonder gêne stellen. 'Aha!' krijt u nu verwonderd. Onder elkaar fluistert u nu: op welk terrein blinkt jonker Laurz dan wel uit?" Laurz Mur schudde droevig zijn hoofd. "Het is een ingewikkeld verhaal en met te veel details om hier op in te gaan, gezien de toegemeten tijd. Laat ik ermee volstaan te zeggen dat mijn artikelen, waarin waarlijk nieuwe denkbeelden zijn vervat, nimmer werden gepubliceerd en dat mijn voorstellen, die universeel opgeld zouden behoren te doen, ongehoord zijn gebleven, gelijk afval. Ik heb gezwoegd als de befaamde Hercules om deze beschamende situatie te keren. Ik heb mijn artikelen aangeboden aan elk orgaan tot verspreiding van intellectuele denkbeelden dat ik kon ontdekken. Unaniem echter hebben zij geweigerd open te staan voor mijn vernieuwende denkbeelden. Daar komt het in het kort op neer en ofschoon ik bedroefd ben, zal ik niet klagen. In plaats daarvan heb ik dit conclaaf georganiseerd, waar ik een ogenblikje de tijd kan nemen om mijn gezichtspunten uiteen te zetten.

"Deze bijeenkomst omvat de crème de la crème van sociaal-antropologen en geleerden uit aanverwante wetenschappen uit geheel het Gaiaanse Bereik. Ja, er is er onder u geen, die niet ooit eens iets gepubliceerd heeft gezien op de Oude Aarde en dat is uiteraard de toetssteen voor succes. Ik wens u allen geluk daarmee en dat gezegd hebbende, vraag ik u enkele ogenblikken van uw tijd — nog drie minuten tot de pauze slechts — voor een beknopte versie van mijn gezichtspunten. En waarom ook niet? U bent hier op uitnodiging van mij en dankzij mijn verfijnde organisatie. Toen de fondsen voor de stichting ontoereikend bleken, heb ik het tekort uit eigen middelen aangevuld. Zoals u ziet, heb ik veel van mijzelf geïnvesteerd in het welslagen van dit conclaaf.

"Maar de tijd is kort en ik zal mij moeten haasten wil ik de reikwijdte van mijn gedachten zelfs maar kunnen schetsen. Ik houd mij bezig met het mysterie van het leven, de persoonlijkheid en de individuele lotsbestemming: elementen die belichaamd worden in het denkbeeld van 'tamsour'.

"Mijn stelling is deze, dat ik door eigen inspanningen een kosmos heb voortgebracht, een kosmos die zijn élan ontleent aan mijn eigen levensenergie en gebruikmaakt van mijn nobele impulsen om zijn eigen kenmerken aan te scherpen. Deze kosmos, zou, zo mocht ik gezien mijn aangeboren eigenschappen hopen, beminnelijk en ondersteunend staan ten opzichte van mij. Maar zoals u vernomen hebt was het tegenovergestelde het geval en viel mij telkenmale kwaadwilligheid ten deel. Is het niet vreemd en wonderbaarlijk dat deze kosmos, die ik zelf geschapen had, zich in zijn hoogmoed spottend en sarcastisch zou opwerpen als mijn onvermurwbare kwelgeest?" Laurz Mur boog zich over het gestoelte, met streng gezicht. "Een poos lang meende ik dat wij aan elkaar waren gewaagd, maar nu wint de kosmos aan krachten en zou mij gaarne verlagen tot een nietig, piepend onderschepsel, ware het niet dat ik een methode heb gevonden om de kosmos en zijn dierbaarste lievelingen uiteen te slaan." Laurz Mur wierp een blik op de klok en pakte zijn satijnhouten hamer. "Dames en heren, het tijdstip is welhaast daar, het tijdstip om te pauzeren en om de meest glorieuze, meest dramatische tamsour te beleven die ooit werd ontworpen. Ik ben de kosmos te slim af geweest! Ik val op hem aan, ik verwoest zijn kostbaarheden, ik verbrijzel wat hem sierde, ik sla hem uit het lood, ik vernietig hem! En de tijd is — daar!" Hij sloeg op de gong met zijn hamertje.

De kroonluchter in het midden van de zaal lichtte ineens fel op. Gedurende een fractie van een seconde zagen degenen die omhoogkeken hoe hij uiteenspatte in vliegende scherven veelkleurig glas met daarachter een oogverblindend schijnsel, dat ogenblikkelijk uitdijde, heel de rotonde vulde en het kleurige glas van de grote koepel aan splinters sloeg. En zo eindigde het conclaaf te Dimpelwater op de wereld Ushant, in een tamsour die nog eeuwen later tot eerbiedig gefluister aanleiding zou geven.

Hoofdstuk XII

1

In het grote oude huis galmde de leegte. Jaro besefte verdrietig en schuldbewust dat hij Hilyer en Althea als iets vanzelfsprekends was gaan zien, alsof ze er altijd zouden zijn. Maar nu waren ze er niet meer, uiteengespat in lichtend gruis, met al hun goedhartigheid en humor — en terugbrengen kon hij ze niet.

Bedroefd zette Jaro zijn sentimentele gevoelens van zich af en begon aan de trieste taak zijn leven weer op orde te brengen. Hij liet alle persoonlijke bezittingen van de Faths wegbrengen, anders zou hij waar hij ook keek elke keer weer aan hun opgewekte aanwezigheid worden herinnerd. Schoenen, kleren, lotions en cosmetica en allerlei ditjes en datjes gingen de deur uit, net als het grootste deel van het zware oude meubilair dat de zuinige Hilyer geweigerd had weg te doen. Althea's kandelaars? Die waren zo'n deel van Althea, van haar vreugde en geestdrift, dat Jaro het niet over zijn hart kon verkrijgen ze mee te nemen in de opruiming. Sommige borg hij op in de kast, andere zette hij hoog boven op een boekenplank waar ze de verder wat kleurloze kamer fleur en levendigheid verleenden.

De eerste paar dagen nadat het nieuws van Ushant bekend was geworden, had Jaro een paar keer geprobeerd Skirl te bereiken, via het bestuur van de Mosseltaarten en via Sassoon Ayry. Toen hij op de derde dag Sassoon Ayry belde, deelde een koele stem hem mee dat de bank beslag had gelegd op al Clois Hutsenreiters bezittingen en het huis had gesloten. De voormalige bewoners waren niet meer aanwezig. Jaro vroeg: "Waar is Skirl Hutsenreiter dan nu?"

De koele stem antwoordde: "De bank kan informatie van dien aard niet verschaffen. Dergelijke vragen dient u aan de geëigende instanties voor te leggen."

2

De volgende ochtend kreeg Jaro bezoek van een heer van kennelijk ponteneur, die een Kahulibah-embleem droeg. Hij was zalvend van optreden, gestroomlijnd van leden, onberispelijk verzorgd en gekapt, met dun zwart haar, mollige wangen en grote bruine hondenogen. Bij elke beweging sloeg er een vleug bosvarengeur van hem af.

De heer stelde zich voor. "Ik ben Forby Mildoon, een kennis van wijlen je vader. Wat een verschrikkelijke tragedie! Ik kwam toevallig voorbij over de Katzvoldse baan dus ik dacht, ik wip even aan om mijn medeleven te betuigen."

"Dank u," zei Jaro.

Forby Mildoon deed een stap naar voren en Jaro moest dus wel opzijgaan. Meneer Mildoon marcheerde naar binnen. Jaro keek hem met opgetrokken wenkbrauwen na, haalde toen zijn schouders op en volgde meneer Mildoon de zitkamer in.

"Gaat u zitten," zei Jaro beleefd.

Mildoon onderwierp de kamer aan een allesomvattende blik en zette zich toen, na de geringe keuzemogelijkheid in ogenschouw te hebben genomen, voorzichtig op een puntje van de bank. "Ik zie dat je hard aan het werk bent geweest," zei Mildoon. "Heel verstandig. Het is de beste manier om de emotie te lenigen. Ik hoop dat alles redelijk wel gaat?"

"Goed genoeg."

Mildoon maakte een medelevend gebaar en keek nogmaals het vertrek rond, zonder het kennelijk gunstiger te beoordelen dan daareven. "Ik hoop dat je niet alleen bent. Je hoort onder vrienden te zijn, of op je club."

Jaro zei ijzig: "Ik heb hier het een en ander te doen."

Mildoon glimlachte en knikte, als hechtte hij zijn goedkeuren aan Jaro's bezigheden. "Je verhuist binnenkort wel naar een geschikter onderkomen, waarschijnlijk?"

"Ik blijf hier. Waarom zou ik verhuizen?"

"Hm. Ha. Zo'n troosteloos oud kavalje, dat is erg hol in je eentje, vind je niet?"

Jaro gaf geen antwoord.

Mildoon slaakte een gemaakt kuchje en schuifelde met zijn voeten. "O hemeltjelief! Wat gaat die tijd toch snel en ik heb nog bergen werk liggen. Ik ga maar weer eens." Hij maakte aanstalten om op te staan, maar staakte die vervolgens, alsof er plotseling iets bij hem opgekomen was. "Misschien zou ik er niet op een tijdstip als dit over moeten beginnen, maar ik doe het toch maar, uit respect voor wijlen je vader. De afgelopen paar maanden had hij belangstelling getoond voor de mogelijkheid het huis te verkopen. Ik moest hem helaas zeggen dat de markt nogal slapjes was, maar gisteren kreeg ik net lucht van iets wat zeer voordelig zou kunnen uitpakken. Wil je de bijzonderheden horen?"

"Ik geloof niet dat ik geïnteresseerd ben. Ik ben van plan het huis wat te verbouwen en dan misschien te verhuren."

Mildoon schudde bezorgd zijn hoofd. "Verbouwen is een riskante aangelegenheid; het kan heel wel dat je uiteindelijk je geld in een rattengat blijkt te hebben gegooid. Ik heb heel wat van dat soort projecten zien stranden."

Jaro, die het nu aan een kant wel vermakelijk begon te vinden, zei: "Misschien is het dan wel goedkoper en veiliger om helemaal niets te doen."

Mildoon blies zijn dikke wangen bol. "Als je zo'n troosteloos bestaan in regen en wind kunt verdragen! Het is hier vrijwel een wildernis!"

"Ik ben eraan gewend. Ik mag het hier eerlijk gezegd wel."

"Toch zou je er beter aan doen het te verkopen, volgens mij, en wel meteen, nu de markt nog enig teken van leven vertoont. Ja, ik wil zelfs zo ver gaan dat ik de waardenschaal van de makelaarsbond oprek tot het uiterste en dat ik persoonlijk een bod uitbreng."

"Dat is aardig van u," zei Jaro. "Wat voor soort bod had u in gedachten?"

"O… waarschijnlijk iets in de geest van vijftienduizend, hoewel je er snel bij zult moeten zijn, voor de bodem weer uit de markt valt."

Merkwaardig, hoe gretig de oogjes van Forby Mildoon ineens stonden, dacht Jaro. "Alleen voor het huis? De grond blijft mijn eigendom?"

Mildoons gezicht drukte schok en gekwetste waardigheid uit. "Welzeker niet! Ik doe je een bod voor het huis met het land."

Jaro lachte. "Er ligt ginder tweehonderd hectare prachtig bos en weiland!"

Mildoon maakte een ongelovig geluidje. "Tweehonderd hectare keien en modder komt dichter in de buurt! Het is een broedplaats voor stimpen en bloedzuigers, niks dan een sompige woestenij!"

"De prijs is veel te laag," zei Jaro. "Het is lang niet genoeg voor wat ik beoog."

Mildoons glanzende jovialiteit begon een beetje sleets te raken en zijn stem werd scherper. "Wat is jouw prijs dan wel precies?"

"O, dat weet ik niet. Ik heb er nog niet over nagedacht. Waarschijnlijk zou ik er iets in de buurt van vijfendertig of veertigduizend voor willen hebben, zo niet meer."

"Wat!" Mildoon was ontzet. "Dergelijke bedragen kan ik niet opbrengen. Laten we reëel zijn; de harde feiten zijn als volgt. Als ik er zelfs maar twintigduizend of negentienduizend voor bood zou mijn familie me in een isoleercel laten opsluiten!"

"Uw familie is wat aan de felle kant," zei Jaro. "Als ik me goed herinner bent u geparenteerd aan joffer Vinzie Binnoc."

"Eh... ja. Een oude dame van formaat die ons allen inspireert. Maar om op Merriehew terug te komen —"

"Nou, al met al ben ik nog niet zover dat ik zou willen verkopen."

Mildoon dacht diep na terwijl hij langs zijn kin streek. "Laat eens kijken. Ik zou natuurlijk een percentje hier kunnen frummelen en een percentje daar, en dan zou ik die ouwe bouwval en het land wel van je kunnen overnemen voor zo'n zeventien à achttienduizend sol. Pure goedhartigheid van mijn kant, als je het zo wilt zien."

"Bouwvallig of niet, het is voor mij een plek om te wonen totdat ik besloten heb wat ik wil gaan doen. Intussen kan de markt weer aantrekken of krijg ik misschien een beter aanbod."

Mildoon was meteen op zijn qui-vive. "Heb je al andere aanbiedingen gehad?"

"Nog niet."

Mildoon tuurde nadenkend naar de zoldering. "Ik behoef je natuurlijk niet te zeggen dat tijd geld is voor mij. Ik ben niet in de gelegenheid kastanjes achterna te zitten over de Katzvoldse Baan. Als je nu met me in zee gaat ben ik bereid tot twintigduizend te gaan. Mijn aanbod blijft vijf minuten geldig; daarna gaat de prijs weer omlaag."

Jaro nam hem nieuwsgierig op. "Begrijp ik het goed dat u een bepaald belang op het oog hebt voor uzelf?"

"Het is enkel speculatie in het wilde weg, en hoe ik die moet verantwoorden weet ik zelf nog niet."

Jaro lachte. "Maak u vooral niet bezorgd om uw roekeloosheid. Ik ben niet van plan te verkopen."

Klagend vroeg Mildoon: "Waarom vraag je zo'n onredelijk hoog bedrag?"

"Ik wil een aantal uitgebreide ruimtereizen bekostigen."

Mildoon kneep in zijn kin. "Ik geef je vijfduizend sol voor een optie van drie jaar. Dat is misschien wel het verstandigste wat je kunt doen! Als je wilt schrijf ik het formulier ter plaatse uit en geef ik je de vijfduizend sol zo, handje contantje! Klinkt dat niet aantrekkelijk?"

Jaro schudde glimlachend zijn hoofd. "Dat klinkt nog erger. Waarom wilt u het land zo graag hebben? Vanwege Lumilar Vistas?"

Forby Mildoon knipperde verwoed met zijn ogen. "Waar heb je dat gehoord, over Lumilar Vistas?"

"Dat is heel eenvoudig. Clois Hutsenreiter heeft het Geelvogelterrein verkocht aan de BV Fidol, die het weer heeft overgedaan aan Lumilar Vistas, tot groot nadeel van uzelf, heb ik me laten vertellen."

"Laten vertellen! Door wie dan wel?"

"Door mijn vader. Hij zag er een berichtje over in de krant."

"Onzin! Louter krullepap!"

Jaro haalde zijn schouders op. "Het kan zijn. Het kan ook van niet. Het maakt mij hoe dan ook niets uit."

Forby Mildoon sprong overeind en vertrok van Merriehew met een minimum aan hoffelijke plichtplegingen.

3

Halverwege de middag kreeg Jaro een telefoontje van Skirl Hutsenreiter. Hij vroeg: "Waar ben je? Ik probeer al dagen je te pakken te krijgen."

"Ik logeer in het clubhuis van de Mosseltaarten." Haar stem klonk vlak en krachteloos, vond Jaro.

"Je had me eerder moeten bellen! Ik maakte me bezorgd over je!" Skirls stem bleef koel en onpersoonlijk. "Ik ben met duizend-en-een dingen bezig geweest. Op het huis is uiteraard beslag gelegd. De bankiers hebben me eruit gezet, en daarom ben ik op de club."

"Voor hoelang?"

"Een paar weken, denk ik. Iedereen doet erg aardig tegen me, aangezien ik nu officieel een weeskind ben zonder ouderlijk huis. Ik weet niet hoelang die stemming beklijft."

"En hoe zit het met je financiën?"

"Ik ben bezig geweest wat geld op te duiken — hetgeen me eraan doet denken waarom ik je belde. De advocaat van mijn vader is Flaude Reveless. Hij liet me een clausule zien in het verkoopcontract van het Geelvogelterrein, dat werd opgemaakt tussen mijn vader en Fidol. Vader zou een klein percentage ontvangen bij doorverkoop van het perceel, mits die binnen vijf jaar na de oorspronkelijke verkoopdatum plaatsvond. Fidol heeft het land aan Lumilar Vistas verkocht waardoor de clausule van kracht werd. Goed dat meneer Reveless eraan dacht, anders zouden ze de clausule hebben gelaten voor wat-ie was; Lumilar heeft inderdaad ook beweerd dat de clausule niet meer geldig was omdat mijn vader dood was. Ik heb toen gezegd dat ik niet dood was en dat ik het geld wilde hebben voor de bank erachter kwam, en vandaar dat meneer Reveless en ik naar het kantoor van Lumilar zijn gegaan om het uit te zoeken.

"Terwijl meneer Reveless de zaak aan Gilfong Rute uiteenzette, liep ik een beetje door het kantoor rond en kwam ten slotte terecht in de tekenkamer van de architect. Aan de wand hingen tekeningen en schetsen van het jongste plan van meneer Rute: een zeer uitgebreid en zeer luxueus project onder de naam Levyan Zarda. Er zou een magnifiek clubhuis komen met allerhande faciliteiten en daarnaast een stuk of vijftig verscholen gelegen particuliere landhuizen. De rest van het gebied was volgens de opschriften bestemd voor Buitensport, Zwemgelegenheid en Wildernis. Toen ik de plattegrond bestudeerde werd ik me van een heel verrassende situatie bewust. Levyan Zarda was namelijk getekend op een blok percelen die ik herkende als het

Geelvogelterrein, Merriehew en het land ten noorden van Merriehew in de richting van de rivier."

"Dat is een opmerkelijk nieuwtje," zei Jaro. "Het verklaart een heleboel."

"Ja," zei Skirl. "Ik dacht wel dat je erin geïnteresseerd zou zijn. Hoe dan ook, de architect ontdekte me in zijn kantoor en werd ontzettend nijdig. Hij zei dat de tekeningen vertrouwelijk waren en dat als meneer Rute me erop betrapte dat ik zat te snuffelen in zijn privéaangelegenheden, waar hij al een half miljoen sol in gestoken had, hij afdoende stappen zou ondernemen om te garanderen dat ik mijn mond hield. Het klonk erg bedreigend. Ik zei dat hij zich geen zorgen moest maken en dat ik niets had gezien wat me interesseerde en toen ging ik terug naar de receptie en ging daar zitten wachten.

"Na een paar minuten verscheen meneer Reveless. Hij zei dat Gilfong Rute een beetje had gemopperd maar dat hij uiteindelijk een cheque had uitgeschreven voor het verschuldigde bedrag. Als volgende stap moesten we het geld onverwijld bij een andere bank onderbrengen, om het veilig te stellen voor de afdeling Leningen van vaders bank die hun geld terug wil hebben. Zo gezegd, zo gedaan. Als gevolg daarvan heb ik ongeveer twaalfhonderd sol weten te redden uit de boedel. Verder zit er nog vierhonderd sol in een kleine beleggingsrekening die mijn vader vergeten was te plunderen, en over dat bedrag kan ik ook beschikken, zegt meneer Reveless. De bank laat me mijn kleren en een paar persoonlijke bezittingen meenemen. En verder? Ik weet het niet; ik weet alleen dat ik nu met mijn loopbaan als bewerkstelliger begin, vergunning of geen vergunning. En hoe staat het met jou?"

"Ik ga weer aan het werk op de ruimtehaven; ik zie Gaing Neitzbeck vanavond in de Blauwe Maan."

"Ik dacht dat de Faths je goed verzorgd hadden achtergelaten."

"Dat is ook zo. Ik heb een maandinkomen van vijfhonderd sol uit hun investeringen, maar ik kan niet aan het kapitaal komen tot mijn veertigste. Ik kan nog steeds geen ruimtereizen financieren, zelfs al wist ik waar ik heen moest. Dat kan mooi jouw eerste opdracht als bewerkstelliger worden: uitzoeken waar de Faths me gevonden hebben."

"Ik zal er eens over denken. Al te moeilijk kan dat niet zijn."

"Dat zeg jij. Ik heb al overal gezocht. Wanneer zie ik je weer?"

"Dat weet ik niet. Bel me maar niet meer bij de Mosseltaarten, ze nemen je telefoontje toch niet aan."

"Net zo je wilt," zei Jaro koel. "Hoe dan ook, bedankt voor de informatie over Lumilar en Levyan Zarda."

"Ik hoop dat je er wat aan hebt. Maar nu moet ik gaan."

De verbinding werd verbroken. Jaro liep bij de telefoon vandaan met een ontevreden frons. Het gesprek had hem heel wat te denken gegeven, maar verder was het niet erg bevredigend geweest. Skirl leek verder van hem weg dan ooit. Hij wist niet wat hij aan dat betoverende, zij het dwarse, schepseltje had.

4

Toen de schemer zich verdichtte tot de avond ontmoette Jaro Gaing in de Blauwe Maan, een combinatie van bar en restaurant, aan de rand van de bossen halverwege Thanet en de ruimtehaven. Het was de dichtste benadering van een echte ruimtevaarderskroeg die in het ietwat preutse bereik van Thanet te vinden was. De clientèle omvatte dan ook heuse ruimtevaarders van de ruimtehaven, aangetrokken door de kosmopolitische keuken en de losse sfeer. Ook werd het bezocht door modieuze jonge stelletjes van middenstatus, die hoopten er intriges, vleugjes exotische zedeloosheid en de koppige smaak van illegaal avontuur te ontdekken.

Jaro en Gaing zochten een tafeltje in de schaduwen waar ze pullen bier en pepersteak geserveerd kregen. Vanavond was Gaing nog zwijgzamer dan normaal, alsof hij met zijn gedachten bij privéaangelegenheden zat. Jaro was wat verbaasd. Gaing was zelden anders dan onaandoenlijk gestemd.

Terwijl ze gretig hun maaltijd naar binnen werkten, vertelde Jaro over Forby Mildoons bezoek aan Merriehew. "Toen hij zijn eerste bod uitbracht deed hij heel nonchalant en scheen hij er niet om te malen of ik erop inging of niet. Gaandeweg werd hij zenuwachtig en ten slotte riep hij in opperste ellende uit dat hij niet voldoende geld had om te betalen wat ik vroeg; en toen vroeg hij om een optie. Ik begon me af te vragen wat er zo dringend was. Toen dacht ik aan Gilfong Rute en was mijn vraag beantwoord. Ik kreeg zelfs medelijden met Lyssel Binnoc die me meenam naar het conservatorium om haar oom Forby Mildoon te ontmoeten. Arme Lyssel! Forby Mildoon kwam helemaal niet opdagen; het was net de dag waarop Rute hem uit Lumilar Vistas en het Levyan Zarda-project had gewerkt. Vanochtend hoopte hij Gilfong Rute een vlieg af te vangen — maar het lukte niet."

"Tragisch," zei Gaing. "Heel triest."

"Vanmiddag werd alles me duidelijk. Skirl heeft ontdekt dat Gilfong Rute voor zijn project Merriehew nodig heeft. Zijn plannen zijn nog strikt geheim. Mildoon zou niets liever willen dan Gilfong Rute klem te zetten en zich dan tegen een hoge prijs te laten uitkopen."

"Diezelfde gedachte kwam bij mij op." Gaing schoof zijn lege bord weg en bestelde nog een bier. Jaro sloeg hem aandachtig gade, terwijl hij zich afvroeg wat de ander dwarszat.

Gaing klokte de halve inhoud van zijn pul naar binnen en keek toen met een nors gezicht het vertrek rond. Jaro zweeg en wachtte af. Gaing draaide zich om en begon Jaro strak aan te kijken. Jaro kreeg een steek van onbehagelijk schuldgevoel. Hij zocht zijn herinnering af maar kon zich de laatste tijd geen fouten herinneren.

Gaing zei: "Ik moet je iets vertellen; ik weet niet waar ik moet beginnen."

Jaro's schrik werd nog groter. "Gaat het over mijn werk? Heb ik iets verkeerds gedaan?"

"Nee, dat is het volstrekt niet." Gaing hief zijn pul nog eens op, dronk en zette hem toen met een klap op tafel. Hij gromde: "Het is iets waar je niks van af weet."

"Dat is alvast een opluchting. Vertel maar wat het is."

"Goed dan." Gaing wenkte dat hij nog een pul bier wilde, die meteen kwam. Gaing nam een teug en zette de pul neer. "Je zult je herinneren dat Tawn Maihac met jou naar de werkplaats kwam."

"Dat herinner ik me uiteraard."

"Hij heeft je toen voorgesteld aan Trio Hartung en aan mij. En toen werd je mijn hulpje."

"Dat herinner ik me ook. Hoe zou ik dat kunnen vergeten?"

"Dat gebeurde niet bij toeval. Maihac en ik zijn oude scheepsmakkers. We hadden ontdekt dat jij hierheen was gebracht door de Faths. We verwachtten dat de man die je moeder had gedood ook hierheen zou komen om jou te doden. Asrubal heet hij. We wachtten af en hielden je scherp in de gaten, maar Asrubal kwam niet en je leeft nog. We beschouwen dat als een aardig succes."

"Ja, het is ook aardig," zei Jaro. "Ik vind het fijn om in leven te zijn. Waarom zou Asrubal mij willen doden?"

"Asrubal zou je niet meteen om het leven brengen. Eerst zou hij je nauwlettend ondervragen. Hij wil een aantal documenten terugvinden en hij denkt dat jij weet waar ze verborgen zijn."

"Belachelijk! Ik weet niets van dien aard! Ik herinner me helemaal niets."

"Asrubal heeft dat waarschijnlijk beseft, vandaar dat je zo'n kalm leventje hebt geleid."

"Ik kan het niet zo kalm vinden. Maar waarom zouden jij en Maihac zich zo druk maken en zich zo inspannen om mij in leven te houden?"

"Dat is geen raadsel! Ik maak me zorgen omdat ik niet opnieuw een hulpje wil inwerken. En Maihac maakt zich zorgen omdat hij je vader is."

"Mijn vader!" Maar even later was Jaro niet zo verbijsterd als hij dacht dat hij zou moeten zijn. "Waarom heeft hij me dat zelf niet verteld?"

"Vanwege de Faths. Je maakte deel uit van hun gezin en iedereen was er gelukkig mee; de waarheid zou de Faths veel verdriet en narigheid hebben berokkend. Nu zijn ze er niet meer en is er geen reden meer jou niet de waarheid te vertellen."

"Waarom is Maihac van Gallingale vertrokken?"

"Om een heleboel redenen. Ik zal het hem zelf laten vertellen; hij is heel binnenkort weer terug."

"En als hij terugkomt in Thanet, wat gebeurt er dan?"

Gaing haalde zijn schouders op. "Ik vermoed dat hij wel het een of ander van plan is, maar ik heb er geen idee van wat." Hij stond op. "En nu ga ik naar huis; ik heb geen zin meer in praten."

5

De volgende dag was Jaro tegen het middaguur klaar met zijn grote schoonmaak. Tot op de draad versleten oude vloerkleden en uitgezakt meubilair was de deur uitgegaan, met een heleboel rommel die zich in de loop der jaren op zolder en in de kelder had opgehoopt. Uiteindelijk was er nog maar weinig in huis dat Jaro op een nare manier aan de Faths zou doen denken, op Althea's kandelaars na, waarvan Jaro wist dat hij ze nooit zou kunnen wegdoen.

Jaro ging zitten om te bedenken wat hij verder zou doen. Hij werd gestoord door een telefoontje van Walter Imbald, de advocaat van de Faths. Na beleefd te hebben gevraagd hoe Jaro zich hield onder zijn nieuwe positie in het leven, zei Imbald: "Ik heb hier een brief en een pakje waarvan Hilyer en Althea Fath wensten dat het jou ter hand werd gesteld onder bepaalde omstandigheden. Zou je naar mijn kantoor kunnen komen?"

"Ik kom direct," zei Jaro.

Imbald dreef een bescheiden kantoor halverwege de Flammarion-boulevard. Een vrouwelijke bediende van ongewisse leeftijd en stuurse inborst meldde dat Jaro er was en bracht hem vervolgens naar Imbalds kamer. Imbald kwam hoffelijk overeind en Jaro zag een heer van middelbare leeftijd, tenger van postuur, scherp van gelaat en fel van blik. Dunne strengen muisbruin haar waren streng achterover geschikt op zijn schedel. Zijn embleem gaf aan dat hij lid was van de obscure en wat saaie Titularissen, terwijl een klein zwart-met-groen speldje op lidmaatschap van de wat levendiger Brummagemmen duidde. Zijn ponteneur moest dus beperkt zijn, zeker niet modieus maar bezadigd, gedegen en zwaarwichtig — een paar schappen te weinig voor de Cirkelkwadranten, laat staan de Lemurianen of Val Verde.

Imbald begroette Jaro zonder veel warmte en gebaarde naar een stoel. "Ga zitten." Hij nam weer plaats achter zijn bureau. "Eerlijk gezegd had ik verwacht dat jij mij zou bellen."

"Neemt u me niet kwalijk," zei Jaro. "Ik ben druk bezig geweest mijn zaakjes op orde te brengen. Er kwam van alles tegelijk op me af."

Imbald knikte zakelijk. "Zoals je zult weten hebben de Faths alles aan jou nagelaten, zonder voorbehoud. Hun gelden zijn behoudend belegd en leveren je een heel knap inkomen op. Het kapitaal zelf, dat moet ik eraan toevoegen, kan niet worden aangesproken of verminderd tot je veertigste, wanneer je naar we mogen aannemen de leeftijd des onderscheids zult hebben bereikt. Deze bepaling is op mijn ernstig aandringen opgenomen. Hoe dan ook, de Faths zijn erin geslaagd je tot een zeer fortuinlijk jongmens te maken."

Jaro zei stijf: "Ik ben daar ook erkentelijk voor, maar ik had ze veel liever terug."

"Het waren prima mensen," zei Imbald zonder warmte of overtuiging. "En wat, als ik vragen mag, zijn je plannen met betrekking tot het huis en het land?"

"Ik heb er geen haast mee daar een beslissing over te nemen."

Imbald kneep nadenkend zijn lippen opeen. "Juist, ja. Mocht je vragen hebben, aarzel dan niet en kom naar mij toe. Maar dan nu waar het om gaat. Ongeveer drie maanden geleden hebben de Faths een brief en een pakje bij mij in bewaring gegeven. Ik zal je de brief nu overhandigen." Imbald trok een la van zijn bureau open en haalde een langwerpige bruine enveloppe tevoorschijn die hij aan Jaro gaf. "Ik ben niet bekend met de inhoud van deze brief. Ik neem aan dat hij betrekking heeft op het pakje dat mij eveneens in bewaring werd gegeven."

Jaro las de brief.

Lieve Jaro:

Deze brief dient ter ondervanging van een hoogst onwaarschijnlijke omstandigheid, te weten het onverwacht overlijden van ons allebei. Als je deze brief leest — wat het lot verhoede! — zal dat betekenen dat deze onwaarschijnlijke en droevige omstandigheid zich rampzaligerwijs heeft voorgedaan en dat wij (en jij ook, mogen wij hopen) ons verscheiden te betreuren hebben. Wij spreken nu tot je vanaf gene zijde! Een vreemde gedachte, nu ik dit hier zit te schrijven! Maar zoals je weet trachten wij altijd logisch te zijn en vooruit te denken. Het zou dwaas zijn iets aan het toeval over te laten wanneer men dat element kan uitschakelen. Dus als je dit leest zal datgene zijn gebeurd dat wij alle drie even erg zullen vinden en zijn wij overleden. In een minder ontzagwekkend bestek kunnen we aannemen dat je je studie aan het Instituut dan nog niet hebt afgerond. Wij weten dat je onderhevig bent aan een aandrang die je ertoe kan brengen een ongerichte kruistocht te ondernemen op zoek naar je oorsprong, nog voordat je afgestudeerd zult zijn. Wij achten zoiets sterk af te raden en hopen een rationeler toekomstplan zo aangenaam voor je te maken dat je het ook verkiesbaarder zult vinden.

Wees ervan verzekerd dat wij diep meevoelen met je smart en dat het ons tegen de borst stuit je te moeten belemmeren! We zijn er echter van overtuigd dat het voor je eigen bestwil is wanneer je eerst de scholing verwerft die je een gedegen en gerespecteerde plaats in de samenleving zal geven. Het is een voortreffelijk iets om afgestudeerd te zijn aan het Instituut!

Te dien einde hebben wij de gegevens die jou rechtens toekomen in verzekerde bewaring gegeven. Ze zullen je worden overhandigd op de dag nadat je zult zijn afgestudeerd aan het Instituut en een passende titel zult hebben behaald.

Uiteraard hopen we dat je deze brief nooit zult lezen. Op de dag na je afstuderen zul je vreemd staan te kijken bij de kleine ceremonie waarmee we deze brief zullen verbranden.

Je liefhebbende pleegouders,
Hilyer en Althea Fath.

Jaro keek de advocaat eens aan. "Ik ben niet van plan verder te studeren aan het Instituut."

"Dan zul je het pakje dat mij in bewaring is gegeven nooit ontvangen."

"Is er geen manier om onder die bepalingen uit te komen? Hilyer noch Althea hebben ooit ten volle begrepen hoe groot de aandrang is waaraan ik onderhevig ben."

De advocaat nam Jaro nieuwsgierig op. "Mag ik een persoonlijke vraag stellen? Waarom geef je geen gehoor aan de wensen van je pleegouders? Ze lijken me redelijk genoeg en er zijn ergere dingen dan een loopbaan aan het Instituut."

"Ik heb een vriend met veel levenservaring," zei Jaro. "Die heeft me een keer uiteengezet dat het Instituut net een fraaie volière voor tamme vogels is. Niemand vliegt ooit ver uit. De grootste vogel zit op de hoogste stok. En iedereen die daaronder zit moet angstvallig omhoog blijven kijken."

Walter Imbald stond op. "Het was me een genoegen met je kennis te maken. Mocht je ooit afstuderen aan het Instituut, kom me dan vooral opzoeken."

Jaro nam afscheid en keerde terug naar Merriehew. Het bezoek aan Walter Imbald was ontmoedigend geweest. Hoewel Imbald volstrekt correct was geweest in zijn optreden, had hij een kille afkeuring en zelfs iets van antipathie uitgestraald, alsof Jaro door tegen de verlangens van de Faths in te gaan, zich had laten kennen als een ondankbaar schepsel en een vagebond.

Jaro verviel tot somber gepeins; zijn gedachten gleden van het ene denkbeeld naar het andere. Hij merkte met een steek van spijt dat zijn gevoelens jegens de Faths al aan het veranderen waren, abstracter werden. Ja, hij kon zich niet onttrekken aan een lichte wrok over hun pogingen hem in een gestructureerde manier van leven te dwingen waar hij zich nooit op zijn gemak zou voelen. Misschien hadden ze niet zozeer van hem gehouden om wie hij was, maar meer als het toonbeeld van al hun filosofische idealen; als Jaro niet aan dat ideaalbeeld wilde voldoen diende hij min of meer subtiel te worden gestraft. Maar nee, hij wilde zijn denken niet laten beïnvloeden door zijn ergernis.

En Merriehew? Gilfong Rute had zijn grandioze Levyan Zarda vol vertrouwen op het terrein van Merriehew geprojecteerd; het leek niet weinig aanmatigend dat hij daar zomaar van uitging. Misschien voorzag Gilfong Rute geen moeilijkheden in zijn onderhandelingen met een jonge, onervaren student. Misschien was het betalen van een paar duizend sol meer of minder aan de student in kwestie een te verwaarlozen post in het totaal van Rute's geraamde kosten. Misschien zouden er pogingen worden gedaan om hem te overdonderen, of zouden er lieden worden ingezet om hem te intimideren. Hoe dan ook, het had geen zin te denken aan verbouwen of zelfs een nieuw verfje zolang die zaak niet was opgehelderd. En wat te denken van de meest onthutsende ontwikkeling tot nog toe: de kwestie Tawn Maihac?

Jaro belde Gaing op de ruimtehaven. "Met Jaro."

"Jaro?"

"Heb je al nieuws van Maihac?"

"Ik weet niets meer dan wat jij al weet."

Jaro begon opnieuw over Gilfong Rute en het feit dat deze Merriehew en het omringende land nodig had voor het Levyan Zarda-project. "Rute schijnt er wel erg zeker van te zijn dat hij Merriehew te pakken kan krijgen wanneer het hem schikt."

Gaing dacht even na en vroeg toen: "Heb jij een testament?"

"Nee."

"Ik stel voor dat je een testament laat opmaken en wel nu, zo niet eerder. Als jij vanavond zou komen te overlijden zou Maihac je erfgenaam zijn, maar dat weet Rute niet. Hij denkt waarschijnlijk dat je bezit aan de staat zal vervallen omdat er geen naaste bloedverwanten zijn, waarna hij wel een manier weet te vinden om het land op te kopen. Maak dus ogenblikkelijk je testament en laat iedereen weten dat het bestaat. Dat is een goedkope vorm van verzekering."

Bedrukt vroeg Jaro: "Geloof je werkelijk dat Rute me zou laten doden om Merriehew te pakken te krijgen?"

"Natuurlijk. Dat soort dingen gebeuren."

Jaro liet er geen gras over groeien en belde Walter Imbald.

"Met Jaro Fath."

"Aha, Jaro. Wat is de moeilijkheid?"

"Geen moeilijkheden, ik wil alleen meteen een testament laten opmaken, vanmiddag nog."

"Dat is mogelijk. Wordt het een ingewikkeld testament?"

"Nee, heel eenvoudig." Jaro beschreef wat hij in het testament wilde hebben. "Als u het vast zou kunnen opmaken, dan kom ik naar uw kantoor en kan ik het meteen tekenen."

Imbald liet geen verbazing blijken. "Het testament kan binnen twintig minuten gereed zijn."

"Ik zal er zijn."

Jaro toog naar Imbalds kantoor en tekende het document dat Imbald voor hem had klaarliggen. Eindelijk liet Imbald iets van zijn benieuwdheid blijken. "Deze erfgenamen, Tawn Maihac en Gaing Neitzbeck, wie zijn dat? Wie Skirl Hutsenreiter is weet ik uiteraard."

"Maihac is mijn vader en met Gaing Neitzbeck ben ik bevriend, net als met Skirl."

"En vanwaar de haast?"

"Gaing Neitzbeck heeft het me aangeraden toen hij ontdekte dat Gilfong Rute waarschijnlijk Merriehew wil verwerven ten behoeve van een groot ontwikkelingsproject."

"Ja, ja! Ik begrijp waar hij heen wil! Ik ben het met hem eens. Een testament is een goed idee."

6

Jaro reed in de ouwe rammelkar van de Faths terug langs de Katzvoldse Baan en arriveerde op Merriehew, juist toen de zon achter de lage heuvels in het westen verdween. Hij ging het huis binnen en bleef een ogenblik in de hal staan. Hij voelde zich rusteloos, besluiteloos. Er was te veel gebeurd of stond te gebeuren, of zou mogelijkerwijs gebeuren; er hing iets in de lucht en Jaro voelde zich onbehagelijk. Hij besloot dat hij trek had en ging naar de keuken. Hij keek in de provisiekast en vroeg zich af wat hij zou eten. Soep was misschien wel lekker, met brood en kaas en een salade. Hij pakte een blikje uit de kast, bleef toen staan om te luisteren. Hij hoorde lichte voetstappen die over de veranda snelden. Even later ging de bel. Jaro liep naar de deur en deed open en zag Lyssel Binnoc die stralend naar hem glimlachte. Jaro staarde haar beduusd aan; van alle mensen die hij kende was Lyssel wel de laatste die hij verwacht had.

Lyssel vroeg met een opgewekt uithaaltje: "Mag ik binnenkomen, Heer Weeskind?"

Jaro aarzelde en nam haar van hoofd tot voeten op. Toen ging hij opzij; met een kokette zijdelingse blik wipte Lyssel langs hem heen naar binnen. Ze gebruikte haar meest verlokkende maniertjes, hetgeen Jaro deed veronderstellen dat ze iets bepaalds op het oog had. Jaro deed nadenkend de deur dicht, draaide zich om en keek haar na. Ze droeg vandaag een schemerwitte pantalon, strak op de heupen en wijd rond de enkels, met een roze blouse. Haar haren droeg ze in een staartje met een roze lint erom.

Jaro vroeg vormelijk: "Waaraan heb ik het genoegen van dit bezoek te danken?"

Lyssel wuifde zwierig met haar ene hand. "O, een beetje van dit en een beetje van dat en ook een tikkeltje nieuwsgierigheid naar hoe jij het redt in je heel eigen, afzonderlijke eentje."

Jaro bekeek haar alsof ze een vreemd wezen was van een verre planeet. Lyssel protesteerde lachend: "Jaro! Waarom kijk je zo naar me? Moet je zo van me schrikken? Of ben ik niet mooi genoeg naar jouw smaak?"

Jaro schudde niet-begrijpend het hoofd. "Lyssel toch! Wat had je dan verwacht? De laatste keer dat ik je sprak was een maand geleden. Toen behandelde je me alsof ik melaats was en deed je ontzettend uit de hoogte. En nu kom je mijn huis binnendartelen, vrolijk als een buitelkever, zodat ik naar je bedoelingen alleen maar kan raden."

Lyssel trok een raar gezicht, tuitte haar lippen en trok haar neusje op. "Jaro! Ik begrijp jou niet!"

"O? Hoe dat zo?"

"Ik heb je altijd een man van de wereld gevonden, maar nu sta je nijdig naar me te kijken en laat me hier maar staan in die koude hal. Zou het niet veel aardiger zijn als je me in de zitkamer vroeg waar ik een vuur kan zien in de open haard?"

"O, goed dan. Kom maar." Jaro liet Lyssel voorgaan en ze liep meteen naar het vuur waar ze zich ging staan warmen.

"Het is hier een beetje ongezellig," zei Jaro. "Ik heb het meeste van het oude meubilair weggedaan. Ik zal wat nieuwe spullen moeten kopen als ik hier blijf."

"Je hebt dus besloten hier te blijven wonen? Of verkoop je het huis toch?"

"Er is nog niets zeker."

"Ik zou je aanraden het te verkopen — waarschijnlijk aan mijn oom Forby. Die geeft je er veruit de beste prijs voor."

"Hij heeft al een bod gedaan."

"En wat heb je gezegd?"

"Ik heb nee gezegd."

Lyssel staarde een poosje in het vuur, draaide zich toen naar hem om en legde haar hand op zijn schouder. "Ik begrijp het niet, Jaro."

"Wat niet?"

"Je bent veranderd! Er is iets hards en verbetens over je gekomen. Wat is er toch gebeurd met die Jaro die zo lief en weemoedig was en die altijd dromerige, romantische dingen leek te denken? Ik vond die Jaro zo sympathiek."

"En dat kwam je me dus vertellen?"

"Natuurlijk niet!" Ze schudde verontwaardigd met haar hoofdje waardoor de gouden krullenstaart heen en weer zwierde. "Mag ik een persoonlijke opmerking maken?"

"Net wat je wilt."

"Je bent veel te sarcastisch geworden. Waarom lach je nu?"

"Een invallende gedachte — niet zo erg grappig, feitelijk."

Lyssel ontspande zich; haar achterdocht was gesust. "Hoe het ook zij, ik ben blij dat ik gekomen ben." Ze keek de kamer rond. "Arme Jaro! Je zult wel eenzaam zijn. Maar ja, je was altijd al een beetje op jezelf. Een beetje ongebruikelijk persoon, zelfs."

"Misschien."

"Ik vind dat je dit sombere oude vleermuizenonderkomen zou moeten verkopen voor wat je ervoor krijgen kunt en dan een modieus appartementje betrekken bij het Instituut."

Jaro schudde zijn hoofd. "Het is hier zo kwaad niet en bovendien kost het me niets."

"Maar het heeft geen stijl."

"Forby Mildoon schijnt dat niet te deren. Hij wil het wanhopig graag kopen, met of zonder stijl. Hoe dan ook, ik ga nu niet meer naar het Instituut."

Lyssel kwam een stapje dichterbij. Ze keek naar hem op en bekeek zijn gezicht vol aandacht met haar blauwe ogen, zoekend naar vertrouwen en hoop. "Er is een tijd geweest dat ik dacht dat je je tot mij aangetrokken voelde, weet je nog?"

"Natuurlijk weet ik dat nog. Dat is nog steeds zo."

"Je zei toen tegen me dat je me in je armen wilde nemen en naar bed wilde dragen."

"Dat herinner ik me ook. Dat leek toen een goed plan."

Lyssel zei quasi-wanhopig: "Ben ik dan zo in mijn nadeel veranderd?"

"Nee, maar nu ben ik bang voor joffer Vinzie."

"Poe! Dat is gewoon een malle ouwe tante. Op dit moment zit ze waarschijnlijk in de keuken een spelletje te smousjassen met de kok."

Jaro ging bij haar vandaan om nog een houtblok op het vuur te leggen. Lyssel sloeg hem aandachtig gade en ging toen op de bank zitten. Ze klopte op het kussen naast haar. "Kom zitten, Jaro. Wees eens lief tegen me."

Jaro gehoorzaamde. Lyssel leunde tegen hem aan. "Kus me, Jaro. Dat wil je immers, niet?"

Jaro kuste haar gedienstig en Lyssel zuchtte en drukte zich nog dichter tegen hem aan, zodat het Jaro grote moeite kostte de koele afstandelijkheid te handhaven die, zoals hij zich voorgenomen had, zijn leidraad zou zijn.

Lyssel keek naar hem op met haar smeltende blauwe ogen. "En doe je dan wat ik je vraag?"

"Dat weet ik zo net nog niet."

"Jaro! Doe niet zo lastig! Kus me nog eens."

Jaro kuste haar en vroeg: "En wat wil je dat ik verder doe?"

Lyssel zuchtte. "Ik weet het niet. Ik heb me nog nooit zo gevoeld als nu. Je zou alles met me kunnen doen wat je maar wilde."

"Dat is een goed idee, dat doe ik. Wat meer is: laten we het samen doen." Jaro begon de knoopjes van haar bloesje los te maken. Ze keek omlaag en volgde wat hij deed. Een knoopje — twee knoopjes — drie knoopjes! Haar ene borstje piepte door de opening. Jaro boog zich eroverheen en gaf er een kus op. Toen begon hij weer aan de knoopjes. Lyssel hield hem tegen. "Jaro, eerst moet je beloven dat je me zult helpen en dan mag je doen wat je wilt."

"Je helpen waarmee?"

Lyssel staarde in het vuur. Met een zacht, peinzend stemmetje zei ze: "Vandaag kwam er een fantastisch plan bij me op, iets dat ik zo graag wil, meer dan wat ook…meer dan te worden gevraagd voor de Quantorsi, meer dan een sjiek huis op de Lesmondheuvel. Maar ik heb jouw hulp nodig. En jij zou er ook voordeel bij hebben, want het zou jou een hele knappe prijs voor Merriehew opleveren."

"Dat klinkt te mooi om waar te zijn."

"Maar het is echt waar, het ligt binnen handbereik! Het enige wat er voor nodig is, is een beetje samenwerking tussen ons beidjes."

"Op wat voor manier dan wel?"

Lyssel keek geheimzinnig om zich heen, alsof ze bang was voor luistervinken. "Ik zal je een heel groot geheim vertellen. Het gaat over Gilfong Rute en een maatschappij die Lumilar Vistas heet. Ze zijn een heel groot, heel luxueus, heel kostbaar ontwikkelingsproject van plan. Het heet Levyan Zarda. Rute wil mogelijk een stuk van Merriehew ervoor gebruiken, maar je hebt een deskundig onderhandelaar nodig om er de hoogste prijs uit te slepen en Forby Mildoon is daarvoor helemaal geknipt. Een deel van de overeenkomst — zeg maar oom Forby's commissie — zou bestaan uit het ruimtejacht van Rute, dat hij toch nooit gebruikt. Het is een prachtig schip, een Fortunatus Glitterweg, en het is zo goed als nieuw. Als oom Forby erin slaagt de *Pharsang* te krijgen, dan neemt hij me mee op een lange ruimtetocht, door de Pandora Chromatieken en de Polymarken en misschien zelfs helemaal naar Xantheneros. Zou dat niet fantastisch zijn?"

"Reuze fantastisch. En waar kom ik in die plannen voor? Word ik uitgenodigd voor die tocht?"

Lyssel dacht even na. Dat was blijkbaar nog niet bij haar opgekomen. Toen hij haar zo zag, begon Jaro's erotische aandrift te bekoelen. Lyssel maakte een gebaartje als om iets van gering belang terzijde te schuiven. "Ik kan niet namens oom Forby spreken en het is natuurlijk zijn jacht. Maar dat is allemaal nog zo ver weg." Ze drukte haar gezicht in zijn hals. "Moeten we het daar nu over hebben? Je hoeft me alleen maar te verzekeren van je toewijding."

"Ja, maar die bijzaken zijn belangrijk. Om maar wat te zeggen: komen je moeder en je grootmoeder ook mee op die reis?"

Lyssel fronste haar voorhoofd. "Jaro toch! Je stelt de meest merkwaardige vragen! Ja, het kan heel wel dat die meegaan."

"Zouden ze het goed vinden als wij samen een hut deelden?"

Lyssel stootte geërgerd een zucht uit tussen opeengeknepen lippen. "Dat zou een hoogst penibele situatie worden! Ik weet niet hoe we dat zouden moeten regelen, tenzij je zou aanmonsteren als bemanningslid; dan konden we elkaar misschien in het geheim ontmoeten, hoewel oom Forby het misschien niet goed zou vinden. Maar alles daargelaten krijg je zeker een ruime prijs voor Merriehew — waarschijnlijk meer dan het bij elkaar waard is."

"Laten we het daar een andere keer over hebben. Op dit moment hebben we wel wat beters te doen." Hij maakte het vierde en vijfde knoopje los.

"Nee Jaro!" riep Lyssel terwijl ze haar bloes dichttrok. "We moeten eerst afspraken maken voor we ook maar een centimeter verder gaan."

"Ik begrijp niets van jouw plannen, die zijn me te ingewikkeld. Laten we ze even laten rusten."

"Het plan is heel eenvoudig." Ze haalde uit haar zak een opgevouwen stuk papier, een muntje en een schrijfstift tevoorschijn. "Je hoeft er helemaal niet bij te denken. Neem deze sol aan en onderteken het papier. Dan is alles goed geregeld en kunnen we ons ontspannen."

"Wat teken ik dan?"

"Niets van belang. Gewoon waar we het net over hadden. Maak je maar geen zorgen, teken gewoon maar."

Jaro wierp haar een spottende blik toe van terzijde en las het document door:

> Ik, Jaro Fath, verleen bij deze tegen betaling van één sol aan Lyssel Binnoc of degeen die door haar gemachtigd wordt, voor de duur van vijf jaar een optie van koop op de bezitting genaamd Merriehew, daarin begrepen het huis en de grond, tegen een prijs die nader zal worden overeengekomen maar in geen geval lager zal zijn dan zestienduizend sol, en maximaal vierduizend sol meer, afhankelijk van de stand van de markt. Was getekend:
>
> *Jaro Fath.*

Jaro wierp Lyssel opnieuw een schuinse blik toe, met opgetrokken wenkbrauwen, en legde het papier toen met zorg op het vuur, waar het opvlamde en verkoolde. Lyssel drukte haar handen tegen haar mond en gaf een kreetje van ontsteltenis. Jaro zei: "Zo, dat is van tafel! Laten we nu verdergaan met onze knoopjes."

Lyssel rukte zich los. "Je geeft geen sikkepit om me! Je wil alleen maar dingen doen met mijn lichaam!" Met bevende vingers knoopte ze haar bloesje weer dicht.

"Ik dacht dat je dat in de zin had toen je hierheen kwam," zei Jaro onschuldig, zij het niet erg overtuigend.

Tranen biggelden uit Lyssels ooghoeken. "Waarom dwarsboom je me zo, waarom kwets je me zo vreselijk?"

"Neem me niet kwalijk," zei Jaro grijnzend. "Dat was niet mijn bedoeling."

Lyssel keek hem woedend aan; haar gezichtje stond strak en haar ogen fonkelden. Voor ze verder uitdrukking kon geven aan haar gevoelens tingelde de telefoon aan de andere kant van de kamer. Jaro keek met gefronste wenkbrauwen naar het toestel. Wie kon dat zijn?

"Spreekt u maar!" riep hij.

Het gezicht van een heer van middelbare leeftijd, op het oog mild en minzaam van aard, verscheen op het scherm. "Ik wilde meneer Jaro Fath spreken, als dat kan." De stem was beschaafd en klankvol.

"Daar spreekt u mee."

"Meneer Fath, ik ben Abel Silking van Lumilar Vistas."

Jaro hoorde hoe Lyssels adem stokte van opwinding. "Jaro!" riep ze schor fluisterend. "Spreek niet met die man, anders zijn we verloren!"

Abel Silking zei intussen: "Ik ben toevallig op de Katzvoldse Baan vlak bij Merriehew. Ik vraag me af of ik een paar minuutjes langs zou kunnen komen om iets te bespreken dat tot ons beider voordeel kan strekken."

"Nu meteen?"

"Als u dat uitkomt."

"Nee! Nee!" kreet Lyssel op woedende fluistertoon. "Laat hem niet hier komen! Hij stuurt al onze plannen in de war!"

Jaro aarzelde, denkend aan Lyssels open bloesje en de onafgemaakte zaken waarnaar dat bloesje verwees. Maar zijn liefdesvuur was al grotendeels weggeëbd.

Lyssel begon te jammeren: "Jaro! Denk toch aan wat het kan worden! Denk aan ons met ons beidjes!"

"Jij stelt me te veel voorwaarden."

"Zonder voorwaarden! Neem me! En dan zul je vanzelf al het nodige doen uit louter blijdschap."

Jaro kromp even ineen. Ze sloegen hem wel heel laag aan; zo makkelijk als ze dachten hem te verleiden! Het was vernederend. Het laatste vonkje begeerte verdween.

Silkings stem klonk vanaf het scherm: "Meneer Fath? Bent u daar nog?"

"Ik ben er nog," zei Jaro. Lyssel voelde aan wat hij van plan was. Ze was verslagen. Haar dromen waren uiteengespat, haar glorieuze hoop was in een oogwenk veranderd in louter treurige herinneringen, dor als zand. Jaro hoorde haar de kamer doordraven, de voordeur uit, de veranda over — weg was ze. Hij richtte zich weer tot de telefoon. "Meneer Silking? Als u wilt kunt u langskomen, al denk ik niet dat u er veel mee zult opschieten aangezien ik nog niet zo ver ben dat ik me wil vastleggen — maar naar u luisteren wil ik best."

"Ik ben zo bij u." Het scherm werd donker.

Vijf minuten later ging de bel. Jaro liet Abel Silking binnen en ging hem voor naar de zitkamer. Opnieuw verontschuldigde hij zich voor de Spartaanse staat van zijn huishouden. Silking maakte een verstrooid gebaar om aan te geven dat hij geen belangstelling had voor de toestand van Jaro's huis. Hij droeg een fraai parelgrijs kostuum dat bijna dezelfde kleur had als zijn glanzende grijze haar. Er was niets aan zijn gezicht dat opviel; het was ongerimpeld en beschaafd en bezat een wasbleke huid en een kleine kleurloze mond onder een vleugje grijze snor. Zijn ogen onder de snaaks gebogen wenkbrauwen waren mild en vol aandacht. "Meneer Fath, mag ik u eerst ons oprecht leedwezen betuigen, namens mijzelf en Lumilar Vistas."

"Dank u wel," zei Jaro. Silking was indrukwekkend, maar leek toch minder onbetrouwbaar dan Forby Mildoon.

"Desniettemin, het leven gaat door en we moeten voortzwemmen met de stroom der gebeurtenissen die wij, ten goede of ten kwade, niet kunnen ontgaan."

"Wat dat betreft zult voor uzelf moeten spreken," zei Jaro. "Ik heb geen enkele haast in die rivier of stroom te springen — hoe u die ook noemt. Plonst u maar naar hartenlust, maar betrek mij er alstublieft niet bij."

Abel Silking glimlachte pijnlijk. Hij keek de kamer rond. "Ik kom tot de gevolgtrekking dat u van plan bent ofwel te gaan verbouwen, ofwel het huis te verhuren, ofwel te verkopen."

"Mijn plannen staan nog helemaal niet vast."

"Ik heb begrepen dat u weer gaat studeren aan het Instituut?"

"Dat dacht ik niet."

"En wat bent u van plan met het huis te doen?"

"Ik blijf er een poosje wonen. Misschien dat ik het verhuur en ga reizen."

Silking knikte. "Lumilar Vistas zou u heel wel een bijzonder redelijk bod kunnen doen."

"Doet u geen moeite. Mijn vraagprijs is nogal hoog. U zou hem zelfs onredelijk kunnen noemen."

"Hoe hoog? Hoe onredelijk?"

"Dat weet ik niet, en zoals ik al aanstipte ben ik er nog niet aan toe daarover na te denken. Ik kan u wel dit vertellen: ik heb al aanbiedingen gehad van derden, van personen die het wanhopig graag willen kopen. Het land is kennelijk zeer waardevol."

"Ik ben gemachtigd u een zeer knap bod te doen, van dertigduizend sol."

Jaro zei ernstig: "Ik zal uw bod bespreken met mijn erfgenamen. Die hebben uiteraard belang bij transacties die Merriehew betreffen."

Silking trok zijn wenkbrauwen op. "Hebt u dan een testament? Dat verbaast me! Wie zijn die erfgenamen als ik vragen mag?"

Jaro lachte. "Wie het zijn doet op het ogenblik niet ter zake — alleen het feit dat er een testament bestaat. Goedenavond, meneer Silking."

Abel Silking liep naar de deur en bleef daar staan. "Wilt u zo goed zijn niet met anderen in onderhandeling te treden zonder ons daarvan te verwittigen? Wij beschouwen ons als de partij die in dezen het grootste belang heeft."

Jaro zei beleefd: "Mocht ik besluiten tot verkoop, dan zal ik zeker doen wat voor mij het voordeligst is."

Abel Silking schonk Jaro een flauw glimlachje. "Houdt u vooral rekening met het belang van Lumilar Vistas en de bijna angstaanjagende overredingskracht die wij aan de dag kunnen leggen. Goedenavond, meneer Fath."

De deur ging dicht. Jaro hoorde de afgemeten tred zich verwijderen op de veranda. Door het raam zag hij Silking in een weelderig zwart vervoermiddel stappen. Het gleed de oprijlaan af, draaide de weg op en was verdwenen.

Jaro liep de veranda op. Het was donker en stil, op het geritsel van de wind in de bomen na. Hij stond daar roerloos terwijl hij de huid op zijn rug voelde tintelen en luisterde of hij het gemurmel kon horen van spoken in het geluid van de wind.

Het was een koude nacht. Jaro huiverde en ging naar binnen.

Het vuur in de haard was ingezakt. Jaro pookte het op en legde er een paar houtblokken bij. Hij ging naar de keuken, maakte daar zijn uitgestelde maaltijd klaar van soep en brood en kaas en salade en werkte die naar binnen. Toen ging hij weer naar de kamer en ging bij het vuur zitten. Hij dacht aan Lyssel die zou zieden van haat en spijt. Wat een merkwaardig grillig schepseltje was Lyssel toch! Toen ze naar

Merriehew kwam was ze op alles voorbereid geweest, behalve op een
nederlaag. Het programma moest zijn bekonkeld met medeweten van
haar moeder en Forby Mildoon. Hun plan kon niet misgaan. Het was
eenvoudig, samenhangend en recht op de man af. Lyssel zou de arme
nixo verlokken en het hoofd op hol brengen tot hij dampte van belust-
heid en gretig de optie zou tekenen. Missie volbracht.

Lyssel was, ondanks alle mythen die ze in de loop der jaren had
opgeroepen, seksueel koel; misschien zelfs frigide. Ze zou het plan met
grote reserve hebben ondernomen.

Terwijl Jaro in het vuur zat te staren was het of hij de drie samenzweerders hun strategie kon horen uitstippelen:

LYSSEL (gemelijk): Het is zo'n intiem en zweterig gedoe. Ik
weet niet of ik het wel kan als hij blijft aandringen.

MILDOON: Zorg dat je die optie krijgt, op wat voor manier
dan ook!

JOFFER IDA: Doe wat je moet doen. Een weinig
geslachtsverkeer voor het goede doel is volstrekt
aanvaardbaar.

LYSSEL (pruilend): Ik zal me zo belachelijk voelen! En als hij
dan nog niet wil?

JOFFER IDA (minachtend): Het is vaak genoeg gedaan. Dat
kan ik je verzekeren.

MILDOON (met grote nadruk): Denk aan de *Pharsang*! Zorg
dat je het klaart, hoe dan ook!

JOFFER IDA: Je hebt er de uitrusting voor, gebruik die dan
en doe er je voordeel mee. Hij wordt er niet beter op met de
jaren.

Op die manier, dacht Jaro, moesten de drie samenzweerders het
gebeuren van die avond hebben voorgeprogrammeerd. Lyssel zou nu
ongetwijfeld haar falen op rekening van de plotselinge komst van Abel
Silking schuiven.

De plannen moesten al lang geleden zijn begonnen. Jaro dacht terug aan de Bummelboster Giller, toen Lyssel hem ontdekt had in zijn kostuum van de Arcadische Gladjakkers. Zelfs toen had ze in hem al een manier gezien om het huishouden van de Faths te infiltreren, met idee dat hij misschien Hilyer en Althea zou kunnen overhalen Merriehew aan Forby Mildoon te verkopen. De truc was mislukt en de Engelen der Boete hadden Jaro in elkaar geslagen. Maar Lyssel had het niet opgegeven, ze had onversaagd verder gestreefd en vanavond had ze Jaro toegestaan vijf knoopjes open te maken en haar borsten te kussen.

Lyssel zou niet meer terugkomen. Het spel was afgelopen. Nooit zou ze Jaro meer komen verleiden met haar geknuffel en gekronkel. Alles bij elkaar was het een interessante episode geweest en Jaro had er heel wat van geleerd, zij het nog niet genoeg.

Het gezicht van Skirl Hutsenreiter zweefde zijn geest binnen. Zijn hart begon sneller te slaan. Als Skirl nu eens naar Merriehew was gekomen en zich aan Jaro had aangeboden als hij alleen maar een simpel stukje papier wilde tekenen? Wat dan? Zou hij hebben getekend? Jaro trok een lelijk gezicht, geboeid door de gedachte.

Hij sprong overeind en pookte het vuur op. Natuurlijk niet, de gedachte was absurd. In geen miljoen jaar zou Skirl zich zo laten gebruiken.

Of wel, als de nood aan de man was?

Jaro ging zitten en staarde in het vuur.

Een uur verstreek. Hij besloot dat het tijd was om naar bed te gaan. Een geluidje? Hij hield zijn hoofd schuin en luisterde. Voetstappen op de veranda? Wie kon er op dit uur van de nacht nog op bezoek komen? Toch zeker niet Lyssel, die was teruggekomen om het goed te maken?

Jaro holde naar de deur, knipte de buitenlamp aan en keek door het raam. Het was niet een gedweeë, bibberende Lyssel die stond te wachten tot ze binnen mocht.

Jaro deed de deur open. Tawn Maihac stond tegen de balustrade van de veranda geleund. Even keken de twee elkaar aan, toen vroeg Maihac: "Mag ik binnenkomen?"

Hoofdstuk XIII

1

Jaro wist niets te zeggen. Hij deed een stap achteruit en Maihac kwam binnen. Jaro sloot de deur. Maihac draaide zich om en opnieuw nam het tweetal elkaar op.

"Je zult wel boos op me zijn," zei Maihac.

Jaro wist niet goed wat hij voelde. Hij kon niet ontkennen wat Maihac gezegd had. Waarom had hij zich dan ook nooit bekend gemaakt? Waarom was hij uit Thanet vertrokken zonder zelfs maar afscheid te nemen? Ten slotte zei hij: "Ik geef toe dat ik gekwetst was, maar dat doet er niet zoveel toe, geloof ik. Jij wist wat je deed en je zult er wel een goede reden voor gehad hebben."

Maihac glimlachte, een korte glimlach die een ogenblik zijn hele gezicht deed oplichten en een reeks gevoelens onthulde die zo snel opkwamen en weer vergleden dat ze niet allemaal tot Jaro konden doordringen.

Maihac sloeg zijn arm om Jaro's schouder en trok hem tegen zich aan. Ten slotte liet hij hem los met een brede grijns. "Dat heb ik al zo lang willen doen, maar ik durfde niet. Je hebt gelijk. Er waren goede redenen voor wat ik heb gedaan. Ik denk dat je dat met me eens zal zijn als je het hele verhaal hebt gehoord. Maar desondanks spijt het me."

Jaro dwong zich om terug te lachen. "Zeg maar niks meer. Het belangrijkste is dat je er nu bent. Kom, laten we naar binnen gaan, daar is het warm."

Jaro ging Maihac voor naar de zitkamer. Maihac vatte post naast het vuur. "Heb je honger? Wil je wat eten?" vroeg Jaro.

Maihac schudde zijn hoofd. "Ik ben net op Gallingale aangekomen.

Gaing heeft me iets van je situatie verteld en toen dacht ik dat ik je maar moest laten weten dat ik terug was."

"Helemaal mee eens! Waar logeer je?"

"Ik heb nog niets geregeld."

"Blijf dan hier! Het huis is leeg en ik zou je gezelschap prettig vinden."

"Dat neem ik met plezier aan."

Ze trokken stoelen bij het vuur. Jaro haalde een fles wijn tevoorschijn, een uitgelezen Estresasdal die Hilyer had opgeslagen voor een bijzondere gelegenheid. Toen Jaro de roemers volschonk zei hij: "Ik hoop dat je de raadsels zult verklaren die me al die tijd zo hebben dwarsgezeten."

"Natuurlijk, zo gauw ik een beetje ben bijgekomen."

"Kun je alvast een enkele vraag beantwoorden? Weet je waar de Faths me gevonden hebben?"

"Nee. De Faths hebben het me nooit willen vertellen en ik ben er net zo op gebrand als jij om het te weten — meer misschien, aangezien dat de plaats moet zijn waar Jamiel, jouw moeder, werd gedood."

Heel even flakkerde het vertrouwde oude beeld door Jaro's geest: de magere man met de zwarte hoed en de zwarte pandjesjas die tegen de avondhemel stond afgetekend. Hij zei: "De Faths waren zo geheimzinnig dat het bijna een obsessie was. Ze dachten dat ik meteen de ruimte in zou flierefluiten als ik wist waar ik heen moest. Daar hadden ze ook gelijk in natuurlijk. Hun bestanden zijn verdwenen — allemaal gewist. Ik heb overal gezocht en zonder succes. Het is voornamelijk Hilyer geweest die dat gedaan heeft, dat weet ik zeker. Hij was fanatiek in dergelijke dingen."

"We zullen nog eens zoeken," zei Maihac. "Ik kan ook fanatiek zijn als het nodig is. Er komt vast wel iets boven water." Hij keek de kamer rond. "Ik zie dat je het grootste deel van het meubilair eruit gezet hebt, hoewel ik de kandelaars nog wel herken."

"Die kon ik niet wegdoen. Er zit te veel van Althea in."

"Was je van plan te gaan verbouwen?"

"Dat weet ik niet zeker. Wanneer je ervoor in de stemming bent wil ik graag je mening erover horen."

"Schenk me nog maar wat van Hilyers puike wijn in. Wat mijn

mening betreft, die helpt je misschien nog verder van huis. Maar ik zal wel luisteren en dan laat ik je wel weten wat er bij me opkomt."

"Nu meteen bedoel je?"

"Waarom niet? Ik zit op mijn gemak."

Jaro schonk de roemers nog eens vol en vertelde Maihac over Forby Mildoons pogingen om Merriehew te kopen, over Skirls ontdekking dat Levyan Zarda volgens de plannen ook de tweehonderd hectare van Merriehew omvatte. Hij vertelde over Lyssel en haar wanhopige aanpak. "Ze was meedogenloos, tot aan een zekere grens." Jaro dacht terug aan de hele situatie. "Arme Lyssel! Ze zette een gefantaseerde verleiding op touw waarbij ze buiten schot dacht te blijven. Het was allemaal erg raar. Als ik getekend had, zou Forby Mildoon de optie hebben gebruikt om de *Pharsang* van Gilfong Rute te verwerven. Toen Abel Silking belde ging Lyssel er in paniek vandoor." Jaro vertelde over Silkings bezoek en diens argumenten ten voordele van Lumilar Vistas. "Aan het slot uitte hij nog een paar bedreigingen die bepaald niet subtiel waren. Het was een interessante avond."

Maihac stond op. "Als je mij en misschien Gaing Neitzbeck zou vragen je bij te staan in je contacten met Lumilar Vistas, dan denk ik dat je je over de dreigementen van meneer Silking verder geen zorgen meer hoeft te maken."

"Jullie zijn bij deze gevraagd."

"Goed," zei Maihac. "We zullen de zaak in beraad nemen. Zo, en waar slaap ik?"

2

De volgende ochtend deed Maihac aan het ontbijt het relaas van de omstandigheden die hem naar Gallingale hadden gebracht.

"Mijn ouderlijk huis was een gebouw van wel twee verdiepingen in het betere deel van het dorpje Cray, in de achterlanden van de planeet Paghorn in de sector Ariës. Mijn vader en moeder behoorden tot de fijne lui; ze waren respectievelijk schoolmeester en verpleegster aan de plaatselijke lagere school. Ze waren afkomstig van Phasis, ook in Ariës, waar ze uit hooggeplaatste families stamden. Ik heb nooit begrepen wat hen hierheen had gebracht, naar Cray, aan het eind van het Langemoer, wat neerkomt op Nergenshuizen. Ik was de jongste van vijf kinderen. De vier oudste waren meisjes. Ons huis was het mooiste van het stadje, op het herenhuis van Vaswald, de kroegbaas, na.

"Mijn moeder was vastbesloten ons als keurige dametjes en heertjes op te voeden en verliet zich voortdurend op een boek, genaamd Godfroy's Gids tot Verfijnde Manieren. Bij elke maaltijd kregen we een volledige batterij bestek voor ons. De plaatselijk bevolking gebruikte enkel pollepels en wat ze 'nuppers' noemden, om de huisjes van gekookte moeraswormen mee te kraken. Als ik er zo op terugkijk waren het echt lompe lieden." Maihac lachte. "De dorpelingen hadden een prachtig spelletje bedacht. Overdag waren meisjes en jonge vrouwen veilig genoeg, maar 's nachts zetten de jongelieden van het dorp maskers op en stroopten het stadje af op zoek naar vrouwen die ook maskers hadden opgezet en uit waren gegaan op avontuur. Echt geweld is er nooit gebruikt, moet ik zeggen, en als een vrouw of een meisje echt noodzakelijk de deur uit moest, geen masker droeg en wel een lamp en overtuigend genoeg protesteerde, dan overkwam haar doorgaans niets ergers dan dat ze haar met een klap op haar achterste weer lieten gaan. Niemand is er ooit heel erg onder gebukt gegaan. Mijn zussen mochten de straat niet op, dat behoef ik niet te zeggen. Toen ik zestien was werd ik naar Phasis gestuurd om bij familieleden te logeren. Daar kreeg ik een baantje aangeboden als hofmeester op een vrachtboot van de wilde vaart; ik nam het aan en ik ben nooit meer op Paghorn terug geweest. Ik weet niet wat er van mijn familie is geworden en daar schaam ik me voor. Maar zo begon mijn loopbaan.

"Een paar jaar later was ik stuurman op een andere gammele oude vrachtboot, de *Distilcord* onder kapitein Paddo Rark. Op de planeet Delia's Dal losten we onze lading, maar de expediteur had op dat moment geen vrachtje naar elders. Kapitein Paddo stuurde mij en Gaing Neitzbeck, de boordwerktuigkundige, het achterland in om te proberen wat vrachtjes bij elkaar te sprokkelen. Toen we terugkwamen troffen we een roversbende aan die het schip aan het plunderen was, terwijl kapitein Paddo en de hofmeester bleken te zijn vermoord. Gaing en ik doodden de rovers en begroeven kapitein Paddo en de hofmeester. Daarna laadden we de vracht in die we bij elkaar hadden geschraapt en vertrokken van Delia's Dal. Gaing en ik waren de enige bemanningsleden. Paddo Rark had kind noch kraai gehad en Gaing en ik waren nu tevens in feite de eigenaars van de *Distilcord*.

"Bij de eerste de beste gelegenheid verschaften we ons de geëigende papieren, lieten de *Distilcord* op onze naam registreren en begonnen vrachtjes te vervoeren waar en wanneer die zich maar voordeden.

"We boerden heel aardig en genoten geweldig; het was een best leventje voor twee energieke jonge vagebonden. Toen streken we op een dag neer op Nilo-May, de enige planeet van de zon Gele Roos. We landden op de voornaamste ruimtehaven, Loorie. En dat was waar onze moeilijkheden begonnen."

De telefoon ging.

Jaro ging erheen en nam op en kwam even later weer terug. Enigszins gegeneerd zei hij: "Ik moet meteen iemand gaan ophalen in Thanet. Ik ben binnen het uur weer terug. Kan je verhaal zolang wachten?"

"Geen probleem. Dan ga ik mijn spullen uitpakken."

3

Jaro reed met de ouwe rammelkar naar de stad — de Flammarion-boulevard af, voorbij het Instituut, de Viliastraat in en toen de Lesmondweg op, naar Sassoon Ayry. Op de stoep stond Skirl, met twee kleine koffertjes naast zich. Ze droeg een donkerblauw jasje en een korte donkerblauwe rok. Ze stond kaarsrecht met een strak en ernstig gezicht. Jaro stopte naast haar aan het trottoir. Ze keken elkaar aan, allebei zonder enige uitdrukking op hun gezicht.

Jaro sprong uit de wagen en tilde Skirls bagage erin. "Is dat alles? Je hebt niet veel aan garderobe."

"Dat is alles wat de bewakers me wilden laten meenemen. Ze zeiden dat ze strikte bevelen hadden van de bank om me niets meer mee te laten nemen dan het uiterste minimum."

"Merkwaardig."

Skirl haalde achteloos haar schouders op. "Ik heb wat dingen moeten achterlaten waar ik nogal op gesteld was, maar het maakt niet veel uit. De bank was boos omdat ik mijn vaders schulden niet wilde betalen, onder het doorzichtige voorwendsel dat ik geen geld had."

Jaro schudde zijn hoofd als was hij zeer verwonderd. Hij deed het

portier open. Skirl klom in de wagen en weg ging het, de Lesmondweg af.

"Ik besloot maar uit de club weg te gaan, voordat ik er niet meer welkom was," zei Skirl. "Aangezien jij alleen, verwaarloosd en moederloos
op Merriehew woont, heb ik besloten te solliciteren naar de functie van
huishoudster."

"Je bent aangenomen," zei Jaro. "Je mag bij mij slapen, of in de
ouderslaapkamer met eigen badkamer, wat je het prettigst lijkt."

"Dat is een kwalijke grap," zei Skirl streng. "Ik zal behoefte hebben
aan zoveel mogelijk privacy."

"Net wat je wilt. Je werk zal niet veel omvatten. Op het ogenblik heb
ik nog een gast. Wat er gedaan moet worden doen we samen."

"Wie is die gast?"

"Een ruimtevaarder, genaamd Tawn Maihac." Jaro zweeg even en
voegde er toen aan toe: "Hij is mijn vader."

Skirl wierp Jaro van terzijde een sceptische blik toe. "Is dat weer een
van je fantasieën?"

"Natuurlijk niet!"

"Dat is onthutsend nieuws."

"Ja, zeker. Toen ik erachter kwam was ik zo onthutst als maar kan."

"Hoe ben je erachter gekomen?"

"Gaing Neitzbeck heeft het me verteld."

"Interessant. Wat is hij voor iemand?"

"Ik vind het nogal moeilijk hem te beschrijven. Hij is bekwaam en
veelzijdig. Heb je ooit van de 'kwaakhoorn' gehoord? Nee? Doet er niet
toe. Maihac is een rustig iemand en volstrekt niet opvallend, maar je
ziet hem niet makkelijk over het hoofd."

"Je schijnt hem te bewonderen."

"Dat doe ik ook, heel erg."

"Is meneer Maihac lid van belangrijke clubs? Is hij een grande of
zoiets?"

"Niet dat ik weet."

"Jammer."

"Misschien wel. Het is jammer dat hij niet rijk is."

"En dat is hij niet?"

"Nee. Ik zit er waarschijnlijk warmer bij dan hij."

"Ik neem aan dat je ervan overtuigd bent dat de feiten kloppen?"

Jaro overwoog de vraag. "Ik geloof niet dat ik het doelwit ben van een zwendel. Hij heeft in elk geval nog niet geprobeerd geld van me te lenen."

"Heeft hij iets kunnen ophelderen over die zes verloren jaren van je leven?"

"Er zijn leemten in zijn kennis. Hij weet niet waar de Faths me gevonden hebben. Dat is iets dat ik zelf zal moeten uitzoeken."

"Hmm. En wanneer begin je daarmee?"

"Ik heb al alle bestanden en aantekenboeken doorgenomen die ik vinden kon. Er zat niets bij. Maar goed, vroeg of laat zal er toch iets tevoorschijn moeten komen."

"En dan?"

"Dat is een kwestie van geld. Ik heb een inkomen, maar het is niet genoeg voor buitenwereldse reizen."

Skirl zei vastberaden: "Als bewerkstelliger ben ik van plan een heleboel geld te verdienen. Misschien heb ik een assistent nodig. Als jij voor mij zou willen werken zou dat weleens een voordelige beslissing kunnen zijn."

"Dat is een lange-termijnproject."

"Misschien. Misschien ook niet."

"En we zouden compagnons zijn, was dat het idee?"

Skirl slaakte een koel lachje. "Beslist niet. Als jij onder mij komt te werken, dan krijg jij de zaken toebedeeld die te ordinair of te morsig zijn om de directeur, mij dus, te interesseren."

"Dat is in elk geval oprecht. Ik zal je voorstel in overweging nemen."

Ze kwamen op Merriehew aan. Jaro laadde Skirls bagage uit en Maihac kwam naar buiten om te helpen. Jaro stelde hen aan elkaar voor en bracht toen Skirls bagage naar de kamer die voor haar was bestemd.

Jaro zei tegen Skirl: "Maihac zit net midden in een heel interessant verhaal en ik wil de rest horen. Misschien wil je erbij komen zitten?"

"Natuurlijk," zei Skirl. "Dan zal ik eerst theezetten, als je het goed vindt."

Het drietal zette zich in de oude salon met de theepot en notencakejes op een laag tafeltje. Jaro zei tegen Skirl: "Je hebt een stukje over Maihacs jonge jaren gemist. Hij is geboren in het dorpje Cray, aan het

Langemoer, op een wereld achter in Ariës. Op zestienjarige leeftijd werd hij ruimtevaarder.

"Een paar jaar later kregen hij en Gaing Neitzbeck een vrachtvaarder in bezit, genaamd de *Distilcord*. Op een zeker moment kwamen ze met een lading aan op Nilo-May, een planeet rond de ster Gele Roos, aan de rand van het Bereik. Volgens Maihac was dat de plaats waar de moeilijkheden begonnen. Zeg ik het zo goed?"

"Prima," zei Maihac. "Behalve dan dat Gele Roos niet alleen de grens van het Bereik markeert, maar ook de buitenste zoom van de Melkweg, met vlak daarachter de lege ruimte."

4

Maihac hervatte zijn relaas. "Voor we op Nilo-May aankwamen hadden Gaing en ik een plezierig leventje geleid, zwervend van de ene ster naar de andere, zonder vast rooster, overal waar een toevallig vrachtje ons heenbracht. In elke haven vonden we buitenissige nieuwe kleuren, vreemde geuren, nieuwe combinaties van geluiden, verrassende flora en fauna en menselijke bewoners met onbekende gebruiken. We leerden de kneepjes van het handeldrijven met kooplieden die zulke vernuftige trucs kenden, dat het een genoegen was door ze te worden opgelicht. We hoorden dialecten spreken, zo vet, dat we de lieden nauwelijks konden verstaan. Waakzaamheid was altijd een goed parool, om winst te maken zowel als om te overleven. De meest heikele gevaren haalden we ons meestentijds zelf op de hals, door mee te doen aan gokspelen die we nooit helemaal goed begrepen of door al te veel belangstelling te tonen voor de dochter van de waard.

"Op Port Hedwig op de planeet Trasnoy kwamen we aan met een lading klein elektrisch gereedschap, om te ontdekken dat de cliënt voor wie ze bestemd waren bankroet was. De kosten van vracht, opslag, ruimtehavenbelasting, omzetbelasting, smeergeld en invoerrechten zouden bij elkaar meer hebben belopen dan de waarde van de goederen, zodat het niet doenlijk was de vracht te lossen; bovendien kreeg de *Distilcord* maar vier uur de tijd om weer te vertrekken. We verlieten Trasnoy op een buitenwaarts traject dat ons in een zo afgelegen gebied bracht als we nog nooit hadden bezocht."

Maihac zweeg terwijl Skirl hem nog een kop thee inschonk. Jaro vroeg of hij soms liever iets anders had: nog wat Estresasdal, of een slokje van de roggemoutwhisky, die Hilyer dikwijls had beschreven als de 'Nectar der Goden'?

Maihac verklaarde dat de dag nog jong was en sloeg wijn en sterkedrank af, net als Skirl. Hij vervolgde zijn verhaal.

Hij vertelde hoe de *Distilcord* de Gele Roos rondde, op de planeet Nilo-May neerdook en landde in Loorie, de voornaamste plaats en enige ruimtehaven. Loorie was niet veel meer dan een dorp, onder hoge schaduwbomen, met een lange hoofdstraat die op de vervallen ruimtehaven uitkwam.

De landingsformaliteiten waren minimaal en daarna hadden Maihac en Gaing de handen vrij om hun vrachtje zo goed mogelijk van de hand te doen.

Op Maihacs vraag deelde de klerk van het havenkantoor hun mede dat er in Loorie twee makelaarshuizen waren die zich bezighielden met ruimtebevrachting: Lorquin Import & Export en Sleutelbloem Bemiddelingen, allebei gevestigd aan de hoofdstraat. De klerk betoonde zich zorgelijk over hun kansen. "Lorquin en Sleutelbloem zijn allebei wat ik gespecialiseerde firma's zou noemen, elk met zijn eigen vaste clientèle. Maar wie weet? Proberen kan geen kwaad. Ginder staat Aubert Yamb van Lorquin; hij komt de wekelijkse manifesten controleren. Ga met Yamb praten; hij kan u meer vertellen dan ik."

Maihac en Gaing draaiden zich om en namen een mollige, niet meer piepjonge man waar met een vollemaansgezicht en karamelkleurig haar dat sluik langs zijn wangen afhing. Hij stond bij een mededelingenbord gegevens over te schrijven van de aangeplakte documenten.

Het tweetal ging naar hem toe en stelden zich voor. "Wij hebben begrepen dat u een functionaris van Lorquin Import & Export bent."

"Dat is tot op zeer beperkte hoogte waar," zei Yamb. "In feite is er maar één functionaris die de lakens uitdeelt; wij anderen richten ons naar haar bevelen."

"Maar misschien kunt u ons toch van advies dienen. Ons schip is de *Distilcord*; wij hebben een partij waardevolle gereedschappen aan boord, die we willen verkopen. Lorquin kan daar een heel aardige winst op behalen als ze er snel bij zijn en ons een redelijke prijs bieden. We willen langdurige onderhandelingen graag vermijden."

"Hmm." Yamb tuitte zijn roze lippen. "Ik vrees dat u geen inzicht hebt in de werkwijze die bij Lorquin in zwang is. Het is denkbaar dat joffer Waldop uw goederen in consignatie zou willen nemen, mits u de kosten van de opslag voor uw rekening neemt en u kunt verenigen met de omvang van haar commissie. Wellicht koopt ze de partij zelfs rechtstreeks aan, als de prijs haar bevalt, waarbij u het woordje 'redelijk' maar beter kunt vergeten."

"Dat is niet bemoedigend," zei Maihac. "En Sleutelbloem Bemiddelingen?"

"Ook die zouden mogelijk een aantal artikelen in consignatie willen nemen. Sleutelbloem is in wezen het zenuwcentrum van een coöperatie die import en export regelt ten behoeve van boeren en kleine bedrijven. Door een wonder weten ze elk jaar opnieuw te overleven dus zullen ze wel in een behoefte voorzien. De directie bestaat uit mijn tante Estebel Pidy en mijn nicht Twillie. Ik ken het bedrijf goed en ik kan u verzekeren dat ze misschien zo dwaas zijn uw lading af te nemen, maar nooit zo dwaas om ervoor te betalen."

"En er zijn geen andere importeurs in Loorie?"

"Neen. Lorquin koopt nu en dan dergelijke losse partijen op om ze elders af te zetten. Maar verwacht geen bevredigende prijs; joffer Waldop is berucht om haar gierigheid."

"En waar is dat 'elders'?"

Yamb maakte een gebaar dat van alles kon betekenen. "O, zo hier en daar, in afgelegen gebieden."

"Waar mag dat dan zijn? We zitten hier al aan het eind van de beschaving."

Yamb vertrok zijn gezicht, heen en weer geslingerd tussen het verlangen Maihacs bewering te logenstraffen en de beperkingen die de zakelijke discretie hem oplegde. Ten slotte zei hij: "Ik zeg daar verder niets over en ik hoop dat u niet zult onthullen dat ik gezinspeeld heb op afzetgebieden elders; joffer Waldop maakt korte metten met loslippigheid."

"U hoeft nergens bang voor te zijn; wij zijn discreet."

Yamb wreef nadenkend over zijn kin. "Nu ik me bedenk, laat u ten overstaan van anderen ook maar liever niet blijken dat u me kent, ik moet mijn goede staat van dienst zien te handhaven. Is dat afgesproken?"

"Afgesproken. Vertel ons eens iets meer over joffer Waldop zodat we weten hoe we haar het beste kunnen aanpakken."

"Het is een geweldenaar van een vrouw; haar postuur is even indrukwekkend als haar persoonlijkheid; ze overschaduwt iedereen met haar zwaarwichtig bovenlijf terwijl haar achterste oogt als twee stalen pontons. Ze is onbuigzaam en grimmig en — ik waag het erop — een beetje een tiran. Maar dat alles hebt u niet van mij!"

"Het ziet er dus naar uit dat we zaken zullen moeten doen met deze indrukwekkende dame?"

"U hebt geen andere keus, tenzij de directeur in eigen persoon aanwezig is. Hij heet Asrubal en hij is even onbuigzaam als joffer Waldop en sinister in het kwadraat."

"We kunnen niet meer doen dan ons best," zei Maihac. "Tenzij we een overeenkomst kunnen sluiten met Sleutelbloem."

"Dat zou geen zin hebben aangezien het die niet is toegestaan handel te drijven op Fader." Yamb zweeg abrupt en keek schuldig achterom. "Ik ben veel te loslippig. Vergeet alles wat ik tegen u gezegd heb."

"We herinneren het ons niet eens meer."

Yamb zuchtte. "Dat is een opluchting. Wilt u me nu verontschuldigen? Ik moet weg."

5

Volgens het gezaghebbende *Handboek van de Planeten* was Nilo-May oorspronkelijk ontdekt door de legendarische Wilbur Wailey*. De ster

---

* Wilbur Wailey begon, na een periode als plaatsbepaler van nieuwe planeten, aan een reeks ondernemingen van twijfelachtige aard. Zijn grootste prestatie was naar eigen zeggen zijn 'Rijk van Zang en Glorie', op een wereld die zo ver in de Zelfkant lag, zo verdoold tussen galactische vleugen en sterrenstromen, dat hij vijfduizend jaar later nog altijd niet was herontdekt.

Naar deze wereld, die Wailey Safronilla noemde, bracht hij de ene partij knappe jonge vrouwen na de andere, die hij ronselde met gebruikmaking van een heel scala aan tactieken. Sommige betaalde hij een ruime bonus, andere ontvoerde hij o.a. uit kloosters, middelbare scholen, vakantiekampen,

Gele Roos zwierf, vergezeld van Nilo-May, door een golf van leegte, vlak aan de zoom van de Melkweg, in een gebied dat door de rest van het Bereik vrijwel vergeten was.

Ten oosten van Loorie verhieven zich de Hoo-Wooheuvels; in het westen lag vijftien kilometer moeras met daarachter de Baai van Bismold. In het zuiden en noorden lagen hofsteden en andere agrarische bedrijven. Afgezien van de streek rond Loorie en een paar voorposten in het binnenland werd Nilo-May niet door Gaianen bewoond. In feite was de wereld een woeste wildernis. Een woestijngordel vatte de planeet rond de evenaar, doorsneden door waterlopen die een tweetal ondiepe oceanen ten zuiden en ten noorden met elkaar verbonden.

Merkwaardige olieachtige rivieren ontsprongen in het woestijn-hoogland en stroomden door bossen van puifbomen en reusachtige wijdvertakte dendrons van allerlei kleur. Verder van de evenaar breidde zich drasland uit, bespikkeld met drijvende wattenbolstruiken en lang-gesteelde zwartstok die pruimkleurige drijvende bladeren torsten, waarop grote hagedisachtige dieren dansten en zwierden, dartelend van blad tot blad. Vaak trokken ze tien meter hoge kegelvormige bouw-sels op van bladvezel en speeksel. De hagedissen staken hun koppen

---

schoonheidswedstrijden, groeigroepen en dergelijke. Bij één gelegenheid wist hij een compleet damesmuziekcorps te verschalken, inclusief fluiten, trompetten en trommels. Een paar maanden later wist hij bij de Pelluciden zeshonderdvijftien beste maagden van de A-klasse aan boord van een van zijn schepen te krijgen, onder het voorwendsel dat ze zijn verzameling tropische vissen mochten bekijken. Zodra ze allemaal aan boord waren, her en der zoe-kend naar de visjes, gingen de luiken dicht en vertrok het schip. Op Safronilla gingen de Pellucidessen van boord, maar hun verontwaardiging haalde niets uit. Methodisch en met noeste vlijt wist Wilbur Wailey hen stuk voor stuk zwanger te maken, niet eens maar herhaaldelijk. Vijftien jaar later deed hij opnieuw de ronde, en bevruchtte ditmaal al zijn dochters zonder voorkeur of onderscheid, evenals later, in de nadagen van zijn leven, zijn kleindochters.

Waar antropologen bijeenkomen voor achterklap of genoeglijke vakpraat in de salons van hun clubs, kan het gebeuren, laat op de avond en na het nuttigen van diverse glaasjes Pussers Reglement of Oude Wikkelvoet, dat er iemand gewag maakt van Wilbur Wailey en diens loopbaan. En na een ogenblikje zegt er dan iemand: "Mannen als Wilbur Wailey maken ze tegenwoordig niet meer!" En een poos lang zwijgt het groepje dan terwijl iedereen het zijne of hare ervan denkt en zich afvraagt hoe het er nu op Safronilla toe gaat.

door ronde venstertjes naar buiten, keken om zich heen en verdwenen dan weer met een ruk in het duister.

Boven de evenaar hing een gordijn van eeuwige regen, vallend uit een hoge muur van zwarte wolken die voortdurend werden aangevoerd door de passaatwinden die vanuit het noorden en het zuiden komend op elkaar stootten en hoog in de dampkring werden opgestuwd, waar ze afbogen om weer terug te stromen naar de polen.

De moerassen langs de zoom van de woestijn en langs de rivieren krioelden van leven. Klonten witte warwormen, hopsende mens-vormige dieren met zwemvoeten en groene kieuwen en met ogen aan het eind van hun lange, meervoudig gelede voorpoten, zeester-achtige vijfpotigen die rondtrippelden op de punten van hun zes meter lange uitsteeksels, schepsels die uitsluitend uit een muil en een staart bestonden, waggelende bonken kraakbeen met een roze geribbelde onderkant.

In Loorie leefde de bevolking van zevenduizend zielen volgens een gematigde filosofie, die haast, spanning en schrille eerzucht afwees. Bezoekers spraken dikwijls afgunstig over de 'onverstoorbare koel-bloedigheid' die ze op Loorie hadden aangetroffen. Vanuit een warmer temperament beschreven anderen hetzelfde gedrag in termen als 'apa-thisch' of 'lui'.

De gebouwen van Loorie wekten, bijeen gezien, een indruk die uniek was en zelfs pittoresk, ofschoon de afzonderlijke bouwsels op zich niet erg bijzonder leken. De stijl was eenvormig: wanden van puifhouten planken, zo uit de dendrons gekapt en aaneengekit met hun eigen sap, torsten een negenkantig dak dat op zijn beurt werd bekroond door een keur aan ijzerwerk, geheel naar de smaak van de eigenaar: windwijzers, spokenverschrikkers, molentjes, gelukskringels en der-gelijke. Bedrijfjes omzoomden de hoofdstraat: de Natuurbank, Hotel Bloemengeur, Cudder's zelfbediening, Lorquin Import & Export, de Technoman, de Peurifoy Verversingensalon, de Bon Ton Coiffeur, een IPCC-kantoor vijfde klasse, bemand door een paar plaatselijke agen-ten, en verderop in de straat Sleutelbloem Bemiddelingen. Dendrons stonden in achtertuinen en op open plekken en wierpen hun schaduw, terwijl ze een droge, peperige geur verspreidden.

Maihac en Gaing hielden stil bij de Peurifoy Verversingensalon en namen in de voortuin plaats, in de schaduw van het zwart-met-groene gebladerte. Een klein meisje in een bruine mousselinen jurk tot op haar enkels keek om de hoek van de donkere salon, onderwierp het tweetal aan een traag onderzoek, slenterde naar buiten om te vragen wat ze bliefden en kwam even later terug met twee potten bier.

Het was ongeveer midderdag, plaatselijke tijd, naar de stand van Gele Roos te oordelen. De zon was niet verblindend en wierp een sereen schijnsel dat een merkwaardig bedrieglijk perspectief veroorzaakte. Het was rustig op straat. De stadsbewoners gingen bezadigd huns weegs; hun pantoffels gleden geruisloos over de bestrating. Sommigen liepen voort met gebogen hoofd, de handen op de rug alsof ze geheel in abstracte bespiegelingen opgingen. Anderen onderbraken hun wandeling om uit te rusten op een bankje waar ze hun plannen voor die dag overpeinsden. Ze betoonden zich weinig toeschietelijk of uitbundig. Lieden die elkaar op straat voorbijliepen wierpen elkaar achterdochtige schuinse blikken toe vanonder half geloken oogleden.

Wanneer vrienden of zakenrelaties elkaar tegenkwamen en de noodzaak tot communicatie zich voordeed, keken ze eerst naar links en naar rechts en dan achterom, waarna ze zich met elkaar onderhielden op bedekte toon, alsof ze kwesties van groot geheim belang hadden mee te delen. Zo bekeken leek Loorie letterlijk een broeinest van intriges.

Een vlucht vogels zeilde door de lucht voorbij — drie stuks met lange snavels en een kuif van roze en zwarte veren tot in hun nek. Ze bewogen hun vleugels, die smal waren en een opmerkelijke spanwijdte hadden, bijna achteloos op en neer. Onder het vliegen stootten ze een reeks schelle kreten uit — de luidste klanken die in heel Loorie te beluisteren vielen.

Vanuit de tuin van de Peurifoy konden Maihac en Gaing door een grote ruit aan de overkant van de straat zo in het kantoor van Lorquin Import & Export kijken. In de schaduwrijke schemer van het kantoor marcheerde een struise vrouw met brede schouders en een buitengemene boezem op en neer, maaiend met haar armen alsof ze iemand toesprak die zij niet konden zien. "Dat moet joffer Waldop zijn," zei Maihac.

"Formidabel is ze, dat lijdt geen twijfel," zei Gaing.

"Ze schijnt opgewonden te zijn, of misschien in staat van verontwaardiging," zei Maihac. "Misschien heeft ze Aubert Yamb betrapt op een inbreuk op het bedrijfsprotocol en wordt hij nu over zijn vergissing onderhouden." Maihac dronk zijn bier op. "Ben je zover om eens kennis te gaan maken?"

Gaing dronk de zware aardewerk pul leeg. "Wat mij betreft." Het tweetal stak de straat over en betrad het kantoor van Lorquin Import & Export. Joffer Waldop bleef abrupt staan, midden in de ruimte en draaide zich met een ruk naar haar bezoekers om, met haar hoofd achterover en haar luisterrijke boezem vooruit. Aubert Yamb zat ineengedoken aan een bureau achterin het vertrek iets te noteren in een groot boek. Hij wierp een schichtige blik op de twee ruimtevaarders en keek toen weer op zijn werk. Joffer Waldop nam met glinsterende oogjes, die een lange, dunne neus flankeerden, haar bezoekers van hoofd tot voeten op. "Wel, heren? Wat wenst u?" vroeg ze.

Maihac legde uit welke kwestie hen naar Lorquin bracht. Joffer Waldop luisterde even, onderbrak hem toen met een snel kappend handgebaar.

"Wij hebben geen behoefte aan dergelijke prullaria. Wij zijn geen marktventers, hier bij Lorquin; wij zijn importeurs en verschepers van uitsluitend belangrijke goederen."

Vanuit de schemering klonk Yambs stem op. "Joffer Waldop, als het u niet ontrieft, maar weet u nog? De directeur heeft het gehad over de behoefte aan uitgaande vracht."

"Zo is het wel genoeg!" snauwde joffer Waldop. "Jouw advies is niet ter zake." Ze wendde zich weer tot Maihac en Gaing. "Waar zijn uw monsters?"

"We hebben alleen dit meegebracht." Gaing liet een klein apparaatje zien. "Het is een gatenmaker. U zet deze koker op een hard oppervlak, steen, hout, metaal of synthesiet, u drukt op deze knop en er wordt een gat in het materiaal gedreven van exacte doorsnee en diepte. Als u wilt kunt u vervolgens een bout in een kleefmiddel dopen en hem in het gat tikken; de bout zit dan permanent gehecht. Een haakje of een oog kan ook. Met een speciaal hulpmiddel kunt u de ene helft van een scharnier onlosmakelijk aan een wand bevestigen. Het apparaat is eenvoudig, doeltreffend en er kan niets mis mee gaan."

"Wat voor vraagprijs had u in gedachten voor deze partij?"

"Hij bestaat uit vijfenveertighonderd stuks. De detailhandelsprijs is acht à tien sol per stuk. Onze vraagprijs is vijftienduizend sol voor de hele partij."

"Haha! Absurd!" Ze wenkte Yamb. "Ga met deze lieden naar hun vaartuig en maak een nauwgezet ceel op van wat er wordt aangeboden, met alle daartoe strekkende gegevens."

"Om tijdverspilling te vermijden," zei Maihac. "Wat zou uw bod zijn, aangenomen dat alles in orde wordt bevonden?"

Joffer Waldop haalde haar schouders op. "Ik zou bereid zijn tot twee à drieduizend sol te gaan. Hier aan het eind van de beschaving, zonder andere afzetgebieden in de buurt, is dat een redelijke prijs."

"Fader is er anders ook nog," opperde Maihac.

Joffer Waldop wierp haar hoofd nog verder in haar nek dan daar-even. "Wie heeft er over Fader gerept?" vroeg ze schor.

"We hoorden er iets over op de ruimtehaven."

"Die praatjes! Louter kletsika! Ze behoren te weten dat Lorquin de enige handelstoegang vormt tot welk ander vervoers- of exportbedrijf dan ook. Ik raad u aan u ervan te onthouden u in te dringen in een gevestigde zakelijke opzet."

"Als drieduizend sol uw hoogste bod is, zullen we uw tijd niet verder verspillen."

Maihac en Gaing verlieten Lorquin Import & Export en liepen een eindje de straat af naar Sleutelbloem Bemiddelingen. Ze duwden een punkhouten deur open en stapten een lange, smalle ruimte binnen, die donker en schemerig was en zuurzoet rook naar onbekende specerijen, geurige houtsoorten en leer en het vergane stof van eeuwen. Links stond achter een toonbank een mollige jonge vrouw gedroogde bonen in de juiste bakken te sorteren. Haar blonde haar zat in een knotje; ze had een zwaar gezicht met een knopsneus en een kleine roze mond.

Vlak bij haar op de toonbank stond een bordje:

Joffer Estebel Pidy, bedrijfsleider.

De jonge vrouw had kennelijk een slecht humeur en negeerde de bezoekers tot Maihac vroeg: "Bent u de bedrijfsleider?"

De vrouw keek op met een lelijk gezicht en wees naar het bordje.

"Kunt u niet lezen? Ebbie is de bedrijfsleider. Ik ben Twee Pidy, hoofd Onderzoek en Buitenwereldse Operaties."

"Neem me niet kwalijk," zei Maihac. "Waar is de bedrijfsleider?"

Aan de andere kant van de ruimte, half verscholen in de schaduw, zat een oudere vrouw met brede jukbeenderen en grijzend haar, dat net zo langs haar gezicht afhing als dat van Aubert Yamb. Ze stond op en kwam naar hen toe. "Ik ben Estebel Pidy; ik leid het bedrijf voor zover er iets te leiden valt."

Opnieuw legde Maihac uit waarvoor hij kwam. Net als de eerste keer reageerde zijn gehoor niet positief. Het ontbrak Estebel Pidy aan enige belangstelling voor zaken op serieuze schaal. "Wij bemiddelen voor de plaatselijke handelaars, we importeren wat ze nodig hebben en exporteren wat er vanuit het achterland binnenkomt. Het is allemaal heel kleinschalig, net genoeg om ons draaiende te houden. We kunnen niet concurreren met Lorquin; die opereren helemaal buitenwerelds, waar je kunt vragen wat je wilt."

"Of pakken wat je wilt," snoof Twee Pidy. "Als je Aubert mag geloven, tenminste."

"Dan zou u dat spelletje ook moeten spelen."

"Dat is niet zo makkelijk," zei Estebel Pidy. "Lorquin is eigenaar van twee schepen, de *Liliom* en de *Audrey-Anthey*; ze pendelen op en neer naar Fader, en altijd met lading, naar beide richtingen. Wij bezitten zelfs geen opwindzwever."

"Ik zei tegen joffer Waldop dat wij onze waren zelf naar Fader wilden brengen en toen raakte ze van de kook. Waarom was dat?"

Twee Pidy keek op van haar werk. "Moet u dat nog vragen? Ze willen niet dat iemand inbreekt in hun handeltje! Als u uw gereedschappen naar Fader zou brengen, zou u ze kunnen verkopen voor wat u er maar voor vraagt."

Joffer Estebel zei bedaard: "De Roum zijn een vreemd volkje, naar Asrubal van Urd te oordelen. Ze zijn te trots om te onderhandelen, ze betalen de vraagprijs met hooghartig misprijzen. Dat hebben we uit zeer goede bron vernomen."

Twee zei wrokkig: "Nu weet u waarom joffer Waldop de handel met Fader beschermt. Niemand anders mag de vruchten van dat gouden boompje proeven, dat is het devies van Lorquin."

"Hoe kunnen ze ons van Fader weghouden? Hebben zij de ruimte-haven in handen?"

"Er is een enkele ruimtehaven bij een plaatsje genaamd Flad. Hij is open voor iedereen, maar wat moet u dan? Het is drieduizend kilometer gaans langs geheime wegen voor u in Romarth bent, waar de goederen worden verkocht. In Flad bent u helemaal alleen, midden in een woestenij, en niemand te bekennen om uw waren te kopen. Als u honderd meter van de ruimtehaven wegdwaalt kunt u gevangengenomen worden door de Lokloren en meegevoerd om 'met de meisjes te dansen' zoals zij dat noemen."

"Waarom zouden we de lading dan niet rechtstreeks in Romarth afleveren?"

"Dat is verboden. Zelfs Lorquin Import & Export dient zich een speciale vergunning te verschaffen, als het eens nodig is een lading rechtstreeks naar Romarth te brengen."

"Dus het is niet onmogelijk."

"Kennelijk niet, mits men een speciale vergunning bezit die maar zelden wordt uitgegeven. De Roum stellen hun luisterrijke afzondering op hoge prijs en vrezen dat buitenstaanders de Lokloren van wapens zouden voorzien."

"Waar kan men zo'n vergunning aanvragen?"

"In Romarth, waar anders? Maar waarom zou u zich daar druk over maken?"

"Dat is geen mysterie," zei Maihac. "Het betekent het verschil tussen de twee à drieduizend sol van joffer Waldop en de vijftien tot twintig-duizend die we zouden kunnen incasseren bij de gulhartige Roum. Voor ons is Fader gewoon een planeet die we aandoen."

Estebel werd ongeduldig. "Onze tijd is kostbaar. We kunnen u niets meer vertellen."

"Precies!" beet Twee Pidy hen wrokkig toe. "Zo is het maar net! En als er rechtvaardigheid bestond zouden die twee ons moeten betalen voor het consult!"

Maihac haalde zijn minzaamste glimlachje tevoorschijn. "Een laatste vraag nog, die we joffer Waldop niet durfden stellen."

"O, goed dan," zuchtte Estebel Pidy. "Wat nu weer?"

"Als we van Loorie vertrekken, waar vinden we Fader dan?"

Estebel Pidy zei: "Ga naar buiten als de zon onder is en kijk naar de hemel. Aan de ene kant zie je de schitterende Melkweg, aan de andere kant een zwarte leegte waarin een enkele ster zweeft. Dat is de ster Nachtlamp, met de planeet Fader."

6

De *Distilcord* keerde Gele Roos de achtersteven toe en zette een koers uit die haar wegvoerde van de schittering van de Melkweg, de leegte in. Ver vooruit fonkelde Nachtlamp, een vagebond van een ster die zich bevrijd had van de galactische zwaartekracht en nu eenzaam ronddoolde, zonder vaste baan of bestemming.

De tijd verstreek en Nachtlamp werd steeds helderder; de *Distilcord* vloog op de planeet Fader aan. Maihac zocht in het *Handboek van de planeten*, maar vond geen vermelding. Andere naslagwerken bleken ook gespeend te zijn van informatie.

De scheepsmacroscoop berekende de diameter van de planeet op iets minder dan de Aardse norm, met een ongeveer gelijke zwaartekracht.

Een enkel vasteland nam het grootste deel van het zuidelijk half-rond* in beslag, terwijl een oceaan de rest van de planeet bedekte. Bergen kartelden de zuiderzoom van het vasteland, een diep, donker woud verhulde het middengedeelte terwijl een uitgestrekte steppe het noorden, oosten en westen in beslag nam. De stad Romarth trad niet direct aan de dag, noch enige andere bewoonde plaats.

Maihac ontdekte ten slotte een samenscholing van witte gebouwen, in het woud, gecamoufleerd door de bomen die tussen de gebouwen stonden en de lanen omzoomden. Een radiobaken gaf de plaats aan van de ruimtehaven Flad, eenzaam midden in de noordelijke steppe gelegen. De macroscoop liet een troosteloos strooisel van verwaaide schuren en opslagloodsen zien. Maihac stuurde een verwittiging van

---

* Als een waarnemer zich voorstelt dat hij op de evenaar van een planeet staat en tegen de draairichting in kijkt, is het noorden links van hem en het zuiden rechts. De lading van de noordelijke en zuidelijke pool, in termen van planeetmagnetisme, kan al of niet overeenstemmen met genoemde regel, die er in de grond voor zorgt dat de zon van een planeet altijd opkomt in het oosten en ondergaat in het westen.

aankomst, maar kreeg geen antwoord. Hij probeerde het nog eens, met hetzelfde resultaat. Zonder omwegen zette hij de *Distilcord* dus maar neer op het landingsterrein naast het havenkantoor.

Aan weerszijden lagen opslagloodsen, een nachtverblijf voor het personeel, een geïmproviseerde werkplaats en een allegaartje aan schuren — allemaal in diverse stadia van verval. De steppe breidde zich rondom uit naar alle richtingen, slechts onderbroken door een weg die naar het zuiden liep.

Het havenkantoor lag te bakken in de zon. Niemand kwam naar buiten om de *Distilcord* eens te bekijken.

Maihac en Gaing gingen van boord en zagen in de open deur van de werkplaats een grote kerel staan, met warrige zwarte krullen en een zwarte baard, die zonder enige nieuwsgierigheid het tweetal gadesloeg dat de landingsbaan overliep naar het havenkantoor. Ze duwden een deur van gegoten sintelsteen open en stonden in een morsige hal.

De enige aanwezige zat achter een balie, heel ontspannen, met zijn handen op zijn buik, kennelijk in een staat van diep gepeins verzonken. Hij was van middelbare leeftijd, mager, met het bleke gezicht van een geleerde, strenge trekken en een kieskeurig afhangende mond. Hij droeg een gesteven grijze tuniek met een blauw medaillon op zijn schouder gespeld. Het was, dacht Maihac, een merkwaardig type om achter een balie te zitten op deze afgelegen, stoffige voorpost.

De bedrijfsleider van het havenkantoor — als hij dat inderdaad was — werd nu Maihac en Gaing gewaar. Zijn gezichtsuitdrukking veranderde; kennelijk had hij zitten slapen met zijn ogen open. Hij kwam overeind en keek door het venster naar de *Distilcord*. Toen draaide hij zich naar de nieuw-aangekomenen. "Dat is niet de *Liliom* en evenmin de *Audrey-Anthey*; wie bent u?"

"Dat schip is de *Distilcord*." Maihac overlegde de registratiepapieren, die de bedrijfsleider zonder veel belangstelling doorkeek. Hij nam Maihac en Gaing nog eens op, aandachtiger dan daareven. "U komt dus niet van Lorquin?"

"Nee. Wij vertegenwoordigen uitsluitend onszelf."

"En waarom komt u naar Fader? Het is een verre tocht."

"Dat is geen mysterie. Wij hebben een lading bij ons, bestaande uit klein gereedschap, die we in Romarth van de hand hopen te doen."

De bedrijfsleider vroeg onzeker: "Zijn dat wapens of kunnen ze als zodanig worden benut?"

"Volstrekt niet; ze zijn alleen bruikbaar voor bouwwerkzaamheden. Wij willen onze vracht afzetten in Romarth, wat ons grieflijk zowel als doelmatig lijkt."

De bedrijfsleider glimlachte zuur. "Die woorden doen geen opgeld in Romarth. De Roum arbeiden niet, vandaar dat niemand zich bekommert om gerief of doelmatigheid."

"Louter voor ons eigen gerief dan," zei Gaing ongeduldig. "Maar mogen we doorgaan naar Romarth?"

De bedrijfsleider schudde zijn hoofd. "Niet zonder een speciale vergunning, bij ontstentenis waarvan u ogenblikkelijk onder arrest zou worden geplaatst en u uw schip zowel als uw lading zou verspelen."

"Wilt u dan alstublieft zo'n bijzondere vergunning uitschrijven?"

Opnieuw schudde de bedrijfsleider zijn hoofd. "Zo gemakkelijk ligt dat niet. Mijn gezag hier is nihil, of minder nog, aangezien ik hier ben ter strafrechtelijke bezinning — een periode die nu gelukkig ten einde is."

"Wie heeft dat gezag dan wel?" vroeg Maihac.

De bedrijfsleider wreef langs zijn kin. "De enige met gezag hieromtrent is Arsloe, in de werkplaats."

"De man met de zwarte baard?"

"Een norse kerel en een buitenwerelder, evenals u. Hij spreekt met Asrubal over de radio wanneer hij iets nodig heeft. Desondanks zal hij weinig voor u kunnen doen. De vergunning is slechts beschikbaar in Romarth zelf."

Gaing vroeg bars: "Hoe kunnen we nu een vergunning krijgen als we hem niet mogen gaan halen?"

"Aha!" riep de bedrijfsleider uit. "U meent mij voor een listige paradox te hebben gesteld, maar dat hebt u mis. U reist eerst naar Romarth om de vergunning te halen en dan komt u weer terug."

"Da's redelijk," zei Gaing. "We kunnen er met de zwever heen."

"Nee," zei de bedrijfsleider. "Op Fader is niets ooit gemakkelijk. Een dergelijke handelwijze is eveneens illegaal."

"Waarom is dat?"

"Omdat de zwever mogelijk in handen van de Lokloren zou kunnen vallen en dan een gevaarlijk wapen zou zijn. Ze zijn al hinderlijk genoeg; we doen alle moeite hen wapens en andere uitrusting van dien aard te onthouden. Als u naar Romarth wenst te gaan, dient u gebruik te maken van het openbaar vervoer, net als iedereen. Toevallig vertrekt er net morgenochtend een trein uit Flad." Voor het eerst toonde de bedrijfsleider enig teken van beroering. "Ik zal zelf met deze trein reizen; mijn boetedoening is afgelopen en morgen keer ik dit stoffige gat en die norse beer van een Arsloe de rug toe — voor immer, naar ik hopen mag. Ik zal uiteraard alle moeite doen niet in mijn vroegere fouten te vervallen."

"Wat hebt u dan gedaan?" vroeg Gaing. "Hebt u..." waarna hij op grove wijze een daad van seksuele perversie schetste, bedreven aan de jonge dochter van de hoogste magistraat.

"Nee, niets in die geest. Wat ik gedaan heb was veel erger. Ik gaf uiting aan impopulaire opvattingen."

7

Maihac en Gaing keerden terug naar de *Distilcord* waar ze de mogelijkheden bespraken. Ze konden van Fader vertrekken en trachten hun lading elders van de hand te doen, of ze konden er enige moeite voor doen de partij in Romarth te verkopen. Uiteindelijk besloten ze dat Maihac naar Romarth zou gaan met de trein terwijl Gaing in Flad bleef om de *Distilcord* en haar lading te bewaken. Het was een regeling waar ze geen van beiden blij mee waren, maar de bedrijfsleider had hun meegedeeld dat onbewaakte schepen nogal eens werden geplunderd door zwervende benden Lokloren.

De tocht naar Romarth zou een dag of zes, zeven in beslag nemen: drie dagen door de Tangtsangsteppe en drie à vier dagen door het bos van Diep Blandy. Als de vergunning snel werd afgegeven zou Maihac over twee weken weer terug zijn. Werd de vergunning geweigerd, dan zou Maihac eveneens zo snel mogelijk terugkeren. Intussen zou hij met Gaing contact houden door middel van een draagbare radio.

De zon ging onder tussen vegen pruimpaarse en karmijnrode wolkjes. De schemering viel over de wereld en maakte vervolgens plaats voor diepzwarte nacht. In het oosten zweefde een grote doffe maan die de kleur had van een legering van goud en zilver langs de hemel omhoog, gevolgd door een tweede van dezelfde kleur en omvang. Ver in het zuiden hief een nachtschepsel een woest gehuil aan dat na een poosje verstomde en een drukkende stilte achterliet. De manen zweefden langs de hemel en gingen in het westen onder. De uren verstreken. In het oosten kleurde de hemel saffraangeel en na een poosje kwam de zon op. De trein was al in elkaar gezet: een zware trekker met zes grote wielen, een passagierswagon, een wagon met eet- en toiletgelegenheid en drie goederenwagons. Maihac klom aan boord; een halfuur na zonsopgang vertrok de trein uit Flad en sjokkerde zuidwaarts over de Tangtsangsteppe, op weg naar het verre Romarth.

Maihac reisde in gezelschap van nog vier passagiers, waaronder de voormalige bedrijfsleider van de ruimtehaven, wiens naam naar hij vernam Bariano van Huis Ephrim was. De drie andere passagiers waren Roum van rijpere leeftijd, allen van Huis Urd. Hun optreden was opmerkelijk zelfvergenoegd, zo niet hooghartig. Ze waren kil en overdreven vormelijk in hun contacten met Bariano. Na een vluchtige blik op Maihac en wat onderling gemompel negeerden ze vervolgens diens bestaan. Wanneer ze met elkaar spraken bezigden ze een dialect waar Maihac niets van kon verstaan. Wanneer Bariano bij het gesprek werd betrokken spraken ze standaard Gaiaans met een stijve tongval. Direct toen ze waren ingestapt hadden ze een tafel aan het eind van de wagon voor zich gereserveerd, waar ze documenten uitspreidden en een ernstige discussie op touw zetten.

Bariano ging aan de zijkant zitten waar hij kon uitkijken over de steppe en Maihac volgde zijn voorbeeld. Er viel niet veel te zien. Het landschap was troosteloos, slechts verlucht door lage heuvels in de verte en zo nu en dan een eenzame wachtersboom. Dichterbij waren groepjes dorre doornstruiken en bosjes dofgeel spoeltjesgras te zien, en plakkaten korstmos met de kleur en het voorkomen van schurft.

Na een poosje begon het Bariano te vervelen alleen maar met zichzelf bezig te zijn en stond hij zich met enige tegenzin toe met Maihac te converseren. Hij liet doorschemeren dat hij de drie andere passagiers laag aansloeg. "Het zijn slechts ondergeschikte functionarissen, vervuld van hun eigen belangrijkheid, die gering is. Ze komen op gezette tijden naar Flad om de boekhouding van Lorquin te controleren.

Uiteraard treffen ze nooit ook maar de geringste pekelzonde aan, laat staan ernstige overtredingen, aangezien ze Urd zijn, van hetzelfde Huis als Asrubal.

"Hebt u hun roze schouderbroches gezien? Dat betekent dat ze van de Roze factie zijn, terwijl de factie van Huis Ephrim de Blauwe is. Heden ten dage zijn de facties van gering belang, ja, ze vormen een uitstervende traditie. Desniettemin geeft hun dat aanleiding mij niet gunstig gezind te zijn. Ook moet ik toegeven dat mijn tijd van boete mijn rashudo heeft beschadigd."

" 'Rashudo?' "

"Een plaatselijke uitdrukking. Het betekent 'reputatie', 'zelfrespect' en nog heel veel meer. U zult ontdekken dat de psyche van de Roum uiterst complex is, ingewikkelder dan u ooit zult zijn tegengekomen."

Laat in de middag werd de trein tot staan gebracht door een bende van zes Lokloornomaden. "Ze komen tol heffen," zei Bariano tegen Maihac. "Doe niets; zeg niets. Geef geen blijk van nieuwsgierigheid. Ze worden niet lastig als ze niet worden geprikkeld."

Maihac zag door het raampje zes groteske gedaanten van meer dan twee meter lang, zo groot en indrukwekkend dat ze bijna vorstelijk leken. Hun huid scheen te bestaan uit een hoornachtig weefsel met gele en roodbruine vlekken. Het voorhoofd helde scherp naar achteren en versmalde zich tot een kam met korte felle punten. De onderste helft van het gezicht was smal en genepen zodat de mond, bestaand uit geplooid kraakbeen, heel klein uitviel onder de scherpe gebogen neus. Ze droegen vettige leren schorten, zwarte vestjes en sandalen met zolen die met ijzer waren beslagen.

De bestuurder van de trein betaalde hun zes kruiken bier die de Lokloren over hun schouder hingen, waarna ze achter elkaar langs de passagierswagon wegliepen. Even keken ze spottend naar binnen, naar de passagiers, toen draaiden ze zich om en draafden met grote passen heen door de woestenij. De zes wielen van de trekker zetten zich af tegen het wegdek en met een schok ging de trein weer op weg, naar het zuiden. De dag daarop verscheen er opnieuw een groep Lokloren en werd er opnieuw tol geheven, nu bestaand uit een sterke drank die 'nacnoc' werd genoemd. Bariano en de drie afgevaardigden van Urd waren zichtbaar gespannen. Bariano mompelde tegen Maihac: "Dat zijn Strenke — de ergste van allemaal. Als ze naar u komen kijken, zit dan zo stil als een steen, anders halen ze u misschien weg om met de meisjes te dansen bij het schijnsel van de twee bleke manen."

De Lokloren gristen echter hun kruiken weg en gingen opzij om de trein voorbij te laten rijden, met de vijf passagiers die erbij zaten als standbeelden, hun blikken star op de vloer gevestigd.

Nadat de trein een paar honderd meter had afgelegd ontspanden de passagiers zich weer. De afgevaardigden van Urd uitten zich in een werveling van nijdige opmerkingen. Bariano zei met een somberder glimlach tegen Maihac: "Daar ziet u de barre werkelijkheid van de Tangtsangsteppe en van geheel Fader wellicht. Wij hebben geen greep meer op onze leefwereld, zo wij die ooit al hadden."

"Ik heb een suggestie," zei Maihac. "Misschien wilt u hem horen, misschien niet."

Bariano trok zijn wenkbrauwen hoog op. "Aha! Het schijnt dat wij iets geheel elementairs over het hoofd hebben gezien! Gelukkig dat u nu bent gekomen om orde op zaken te stellen."

Maihac ging op het sarcasme niet in. "Een stel gewapende bewakers met energiepistolen kunnen het vraagstuk misschien uit de wereld helpen."

Bariano streek bedachtzaam over zijn kin. "Het is van een aangename eenvoud. Wij huren een aantal bewakers, bewapenen ze met geïmporteerde energiepistolen. Ze rijden mee op de trein en ontzeggen de Lokloren hun nacnoc en schieten er een aantal neer. Tot zover alles in orde. Maar hoe gaat het op de volgende rit? Misschien dat de Lokloren dan bijeenkomen op de Beresfordklippen om rotsblokken de helling af te rollen waardoor de trein wordt verpletterd en de bewakers zowel als de passagiers worden gedood. Vervolgens ontfermen ze zich over de energiepistolen. Grote toorn in Romarth; we zenden er een strafexpeditie op uit. De Lokloren zoeken het woud op en verdwijnen. Maar alles vergeven en vergeten is niets voor hen! Ze omsingelen Romarth, dringen des nachts de stad binnen en nemen wraak. Vervolgens aanvaarden wij het onvermijdelijke en betalen tol. Ondanks het voordeel dat zo gemakkelijk te bevatten is, is uw suggestie niet volmaakt."

"Misschien," zei Maihac. "Maar ik heb er nog een, die u misschien ook horen wilt."

"Natuurlijk!"

"Als u de ruimtehaven naar Romarth zou verplaatsen zouden alle problemen in één keer zijn opgelost."

Bariano knikte. "Dit plan kenmerkt zich net als het eerste door zijn nobele eenvoud. Het is echter reeds bij ons opgekomen en lang geleden verworpen, om een zeer fundamentele reden."

"En wat is die reden?"

"Kort gezegd: wij wensen Romarth af te zonderen van het Gaiaanse Bereik. Onze voorouders reisden zo ver als hen mogelijk was; ze verlieten de Melkweg en voeren door de leegte naar de ster Nachtlamp. Isolement was toen, bij de dageraad van onze geschiedenis, het richtsnoer, evenals vandaag de dag in de trieste glorie van onze zonsondergang."

Maihac peinsde een poosje en vroeg toen: "Is de stemming in Romarth over het geheel zo melancholiek?"

Bariano grinnikte zuur. "Kijk ik zo troosteloos? Vergeet niet dat ik zojuist een periode van strafmeditatie in Flad achter de rug heb en daardoor grimmig ben geworden. Maar ik ben niet de doorsnee Roumse cavalier* die onaangename denkbeelden van zich afhoudt, als waren het symptomen van melaatsheid.

"De cavalier bouwt zijn wereld en zijn waarnemingen op binnen het bestek van zijn rashudo. Hij richt al zijn aandacht op het nu, hetgeen uiteraard ook verstandig is. Er is geen noodzaak tot paniek, er hangt geen dreiging in de lucht, de tragische grandeur van Romarth brengt de geest tot vervoering. De werkelijke feiten zijn echter treurig. De bevolking is slinkende, de helft van de prachtige paleizen staat leeg en biedt onderdak aan de afschuwelijke schepsels die wij 'witte huisguilen' noemen. Over tweehonderd jaar — misschien iets meer of iets minder — zullen alle paleizen leeg staan en zullen de Roum zijn verdwenen, op een enkele achterblijver na die door de eenzame lanen doolt, waar de enige geluiden de zachte voetstappen zullen zijn van de huisguilen die de maanverlichte zalen van oud Romarth onveilig maken."

---

* Cavalier, een niet-sluitende vertaling, die echter in de opgeroepen sfeer exacter is dan 'jonge edelman', 'ridder', 'branie' en dergelijke uitdrukkingen.

"Een vreugdeloos vooruitzicht."

"Zeker, maar wij zetten dergelijke gedachten met koele bravoure van ons af en richten ons op de kunst van het leven. Wij spannen ons in om de laatste droppels leven te wringen uit elk ogenblik van het bestaan. Houdt ons niet voor hedonisten of sybarieten, al ontbreken zwoegen en sloven in ons bestaan. Wij wijden ons aan het genot van gratie, schoonheid en creativiteit, die alle worden geregeerd door strikte normen, net als veel andere zaken. Ik ben altijd ongedurig en sceptisch van aanleg geweest en die karaktertrekken hebben mij weinig goeds opgeleverd. Op een symposium heb ik verklaard dat eigentijdse pogingen om schoonheid te scheppen triviaal waren en in herhaling vielen; ik stelde dat alles wat enige betekenis had al honderden malen was gedaan. Mijn opvattingen werden als verderfelijk beschouwd. Ik werd naar Flad gezonden teneinde mij op mijn denken te bezinnen."

"En u hebt zich aangepast?"

"Uiteraard. In het vervolg zal ik mijn mening voor mij houden. Het weefsel van het bestaan in Romarth is kwetsbaar. Zelfs mijn nietige roerselen zetten het maatschappelijk akkoord onder druk. Als de ruimtehaven zich te Romarth bevond, zouden wij blootstaan aan een nimmer eindigende toestroom van nieuwigheden en tegenstrijdigheden; wellicht zouden er vakantieschepen af en aan gaan en honderden toeristen brengen die over onze promenaden zouden kuieren, onze oude paleizen zouden ombouwen tot hotels en in de cafeetjes zouden neerstrijken op de fraaie Plaza Gamboye en op het Lallakillanyplein. De ruimtehaven blijft te Flad. Maatschappelijke infecties blijven ons bespaard."

"Misschien verliest u daar meer mee dan u erbij wint," zei Maihac. "Het Bereik is zo bont. Hebt u er nooit over gedacht Fader te verlaten en andere werelden te verkennen?"

Bariano vond het een zeer vermakelijke gedachte. "Wij hebben allemaal zo nu en dan met roekeloze ingevingen te kampen. Zwerflust is een aangeboren drang. Er zijn echter praktische redenen waarom wij zelden op reis gaan. Wij zijn een kieskeurig volk. Behoorlijk voedsel en onderdak hebben een prijs die onze beurs te boven gaat. Wij stellen geen belang in pittoreske verloedering. Wij kunnen vuil of onzuiver voedsel of morsig onderdak niet velen. Wij verkiezen geen gebruik te maken van openbaar vervoer te midden van menigten onwelriekende inheemsen. Aangezien voor passende faciliteiten exorbitante prijzen worden gerekend verkiezen wij thuis te blijven."

"Dan moet ik u toch uit de droom helpen," zei Maihac. "Uw angst is overdreven. Ik ben het met u eens dat men op reis weleens het mindere voor lief moet nemen; dat weet iedereen. Maar het betere of althans het redelijke komt veel vaker voor en is niet zo moeilijk te vinden; u behoeft alleen maar ter plaatse advies in te winnen."

Bariano zei somber: "Dat mag zo zijn, maar dergelijke praktische vraagstukken zijn eenvoudig te groot om op te lossen. Wij kunnen slechts aanspraak maken op een zeer gering buitenwerelds inkomen, aangezien onze export ternauwernood onze import dekt. Wat er aan Gaiaanse valuta overschiet is beperkt. Zelfs al zouden we buitenwereldse reizen wensen te maken, het ontbreekt ons aan valuta om verder te komen dan Loorie."

Maihac dacht na. "Lorquin bemiddelt zowel voor import als voor export?"

"Dat is zo. Doorgaans is er een kleine winst die op onze afzonderlijke rekeningen bij de Natuurbank te Loorie wordt gestort, waar we rente van genieten. Desniettegenstaande loopt onze rekening nooit hoog op; en zeker niet hoog genoeg om ons in staat te stellen een rondreis door het Gaiaanse Bereik te ondernemen."

"Maar is er ondanks dat alles nooit eens iemand die het risico neemt en op reis gaat?"

"Zelden. Ik heb twee heren gekend die zwerflust gevoelden. Ze reisden naar Loorie en namen al hun geld op bij de Natuurbank; ze boekten passage naar onbekende werelden van het Bereik en zijn nooit weerom gekomen. Bericht kwam er niet. Het was alsof zij waren opgegaan in een oceaan van tien triljoen zielen zonder eigen gezicht. Niemand wenst hun lot te delen."

Een uur later zag Maihac weer een groep Lokloren staan op de ronde golving van een duin, afgetekend tegen de hemel. Ze keken onbewogen toe hoe de trein voorbijreed, kennelijk onverschillig voor het vooruitzicht van nacnoc.

Bariano kon hun schijnbare gelatenheid niet verklaren en merkte slechts op dat de Lokloren allemaal onvoorspelbaar waren. "Dit waren Golks — waarschijnlijk even verdorven en vreemd als de Strenke."

"Hoe kunt u de ene Lokloor van de andere onderscheiden?" vroeg Maihac.

"Voor wat de Golks betreft is dat eenvoudig genoeg. De Golkse vrouwen weven een stof van palinggras. Als u goed kijkt, ziet u dat deze knapen rokken van deze stof dragen in plaats van lederen voorschoten."

Maihac zag dat de zware hammen inderdaad gehuld waren in korte rokken van een grauwe kleikleur, waarbij de geelbruine borst werd blootgelaten. Hij bleef kijken tot hij de Golks niet meer kon ontwaren en vroeg toen aan Bariano: "Zijn ze intelligent?"

"In zekere zin. Bijwijlen betonen ze zich uiterst listig en ik moet zeggen dat ze een stuitend gevoel voor humor bezitten."

"Worden ze als mensen beschouwd?"

"Om die vraag te beantwoorden zou ik hun afstamming moeten beschrijven. Het is een ingewikkelde geschiedenis, maar ik zal het kort houden."

"Ga verder!" zei Maihac. "Ik heb niets beters te doen."

"Goed dan. We gaan vijfduizend jaar terug. Onder de eerste kolonisten bevond zich een groep idealistische biologen die probeerden rassen gespecialiseerde arbeiders te scheppen. Hun grootste succes waren de Seishanee. Hun afschuwelijkste mislukking bleken de Lokloren te zijn. Dat is het verhaal in zijn meest beknopte vorm. De Lokloren zijn, kortom, niet zozeer een variatie op de mens als wel een afwijking. Ze gelijken bij benadering op de mens, in zoverre als een nachtmerrie bij benadering op een verjaarspartij gelijkt."

Kort na midderdag reed de trein op een hoog, donker bos af, dat volgens Bariano Diep Blandy was, dat de grens van de Tangtsangsteppe aangaf. Een uur later stopte de trein aan de oever van de Skein, bij een aanlegsteiger waar een omvangrijke rivierboot lag afgemeerd. De boot was vervaardigd van een zware, glimmend zwarte houtsoort, met een ambachtelijkheid die een zeer nauwkeurige en weelderige indruk op Maihac maakte.

De kiel welfde zich vanaf de stompe boeg tot een bijna wulps middengedeelte en glooide vervolgens met de gratie van een slotakkoord op tot een wijde bovenbouw die werd onderbroken door zes vensters die in kleine ruitjes waren onderverdeeld. De voorpiek, het dekhuis en het achterkasteel waren in dezelfde trant ontworpen en uitgevoerd naar sierlijke, barokke maatstaven; metalen staanders op voor- en achterplecht torsten zware lantaarns van zwart smeedijzer en gekleurd glas.

De passagiers gingen aan boord en werden naar hutten in het dekhuis gebracht. De trossen werden losgegooid en de boot begon de rivier af te zakken. Na enkele honderden meters maakte de Skein een bocht en stroomde Diep Blandy binnen, waarna de boot voortvoer door de sombere schemer van het bos.

Dagen en nachten verstreken. De rivier stroomde kalm voort in soepele bochten naar links en naar rechts onder het brede bladerdak. De stilte was volkomen, afgezien van het schuimen van het water onder de kiel. 's Nachts wierpen twee manen een sereen licht door het gebladerte, zodat het Maihac bijna voorkwam als een droom. Dat zei hij ook tegen Bariano, die neerbuigend zijn schouders ophaalde. "Het verbaast me dat u zo geestdriftig bent. Het is tenslotte slechts een speling der natuur."

Maihac keek Bariano onderzoekend aan. "Het verbaast mij dat u zo ongevoelig bent."

Het beviel Bariano nooit wanneer Maihac met hem van opvatting verschilde. "Integendeel! U bent degene die het aan esthetisch onderscheidingsvermogen ontbreekt! Maar waarom zou ik me verwonderen? Als buitenwerelder kunt u niet geacht worden het verfijnde waarnemingsvermogen van de Roum te delen."

"Verward ben ik, dat zeker," zei Maihac. "De reuzenschreden en sprongen van uw denken hebben mij ver achter zich gelaten, als een bonte hond die door de stofwolken een koets nazit."

Bariano glimlachte koel. "Wil ik u op het goede spoor zetten, dan zal ik onomwonden moeten spreken, maar neem daar vooral geen aanstoot aan."

"Spreek vrijuit," zei Maihac. "Misschien vertelt u me iets wat ik nog niet weet."

"Goed dan. Het is eenvoudig zo gesteld dat uw esthetisch oordeelsvermogen vormeloos is. Het is naïef om schoonheid te onderkennen waar die niet nadrukkelijk is bedoeld. Het onderwerp is zeer breed. Dikwijls zal u een aangenaam aspect van de natuur opvallen, dat teweeg werd gebracht door willekeurige of wiskundige processen. Het kan heel wel sereen en welgevallig zijn, maar het is het werk van het toeval en gespeend van de menselijke scheppingsadem. De stoot positieve scheppingsdrang die het met ware schoonheid kan doordringen ontbreekt."

Maihac was er beduusd van hoe star en allesomvattend Bariano's analyse wel was. Behoedzaam zei hij: "U slijpt wel zeer scherp."

"Natuurlijk! Dat is de aard van helder denken."

Maihac wees naar waar de maneschijn, gezeefd door het gebladerte, een filigrijnpatroon van licht en zwarte schaduw op het donkere water wierp. "Vindt u dat geen aardig gezicht? De moeite waard om althans te worden opgemerkt?"

"Het tafereeltje is niet van bekoorlijkheid ontbloot, maar uw gedachtenprocessen zijn ordeloos. U ziet toch wel dat dit tafereel geen conceptuele integriteit bezit? Het is chaos, het is een abstractie, het is niets!"

"Toch roept het een stemming op. Is dat niet de functie van schoonheid?"

"Zeker," zei Bariano gelijkmoedig. "Maar laat ik u een parabel vertellen, of zo u wilt een paradox. Stel dat u in bed ligt te slapen. In uw droom geraakt u in gezelschap van een bekoorlijke vrouw die opwindende zinspelingen begint te maken. Op dat ogenblik beklimt een groot vies huisdier het bed, komt in zijn volle lengte naast u liggen met zijn logge, harige lijf en drapeert zijn staart over uw voorhoofd. U beweegt zich rusteloos in uw slaap en drukt daarbij uw gezicht tegen een van zijn organen. In uw droom komt het u voor dat de schone vrouw u kust met warme, vochtige lippen en u een verrukkelijke gewaarwording bereidt. U bent opgewonden en buiten uzelf! Dan ontwaakt u en ontdekt u waaruit het contact werkelijk bestond; u bent verbolgen. Denk nu goed na! Dient u de vervoering van de droom te genieten? Of dient u, na het dier te hebben afgeranseld, vreugdeloos ineen te kruipen in het donker om het gebeuren somber te overpeinzen? Men zou argumenten kunnen aanvoeren voor beide denkrichtingen. Zo u wilt zal ik enkele van deze argumenten thans toepassen op onze voorgaande discussie."

"Nee, liever niet," zei Maihac. "U hebt genoeg gezegd. Als ik in het vervolg lijk te genieten in mijn slaap zal ik me eerst overtuigen van de ware aard van het verschijnsel."

"Een verstandige voorzorg," prevelde Bariano.

Maihac zei verder niets meer, beseffend dat hij Bariano's theorieën aangaande de bewoners van het Gaiaanse Bereik er alleen maar door zou versterken.

Tegen het midden van de derde dag begonnen aanlegsteigers en rustieke huisjes op te doemen langs de oever en vervolgens hier en daar een buitenhuis, door oude tuinen omgeven. Sommige gebouwen waren bijna paleizen; sommige waren oud, sommige heel oud en sommige verkeerden in staat van verval. Nu en dan zag Maihac mensen in de tuin. Ze bewogen zich met een soepele loomheid alsof ze genoten van de rust van het bos.

Bariano merkte op: "Dit is niet het seizoen voor verpozing, hoewel vele van deze huizen het hele jaar door bewoond worden. Dat is dikwijls het geval wanneer er kinderen in de familie zijn. Kijk daar, kinderen die op het gazon spelen."

Maihac zag een stel kinderen dat blootsvoets over het gras rende met wapperende donkere haren. Ze droegen kielen tot op de knie, de ene in lichtblauw, de andere in grijsgroen. Maihac vond ze er levendig en gelukkig uitzien. Bariano zei: "Hierbuiten zijn ze veilig, aangezien de huisguilen de eenzame bossen mijden."

Maihac zag een stel tuinlieden met heggenscharen die bezig waren een haag te knippen. Ze waren klein van postuur en tenger van bouw maar hanteerden het tuingereedschap snel en vaardig. Hun huid was vaalbruin van tint; zandkleurig haar hing in een kransje langs hun regelmatig gevormde, zij het wat nietszeggende gezicht.

"Wie mogen dat wel zijn?" vroeg hij.

"Dat zijn Seishanee. Zij verrichten het werk dat gedaan dient te worden, willen de Roum hun levensstijl kunnen handhaven. Ze zijn voor ons onontbeerlijk. Ze hakken de bomen om en zagen er planken van; ze verbouwen het graan en bakken het brood, zij herstellen de riolering en de daken. Ze zijn proper, gewillig en nijver. Maar vechten willen ze niet en tegen de Lokloren of de witte huisguilen zijn ze niet te gebruiken, zodat de Roumse cavaliers hun zwaarden moeten trekken om de wilden neer te slaan. Sommigen zeggen dat het al te laat is. Elk jaar bezetten de witte huisguilen weer een van de oude paleizen."

"Kennelijk kunt u geen doeltreffende manier bedenken om die schepsels op te ruimen."

"Dat is juist," zei Bariano. "Ze maken de crypten onder de paleizen onveilig en hebben klaarblijkelijk een netwerk gegraven van tunnels om ze met elkaar te verbinden. Ze zijn altoos op de achtergrond van onze gedachten en niemand gaat 's avonds graag alleen."

De volgende ochtend voer de boot Romarth binnen. De Skein liep in een bocht langs een lelijk gebouw met zware muren van bruine baksteen en boog toen af naar het noordoosten waar Diep Blandy overging in een savanne en vervolgens weer in de Tangtsangsteppe. De boot legde aan langs de esplanade en de passagiers gingen van boord. Bariano wees. "Ginder staat het Parlarium, waar de raden zitting hebben." Hij aarzelde en zei toen: "Ik zal u brengen naar waar u uw petitie dient te overhandigen. U zult grif een onderhoud krijgen, maar verwacht geen snelle uitspraak in uw zaak, aangezien u vele gevestigde meningen in opschudding zult brengen."

8

Maihac staakte zijn verhaal een ogenblik. "Ik wil jullie niet met al te veel details vervelen..."

Skirl zei snel: "U verveelt me niet, niet in het minst!"

"Maar toch, als ik jullie alles zou vertellen — alles wat ik te weten ben gekomen over Romarth en de Roum, hun gebruiken, hun rashudo, hun filosofie en hun maatschappelijke betrekkingen, met daarbij een beschrijving van de paleizen, de eet- en slaapgewoonten, de rituelen van hun hofmakerij, de aangekweekte vechtlust van de cavaliers, de angst voor de huisguilen — het zou een reusachtige onderneming zijn en dat nog voor ik toekwam aan het ijselijkste avontuur dat men zich kan voorstellen. Goed, Jaro, je mag me nu een scheut of wat van Hilyers beste wijn inschenken, terwijl ik even uitrust."

Jaro schonk drie glazen vol met goudkleurige Estresas. Maihac leunde achterover in zijn fauteuil en zette zijn gedachten op een rijtje. Ten slotte zei hij: "Ik zal proberen jullie althans een glimp te geven van Romarth, misschien wel de mooiste stad die ooit door Gaianen is gesticht. Toen ik haar zag waren veel van haar grote herenhuizen al verlaten en lagen de prachtige tuinen te verwilderen. De decadentie hing er in de lucht als de geur van rottende vruchten. Desondanks bleven de

Roum hardnekkig hun feestgelagen houden en hun ingewikkelde ceremoniën spelen. Diverse malen per dag verwisselden ze van kostuum, naar gelang hun rol van dat ogenblik.

"Het is van belang iets te begrijpen van de aard van de oorspronkelijke kolonisten. Het was een intellectuele elite, waaronder zich een afdeling genetisch-biologen bevond. De Gaiaanse wet had hen verhinderd voort te gaan met wat zij hun 'opperste plan' noemden; op Fader bestonden dergelijke belemmeringen niet.

"In het begin hadden de kolonisten gebruikgemaakt van slaven, maar daar kleefden veel nadelen aan. Slaven werden ziek of oud; in alle gevallen gingen ze dood en het was kostbaar hen te vervangen. Ze waren dikwijls weerspannig of gemelijk of lui; straf uitdelen was vervelend werk en haalde nog niets uit ook. Ten slotte kozen de biologen een aantal van de beste slaven uit en gebruikten hun genen om, naar zij hoopten, een klasse van ideale arbeiders voort te brengen. Ze leverden het ene experimentele prototype na het andere af, in allerlei soorten en vormen. Dikwijls waren de vruchten van hun arbeid onvoorspelbaar: schepsels met benen van drie meter lang, of zo dik dat ze zich alleen maar op hun gemak voelden in een drijfbad met warm water. Een ander type ontwikkelde anti-maatschappelijke trekken van intense heftigheid; ze verhieven pijn en onverzoenlijkheid tot hun hoogste goed. Schreeuwend, klauwend en alles verscheurend braken ze uit en vluchtten de Tangtsangsteppe op, waar de sterksten en meest genadelozen het overleefden en het volk van de Lokloren vormde.

"Uiteindelijk werden de Seishanee gesynthetiseerd: een tenger, sierlijk ras van halfmensen met een kleikleurige huid en zachte bruine ogen. Ze bezaten een beperkte intelligentie maar waren volgzaam, vlijtig en gelijkmoedig van temperament. Dankzij een luttele verschuiving van een aantal atomen waren ze halfslachtig, slechts in naam man of vrouw, met rudimentaire geslachtsorganen. Vandaar dat de Seishanee werden voortgebracht uit zygoten die werden gekweekt in het lelijke bruine bakstenen gebouw dat bekend stond als de Fondans.

"Het derde ras van de Romarth was min of meer een raadsel. Men vertelde dat de eerste genetici zichzelf hadden omgevormd met het voornemen een ras van intellectuele overmensen te scheppen, maar dat er iets met het proces was misgelopen. Een aantal van deze mislukte overmensen had hun kisten opengeknaagd en was gevlucht naar de crypten van verlaten paleizen, waar ze zich schuilhielden. Zelden gezien, waagden deze witte huisguilen, zoals men ze ging noemen, zich onder dekking van de duisternis naar buiten. Na verloop van tijd drongen ze zelfs door in de crypten van bewoonde villa's, en ondernamen heimelijke tochten om de meest ijselijke wreedheden te bedrijven. Lieden die ze gezien hadden en het hadden overleefd, bemerkten dat hun tong hun keel afsloot wanneer ze trachtten de wezens te beschrijven. Nu en dan zetten de Roumse cavaliers aanvallen op touw met het oogmerk de schepsels eens en voor al te vernietigen, om te bemerken dat ze slechts tegen schaduwen streden waarbij velen in valstrikken liepen. Uiteindelijk gaven ze dan de moed op en al gauw was de toestand weer als tevoren, of erger nog, wanneer de huisguilen wraak kwamen nemen.

"De Roum waren een elegant volk waarvan elk voor zich meende het toppunt van alle bekende vormen van voortreffelijkheid te zijn. Ieder sprak drie talen: klassiek Roums, het moderne Roums van alledag en Gaiaans. Elke Roum werd geboren in een van de tweeënveertig Huizen of septen, die er elk een unieke gedragsstijl op nahielden. Het openbare beleid werd gevoerd door een raad van grandes, die zitting had in het Parlarium."

Opnieuw zweeg Maihac even. "Dit is allemaal vrij saai, maar de achtergrond is noodzakelijk om te begrijpen wat er daarna gebeurde."

Jaro en Skirl ontkenden stellig dat ze het saai vonden. Maihac ging verder met zijn verhaal. Hij wijdde een ogenblik of wat aan de beschrijving van de stad zelf, haar lanen, haar grootse huizen, en de sfeer van immense ouderdom alom. Hij beschreef de Roum, hun verfijnde kostuums en hun romantische en dikwijls hartstochtelijke persoonlijkheid, vooral onder de jonge branies.

Na aankomst met de boot had Maihac zich meteen naar het Parlarium begeven waar hij, op Bariano's advies, raadsheer Tronsic van Huis Stan opzocht, aan wie hij zijn petitie aanbood. Tronsic, een stoere kerel met grijs haar die de middelbare leeftijd al bijna voorbij was, bleek veel hartelijker te zijn dan Maihac had durven hopen. Tronsic ging zelfs zo ver Maihac onderdak aan te bieden in zijn eigen huis, hetgeen Maihac met genoegen aannam.

Op een gepast ogenblik legde Tronsic Maihacs petitie aan de raad voor. Ze namen het document aan — ter overweging, hetgeen zoals Tronsic Maihac verzekerde, grond was voor gematigd optimisme.

Terwijl Maihac wachtte, bleef hij contact houden met Gaing in Flad, door middel van zijn draagbare radio. Maihac legde Gaing uit dat geduld geboden was en zei dat hij hoopte dat Gaing zich niet begon te vervelen. Gaing gromde alleen maar en zei dat hij tenminste weer eens tijd had om te lezen.

Maihac merkte dat hij grote nieuwsgierigheid in de stad teweegbracht. Tronsic vertelde hem dat iedereen benieuwd was naar het leven elders in het Gaiaanse Bereik, ondanks de overtuiging dat het er rauw, onzindelijk en gevaarlijk zou toegaan. Maihac antwoordde dat de omstandigheden van plaats tot plaats verschilden en dat als de Roum van zins waren te reizen, ze mochten verwachten bij al het goede ook wel iets minders voor lief te moeten nemen.

"Welk goede?" vroeg een modieuze jonge cavalier, genaamd Serjei van Huis Ramy, op hoge toon. "Wat kan er zich tussen die grove werelden meten met Romarth?"

"Niets. Romarth is uniek. Blijf vooral thuis als u dat liever doet."

Een ander die erbij stond zei: "Alles goed en wel, maar het valt niet te ontkennen dat die exotische oorden ons boeien. Helaas is het overmatig duur om ook maar enigszins in stijl te reizen; schreeuwend duur zelfs, gezien de droeve staat van onze inkomsten. We zouden tenslotte niet graag over de weg sjokken als schooiers."

"Zeer waar!" zei Serjei. "We durven niet het gevaar te lopen in een of ander ver oord door ons kapitaal heen te raken, zodat we genoopt zouden zijn te sloven, louter en alleen om in leven te blijven!"

"Het rashudo zou bespottelijk in opspraak worden gebracht. We zouden geen vertoon meer kunnen maken!"

Maihac gaf toe dat hun vrees gerechtvaardigd was. "Wie een vorstelijk onderkomen en verfijnd voedsel verlangt, zal in staat moeten zijn ervoor te betalen, aangezien niemand dergelijke voorzieningen gratis verstrekt."

Een aantal Roum waren wat ondernemender dan de anderen. Daaronder bevond zich Jamiel van Huis Ramy, een slanke, rijzige jonge vrouw met een uitzonderlijke charme en intelligentie. Maihac werd geboeid door de vele facetten van haar persoonlijkheid en in het bijzonder haar onconventionele manier van denken, haar opgeruimde gevoel voor humor, dat ongebruikelijk was bij de Roum, en haar gebrek aan geduld met de strikte regels van het rashudo*.

Maihac kon het niet helpen, hij werd verliefd op Jamiel. Hij meende te bespeuren dat zijn gevoelens werden beantwoord en na een poosje raapte hij al zijn moed bijeen en vroeg haar ten huwelijk. Ze stemde toe met bevredigend enthousiasme. Het tweetal werd ogenblikkelijk in de echt verbonden volgens de traditionele rituelen van Huis Ramy.

In antwoord op Maihacs vragen legde Jamiel hem de verwikkelingen van het Roumse economische stelsel uit. Elk Huis had een rekening bij de Natuurbank te Loorie. De winsten van Lorquin Import & Export werden verdeeld over de tweeënveertig Huizen en op de geëigende rekeningen gestort.

Maihac vond het een nogal slordig systeem, dat bijzonder kwetsbaar was voor flexibel, zo niet corrupt gedrag. "Wie berekent die verdeling van de winsten?" vroeg hij.

"Asrubal van Urd," zei Jamiel. "Hij is directeur van Lorquin. Hij geeft een jaarverslag uit dat wordt geïnspecteerd door drie functionarissen, en daarna worden de middelen verdeeld."

"En dat is de enige zekerheid dat de verdeling van de inkomsten eerlijk verloopt?"

Jamiel haalde haar schouders op. "Wie zou er moeten klagen? Het rashudo eist geringschatting voor dergelijke kleinigheden; ze zijn te nietig om de aandacht van een welgeboren Roum te verdienen."

"Ik kan je wel vertellen," zei Maihac, "dat de prijzen die jullie aan Lorquin betalen voor importgoederen twee tot driemaal zo hoog zijn als de prijzen in Loorie, of waar dan ook in het Bereik."

Jamiel zei dat ze dat allang vermoed had, net als veel van haar bekenden. Ze voegde er als achteloos brokje informatie aan toe dat ze zwanger was.

De tijd verstreek. Maihac begon te vrezen dat zijn petitie voorgoed in de doofpot was verdwenen. Jamiel verzekerde hem van het tegendeel. "Wanneer men met het Parlarium te maken heeft, dient men

---

* Rashudo: een streng en nauwgezet gedragsstelsel.

met lange wachttijden rekening te houden — vooral als de facties erbij betrokken raken, zoals in dit geval. Huis Urd is lid van de Pruimroze factie en wenst elke inbreuk op het monopolie van Lorquin te ontmoedigen. De Blauwen zouden graag verandering aanbrengen in het systeem — misschien een algehele reorganisatie."

Maihac wist niet veel van de facties af, behalve dat hun onderlinge verschillen waren afgeleid van antieke ideologieën, van een subtiliteit die zijn begrip te boven ging. Maar voor zover het Maihac aanging was het wel duidelijk dat de onderlinge strijd tussen de facties eerst moest worden beslecht, voor hij een uitspraak over zijn petitie mocht verwachten.

Maihac bleef geregeld contact houden met Gaing, die steeds heftiger begon te klagen over het uitstel. Toen kwam er op een dag bericht van Gaing: er was een ramp gebeurd. Lokloren hadden het veilig veronderstelde landingsterrein bestormd en hadden de *Distilcord* aangevallen. De vracht was geroofd en het schip zelf was vernietigd door drie grote explosies.

Maihac ontving het nieuws toen hij in een wachtkamer van het Parlarium zat. Gaing vertelde dat hij kort voor de aanval Asrubal van Huis Urd in Flad had gezien en dat Asrubal toen een onderonsje had met de Lokloren. Asrubal was vlak voor de aanval naar Romarth vertrokken met de zwever van het bedrijf en was er beslist voor verantwoordelijk geweest. Gaing had de bedrijfsleider van de ruimtehaven van Flad, ene Faurez van Huis Urd, in verzekerde bewaring genomen. Hij had Faurez onder druk gezet en deze had Gaing ten slotte verteld wat hij wilde weten. Om te beginnen was het de opzet geweest dat Gaing zou worden gedood, juist om een situatie als de huidige te voorkomen. Maihac luisterde nog even, en drong toen de zaal binnen waar het forum van raadsheren in zitting was. Met enige moeilijkheid wist hij de aandacht van de raadsheren te verkrijgen en beschreef de verwoesting op Flad. Hij zette zijn radio op de lange halfronde tafel en sprak in de microfoon: "Ben je daar nog?"

"Ik ben er nog," klonk Gaings stem, vol verontwaardiging en dreiging. "En ik kan je wel zeggen dat ik nog nooit zo kwaad ben geweest. Gelukkig voor die schurk Faurez ben ik een matig mens. Hij heeft zijn leven weten te redden door toe te geven dat Huis Urd de volledige verantwoording draagt voor dit droeve gebeuren en alle schade zal vergoeden."

Een van de raadsleden voor Pruimroze slaakte een kreet van protest: "Wacht even! Wacht even! Deze man is niet officieel gemachtigd om zelfs maar een gepekelde galsteen uit te betalen!"

"Doet er niet toe," zei het hoofd van de raad. "Laat ons de getuigenis van de welgeboren buitenwerelder aanhoren."

Maihac vroeg aan Gaing: "Is Faurez daar bij je?"

"Net als daareven."

"Wees voorzichtig met hem. Hij kan niet tegen stuiteren."

"Niet al te best, nee. Dat heb ik zelf al ontdekt."

"Ik sta nu in de raadszaal. De raadsheren zijn gereed om je verslag aan te horen."

"Mooi." Opnieuw deed Gaing zijn relaas en zei toen: "De bedrijfsleider van de ruimtehaven heeft ermee ingestemd u te vertellen wat hij weet. Faurez, spreek! Leg de raadsheren uit wat er gebeurd is."

Uit de radio kwam nu een stem die verstikt klonk van emotie. "Ik ben Faurez van Urd; om de zaken heen draaien heeft geen zin, aangezien deze ruimtevaarder getuige is geweest van het gebeuren, dus ik zal de feiten onomwonden op tafel leggen. Asrubal van Urd kwam aan van Loorie en zag de *Distilcord*. Hij beval de Lokloren het schip te vernietigen en droeg mij op daaraan mee te werken. Nadat de *Distilcord* verwoest was, gaf hij de Lokloren bevel Gaing Neitzbeck te doden en vertrok naar Romarth in zijn zwever. Neitzbeck doodde twintig Lokloren met zijn pistool en toen gaven ze het op en vertrokken. Neitzbeck nam mij met geweld gevangen en eiste dat ik de ware omstandigheden aan de raad zou berichten. Hetwelk ik niet ongaarne doe, aangezien de daad van Asrubal verdorven was en hij de gevolgen dient te dragen."

De raad stelde Faurez een aantal vragen en gaf ten slotte aan dat ze genoeg had gehoord.

Even later arriveerde Asrubal. Hij werd ogenblikkelijk gesommeerd voor de raad te verschijnen. Toen hij ten slotte de zaal betrad, vertoonde hij geen spoor van schuldgevoel, ja, gaf zelfs blijk van verontwaardiging dat hij op zo ongeschikt tijdstip was ontboden. In plaats van de beschuldiging te ontkennen, verdedigde hij zijn daden met een

ijzige zelfvoldaanheid en beweerde dat Maihac en Gaing inbreuk hadden gemaakt op de traditionele wetten die de handel tussen Fader en
de binnenwerelden regelden.

"Onzin!" verklaarde Tronsic van Huis Stan. "Er bestaan geen
handelswetten, slechts gebruiken en gewoonten. U hebt een ongerecht-
vaardigde verwoesting teweeggebracht en dient te worden gestraft met
opperste gestrengheid!"

Asrubal bulderde woedend: "Waagt u het te spreken van straf voor
een grande van Urd? Hier staat rashudo op het spel!"

"Staakt uw donderpreken!" beval het hoofd van de raad. "Als u ter
verantwoording zult worden geroepen zullen slechts uw daden worden
geoordeeld, niet uw getier!"

De aanklacht tegen Asrubal werd formeel uitgevaardigd en er werd
een vervolging in gang gezet. Zoals mocht worden verwacht bewoog
de zaak zich met loomheid voort langs de ingewikkelde rechtswegen
van het Parlarium.

Intussen was voor Jamiel de tijd gekomen; ze beviel van twee zoontjes: Jaro en Garlet.

Maihac wilde Gaing naar Romarth halen met de zwever van Urd;
dat verzoek werd geweigerd. Intussen trokken de Lokloren samen rond
Flad met het voornemen wraak te nemen op Gaing. Een vrachtvaarder
van Lorquin, de *Liliom*, stond op het punt van Flad te vertrekken.
Gaing Neitzbeck had geen andere keus; hij keerde terug naar Loorie.

Alleen al de lange rechtszaak had Asrubals rashudo doen verlep-
pen. Rashudo was enigermate te vergelijken met 'eer', maar omvatte
nog meer elementen. Rashudo behelsde zwier, gratie, onaandoenlijke
koenheid en hoffelijkheidsrituelen die exact werden nagevolgd tot en
met het lichtste wipje van de pink, en nog veel meer.

Na twee jaar werd Maihac bij het Parlarium ontboden waar de
raadsheren eindelijk overeenstemming hadden bereikt. In de aangelegenheid van de *Distilcord* werd Asrubal schuldig bevonden. Hij
werd berispt en diende Maihac schadeloosstelling te betalen voor de
Distilcord en de teloorgegane lading. Asrubal hoorde het vonnis onbewogen aan, daar zijn rashudo hem dwong tot ijzige onverschilligheid.

Maihac vroeg nu het woord. "Edelachtbare raadsheren, wat is nu de
status van mijn oorspronkelijke petitie?"

"Die is zinloos," zei het hoofd van de raad. "De *Distilcord* en haar lading bestaan niet meer."

"Dat is zo. Ik verzoek u deswegen om een handelsvergunning die me machtigt om buitenwereldse lading rechtstreeks naar Romarth te brengen en tevens om op te treden als agent voor uw exportgoederen." Die export bestond, naar Maihac te weten was gekomen, vrijwel uitsluitend uit plakken kostbaar gesteente dat door de Seishanee werd gedolven en gepolijst: melkopaal, zijdegladde groene jade, een zeer dicht en zwaar soort git dat glimmend geslepen werd als glas, maar dat het licht volkomen opslorpte zodat het net was of men in een diep duister gat keek. Ook was er lichtgroen porfier, doorspikkeld met alexandriet-kristallen, gevlekt blauw en groen malachiet en een vulkanisch glas, helder als water, waarin zich rode sluiers van colloïdaal goud ontplooiden, dikwijls verstrengeld met linten kobaltblauw. Dergelijke materialen behaalden hoge prijzen in de verstedelijkte streken van het Bereik en Maihac vermoedde dat de opbrengst van de verkochte producten niet naar behoren aan de Roum werden uitbetaald. Kortom, de Roum waren vrijwel zeker de dupe van een grootse zwendel.

Maihac vervolgde: "Ik garandeer u een veel grotere winst dan u nu wordt toegekend door het Lorquin Import & Exportagentschap, dat u naar mijn mening benadeelt."

Asrubal sprong ogenblikkelijk overeind. "Dergelijke opmerkingen zijn onverantwoordelijk! Deze man is een akelige onruststoker en leugenaar! Het Lorquin Import & Exportagentschap is welbeproefd en alom bekend als betrouwbaar. Die buitenwereldse schavuit zal rekening en verantwoording dienen af te leggen!"

De raadsheren zwegen. Het was een onbehaaglijke kwestie. Een zekere Melgrave van Huis Slayard zei onschuldig: "Wij maken allemaal bij gelegenheid fouten. Zou dat het niet kunnen zijn? Het Lorquinagentschap heeft eenvoudig een foutje gemaakt."

Ormond van Ramy zei: "Het Lorquinagentschap is mogelijk onzorgvuldig geweest, of misschien dat iemand de boekhouding heeft gemanipuleerd en de nietsvermoedende directeur heeft bedrogen — of misschien is er nog een andere, minder verkwikkelijke verklaring."

"Verklaring?" zei het hoofd van de raad op hoge toon. "Nu gaat u te snel voor mij. Een verklaring waarvoor?"

Maihac zei: "De prijs die u betaalt voor heel gewone goederen is twee tot driemaal de prijs van diezelfde goederen in Loorie. De vervoerskosten kunnen daar op geen enkele manier debet aan zijn. Ik weet niet hoe Lorquin uw exportgoederen afzet, maar als dat volgens hetzelfde patroon gebeurt, dan wordt slechts de helft van wat u toekomt op uw rekening bijgeschreven. Kortom, u bent het slachtoffer van ofwel grove ondoelmatigheid of van verduistering op grote schaal. Alleen Asrubal van Urd is in staat u de juiste gegevens te verschaffen."

Een raadsheer van Pruimroze riep woedend uit: "U legt hier verduistering ten laste aan een grande van Romarth, en wel aan Asrubal van Huis Urd!"

"En als Asrubal nu eens schuldig zou zijn aan genoemde verduistering?" vroeg Maihac. "Wat zou dan het gevolg zijn?"

"Onmogelijk! Zijn rashudo zou zoiets uitsluiten, net zoals ons rashudo ons zal verhinderen ooit zo'n minderwaardige verdenking te koesteren!"

"Wees desalniettemin zo vriendelijk u het ondenkbare voor te stellen. Aangenomen dat Asrubal inderdaad schuldig was aan een dergelijk vergrijp, op welke wijze zou hij worden bestraft?"

Het hoofd van de raad zei: "Mocht verduistering worden aangetoond, dan zou de schuldige uit Romarth worden verbannen."

Het raadslid voor Pruimroze riep: "Beschuldigt u daadwerkelijk Asrubal van een dergelijke wandaad? Zonder bewijzen beweegt u zich zeer dicht in de richting van strafbare laster!"

"Ik opper slechts de mogelijkheid. Asrubal behoeft alleen maar zijn particuliere boekhouding te overleggen om te bewijzen dat ik het mis heb."

Asrubal slaakte een minachtend geluid. "Ik toon mijn boekhouding aan niemand; mijn rashudo is zekerheidsstelling voor mijn handelen."

"In dat geval," zei Maihac tegen de raad, "verleent u mij dan die handelsvergunning, dan zal ik het bewijs leveren dat u wordt bedrogen door Asrubal en zijn Lorquinagentschap. Bijgevolg zult u dan wel zien wie de leugenaar is."

Asrubal richtte zich op in zijn volle lengte en stak een galmende schimprede af tegen Maihac, die hij beschreef als een "listige buitenwereldse oplichter, die wij er verstandig aan zouden doen te verdelgen."

Men vond Asrubal te onbeheerst en hij liep een berisping op van het hoofd van de raad, die tevens Maihac gispte omdat die met beschuldigingen strooide.

"Geeft u me dan die handelsvergunning, dan zal ik u bewijzen dat u wordt bedrogen!" herhaalde Maihac.

"Wat dat aangaat zullen we nog wel zien. Laten we eerst uitspraak doen in de hoofdzaak."

"Ik wens niets meer te horen!" verklaarde Asrubal. Hij draaide zich om en beende de zaal uit, zonder de traditionele respectbetuiging jegens het hof uit te spreken en zonder enige belangstelling voor de hoogte van de schadevergoeding. Zijn weerbarstigheid verbaasde niemand en geen van zijn gelijken wond zich erover op. Na achtduizend jaar ruzies en schikkingen waren er methoden ontwikkeld om met vrijwel elke situatie om te gaan. Niettegenstaande dat sleepten de gebeurtenissen in Romarth zich traag voort. Er verstreken nog eens zes maanden, voordat Maihac een wissel kreeg overhandigd op de rekening van Huis Urd bij de Natuurbank te Loorie, voor de somma van driehonderdduizend sol. Dit was een betaling van grote omvang, zeker aan een buitenwerelder, en Maihacs populariteit, die nooit erg groot was geweest, slonk des te meer, vooral bij de Pruimroze factie.

Er hing een gevoel van crisis in de lucht. Maihac was al gewaarschuwd dat het gevaar van een moordaanslag dreigde, en dat zijn gezin niet zou worden ontzien. Door haar huwelijk had Jamiel haar banden met Huis Ramy verzaakt, zodat ze niet meer vanzelfsprekend onder de Huisbescherming zou worden behoed, terwijl haar kinderen werden beschouwd als naamloze buitenwereldertjes.

Het werd tijd dat ze Romarth verlieten. Een schip van Lorquin zou op Flad landen en hen terug kunnen nemen naar Loorie, als ze binnen twee dagen op Flad konden zijn. Er was een zwever nodig; Tronsic van Huis Stan vorderde de zwever die aan raadsheren was voorbehouden en sprak een geheime ontmoetingsplaats af met Maihac, aangezien de Pruimroze factie zeker zou ingrijpen als ze de plannen vernamen.

Maihac en Jamiel pakten wat bezittingen bij elkaar, gaven de kinderen een slaapmiddel en begaven zich via sluipwegen naar de tuin van het vervallen Salsobarpaleis aan de rivier, net onder de eerste schemer van het woud. De zwever stond op hen te wachten onder bewaking van drie Blauwe cavaliers die zenuwachtig op haast aandrongen. "De zon staat boven de horizon; u hebt geen tijd te verliezen!"

Maihac en Jamiel laadden hun bezittingen in het vrachtruim en legden de slapende kinderen op de achterbank.

Aan de andere kant van de tuin, in de schaduwen, bewoog iets. Maihac keek, verlamd van angst. Maar hij rukte zich eruit los en riep Jamiel toe: "Er is iets mis; ga aan boord!"

Twee gehuifde gedaanten kwamen uit de schaduw tevoorschijn. Ze droegen lange donkerrode gewaden en hun gezichten bestonden uit onnatuurlijke klompen bot en kraakbeen. Huisguilen! dacht Maihac. Maar Jamiel riep: "Het zijn Dolwijven met angstmaskers! We zijn verraden!"

Maihac klom haastig aan boord. Uit een andere richting klonk wapengekletter en een bons; een zestal cavaliers, vermomd als krijgers uit de oudheid, kwamen op de zwever af. De krijgers, die de groteske traditionele maskers van Sluipmoordenaar droegen, kwamen lomp aandraven, met stampende voeten en hoog opgetrokken knieën. Ze sprongen over de marmeren bankjes heen, met geveld zwaard. Achter hen stond een broodmagere man met een wit, benig gezicht: Asrubal van Urd. Hij riep hen na: "Dood ze niet! Neem ze gevangen maar dood ze niet! Hij gaat naar de mijnen!"

De drie Blauwe cavaliers maakten zich op de zwever te verdedigen. Iemand probeerde op de achterbank te klauteren: een van de Dolwijven. Jamiel sloeg naar haar met een staaf maar werd vastgegrepen en op de grond gesmeten. Spartelende lijven kronkelden om en om. Vloekend en schoppend probeerde Jamiel aan boord van de zwever te klimmen, maar een van de vrouwen greep haar beet en smeet haar opnieuw tegen de grond. Jamiel wist overeind te komen, maaide om zich heen met de staaf en dreef de vrouwen terug. Opeens was Jamiel alleen; de twee vrouwen namen overhaast de vlucht, diep voorovergebogen. Jamiel klauterde aan boord en Maihac steeg op. Het scheelde een duimbreedte, maar ze haalden het. Asrubal slaakte een gehuil van woede: "Ze mogen niet ontsnappen!"

Omhoog ging de zwever, dertig meter, vijftig meter. Beneden stonden de Pruimroze krijgers er slap bij, met afhangende schouders in houdingen van grote verslagenheid. De Blauwe cavaliers trokken intussen af door de tuin; hun werk was gedaan.

Op een hoogte van honderdtwintig meter bleef Maihac zweven, met het vage idee zijn vijanden schade te berokkenen. Asrubal stond terzijde, bij de langsstromende rivier. Zijn bleke gezicht stak hard af tegen zijn zwarte kleding. Maihac keek verwonderd omlaag. Asrubal was bezig met een merkwaardig spel: hij wierp een slap voorwerp hoog in de lucht en ving het dan weer op. Hij wierp het nog eens, hoger dan tevoren. Het leek wel een pop te zijn, een grote pop. Asrubal deed nu geen poging meer het ding te vangen en het viel van grote hoogte met een doffe klap op de stenen. Asrubal raapte het bundeltje op en wierp het over de borstwering de rivier in, waar het wegzonk.

Op dat moment slaakte Jamiel een kreet van ondragelijke afschuw. Ze klauwde aan Maihacs arm en hij draaide zich om en keek. Twee gedaanten lagen er op de achterbank. De ene was een kind, de andere een pop.

"Garlet is weg!" kreet Jamiel op smartelijke toon. "De Dolwijven hebben hem meegenomen! Ik zag wat ze deden, maar ik begreep het niet. Wie kan er zo verdorven zijn? Garlet is weg!"

Jamiel werd hysterisch en probeerde uit de zwever te springen. Maihac wist haar tegen te houden. "Terug!" schreeuwde ze. "O, ga terug, ga terug! Red ons kindje!"

Maihac zei somber: "Hij valt nu niet meer te redden. Hij is dood. Als wij teruggaan vermoorden ze ons allemaal."

"Maar we moeten iets doen!"

"Ik zou niet weten wat."

Verdoofd en ongelovig keek Maihac neer op Asrubal die terzijde van de anderen stond, grimmig en vorstelijk, de benen wijd, de armen over elkaar geslagen. Maihac nam hem een seconde of tien aandachtig op en wendde toen zijn blikken af. Hij stuurde de zwever naar grotere hoogten en vloog noordwaarts over Diep Blandy in de richting van Flad.

Na een poosje vroeg Jamiel: "Wat ga je nu doen?"

"Ik weet het niet." Maar even later vervolgde hij: "Allereerst moet ik jou en Jaro op dat schip naar Loorie zetten."

"En dan?"

Maihac zuchtte. "Waarschijnlijk ga ik wel met jullie mee. Ik kan het arme kind niet weer tot leven brengen. Op zekere dag zal ik Asrubal vermoorden — misschien als ik ooit terugga naar Romarth in mijn eigen schip."

Jamiel wist er niets op te zeggen. Maihac nam de wissel voor drie-honderdduizend sol uit zijn zak en stopte die in de buidel die ze aan haar riem droeg. "Die moet jij maar liever bewaren, voorlopig. Denk eraan dat hij is uitgeschreven aan toonder. Iedereen kan het geld opvragen. En denk er ook aan dat hij onbeperkt geldig is en dat het geld, zolang het op de rekening van Urd blijft staan, interest opbouwt. Wanneer we dit geld opnemen, straffen wij Asrubal op een uiterst pijnlijke manier."

"Daar voel ik me niet gelukkiger door."

"Nee. We zullen Asrubal veel ergere dingen aandoen dan hem zijn geld afnemen."

"Ik wil niet dat je teruggaat naar Romarth — niet nu!" zei Jamiel op dringende toon. "Je zou binnen een week vermoord zijn."

"Daar zul je wel gelijk in hebben. Maar hulpeloos zijn we niet; we kunnen Asrubal nog altijd kwaad berokkenen."

"Op welke manier?"

"Wanneer we in Loorie arriveren doen we het volgende..."

Jamiel luisterde aandachtig. "Ja, het is een goed idee; zo zal het gebeuren." Even later draaide ze zich om, greep de gehate pop en slin-gerde hem uit de zwever. Hij buitelde omlaag en verdween in het bos.

Halverwege de namiddag naderden ze de ruimtehaven van Flad. Maihac zette de zwever neer op de landingsbaan, die nu bezet werd door de vrachtvaarder *Liliom* van Lorquin.

Maihac was vlak naast de werkplaats geland en begon nu de bagage uit te laden, terwijl Jamiel met Jaro op haar arm aan boord ging, op zoek naar de purser.

Maihac hoorde zware voetstappen achter zich. Hij draaide zich met een ruk om en keek in de verwrongen gele gezichten van vier Lokloren. Hij werd vastgegrepen; zijn handen werden op zijn rug gebonden en hij werd meegesleurd aan een touw dat om zijn nek was vastgemaakt. In de deuropening van de werkplaats zag Maihac een zwaargebouwde, zwartbebaarde kerel staan wiens voldane houding niet te verhelen viel. Toen hij Maihacs wanhopige blik opving stak hij in een achteloze groet zijn hand op en riep: "Saluut, makker! Dans maar lekker met de meis-jes! Misschien willen ze nog wel even met je plat, voordat ze je hoofd stoven!"

Een ruk aan het touw, en Maihac hoorde niets meer.

9

De Lokloren gingen er op een drafje vandoor over de steppe terwijl Maihac er struikelend achteraanholde. Anderhalve kilometer buiten de ruimtehaven arriveerden de Lokloren bij hun kampement. Ze bonden het uiteinde van Maihacs leiband aan een wagenwiel. Er verstreek een uur terwijl de zon onderging tussen vlammend oranje en gele wolken. Maihac probeerde behoedzaam de knoop in zijn nek los te peuteren, maar zonder succes. De Lokloren waren lui en slordig, maar hij werd voortdurend in de gaten gehouden. Maihac bestudeerde de groep die hem gevangengenomen had. Het waren allemaal volwassen krijgers van de categorie 'derde nok': zwaargebouwd, ietwat groter dan Maihac, met een hoogopstaande kam op hun wijkende schedel, harde neussnavels en vrijwel geen kin. De mannen droegen wijde broeken, de vrouwen verfden hun gezichten papwit en droegen zwarte rokken, vuilwitte vestjes en puntige mutsen van leer met oorflappen die van het hoofd afstonden.

De schemering viel over de steppe. Op een open plek werd een vuur aangelegd. Een van de jongkerels kwam naar Maihac toe en keek op hem neer. "Nu ga je dansen. Iedereen die nieuw is in het kamp danst met de meisjes. Het zijn beste dansers en je zult vlug ter been moeten zijn. Als je gedanst hebt zijn wij met je klaar, want verder gaat onze opdracht niet."

Maihac zei: "En ik herroep die opdracht! De nieuwe opdracht luidt dat dit touw wordt verwijderd en dat jullie me terugbrengen naar de ruimtehaven."

De Lokloor zei weifelend: "Dat kan wel zijn, maar eerst moet je met de meisjes dansen. Wat eenmaal begonnen is kan niet worden veranderd. Dat is de zede van water, aarde en hemel."

Maihac werd naar het vuur gesleurd waar zes meisjes in een groepje bij elkaar stonden en ongedurige bewegingen maakten. Ze hupten op en neer, rekten en bogen hun armen en deden hun hoofd met rukjes heen en weer gaan, terwijl ze Maihac schattend opnamen en schorre koergeluidjes slaakten van opwinding.

Het touw werd van Maihacs nek gehaald; op hetzelfde ogenblik begon een oude vrouw kreunende geluiden te ontlokken aan een buitengewoon lange, smalle vedel. Ze speelde een traag, troosteloos wijsje waarbij ze zong: "Fum dum dum! Dans vanavond rond het dappere vuur! Dans de oude dans, onder de hemel van de nacht! Oud zand! Oud vuur! Niets mag anders gaan, zo is de dans van de meisjes altoos!"

De vedel kraste en kreunde en de meisjes begonnen te springen en hun zware benen hoog op te werpen terwijl ze rond het vuur dansten en Maihac schuins opnamen. Maihac werd, wankelend en struikelend, in de richting van het vuur geduwd. Het dichtstbijzijnde meisje greep hem gretig beet en voerde hem mee rond het vuur in een reeks pirouetten. Maihac werd haar loodzware lijfucht gewaar en probeerde haar van zich af te duwen, maar ze gaf hem door aan een ander in de kring. Deze gaf hem een por in de richting van het vuur. "Spring door de vlammen! Laat ons eens een mooie sprong zien! Een venijnige beet van mijn tanden maakt je wel springerig! Ik knabbel aan je hoofd als je me niet een mooie sprong laat zien!" Ze stak haar gezicht met de blikkerende tanden dreigend naar voren. "Spring!"

Maihac vond de vlammen te hoog en het vuur te breed om door te springen en maakte zich van haar los, om te worden beetgegrepen door een derde meisje dat lichtvoetig met hem rond het vuur wervelde, hem vervolgens een draai in de rondte gaf en hem hinnikend van pret struikelend in het vuur probeerde te laten belanden. Maihac had haar tactiek voorzien. In plaats van zich te weer te stellen hield hij zich slap en gaf toen een ruk aan haar vrije arm, zodat ze achteruit wankelde en met maaiende armen pardoes in het vuur viel, waar ze bleef liggen spartelen als een kever die op zijn rug terecht is gekomen. Uit de omstanders steeg een geklak van goedkeuring op, alsof ze een staaltje van uitgelezen techniek prezen. De meisjes krijsten van opwinding en zetten hun dans voort, waarbij ze nog energieker sprongen en paradeerden dan tevoren. Opnieuw werd Maihac vastgegrepen en mee in de rondte getrokken. Hij wachtte niet af wat het meisje zou believen; toen ze pralend haar been in de hoogte wierp, greep hij het beet, sleurde haar omver en gaf haar een trap tegen haar hoofd, en nog een trap. Het kraakbeen verbrijzelde en ze bleef stil liggen. Maihac pakte haar mes uit de schede, zakte op zijn knieën en wachtte tot het volgende meisje hem kwam halen. Hij deed een uitval, reet haar buik open en rolde zijwaarts weg. Het meisje schreeuwde van woede en wankelde achteruit, haar ingewanden binnen houdend met haar handen.

De muziek werd meteen gestaakt. De oude vrouw riep: "De dans is ten einde! Dood hem met ijzeren stokken!"

Een krijger zei: "Hou je mond, oude vrouw! De bevelen zijn opgevolgd; hij heeft met de meisjes gedanst en wij hebben ons ijzer ontvangen. Laat hem nu buiskid zijn; wij beiden onze tijd en misschien komt er nog meer ijzer."

De meisjes duwden Maihac honend bij het vuur vandaan. Maihac weerde hun slagen af, zo goed als hij kon, blij dat hij het er levend had afgebracht.

Een van de meisjes gilde: "Je bent buiskid, het laagste wat er is! Je moet water halen en vuilnispotten legen!"

Maihac ging tegen het wagenwiel op de grond zitten. Niemand nam verder enige notie van hem, op een tweetal welpjes na die vlak bij hem neerhurkten en hem aandachtig in de gaten hielden. Na een poosje kroop Maihac onder de wagen en probeerde wat te slapen.

Zo ving de meest wanhopige periode in Maihacs leven aan. Hij ontdekte dat 'buiskid' een soort slavernij betekende. Hij was onderworpen aan ongemakken, pijn en ontberingen. Hij was getuige van gedachteloze voorvallen van zulk een verschrikking dat ze onwerkelijk voor hem werden; dikwijls wist hij zijn eigen betrokkenheid daarbij ternauwernood te ontgaan.

Een poos lang leefde hij van ogenblik tot ogenblik, totdat de ogenblikken zich aaneenregen tot dagen en de dagen maanden werden, terwijl zijn voortbestaan nog steeds op het scherp van de snede leek te wankelen. Hij vroeg zich onophoudelijk af waarom men hem in leven had gelaten. Geen van zijn theorieën was erg overtuigend. Uiteindelijk besloot hij dat er een vergissing in het spel moest zijn, of dat de Lokloren hem liever als buiskid hadden dan als lijk.

Ten slotte begon hij een sprankje hoop te voelen: misschien dat hij het er met heel veel geluk, waakzaamheid en de listigheid van een rat, nog eens levend van af zou brengen.

In zijn rol als buiskid moest Maihac hard werken en veel achteloze ringelorij ondergaan van iedereen die daarvoor in de stemming was. Kwaadaardigheid ontbrak daarbij, meestentijds gebeurde het gedachteloos. De psychologie van de Lokloren was opmerkelijk eenvoudig, ontdekte hij. Gevoelsbanden waren onbekend; ze maakten geen vrienden en oude wrok raakte snel vergeten in opwellingen van nieuwe razernij en afstraffingslust. De groep was onderdeel van de Ginkostam, die zich als tenminste de evenknie van de verschrikkelijke Strenke beschouwde. Ze kenden liefde noch haat; hun trouw schonken ze alleen aan de stam. Gemeenschap met hun vrouwen ging zonder aanzien des persoons. De vrouwen vertrokken naar een afzonderlijk kamp, wierpen daar een nest welpen en keerden kort daarna weer naar de stam terug, nadat ze de welpen onder de hoede van Seishanee hadden achtergelaten. De Lokloorse jongkerels waren snel geprikkeld en vochten dikwijls met elkaar; de vechtpartijen vertoonden een nauwlettend afgemeten heftigheid, van licht handgemeen tot een treffen dat zwaar letsel of de dood tot gevolg had. De rigoureuze Roumse quarantaine had hun het gebruik van energiepistolen ontzegd. Hun wapens waren eenvoudig: messen, met ijzer beslagen pieken en halvemaanvormige bijlen met korte stelen. Maihac bestudeerde hun techniek zorgvuldig, op zoek naar kwetsbare punten waar hij, als de nood aan de man kwam, zijn voordeel mee kon doen. De huid van de Lokloren bestond uit een hoornlaag die als pantser diende en alleen dunner was aan de achterzijde van het onderbeen, onder de kin en achter in de hals. Na zorgvuldige overweging vervaardigde Maihac onopvallend een merkwaardig wapen: een piek van iets meer dan een meter lang met aan het ene eind een scherpe punt en aan het andere een smal gebogen lemmet, dat haaks op de schacht was gelast. Het had iets van een wijde haak, en was aan de binnenzijde vlijmscherp geslepen. Niemand sloeg acht op zijn werk, behalve de twee Lokloorse welpen die opdracht hadden hem dag en nacht in de gaten te houden, kennelijk om te voorkomen dat hij heimelijk de steppe op vluchtte, hoewel het niet duidelijk was waarom dat iemand iets zou uitmaken. Het antwoord, zei Maihac bij zichzelf, lag in de aard van de Lokloorse psyche. Was een proces eenmaal in gang gezet, dan werd er niet van afgeweken tenzij iemand een tegenkracht in het werk stelde — en de Lokloren waren bovenal lui. Ondertussen was Maihac gewend geraakt aan zijn bewakers; waar hij ook ging en wat hij ook ondernam, hij wist dat de twee welpjes ergens in de buurt zouden zitten gehurkt, met hun zwarte kraaloogjes op hem gevestigd.

Een gelegenheid om zijn wapen uit te proberen deed zich bijna meteen voor. Een jongkerel, die in een treffen met een sterkere tegenstander het onderspit had gedolven, besloot zijn vechttechniek te wetten op een nutteloos persoon en besloot bij wijze van oefening de buiskid te doden. Maihac sloeg de vastberaden nadering van de jonge Lokloor gade. Hij was goed gebouwd, met een saffraangeel borstschild en een bijna volgroeide kam van vier stekels van vijf centimeter lengte, bekroond door knopjes. Hij was groter dan Maihac en forser. Hij raapte een handjevol zand op en wierp dat in Maihacs richting: de rituele verwittiging van op handen zijnd geweld. Maihac pakte zijn nieuwe wapen. De Lokloor bleef staan. Hij slaakte een krijsende kreet, volvoerde een rituele pirouette en wierp zijn bijl in de lucht om blijk te geven van zijn geringschatting, hetgeen bedoeld was om de tegenstander te ontmoedigen.

Maihac deed snel een stap naar voren, sloeg zijn wapen met de haak om de nek van de Lokloor en trok diens hoofd naar voren; de neerkomende bijl trof de geschrokken Lokloor precies op diens wij-kende voorhoofd. Maihac trok de steel van zijn wapen met een snelle, horizontale beweging naar zich toe; het lemmet sneed door de dunne huidlaag en bleef halverwege de pezige nek steken. De Lokloor zakte ter aarde, trok nog even met armen en benen en bleef toen stil liggen. De toeschouwers slaakten morrende geluiden van teleurstelling; het gevecht was niet erg interessant geweest.

Niemand zou Maihac ervan verwittigen dat zijn status verhoogd was; hij moest zelf maar iets ondernemen en wie er iets tegenin wilde brengen kon dat gerust doen. Maihac gaf ogenblikkelijk zijn oude taken eraan. Afgezien van een paar verholen schuinse blikken besteedde niemand er aandacht aan. Meisjes namen het werk over dat hij had neergelegd en brachten zodoende een lichte verbetering aan in de omstandigheden van zijn gevangenschap.

Er ging een week voorbij en toen bemerkte Maihac, die immer waakzaam was, iets sinisters. Een groepje krijgers, van de 'eerste nok', was van plan hem bij een van hun spelletjes te betrekken; waarschijn-lijk spitsroeden lopen, wat normaal gesproken voorbehouden was aan gevangenen van vijandige stammen. Als de gevangene de spits-roeden overleefde, stond het hem vrij zijn stam weer op te zoeken.

Vaak weigerde de gevangene alle medewerking en stond er stoïcijns en roerloos bij terwijl de krijgers hem levend vilden en zijn dikke hoorn-laag afstroopten, zodat er een ijselijk geeloranje karikatuur van een wezen overbleef. Dan werd de gevangene in vrijheid gesteld en mocht hij wankelend de steppe in trekken, terug naar zijn eigen stam.

De voorbereidingen oogden dreigend. Onder degenen die stonden toe te kijken bevond zich Babuja, een 'tweedenoks' veteraan van massaal postuur: meer dan twee meter lang met een brede forse borstkas en korte beentjes die altijd wijd uiteen stonden. De stekels van zijn kam verhieven zich stijf en dreigend tot wel vijf of zeven centimeter; zijn hoornige borstplaten zaten vol littekens en kerven die de kleur hadden van opgedroogd bloed. Hij had menig verbeten gevecht mee-gemaakt waarbij zijn enorme kracht hem goed te stade was gekomen. Hij had nooit de rang van 'eerstenoks' behaald vanwege zijn logge denktrant, die voor de strijd tegen 'tweenokkigen' ook voldoende was. Babuja was zelfvoldaan, star en net als de meeste Lokloren niet tot inspanningen geneigd.

Maihac aarzelde niet meer dan een ogenblik aangezien een andere keus niet veel goeds beloofde. Hij schepte een handjevol zand op, sloop van opzij op Babuja af en smeet het in diens kraalzwarte ogen. Verbijsterd brulde Babuja het uit van woede en maaide met zijn arm, waarbij hij Maihac op de borst trof en hem wankelend achteruit stiet. Babuja keek om zich heen om te zien wie het zand had gegooid. Kon het bestaan dat die nietige, zachthuidige Roum hem had uitgedaagd? Babuja's intellect probeerde vat te krijgen op de situatie. Er hielp geen lievemoederen aan: een uitdaging was een uitdaging.

Intussen stonden de jongkerels die zich hadden opgemaakt om Maihac spitsroeden te laten lopen gemelijk aan de kant; Maihac had hun pret bedorven.

Babuja kreeg zijn spraakvermogen terug. "Maak je grappen met mij? Dat wordt dan een pijnlijke grap. Je zult verliezen en dan koken de meisjes je hoofd."

"En als ik win?"

"Je wint niet."

"Als ik win, dan neem ik jouw rang als 'tweedenoks'."

"Net wat je wilt." De belofte werd onverschillig gedaan en had toch al weinig om het lijf, aangezien Lokloren afspraken die hen niet uitkwamen gewoon negeerden.

De zon was ondergegaan. De twee manen zweefden laag in het oosten boven het silhouet van de lage heuvels langs de horizon. Aan de ene kant van het vuur zaten de Lokloorse vrouwen gehurkt; het donkerrood en donkerblauw van hun broeken gloeide op in het schijnsel. De jongkerels stonden terzijde, ieder voor zich onaandoenlijk, alleen met zichzelf.

Babuja kwam snoevend naar voren. "Kom hier, kleine dwaas. Ik zal een keer toeslaan met mijn bijl. Ik zal twee keer toeslaan. En dan zal ik je met je eigen benen een pak slaag geven tot de meisjes je naar de ketel brengen om je hoofd te koken."

Maihac draaide waakzaam om de grote kerel heen. Babuja sloeg hem minachtend gade, zonder zelfs de moeite te nemen zijn bijl op te heffen.

Maihac hoopte de bijlslagen te ontlopen — een enkele houw zou zijn dood betekenen — en snel toe te schieten en dan weer buiten bereik te zijn. Als zijn theorie niet klopte zou zijn leven, met al zijn verstand, zijn hoop en herinneringen, ten einde zijn. Hij kwam een pas dichterbij en mat Babuja's bereik tot op de centimeter. Babuja moest worden verlokt een uitval te doen met zijn bijl, want op dat moment zou hij mogelijk heel even kwetsbaar zijn voor een tegenaanval. Maihac rukte nog een paar duimbreedten op. Te dichtbij! De bijl schoot uit. Maihac week opzij en het bijlblad scheerde fluitend langs zijn lichaam. Hij probeerde achterom de lompe gedaante heen te komen, maar Babuja had zich omgedraaid en de bijl hoog opgeheven en sloeg opnieuw toe. Maihac bevond zich echter al buiten bereik. Babuja gromde en keek nijdig. Dat was niet de manier om een gevecht te voeren; een ordentelijk krijger streed onder het gekletter van botsend metaal en het bonken van bijlbladen die zich in vlees boorden. Uiteindelijk hakte de krijger met het grootste uithoudingsvermogen zijn tegenstander aan mootjes — maar deze dwaze Roum was wars van een ordentelijk gevecht. Babuja probeerde een sluwe achterhand die in het verleden menig bovenlijf had opengebroken. Maihac liet zich plat op de grond vallen; hij stak zijn wapen uit, haakte het om Babuja's enkel en gaf een ruk, zodat Babuja's achillespees en hielbeen werden doorgesneden en zijn voet er krachteloos en slap bij hing. Omlaag dreunde de bijl, waarbij de punt Maihacs schouder openhaalde. Verbeten rolde hij opzij en krabbelde overeind. Babuja trachtte een stap in zijn richting te doen, maar zijn been begaf het; hij sloeg om en kwam languit op de grond terecht. Maihac greep de bijl en sloeg in op de stevige nek — en nog eens en nog eens, tot het hoofd eraf rolde.

Maihac ging een eindje opzij en leunde op de steel van de bijl om op adem te komen. Hij stak zijn hand uit. "Breng bier!" Een vrouw haastte zich weg en kwam terug met een schuimende kroes. Hij gaf weer een teken en de vrouwen schoten toe om zijn gewonde schouder te verzorgen. Ze wasten de jaap uit, hechtten hem en deden er een verband omheen. Maihac wees naar Babuja's hoofd en vaardigde enkele bevelen uit. Zonder protest namen de vrouwen het hoofd mee en togen nijver aan de arbeid. Eerst sneden ze de beenderen eruit en verwijderden de hersenen en interne organen, toen lieten ze de huid in olie weken en schraapten vet en vezels eruit, teneinde een hoofdtooi te vervaardigen die bestond uit de kam met de stekels met daaraan bevestigd een ijzeren neussnavel. Maihac eigende zich ook Babuja's halssnoer van vingerkootjes toe en de zware bijl. Na verloop van tijd kwamen de vrouwen Maihac de hoofdtooi brengen. Behoedzaam schoof hij de lappen donker, saffraangeel leer over zijn hoofd, waar ze los langs zijn wangen bengelden en zijn neus belaagden met een zurige stank. Desondanks meende Maihac te voelen hoe hij werd doorstroomd door Babuja's mana: een koppig, bijna ontzagwekkend gevoel waardoor hij zich anders begon te gedragen en zich met meer zelfvertrouwen bij de voedseltroggen vervoegde, terwijl hij tevoren altijd op de restjes had moeten wachten. Wanneer hij door het kamp beende, voelde hij dat hun houding tegenover hem veranderd was. In zeker opzicht was Maihac nu opgenomen in het bestel van de stam. Maar elke keer dat hij toevallig opzij keek, zag hij daar weer een van de immer waakzame welpjes die elke beweging schattend volgden.

Maihac maakte zich nuttig door de motorkarren te repareren en had niet langer het gevoel dat hij het gevaar liep in een opwelling te worden aangevallen, hoewel hij nog steeds behoorlijk wat lichamelijke opdoffers te verduren kreeg, ten gevolge van een spel dat de jonge Lokloren speelden om hun overtollige energie kwijt te raken. Het was een wild soort worstelen, zonder regels, waarbij Maihac dikwijls betrokken werd bij gebrek aan betere tegenstanders. Als hij zich aan het spel trachtte te onttrekken werd hij genadeloos heen en weer geschopt totdat hij zich uit wanhoop maar te weer stelde, waarbij hij meestal nog meer kneuzingen en verstuikingen opliep. Omwille van zijn overlevingskansen spande hij zich in, niet om het gevecht uit de weg te gaan maar om er in uit te munten, waarbij hij technieken verfijnde die hij had opgedaan gedurende zijn periode bij de IPCC. Al snel was hij niet alleen in staat zichzelf tegen de ergste kloppartijen te beschermen, maar daarbij zoveel schade aan te richten dat hij niet langer tegen zijn wil bij het spel betrokken werd. Desondanks vocht hij, om zijn reflexen op peil te houden, zo nu en dan een robbertje mee, met de gedachte dat hij, als hij ooit van de Tangtsangsteppe en Fader wist te ontkomen, nooit meer het treffen met een menselijke tegenstander zou vrezen.

De groep Lokloren maakte grote omzwervingen en trok van hot naar haar over het gehele continent. Maihac wist niet goed wat er gebeuren zou als hij zou proberen zijns weegs te gaan. Hij vermoedde dat hij zou worden nagezeten en gedood, al was het maar louter uit kwaadaardigheid. Niet dat het veel verschil maakte, want hij kon een eenzame tocht naar Flad niet hopen te overleven.

De tijd verstreek, maanden, een jaar, twee jaar. Door de omstandigheden genoopt nam Maihac veel van de gevoelloze opstelling van de Lokloren over; hij werd iemand die zijn vroegere ik niet zou hebben herkend.

De stam zwierf naar het noorden en ontmoette nu en dan andere stammen. Bij dergelijke gelegenheden vonden er dikwijls vormelijke begroetingen plaats en een rituele uitwisseling van vrouwvolk. Nu en dan werd er een uitdaging uitgevaardigd en ging een voorvechter van elke stam een duel aan, bij het schijnsel van het vuur. Een keer schoven de oudsten, tot Maihacs verbazing, met sarcastische humor hem naar voren als voorvechter van de stam.

Veel sneller en leniger dan zijn tegenstander als Maihac was, slaagde hij erin het gevecht te winnen, hoewel hij er een verschrikkelijke verwonding bij opliep, die de vrouwen van de stam broodnuchter hechtten en heelden. Hij werd niet gelukgewenst en kreeg geen enkele erkenning voor zijn overwinning. Hij had gewonnen, de opwinding was voorbij, het was gedaan en had verder niets meer te maken met de toekomst.

De stam trok langzaam naar het zuidwesten en stootte op een grote rivier, die ze niet durfden over te steken aangezien er geen een kon zwemmen. Ze volgden de rivier zuidwaarts, een somber bos van hoge naaldbomen in. Na een paar dagreizen kwamen ze aan de verlaten witte paleizen van een vervallen stad. De Lokloren hadden lang geleden een van de paleizen tot het hunne bestempeld; nu moesten ze ontdekken dat er witte huisguilen door de schaduwen slopen. De inbreuk dreef de Lokloren tot razernij. Ze staken fakkels aan en togen het paleis door om het van bewoners te zuiveren. De huisguilen namen de wijk onder het slaken van gemelijke kreetjes, maar zonder weerstand te bieden.

Ze waren verdwenen — zo leek het althans; alleen een zurige stank bleef achter. Maihac liep naar wat eens de grote salon was geweest om de fresco's te bekijken. Hij hoorde een zacht geluid. Toen hij zich omdraaide zag hij vlak achter zich een huisguil staan die met zijn lange knokige arm naar hem wees als in smartelijke beschuldiging. Maihac stond als verlamd. De huisguil greep naar hem met een spottende grijns; Maihac sloeg de arm opzij. De huisguil gaf een schreeuw en sprong met luid gewapper van zijn gewaad op Maihac af, die alleen door zijn snelle reflexen werd gered. Hij rolde opzij; het gevecht dat erop volgde was het ijselijkste van heel zijn leven, waarbij de huisguil aan één stuk gilde en smeekte met een prachtige, klankvolle stem. Ten slotte verslapte het schepsel, dwars over Maihac gelegen, wiens gezicht was opengehaald en wiens hoofdhuid vrijwel van zijn schedel gescheurd was. Een aantal Lokloren had staan toekijken; nu draaiden ze zich om en gingen weg. Maihac besefte dat ze hem voor dood hadden opgegeven.

10

Het was stil in het huis. De Lokloren waren weggegaan. Maihac wist dat de huisguilen terug zouden komen. Hij kroop naar de voorzijde van het paleis en keek de rivier af naar beide zijden. Wat hij zag vervulde hem met verwondering. Dat grote gebouw aan de oever — kon dat de Fondans zijn? Was deze stad Romarth? Hij strompelde verder langs de rivier en kwam na een poosje een groepje cavaliers tegen. Ze brachten hem naar Huis Ramy, waar men hem verzorgde, zo goed als menselijkerwijs mogelijk was.

Maihac ontdekte dat hij, door drie jaar gevangenschap bij de Lokloren te overleven, een sterk staaltje had geleverd waarmee hij openlijke bijval en sympathie had verworven in brede kring. Hij vernam dat er geen bericht was gekomen van Jamiel sinds haar vertrek. De oudsten van Huis Urd hadden afstand genomen van Asrubal, op dat ogenblik uitstedig, en diens groep. Ze gaven toe dat die zich schuldig hadden gemaakt aan een misdadige aanval op Maihac, Jamiel en Jaro en gezamenlijk verantwoordelijk waren voor de moord op de zuigeling Garlet. Stuk voor stuk zouden ze passend worden bestraft. Het Huis Urd bood Maihac verontschuldigingen aan en een schadeloosstelling van vijfduizend sol. Maihac eiste van hen tevens een document dat vertegenwoordigers van Urd, te Loorie of elders, beval hem steun en medewerking te verlenen. De raadsheren van Urd verzetten zich aanvankelijk tegen het verzoek, omdat de machtiging te breed en te vaag omschreven was. Maihac stelde dat hij een dergelijke machtiging nodig zou kunnen hebben om Jamiel te vinden, die op een schip van Lorquin naar Loorie was gevlogen. Onder druk van de openbare mening gaven de raadsheren van Urd Maihac het document waarom hij gevraagd had, en tevens vervoer naar Flad met de zwever van Lorquin en passage naar Loorie aan boord van een vrachtvaarder van Lorquin.

Maihac ondernam de tocht zodra hij ertoe in staat was. Toen hij over de Tangtsangsteppe vloog staarde hij neer op de vertrouwde omtrekken van het land en probeerde zichzelf weer in gezelschap van de Lokloren voor te stellen. De beelden van kampvuren, voedseltroggen, pijn, angst en ellende waren te echt om uit te bannen, maar te ver van hem verwijderd om helemaal werkelijk te zijn.

Na verloop van tijd kwam Maihac te Loorie aan. Bij het Lorquinagentschap toonde hij zijn document aan de indrukwekkende joffer Waldop. Ze bestudeerde het langdurig en vroeg toen zwaarwichtig: "Wat verlangt u nu precies?"

"Drie jaar geleden kwam hier een jonge vrouw uit Romarth met haar tweejarig zoontje. Herinnert u zich haar?"

"Niet te best. Voor zover ik me herinner leek ze niet gelukkig."

"Hebt u met haar gesproken?"

"Heel kort slechts. Ze wilde weten waar de Natuurbank zich bevond. Ik heb hem haar gewezen, ze vertrok met haar kind en meer kan ik niet vertellen."

"Dank u. Dan nu de tweede vraag: waar is Asrubal?"

Joffer Waldops stem kreeg een hooghartig tintje. "Wat dat aangaat, ik zou het werkelijk niet weten. Hij is niet in Loorie en ik meen dat hij van de planeet is vertrokken."

"En u hebt geen enkele aanwijzing voor zijn bestemming?"

"Neen. Zo intiem ben ik niet met hem."

"Verontschuldig mij een ogenblikje; misschien dat uw klerk het weet."

"Dat betwijfel ik ten zeerste!" verklaarde joffer Waldop. "Laten we zijn tijd niet vermorsen."

Maihac liep naar Aubert Yamb, die over zijn bureau gebogen net deed alsof hij niets hoorde. Maihac keek naar het bordje op het bureau. "U bent zo te zien Aubert Yamb."

"Dat is juist, mijnheer."

"Kent u Asrubal van Huis Urd van aanzien?"

"Ja, mijnheer. Een statig en streng heerschap. Wanneer hij 'Nee' zegt blaast hij niet op een toeter en luidt hij geen bel om zijn bedoeling kracht bij te zetten."

"Waar is Asrubal nu?"

"Hij is buitenwerelds, op —"

Joffer Waldop riep: "Yamb, verkoop geen zinledigheden om de aandacht te trekken."

"Goed, joffer Waldop." Yamb boog zich weer over zijn grootboek. Toen keek hij weer op en krabde het puntje van zijn neus met zijn pen. "Ik zal het tegen u zeggen, dan kunt u het op gepaste wijze doorvertellen aan die heer. Asrubal is naar Ocknow op Flesselrig gevlogen."

Joffer Waldop klakte met haar tong en draaide zich woedend om. "Yamb, je bent je taak verre te buiten gegaan. Ik heb die neiging al eerder bij je opgemerkt; tot op de dag van vandaag heb ik geleden onder de dreiging van jouw loslippigheid. Je hebt je voor het laatst bemoeid met kwesties die niet in betrekking staan tot je taak. Kort gezegd: je bent ontslagen, zonder getuigschrift."

"Dat is een droevig bericht," zei Yamb. "Ik wilde alleen maar behulpzaam zijn."

"Dat is allemaal goed en wel, maar als je vooruit wenst te komen in de wereld, zul je moeten leren wanneer je hulpvaardig dient te zijn en wanneer je je dient te onthouden van wat ik aanmatigende gewichtig-doenerij zou willen noemen."

"Ja, nu begrijp ik het. Mag ik dan nu mijn baan terug?"

"Volstrekt niet. Wees zo goed deze dag nog als gebruikelijk uit te werken. Leeg de vuilnisbakken en doe de telefoons op slot, zoals altijd. En al moet je er voor nablijven, zorg dat je boeken bij zijn tot op de minuut."

"Heel goed, madame. Ik zal mijn salaris dan maar uit de kleine kas nemen."

"Wat je wilt. Maar leg een ingevuld betaalstrookje in de kassala."

Maihac had verder niets af te wikkelen met joffer Waldop en verliet het agentschap. In de schaduw van een blauwgroene dendron bleef hij staan peinzen over de wending die zijn leven genomen had sinds hij de laatste maal door de hoofdstraat van Loorie was gelopen, en hoe alles veranderd was. Hij dacht aan zichzelf zoals hij toen was geweest en nam de man in ogenschouw die hij geworden was. Dat waren geen opwekkende of verheffende gedachten en hij zette ze van zich af. Het was van belang dat hij zijn gevoelens gelijkmatig wist te houden, om zijn doeltreffendheid te verbeteren. Drie jaar onder de Lokloren hadden, als het anders niet was, hem in elk geval discipline bijgebracht. Dikwijls had hij bij zichzelf gezegd dat hij, mocht hij toevalligerwijs zijn omzwervingen over de Tangtsangsteppe overleven, nooit meer somber of ellendig gestemd zou zijn.

Hij keek naar links waar de straat eindigde bij de ruimtehaven. En toen naar rechts door een allee van buitenissige dendrons naar waar de weg in het bos verdween. Hier, binnen het bestek van zijn blik, lag Loorie, woonplaats van twee- tot drieduizend heimelijke lieden, die vertrouwelijk met elkaar fluisterden wanneer ze elkaar op straat tegenkwamen en die heel behoedzaam voortschreden om geen voetstappen te laten opklinken.

Maihac stak de straat over en ging de Natuurbank binnen. Hij stond in een hoge, schemerige hal met langs de ene wand de balies met de kassiers. De andere wand was betimmerd met smalle planken van het poreuze goudkleurige puifhout. Tegen die wand bewaakte een onbemand bureau een deur waarop stond:

HUBER THWAN
~ Filiaalhouder ~

Bij ontstentenis van een receptionist deed Maihac de deur open en ging het kantoor binnen — alweer een hoog vertrek, met een fraaie lambrisering van uitgezaagd groenhout. Hoge ramen boden uitzicht op een tuin, een zwaar flesgroen tapijt bedekte de vloer. Achter een overmaats bureau zat Huber Thwan, die kort was en gezet met een rond roze gezicht, een knopsneus en een klein strijdlustig snorretje. Hij had zijn roestbruine haar vanuit het midden in twee lokken over zijn oren gekamd. Zijn glanzende bruine pak leek een tikje te grandioos voor Loorie, net als zijn gebloemde stropdas en zijn glimmende gele schoenen met puntige neuzen en vijf centimeter hoge hakken. Maihac werd begroet door gefronste wenkbrauwen, alsof hij Thwans kantoor veel te zorgeloos had betreden en niet paste in het standaardmodel van de cliënt waaraan de bank de voorkeur gaf; ja, alles bij elkaar zag Maihac eruit als iemand met vele ongewenste eigenschappen. Thwan sprak streng: "In het vervolg zou u er wellicht de voorkeur aan kunnen geven u te laten aandienen door mijn secretaresse. Men beschouwt dat als een waardiger wijze van doen voor beide partijen."

"Prettig dat te weten," zei Maihac. "Ik ben zojuist aangekomen uit Romarth en ik ben nog niet helemaal beschaafd."

Thwan wierp Maihac een schuine blik toe met toegeknepen ogen, terwijl zijn snor manhaftig vooruitstak. "Uit Romarth zegt u? Hoogst interessant! En wat kunnen we voor u doen, als ik vragen mag?"

"Dat is eenvoudig genoeg. Ik wens de financiële bescheiden van Huis Urd in te zien, en in het bijzonder de rekeningen van Asrubal van Urd."

Thwans mond viel open. Hij stotterde even voordat hij woorden kon vinden. "Wat een absurd idee! Dat is uiteraard onmogelijk! Het bankgeheim van onze cliënten is ons heilig."

"Dat verwacht ik ook. Maar ik heb hier een document dat mij machtiging voor het onderzoek verleent. U zult u bij de zaak moeten neerleggen."

Thwan stoof verontwaardigd op. "Dit is hoogst onregelmatig! Ik kan me niet voorstellen dat een machtiging van welke aard ook geldig zou kunnen zijn!"

"Kijkt u zelf maar!" Maihac wierp het document op Thwans bureau.

Thwan deinsde achteruit alsof Maihac hem een giftig insect had aangereikt. Behoedzaam boog hij zich eroverheen en nam het document
door, terwijl hij binnensmonds bromde. Hij las het document een,
twee keer door en leunde ten slotte gelaten achterover in zijn stoel.
"We behoeven geen woorden te verspillen. Dit document is afdoende.
Ik zal er uiteraard een kopie van willen hebben voor mijn archief."

"Net zo u wilt."

Thwan sloeg nu een toon van valse opgewektheid aan. "Welaan, u
wilde dus de rekening van Urd bekijken? Dat kan nu direct." Een paneel
in de lambrisering schoof opzij en onthulde een groot scherm. Thwan
sprak een paar woorden en op het scherm verschenen gegevens.

Maihac bestudeerde de getallen vijf minuten lang, waarbij hij nu en
dan een vraag stelde aan Thwan, die met strakke hoffelijkheid antwoord
gaf. Na een poosje zei Maihac: "Ik zie hier nergens dat er een betaling
zou zijn verricht aan Jamiel Maihac ten bedrage van driehonderdduizend sol."

"Een dergelijke betaling is ook niet verricht. Ik herinner me de
omstandigheden nog heel goed. Een aantal jaren geleden kwam een
jonge vrouw deze wissel aanbieden. Ik deelde haar mee dat ik nimmer
zoveel baar geld voorhanden hield, dat het zowel belastend als onveilig
was. Ik zei haar dat er twee mogelijkheden voor haar openstonden.
Ik kon de wissel opsturen naar het hoofdkantoor van de Natuurbank
te Ocknow op Flesselrig, en dan het eerstvolgende waardetransport
afwachten dat uit Flesselrig kwam, hetgeen een oponthoud van enkele
maanden zou kunnen betekenen. Of ze kon zelf met de wissel naar
Ocknow gaan en hem daar aanbieden bij de Natuurbank, waar Huis
Urd eveneens een rekening heeft — met een aanzienlijk hoger saldo,
meen ik, dan aan de plaatselijke bank is toevertrouwd. Ik zei dat ze die
laatste gedragslijn aanmerkelijk doeltreffender zou vinden dan hier te
zitten wachten op een scheepslading baar geld. Ze aanvaardde mijn
goede raad, naar ik meen, en verliet de bank."

"Heeft ze op enige manier gezinspeeld op wat haar plannen uiteindelijk waren?"

"Neen. Ik neem aan dat ze passage heeft geboekt naar Ocknow, op
het eerste passagiersschip dat vertrok."

"En ze heeft geen boodschap achtergelaten?"

"In het geheel niet."

Maihac grijnsde troosteloos. Hij keek nog eens naar het scherm. "Asrubals saldo bij deze bank is heel bescheiden — ongeveer acht-duizend sol."

Huber Thwan beaamde dat Asrubals saldo niet uitzonderlijk hoog was.

"Hij heeft een afzonderlijke rekening lopen in Ocknow?"

Thwan blies door zijn snor om zijn afkeer van deze vraag aan te geven. Kil zei hij: "Ik ken de exacte bedragen niet, maar zijn saldo te Ocknow is naar men zegt zeer beduidend."

"Nog een laatste vraag. Hebt u Asrubal kort geleden nog gezien of bent u met hem in contact geweest?"

"Neen, mijnheer. Ik heb hem al enige tijd niet meer gezien — maan-den, of zelfs jaren geleden voor het laatst. Hij was toen eveneens op weg naar Ocknow."

Maihac bedankte Thwan en vertrok. Voor de bank bleef hij staan om na te denken over wat hij te weten was gekomen. Het was niet veel en niet erg bemoedigend. Hij ging op een bankje zitten en sloeg de hei-melijke lieden van Loorie gade die zich schichtig met hun eigen zaken bezighielden. De zon Gele Roos daalde af langs de namiddaghemel en wierp lange schaduwen door de straat.

Hij zag joffer Waldop uit het kantoor van het Lorquin Import & Exportagentschap komen en wegbenen, de lucht klievend met haar boezem. De zwartgeklede bevolking van Loorie boog het hoofd en week uiteen bij haar nadering, om haar met half geloken ogen na te kijken terwijl ze voorbijkwam.

Maihac wachtte tot ze uit het gezicht was verdwenen, stak toen de straat over en keek door het venster van het agentschap naar binnen. Daar zag hij Aubert Yamb somber achter zijn bureau zitten. De deur was op slot; op Maihacs kloppen ging Yamb met tegenzin naar de deur. Hij schoof de grendel eraf, duwde de deur een centimeter of tien open en blikte Maihac met grote verbaasde ogen aan door de kier. "Het agentschap is nu gesloten. Als u morgen terugkomt zal joffer Waldop u met alle aandacht van dienst zijn."

Maihac drong naar binnen en deed de deur achter zich dicht. "Ik wilde jou persoonlijk raadplegen."

"Ik ben hier niet meer in dienst," zei Yamb. "Ik kan niet meer namens het agentschap optreden."

"Dat is niet erg. Ik wil alleen wat informatie hebben, waarvoor ik bereid ben te betalen."

"O ja?" Yambs belangstelling was gewekt. "Hoeveel?"

"Waarschijnlijk meer dan je zou denken." Maihac legde twintig sol op de toonbank. "Laten we bij het begin beginnen. Ongeveer drie jaar geleden heb ik met mijn vrouw zekere plannen gemaakt. Ik zei dat ik, zodra we in Loorie aankwamen, van plan was jou te benaderen in verband met enkele vertrouwelijke werkzaamheden die je financieel zeer lonend zou vinden. Waar het op neerkwam was, dat ik kopieën wilde hebben van documenten die later mogelijk gebruikt zouden worden bij een strafvervolging. Toevalligerwijs werd ik opgehouden zodat Jamiel voor mij in Loorie aankwam. Ik weet zeker dat ze onze plannen zou hebben uitgevoerd en zo spoedig mogelijk contact met je zou hebben gelegd. Heb ik daar gelijk in?"

Yambs gezicht vertrok tot een masker van lepe listigheid. Hij nam Maihac vanonder zijn geloken oogleden op. "En hoe heette die jongedame dan wel?"

"Jamiel Maihac. Ik ben Tawn Maihac. Hoeveel heeft ze je betaald?"

"Duizend sol — en geen loden halfje te veel, gezien de risico's."

"En je hebt precies gedaan wat ze je vroeg?"

Yamb keek bezorgd achterom naar de deur. "Ik maakte kopieën van mijn boekhouding van de voorgaande vijf jaar, waarin alle transacties waren opgenomen die gedurende die periode waren gesloten. Ze was tevreden over het resultaat."

"Mooi. Dan mag je nu eenzelfde stel kopieën voor mij maken. Tegen dezelfde beloning."

Yambs gezicht betrok. "Onmogelijk. Zelfs al kon ik het doen, dan zou ik het nog niet durven gezien de repercussies van de vorige keer."

"Hoe dat zo?"

"Asrubal arriveerde een paar dagen later van Fader. Hij was in een vileine stemming. Meteen toen hij het kantoor binnenkwam wilde hij mijn boeken zien en mijn ziel verstarde, dat kan ik u verzekeren. Ik wendde echter onbekommerdheid voor en bracht beleefd mijn boeken tevoorschijn. Hij begon ze meteen door te nemen, terwijl hij binnensmonds mompelde tegen joffer Waldop, die er niet-begrijpend bij stond. Opeens boog Asrubal zich voorover en snoof aan de bladzijden. Hij keek joffer Waldop aan met een blik die me nu nog doet verkillen als ik eraan denk. Hij verklaarde op zachte, schorre toon: 'Deze boeken zijn gekopieerd!'

" 'Onmogelijk!' riep joffer Waldop uit. 'Wie zou nu zoiets doen? Kom, laten we naar de machine gaan kijken. De teller zal ons de waarheid uit de doeken doen.'

"Het tweetal ging naar het achterkamertje en bestudeerde de teller, maar ik was niet bang wat dat betreft, aangezien ik de teller had losgekoppeld voor de duur van mijn onbevoegd gebruik. Ze kwamen uit het kamertje tevoorschijn met joffer Waldop voorop, de schouders trots achteruit getrokken omdat ze gelijk had gekregen. 'Zoals u ziet klopt de telling. Uw neus heeft u althans in dit geval om de tuin geleid.'

"Asrubal keerde zich om en nam mij onderzoekend op met een angstaanjagende intensiteit. 'Welaan, Yamb! Heb jij deze boeken gekopieerd?'

" 'Welzeker! Elke week zet ik ze over op de verwerkingseenheid! Dat is mijn plicht, opdat uwe edelachtbare ogenblikkelijkerwijs over de gegevens kan beschikken! Het is een simpele aangelegenheid. Ik roep bijvoorbeeld "export!" en dan "transacties!" en vervolgens spreek ik de bijzonderheden betreffende de transactie in. Het is een fraai en bevredigend systeem.'

" 'Ongetwijfeld. Heb je deze boeken gekopieerd op de kopieermachine? Zeg op en vlug een beetje! Deze documenten zijn van kardinaal belang!'

"Ik voelde zijn blik in mijn brein dringen, maar ik heb een houding van argeloze onschuld weten te vervolmaken die zelfs de scherpste ondervrager ervan overtuigt dat ik een uilskuiken ben met niets gewichtigers aan z'n hoofd dan een voorliefde voor gesmoorde knolraapjes. Ik meen die indruk ook bij Asrubal gewekt te hebben; hij kwam geen stap verder, al bleef hij even gevaarlijk als een tot toeslaan gereedliggende vuuradder. Hij ondervroeg me een poosje, maar ik meesmuilde wat en likte langs mijn lippen op een zalvende manier die iedereen afstoot. Asrubal wendde zich ten slotte van me af terwijl hij zijn handen ten hemel hief. Een poos lang bleef hij het joffer Waldop nog lastig maken, die al zijn aantijgingen verwierp. Ten slotte wiste hij alle gegevens uit de geheugenbanken van de boekhoudmachine, graaide mijn grootboeken mee en verliet het kantoor. Hij was razend en zijn gezicht zag eruit alsof het uit been was gesneden."

"Heeft Jamiel nog aangegeven wat haar plannen waren?"

"Nee. Ze is naar de ruimtehaven gegaan en heeft passage geboekt. Ik heb horen vertellen dat Asrubal uitgebreide naspeuringen heeft verricht, maar ik heb begrepen dat hij niets doorslaggevends te weten is gekomen."

Maihac haalde honderd sol tevoorschijn. Yamb hield zijn hoofd schuin. "U komt met dat geld op de proppen met het achteloze gemak van een welgestelde grande, voor wie duizend sol niet veel verschilt van honderd."

"Zo ligt het niet precies. Heb je me nog meer te vertellen?"

"Alleen mijn levensverhaal en de kleur van joffer Waldops directoire, die ik op een dag heb gezien toen ze uitgleed op een partje fruit dat ik had weggegooid en plat op haar achterwerk viel."

"Meer heb je niet?"

Yamb slaakte een zucht. "Volstrekt niets."

Maihac overhandigde hem de honderd sol. "Je zult dit wel kunnen gebruiken, nu je je moet voorbereiden op een nieuwe loopbaan."

"Maakt u zich wat dat betreft maar geen zorgen," zei Yamb zelfvoldaan. "Ik ga een poosje mijn tante Estebel helpen, bij Sleutelbloem, totdat joffer Waldop ontdekt dat ik een aantal mysterieuze sluipweggetjes heb weten te installeren, zodat ik in feite onmisbaar ben. Ze zal tieren en vloeken, maar me uiteindelijk bevelen weer voor haar te komen werken. Ik zal daar loom op reageren. Ditmaal is ze te ver gegaan; een aantal van haar zinspelingen kwam pijnlijk diep aan. Ik zal haar dat zeggen. Ik zal verder een aanzienlijke salarisverhoging aanbevelen, een fraai nieuw bureau, bij de deur, met daarop een bordje dat vermeldt dat ik Hoofd Financiële Zaken ben, of iets dergelijks."

"Je leidt een avontuurlijk bestaan," zei Maihac. "Waar is hier het IPCC-kantoor?"

Yamb deed de voordeur open en liet Maihac uit in de late namiddag. Hij wees de straat langs. "Ga naar de tweede kruising. Daar, tussen de pedicuresalon en een grote zwarte bedelbloesemboom, vindt u het IPCC-kantoor."

Op het IPCC-kantoor maakte Maihac zich aan de jonge politieman bekend, en vroeg of er boodschappen voor hem waren. Zoals hij verwacht had, haalde de agent een envelop tevoorschijn waarop zijn naam stond.

De boodschap luidde:

Tawn Maihac: ik heb passage genomen op de Lustspranger van de Demeterlijn. Als je mij een boodschap stuurt per adres het hoofdkantoor van de Demeterlijn op Oude Aarde, komt hij zeker terecht; ik zie je dan wel op de plaats die jij voorstelt.

GAING NEITZBECK

11

Maihac verliet Loorie op een passagiersschip van de Swanniclijn die hem naar Kruispunt Galley bracht, op Virgo AXX-1 Dertien, waar hij overstapte op een toeristenboot, die hem naar Ocknow bracht op de wereld Flesselrig, het commerciële en financiële knooppunt voor het grootste deel van de achtergebieden. Maihac ging rechtstreeks naar het hoofdkantoor van de Natuurbank, waar hij werd verwezen naar een van de onderchefs. Dit was ene Brin Dykich, die opmerkelijk verschilde van Huber Thwan in Loorie. Hij was slank, prettig in de omgang, hulpvaardig — en droeg geen snor. Hij nam Maihac mee naar zijn kantoor, bestelde thee en vroeg waarmee hij Maihac van dienst kon zijn.

"U zult mijn verzoek aanvankelijk buiten de orde vinden," zei Maihac. "Misschien zelfs onthutsend, maar als ik u de achtergrond vertel, zult u denkelijk begrijpen dat alles in orde is."

"Ga alstublieft verder," zei Dykich. "U hebt in elk geval mijn belangstelling gaande gemaakt."

"Ik ben een voormalig agent van de IPCC, met eervol ontslag. Ik probeer een misdadiger te vatten. Hij is een dief, een zwendelaar en een moordenaar. Hij is een Roum van de wereld Fader, zijn naam is Asrubal van Huis Urd en hij heeft rekeningen bij ten minste twee van de filialen van de Natuurbank — hier en in Loorie."

"En nu wilt u inlichtingen over zijn rekening?" vroeg Dykich op neutrale toon. "Ik kan u daarmee overduidelijk niet van dienst zijn,

ofschoon ik met u meevoel. Ik heb Asrubal ontmoet en als ik heel
eerlijk moet zijn vond ik hem een akelige kerel."

Maihac legde zijn documenten op het bureau. "Dit is mijn volmacht."

Dykich las de documenten aandachtig door en keek toen op. "Dit
is een zeer machtig instrument. U kunt hierdoor naar eigen believen
beschikken over gelden van Huis Urd, zelfs als ze overgeboekt zijn op
Asrubals nevenrekening."

"Dat heb ik ook begrepen."

Dykich tuitte bezorgd zijn lippen en herlas het document. "Wel,
de aanwijzingen zijn duidelijk genoeg. Ik neem aan dat u de rekening
wenst in te zien."

"Graag, als dat kan."

Dykich liet de gegevens in kwestie op zijn scherm verschijnen.
Maihac bestudeerde ze een poosje. "U weet uiteraard dat er een wissel
van driehonderdduizend sol is uitgeschreven op Asrubals rekening, die
kennelijk nog steeds uitstaat."

"Ik heb de aantekening gezien."

"De wissel is niet aangeboden in Loorie en schijnt ook hier niet
aangeboden te zijn."

Dykich bekeek het scherm. "Klopt. We hebben geen wissels van
dien aard verwerkt. Hij is nog uitstaande en is even geldig als baar geld."

"Hoeveel zou het bedrag op het ogenblik belopen, met samengestelde interest en dividenden over drie jaar?"

"Ongeveer vierhonderdduizend sol."

"Ik zou dat bedrag willen vrijwaren van mogelijke pogingen van
Asrubals kant het geld aan zijn saldo te onttrekken. Hoe gaat zoiets in
zijn werk?"

Dykich dacht na. "Het is niet bepaald eenvoudig, maar het kan. Op
grond van deze volmacht kan ik een overeenkomstig bedrag overbren-
gen naar een geblokkeerde rekening, waarvan het slechts kan worden
onttrokken na overlegging van de wissel aan toonder."

"Als u dat zou willen doen, graag."

"Uitstekend. Ik zal het juiste bedrag laten uitrekenen; dat zal ten
naaste bij op vierhonderdduizend sol uitkomen en zal, zoals u ziet,
Asrubals saldo vrijwel opsouperen."

"Asrubal zal daar niet blij mee zijn. Wilt u ervoor zorgen dat noch hij, noch iemand anders van Huis Urd toegang krijgt tot deze rekening?"

"Ik zal er een bepaling van die strekking in opnemen." Dykich nam het document op en las het nog eens zeer zorgvuldig door. Hij haalde zijn schouders op. "Het zij zo. Maar ik moet wel een gewaarmerkte kopie van dit document laten maken, dat u dient te tekenen, om van mijn kant verantwoord te zijn."

De kopie werd tot Dykichs tevredenheid vervaardigd. Maihac vroeg: "Ik begrijp dat u Asrubal niet onlangs nog gesproken hebt?"

"Niet onlangs, nee. Zeker in geen maanden en misschien wel langer. Nu ik eraan denk, er is hier ongeveer een jaar geleden een bericht voor hem achtergelaten; de precieze datum was…" Dykich rommelde in zijn la en haalde er een bruine envelop uit. Hij bestudeerde de datum die erop stond afgedrukt. "Ja, een jaar geleden. Asrubal is sinds die tijd niet meer hier geweest."

Maihac stak zijn hand uit en plukte de envelop uit Dykichs onwillige vingers. Voor Dykich kon protesteren had Maihac de envelop al geopend en de boodschap eruit gehaald. Hij las hem hardop voor:

Aan Asrubal van Urd:

Uitgaande van het huis waar de vrouw stierf heb ik het gebied afgezocht in steeds wijdere kringen en stootte ik ten slotte op beduidende feiten die naar mijn overtuiging negentig procent zekerheid bieden. De enige alternatieve hypothese (waarschijnlijkheid tien procent) is dat de jongen is verdronken in de rivier. Het is echter veel aannemelijker dat hij meegenomen is door een tweetal antropologen, Hilyer en Althea Fath, en is overgebracht naar hun huis in de stad Thanet op de planeet Gallingale. De archieven van de burgerlijke stand verlenen deze opvatting een hoge waarschijnlijkheid.

TERMAN VAN URD.

Dykich keek Maihac met grote ogen aan. "Bent u niet wel? U ziet zo wit als een doek."

"Jamiel is dood," mompelde Maihac. "Asrubal heeft haar vermoord."

12

"Veel meer valt er niet te vertellen," zei Maihac. "De boodschap die Terman bij Brin Dykich had achtergelaten schokt me nog tot op de dag van vandaag, als ik eraan denk. Ik had gehoopt dat Jamiel Asrubal had kunnen ontlopen — maar hij heeft haar weten te vinden. Aan wat er daarna gebeurd moet zijn kan ik gewoon niet denken. Mijn bestaan richtte zich nadien op twee personen: Jaro en Asrubal. Zelfs toen ik nog in Dykichs kantoor zat, vroeg ik me al af waarom Asrubal er zo gebeten op was Jaro op te sporen. Na lang peinzen kwam het antwoord bij me op. Het enige wat kon zijn gebeurd was dat Jamiel de wissel en de belastende boekhouding op een veilige plaats had verborgen en dat ze was gestorven voordat Asrubal de waarheid uit haar had weten te wringen. De jongen was ontsnapt en was mogelijkerwijs op de hoogte van de bergplaats. Het was vergezocht, maar Asrubal mocht die mogelijkheid niet negeren; hij zou zich nooit veilig voelen voordat hij de boekhouding had vernietigd en de wissel had ingetrokken.

"Of Terman nog contact had gehad met Asrubal wist ik niet. Ik reisde meteen af naar Thanet en trof jou daar tot mijn opluchting levend en wel en in goede handen aan. De Faths brachten jou naar beste kunnen groot. Gaing voegde zich bij me; hij ging in betrekking in de werkplaats op de ruimtehaven; ik werd ingehuurd bij de beveiliging. Samen trokken we alle aankomende reizigers na. We besteedden speciale aandacht aan schepen die vanuit de richting van Flesselrig en Nilo-May arriveerden.

"De tijd verstreek en er gebeurde niets. Asrubal vertoonde zich niet, noch anderen die Roums zouden kunnen zijn.

"Ik werd onrustig. Strookten mijn theorieën niet met de feiten? Ik begreep maar niet waar ik van het spoor was afgeweken — tenzij Terman, nadat hij zijn boodschap bij Dykich had achtergelaten, geen contact meer had gehad met Asrubal, zodat de informatie over de Faths nooit was doorgegeven. Misschien was Terman gestorven, of vermoord, of had hij besloten zich permanent ergens op een van de werelden van het Bereik te vestigen in plaats van naar Fader terug te keren. Ik nam contact op met Brin Dykich te Ocknow; hij meldde dat niemand hem nog benaderd had met betrekking tot de wissel en dat er geen verdere stortingen waren gedaan op Asrubals rekening. Ik vroeg me af wat er gaande was. Ten slotte besloot ik mijn geluk te beproeven bij de Faths en eens kennis te maken met mijn zoon. Ondertussen had ik over zijn beknotte geheugen gehoord en dat zat me uiteraard dwars. Het was echter mogelijk dat zijn herinneringen zouden terugkomen en hem de omstandigheden van de dood van zijn moeder en van wat er met de boeken en de wissel gebeurd was weer te binnen zouden brengen.

"Ik ging naar een handelaar in curiosa en kocht diverse exotische muziekinstrumenten, waaronder een kwaakhoorn, die ik trachtte te bespelen. Het was heel moeilijk en of ik hem nou goed bespeelde of niet, hij klonk altijd hetzelfde. Ik liet me inschrijven op het Instituut en volgde een paar cursussen bij Althea, waar ik achteloos iets liet vallen over mijn belangstelling voor exotische instrumenten. Althea raakte meteen in mij geïnteresseerd en moest en zou mij een keer op Merriehew uitnodigen zodat ik met de rest van het gezin kon kennismaken. Ze vertelde over haar geadopteerde zoon en kon haar trots in de jongen, die zich zo aardig ontwikkelde, niet verhelen. Ik probeerde erachter te komen waar ze zo'n toonbeeld dan wel gevonden had, maar Althea begon te stotteren en te mompelen en veranderde van gespreksonderwerp.

"Ik begon Merriehew regelmatig te bezoeken. Over het algemeen waren die avonden geslaagd, ondanks Hilyers achterdocht die werktuiglijk bij hem opkwam, hoewel ik hem in alles gelijk gaf en al zijn opvattingen beleefd aanhoorde. Ik bracht zelfs mijn kwaakhoorn mee en speelde erop. Ik viel bij iedereen in de smaak, behalve bij Hilyer, die waarschijnlijk jaloers op me was, mede omdat ik ruimtevaarder was en dus een vagebond. Bij diverse gelegenheden bracht ik het gesprek op jouw herkomst, maar Hilyer en Althea deden steevast ontwijkend. Ik kon toen niet begrijpen waarom. Het is echter geen wonder dat ze mij als een slechte invloed beschouwden — zozeer zelfs dat er aan hun uitnodigingen een eind kwam.

"De tijd verstreek. Ik had het gevoel dat ik een daad moest stellen en wel gauw. Ik liet Gaing achter om de zaak in de gaten te houden en boekte passage naar Nilo-May op een vrachtvaarder. Dat was een vergissing; de tocht was wel goedkoop maar erg langzaam. Ik arriveerde ten slotte in Loorie waar ik ontdekte dat er wijzigingen hadden plaatsgevonden. Joffer Waldop deelde niet meer de lakens uit op het Lorquinagentschap. De nieuwe bedrijfsleider was een magere jonge vrouw met ogen als grauwe keitjes en kortgeschoren haar. Aubert Yamb was met zijn nicht Twee Pidy getrouwd en werkte nu voor Sleutelbloem. Hij was niet al te blij me te zien en had weinig te melden. Ongeveer twee jaar tevoren was joffer Waldop van Loorie vertrokken met onbekende bestemming. Yamb had al veel langer niets van Asrubal gezien of gehoord en had geen enkele informatie over waar die zich kon ophouden. Op de ruimtehaven liep ik de archieven door en zag daar bevestigd dat Terman van Urd van Loorie naar Ocknow was gereisd. Ik volgde zijn voorbeeld en volgde twee jaar lang het spoor van Terman, die van wereld naar wereld reisde op zoek naar Jaro. Het was traag en saai werk en erg wisselvallig; uiteindelijk liep het spoor dood en was ik ondanks mijn inspanningen van drie jaar nog niets opgeschoten. Ik besloot terug te keren naar Thanet om opnieuw te proberen van de Faths te weten te komen waar ze je hadden gevonden, al vermoedde ik dat ze me niets zouden vertellen.

"Teruggekomen op Gallingale ontdekte ik dat de zaken er erger voor stonden dan ooit. De Faths waren dood en Gaing had taal noch teken gezien van Terman of Asrubal of wie dan ook van enig belang. En dat is zo ongeveer het hele verhaal."

Hoofdstuk XIV

1

Na een uur somber te hebben zitten peinzen besloot Skirl dat de bejegening die de bank haar had doen ondergaan de toelaatbare grenzen van gebrek aan respect overschreed. Ze belde met het bestuur van de Mosseltaarten en beschreef de beledigende voorvallen. De bank, zo verklaarde ze, was in zijn geringschatting voor haarzelf en haar status, bezig de funderingen van de beschaafde samenleving te ondergraven. De voorzitter van het bestuur verzocht haar zich even kalm te houden terwijl hij de zaak in orde bracht. Tien minuten later belde hij terug en kondigde aan dat de bank zijn vergissing had ingezien en nu zijn verontschuldigingen aanbood. Het zou de bank genoegen doen als het Skirl, zodra het haar schikte, zou believen terug te keren naar Sassoon Ayry, om zich in alle rust over al haar bezittingen te ontfermen. Personeel van de bank zou ter plaatse zijn om haar alle mogelijke assistentie te verlenen.

Skirl bedankte de voorzitter en zei dat het, zoals altijd, fantastisch was een Mosseltaart te zijn, hetgeen de voorzitter beaamde.

Jaro en Skirl reden meteen naar Sassoon Ayry waar ze een bereidheid tot medewerking aantroffen die geheel nieuw was. Skirl pakte de meest begeerlijke onderdelen van haar garderobe in en stroopte vervolgens het huis af om alles te vergaren wat als persoonlijk aandenken kon worden beschouwd, waaronder haar vaders verzameling antieke Kolosti-miniaturen en een fossiele trilobiet van de Oude Aarde.

Skirl en Jaro keerden terug naar Merriehew. Jaro droeg de koffers het huis in, naar de slaapkamer die Skirl nu bewoonde. Jaro had een of ander karweitje te doen en verdween terwijl Skirl dankbaar haar kleren uitpakte en iets anders aantrok: een donkergroene jurk. Even bleef ze voor de spiegel staan en bekeek zichzelf. Ze pakte een borstel en schikte haar losse krullen. Ze bekeek zich nog eens. Er had zich iets gewijzigd, ze zag er anders uit. Een verbetering of niet? Ze wist het niet.

Nadenkend draaide Skirl de spiegel de rug toe. Ze ging naar beneden naar de zitkamer. Jaro keek even op, keek toen nog eens aandachtiger. "Je ziet er bijzonder leuk uit! Wat heb je met jezelf gedaan?"

"Ik heb me verkleed en mijn haar geborsteld. Bovendien ben ik niet langer boos op de bank."

"Er is iets bij je veranderd," zei Jaro. "Wat het is begrijp ik niet goed. Misschien komt het door..." hij aarzelde. "Doet er niet toe."

Skirl keek hem achterdochtig aan en zei toen: "Ik geloof dat je een paar problemen had die je wilde oplossen."

"Klopt. Ik wil erachter zien te komen waar de Faths me gevonden hebben."

"O ja. Dat hebben ze je nooit verteld?"

"Nooit, bij mijn beste weten. Telkens als ik ernaar vroeg lachten ze maar wat en zeiden dat het ergens ver weg was, en dat het geen belang had."

"Wat zou hun beweegreden kunnen zijn geweest?"

"Dat is eenvoudig genoeg. Ze wilden dat ik zou afstuderen aan het Instituut en aangenomen zou worden door de faculteit. Ik mocht vooral geen ruimtevaarder worden en er onbeheerst op uit trekken om mijn verleden te zoeken."

"Dat lijkt toch een tikje aanmatigend."

Jaro knikte. "Niettemin, ze hadden het beste met me voor."

"Je hebt hun archief natuurlijk al doorzocht?"

Jaro beschreef hoe ver zijn pogingen zich hadden uitgestrekt. "Ik heb niets gevonden."

Skirl knikte wijs. "Jij hebt de diensten van een geoefend bewerkstelliger nodig."

"Waarschijnlijk wel. Kun je iemand aanbevelen?"

"Ik zou de zaak misschien zelf wel willen aannemen als het honorarium toereikend was."

"Het honorarium zal helaas niet toereikend zijn. Het bedraagt nul komma nul, om heel eerlijk te zijn."

"Geeft niet," zei Skirl. "Dat had ik wel zo ongeveer verwacht. Ik neem de zaak aan omwille van onze goede betrekkingen. Maak je dus maar geen zorgen meer! Je moeilijkheden zijn voorbij."

"Dat hoop ik — maar ik betwijfel het. Hilyer heeft zijn werk goed gedaan. Ik heb overal gezocht."

"Waarschijnlijk heb je op de verkeerde plaatsen gezocht terwijl de feiten tegen je benen op klauterden."

"We zien wel," zei Jaro. "Waar wilde je beginnen?"

"Eerst zal ik je een paar vragen stellen."

"Vraag maar raak."

"Waar heb je gezocht?"

"Ik heb hun archief bestudeerd. Het journaal voor het jaar in kwestie ontbreekt. Ik heb kattebelletjes, facturen, kwitanties, volmachten, aandenkens en menu's van restaurants doorgenomen — niets. Ik heb de zolder leeggehaald. Ik ontdekte dat de afgelopen honderd jaar niemand hier iets heeft weggegooid. Ik trof tuinbouwkundige werkverslagen aan, Althea's oude schoolschriften en kapotte stoelen — maar geen verslagen van buitenwereldse reizen. Ik heb Hilyers werkhok van onder tot boven doorzocht, ik heb alle boeken in de bibliotheek doorgesnuffeld. Ik heb op alle voor de hand liggende plaatsen gezocht en vervolgens op alle niet voor de hand liggende. Nog steeds niets. Geen zuchtje, geen gerucht. Ik heb alle journalen nog een keer doorgeplozen, op zoek naar duistere verwijzingen. Weer niets."

"Misschien heb je een wenk of een geheime toespeling over het hoofd gezien."

"Dat kan, maar ik denk van niet."

"Ik begin met de journalen."

Jaro haalde zijn schouders op. "Net wat je wilt. Ik ben bang dat je zult merken dat het een zinloos werkje is."

"Er moet toch iets zijn achtergebleven."

"Hilyer was een methodisch genie. Voor zover ik weet heeft hij niets over het hoofd gezien."

"Ik zal kijken wat ik eruit kan halen."

Jaro liet Skirl met haar werk alleen. Hij trof Maihac op de veranda aan en begon hem te vertellen over de verschillende pogingen om Merriehew in handen te krijgen: Forby Mildoon, Lyssel met haar onconventionele methoden, Abel Silking met zijn dreigementen.

"Als ik erop terugkijk word ik alsnog kwaad," zei Jaro. "Ze waren van plan die arme domme nixo zo het hoofd op hol te brengen dat hij zijn eigendom voor een schijntje van de hand zou doen. En nadat ze hem op straat hadden gezet, zouden ze Gilfong Rute in de tang hebben genomen om hem zijn Glitterweg ruimtejacht af te persen. Het aanbod van Abel Silking was iets beter, maar die deed er weer dreigementen bij. Geen van die mensen bevalt me."

"Ik geloof niet dat Silking zal proberen zijn dreigementen waar te maken, vooral niet als we Gaing Neitzbeck eenmaal aan hem hebben voorgesteld."

Ietwat opgewekter ging Jaro naar binnen om te zien hoe ver Skirl gevorderd was. Hij trof haar aan te midden van een stapel paperassen, die ze troosteloos aan het uitzoeken was en die hij al een paar maal had doorgekeken. "Wat ben je te weten gekomen?"

"Niets. Hilyer schijnt koelbloedig te werk te zijn gegaan, vastbesloten om je overal de voet dwars te zetten."

"Zo wil ik liever niet aan Hilyer terugdenken."

"Misschien ben ik niet ruimhartig genoeg." Ze wees naar een boekenplank. "Daar staat het journaal van het jaar voordat je werd gevonden, en ook het journaal voor het jaar daarna. Ze zijn genummerd, nummer 25 en nummer 27. Nummer 26, het journaal van het jaar in kwestie, ontbreekt."

"Waarschijnlijk maakt het deel uit van het pakket dat Imbald voor me bewaart, voor het geval ik verstandig mocht worden en me aan het Instituut laat inschrijven."

Skirl draaide de boekenkast de rug toe. "Je hebt gelijk. Hilyer was heel grondig. Ik heb genoeg lege aantekenboeken gezien."

"Misschien is er nog iets op het Instituut dat Maihac over het hoofd heeft gezien. Maar nu is het even genoeg. Het wordt tijd om ons eerste banket aan te richten. Gaing Neitzbeck komt ook. Kun jij goed koken?"

"Ik geloof het niet."

"Dan kook ik en mag jij de tafel dekken, in stijl voor een feestbanket. Althea's beste tafelkleden liggen in die kast ginder; het servies staat in de keukenkast."

"Goed," zei Skirl. "Wat ben je van plan te koken?"

"Stoofpot."

"Dat klinkt lekker. Misschien dat jij me een keertje wilt leren hoe je koken moet."

"Natuurlijk. Stoofpot is heel makkelijk. Je doet van alles in een pan, je doet er water bij en je brengt de zaak aan de kook. Als alles gaar is doe je er zout en peper bij en dan dien je het op. Kan niet verkeerd gaan."

Skirl ging naar de kast. Ze koos een vrolijk blauw-met-rood geblokt tafellaken en dekte er de tafel mee. Ze zette bijpassende borden neer en pakte van de plank een van Althea's kandelaars, die ze naar kleur en vorm bij het geheel vond passen.

Toen Gaing arriveerde zette het gezelschap zich om de tafel. Het diner werd bij kaarslicht geserveerd: een groene salade uit eigen tuin, stoofpot, brood en olijven en twee flessen van Hilyers Rode Emilione tafelwijn. Skirl at met smaak maar zei weinig en scheen in beslag te worden genomen door haar gedachten. Kennelijk waren die vermakelijk, aangezien ze de grootste moeite had de grijns binnen te houden die nu en dan door haar plechtige masker heen dreigde te breken. Jaro sloeg haar met toegeknepen ogen gade en vroeg zich af wat haar binnenpretje behelsde.

Maihac schonk ieders glazen nog eens vol en leunde achterover op zijn stoel. "Er blijft een terrein over dat we niet hebben onderzocht: de faculteit op het Instituut."

Jaro zei somber: "Ik heb al navraag gedaan. Niemand herinnert zich nog waar de Faths twaalf jaar geleden mee bezig waren."

"In dat geval kunnen we zo te zien niet verder."

Skirl zei achteloos: "Misschien is het nuttig eens de bewerkstelliger te raadplegen die je in dienst hebt genomen om het probleem op te lossen — tegen een zeer laag honorarium, mag ik er wel aan toevoegen."

Jaro keek haar vol plotselinge achterdocht aan. "Heb jij de oplossing? Zat je daarom zo te grijnzen?"

"Misschien."

"Vertel op dan! Houd ons niet in spanning!"

Skirl nam een teug uit haar wijnglas voor ze antwoord gaf. Toen zei ze: "De plaats heet Sronk, op de planeet Camberwell."

"Je meent het! En hoe ben je daar achter gekomen?"

"Door deductie en vervolgens inductie."

"Kom nou! Er zat toch zeker meer aan vast?"

"Nou, ja. Toen ik de kandelaar van de plank pakte, zag ik dat er een etiketje onderop zat, met een nummer en een naam — in dit geval '21' en 'Muffe Druil, Mauberley'. Nadat ik een poosje had nagedacht ging ik naar de boekenkast en pakte journaal nummer 21. Bijna meteen vond ik een verwijzing naar de planeet Mauberley en het dorpje Muffe Druil. Ik ging weer naar de plank en keek onderop alle kandelaars tot ik een etiketje vond met '26'. De plaats die erbij stond vermeld was 'Sronk' en de planeet 'Camberwell'. En dat was het."

2

Toen de communicator verbinding had gekregen met de bibliotheek van het Instituut toonde het scherm allerlei informatie over de planeet Camberwell, waaronder fysieke kenmerken, diverse landkaarten, een beschrijving van de inheemse flora en fauna, gegevens over de volkeren van Camberwell, de steden en hun bevolkingsgrootte en een kort historisch overzicht. De voornaamste ruimtehaven lag bij de plaats Tanzig, vijftien kilometer ten zuiden van de Blassrivier. Sronk werd aangegeven als liggende zo'n zestig kilometer ten oosten van Tanzig, aan de andere kant van de Wychingheuvels.

"Het volgende probleem is hoe we daar komen," zei Jaro. "Dat betekent dus: geld."

"Tijd en geld, als je gebruik maakt van het openbaar vervoer," zei Maihac. "Camberwell ligt bezijden de hoofdroutes, hetgeen betekent dat je grote kans hebt op een onvoordelige aansluiting op de overstaphavens."

"Wat we nodig hebben is een ruimteschip," merkte Jaro op. "Ik kan Merriehew voor ten minste dertigduizend sol aan Silking overdoen, en waarschijnlijk voor nog wel wat meer; dat hangt er helemaal van af hoe graag Rute het wil hebben. Hoeveel kost een Plaatsbepaler 11-B?"

"Tussen de vijfduizend sol voor een schip met een gat in de romp en een gesmolten energieverdeelkast, tot twintig of dertigduizend sol voor een schip in redelijke staat. Maar een Plaatsbepaler is wel erg bekrompen en misschien kunnen we iets beters vinden," adviseerde Maihac.

De telefoon ging. "Ja!" zei Jaro.

Op het scherm verscheen het gezicht van een rijpe heer met zilverwit haar, duidelijk een man van de wereld, met regelmatige trekken en een minzame maar onpersoonlijke manier van doen. "Goedenavond mijnheer Silking," zei Jaro.

Abel Silking glimlachte bescheiden. "Misschien is het wat aan de late kant, maar ik vroeg me af of u al had nagedacht over het aanbod dat ik u gisteren deed?"

"Ja," zei Jaro. "Daar heb ik over nagedacht."

"En u hebt besloten het te aanvaarden, hoop ik?"

"Niet helemaal precies. Ik heb me laten adviseren door mijnheer Tawn Maihac, die namens mij zal optreden. Als u wilt kunt u nu met hem spreken."

De welving van Silkings mond boette iets aan jovialiteit in, maar zijn toon bleef even minzaam. "Natuurlijk. De voorwaarden blijven voor hem hetzelfde als voor u."

Maihac keek in het scherm. "Ik ben Tawn Maihac. Jaro heeft me gevraagd hem in deze kwestie te vertegenwoordigen. Uw opdrachtgever is Gilfong Rute?"

Silking antwoordde behoedzaam: "Om juister te zijn: Lumilar Vistas."

"Juist ja. Maar aangezien ik niet kan onderhandelen met Lumilar Vistas, zal het met Gilfong Rute zelf moeten gebeuren. Als hij morgen om twaalf uur hier op Merriehew wil komen, zal ik zijn aanbod aanhoren."

Silkings mond viel open. "Mijnheer Maihac, u vaardigt bespottelijke oekazes uit! Ik kan u niet serieus nemen!"

"Dat geeft niet. Is Gilfong Rute aanwezig? Zo ja, vraag hem dan of hij morgen om twaalf uur hier wil komen. Dat is de enige manier waarop ik zaken met hem wil doen."

"Ogenblikje." Het scherm werd stil. Er verstreken drie minuten. Silking verscheen weer op het scherm en zag er ietwat verstoord uit. "Hij zegt dat hij er om twaalf uur zal zijn." Silkings mond vertrok zich in een kleine, pijnlijke grijns. "Hij merkte nog het een en ander op, waarvan het zinloos zou zijn het aan u over te brengen. Mijnheer Rute, daar moet ik u voor waarschuwen, is niet iemand die het licht opneemt wanneer lieden proberen misbruik te maken van zijn bonhomie."

"Hij behoeft zich geen zorgen te maken; er zal hier morgen van niemand misbruik worden gemaakt."

3

De volgende dag draaide, een paar minuten voor twaalven, een grote zwarte luxewagen de oprijlaan in en bleef voor het huis staan. Twee mannen in blauw-met-groene uniformen sprongen van de voorbank, keken in het rond om te zien of alles veilig was en openden toen de achtercabine. Abel Silking stapte uit, gevolgd door Gilfong Rute. Silking en Rute liepen op het huis af; de geüniformeerde mannen vatten post bij de wagen.

Jaro deed de voordeur voor hen open en bracht het tweetal naar de eetkamer, waar hij de anderen voorstelde. "Dit is Skirl Hutsenreiter, bewerkstelliger. Dit is Gaing Neitzbeck, en u hebt al met Tawn Maihac gesproken. Gaat u zitten."

"Dank je," zei Silking. Gilfong Rute en hij zetten zich aan de ene kant van de tafel.

Silking zei gladjes: "Wel, de situatie is nog steeds dezelfde. U hebt het aanbod van Lumilar Vistas vernomen; wij hebben hier —"

Jaro viel hem in de rede. "Mijnheer Silking, u kunt hier bij blijven zitten als getuige, maar wees zo vriendelijk u niet in het gesprek te mengen. Wij doen zaken met mijnheer Rute en opmerkingen van uw kant houden ons alleen maar op. Dus u houdt uw mond, of als u dat liever heeft kunt u in de voorkamer gaan zitten en u warmen bij het vuur."

"Ik blijf hier," zei Silking met een kille glimlach.

"Net zo u wilt." Jaro wendde zich tot Rute. "U wilt Merriehew kopen en wij zijn bereid te verkopen. Tawn Maihac heeft de benodigde papieren gereedgemaakt en als u dus zover bent is er niets dat ons in de weg staat."

Rute vroeg ongeduldig: "Wat zijn dat voor papieren?"

"De gebruikelijke overdrachtsakte, meer niet. We hebben twee exemplaren, een voor u en een voor ons."

"Onzin!" verklaarde Rute. "Ik heb de geëigende formulieren bij de hand. Silking, haal ze tevoorschijn. Ze zijn klaar om te worden getekend."

"Gooi maar weg," zei Maihac. "Onze papieren zijn beter."

"Uw papieren kunnen me gestolen worden!" beet Rute hen toe. "U hebt een aanbod gekregen van dertigduizend sol. Accepteert u dat, ja dan neen?"

"Welzeker accepteren we dat," zei Maihac, "op zekere voorwaarden."

Rute werd meteen achterdochtig. "Welke voorwaarden?"

Maihac schoof twee velletjes papier over tafel. "Leest u de documenten maar."

Rute pakte de papieren op en las ze door. Zijn wenkbrauwen gingen van verbazing omhoog. "Dit kunt u niet menen!"

"Dan zouden we het er immers niet in zetten? U bent de eigenaar van de Glitterweg *Pharsang*?"

"Natuurlijk ben ik de eigenaar van de *Pharsang*. Bestaat daar enige twijfel aan? Ik heb het jacht bij de Rialco Ruimtewerven te Murtsey laten bouwen volgens de hoogste eisen."

"Dat punt staat niet ter discussie. Zoals u gezien hebt wensen we de *Pharsang* te kopen."

Rute sloeg geringschattend met de rug van zijn hand op Maihacs papieren. "Dat is louter krullepap; u verspilt mijn tijd. Laten we terugkeren tot de zaak."

"De *Pharsang is* onze zaak," zei Maihac. "Hoeveel hebt u Jaro geboden voor Merriehew?"

"Zoals u heel goed weet was het bedrag dertigduizend sol. Het is een gul bod waarover niet te onderhandelen valt; u neemt het aan en anders gaat het over."

"O, we nemen het zeker wel aan, mits de andere koop eraan gekoppeld wordt."

"Kom, kom, mijnheer! Spreek niet in raadselen! Er is niets gespecificeerd in deze akte. U probeert me blij te maken met een dode mus!"

"Luister dan goed! Ik specificeer het volgende. Wij bieden dertigduizend sol voor de Glitterweg *Pharsang* als onderdeel van een gekoppelde transactie."

Rute keek Maihac stomverwonderd aan. "U bent gek! Ik kan zo tweehonderdduizend sol voor de *Pharsang* krijgen, of meer nog, wanneer ik maar wil!"

"We zijn soepel," zei Maihac. "Als u tweehonderdduizend sol wilt hebben voor de *Pharsang*, dan wordt de prijs voor Merriehew dat ook. U mag de prijs stellen, net zo u wilt. We behoeven alleen de stippellijntjes op de documenten in te vullen, ze te ondertekenen en de transactie is rond — een kwestie van vijf minuutjes."

Rute sprong overeind, roze aangelopen van woede. "Dit is regelrechte, openlijke zwendel. U neemt amper de moeite het te verhelen! Zo kunt u met mij niet omgaan; ik ben iemand van hoge ponteneur, ik sta dit niet toe!"

"Wees redelijk," zei Maihac. "U hebt al een heleboel geld in uw Lumilar Vistas-project gestoken; wel een half miljoen sol, heb ik gehoord. En dat is weggegooid geld als u het eigendom van Merriehew niet kunt verwerven."

Gilfong Rute, die zich voorover had gebogen met geheven arm, als wilde hij daarmee op tafel slaan, verstijfde, met zijn vuist nog in de lucht. "Waar hebt u dat bedrag horen noemen? Het is hoogst vertrouwelijk!"

"Wat ons betreft blijft het vertrouwelijk. Maar ter zake. Als u niet op Jaro's bod ingaat, zal hij het huis verbouwen tot een rustieke taveerne die beslist goed zal lopen. Hij zal het land achter het huis opdelen in kleine percelen voor goedkope woningbouw en een deel reserveren voor de vestiging van een inrichting voor zwaar psychisch gestoorden."

Rute lachte alleen maar. "Zo makkelijk ben ik niet te bedotten! Aan de andere kant moet ik toegeven dat ik niet in staat blijk te zijn zoveel gebruik te maken van de *Pharsang* als ik voornemens was. Maar ik vind wel dat u er nog honderdduizend sol dient bij te leggen."

"Dat is onmogelijk," zei Maihac. "We ruilen met gesloten beurzen; de *Pharsang* dient daarbij volledig vliegklaar te zijn, nagekeken en bevoorraad, waaronder begrepen verse energiecapsules en nieuwe codes in alle synthesizers."

"Dit is afpersing!" verklaarde Gilfong Rute. "Meent u dat ik een vette gans ben, die aan een boom hangt om te worden geplukt?"

"Volstrekt niet. Maar we kunnen niet vergeten hoe u geprobeerd hebt Jaro te bezwendelen toen u meende dat hij een zwakbegaafde nixo was."

"Dat is een vergissing die ik niet nog eens zal begaan," mopperde Rute. "Goed dan, mijn tijd is kostbaar. Laten we de documenten tekenen en er een eind aan maken. U krijgt de Glitterweg."

Rute tekende de documenten met een norse kras, stond toen op en sprak met een stem vol holle triomf: "Ik ben mijn ruimtejacht kwijt, maar met het geld dat Lumilar Vistas zal opbrengen kan ik er nog wel twintig kopen, mocht ik daar lust in hebben. U had het dubbele uit me kunnen persen van wat u gevraagd hebt."

"Geeft niet," zei Jaro. "Wij zijn niet inhalig."

4

Eenmaal aan boord van de magnifieke Glitterweg kon Maihac zijn geestdrift ternauwernood bedwingen. "Dit schip is groot genoeg om passagiers of vracht te vervoeren," zei hij tegen Jaro. "Kortom, hier heb je een bron van inkomsten op het peil van dat van een hoogleraar met vaste aanstelling."

"De Faths zullen misschien niet blij zijn met het doel waarvoor ik Merriehew heb gebruikt," zei Jaro. "Maar hoe dan ook, ik ben ze alle dankbaarheid verschuldigd."

"Zo, en wat zijn je plannen nu?" vroeg Skirl.

"Om te beginnen een tochtje naar Camberwell, waar ik zal proberen mijn zes verloren jaren op te sporen. En dan — daar kan ik niet eens naar raden. Maar eerst het belangrijkste. En dat betekent dat ik een bemanning moet aanwerven."

"Ik meld me aan," zei Maihac. "Jij bent kapitein. Gaing zou een voortreffelijke werktuigkundige zijn, als de voorgenomen reis hem aanstaat."

"Mij zeker wel," zei Gaing. "Ik zou diepongelukkig zijn als jullie me niet aan boord lieten. Ik heb al veel te lang aan de grond gezeten."

"Gaing wordt hoofdwerktuigkundige en strateeg. Ik teken voor de functies van kok, sterke arm, stuurman en manusje van alles."

Dan missen we nog een eerste officier," zei Jaro. "We zullen iemand moeten hebben met uitzonderlijke kwaliteiten: vindingrijk, vernuftig, hartelijk en met de ziel van een vagebond. We willen iemand van hoge status hebben — een Mosseltaart liefst, als we er een konden vinden. Het kan best dat we er niet in slagen een geschikt iemand aan te werven."

Skirl vroeg aarzelend: "Vanaf wanneer kunnen sollicitaties worden ingediend?"

"Vanaf nu meteen."

"Dan wil ik solliciteren."

Jaro stak zijn hand uit en woelde Skirls donkere korte krullen door elkaar. Ze dook weg en streek haar haar met beide handen recht.

"Je bent aangenomen," zei Jaro.

"En het salaris?"

"Niet erg hoog — ongeveer wat je als bewerkstelliger verdient. Als we de *Pharsang* voor commercieel vervoer gaan inzetten delen we allemaal in de winst."

"Gaing en ik hebben ervaring in dat soort werk," zei Maihac. "Het is een aangenaam bestaan — tot we ons schip kwijtraakten op Fader. Die episode heeft ons heel wat geleerd en diezelfde fout zullen we niet nog eens begaan. Heb ik gelijk, Gaing?"

"Precies wat ik zelf vind."

"Kan je je vinden in die regeling?" zei Jaro tegen Skirl.

"Het kan niet beter."

5

Maihac en Gaing bleven aan boord en Jaro en Skirl keerden terug naar Merriehew. Ze deden hun avondmaal met wat er nog in de provisiekast stond en dronken de laatste fles van Hilyers gekoesterde Val Estresas leeg; toen kwamen ze bij de haard staan. Buiten begon het licht te regenen. Ze spraken zacht met elkaar, zwegen dikwijls om na te denken over de merkwaardige gebeurtenissen die hen uiteindelijk bijeen hadden gebracht. Ze stonden heel dicht bij elkaar. Jaro's arm lag om Skirls middel en na een poosje stak zij ook haar arm uit, en hield hem net zo vast. Het gesprek stierf weg; ze werden zich allebei steeds sterker bewust van elkaars nabijheid. Jaro draaide zich naar haar toe, trok haar tegen zich aan en toen kusten ze elkaar — en nog eens en nog eens. Eindelijk hielden ze op, om weer een beetje op adem te komen. Jaro vroeg: "Herinner je je nog de eerste keer dat ik je gekust heb?"

"Natuurlijk! Dat was vlak nadat je me in mijn oor had gebeten."

"Ik geloof dat ik toen al van je hield. Het was een geheimzinnig soort gevoel, waar ik niet goed raad mee wist."

"En ik moet toen ook al van je gehouden hebben — hoewel ik in die tijd nog niet zo duidelijk over dat soort dingen nadacht. Maar ik zag altijd wel hoe knap je was en hoe proper, alsof je van top tot teen was afgeboend."

"Wat leiden we toch een vreemd leventje!"

"Als we eenmaal met de *Pharsang* vertrekken zal ons leven nog wel vreemder worden."

Jaro pakte haar hand. "Er staat iets heel vreemds en bijzonders te gebeuren in de kamer hiernaast. Ik wil graag weten wat het is."

Skirl aarzelde. "Jaro, ik voel me heel raar. Ik geloof dat ik bang ben."

Jaro boog zich naar haar toe en kuste haar. Ze sloeg haar armen stijf om hem heen. "Ik bedenk me net dat ik niet bang ben," zei Skirl. "Ik voel iets wat ik nog nooit heb beleefd; ik denk dat het opwinding is."

Jaro pakte haar opnieuw bij de hand en ze verlieten de kamer. Het schijnsel van het vuur gleed tussen de schaduwen door en liet vonkjes oranje licht spelen over de omtrekken van Althea's kandelaars. Het was er stil; alleen het tikken van de regen tegen het venster viel te horen.

Hoofdstuk XV

1

De *Pharsang* vloog op de planeet Camberwell aan, dook omlaag bij Tanzig en streek neer op de ruimtehaven. De vier bemanningsleden sloten het schip af, liepen door de aankomsthal en stapten de koele Tanziger lucht binnen. Tegenover hen voerde een laan naar het vervallen oude stadsdeel met zijn scheve puntdaken en zijn muren van kromgetrokken planken. In de verte verhief zich, de hele stad overheersend als een trio reuzen en half verhuld door nevel, het drievoudig monument voor de 'Afpaler van Gunsten en Vergeldingen' — een van de vele benamingen van de legendarische magistraat.

Toen Jaro de aankomsthal verliet hield hij zijn pas even in, omdat hij gewaarwerd dat er zich iets roerde in zijn herinnering — een onderbewuste weerklank, zwak en vluchtig, die wegstierf op het moment dat hij trachtte hem thuis te brengen. Wat kon het zijn geweest? De vochtige aanraking van de atmosfeer? De heiige verten? De scheve, hoekige, vervallen dakomtrekken tegen de hemel? De kamfergeur waarnaar de kromme planken riekten die dakpansgewijs de buitenmuur van elk bouwsel in Tanzig bedekten? Het was inderdaad een geur die hem tergend bekend voorkwam.

Jaro zag dat Skirl naar hem stond te kijken. Hij beschouwde zichzelf graag als stoïcijns en onaandoenlijk, maar Skirl was griezelig gevoelig geworden voor elke verandering in zijn stemming. Jaro kreeg soms het gevoel dat ze meer van hem afwist dan hij zelf. Nu vroeg Skirl: "Wat dacht je daar?"

"Niets bijzonders."

"Er was wel iets. Je gezicht veranderde toen ik naar je keek."

Jaro glimlachte flauwtjes. "Er bestaat een oud woord: 'frisson'. Ik weet niet of ik het juist gebruik, maar volgens mij was dat wat ik net voelde."

"O ja? Ik heb er nooit van gehoord. Hoe voelt dat?"

"Min of meer als een snelle koude rilling achter in je hals."

"Merkwaardig," zei Skirl peinzend. "Ik heb het helemaal niet gevoeld."

"Natuurlijk niet! Waarom zou je?"

"Omdat ik soms precies hetzelfde voel als jij. Waarschijnlijk hebben wij telepathisch contact."

"Tja, het is mogelijk."

Ze reden gevieren op een onoverdekte omnibus naar het centrum van de stad, waar een oude vrouw die op gliphouten over de stoep gleed hun het Bevolkingsregister wees. Twee uur lang doorzochten ze muffe dossiers en met de hand geschreven registers, maar ontdekten nergens een vermelding van Jamiel of haar kind.

Ze gingen terug naar de *Pharsang*. Gaing en Maihac laadden de zwever uit en ze klommen allemaal aan boord. De zwever steeg op en vloog naar het westen, richting Sronk. Ze vlogen over percelen vaalbruin akkerland en uiterwaarden met pollen hoge rotan, een dorpje bestaand uit planken huisjes met scheve daken. Voor hen lagen de Wychingheuvels: een wirwar van taangele hellingen, kloven en gladde, ronde toppen. Tot aan de horizon en verder strekte zich de Wildebessteppe uit terwijl de strook tussen de steppe en de heuvels werd bezet door een enkele afgelegen boerderij. Een weg voerde naar het zuiden, naar een kleine plaats: Sronk, volgens de kaart.

De zwever stak dwars de heuvels over, boog af naar het zuiden, volgde de weg naar Sronk en landde op een vlak stuk land naast het stadsplein. De vier passagiers stapten uit en keken rond, waarbij ze weinig opzienbarends ontdekten. Op Jaro's vraag wees een voorbijganger hun de weg naar het gemeenteziekenhuis dat, in tegenstelling tot andere gebouwen in Sronk, niet was opgetrokken van kromgetrokken planken, gedekt door dubbel of driedubbel geknikte daken, maar van smeltsteenblokken, met een plat dak van grijze sintersteen. Jaro nam het gebouw met belangstelling op, maar er kwam niets boven in zijn herinnering. Bij zijn vorige bezoek hier was hij waarschijnlijk meer dood dan levend geweest.

Dokter Fexel werkte er nog steeds en herinnerde zich meteen dat hij Jaro's geradbraakte lichaam had opgelapt. "Ik weet nog dat ik toen dacht — voor de aardigheid, natuurlijk — dat Jaro een prachtig model zou zijn voor mijn anatomische colleges, aangezien hij zowat elk soort letsel vertoonde dat in de leerboeken staat vermeld."

Skirl klopte Jaro ietwat bezitterig op de schouder. "Hij heeft het heel aardig overleefd, vindt u ook niet?"

Fexel beaamde het geestdriftig. "Het is een eerbewijs aan de hedendaagse geneeskunde zowel als aan de bekwaamheid van dokter Solek en mijzelf. Nu ik me bedenk, dokter Myrrle Wanish heeft waarschijnlijk het meest bijgedragen om je lichaam en ziel bijeen te houden, aangezien jij vastbesloten was jezelf kapot te maken met krampachtige aanvallen van opperste hysterie. Het was werkelijk ongelofelijk — stuipende vlagen van woede en angst! Heb je ooit kunnen ontdekken wat de reden was voor je teisterende gedrag?"

"Nee," zei Jaro. "Het is nog steeds een raadsel."

"Buitengewoon! Laat ik eens kijken of ik dokter Wanish te pakken kan krijgen. Hij moet op kantoor zijn in Tanzig en ik ben er zeker van dat hij je zal willen spreken." Fexel zette de communicator aan. Hij sprak een paar woorden en toen verscheen het bebaarde gezicht van Wanish op het scherm. Fexel stelde hem Jaro voor en Wanish was meteen een en al belangstelling. "Ik herinner me jouw geval nog heel duidelijk. We waren genoodzaakt in je geheugen in te grijpen; je was bezig je iets uiterst traumatisch te herinneren en je reactie daarop zou je dood zijn geworden."

Jaro huiverde. "Ik ben bijna bang om erachter te komen wat er gebeurd is."

"Je weet nog niets over je vroegere leven?"

"Niet zoveel. Daarom zijn we feitelijk ook hier."

"En geen tekenen dat je herinneringen terugsijpelen?"

"Niet echt. Nu en dan zie ik heel even een paar beelden, en altijd dezelfde. Soms lijkt het of ik de stem van mijn moeder hoor, hoewel ik niet kan verstaan wat ze zegt."

"Het is mogelijk dat de verbrokkelde patronen trachten opnieuw vorm aan te nemen. Wees dus niet verbaasd als er toch nog een paar herinneringen terugkomen."

"Kunt u iets doen om dat proces te vergemakkelijken?"

Wanish dacht een ogenblik na en zei toen: "Ik vrees van niet. En nog iets anders ter overweging: als je geheugen terugkwam, zou je misschien niet gelukkig zijn met wat je ontdekte."

"Ondanks dat wil ik de waarheid weten."

Dokter Wanish sloeg een opgewekte toon aan. "Wel, het was me een genoegen even met je te praten. Ik wens je succes bij je onderneming."

"Dank u wel."

Het viertal keerde terug naar de zwever. Eenmaal in de lucht volgden ze de weg terug naar het noorden, met de Wildebessteppe rechts en de Wychingheuvels links van hen — heel langzaam, op een hoogte van zestig meter. Een kilometer of acht buiten de stad werd Jaro gespannen. Dit was de plek waar hij angst en pijn had beleefd. Het gevoel werd steeds sterker, alsof de herinnering zich afzette op de afgebrokkelde mazen en ze levendiger maakte. Hij kon bijna de zon op zijn blote huid voelen branden, kon bijna voelen hoe het grint zijn knieën openschaafde, kon bijna de uitgelaten kreten horen van de gedaanten die boven hem uittorenden terwijl hun knuppels neerkwamen met doffe ploffen...

Jaro wees naar een plek op de weg. "Daar. Daar is het gebeurd."

Maihac zette de zwever neer; ze stapten uit, hun ogen toegeknepen, knipperend tegen het schelle daglicht. De zon straalde op hen neer. In het westen hadden de heuvels de kleur van dood borstelgras.

Jaro deed een paar stappen en bleef toen op de weg staan. "Hier hebben de Faths me gevonden. Ik voel het! De lucht lijkt ervan te trillen."

"En hoe kwam je hier terecht?"

Jaro wees. "Van over de heuvels vandaan. Er was daar een rivier met een rietkraag, een oud geel huis." Jaro's gedachten gingen terug door de jaren. "Door het venster konden we een man zien staan, afgetekend tegen de schemering. Zijn ogen leken te fonkelen als vierpuntige sterren. Ik werd bang. Mijn moeder was bang. Er was verwarring, er gebeurde iets, ze vertelde me iets. Ik kan het me bijna herinneren." Jaro keek met toegeknepen ogen naar de heuvels. "Ze...ik geloof dat ze me in een bootje zette." Hij zweeg. "Nee, zo is het niet gebeurd. Ik ben in mijn eentje naar de boot gelopen. Ze was al dood. Maar ik ben weg-gedreven in een boot. En een poos later was ik aan het zwemmen, in het donker. En daarna ... niets meer."

Skirl legde haar hand op Jaro's arm. "Kijk."

Een paar honderd meter verderop stond een groepje van drie gedron-gen jonge boerenkerels, met kleine zwarte oogjes en bolle gezichten. Ze gaven geen teken van begroeting en stonden met onpersoonlijke nieuwsgierigheid naar hen te staren. Skirl zei zachtjes: "Die drie zou-den zo de mensen kunnen zijn geweest die jou hebben afgeranseld."

"Ze hebben er ongeveer de juiste leeftijd voor," zei Jaro toonloos.

"Ben je niet kwaad op ze?"

"Heel kwaad. Maar ik geloof niet dat ik er iets mee doe."

Maihac wandelde de weg af en sprak de mannen aan. Ze reageerden met overdreven onderdanigheid, die als spot was bedoeld, en niet echt gemeend. Maihac kwam terug. "Ze zeggen dat ze zich het voorval niet herinneren. Maar ze liegen — niet uit angst, maar puur om het plezier een buitenwerelder te bedotten. Dat maak je overal mee."

"Hier worden we niets wijzer," zei Jaro.

De zwever steeg op en koerste opnieuw naar het westen, over de Wychingheuvels. Een rivier stroomde vanuit het westen op de heu-vels aan en boog daar naar het noorden waar hij ten slotte opging in de nevels. Een kilometer of tien stroomopwaarts doemde een klein stadje op aan de rivier: Punt Extase volgens de kaart, met een bevol-king van vierduizend zielen. De gebouwen waren net als in Tanzig en Sronk opgetrokken uit kromme planken en in wel honderd pasteltinten geschilderd. De meeste huizen waren oud en vervallen; ze zagen er alle-maal verfomfaaid uit en droegen scheefgezakte daken, als hoeden van beschonken oude wijven.

De stad werd van de rivier gescheiden door een strook drassig onbe-bouwd land dat gedeeltelijk overwoekerd werd door dichte pollen hoge bamboe. De zwever rondde de buitenwijken van het stadje terwijl Jaro het landschap beneden zich aandachtig afzocht. "Ik zie nog niets bekends," zei hij tegen de anderen. "Laten we wat dichter naar de rivier toe gaan."

De zwever zwenkte af, bij het stadje vandaan, en vloog nu boven de strook drasland langs de rivier. Vanuit zijn ooghoek zag Jaro een oud, geel huis. Hij wees. "Dat is het. Ik weet het zeker!"

De zwever landde naast het huis. Het viertal stapte uit. Het huis had lang leeg gestaan; ruiten waren gebroken en op de achterveranda was een plank over de deur gespijkerd. Oude gele verf bladderde van de puifhouten planken. Aan alle kanten schoot het onkruid op.

Jaro nam het huis een ogenblik aandachtig op en liep er toen langzaam naartoe. De anderen bleven staan, in de onuitgesproken gezamenlijke overtuiging dat Jaro het pand eerst alleen moest verkennen, voor de anderen erbij kwamen en zijn indrukken zouden verstoren.

Zonder te letten op iets anders dan wat er in zijn geest omging beklom Jaro de veranda, sjorde aan de plank die over de deur was gespijkerd en trok hem los. Hij duwde tegen de deur; krakend en knerpend ging die open en onthulde een lange, smalle gang. Jaro ging naar binnen en liep toen linksom de zitkamer in. Wat leek het alles klein! Merkwaardig! Hij keek rond in de stoffige kamer en kon, ondanks zijn vaste voornemen, een golf van melancholie niet onderdrukken; het was onmogelijk niet te treuren om wat eens dierbaar was geweest en nu voorbij was.

Er huisde nog iets anders in het vertrek — iets zwaars, iets dreigends, iets bewegingloos. Jaro's hart begon te bonzen. Hij zocht de schaduwen af maar zag niets dat hem angst kon aanjagen en hoorde niet het geringste zuchtje. Hij bleef staan en dacht na, liet zich van het ene denkbeeld naar het andere voeren. Geleidelijk aan daagde begrip. Hij zag niets omdat er ook niets was. De druk kwam voort uit zijn eigen hersenen, uit resten van verstrooide herinneringen die waren achtergebleven na de behandeling van dr. Wanish. Jaro bedacht dat als dit een voorproefje was van wat er in zijn geest sliep, hij ogenblikkelijk zou ophouden met zijn hoofd te breken over het verleden.

Die gedachte leek te werken als het openspringen van een overdrukventiel; de druk, waar die ook vandaan mocht komen, stroomde uit de kamer weg. Jaro slaakte een wrang, nogal onnatuurlijk gegrinnik; wilde gedachten kwamen bij hem op, gespeend van samenhang of logica. Hij begon te mompelen: "Ik ben hier, niet bij toeval, niet omdat ik het wil, niet omdat ik gedwongen word. Ik ben hier omdat het zo beschikt is. Als ik niet langs de ene weg hier was gekomen, was het wel langs een andere weg geweest. Waar komt dat idee nu vandaan? Het is niet bepaald logisch. Ik ben hier — maar waarom? Er roert zich iets."

Jaro stond in de kamer als een slaapwandelaar. Het heden verloor zijn vorm. Hij keek omlaag in een tunnel van tijd. Hij zag het gele huis; de deur stond open. Hij hoorde een stem waarvan hij wist dat het de stem van zijn moeder was. Ze stond voor hem; hij voelde haar nabijheid maar kon haar niet zien. Ze sprak tot hem. "Jaro, de tijd is zo kort; ik heb al mijn liefhebbende kracht gebundeld om me aan jou kenbaar te maken! Ik zal deze woorden inprenten in je geest door middel van wat men hypnose noemt. Je zult nooit vergeten wat ik tegen je zeg, maar het zal je allemaal pas duidelijk voor de geest komen wanneer je hier weerkeert, op deze afschuwelijke plek. Voor mij is het einde daar! Ik heb je bevolen de zwarte doos mee te nemen en te verstoppen in jouw geheime bergplaats. Wanneer je terugkomt moet je de doos ophalen en de aanwijzingen opvolgen die je erin zult vinden. Ik leg je dit op omdat je vader dood is. Hij heette Tawn Maihac. Wees getrouw."

Jaro hoorde zijn eigen stem, schor en zwak, als van heel ver, zeggen: "Ik zal getrouw zijn." Hij luisterde nog eens. Het enige wat hij hoorde was stilte, zwaar en dik. Hij had het gevoel dat hij in het niets zweefde, maar kon niet uitmaken waarheen, omdat alle richtingen hetzelfde waren. Zijn blik vertroebelde, hij zag het gele huis met de open deur niet meer. De tunnel van de tijd werd een nevelflard en loste op.

Iemand riep zijn naam. Jaro begon weer adem te halen; hoelang had hij daar verdwaasd gestaan? Hij keek opzij en zag dat Skirl naast hem stond, aan zijn arm trok en hem bezorgd aankeek.

"Jaro! Waarom doe je zo vreemd? Ben je ziek of duizelig? Ik riep je maar steeds en je antwoordde niet!"

Jaro haalde nog eens diep adem. "Ik weet niet goed wat me is overkomen. Ik dacht ik dat de stem van mijn moeder hoorde."

Skirl keek zenuwachtig de kamer rond. "Kom, laten we naar buiten gaan. Ik vind het hier akelig."

Ze liepen terug naar buiten. Maihac vroeg: "Wat is er gebeurd?" Jaro probeerde zijn gedachten te ordenen. "Ik weet het niet precies… Ik dacht dat ik de stem van mijn moeder hoorde."

Maihac keek hem met opgetrokken wenkbrauwen aan. Na een poosje vroeg hij: "Hoe weet je dat het je moeder was? Ik bedoel, zei de stem zelf wie ze was?"

"Ja," zei Jaro. "De stem zei wie ze was. Ze had het ook over hypnose, dus we hoeven geen spookverschijning te verwachten."

"Maar wat was de boodschap? Ik neem aan dat het begrijpelijke taal was."

"Ik heb alles begrepen. Ze vertelde me dat jij dood was en dat er iets was dat ik moest doen."

"En wat was dat?"

Jaro bleef even staan nadenken. Toen begon hij rond het huis te lopen, waarbij hij om de paar passen even stilstond om zijn omgeving onderzoekend te bekijken. Opeens was hij zeker van zijn zaak; hij draafde naar een hoop stenen, die misschien eens een hondenhok of een schuurtje hadden gevormd en die nu overwoekerd waren met rood korstmos en zwarte stuifwortel. Jaro liet zich op zijn knieën vallen en trok een aantal stenen opzij. Al gauw had hij een donkere opening blootgelegd, die hij verder verbreedde door nog meer stenen opzij te schuiven. Hij stak zijn hand tastend in het hol, maar zonder resultaat. Hij haalde nog meer stenen weg, ging op zijn buik liggen, kroop het hol in, draaide zich daar op zijn zij en tastte een richel boven zich af. Triomf! Hij kroop achterwaarts het hol uit met een platte zwarte doos in zijn hand. Jaro krabbelde overeind en keek zijn metgezellen een voor een aan. "Ik heb hem gevonden, precies waar ze me had opgedragen hem te verbergen!"

"Doe open," zei Skirl. "Ik kan mijn nieuwsgierigheid niet bedwingen."

Maihac keek achterdochtig om zich heen. "Laten we hier eerst maar weggaan. Er is een kleine kans dat Asrubal hier iemand heeft achtergelaten om het huis in de gaten te houden."

Het viertal klom weer in de zwever en keerde terug naar de ruimtehaven van Tanzig. Eenmaal weer aan boord van de *Pharsang*, met de zwever veilig weggeborgen in het ruim, deed Jaro de doos open. Hij haalde er een beige envelop uit, van dik perkament waaraan een andere, kleinere envelop zat vastgeklipt. Jaro legde de eerste envelop opzij, lichtte de flap van de tweede envelop op en haalde er een vel papier uit. En toen las hij voor de tweede maal in zijn leven een brief van iemand die van hem gehouden had en die nu dood was.

De brief was duidelijk in grote haast geschreven, in opperste emotie. Jaro las hem hardop voor:

Ik vraag me af wie dit zal lezen, en hoe ver in de toekomst dat zal gebeuren. Ik hoop, Jaro, dat jij het zult zijn. Als ik erin slaag je hier terug te brengen zul je weten dat ik eenvoudig niets anders kon doen. Als je dus wrok voelt vanwege de dwang die ik in je geest heb aangebracht, vergeef het me dan alsjeblieft!

Ik ben inmiddels wanhopig. Ik heb te lang gewacht. Ik heb Asrubal gezien. Spoedig zal hij ons vinden en dan zal het leven ons ontvlieden en zijn we dood! Het is geen prettige gedachte. We zullen niets meer weten en het onvoorstelbare zelfs niet meer vrezen! Wat vreemd toch, Jaro; ik huiver als ik eraan denk. Als ik dit overleef zul je deze brief nooit te lezen krijgen. Maar aangezien je hem nu leest wil dat zeggen dat de zaken een kwade wending hebben genomen, althans voor mij. Maar ik verwacht ook niet anders en het enige wat me verdriet doet is dat ik je deze last moet opleggen, in het geval dat jij het daadwerkelijk overleeft.

Asrubal van Huis Urd is degene die je dient te vrezen! Hij zal mij hebben gedood, zoals hij ook Tawn Maihac, jouw vader, heeft gedood. Ik weet dat dat zo moet zijn, want er zijn drie jaar verstreken en hij is ons niet komen zoeken.

Je instructies luiden als volgt; probeer ze als je kunt uit te voeren. De andere envelop bevat ten eerste een wissel op de Natuurbank te Ocknow voor een somma die, met rente op rente, een groot bedrag zal opleveren. Stel dit geld veilig door een nieuwe rekening te openen op je eigen naam. Maak ten tweede zes kopieën van de documenten in de grote envelop. Berg een van deze kopieën in de kluis van de bank. Ga met de andere kopieën naar Loorie op de planeet Nilo-May, bij de ster Gele Roos. Berg een van de kopieën in de kluis van het plaatselijk filiaal van de Natuurbank. Zend een van de kopieën per post aan de justicaris te Romarth op de planeet Fader, bij de ster Nachtlamp. Als de justicaris deze documenten ontvangt zullen ze Asrubal te gronde richten. Ze mogen niet in handen vallen van iemand van Huis Urd.

Ga vervolgens naar Romarth. Dit een gevaarlijke onderneming die grote behoedzaamheid vergt. Zoek in Loorie ene Aubert Yamb op, die hoogstwaarschijnlijk te vinden is bij Sleutelbloem Bemiddelingen. Vertel hem wie je bent en haal hem over een klein ruimteschip te huren om je naar Fader te brengen. Land bij Romarth. Dat is verboden, maar je kunt jezelf beschermen door te verklaren dat je een speciale afgezant bent die de justicaris iets komt brengen. Maak je zo spoedig mogelijk bekend aan mijn vader, Ardrian van Huis Ramy, op paleis Carleone. Wanneer je de justicaris spreekt, geef je hem een van de kopieën en vertel je hem hoe je eraan gekomen bent. Verklaar dat ze het bewijs vormen voor grootscheepse fraude van de kant van Asrubal van Urd. Verklaar dat Asrubal mij, je broer Garlet en Tawn Maihac heeft vermoord en dat hij tevens getracht heeft jou te vermoorden.

Dan zal de taak die ik je opleg voltooid zijn. Je kunt verder niets uitrichten in Romarth, een stad die, ondanks al haar schoonheid, levensgevaarlijk is. Keer terug naar Loorie en vandaar naar Ocknow. Neem je geld in bezit en leef er lang en gelukkig van.

Let op: heb niets van doen met het Lorquinagentschap. Je zou vermoord worden en je lijk zou in de ruimte worden gestoten. Lorquin is een verlengstuk van Huis Urd, dat wil zeggen: van Asrubal.

Fader is een heel oude wereld, voor het grootste deel woest en zeer gevaarlijk. Daar heeft je vader ook de dood gevonden. Vraag in Loorie Aubert Yamb naar de omstandigheden op Fader. Vergeet niet: Asrubal zal je met het grootste genoegen vermoorden.

Terwijl ik hier naar je zit te kijken doet mijn hart pijn, omdat we van elkaar zullen moeten scheiden. Ik houd zo veel van dat kleine dappere brokje leven dat Jaro heet. Ik kijk de kamer door en zie je zoals je nu bent, zo ernstig en zo mooi; je vraagt je af waarom ik zo droevig zit te schrijven; wanneer je deze brief leest zul je weten waarom. Mijn arme kleine Jaro. Je hebt ooit een tweelingbroer gehad, maar die is ook door Asrubal gedood.

Ik ben klaar met mijn brief. Nu zal ik je geest een hypnotische dwang opleggen die je terug zal brengen naar dit oord van wanhoop. Je zult misschien niet weten waarom je hier komt, maar je zult niet anders kunnen.

Ik kan niet verder schrijven. Mijn liefde zal je altoos vergezellen; zelfs als ik er niet meer ben zal die bij je zijn en misschien dat je dat zult kunnen voelen. Als je goed luistert zal ze je misschien nog goede raad kunnen geven. Ik heb me dikwijls afgevraagd of dat soort dingen wel bestaat; misschien zal ik het nu spoedig weten. Je ziet dat ik daarmee de sombere opmerkingen die ik hierboven neerschreef weer tegenspreek. Dat noemt men hoop! Maar nu kan ik niet meer.

Je moeder JAMIEL.

Na een poosje zei Skirl zachtjes: "Arme, dappere vrouw! Ze is dus vermoord."

Jaro merkte dat de tranen over zijn wangen liepen. Maihac zei schor: "Dat was een trieste brief."

Jaro maakte de dikke bruine envelop open en haalde de inhoud eruit. Er was een stapeltje papieren die eruitzagen als stukken van een boekhouding, en een wissel aan toonder op de Natuurbank voor de somma van driehonderdduizend sol, plus rente. Gaing bekeek de wissel. "Zestien jaar uitgezet met rente op rente — dan zal het bedrag intussen verdubbeld of verdrievoudigd zijn, dat hangt van het rente-percentage af."

"Dat geld is van jou en mijn vader," zei Jaro. "Het was bedoeld als schadeloosstelling voor de *Distilcord*; het is niet van mij."

"Het is leuk om te hebben," zei Gaing. "Maar er is genoeg voor ons allemaal."

Skirl vroeg: "En die andere papieren? Ze zien eruit als facturen of vrachtbrieven of iets dergelijks."

Jaro bekeek ze. "Die zeggen me niets. Maar mijn moeder wilde dat ze naar Romarth werden gebracht en ik zal mijn best doen om dat uit te voeren."

"Zo is het beschikt," zei Maihac. "Het is daarbij ook gevaarlijk, maar een stuk minder gevaarlijk dan wanneer Gaing en ik niet van de partij zouden zijn."

Jaro stopte de papieren weer in de envelop. "Voor zover ik kan zien is er niets meer wat ons nog op Camberwell kan houden. Ik heb zelfs de geschiedenis van mijn zes ontbrekende jaren opgehelderd."

Maihac stond op. "Ik heb nog iets te doen; het zal niet lang duren." Hij verliet het schip.

Bijna twee uur verstreken. Maihac kwam terug met een verbeten en vreugdeloos gezicht. Hij liet zich in een stoel vallen en nam een aangeboden kop thee aan. "Ik had niet verwacht Jamiel nog levend terug te vinden, maar het is nu officieel. Bij het bevolkingsregister kwam ik te weten dat dertien jaar geleden een vrouw die bekend stond als Jamu May en die woonachtig was op de Rivierweg nummer 7 in Punt Extase, dood in de rivier is aangetroffen, ten gevolge van een niet nader omschreven misdaad. Haar zoontje van vijf of zes werd vermist en was vermoedelijk verdronken." Maihac zakte onderuit in zijn stoel. "Ik dacht dat Jamiel misschien door een of ander wonder zou hebben kunnen ontkomen. Maar nu is er geen hoop meer. Ze is op de een of andere afschuwelijke manier om het leven gebracht. We zullen een bezoek brengen aan Romarth en de documenten afleveren waarvoor Jamiel zo'n hoge prijs heeft betaald. Wij zullen niet onvoorbereid zijn en Asrubal van Urd zal niet blij zijn ons te zien. Hij zal weten dat we op wraak uit zijn. Ik hoop maar dat hij nog leeft."

2

Te Ocknow brachten Maihac en Jaro een bezoek aan de Natuurbank. Skirl bleef op de *Pharsang* terwijl Gaing op zoek ging naar een ruimtewerf die in staat was de veranderingen aan de *Pharsang* aan te brengen die ze nu noodzakelijk achtten.

Op de bank ontdekten Maihac en Jaro dat Brin Dykich intussen bedrijfsleider was geworden. Hij maakte geen moeilijkheden over de aanbieding van de wissel. Zoals Gaing had voorspeld was de hoofdsom bij een samengestelde rente van zes en driekwart procent meer dan verdubbeld. Zeshonderdduizend sol werden gestort op een nieuw geopende rekening en het overige werd in een zeildoeken draagtas gepakt.

Maihac vertelde Dykich hoe het hem in Punt Extase was vergaan. Dykich meldde dat Asrubal ongeveer vijf jaar tevoren op zijn kantoor was verschenen en geëist had dat de wissel, die nu al zeven jaar ongebruikt was gebleven, zou worden ingetrokken. Dykich had dat geweigerd, teruggrijpend op de opdracht van de raad in Romarth. Asrubal had bittere klachten geuit en toen Dykich onvermurwbaar bleek was Asrubal in kille woede het kantoor uitgestormd.

Maihac en Jaro keerden terug naar de *Pharsang* met de zeildoeken tas, die nu stampvol geld zat. Gaing had een goed bekendstaande ruimtewerf gevonden en had afspraken gemaakt voor veranderingen aan de *Pharsang*.

Drie weken later waren er diverse typen geschut op de *Pharsang* gemonteerd, van zwaar tot licht. Bovendien was de zwever uitgerust met energiegeweren en doelzoekapparatuur, zodat hij nu functioneerde als een lichtere uitgave van een patrouillevaartuig van de IPCC.

Maihac nam Skirl apart en zette de gevaren uiteen die de *Pharsang* en haar bemanning op Fader te wachten konden staan. Met grote fijnzinnigheid opperde Maihac dat er voor haar een aantal mogelijkheden openstond waarvoor ze kon kiezen zonder haar eigenwaarde of de achting die men voor haar voelde te schaden. Terwijl de *Pharsang* en zijn bemanning hun gevaarlijke onderneming op Fader uitvoerden kon ze wachten in Ocknow, of zelfs in Loorie als ze dat verkoos, tot de *Pharsang* terugkwam. Aan de andere kant, haastte Maihac zich eraan toe te voegen, zou iedereen groot genoegen scheppen in haar gezelschap, mocht ze deel willen hebben aan de onderneming en de daaraan verbonden gevaren.

Skirl antwoordde stijf en wees erop dat zij, als Mosseltaart, niets en niemand vreesde en dat ze uiteraard de laatste mogelijkheid zou kiezen. Ze kon niet verhelen dat ze het onplezierig vond dat Maihac haar die onwaardige keuzemogelijkheden had voorgelegd. Ze verklaarde dat Maihac stilzwijgend niet alleen haar moed en haar avontuurlijke geest, maar ook haar loyaliteit jegens Jaro en haar eer in twijfel had getrokken.

Maihac protesteerde hartstochtelijk; Skirl had zijn beweegredenen verkeerd begrepen. Hij trok noch haar moed, noch haar avonturenzin in twijfel, noch haar bereidheid om Jaro's lot te delen en heel zeker haar eer niet — dat zou immers ondenkbaar zijn. Hij hield vol dat hij het onderwerp alleen had aangesneden om alles degelijk op een rijtje te hebben. Hij wilde er zeker van zijn dat Skirl op de hoogte was van alles wat op de expeditie betrekking had, zodat hij zich er nooit van zou hoeven beschuldigen dat hij haar een vals gevoel van veiligheid had gegeven. "Het is eenvoudig zo dat ik een schoon geweten wens te hebben, voor het geval je door de Lokloren in reepjes wordt gescheurd," zei Maihac. "Ik zou natuurlijk om je treuren, maar in zekere zin zou ik me ook voldaan voelen in de wetenschap dat je je noodlot zelf had gekozen, zonder overreding van mijn kant."

"Zeer gewetensvol van je," zei Skirl. "Maar ik vertrouw erop dat jij en Gaing en Jaro ervoor zullen zorgen dat ik te allen tijde word beschermd."

"Ik zal mijn best doen," zei Maihac. "Jaro zou het me anders nooit vergeven."

"Weet Jaro dat je me dit ging vragen?"

"Absoluut niet! Jaro is ergens een tikje ijdel. Hij zou nooit op de gedachte komen dat jij misschien rijkdom, gerief en veiligheid zou verkiezen boven een onsmakelijke dood in zijn gezelschap."

Skirl en Maihac moesten allebei lachen en gingen als dikke vrienden uiteen; het onderwerp kwam nooit meer ter sprake.

De *Pharsang* vertrok van Ocknow en zette koers naar Gele Roos. "Ons eerste doel is Asrubal," zei Maihac. "Als we hem op Loorie aantreffen en daar met hem kunnen afrekenen, des te beter. Zo niet, dan is het op naar Fader en Romarth."

3

De *Pharsang* koerste schuin op de rafelrand van de Melkweg aan en de ster Gele Roos werd steeds helderder. Na verloop van tijd daalde de *Pharsang* af naar Nilo-May en streek neer op de ruimtehaven van Loorie. Na de gebruikelijke voorzorgen tegen overgangstrauma's ging het viertal van boord, vervulde de geijkte douaneformaliteiten en verkreeg verlof de stad te bezoeken. Voor hen lag een lange, schaduwrijke bomenlaan.

Het viertal nam de stad in ogenschouw en nam nota van de benauwde, excentrieke bouwstijl, de loomheid die allerwegen heerste, de heimelijke gedragingen van de bewoners, de hoge dendrons die de straat overhuifden — alles bijeengenomen een kalm, bijna rustiek tafereeltje.

Maihac bracht hen naar Peurifoy's Verversingensalon, aan de overkant van Lorquin Import & Export. Ze gingen zitten op het terras in de schaduw van het zwart-en-groene gebladerte, en kregen zwijgend potten bier geserveerd. Aan de overkant van de straat verleenden brede vensters een kijkje in het interieur van het Lorquinagentschap. Achter de balie stond een kleine oude man met een mager gezicht en een toef wit haar. Joffer Waldop was nergens te bekennen.

"Bij Sleutelbloem Bemiddelingen, een paar deuren verderop, kunnen we informeren wat er van Aubert Yamb geworden is," zei Maihac. "De laatste keer dat ik in Loorie was, was hij ontslagen door Lorquin en mocht hij naar mijn mening blij zijn dat hij het er levend van af had gebracht."

Toen het viertal het bier op had liepen ze de straat af naar Sleutelbloem Bemiddelingen. Jaro ging inlichtingen inwinnen. Hij duwde de deur open en stapte een schemerige ruimte binnen waar een zware geur hing van kruiden en harshoudend hout. Langs de ene wand liep een lange balie. Daarachter zat joffer Estebel Pidy, althans dat vermeldde een bordje op de balie. Een lange zwarte japon slierde om haar bottige lijf; haar huid was bleek als perkament en haar dikke bos zwart haar was bot afgeknipt ter hoogte van haar oor, met een lomp gebrek aan finesse. Ze nam Jaro met haar zwarte oogjes op. "Mijnheer, wat wenst u?"

"Ik heb iets te bespreken met mijnheer Aubert Yamb. Waar kan ik die vinden?"

Joffer Pidy antwoordde gebelgd: "Hij heeft een zeer zwakke gezondheid en zal geen lust hebben zaken te bespreken met schuldeisers."

"Maakt u zich geen zorgen. Ik ben niet op zijn geld uit."

"Dan boft u," snoof joffer Pidy, "want dat heeft-ie niet. En u kunt ervan op aan dat zijn vrouw u hetzelfde zal vertellen."

"Ik had niets anders verwacht," zei Jaro. "Waar woont hij?"

"Neem de derde straat rechts en loop de Tattewilgsteeg in. Zijn huis heet Engelenzang. Het is het tweede rechts, onder een bultboom."

Het viertal volgde de aanwijzingen op en vonden Engelenzang diep in de schaduw van een weidse zwarte dendron, waarvan hartvormige blauwe zaadpeulen afhingen.

Ze liepen naar de voordeur en werden opengedaan door een slons van een vrouw met steil haar en een bol, achterdochtig gezicht. Ze zei op scherpe toon: "U bent aan het verkeerde adres; ons percentage staat ter discussie en is bovendien zwaar overtekend."

"Daar hebben wij niets mee van doen," zei Maihac. "We hebben iets te bespreken met Aubert Yamb. Mogen we binnenkomen?"

De vrouw weigerde opzij te gaan. "Yamb is ziek; hij heeft rust nodig."

"Desondanks wensen wij hem te spreken," zei Maihac. "Bent u niet de voormalige Twee Pidy?"

"Ja, en dat ben ik nog. Wat zou dat?"

"Een paar jaar geleden heb ik Yamb in de arm genomen voor een belangrijk semiofficieel karwei; ik heb u toen ook ontmoet, zoals u zich misschien herinnert."

Twee Pidy hield haar hoofd schuin en nam Maihac met half toegeknepen ogen op. "Ja, ik herinner me u nog best. Dat was lang geleden en nou bent u er alweer. Wat wilt u nou weer van die arme Yamb?"

"Dat zeggen we hem wel wanneer we hem zien."

Twee liet haar armen tegen haar zijden kletsen. "Nou, als het dan moet, dan moet het maar." Ze ging opzij om de bezoekers binnen te laten. Ze ging hen voor door de gang terwijl ze over haar schouder zei: "Hij neemt tegenwoordig jinjiverthee tegen de pijn, maar hij schijnt er alleen maar tranende ogen van te krijgen; hij is erg loom geworden en kan zich nergens meer voor inspannen."

Ze deed de deur van Yambs slaapkamer voor hen open. Yamb lag plat op zijn rug naar de zoldering te staren met roodomrande oogjes. De kamer was donker en er hing een zware lijflucht.

Maihac stelde het gezelschap voor. Yamb keek van het ene gezicht naar het andere. Hij sprak op knorrige toon: "Ik voel me verre van goed, dus wat wilt u?"

"Niet zo veel," zei Maihac. "Beschouw het als een beleefdheidsbezoekje. Ik heb u twaalf jaar niet gezien."

"Twaalf jaar?" Yamb lichtte zijn hoofd op en keek hem in warrige verbazing aan. "Nu weet ik het weer! U bent de man die op Fader verdween en die als dood werd beschouwd! Uw naam is — laat me even nadenken — Tawn Maihac!"

"Precies. Asrubal had me aan de Lokloren verkocht, maar ik wist te ontsnappen. Zo, en wat kunt u me vertellen over Asrubal?"

Yamb zakte weer neer op zijn sponde. "U hebt het over een basilisk. Noem me zijn naam niet, ook al is hij nu weer terug op Fader. Twaalf jaar geleden bedreef ik onbekookte daden; door een speling van het toeval wist ik ontdekking te ontgaan, maar als ik bedenk wat er had kunnen gebeuren lopen de rillingen me over het lijf als muisjes met koude pootjes. Ah, dat waren me tijden, dat zeker!" Yamb vervolgde op een eentonig dreun: "Twaalf jaar geleden — het lijkt een eeuwigheid. Joffer Waldop bestierde het kantoor met haar machtige boezem en haar angstaanjagende achterwerk. Maar zelfs joffer Waldop was niet tegen Asrubals woede bestand en werd smadelijk weggestuurd. Mij verging het beter en eindelijk werd mij recht gedaan. Bij de eerste gelegenheid die zich voordeed noemde ik mijzelf 'Bedrijfsleider' en nam ik plaats achter de balie waar de oude Pounter vandaag de dag staat. Maar mijn glorietijd was van korte duur. Ik trachtte een handelscontact met Fader te openen voor Sleutelbloem Bemiddelingen, zodat wij onze goederen rechtstreeks aan Romarth konden verkopen, zonder tussenkomst van Lorquin Import & Export. Maar Asrubal werd kwaadaardig. Om een lang verhaal kort te maken, ik werd afgerammeld, bedreigd en ontslagen. Zo vergleed mijn ogenblik van trots, het toppunt van mijn loopbaan, zogezegd." Yamb slaakte een zacht gekreun. "Het is waarlijk iets om een tragedie over te schrijven, dunkt u ook niet?"

Twee was steeds ongeduriger geworden. Nu riep ze: "U vermoeit mijn arme Yamb en vermorst mijn waardevolle tijd! We hebben de redelijke eisen van de gastvrijheid al verre overschreden — tenzij u uiteraard vergoeding in de zin hebt?"

"Onzin," verklaarde Maihac. "Wij doen u een genoegen door over vroeger tijden te kouten. U zou veeleer een feestmaal dienen aan te richten!"

Yamb slaakte een kort, verstikt gelach. "U hebt me in elk geval een paar ademtochten van vermakelijkheid bezorgd, hetgeen in mijn bestaan al te zeldzaam voorkomt." Yamb hoestte schurend. "Ach, mijn arme keel — zo droog als scheepsbeschuit! Vrouw, hebben we geen tipsic meer te drinken? Moet het leven niet geleefd worden als een glorieus avontuur, met tipsic om met vrienden te delen? Of moeten we altoos maar jammeren en op onze tenen rond de goede dingen des levens sluipen, slechts bogend op onze gestrenge zuinigheid? We kunnen geen tipsic drinken als we eenmaal dood zijn! Breng de fles hier, vrouw! Schenk in met losse pols en gretige hand! Dit is een grootse dag!"

Twee schonk met opeengeknepen lippen de glaasjes vol met een geelgroene likeur die naar geurig stuifmeel rook en de tong deed tintelen.

Yamb smakte met zijn lippen. "Dit is je ware! Ik heb bemerkt dat vier neutjes van dit vocht de, zoals ik dat noem 'romantische bezieling' opwekt, waardoor een heer van stand de kleurloze denkbeelden van het ogenblik omzet in paradijselijke begoochelingen. Die episoden zijn dierbaar omdat ze zo kwetsbaar zijn. Een schok, een stoot en de droeve werkelijkheid keert terug en nog eens vier neutjes kunnen het ongeluk niet meer verhelpen."

Twee kwam verveeld tussenbeide. "Kom, kom, Yamb, deze lieden zijn niet benieuwd naar jouw geredekavel. Als je iets te zeggen hebt, zeg het dan ronduit, als een verstandig persoon."

Yamb slaakte een hol gekreun en viel terug op zijn kussen. "Je zult ongetwijfeld gelijk hebben, lieve! Maar in een betere wereld zou ik zowel rimp als ketelkaas in de pap krijgen en fraaie kuitenflikkers slaan bij de dans!"

"Je bent me een fantast," mompelde Twee. "Waarom ben je niet gelukkig met wat je hebt? Er zijn genoeg dooie mensen die wat graag met jou zouden willen ruilen."

Yamb scheen daarover na te denken. "Inderdaad, hetgeen te denken geeft over het voor en tegen van die toestand."

Twee mopperde: "Zet die gedachte maar uit je hoofd; ik heb al genoeg te stellen met de zorg voor jou zoals je nu bent."

Maihac kwam overeind. "Een laatste vraag nog: verwacht je Asrubal spoedig in Loorie terug?"

Yamb zei geprikkeld: "Ik weet niets van zijn plannen af. Op het ogenblik woont hij op Fader; wanneer het hem behaagt zal hij onge-twijfeld wel weer terugkomen."

HOOFDSTUK XVI

1

DE PHARSANG VERTROK van de ruimtehaven Loorie en zette een koers uit die hen buitenwaarts zou voeren, naar de zoom van het niets. Gele Roos gleed weg langs de boeg, kromp ineen tot een saffraangele vonk en verdween. Sterren van de Melkwegzoom verschenen, gleden achter hen weg en verdwenen uit het gezicht. Heel in de verte waren de lichtende vegen van andere melkwegstelsels te zien tegen het zwart.

De tijd verstreek. De *Pharsang* zweefde de lege ruimte in, het stelsel uit. Een puntje licht in de verte gaf de plaats aan van een eenzame verdoolde ster: Nachtlamp.

Naarmate Nachtlamp in het middelpunt van de aandacht kwam te staan, veranderde de kalme gang van alledag aan boord van de *Pharsang*. Na verloop van tijd groeide Nachtlamp aan tot een schijfje en konden ze al zien dat het een geelwitte dwerg was van gemiddelde omvang met een gevolg van vier planeten. De eerste twee waren kleine aardkloten bestaand uit geblakerde rotspieken en gesmolten lava. De vierde, die het verst van de ster stond, was een troosteloze woestenij van zwart basalt en bevroren gassen. De derde in de reeks was Fader, een wereld van wind en water, wouden en steppe, vergezeld van een tweetal vrij grote manen.

De *Pharsang* kwam steeds nader en de horizon van Fader breidde zich beneden hen uit. De fysiografie was simpel: aan de ene zijde van de wereld nam een enkel groot vasteland de noordelijke gematigde zone in beslag. De rest van de wereld werd, op de poolkappen na, overdekt door een enkele allesomvattende oceaan.

De *Pharsang* maakte een omloop rond de planeet en daalde af

tot in de dampkring. Ze liet zich vallen door een hoge kuif van alto-
cirruswolken en zweefde ten slotte op een hoogte van zo'n achtduizend
meter boven het landschap. Maihac bestudeerde het terrein terwijl
hij zich oriënteerde met behulp van een kaart. Ietwat spijtig geboeid
keek hij hoe het taangele landschap onder hen door gleed. "We vliegen
boven de Tangtsangsteppe," zei hij tegen de anderen. "Ik zie plaatsen
die ik gehoopt had nooit weer te zien. Kijk ginds!" Hij wees. "Zien
jullie die barakken bij elkaar staan? Dat is Flad, de ruimtehaven. Gaing,
wat zie jij?"

Gaing richtte de macroscoop op Flad. "Er staat een schip op het
veld...de *Liliom* geloof ik."

"Wat zijn ze aan het doen?"

"Het achterruim staat open. Ze zijn net begonnen met lossen."

"Hm," zei Maihac. "Ik hoop dat Asrubal niet net een buitenwerelds
tripje van plan is. Ik zou hem nu niet graag kwijtraken."

"In Flad werkt niemand zich ongans," zei Gaing. "Het schip zal nog
minstens een dag of twee, drie aan de grond blijven."

"Dat moet voldoende zijn, mag ik hopen," zei Maihac. "Maar we
zullen wel voorzorgsmaatregelen nemen."

"We kunnen altijd een gat in de voorste sponson van de *Liliom*
blazen," opperde Gaing. "Dat houdt de werktuigkundigen wel een paar
weekjes bezig."

"Misschien dat het daar nog op aan moet komen — mocht Asrubal
geheimzinnigerwijs uit Romarth zijn verdwenen. Waarschijnlijk zal
het niet eens nodig zijn."

De *Pharsang* zwenkte af en volgde de weg die van Flad over de
steppe naar het eindstation van de boot aan de oever van de Skein
voerde, waarna ze zuidoostelijk koerste en Diep Blandy overstak.

Tegen het einde van de middag verscheen Romarth beneden hen.
De *Pharsang* zweefde onzichtbaar op een hoogte van vijfduizend
meter. Maihac wees opvallende punten in de stad aan, voor zover hij ze
zich herinnerde. "Dat onregelmatige gebied met de zes fonteinen, waar
de boulevards samenkomen, is de Plaza Gamboye. De twee gebouwen met de zuilen ervoor, net aan de andere kant van de brug, zijn de
Juristerie en de Advocatuur. Het gebouw daarnaast is het Parlarium
waar de raadsheren vergaderen. Dat vierkante bruine gebouw met de

drie groene glazen koepels is de Fondans — een van de oudste gebouwen van Romarth. Het is een geheimzinnig oord waar de Seishanee tot stand worden gebracht en worden opgevoed in een crèche totdat ze naar de opleidingskampen aan de rivier worden overgebracht. Het getuigt van slechte smaak van de Fondans gewag te maken."

"Hoe dat zo?" vroeg Jaro. "Wat gebeurt er dan in de Fondans?"

"Dat weet ik niet. Jamiel was al net als alle anderen; ze heeft er nooit over gesproken."

"Merkwaardig."

Maihac grijnsde sarcastisch. "Er was daar zoveel merkwaardigs, dat ik er mijn hoofd maar niet over gebroken heb. Ik wilde intussen maar één ding en dat was Romarth verlaten."

Skirl keek door het observatievenster. "Het is net een stad uit sprookjesland. Wat is er nog meer te zien?"

"Honderden paleizen. Sommige zijn in gebruik, andere zijn overgeleverd aan de tijd en de witte huisguilen. De stad riekt naar oude geschiedenis. Zie je de brede boulevard langs de rivier? Dat is de Esplanade waar de cavaliers en hun dames paraderen. Langs de zijkant vind je kleine cafeetjes; iedereen heeft zijn favoriete plekje waar hij even afstapt om een verversing te nemen en zijn vrienden voorbij te zien kuieren. Een uur voor zonsondergang gaan ze allemaal weer naar huis om zich in uitgaanskleding te steken voor de avondlijke bezoeken en feesten."

Skirl vroeg verwonderd: "En niemand werkt er?"

"Alleen de Seishanee."

Skirl kneep afkeurend haar lippen op elkaar. "Het lijkt me een loze manier van leven. Hebben ze geen eerzucht? Proberen ze misschien lid te worden van de beste verenigingen?"

"Niets van dien aard. Ze maken zich alleen druk over hun 'rashudo'."

"En wat is dat?"

Maihac dacht even na. "Dat zou alleen een Roum kunnen uitleggen. Ik geloof dat als je ijdelheid mengt met gauw aangebrand zijn, zelfgerichtheid, een roekeloze minachting voor gevaren en een obsessie met eer en reputatie, het resultaat aardig in de buurt van 'rashudo' zou komen. De Roum houden zich aan een elegante etiquette die jij voortdurend zult overtreden. Trek het je niet aan, je kunt er toch niets aan doen. Van het standpunt van de Roum uit gezien zijn wij ternauwernood beschaafd. Het is nutteloos je te ergeren, ze maken zich er hoogstens vrolijk over."

Skirl lachte zuur. "Ik kan mezelf wel beheersen. Maar ik heb nu al het gevoel dat ik het niet leuk zal vinden in die prachtige stad."

"Ik ook niet. Zodra onze zaken afgewikkeld zijn hoop ik te vertrekken met de grootste spoed, om nooit meer terug te keren."

2

Nachtlamp ging onder in een gloed van melancholieke kleuren. De schemering viel over het landschap. Een van de manen begon, gevolgd door de tweede, zijn klim langs de hemel, waar ze zacht en glanzend stonden te stralen als parels in melk.

Na enig nadenken zette Maihac zich aan de tafel in de salon en stelde een korte brief op, geschreven in de stijve letters van de Roumse kalligrafie:

> *Aan Ardrian van Ramy, te zijnent, Paleis Carleone:*
> *Geachte heer:*
> *Het spijt mij dat ik u leed moet berokkenen, maar het valt niet te verhelpen. Ik ben Tawn Maihac; twintig jaar geleden nam ik uw dochter Jamiel tot vrouw. Zes jaar nadien werd ze vermoord te Punt Extase op de planeet Camberwell.*
> *De moordenaar is mij bekend; het is een Roum uit Romarth. Ik heb zijn identiteit slechts kortgeleden ontdekt, maar ben nu gekomen om deze daad te wreken, op welke wijze dan ook. Ik word vergezeld door Jaro, Jamiels enig overlevende zoon. Wij wensen onverwijld een privéonderhoud met u, gedurende hetwelk wij u zekere documenten van groot gewicht ter hand zullen stellen. U zult ons aantreffen bij de hoofdingang.*
>
> TAWN MAIHAC

Jaro en Maihac trokken kledij aan die geleek op de informele dracht van de Roumse cavalier. Ze voorzagen zich van een passende uitrusting, klommen toen in de zwever en daalden naar Romarth af. Ze landden in de tuin van paleis Carleone, waar Jamiel eens had gewoond, en stuurden de zwever toen met de afstandsbediening weer naar een hoogte van honderd meter, waar hij onopvallend boven de tuin bleef zweven.

Maihac ging naar de hoofdingang terwijl Jaro nog even in de schaduw bleef wachten en vervolgens over het terras naar de marmeren balustrade slenterde. In het schijnsel van de twee manen breidde de tuin zich voor hem uit tot aan een muur van hoge bomen. Toen Jaro bij de balustrade stond bekroop hem een vreemde, dromerige stemming — een gevoel uit zijn kinderjaren toen hij een enkele keer, half slapend, een glimp van deze tuin had opgevangen. In die tijd had het beeld hem gegrepen met trieste melancholie, doortrokken met droefzoete boventonen, als de geur van heliotroop.

Jaro stond tegen de balustrade geleund en zette zijn gedachten op een rijtje. Het mysterie van de verloren tuin was nu opgelost. Het andere mysterie bleef bestaan, dat van het smartelijke gekreun dat was blijven aanhouden tot dr. Fiorio van de FWG-groep het had gesmoord. Jaro luisterde terwijl hij zich afvroeg of de weerklank van die stem misschien nog ergens achter in zijn geest zou schallen. Hij hoorde alleen het gefluister van de wind in het gebladerte.

Maihacs stem onderbrak zijn gepeins. Hij draaide zich om en liep terug over het terras. Voor de deur stond Maihac met een man van mager postuur en met grijs haar, een vierkant gezicht en resolute gelaatstrekken. Zijn houding was stijf en vormelijk, alsof Maihac iemand was die hij niet gaarne zag.

Maihac zei tegen Jaro: "Dit is je grootvader, Ardrian van Huis Ramy."

Jaro boog beleefd. "Heel aangenaam met u kennis te maken, mijnheer."

Ardrian schonk hem een kort knikje. "Ja, ja, het is bepaald een bijzondere gelegenheid." Hij wendde zich weer tot Maihac. "Je verschijning hier is geen aangename verrassing; je roept herinneringen wakker die je veel beter had kunnen laten rusten."

"Dat doet niet ter zake," zei Maihac. "Mijn boodschap zal u toch hebben ingelicht over het doel van onze komst?"

Ardrian slaakte een sceptisch geluidje. "Je boodschap was ondoorzichtig, op z'n zachtst gezegd."

Maihac grijnsde. "Ik weet wie de man is die uw dochter en uw klein-zoon Garlet heeft vermoord. Ik achtte het passend u hiervan op de hoogte te stellen voordat ik de justicaris benaderde. Maar als u dat verkiest zullen wij u niet langer derangeren."

Ardrian zei: "Jullie zijn welkom in mijn huis. Wees zo goed binnen te treden, dan zal ik je met alle aandacht aanhoren." Hij ging opzij. Maihac en Jaro betraden een achtkantig atrium. Jaro keek vol ontzag in het rond. Dit was een luister zoals hij nog nooit had meegemaakt. Een hoge koepel rustte op acht langgerekte kariatiden die de omtrek van de hal in acht vestibules verdeelden. Twee daarvan, links en rechts van de hal, voerden naar een gang. De ingang zelf bevond zich in een derde vestibule en de vierde, pal ertegenover, gaf toegang tot een ontvangst-salon. De vier resterende vestibules waren voorzien van lambriseringen en beschilderd met voorstellingen van archaïsche landschappen, uit-gevoerd in tinten als men op nachtvlindervleugels aantreft. Jaro vermoedde dat de tafereeltjes die werden uitgebeeld waren ingegeven door oude overleveringen of misschien zelfs door herinneringen aan de Oude Aarde.

Ardrian ging zijn gasten voor naar de salon, die even indruk-wekkend was als het atrium, wat de verhoudingen, de rijkdom van materialen en de verfijning van kleur en details aanging, maar die een stuk geriefelijker was omdat ze op mensen was ingericht. Aan het uit-einde van het vertrek stonden vier Seishanee bloemen te schikken in een grote blauwe pot, kennelijk bezig een bloemstuk te scheppen dat de tafel moest sieren. Ze wierpen steelse, schuinse blikken op Jaro en Maihac en hun halve glimlachjes deden...ja, wat deden die eigenlijk vermoeden? Jaro kwam er niet uit. Heimelijk kattenkwaad? Sereniteit? Onschuldig geluk? Onder het werk mompelden ze elkaar toe. Jaro vroeg zich af wat ze zeiden. Ze waren fascinerend om naar te kijken, bedacht hij: schoon, handig, met kleine regelmatige gelaatstrekken en bleek haar dat in een kort kransje was geknipt. Terzijde stond nog een Seishanee in een schitterend groen-met-grijs livrei. Jaro dacht dat dit wel een Seishanee van middelbare leeftijd zou zijn, zo anders dan de andere zag hij eruit. Zijn lijf was gezet, zijn benen waren stakerig als vogelpootjes en zijn hoofd was zwaar met een hoog opgaand voor-hoofd en een lange dunne neus die afhing over een kleine volle mond en een knopskinnetje. Zijn optreden was, anders dan dat van de andere Seishanee, bezadigd en een tikje pompeus.

Jaro ging naast Maihac zitten. Ardrian vroeg: "Kan ik u verversingen aanbieden?"

"Voorlopig nog niet," zei Maihac. "Wij hebben u heel wat te vertellen. En om te voorkomen dat we het tweemaal moeten doen, stel ik voor dat u de justicaris belt en hem verzoekt hier te komen, inofficieel en alleen, en wel zo spoedig mogelijk."

Ardrian glimlachte strak. "Ik moet zeggen dat ik ietwat beduusd ben. Je verschijnt hier midden in de nacht in een toestand van bevende opwinding en je staat erop mij deelgenoot te maken van jouw noodsituatie. De logica van het geheel ontgaat me."

Maihac legde geduldig uit: "De reden voor mijn haast is niet alleen logisch maar ook praktisch. Als de moordenaar verneemt dat ik hier ben zou hij kunnen trachten te vluchten."

"Vergezocht en onwaarschijnlijk!" verklaarde Ardrian. "Om te beginnen, wie is die veronderstelde moordenaar?"

"U kent hem goed. Het is Asrubal van Huis Urd."

Ardrian trok zijn wenkbrauwen hoog op. "Ik ken Asrubal van Urd; hij is een zeer hooggeplaatste grande. Je beschuldiging is ernstig gemeend?"

"Natuurlijk."

Ardrian dacht een ogenblik na en zei toen somber: "Het is niet aan mij hierover te oordelen." Hij pakte een telefoonschijf van het buffet. "Ik zal doen wat je vraagt." Hij sprak in het schijfje, luisterde, zei nog iets en legde het schijfje toen weer weg. "Justicaris Morlock zal zo dadelijk komen. Hij woont hier vlakbij, we behoeven dus niet lang te wachten."

Een poosje heerste er stilte, alleen onderbroken door de gedempte stemmen van de Seishanee. Ardrian nam zijn bezoekers zonder veel warmte op en zei: "Je hebt me slecht nieuws gebracht, maar dat verbaast me niet. Toen je Jamiel naar andere werelden meevoerde wist ik dat ze tragisch aan haar eind zou komen."

Maihac antwoordde op vlakke toon: "U bent haar vader; u hield net zoveel van haar als ik en het is uw goed recht om bitter te zijn. Die gevoelens zouden echter niet tegen mij gericht moeten zijn, maar tegen haar moordenaar. En dat is geen buitenwerelder, maar een Roum van Romarth."

Na een ogenblik stilte vroeg Ardrian: "Wil je de omstandigheden van haar dood nog beschrijven?"

"Zeker. Ze werd gedood terwijl ik de gevangene van de Lokloren was. Het heeft me dertien jaar gekost om te ontdekken waar ze gedood was en wie haar had gedood. De enige getuige daarvan was Jaro. Ongelukkigerwijs — of misschien ook maar gelukkig voor hem — is zijn herinnering niet volledig." Maihac legde een in bruin papier gewikkeld pakje op tafel. "Dit zijn de documenten waarop ik doelde. Binnenin zit een brief, gericht aan Jaro en geschreven vlak voor Jamiels dood. Wanneer u die leest zult u met me eens zijn dat er recht dient te geschieden."

Ardrians gezicht verloor iets van zijn gestrengheid. Hij scheen inwendig zijn schouders op te halen, stond op en liep naar het buffet waar hij na ampele overweging een aantal flessen, flacons en aarden kruiken uit tevoorschijn haalde. Hij riep achterom naar de gezette Seishanee in het groen-met-grijze livrei: "Fancho! Breng ons eens wat kleinigheden van het een of ander, wil je!"

Met statige tred verliet Fancho het vertrek. "Dat is mijn nieuwe majordomus," zei Ardrian tegen zijn gasten. "Je zult je hem dus niet herinneren. Hij is zeer efficiënt, al is hij wat pompeus. Ik vraag me dikwijls af wat er zich in zijn geest afspeelt." Hij wijdde zich weer aan zijn flessen en schonk met intense aandacht scheutjes vloeistof in een groene glazen karaf.

Hij staakte zijn werk een ogenblik en vroeg aan Maihac: "Herinner je je nog de kunst van het dranken mengen van je vorige bezoek?"

"Ik vrees van niet," zei Maihac. "Maar ik herinner me nog wel dat u als een meester in die kunst werd beschouwd."

Ardrian liet een klein glimlachje ontsnappen en ging verder met zijn mengelwerk. "Het is een nederige kunst, dat zeker, maar een die verrassend veel mogelijkheden biedt. De drank dient aan te sluiten bij de stemming van het gezelschap en dat vergt dikwijls een delicaat oordeelsvermogen. Maar men doet wat men kan." Hij voltooide de drank en keerde terug naar zijn stoel. Fancho, de majordomus, reed een dienwagentje naar binnen dat beladen was met allerlei gebak, spiesjes met geroosterd vlees, vis in het zuur, croutons, potten met witte saus en potten met zwarte saus, honingbolletjes en dergelijke. Fancho zette het wagentje zo neer dat iedereen er makkelijk bij kon, liep toen naar het buffet en schonk drie roemers vol uit de groene glazen karaf, waarna hij ze zwierig aan Maihac, Jaro en Ardrian serveerde.

"Bravo, Fancho," zei Ardrian. "Je wordt met de dag bedrevener."

"Het is altijd een genoegen mijn werk goed te doen." Fancho marcheerde trots terug naar de andere kant van de kamer.

Jaro keek hem vol belangstelling na. "Worden de Seishanee allemaal zo, als ze ouder worden?"

De vraag scheen Ardrian te vermaken. "Zeer beslist niet. Fancho is een *grichkin* — een bijzonder soort Seishanee en zeer nuttig ook, moet ik zeggen."

"Juist ja." Jaro proefde van zijn drankje. Het was fris en tintelend met wel tien boeiende smaken die op de tong bleven hangen. Maihac proefde en zei: "Kennelijk bent u nog niets verleerd."

"Dank je," zei Ardrian. "Misschien heb ik iets aan gerichte energie, aan 'verve' zo je wilt, ingeboet, maar mogelijk heb ik weer gewonnen op het gebied van de schakeringen en de nagedachten."

Jaro nipte aandachtig en probeerde de subtiele schakeringen te bespeuren die voor de kenner klaarblijkelijk toegankelijk waren. Uiteindelijk gaf hij zijn poging maar op.

Morlock van Huis Sadaj arriveerde; een tengere man van middelbare leeftijd met klassieke, scherpe gelaatstrekken, het hoge voorhoofd van een geleerde, smalle ogen en een onverzettelijke mond. Hij droeg een vrijetijdstuniek met een patroon van zwarte en groene ruiten op een zwarte pantalon. Ardrian stelde Maihac en Jaro aan hem voor en schonk toen een glas van zijn ingewikkelde mengsel in, dat hij voor hem neerzette. Morlock nam een teugje, vertrok bedachtzaam zijn gezicht en zei: "Volgens mij is dit je Tenenkrommer nummer twee."

"Precies," zei Ardrian. "Maar we mogen geen tijd vermorsen met het uitwisselen van complimenten. Maihac verkeert in verwoed ongeduld, uit angst dat zijn moordenaar hem ontglipt. Heb ik gelijk, Maihac?"

"U hebt gelijk," zei Maihac.

Ardrian vervolgde: "Maihac en Jaro zijn zo-even aangekomen en naar ik meen zweeft hun ruimteschip hier ergens vlak in de buurt.

Maihac heeft me verteld dat mijn dochter Jamiel is vermoord door Asrubal van Urd en dat hij wenst dat er recht zal geschieden."

"Dat is een redelijke samenvatting," zei Maihac. "De feiten zijn weinig verheffend. Toen Jamiel en ik zestien jaar geleden trachtten, met onze twee zoontjes, aan boord te gaan van de zwever die ons naar Flad zou brengen, werden we vanuit een hinderlaag overvallen door Asrubal en zijn knechten. We slaagden er uiteindelijk in de zwever te bereiken. Ons niet bewust van het feit dat Garlet op het allerlaatste ogenblik van de achterbank van de zwever was gesleurd stegen we op. Toen we in de lucht waren zagen we dat Asrubal onze Garlet had gegrepen. Hij wierp het kind hoog de lucht in en liet het beneden op de rotsen smakken. We konden niets uitrichten.

"Vervolgens bekonkelde Asrubal dat de Lokloren ons zouden opwachten in Flad waar ze ons moesten afslachten. Jamiel en Jaro wisten te vluchten naar het ruimteschip; ik werd gevangengenomen en meegesleept naar de steppe waar ik gedwongen werd met de meisjes te dansen. Op de een of andere manier slaagde ik erin het te overleven, hetgeen hen scheen te vermaken. Drie jaar lang hielden ze me gevangen. In die tijd volgde Asrubal Jamiels spoor naar Punt Extase op de planeet Camberwell. Hij wilde het materiaal terug hebben dat zich in het pakje bevindt dat ik zojuist aan Ardrian heb overhandigd. Asrubal vermoordde Jamiel maar slaagde er niet in het pakje te bemachtigen. Jaro wist voor de tweede maal te ontkomen."

Morlock zei: "Dat is geen geringe beschuldiging. Hoe verklaar je zijn daden? Wat, kortom, was zijn beweegreden?"

"Asrubal is een dief. Hij heeft de bevolking van Romarth al vele jaren lang bestolen. Het bewijs daarvan bevindt zich in dit pakje. Asrubal heeft Jamiel vermoord om deze documenten te verkrijgen. Leest u ze maar — maar lees eerst de brief die Jamiel schreef, een paar minuten voor haar dood."

Maihac opende het pakket en haalde de brief eruit die hij aan Ardrian overhandigde. "Dit is niet aangenaam om te lezen."

Ardrian las de brief met een gezicht dat uit steen leek te zijn gehouwen en gaf hem door aan Morlock die hem eveneens las. "Je hebt gelijk," zei Morlock. "Dat is geen aangename brief."

Maihac maakte het pakket leeg. "Zoals ik haar opgedragen had wist

Jamiel deze documenten te verkrijgen van Aubert Yamb, te dien tijde klerk bij het Lorquin Import & Exportagentschap. U ziet hier vijf boeken. Het zijn daadwerkelijke kopieën van Yambs journalen waarin hij van dag tot dag de transacties van het Lorquinagentschap optekende. U zult zien dat Yamb de prijzen vermeldt van alle artikelen die werden verkocht of ingekocht, geïmporteerd of geëxporteerd. U zult ook zien dat het winstpercentage op importartikelen en de commissie over de export nooit minder bedraagt dan honderd procent en in alle gevallen ten koste wordt gebracht aan de bewoners van Romarth; dat is de winst die Asrubal uit Lorquin puurt. Met de jaren is die winst opgelopen tot een buitengewoon hoog bedrag. En intussen zijn de Roum te naïef, te goed van vertrouwen, te zorgeloos of eenvoudigweg te dom om ertegen te protesteren. Dat is waarom Asrubal twintig jaar geleden, toen ik op Fader aankwam, zich verzette tegen mijn aanvraag voor een handelsvergunning. Dat is waarom hij mijn doodsvijand werd. Dat is de reden voor Jamiels dood."

Morlock bestudeerde de journaalposten, en gaf de papieren dan door aan Ardrian. De beide Roum lazen in stilte terwijl Maihac en Jaro toekeken en zich verfristen met Ardrians Tenenkrommer nummer twee.

Eindelijk gaf Morlock de papieren terug aan Maihac, die ze weer in de bruine envelop schoof. Morlock keek Ardrian eens aan. "Wat is jouw mening?"

"Wij zijn bedrogen."

"Ik ben dezelfde mening toegedaan," zei Morlock. "Asrubal is een lepe dief. Hij heeft ons genadeloos bezwendeld. Volgens Maihac is hij tevens een moordenaar — hoewel het moeilijk kan worden zijn schuld te bewijzen."

"Dat hoeft niet," zei Maihac. "Toen hij mijn zoon Garlet om het leven bracht waren er zes getuigen bij. Ze waren weliswaar gemaskerd als Sluipmoordenaars, maar ze zullen ongetwijfeld kunnen worden geïdentificeerd."

"Zelfs dan zouden ze allemaal kunnen beweren dat ze niets hebben gezien."

"Doet er niet toe," zei Maihac. "Mocht Asrubal zijn gerechte staf weten te ontglippen, dan zal ik ervoor zorgen dat hij niet verglipt."

Morlock fronste zijn voorhoofd. "Dat is buitensporige taal die mij in een onbehaaglijke positie plaatst. Het recht in Romarth ontspringt aan een oude traditie. Het advies van een buitenwerelder legt daarbij weinig gewicht in de schaal."

"Laten we realistisch zijn," zei Maihac. "Wanneer de vrouw en de zoon van die buitenwerelder zijn vermoord en hijzelf werd ontvoerd om met de Loklorenmeisjes te dansen, en wanneer die buitenwerelder vervolgens terugkeert in een zwaarbewapend oorlogsschip en naar Romarth afdaalt om de justicaris op de hoogte te stellen van een reeks andere misdrijven — wanneer dat alles het geval is, heb ik het gevoel dat met het standpunt van deze buitenwerelder zorgvuldig rekening dient te worden gehouden."

"Dat is zo," zei Morlock. "Vooral met het oog op het zwaarbewapende oorlogsschip."

"Wij zijn redelijke lieden," zei Maihac. "Ik behoef slechts te zeggen dat ik zeer teleurgesteld zal zijn als de Roumse rechtspraak te krachteloos blijkt om deze misdaden aan te pakken."

"Daarin ben je niet de enige," zei Ardrian brommerig. "Schreeuw niet voor je geslagen wordt; het brengt ons allemaal in verlegenheid."

"Neem me niet kwalijk," zei Maihac.

Morlock glimlachte flauwtjes. "Ik geloof dat we elkaar wel begrijpen." Hij pakte het telefoonschijfje, riep de toezichthouder van publieke diensten op en vaardigde bevelen uit.

3

Een peloton regulisten verzamelde zich op de noordelijke hoek van de Plaza Gamboye. Justicaris Morlock en Ardrian van Huis Ramy voegden zich daar bij hen. Het gezelschap marcheerde noordwaarts over een van de villa-boulevards en kwam al spoedig aan bij Varcial, Asrubals paleis. Maihac en Jaro hingen erboven in de zwever. Ze zagen hoe de regulisten het gebouw omsingelden en alle ontsnappingswegen afsloten. De justicaris, Ardrian van Ramy, de toezichthouder en vier officieren gingen op de hoofdingang af en maakten hun aanwezigheid bekend. Even later kwam Asrubal in eigen persoon aan de deur.

In de zwever zag Jaro, via de macroscoop, voor het eerst Asrubals gezicht weer voor zich, sinds die keer dat hij hem naar binnen had zien kijken door het venster van het oude gele huis in Punt Extase. Hij herinnerde zich een gezicht, hard en wit alsof het uit bot was gesneden. Omlaag kijkend vanuit de zwever zag Jaro de man in de deuropening hetzelfde gezicht dragen. Hij werd helemaal slap terwijl een reeks afschuwelijke beelden door zijn geest joeg. Toen haalde hij diep adem. De beelden weken en zijn geest was weer leeg.

Maihac keek hem aan. "Wat is er?"

"Een paar herinneringen, meer niet. Ze zijn nu weer weg."

Justicaris Morlock voerde het woord. "Ik heb zojuist informatie ontvangen die wijst op uw betrokkenheid bij zekere misdrijven. Ik zie me verplicht u in verzekerde bewaring te stellen. Vanaf dit ogenblik bent u een officiële arrestant."

Asrubal uitte een majestueus gebrul met zijn volle bariton. "Wat is dit voor onzin? Ik ben een hooggeachte grande van Huis Urd; ik kan mij geen beweegreden voor zulk een ringelorij bedenken!"

Morlock glimlachte. "Denkt u maar eens goed na! Ik ben ervan overtuigd dat dit of gene detail van uw misdrijven u wel weer te binnen zal schieten."

"Mijn rashudo is superbe! Bent u van zins mij naar de Crillinx-gevangenis te sleuren?"

"Niet naar de Crillinx-gevangenis," zei de justicaris. "Daar wordt sinds drie jaar al niemand meer gehuisvest; het is er onbewoonbaar. U krijgt huisarrest in uw eigen verblijven, die zullen worden afgesloten en bewaakt. Het is u verboden bezoek te ontvangen, ook niet van vrienden, verwanten of magen van Huis Urd, met uitzondering van uw pleiter in de rechten, die u morgen moogt aanwijzen. En nu dienen we u te onderwerpen aan een lijfelijk onderzoek; ook uw verblijven zullen worden doorzocht en afgesloten."

Asrubal had al diverse malen getracht te protesteren, waarop de toezichthouder hem steeds weer het zwijgen had opgelegd. Ten slotte mocht hij spreken. Kwaad en op hoge toon vroeg hij: "Waarvan word ik beschuldigd?"

Morlock antwoordde: "U wordt beschuldigd van moord, verduistering en fraude."

Asrubal stampvoette van woede. "Niemand heeft het recht mijn rashudo te betwisten! Alleen ik kan daarover oordelen!"

"Dat hebt u mis!" verklaarde Ardrian. "Rashudo is een wisselwerking tussen uzelf en uw standgenoten, die ineenstort zodra goedkeuring door geringschatting wordt verdrongen."

"Maar zeg mij dan: wie klaagt mij aan?"

"Een aantal personen, waaronder Tawn Maihac, een heer van buitenwereldse afkomst, diens zoon Jaro, Ardrian van Ramy en ikzelf als justicaris. Dat is meer dan voldoende. U bevindt zich nu onder arrest van de toezichthouders en de regulisten. U zult zo spoedig mogelijk worden berecht door een bijzondere rechtbank."

Hoofdstuk XVII

1

Jaro en Maihac keerden terug naar paleis Carleone waar justicaris Morlock zich al spoedig bij hen voegde, vergezeld van drie vooraanstaande raadsheren. Ardrian ging zijn gasten voor naar een vergaderzaal die met een lichtgroene houtsoort was betimmerd en waar portretten hingen van vroegere Ramy-padrones. Het gezelschap zette zich aan een ovalen tafel waar ogenblikkelijk verversingen werden opgediend door Seishanee lakeien onder het statig toeziend oog van Fancho de huismeester. Maihac en Jaro namen plaats aan het ene eind van de tafel en werden vervolgens door iedereen genegeerd, met uitzondering van Ardrian die zonder succes pogingen deed hen in het gesprek te betrekken.

Na tien minuten inleidend gebabbel kondigde Morlock nonchalant aan: "De aanwezigen zal het misschien interesseren dat ik vanavond Asrubal van Urd onder huisarrest heb geplaatst, in afwachting van zijn berechting."

Het bericht lokte een reeks geschrokken uitroepen uit. "Wat zegt u daar?"

"Hoogst merkwaardig!"

"Vermeit u zich met een grol of een klucht?"

"Ik meen het ernstig," zei Morlock. "Hij wordt beschuldigd van een aantal misdrijven, waaronder fraude, diefstal, verduistering en moord."

De raadsheren lieten heftige protesten horen. "U hebt zich klaarblijkelijk bij de neus laten nemen!" tierde Ferodic van Huis Urd, een lange man met een mager gezicht, diepliggende ogen en een doodsbleke gelaatskleur. "Asrubal is een verwant van mij!"

Crevan van Huis Namary protesteerde: "Maar Morlock toch! U bent met onbeteugelde haast te werk gegaan!"

Morlock zei: "Heren, als u dat zint, wil ik het bereik van deze aangelegenheid wel uiteenzetten."

"Ja, als u zo goed wilt zijn! Wij zijn danig benieuwd!"

Op ongehaaste, vlakke toon beschreef Morlock zijn beweegredenen om Asrubal in hechtenis te nemen. De raadsheren luisterden sceptisch toe.

Esmor van Slayford klaagde: "Uw reactie was op zijn zachtst gezegd overdreven. Had deze onbeduidende affaire niet in stilte geschikt kunnen worden?"

Ardrian verstijfde. "U gewaagt van de moord op mijn dochter als een 'onbeduidende affaire'?"

"O, neen! Natuurlijk niet!" Ferodic wapperde met een van zijn knokige handen. "Maar we moeten logisch zijn. De beschuldigingen zijn niet onderbouwd. De hele zaak kan heel wel een fantasmagorie blijken te zijn!"

Morlock zei: "U meent dus dat deze twee buitenwereldse heren kwaadaardige gekken zijn?"

Ferodic wierp een blik op Maihac en Jaro. "Ik kan hun waarheidsgetrouwheid niet beoordelen op grond van de korte tijd dat ik hen ken. Men dient er echter wel rekening mee te houden dat het buitenwerelders zijn."

Crevan zei geprikkeld: "En wat die Lorquinzaak betreft, begrijp ik niet dat er zoveel bombarie wordt gemaakt over een paar zoekgeraakte sol."

Maihac verbeterde hem op beleefde toon: "Asrubal heeft waarschijnlijk meer dan een half miljoen sol verduisterd — niet bepaald een triviaal bedrag."

"De beschuldigingen zijn ingebracht en dienen te worden onderzocht," zei Morlock. "Morgenochtend zal ik de raadsheren verzoeken Asrubal in staat van beschuldiging te stellen. De justicanten houden morgenmiddag zitting."

"Zo spoedig?" kreet Ferodic. "Dit komt mij voor als overdreven ijver!"

Morlock zei ijzig: "Dit soort aangelegenheden ligt mij slecht. Ik wens er zo spoedig mogelijk een eind aan te maken."

Ferodic stond op. "Ik moet over deze situatie nadenken; ik neem nu afscheid."

De andere raadsheren volgden hem. Ardrian bracht hen naar de voordeur. Maihac en Jaro maakten zich ook op om te vertrekken. Morlock en Ardrian keken toe terwijl Jaro de zwever omlaag liet komen. Ardrian vroeg: "Jullie komen morgenochtend weer terug?"

"Wanneer u maar wilt."

"Morgenochtend dan."

2

De volgende dag landden Maihac en Jaro opnieuw in Romarth, nu vergezeld van Skirl. Gaing bleef aan boord van de *Pharsang* en hield radiocontact met Maihac. Halverwege de ochtend nam Ardrian het drietal mee naar het Parlarium waar de voltallige raad was verzameld. Naar antieke traditie gekleed leverden ze een indrukwekkend schouwspel op.

En zo begon een proces dat de buitenwerelders voor het overgrote deel maar vreemd vonden. Na een korte verklaring van justicaris Morlock, inhoudende dat Asrubals naam was genoemd met betrekking tot zekere ernstige misdrijven, begaan in een tijdsbestek van enkele jaren, en dat het waarschijnlijk het beste was als justicanten klaarheid in de zaak zouden brengen, vroeg Ferodic van Urd: "En wie heeft deze inlichtingen verschaft?"

"De heren die daarginds zijn gezeten."

"Zijn dit niet buitenwerelders, afkomstig uit het verre Gaiaanse Bereik?"

"Dat is zo."

"Hm. Hun getuigenis kan dus heel wel zijn beïnvloed door onwetendheid of bijgeloof."

"Onwaarschijnlijk."

Ferodic bleef mopperen, maar Morlock ging zitten en toonde verder slechts passieve belangstelling voor het gebeuren. De raadsheren maakten opmerkingen over en weer, die soms niet ter zake waren en soms cryptisch. Nu en dan werd een vraag gesteld aan Morlock, die er bondig op antwoordde. Op een gegeven ogenblik boog een raadsheer zich voorover en verzocht Skirl haar levensverhaal te willen vertellen.

Skirl ging er grif genoeg op in. Ze beschreef Sassoon Ayry in Thanet en haar moeders paleis Piri-Piri op Marmone. Ze gaf aan dat ze behoorde tot de Mosseltaarten die, samen met de Quantorsi en de Rafeliers, de hoogstverfijnde groep vormden die als Onvergankelijken bekend stond en waar de term status geen betekenis meer had. Ze vond het moeilijk de omstandigheden in Romarth te vergelijken met die van Thanet, aangezien het gehele beschaafde stelsel van status, schappen, streven en het lidmaatschap van verenigingen in Romarth onbekend was. Skirl opperde het vermoeden dat de staat van hoog rashudo ongeveer in de buurt zou kunnen komen van het lidmaatschap van een van de Cirkelkwadranten of mogelijkerwijs de Misselijke Kippen. De leefomstandigheden in Thanet waren oneindig gevarieerd. De meeste mensen deden het werk dat hen het meest interesseerde. Sommige bewoners bezaten ruimtejachten waarmee men gerieflijk de werelden van het Bereik kon bereizen; ja, zij en haar metgezellen waren naar Fader gekomen met een dergelijk ruimtejacht, dat op het ogenblik op een hoogte van vijfduizend meter boven Romarth zweefde.

De raadsheren luisterden zonder commentaar en gaven Skirl ten slotte te kennen dat ze genoeg hadden gehoord. Toen werd Jaro verzocht op dezelfde wijze over zichzelf te vertellen. Hij beschreef zijn levensloop en verklaarde dat hij pas kort geleden had vernomen wie zijn ouders waren. Terwijl hij aan het woord was leken de raadsheren alle belangstelling te verliezen. Ze fluisterden tegen elkaar, keken in opschrijfboekjes en schoven heen en weer op hun stoel. Jaro hield midden in een zin op en liep terug naar zijn stoel. Niemand scheen het te merken. "Nu ben jij aan de beurt," zei hij tegen Maihac.

"Ik denk dat ze genoeg hebben gehoord," zei Maihac. "Ze buigen zich nu over het vraagstuk van het middagmaal."

"Ik begrijp dit systeem niet," gromde Jaro.

"Dat doet niet ter zake. Zij volgen het patroon van de traditie en wij volgen hun voorbeeld."

"Maar ze hebben nog niets over Asrubal gevraagd!"

"Ze weten al alles wat ze dienen te weten, en dat is dat Morlock heeft verzocht Asrubal voor de justicanten te dagen. Te midderdag zullen ze een uitspraak doen in die zin en dan gezamenlijk opstappen om te gaan eten. Zo gaat dat hier."

"Juist ja."

Toen het middaguur sloeg stonden de raadsheren op. De voorzitter van de raad sprak plechtig: "Asrubal van Huis Urd, zijnde beschuldigd van vuige misdaad, wordt hierbij verwezen naar de justicanten, die zullen oordelen en bepalen welke partij straf dient te ondergaan, de beklaagde of de aanklagers."

Jaro draaide zich om naar Maihac. "Wat bedoelen ze daarmee?"

"In ons geval is het waarschijnlijk loze praat. Volgens het traditionele Roumse recht werd, wanneer er een aanklacht was ingediend en de aangeklaagde onschuldig werd bevonden, de straf aan de aanklagers ten uitvoer gelegd, om hen bij te brengen geen valse getuigenis te spreken tegen hun naaste. Maar dat zal ons niet gebeuren — niet zolang Gaing vanaf de *Pharsang* een oogje in het zeil houdt."

"Toch wel een onthutsende gedachte."

"Ja," zei Maihac. "Dat gaat in Romarth voor een heleboel dingen op."

Ardrian kwam naar de drie buitenwerelders toe. "Dat is alles, voorlopig. De justicanten houden later op de dag een zitting. Intussen zou het me genoegen doen als jullie met mij het middagmaal zouden willen gebruiken. Ja, uit overwegingen van gerief en van de gastvrijheid die ik je verschuldigd ben, nodig ik jullie uit je intrek te nemen op Carleone."

"Dank u wel," zei Maihac. "Ik geloof dat ik wel voor de anderen mag spreken; wij nemen de uitnodiging graag aan."

"Goed," zei Ardrian. "Dan zij het zo."

3

De vijf justicanten kwamen die middag bijeen — niet in het Parlarium maar in de grote hal van Asrubals paleis Varcial, teneinde Asrubal gerede toegang tot de rechtspleging te verschaffen. De justicanten zaten achter een lange tafel waarop de Seishanee flessen, kruiken en bladen met gebak, gezouten vis, gesuikerde levertjes van gevogelte en dergelijke hadden uitgestald, om de rechtsplegers te sterken voor de ontberingen die hun arbeid meebracht. Het waren lieden van uiteenlopend voorkomen, lang en kort, mager en gezet, maar stuk voor stuk met een houding van hoog rashudo.

De voorzitter van het justicantenforum, die de titel magister

voerde, was de oudste van de groep en een uiterst opvallende verschijning. Hij zat voorovergebogen met zijn puntige ellebogen wijd
uiteen op tafel geplant. Een paar slierten wit haar lagen over zijn schedel; zijn lange oren, afgezakte oogleden en lange dunne neus gaven
hem het aanzien van een vermoeide uil. Hij tuurde de kamer rond;
voldaan constaterend dat alles in orde was sloeg hij op een gong en
riep uit: "De zitting van het justicantenforum is geopend. Strikte
welvoeglijkheid dient in acht te worden genomen. Laat de gevangene
verschijnen!"

Een tweetal regulisten bracht Asrubal het vertrek binnen en deed
hem plaatsnemen op een zware zetel tegen de muur.

De magister nam opnieuw het woord. "Dit is een hoger gerechtshof.
Evenwicht en gelijkheid gelden hier. In deze zaal worden afstamming
noch Huis, factie noch rashudo erkend. Onze rechtspleging is exact.
Dikwijls staat ons vonnis al vast voordat het bewijs is voorgelegd.
Gevoelsmatige vertoningen zullen niet worden getolereerd. Laat ons
nu beginnen. Justicaris Morlock, zet het forum uw zaak uiteen."

Met vlakke stem beschreef Morlock de misdrijven waarvan Asrubal
werd beschuldigd. Asrubal hoorde het aan zonder een spier te vertrekken, terwijl hij Morlock met grote zwarte ogen aanstaarde.

Morlock voltooide zijn inleidend betoog en Jaro werd naar voren
geroepen om te getuigen. Morlock, de justicanten en Barwang,
Asrubals advocaat, stelden allerlei vragen; vele daarvan hadden betrekking op de onderhavige zaak, maar bij sommige was het verband ver
te zoeken. De magister legde geen enkele discipline op, zodat er soms
wel twee, drie vragen tegelijk aan Jaro werden gesteld. Hij stond versteld over de informele gang van zaken, hoewel de justicanten op zich
bezadigd en waardig optraden. Misschien meenden ze in hun ijdelheid
dat ze recht konden spreken met slechts een fractie van hun aandacht
erbij. In dat geval was het ronduit opperste aanmatiging. Terwijl Jaro
vertelde wat hij wist, maakten ze opmerkingen onder elkaar en vielen hem nu en dan in de rede om een nieuwe vraag te stellen. Jaro
hield zijn ongeduld zorgvuldig in toom en beantwoordde elke vraag
tot in de kleinste bijzonderheden. Nu en dan keken de justicanten in
Asrubals richting, als vroegen ze hem om commentaar. Soms schonk
Asrubal hun een smal glimlachje bij wijze van antwoord; nu en dan

barstte hij in woeste uitroepen uit: "Onzin, allemaal onzin, pas op!" En: "Louter gezwal!" En: "Hij is een leugenaar en een schorpioen; zet hem eruit!"

Asrubal werd vertegenwoordigd door zijn verwant, Barwang van Urd, een rood aangelopen heer van middelbare leeftijd, goed van de tongriem gesneden, met grote bruine hondenogen, golvende bruine lokken, een zijdezachte snor en een klein buikje dat hij, met zijn nogal breed uitgevallen heupen, trachtte te verbergen onder een wijde cape van zwart-met-groen fluweel. Hij gedroeg zich met een bravoure en een nonchalance die Jaro ergerlijk vond.

Barwang drentelde ongedurig door de zaal, bleef nu en dan stilstaan om te luisteren, boog zich soms naar Asrubal over om hem vertrouwelijk een nieuw denkbeeld mee te delen, verliet ook soms de zaal om dan weer binnen te komen, even te luisteren en uit te roepen: "Uwe hoogwaardigheden! Asrubal en ikzelf hebben schoon genoeg van dit treurig mengelwerk! Dit is een zware belasting voor mijn verwant! Staak deze vervolging en laat het daarmee gedaan zijn!"

De justicanten hoorde hem met ernstige aandacht aan. Ten slotte zei een van hen: "Barwangs opmerkingen doen mij eraan denken dat het tijd wordt de zitting te schorsen. De grandes van Urd hebben verzocht deze rechtszaak snel tot een einde te brengen en we mogen per slot van rekening Asrubal niet langer opgesloten houden dan nodig is. Wij komen vandaag over een week opnieuw bijeen."

De drie buitenwerelders keerden terug naar paleis Carleone waar ze elk naar hun eigen verblijven werden gebracht. Ze baadden zich en werden door Seishanee bedienden in elegante avondkleding gestoken.

Het drietal kwam bijeen in de kleine salon, waar Ardrian zich al gauw bij hen voegde en zijn vaardigheid in het scheppen van verfrissende dranken toonde. Een uur lang besprak het groepje de gebeurtenissen van die dag. Jaro zei dat hij niets van de Roumse rechtspraak begreep.

Ardrian legde het hem uit. "Het is werkelijk heel eenvoudig. De justicanten zitten er ontspannen bij. Ze observeren, absorberen en assimileren. Een melange van gegevens dringt door tot hun geest en wordt daar op onderbewust niveau geordend tot alles op zijn plaats valt en een zuivere uitspraak wordt bereikt."

Skirl vroeg: "Waarom hebben ze de zitting geschorst tot volgende week?"

"Soms zijn de justicanten een tikje grillig. Misschien waren ze vermoeid of verveelden ze zich, of misschien beschouwen ze zichzelf graag als een uiting van de krachten der natuur die in een onwrikbaar tempo voortgaan. Hoe dan ook, jullie krijgen nu een week de tijd om de schoonheden van Romarth en haar opwindende samenleving te verkennen. Vergeet niet dat het gevaarlijk is je alleen in verlaten paleizen te wagen aangezien de witte huisguilen onvoorspelbaar zijn en dikwijls iemand bespringen zonder voorafgaande waarschuwing. Zelfs met een escorte is het niet geheel en al veilig." Hij kwam overeind. "Nu gaan we naar de eetkamer. Vanavond zullen jullie een aantal van mijn vrienden en verwanten ontmoeten. Ze zullen niet goed weten hoe ze zich dienen te gedragen. Wees geduldig met hen en mochten ze zich op eigenaardige wijze gedragen, toon dan geen verbazing."

"Ik zal voorzichtig zijn," zei Jaro. "Voor Skirl kan ik niet instaan, uiteraard. Ze is een Mosseltaart en geeft zich niet zomaar met iedereen af. Misschien mag u uw verwanten wel waarschuwen."

Ardrian nam Skirl bezorgd op. "Ze ziet er op het ogenblik heel rustig uit. Ze strookt niet bepaald met het gebruikelijke beeld van een buitenwerelder."

"Desniettemin is ze echt en zeer levend."

"Buitengewoon levend," zei Skirl.

De avond verliep zonder onplezierige incidenten. De Roum schenen benieuwd te zijn naar het leven zoals dat geleefd werd op de buitenwerelden.

"Het is overal verschillend," zei Maihac. "De IPCC zorgt ervoor dat een zekere eenvormigheid van basiswetten wordt gehandhaafd, opdat een reiziger nooit gegeseld zal hoeven worden omdat hij zijn neus heeft gesnoten in het openbaar. Maar er is voldoende verscheidenheid om het reizen interessant te maken."

"Jammer dat het zo duur is," zei een jonge vrouw.

Jaro zei: "Als Asrubal van Urd niet zo'n dief was, zou u misschien wel genoeg geld hebben om in stijl te reizen."

Broy, een cavalier van Huis Carraw, zei stijf: "Je uitspraken komen neer op laster. Asrubal is een grande van hoog rashudo. Het is niet beta- melijk dat een buitenwerelder dergelijke taal bezigt!"

"Neem me niet kwalijk," zei Jaro. "Het was niet mijn bedoeling aan- stoot te geven."

Er viel een stilte aan tafel. Ten slotte knikte Broy onwillig. "Ik neem er geen aanstoot aan; dat is alweer een aanmatiging van jouw kant! Ik wees louter en alleen op de noodzaak je onbeschaamde opmerkingen voor je te houden."

"Ik zal mijn best doen," zei Jaro gedwee. Hij merkte wel dat zowel Maihac als Ardrian stilletjes glimlachten. Skirl keek van de een naar de ander vol minachting en ongeloof, maar slaagde erin haar mond te houden. Het diner werd voortgezet maar niet meer zo informeel als voordien. Later zei Ardrian tegen Jaro en Skirl: "Jullie hebben je correct gedragen, precies zoals ik wenste. Broy van Carraw is een snel aange- brande jonge blaaskaak. Hij is tevens geparenteerd aan de clan van Urd en wilde een grootse indruk maken, ten koste van jou. Je behoeft je geen zorgen te maken, het heeft niets te betekenen."

"Ik maakte me ook geen zorgen," zei Jaro. "Ik vond het eigenlijk wel vermakelijk. Hij vormt geen bedreiging voor me."

"Wees daar maar niet zo zeker van! Hij heeft een ongewis tempera- ment en is een volleerd zwaardvechter."

"Ik zal mijn best doen hem niet kwaad te maken."

De dag daarop nam men Jaro en Skirl mee om het verlaten paleis Somar te bekijken, de residentie van de reeds lang uitgestorven sept Soumarijan. Ze werden begeleid door een tweetal Ramy-cavaliers en nog twee van Huis Immir. Vol ontzag liepen Jaro en Skirl door de stille, schemerige zalen. In een bibliotheek bleef Skirl staan om de boeken te bekijken die zich op de planken verdrongen. Ze waren dik en zwaar, met kaften van houtsnijwerk en om en om een bladzij tekst en een handgeschilderde illustratie.

Roblay van Immir, die een bijzondere belangstelling voor Skirl scheen te koesteren, bleef bij haar terwijl de anderen doorliepen naar de grote salon. Hij legde uit wat voor boeken het waren. "Er is een tijd geweest dat iedereen een persoonlijke kroniek bijhield in boeken als deze. Elk boek vertelt het verhaal van iemands leven. Het zijn meer dan dagboeken, het zijn werken van kunstzinnige schoonheid, afgewisseld met versregels of intieme onthullingen, die de persoon in kwestie kon optekenen zonder schaamte, aangezien men pas na diens dood in zijn boek mocht kijken. Platen werden geschilderd met liefdevolle aandacht voor het detail, met gebruikmaking van de meest verrukkelijke kleurharmonieën, soms sprekend en soms gedempt en nevelig. De kostuums zijn uiteraard archaïsch, maar als je de tekst leest, komen de mensen in de afbeeldingen tot leven en trekken in al hun glorie en hun nederlagen aan je voorbij over de bladzijden. Het tekenwerk is, zoals je ziet, heel vloeiend en soepel en komt met de persoonlijkheid van de kroniekschrijver overeen. Soms zijn de afbeeldingen onschuldig, als gezien door de ogen van een kind, en soms zijn ze van een ingehouden hartstocht. Men zegt dikwijls dat deze boeken een uitdrukking vormen van de wens om eeuwig te leven. De mensen geloofden toen, en misschien heel oprecht, dat ze de essentie van zichzelf meedeelden aan hun boeken en dat de boeken op een of andere manier de tijd zouden vatten en stilzetten, zodat degene die het boek had vervaardigd eeuwig zou voortleven, half dromend heen en weer trekkend door de bladzijden die hij met zo veel liefde had geschapen." Roblay trok een scheef gezicht. "Ik moet zeggen dat we deze boeken altijd met eerbied behandelen wanneer we dit of gene oude paleis bezoeken."

"En hoe oud zijn de boeken?"

"Het gebruik kwam ongeveer drieduizend jaar geleden in zwang en heeft zo'n duizend jaar of langer bestaan. Toen was de mode ineens voorbij en tegenwoordig zou niemand erover denken zoveel werk te wijden aan een boek."

"Beter dan je leven te wijden aan niets."

"Ja," zei Roblay nadenkend. "Je zult wel gelijk hebben." Hij nam het boek van Skirl over en sloeg achteloos bladzijden om, nu en dan stilhoudend om een van de verrukkelijke illustraties te bekijken. "Ze leken erg op ons natuurlijk, die mensen, maar het is vermakelijk die vreemde oude kostuums te bekijken en te trachten de stroom van hun leven te voelen. Ze waren veel gelukkiger, althans dat komt me zo voor. Tegenwoordig heerst matheid alom. Romarth is in verval en kan nooit meer zijn wat het eens was." Hij zette het boek terug op de plank. "Ik kijk zelden in deze boeken. Ze bezorgen me een trooteloze stemming en achteraf ben ik nog dagenlang somber."

"Jammer," zei Skirl. "Als ik jou was zou ik eropuit gaan om de werkelijke werelden van het Bereik te verkennen en misschien een bezigheid te vinden die je goed lag."

Roblay glimlachte weemoedig. "Dat betekent dat ik wellicht gedwongen zou worden onophoudelijk te zwoegen in ruil voor voedsel en onderdak."

"Daar kan het op uitlopen, ja."

"In Romarth zwoeg en ploeter ik niet. Ik woon in een paleis en ik eet naar genoegen. Het verschil valt moeilijk te negeren."

Skirl lachte. "Je leidt een beschermd leventje, als een oester die veilig in zijn schelpje zit."

Roblay trok zijn wenkbrauwen op. "Dat zou je niet zeggen als je me beter kende! Ik heb vier duels gevochten en tot tweemaal toe ben ik meegegaan op een jacht op witte huisguilen. Ik ben kapitein van de dragonders, maar dat is genoeg over mij! Laten we liever over jou praten. Bijvoorbeeld, en dit is een heel belangrijke vraag: ben je aan de een of ander gebonden?"

Skirl keek hem van terzijde aan. "Ik geloof niet dat ik begrijp wat je bedoelt…" hoewel ze het maar al te goed begreep. Roblay was zwierig en charmant en er school geen kwaad in een beetje flirten. In wezen, zo legde ze het bij zichzelf uit, was ze bezig de sociologie van de Roumse cavalier te bestuderen.

"Wat ik bedoel is het volgende." Roblay raakte heel even haar schouder aan. "Staat het je vrij je eigen beslissingen te nemen, zonder verantwoording te hoeven afleggen?"

"Natuurlijk! Ik regel mijn zaken zelf!"

Roblay glimlachte. "Je bent een buitenwerelder en toch oefen je een uiterst merkwaardige aantrekkingskracht op me uit, die ik niet goed zou kunnen omschrijven."

"Ik ben exotisch," zei Skirl. "Ik geur naar het verlokkende mysterie van het onbekende."

Ze glimlachten tegen elkaar. Roblay wilde iets zeggen, maar hield zich in, draaide met een ruk zijn hoofd om en keek scherp naar de boekenkast. Skirl meende een steels geluid te horen. Ze keek om en zocht de kamer af, terwijl ze het pistool trok, waarvan Maihac erop gestaan had dat ze het meenam. Er viel niets te zien. Schor en half fluisterend vroeg ze: "Wat was dat?"

Roblay, die naar links en naar rechts bleef omkijken, zei: "Soms zijn er geheime gangen achter de muren — misschien hier dus ook, hoewel Somar verondersteld wordt veilig te zijn. Maar niets is ooit volkomen zeker, uiteraard. De huisguilen beloeren ons graag en als de lust ze bekruipt grijpen ze iemand die hun aanwezigheid niet heeft bemerkt. Het is angstwekkend gedierte. Kom, laten we naar de anderen toe gaan."

De volgende dag werden Jaro en Maihac naar het Parlarium ontboden voor overleg met Morlock en een tweetal raadsheren, hetgeen volgens Ardrian betekende dat de justicanten de aanklacht tegen Asrubal serieus namen. Skirl had niets omhanden; ze ging de deur uit en slenterde langs de boulevards van Romarth. Uiteindelijk stapte ze af bij een cafeetje aan de rand van de Plaza Gamboye om uit te rusten.

Roblay van Immir kwam bij haar zitten. "Ik zag je alleen zitten," zei hij. "Ik besloot je gezelschap te houden en ons gesprek voort te zetten, dat werd onderbroken door het gekraak in de kast."

"Het was meer dan gekraak," zei Skirl. "Het was een huisguil die probeerde te besluiten of wij een lekker hapje waren."

Roblay grinnikte onbehaaglijk. "Misschien — hoewel ik dat niet graag zou geloven. We hebben ons altijd veilig gevoeld in Somar, omdat het zo dicht in de buurt ligt."

"Waarom roeien jullie die schepsels niet eens en voor al uit? Als dit Gallingale was zouden er bepaald geen huisguilen in onze kelders huizen."

"We hebben er al honderdmaal een veldtocht tegen ondernomen. Wanneer we ons in de crypten wagen zijn we kwetsbaar en dan halen ze afschuwelijke streken met ons uit, totdat we ons te akelig voelen om nog verder te gaan."

"Iets anders wat ik niet goed begrijp is de Fondans. Vertel eens, hoe werkt die precies?"

Roblay trok een lelijk gezicht; hij voelde zich niet op zijn gemak. "Dat is iets waarover niemand graag spreekt; feitelijk ligt het onderwerp voorbij de grens van het welvoeglijke en getuigt het niet van goede smaak het gebouw zelfs maar te zien."

"Ik heb niks tegen een vulgair praatje. Kunnen we het bezoeken en zelf zien wat daar gebeurt?"

Het scheen Roblay te verrassen. Hij keek eens naar het gebouw naast de rivier, met zijn groene koepels. "Het is nooit bij me opgeko-men dat te doen. Ik denk niet dat er ons iets in de weg zal staan; de oprit komt op de Esplanade uit, dat is wel zo handig."

"Handig waarvoor? Vertel op. Je hebt laten doorschemeren dat je het weet en ik ben nieuwsgierig."

"Goed dan. Om te beginnen moet ik je vertellen dat een op de twee-honderd Seishanee een buitenbeentje is. Wanneer hij begint te groeien ontwikkelt hij zich tot iets anders dan de gebruikelijke Seishanee en wordt hij wat we een grichkin noemen. Hij is lelijk en gedrongen, met een puntig kaal hoofd, een lange afhangende neus, een klein mondje en geen noemenswaardige kin. Maar wat het belangrijkste is: hij is intel-ligent genoeg om te kunnen denken, om ingewikkelde opdrachten uit te voeren en toezicht te houden op de gewone Seishanee. Elke huis-houding heeft grichkins in dienst als majordomus. De grichkins hebben ook, volgens mij, de processen in de Fondans onder hun beheer, zonder inmenging van de Roum, die niets met het hele oord te maken willen hebben. De grichkins ontfermen zich over alle onaangename details van de huishouding. Wanneer een Seishanee bediende een zekere leeftijd heeft bereikt wordt hij slordig en lui; zijn huid wordt geel en zijn haar valt uit en hij wordt allengs zo vet als modder. In de kleine uurtjes, wanneer er nog geen Roum op is, brengen de grichkins de opgebruikte Seishanee naar de Fondans en laten hem daar in de lijkenbak glijden, waar hij wordt verwerkt en door de slurrie wordt geroerd. Wanneer een Roum sterft, wenden we voor dat hij is overgegaan naar een wondermooie stad in de wolken. Dat is het fabeltje dat we onze kinderen vertellen wanneer ze vragen wat er met een familielid is gebeurd die opeens is verdwenen. Maar de waarheid is dat de grichkins het lijk naar de Fondans brengen en het in de bak storten, en dat hij opgaat in de slurrie." Roblay lachte vreugdeloos. "Nu weet je dus evenveel als ik. Als je het proces uit de eerste hand wilt gadeslaan zal niemand je tegenhouden, je kunt zo naar binnen, maar het zou je niet aanstaan wat je daar zou zien."

"Zou ik ook door de slurrie worden geroerd?"

"Ik denk het niet. Je zou worden genegeerd. De grichkins zijn zacht-aardig en eerbiedig, net als de andere Seishanee. Wil je nog steeds de Fondans bezoeken? Ik heb me laten vertellen dat de geur er verre van prettig is."

Skirl keek eens naar het massieve bouwwerk aan de Skein. "Misschien een andere keer, maar nu niet."

"Dat is verstandig, vooral omdat ik plannen heb die je veel interessanter zult vinden." Roblay nam zijn hoed af en legde hem weg. "Zou je ze willen aanhoren?"

Skirl vond het vermakelijk. "Ik heb toch niets beters te doen."

"Mooi! Ik neem dus aan dat je in een ontvankelijke stemming bent."

"Ik luister, dat in elk geval."

Roblay knikte ernstig alsof Skirl een aforisme van grote diepgang had geuit. "Ik zal de zaak met een omweg benaderen. Je bent je ervan bewust dat de Roumse levenswijze verschilt van alle andere."

"Ja," zei Skirl. "Dat was me opgevallen."

"Wat je niet kunt weten is dat ons esthetisch waarnemingsvermogen uiterst overgevoelig is. Het wordt vanaf onze geboorte van ons verwacht, we groeien in die vermogens opdat we elk deel van onze geest in volle soepelheid kunnen inzetten. Sommigen onder ons zijn telepathisch, anderen beheersen wel negen onderscheiden zintuiglijke waarnemingen, zodat ons bewustzijn overeenkomstig wordt verruimd. Ikzelf heb een betrekkelijk hoge graad van overgevoeligheid bereikt en ik zou een aantal van die inzichten graag met jou willen delen."

Skirl schudde glimlachend haar hoofd. "Doe maar geen moeite. Je zou woorden gebruiken die ik toch niet zou verstaan."

"Aha, maar de kennismaking voert ons ver voorbij de spraak alleen! Uiteraard zul je ontvankelijk moeten zijn en op verkenningen gespitst. Wat zeg je ervan?"

"Ik zeg dat ik het programma eerst eens uitgelegd wil zien."

"Natuurlijk! Kom, dan gaan we naar mijn appartement."

"En dan?"

Roblay legde al zijn geestdrift in zijn stem. "Ons doel is de ogenblikken van het bestaan te moduleren als een dirigent die de spelers in zijn orkest bestuurt. Welaan, geloof je me?"

"Natuurlijk! Hoe begint het? Leg het me alsjeblieft uit, stap voor stap."

Ietwat in zijn wiek geschoten zei Roblay: "Wanneer we het appartement betreden steken we beiden een ceremoniële kaars aan en snuiven we elk de geur op die van de vlam van de ander opstijgt. Dit is een ritueel van grote ouderdom en het symboliseert het samengaan van de geest op een zeker niveau dat ik hier niet nader zal omschrijven, omdat ons dat op het terrein van de mystiek zou brengen. Om in het hier en nu te blijven: we brengen de kaarsen naar mijn in grijs-en-lila uitgevoerd salet en zetten ze op het buffet aan weerszijden van mijn sacramentele toermalijn, die een meter hoog is en een voorwerp van grote schoonheid. Terwijl wij het verglijden van licht en schaduw gadeslaan worden wij ontkleed door mijn bedienden, zo vaardig dat je hun handen niet eens zult voelen. Vervolgens worden wij van top tot teen bespoten met een korst. Voor jou zal de kleur pistachegroen zijn; ik verschijn in een andere tint en met een andere smaak. Vervolgens laten we onze maskers komen."

Skirl was een tikje verbaasd. "Maskers? We kennen elkaar immers?"

"De maskers zijn essentieel. Ze smoren de oprispingen van oude doxologieën. Wanneer het masker je gezicht bedekt zul je een luchtig, zweverig gevoel gewaarworden. Onze buitenste ik is verdwenen, we zijn symbolen geworden. De bedienden leggen je nu op een tafel neer, waar ik een rooster van anderhalve centimeter grote vakjes op je lichaam uitzet, dat elke welving en neergang en alle hoekjes en bollingen volgt. Gebruikmakend van deze vakverdeling en een pulserende staf verken ik de gevoelige zones van jouw persoonlijke oppervlak, die in kleur worden uitgeprint op een groot vel papier dat je later mee mag nemen. Het is een bijzonder fraaie wandversiering die al je vrienden zullen bewonderen.

"Nu beginnen we elkaar teder te ontkorsten, hetgeen altijd vermakelijk is, en misschien dat we vervolgens een paar erotische technieken uitproberen, orthodoxe of geheel nieuwe, naar ons invalt. Wanneer vermoeidheid intreedt, tillen de bedienden ons op membranen, dragen ons naar een poel en laten ons zachtjes zakken in het warme water. Terwijl we daar zo drijven wordt het water in beweging gebracht en brengt golf na golf van turbulente bellen voort. Het effect daarvan is heel ongewoon, als tastbare muziek. De korst is nu geheel opgelost. De maskers kunnen worden afgezet en we zijn opnieuw onszelf.

"De bedienden lichten ons op de membranen uit deze lome poel en dragen ons naar een andere poel waar ze ons op een glijbaan plaatsen. Omlaag suizen we langs de baan om te belanden in water dat kouder is dan het koudste ijs. Daar drijven we, genietend van het tintelen van elke zenuw in onze huid. Wanneer we ten slotte al het mogelijke genot uit het water hebben gepuurd, brengen de bedienden ons over naar een verhoging waar ze ons droog betten met zachte handdoeken en ons kleden in kostuums van wit linnen.

"Nu is het tijd voor het diner. Bij het licht van de ceremoniële kaarsen wordt het maal opgediend en wanneer de kaarsen flakkeren en doven is de aangelegenheid ten einde." Roblay stond op. "Dus — wat denk je ervan?"

Skirl dacht even na. "Het klinkt erg vernuftig, maar ook wel een tikje inspannend."

"Niet echt," zei Roblay. "Zodra je het masker draagt zul je je helemaal ontspannen voelen." Hij pakte haar arm. "Kom! Paleis Immir is nabij."

Skirl schudde haar hoofd. "Het is aardig van je om me te vragen, maar zelfs met een masker op geloof ik niet dat ik het prettig zou vinden als iemand mijn zones in kaart bracht. Toch heb je me wel geholpen iets van de Roumse tradities te begrijpen; ik geloof dat ik nu ook weet waarom het geboortecijfer onder de Roum zo laag is." Skirl stond op en deed een stap achteruit om Roblay te ontwijken die probeerde zijn armen om haar heen te slaan. "Als je me nu wilt verontschuldigen, ik moet terug naar Carleone."

Hoofdstuk XVIII

Twee dagen later kondigde Ardrian aan dat er een deftig banket zou worden gegeven op paleis Ramy, residentie van Kasselbrock, patriarch van de Ramy sept. In Kasselbrocks uitnodiging waren niet alleen Ardrian en diens verwanten begrepen, maar ook de drie buitenwereldse gasten.

"Misschien dat jullie plezier beleven aan de avond en misschien ook niet," zei Ardrian. "Er zullen ceremoniën worden volvoerd die jullie niet begrijpen, en vormelijk gedrag is een vereiste. Als jullie verkiezen aan te zitten zullen de bedienden jullie in passende kostuums steken en zal ik mijn neef Alonso verzoeken jullie althans in bescheiden mate te onderrichten in de grondslagen van de vormelijke etiquette. Alles bijeen genomen denk ik dat jullie baat zullen hebben bij deze ervaring; een kleine faux pas zal jullie zeker worden vergeven."

"Het klinkt geweldig," zei Skirl. "Over mijn gedrag maak ik me niet bezorgd; mijn vader, ook een Mosseltaart, net als ik, was nogal streng uitgevallen. Als kind leerde ik al de kneepjes van verfijnd gedrag. Wat goed genoeg is voor Sassoon Ayry is goed genoeg voor paleis Ramy."

Ardrian glimlachte zuinig en zei: "Ik zie dat mijn bezorgdheid alle grond mist, althans in jouw geval. Tawn Maihac heeft van zijn vroegere ervaringen geleerd, maar Jaro is een onbekende grootheid."

"Ik zal Skirl aandachtig gadeslaan," zei Jaro. "Ze zal het me wel laten weten als mijn gedrag grof of bruut dreigt te worden. Maar ik vermoed dat zowel Skirl als ik profijt zouden hebben van eventuele verfijningen die het uw neef invalt te opperen."

Ardrian knikte. "Zo zij het dan."

Gedurende de ochtend kuierden Jaro en Skirl langs de Esplanade en voorbij Plaza Gamboye. Voor hen stond de bruine Fondans ineengedoken boven het water, met een reeks kleine raampjes in de hoogte en drie afgeplatte koepels van groen glas. Jaro en Skirl liepen erheen. Ze bleven staan en staarden met iets van ontzag naar het lelijke, massale gebouw. Vanaf de Esplanade voerde een hellingbaan naar een vierkante poort die door de zware muren voerde. In een brede hal konden ze iets opvangen van een schot, deels van glas en deels van beton, dat aan de linkerkant stond. Een poosje bleef het tweetal naar het gebouw staan kijken.

Jaro wees naar de afrit. "De poort staat open; wil je binnen een kijkje nemen?"

Skirl aarzelde. "Ik denk het niet. Misschien krijg ik iets te zien dat ik liever niet zie. Bovendien riekt het er nogal, heb ik me laten vertellen."

"Ik ben ook zo benieuwd niet," zei Jaro. "Overal in het Gaiaanse Bereik zijn er dingen waarvan ik liever geen weet zou hebben. Dit kan heel wel het eerste geval op de lijst zijn."

"Na enig onderzoek," zei Skirl, "zou je een boek kunnen schrijven, getiteld: 'Dingen waarvan ik wou dat ik ze niet kende', of misschien: 'Dingen die ik liever niet had gezien'."

"Hm." Jaro dacht erover na. "Ik schrijf liever een boek genaamd: 'Dingen die ik leuk vind aan Skirlet Hutsenreiter'."

Skirl kneep in zijn arm. "Hoe kan ik nou ooit nijdig op je worden als je zulke aardige dingen zegt?"

Jaro grijnsde op haar neer. "Ik dacht dat je vond dat ik volmaakt was."

"Wel bijna — maar nog niet helemaal."

"Waar schiet ik dan tekort?"

"Je doet niet altijd wat ik zeg. En je zou het liefst tot in eeuwigen dage door het Bereik zwerven."

"En jij niet?"

"Je gelooft het misschien niet, maar soms heb ik heimwee naar Thanet."

Jaro lachte. "Ik soms ook, als ik aan Merriehew denk, maar ik meen het niet echt."

"Zou je er ooit weer willen wonen?"

Jaro dacht daarover na. "Ik geloof het niet. Ik zou erg ongedurig worden."

"Ik zou je in de Mosseltaarten kunnen laten opnemen," zei Skirl nadenkend.

"Dat zou leuk zijn. Maar Sassoon Ayry en Merriehew zijn allebei verdwenen. Intussen is de *Pharsang* ons thuis en hebben we het hele Bereik om te verkennen."

"Dat is zo," zei Skirl. En peinzend voegde ze eraan toe: "Zo veel werelden dat ze niet te tellen zijn."

Jaro wierp haar een niet-begrijpende, schattende blik toe, maar zei er niets op. Ze liepen terug langs de Esplanade, staken de Plaza Gamboye over en keerden terug naar Carleone.

Het was nu halverwege de middag. Jaro en Skirl trokken zich terug in hun verblijven en maakten zich, geholpen door Seishanee bedienden, klaar voor het banket.

Ardrian bracht de drie buitenwerelders al vroeg naar paleis Ramy en leidde hen een uur lang rond door de schitterende zalen en vertrekken, die zinderden van licht en kleur en van de aanwezigheid van mensen, terwijl de overeenkomstige ruimten in het verlaten Somar, die niet minder schitterend waren, een matte, doffe indruk hadden gemaakt. Seishanee bewogen zich geruisloos in de schaduwen: tengere, soepele gedaanten met een bleke huid en goudblond steil haar op hun voorhoofd. Een tweetal pages stond aan weerszijden aan de voet van de staatsietrap. Het schenen vrouwen te zijn; ze droegen het uniform van schildwachten uit de oudheid en stonden er star en stijf bij, met haren die boven hun hoofd in een hoge punt waren gedraaid — net kaarsvlammen. In hun hand hielden ze elk de schacht van een slanke speer van vijf meter lengte. Ze knipperden zelfs niet met hun ogen toen het groepje voor hen langs liep.

Jaro zag een lage boogdoorgang achter de grote trappen. Hij gaf toegang tot een smalle trap van steen die in het donker afdaalde. In antwoord op zijn vraag zei Ardrian: "Er liggen crypten onder alle paleizen. Ze worden gebruikt voor opslag en voor het rijpen van wijn. Daaronder liggen sinistere verblijven, kerkers, zo je wilt, die nu merendeels zijn dichtgemetseld tegen de huisguilen. Ze stammen uit de periode die wij de Slechte Tijd noemen, een eeuw waarin de Huizen een listige, geheime oorlog voerden tegen vijandelijke Huizen. Het was een verschrikkelijk tijdperk van haat en wraak, gruwelijke samenzweringen en ijselijke daden en moord in de tuinen, van ontvoeringen en lieden die tot het eind van hun leven gevangen werden gezet in de diepste kerkers. Sommige septs werden tot de laatste man uitgeroeid — alleen de verlaten paleizen resten nog. Breng het onderwerp niet ter sprake; dat wordt als ongemanierd beschouwd. Ik stel zelfs voor dat jullie geen enkele mening naar voren brengen tenzij daar om gevraagd wordt. Mochten er vragen worden gesteld, beantwoord ze dan zo kort en zo mild mogelijk. Ik denk dat jullie de logica die hierachter steekt wel zullen kunnen begrijpen."

De drie buitenwerelders werden voorgesteld aan hun gastheer, die hun plaatsen wees aan de voet van de lange rechte tafel. Zestien andere gasten namen hun plaatsen in en de Seishanee lakeien dienden de eerste gang op.

Het banket nam zijn loop. Jaro en Skirl keken hun gedragswijze af van de andere gasten en begingen kennelijk geen maatschappelijke blunders.

Zoals Ardrian hen had aangeraden spraken ze weinig, dronken met mate en hielden armen en ellebogen zedig dicht naast het lijf. Ze vonden de gerechten smakelijk, zij het gekruid met stoffen die ze niet kenden. Het gezelschap bestond uit dames zowel als heren, van overduidelijk aanzien en rashudo. Skirl en Jaro werden bejegend met onpersoonlijke beleefdheid maar weinig hartelijkheid. Halverwege het banket sprak een heer met bolle wangen, een kransje wit haar en een klein wit sikje, die aanzienlijke hoeveelheden wijn naar binnen had gewerkt, Skirl op nogal plagende toon aan. "Vermaakt u zich aan dit banket?"

"Ja, natuurlijk!"

"Mooi zo! Geniet ervan nu u de kans hebt. Een banket zoals dit zal in uw ervaring ongetwijfeld uniek zijn."

"In zekere zin wel," zei Skirl. "Het paleis is schitterend. Ons eigen huis, Sassoon Ayry, is lang zo sjiek niet — niet dat dat de keus was van mijn vader, die al ons geld heeft verspeeld met onberaden speculaties. Een grandeur als van paleis Ramy is onmogelijk als men geen geld heeft, aangezien men hoge salarissen kwijt is aan bedienden en de slavernij overal in het Gaiaanse Bereik verboden is."

"Aha!" zei het heertje. "U begrijpt het niet! De Seishanee zijn geen slaven; het zijn heel eenvoudig Seishanee. Onze manier is veruit de beste."

Skirl beaamde dat het heertje het ongetwijfeld beter wist dan zij. Ze verorberde een gekristalliseerd bloemblaadje en het banket ging door.

De volgende morgen meldde Ardrian dat de justicanten, ten gevolge van druk die van de kant van Huis Urd werd uitgeoefend, die middag een zitting zouden houden. De grandes van Urd meenden dat Asrubal ongerief te verduren had op grond van onverantwoordelijke aantijgingen en verlangden dat alle beperkingen van Asrubals bewegingsvrijheid terstond zouden worden opgeheven.

De justicanten kwamen opnieuw bijeen in de Grote Hal van paleis Varcial, dat in weelde amper onderdeed voor paleis Ramy. Zoals tevoren werd Asrubal door de regulisten binnengeleid en naar de zware zetel tegen de muur gebracht. En zoals tevoren zat Asrubal er star en stil bij, met zijn beenderwitte gezicht verstoken van elke uitdrukking. Nu en dan vestigde hij zijn ronde zwarte ogen op Jaro, wat een merkwaardig wriemelend gevoel in Jaro's ingewanden opriep. Als hij zijn ogen dichtdeed kwamen de beelden van weleer terug.

Na enig onderling gemompel opende het forum de overwegingen. Asrubals advocaat, Barwang van Urd, richtte zich aldus tot het forum. "Edelachtbare heren, ik verzoek u mijn verwant Asrubal terstond te ontslaan uit deze absurde situatie. Wat wij hier zien is een bizarre klucht, op grond van beweerd onrecht dat een buitenwereldse marskramer zou zijn aangedaan. En waarmee onderbouwt deze zijn beweringen? Door trots zijn zoon naar voren te schuiven, die naar eigen zeggen lijdt aan hersenbeschadiging. Het oogknipperen, het neusophalen en de ledige uitdrukking op zijn gezicht zijn ieder van ons al opgevallen. Hij is overduidelijk niet betrouwbaar, noch bij de pinken. Deze rechtszaak kan men niet serieus nemen. Asrubal is volstrekt nergens schuldig aan; desniettemin wordt hij over de hekel gehaald voor niet-bestaande misdrijven! Ik vraag u, is dit hoe men in Romarth recht doet?"

De magister stak zijn hand op. "Naar wat voor misdrijven verwijst u nu? Asrubal is misdadig gedrag van diverse categorieën ten laste gelegd."

"Om te beginnen," zei Barwang, "zal ik het hebben over de aanklachten van de eerste categorie." Hij las ze op van een vel papier. "Deze omvatten: zwendel, fraude, diefstal, verduistering, verraad, misleiding, samenspanning, en misbruik van vertrouwen." Barwang sloeg met de rug van zijn hand tegen het papier. "Allemaal boerenbedrog, natuurlijk. En al zouden deze aantijgingen waar zijn, dan dienden ze nog niet-ontvankelijk te worden verklaard, opdat wij met de grootste spoed onze gebruikelijke bezigheden kunnen hervatten."

Na een blik op Jaro vervolgde Barwang: "De aantijgingen zijn gegrondvest op vrijwel onleesbare aantekeningen die met uiterste slordigheid zijn bijgehouden door —"

"Een ogenblikje," zei Morlock, Tawn Maihacs advocaat. "De journalen zijn volstrekt leesbaar. Ze zijn zorgvuldig bijgehouden door een pijnlijk eerlijke klerk."

Barwang boog hoffelijk. "Daarover, mijnheer, kan men twisten. De klerk staat bekend als een uilskuiken, die het ontbreekt aan de scherpzinnigheid die Asrubal onderscheidt en die hem heeft geleid in zijn deskundig financieel beleid."

"Dit zij zo vastgesteld," antwoordde Morlock. "Het verklaart waarom Asrubal over grote rijkdom beschikt terwijl Yamb in armoede leeft."

"Niet ter zake, in alle opzichten!" zei Barwang. "Asrubal heeft wel iets beters te doen dan af te dingen op elk blikje gepekelde vis. Dat is werk voor grutters, een benaming die nimmer aan mijn koene verwant zal kunnen worden verleend!" Hij wendde zich tot Asrubal. "Heb ik gelijk, mijnheer?"

"Volkomen gelijk!"

Morlock vroeg: "En daaruit bestaat uw verdediging? Het feit dat Asrubal geen grutter is?"

"Natuurlijk niet!" verklaarde Barwang. "Ik wilde er slechts de aandacht van het hof op vestigen. Onze verdediging is zeer eenvoudig. Asrubal kan niet worden veroordeeld op grond van diefstal of verduistering! En waarom niet? Omdat dergelijke vergrijpen niet staan vermeld in ons Wetboek van Strafrecht. Hoe is dat mogelijk, zegt u? Heel eenvoudig. Door de eeuwen heeft men dergelijke vergrijpen nooit gekend in Romarth. Op grond daarvan stel ik dat Asrubal niet-bestaande misdrijven ten laste zijn gelegd. Ik verzoek het hof daarom de aanklacht niet ontvankelijk te verklaren en Asrubal overeenkomstig schadevergoeding toe te wijzen."

"Niet zo snel," zei de magister. "De Wet is niet in roestvrij staal gevat. Wij kennen allen de aard van deze misdrijven. Uw argumentatie gaat niet recht door zee. Het aanpassen van het Wetboek vergt op zijn hoogst tien minuten en wij kunnen de nieuwe artikelen met terugwerkende kracht laten ingaan vanaf honderd jaar geleden, zodat de ergste van Asrubals misdrijven daar zeker door zullen worden bestreken."

Barwang bleef een poosje troosteloos voor zich uit staan kijken; toen zei hij: "Mijne heren, het komt mij voor dat Asrubal mogelijk ietwat zorgeloos is geweest, in beslag als hij werd genomen door zijn grootse plannen. Ik ben van mening dat het forum in zijn wijsheid Asrubal met een berisping, en mogelijk wat goede raadgevingen, zou dienen te ontslaan van rechtsvervolging. Dan behoeven er geen woorden meer te worden vuil gemaakt aan deze toch triviale misgrepen."

De magister zei: "Uw aanbeveling is gehoord. Morgen zullen we uitspraak doen en ons buigen over de beschuldigingen van moord. Dit is snelrecht, zeker, maar de grandes van Huis Urd hebben op deze spoed aangedrongen en als dat betekent dat Asrubal des te eerder wordt veroordeeld en terechtgesteld, hebben ze het alleen aan zichzelf te wijten. Dit is alles voor vandaag. Morgen komen we weer bijeen, op hetzelfde uur."

De volgende dag waren Ardrian en zijn gasten al vroeg in de grote zaal van paleis Varcial, waar ze een plekje zochten. Op het afgesproken uur geleidden de regulisten Asrubal de zaal binnen en deden hem plaatsnemen in de zetel tegen de muur. Barwang voegde zich daar bij hem, waarop ze zich op fluistertoon met elkaar onderhielden.

Eindelijk verschenen de justicanten, tien minuten te laat, en namen hun plaatsen in achter de tafel. De magister riep de bijeenkomst tot de orde. "Inzake Asrubal hebben wij hem niet schuldig kunnen bevinden aan verduistering of diefstal, aangezien Roum dergelijke misdrijven niet begaan — tot Asrubal verscheen, uiteraard. Maar dat doet er niet toe. Asrubal heeft misdrijven tegen het algemeen welzijn begaan en dus verklaren we hem schuldig aan verderfelijk gedrag. Nee, Barwang, wij wensen uw protesten niet te horen. Asrubal, wij gaan nu over tot uw vonnis. Wees zo goed de volle omvang van uw financiële bezittingen aan te geven."

Asrubals gezicht werd nog strenger en verbetener dan eerst. "Dat zijn mijn privézaken. Ik wens deze gegevens niet aan anderen te verstrekken."

Barwang boog zich naar Asrubal over en sprak hem dringend toe. Asrubals smalle mond zakte sip af. Hij zei: "Ik krijg het advies dat openheid mijn enige keus is."

"Voortreffelijk advies."

Asrubal richtte zijn blik omhoog en staarde nadenkend naar het plafond. "Ik heb hier in Romarth de beschikking over ongeveer twee-duizend sol. Op het Lorquinagentschap houd ik een fonds aan voor noodgevallen ten bedrage van ongeveer vijfduizend sol. Mijn ver-mogen staat op de Natuurbank te Loorie, zoals iedereen in Romarth gewoon is. Het saldo beloopt naar ik veronderstel zo'n twintigduizend, dertigduizend sol."

"Is dat alles?" vroeg de magister.

"Ik heb mogelijk nog een paar kleine rekeningen elders, van min of meer te verwaarlozen omvang."

"Juist ja. Welke rekeningen zijn minder en welke zijn meer 'te ver-waarlozen in omvang'? Wees zo goed in bijzonderheden te treden."

Asrubal maakte een gebaar dat bijna ondeugend leek. "Ik kan me de precieze bedragen niet herinneren. Ik ben niet zo op geld gespitst."

"U bezit een lijst van deze rekeningen?"

"Ja, dat denk ik wel."

"Waar bevindt zich deze lijst?"

"In de kluis in mijn particuliere werkvertrek."

De magister wendde zich tot de regulisten. "Neem Asrubal mee naar zijn werkvertrek, laat hem zijn kluis openen en voer hem dan ter zijde. Breng vervolgens de inhoud van de kluis onverwijld hier. Neen, Barwang van Urd, u blijft hier."

De regulisten trokken Asrubal overeind. "Kom!"

Even later keerden de regulisten terug met de inhoud van Asrubals kluis. De justicanten bestudeerden de papieren minutenlang. Toen namen ze Asrubal op met iets van ontzag. Asrubals smalle witte gezicht bleef uitdrukkingsloos.

De magister zei: "Dit is hoogst belangwekkend. Uw financiële onregelmatigheden krijgen een geheel nieuwe dimensie. U hebt vijf rekeningen bij evenzovele banken. En die min of meer te verwaarlozen fondsen belopen alles bij elkaar meer dan een miljoen sol. Het Lorquinagentschap is verbazend winstgevend geweest."

"Dat is niet allemaal geld van Lorquin," verklaarde Asrubal. "Ik heb een paar gunstige investeringen weten te plegen."

"Wat was u voornemens te doen met al dat geld?"

"Ik heb nog geen vaste plannen."

De magister grinnikte. "Wat ze ook mogen zijn geweest, u kunt ze nu wel uit uw hoofd zetten. Het geld is geconfisqueerd. Daarnaast zult u niet langer het Lorquinagentschap leiden. Er kunnen nog verdere straffen worden opgelegd, hangende de uitkomst van een aantal veel ernstiger aanklachten, te weten poging tot moord op Tawn Maihac, moord op het kind van Tawn en Jamiel Maihac en moord op Jamiel Maihac zelf. Wat is uw antwoord op deze tenlasteleggingen?"

"Het is brutale, roekeloze en niet-ontvankelijke onzin. Ik heb niemand vermoord."

"Asrubal, uw antwoord is gehoord," zei de magister. "En nu — " hij keek justicaris Morlock aan " — moogt u uw zaak uiteenzetten."

Morlock trad naar voren. Hij wees naar Maihac. "Daar zit Tawn Maihac, een buitenwerelds koopman. Twintig jaar geleden kwam hij naar Romarth in de hoop het Lorquinagentschap te omzeilen en rechtstreeks handel te drijven met de Roum, volgens een stelsel dat de handel zou vergemakkelijken en alle betrokkenen welstand zou bezorgen — niet alleen Asrubal. Huis Urd verzette zich uiteraard tegen deze voorstellen, aangezien ze een eind zouden maken aan Asrubals monopolie.

"Na twee jaar rechtskundig touwtrekken verkreeg Maihac toestemming om een lading gereedschappen in te voeren en te verkopen aan de openbare schatkist, ter verdeling onder de Seishanee. Maihacs vraagprijs bedroeg een derde van de prijs die het Lorquinagentschap hanteerde. Asrubal was diep verontwaardigd over het plan. Om zijn belangen te beschermen beraamde hij een schurkendaad. Toen Maihac en Jamiel met hun twee kinderen, Garlet en Jaro, Romarth per zwever trachtten te verlaten, kwam Asrubal aan met een bende Urd-cavaliers die gemaskerd waren als Sluipmoordenaars. Deze lieden zijn geïdentificeerd en zullen zo nodig getuigenis afleggen.

"Op Asrubals bevel viel deze laffe bent Maihacs zwever aan en trachtte Jamiel en de kinderen te grijpen. Na een handgemeen wisten Maihac en Jamiel te ontkomen, om te ontdekken dat een van hun kinderen, Garlet, uit de zwever was weggegrist. Terwijl ze vol afgrijzen toekeken liet Asrubal het kind doodvallen op de rotsen, waarna hij het lijkje in de rivier gooide.

"Maihac was ontzet, maar had geen andere keus dan Jamiel en Jaro naar Flad te brengen waar ze voornemens waren zich op de *Liliom* in te schepen naar Loorie. Asrubal was hem voor. Hij stuurde per radio bericht aan Arsloe, de werktuigkundige te Flad, die ervoor zorgde dat een groep Lokloren Maihac en zijn familie zouden overvallen zodra ze aankwamen. De Lokloren namen Maihac gevangen; Jamiel en Jaro wisten te ontkomen.

"Maihac wist zich drie jaar lang in leven te houden en werd ten slotte voor dood achtergelaten na een gevecht met een huisguil.

"In die periode ging Asrubal Jamiels spoor na tot in Punt Extase op Camberwell, waar hij haar vermoordde. Jaro was op dat ogenblik zes jaar oud. Hij herinnert zich de komst van Asrubal naar hun woning aan de buitenrand van Punt Extase. Op bevel van zijn moeder rende hij naar de rivier en ontsnapte per boot.

"Samengevat: Asrubal is schuldig aan twee moorden en aan poging tot moord op Maihac.

"Welaan, hoe kan ik deze beweringen staven? Ik behoef slechts een enkele moord te bewijzen om het 'schuldig' te doen uitspreken. Gelukkig is dit eenvoudig en onomwonden te bereiken. Maihac, zes Urd-cavaliers en een tweetal Ratigovrouwen waren rechtstreeks getuige van de moord op de peuter Garlet. Hun getuigenis zal mijn aanklacht staven. Wat de twee andere misdrijven betreft is het bewijs afgeleid en indirect. Arsloe, de werktuigkundige die Maihacs ontvoering door de Lokloren op touw zette, is jaren geleden uit Flad vertrokken en waar hij zich bevindt is onbekend. Niettemin staat Asrubals schuld in deze vast. Wat de moord op Jamiel betreft, daarvoor is werkelijk bewijs voorhanden. Jaro zag hem het huis in Punt Extase naderen en zag hem door een venster kijken. Op dat punt is zijn herinnering volstrekt helder. Later werd Jamiel dood aangetroffen; haar schedel was ingeslagen. Asrubal stroopte het huis af, op zoek naar de bezwarende journalen die Jamiel verkregen had van Aubert Yamb te Loorie. Ook was er Asrubal veel aan gelegen de wissel van driehonderdduizend sol te bemachtigen die Jamiel in haar bezit had gehad. Hij kon niets vinden en besloot dat de documenten in het bezit van Jaro moesten zijn. Asrubal berichtte aan Terman van Urd dat Jamiel dood was en dat Jaro werd vermist. Asrubal kon van deze feiten niet op de hoogte zijn, tenzij hij zich in onmiddellijke nabijheid van de moord had bevonden. Hij droeg Terman op Jaro te vinden en Terman wist het vermiste kind ten slotte op te sporen in Thanet op Gallingale.

"Dit, mijne heren, is mijn bewijs tegen Asrubal. Ik verzoek u ogenblikkelijk en zonder verder uitstel vonnis te wijzen." Morlock keerde terug naar zijn plaats.

De justicanten overlegden kort op zachte toon; toen draaiden ze zich om en namen gezamenlijk Asrubal op, die achterover geleund zat op zijn zware zetel, met een spottende en onaangedane uitdrukking op zijn gezicht.

Barwang kwam naar voren gekuierd. "Morlocks argumentatie is niet-ontvankelijk. Ik zal zijn bewijzen nu ontzenuwen."

De magister zei geprikkeld: "Niet zo snel, Barwang van Urd! Asrubal zit ginder; laat hij zelf spreken."

Barwang keek teleurgesteld. "Zoals u wilt, mijnheer." Verslagen en met hangende schouders ging hij terug naar zijn plaats.

De magister zei tot Asrubal: "Mijnheer, u hebt de overtuigende aanklacht van Morlock gehoord. Wat is daarop uw antwoord?"

Asrubal glimlachte zuinig. "U hebt me weliswaar van mijn bezittingen beroofd, maar zo gemakkelijk zult u mij niet mijn leven ontrukken. De aantijgingen zijn vals. Ik heb geen moorden gepleegd. Voer uw getuigen maar aan, met tientallen en met honderden en zo nodig met duizenden tegelijk. De som van een miljoen nullen blijft nog steeds nul. Schuld kan niet worden bewezen waar geen schuld te bewijzen valt."

"Dat is alles goed en wel," zei de magister. "Maar hoe verklaart u de omstandigheden dan? Vergeet niet: zelfs een dood kind is een lijk."

"Bah! Het was alles een vergissing. Toen de buitenwerelder Romarth steels wilde verlaten ging ik er met een aantal vrienden heen om hem te overreden. Wij hadden slechts vreedzaam vertoon in de zin, maar een paar Dolwijven met Ratigomaskers kwamen tussenbeide en trachtten de twee kinderen te roven."

"Waarom zouden ze dat hebben willen doen?"

Asrubal glimlachte. "Wie weet wat er in de gedachten van een Ratigovrouw omgaat? Hun geloof heet iets in de geest van 'Doctrine der onwaarschijnlijkheid'. Het was een daad van willekeur."

De magister nam Asrubal aandachtig op en vroeg toen abrupt: "Als het een daad van willekeur was, waarom hadden ze dan twee poppen bij zich?"

Asrubals glimlach bleef even nietszeggend. "Ik ben een logisch mens. De doctrines van Ratigo gaan mijn verstand te boven."

"Zodat hun verschijning voor u een onthutsende verrassing was?"

"Natuurlijk."

"Juist ja. Ga voort met uw verhaal, alstublieft."

"Er is niet veel te vertellen. Terwijl Maihac en Jamiel ons kleine vertoon van ongenoegen gadesloegen, grepen de vrouwen een van de kinderen, legden er een pop voor in de plaats en trachtten toen het tweede te grijpen. Na een korte worsteling wist Jamiel het tweede kind terug te krijgen waarna Maihac de zwever deed opstijgen en het tweetal vertrok, kennelijk in de overtuiging dat ze beide kinderen bij zich hadden.

"Ik zag het gebeuren en wilde de vluchtelingen terugroepen, opdat ze hun kind weer konden bemachtigen. Om Maihacs aandacht te trekken wierp ik de andere pop hoog in de lucht; het kind was intussen niets geschied en werd overgebracht naar een veilige plaats — mogelijk door de Dolwijven. Daarmee was het afgelopen. Roep uw getuigen op; ze zullen mijn verklaring onderschrijven. De buitenwerelder zette zijn vlucht voort naar Flad, waar hij werd gegrepen door de Lokloren. Mijn medeplichtigheid daaraan berust louter op gissingen en kan niet worden bewezen. Alleen Arsloe zou een geldige getuigenis tegen mij kunnen inbrengen en hij is al tien jaar uit Flad vertrokken. Het is laster dergelijke aantijgingen te uiten wanneer er geen greintje bewijs voorhanden is!"

"Dat is een goed argument," gaf de magister toe. "Laten we overgaan naar de andere fase van deze zaak."

Asrubal maakte een geringschattend gebaar. "Wat de moord op Jamiel van Ramy betreft, moet ik opnieuw een heel pakket leugens weerspreken. Het is niet rechtvaardig dat mij zoveel grofheden en ongerief ten deel vallen."

"Beklaag u niet!" zei de magister. "Het forum geeft u de gelegenheid tot repliek. In een minder gezonde samenleving zoudt u waarschijnlijk zonder vorm van proces zijn opgehangen."

Asrubal slaakte een minachtend geluid en zei toen: "Ik zal de tijd van het forum slechts kort in beslag nemen. Ik volgde het spoor van Jamiel van Ramy naar Camberwell teneinde de gestolen documenten terug te krijgen. Ze woonde in een klein huis aan de rand van Punt Extase. Ik begaf me daarheen met de opzet haar te verzoeken mij de ontvreemde documenten te geven die men had kunnen aanwenden tot mijn verlegenheid. Ik was voornemens haar een ruim bedrag voor de teruggave aan te bieden. Ik ging in gezelschap van Edel van Urd, een persoon van onaantastbare eer en rashudo. Samen arriveerden we bij het huis van Jamiel. Het was net zonsondergang. Edel ging de achterzijde van het huis opnemen terwijl ik bij de omheining wachtte. Ik zag de jongen naar me staren door het venster aan de voorzijde, zodat ik wist dat Jamiel thuis was.

"Toen Edel terugkwam liepen we samen op het huis toe. Ik keek door het venster. Opnieuw zag ik de jongen. Toen verwijderde ik me van het venster en voegde me bij Edel aan de zijkant van het huis. Wij overlegden een ogenblik en gingen toen het huis binnen, om te ontdekken dat ijselijke euveldaden hadden plaatsgevonden. Op de vloer lag Jamiel met verbrijzelde schedel. De jongen was verdwenen. Ik stuurde Edel uit om de jongen te halen terwijl ik begon te zoeken naar de bescheiden. Ik kon niets vinden. Edel keerde terug en meldde dat de jongen klaarblijkelijk per boot was vertrokken. Wij gingen hem zoeken, maar de avond was gevallen en we konden niet veel meer onderscheiden. Ik besloot dat de jongen de bescheiden en de wissel had meegenomen.

"Wie Jamiel heeft vermoord? Wij bezaten geen enkele aanwijzing indertijd, en nu nog net zo min."

Barwang beende naar voren en richtte zich tot het forum. "Edel-achtbaren, ginds zit Edel van Urd. Zoals u zult weten is hij een eerbiedwaardig heerschap van hoog rashudo; ik verzoek hem nu te getuigen van wat hij zich van dit verschrikkelijk gebeuren herinnert."

Barwang gaf een teken en een heer van middelbare leeftijd trad naar voren. Barwang verwelkomde hem met een lichte buiging. "Edel, u hebt het getuigenis van Asrubal gehoord. Kunt u het forum vertellen of Asrubals verklaring waar oftewel onwaar is?"

Edel richtte zich onomwonden tot het forum. "Asrubal heeft in alle opzichten de waarheid gesproken."

"Heeft Asrubal Jamiel van Ramy vermoord?"

"Dat zou onmogelijk zijn geweest. Hij heeft Jamiel niet vermoord en ik evenmin."

"Wie heeft de moord dan gepleegd naar uw mening?"

Edel haalde zijn schouders op. "De schuldige kan een rivierbandiet zijn geweest, of een gekwetste minnaar of misschien een dolende krankzinnige. De enige mogelijke getuige was de jongen en die was verdwenen."

"Dank u, Edel, dat is alles."

Edel keerde terug naar zijn plaats.

Asrubal vervolgde zijn verklaring. "Zoals ik al opmerkte, ontdekte Terman van Urd dat de jongen was gered door een tweetal antropologen die hem meenamen naar Thanet op Gallingale.

"Ik wilde nog steeds gaarne de gestolen boeken bemachtigen. Ik stuurde Terman naar Thanet, waar hij een zorgvuldig onderzoek instelde. Hij doorzocht het huis waar de jongen woonde, maar vond niets. Bezig inlichtingen in te winnen, vernam Terman dat de jongen geen enkele herinnering meer bezat aan de jaren voor zijn aankomst in Thanet. Zijn klasgenoten vonden hem schuchter en ietwat achtergebleven in ontwikkeling en beschreven hem met de term 'nixo'. Hij wist vrijwel zeker niets van de vermiste journalen af. Ik verloor alle belangstelling voor de jongen en heb hem verder op generlei wijze lastiggevallen. Zoals ik al verklaarde: ik ben niet schuldig aan de moord op Jamiel, nog op enig ander persoon."

Opnieuw trad Barwang naar voren. "Het is nu duidelijk dat de zaak tegen Asrubal opgeblazen onzin is. Morlocks aantijgingen zijn slechts winderigheid, van een buitengewoon onwelriekend soort. Het forum zal deze aanklachten nu van de hand dienen te wijzen aangezien er niets van bewezen kan worden. Verder verwachten wij dat Morlock hoffelijk maar zeer duidelijk zijn verontschuldigingen aanbiedt."

De magister scheen het vermakelijk te vinden. "Ik ben de opperste justicant, ik ben het geweten van Romarth," zei hij. "Ik zie dat er euveldaden zijn bedreven en dat, door puur geluk of slinkse opzet, de misdadiger zich onder de gevolgen daarvan heeft weten uit te werken."

Barwang sprong op. "Laster!" kreet hij. "Verschrikkelijke, hoogst schadelijke laster!"

De magister staarde hem onbewogen aan en zei toen: "Barwang, wees zo goed uw verontwaardiging te beteugelen. Asrubal heeft niet zoveel reputatie meer over om te beschermen.

"De wet met betrekking tot laster," vervolgde de magister, "belet mij niet op te merken dat Arsloe, de enige getuige van de misdrijven jegens Maihac, verdwenen is. Ik vind het ongelofelijk dat een heer van naam getuigt van de onschuld van Asrubal ten opzichte van de moord op Jamiel, terwijl wij allen, Barwang daaronder begrepen, intuïtief Asrubals hand hierin hebben herkend, direct of indirect. In het geval van het kind Garlet vergast Asrubal ons op zulke vergezochte klets-praat, dat zelfs Barwang ervan beduusd zal hebben gestaan. Asrubal maakt ons wijs dat hij, teneinde Maihac te overreden in Romarth te blijven, ter plaatse arriveert met zes gemaskerde Sluipmoordenaars en twee Dolwijven. In plaats van een zang en een vreugdedans ten beste te geven, vallen ze Maihac aan en trachten hem voor het hoofd te schoppen, terwijl de Dolwijven zijn kind roven. Wanneer Maihac in de zwever ontsnapt, meent Asrubal hem tot terugkeren te bewegen door zijn kind de lucht in te slingeren en het lijkje vervolgens in de rivier te smijten. Maihac kon immers niet weten dat het een pop was. Om Jamiel en zijn andere zoon te beschermen vliegt hij door naar Flad, waar Arsloe, volgens de opdracht die Asrubal hem per radio geeft, hem aan de Lokloren verraadt, waarbij Asrubal er zeker van kon zijn dat Maihac met de meisjes zou moeten dansen en er het leven bij in zou schieten.

"Asrubal had het mis, Maihac wist het te overleven en Asrubal was naar het schijnt zichzelf te slim af geweest. Eén vraag drukt nu op ons aller gemoed en daarop dient Asrubal antwoord te geven. Hij bevindt zich tussen twee verschrikkelijke vuren; hoe hij ook antwoordt, hij zal de ernstige gevolgen niet kunnen ontgaan. Als het kind Garlet dood is, is hij een moordenaar. Als Garlet nog leeft is hij een ontvoerder. Ik zal hem de vraag nu stellen." De magister wendde zich tot Asrubal. "Hoor mijn vraag en geef antwoord! Waar is het kind Garlet?"

Asrubal staarde voor zich uit alsof hij door zijn gedachten in beslag genomen werd.

De magister boog zich naar voren. "Asrubal, u hebt de vraag gehoord. Waar is het kind Garlet?"

Asrubal richtte zijn ronde zwarte ogen op hem en zei toen met zachte stem: "Dat weet ik niet."

"Dat is geen bevredigend antwoord," zei de magister. "Het kind bevond zich onder uw hoede. Wat hebt u daarna met hem gedaan?"

Asrubal haalde zijn schouders op. "Op dat tijdstip was ik, en ik geef dit grif toe, in een kwalijk humeur. Ik overhandigde het kind aan mijn huismeester Ooscah en gaf hem bruusk mijn bevelen. Ik droeg hem op het kind uit mijn ogen te verwijderen en veilig te bewaren tot de ouders het zouden komen opeisen. In de tussentijd wenste ik geen last van hem te hebben, op wat voor manier dan ook, aangezien het mijn probleem niet was. Ooscah ging weg met het kind en de ouders zijn nooit teruggekomen; meer weet ik niet."

Op vriendelijke toon vroeg de magister: "Maar het is u toch zeker bekend waar Garlet zich bevindt?"

Asrubal zat kaarsrecht en zijn witte gezicht stond strak. "Nadat Ooscah het kind had meegenomen heb ik het voorval uit mijn gedachten gezet en heb er sindsdien nooit meer aan gedacht. Het kind kan dood zijn of nog in leven. Ooscah heeft mij, gehoorzaam aan zijn opdracht, nooit verslag gedaan. Als het kind niet gevonden kan worden, wijs ik alle verantwoordelijkheid af, aangezien ik bevolen heb dat hij veilig en in gezonde omstandigheden diende te worden ondergebracht."

"In dat geval moeten we Ooscah ondervragen. Ontbiedt hem hier en wel terstond."

Asrubal dacht nog even na, stond toen langzaam op en verliet de zaal. Op een teken van de magister ging een tweetal regulisten hem achterna. Jaro, die bij de deur zat, keek op in Asrubals uitgestreken gezicht toen deze langs hem beende naar de voorhal. Jaro kwam ook overeind en volgde zo onopvallend mogelijk. Hij glipte door de deur en bleef staan naast een hoog kamerscherm van honingkleurig hout met verfijnd snijwerk. Achter het scherm was het schemerig. Jaro deed een stap opzij zodat hij kon zien maar niet gezien kon worden.

De voorhal leek sterk op die van Carleone, met een hoog plafond en een brede trap die naar een galerij met een balustrade voerde. Aan de overzijde van de hal lag een korte gang met daarachter een informele salon. Aan een bureau ter zijde van de gang zat een grichkin in een livrei van wit en zwart, een kwieke zwarte kegelvormige hoed met een smalle rand en zwarte laarzen met krulneuzen. Hij was gezet, met gebogen schouders, en bezat de gerimpelde huid en de genepen gelaatstrekken van een grichkin van rijpere leeftijd. Zijn functie was waarschijnlijk die van onderbaljuw, met een status die slechts iets geringer was dan die van de majordomus.

Asrubal wuifde de regulisten gebiedend achteruit en liep op het bureau van de grichkin toe terwijl de regulisten van een afstandje toekeken. Asrubal boog zich voorover en gaf de grichkin kortaf enkele bevelen. De grichkin stelde een weifelende vraag. Asrubal antwoordde en sloeg met zijn knokkels op het bureau om zijn opdracht kracht bij te zetten. De grichkin boog onderdanig het hoofd.

Jaro vroeg zich af waarom er zulke krachtdadige bevelen nodig waren, alleen om de majordomus Ooscah te ontbieden. Het was een merkwaardig tafereel, dacht Jaro. Hij bezag het met toenemende nieuwsgierigheid.

Eindelijk voldaan dat hij zijn wensen had duidelijk gemaakt, rechtte Asrubal zijn rug en keek om zich heen. Jaro dook dieper in de schaduwen weg. Asrubals aandacht richtte zich echter op de regulisten. Hij scheen de kansen op een ontsnapping te overwegen.

Die kansen waren duidelijk niet voorhanden. Asrubal liep langzaam terug door de voorhal, langs Jaro heen de zaal weer in, waar de justicanten hem wachtten. De regulisten volgden hem.

Jaro bleef toezien terwijl de grichkin de telefoon opnam en een paar zinnen sprak, kennelijk om Ooscah te verwittigen dat zijn aanwezigheid in de grote zaal gewenst was.

Jaro bleef in de schaduwen staan. Asrubals optreden was hoogst eigenaardig geweest en vrijwel zeker alleen op zijn eigen voordeel gericht.

De grichkin hees zich overeind en liep toen op een sukkeldrafje de voorhal door en om de trap heen, naar een lage stenen boogdoorgang waarin hij verdween. Jaro's achterdocht werd versterkt. Hij stak met grote stappen de voorhal over. Zoals hij verwacht had gaf de boog toegang tot een ruwe stenen trap, die omlaag voerde naar de crypten onder paleis Varcial. De grichkin was nergens te bekennen.

Jaro aarzelde. De gedachte de grichkin naar de crypte te moeten volgen stond hem bepaald niet aan, maar ja — Jaro nam zich duchtig onderhanden om zijn lafhartigheid. Hij keek achterom. Niemand te zien. Er hielp geen lievemoederen aan; hij vertrok zijn gezicht in een grimas van opperste afkeer en liep de grichkin achterna, onder de lage boog door en de stenen trappen af die door de zwakst mogelijke lampen werden verlicht.

Op de eerste overloop bleef Jaro staan en keek omlaag; dit was het gebied van de witte huisguilen. Hij tastte naar de bolle vorm van het energiepistool op zijn heup; de aanraking stelde hem gerust. Hij daalde verder af, naar de volgende overloop, dan weer linksom en omlaag naar de volgende, en weer verder omlaag.

Op de eerste verdieping aangekomen ontdekte Jaro dat die toegang gaf tot een klein, troosteloos vertrek met een houten tafel, een stoel en een kast die alle in staat van verwaarlozing verkeerden. Het vertrek was leeg. De lucht was muf geworden en rook naar belegen schimmel.

Jaro luisterde scherp; de voetstappen van de grichkin klonken nog op in het donker. Hij haalde diep adem, betastte opnieuw zijn energiepistool en draafde de trappen af — steeds verder omlaag, langs overlopen en nog twee verdiepingen, die elk toegang gaven tot een klein, schamel gemeubileerd en verlaten vertrek. Vanuit die vertrekken voerden gangen het donker in, maar met welk doel, daar giste Jaro liever niet naar.

De treden waren inmiddels smaller geworden en grover behouwen, alsof het gebied hier in alle opzichten ver van de bovenwereld verwijderd was. Trap na trap draafde Jaro af, terwijl de schamele lichtpeertjes zwalkende schaduwen voor hem uit wierpen.

De schuifelende voetstappen van de grichkin klonken nu luider op en Jaro vertraagde zijn afdaling. Hij was nu bijna op de vierde verdieping. Opeens hoorde hij de voetstappen niet meer. In plaats daarvan klonken er gedempte stemmen. Jaro liep stilletjes verder en loerde om de laatste hoek; daar lag het vertrek van de vierde verdieping. Net als het andere was het gemeubileerd met een tafel, een stoel, wat planken, een gootsteen en een kast. Een grichkin met een grijze kiel en een doffe gele hoed zat aan de tafel. De grichkin die net van boven was gekomen stond op de tafel geleund, net zoals Asrubal zich over zijn bureau had gebogen. De grichkin met de gele hoed zat hem gemelijk aan te kijken terwijl hij gedempt zijn nood klaagde. Hij was gerimpeld en erg oud, met een grauwe huid, enorme wallen onder zijn ogen en een lange neus die in een bocht over zijn kleine grijze knopsmondje hing. Hij maakte een nijdig gebaar en riep met schelle stem: "En ik dan? Denkt er ooit iemand aan mijn gerief? Of gaat het nu naar de bakken met ouwe, afgeleefde Shim?"

"Dat doet er niet toe! Je hebt gehoord wat de bevelen zijn."

De oude grichkin kwam overeind en riep: "Oleg! Kom! Oleg? Wakker worden! Er is werk aan de winkel."

Uit een zijkamertje kwam een grote kerel met zware schouders, een fors bovenlijf, brede heupen en een bolle buik. Een toef smerig bruin haar verhief zich boven op zijn schedel, een rafelige baard omringde zijn slappe, vochtige mond. Hij bleef in het midden van de kamer staan, geeuwde, krabde zich onder zijn oksels en keek achterdochtig naar de grichkin van boven. "Wat hebben we daar, behangen met lefdoekjes en sjerpen? Zeg het maar, manneke prentenlijf; heb je onze verschoning meegebracht?"

De grichkin antwoordde waardig: "Misschien ken je me, ik ben Overkin Pood, assistent van de majordomus. Ik ben hier met gewichtige bevelen die onverwijld moeten worden opgevolgd."

"Beveel maar een eind weg dan, wij zullen wel luisteren. Wij doen onze plicht, hier beneden!"

Pood wilde juist van wal steken, maar werd afgeleid door een slissend geluid aan de andere kant van het vertrek. Hij keek achterom en slaakte een onverwacht piepje van afgrijzen. Hij wees met een lange, bevende vinger. "Kijk, daar! Laat je die zomaar naar je loeren?"

"Waarom niet?" monkelde Oleg. "Het zijn mijn hartendiefjes! Aan Shim heb ik nooit eens gezellig aanspraak, dus moet ik mijn vertier wel elders zoeken."

Shim, Pood en Oleg keken gedrieën naar een ijzeren traliedeur aan de andere kant van het vertrek die een donkere gang afsloot. Achter de tralies bewogen donkere gedaanten en lichtten witte gezichten zwak op.

Oleg zei op nadenkende toon: "Maar vrijpostigheden sta ik niet toe." Hij pakte een staaf, stak het uiteinde tussen de ijzeren tralies door en prikte ermee in een van de witte gezichten. De huisguil slaakte een kwetterende kreet van woede en greep het uiteinde van de staaf. Oleg grinnikte en trok de staaf terug. "Dat is een stoute streek, poppetje! Je moet braaf zijn, je moet lief zijn! Het leven heeft meer te bieden dan enkel bangmakerij!"

Oleg bleef een ogenblik staan grijnzen tegen de huisguil, die in een plotselinge aanval van energie aan de ijzeren tralies rukte, zodat de deur rammelde in zijn kozijn. Oleg pakte de staaf en dreef hem met kracht tussen de tralies door. Het schepsel trok zich sissend en jammerend terug in de schaduwen, waar het zachte, schorre geluidjes bleef slaken.

De grichkin Shim riep geprikkeld: "Kom, Oleg! Aan de arbeid!"

Oleg keerde met tegenzin de deur de rug toe. De twee grichkins, gevolgd door Oleg, liepen een gang in tegenover de getraliede deur. Ze verdwenen uit het gezicht. Jaro haalde zijn pistool tevoorschijn, stapte de kamer in en liep naar waar hij de gang in kon kijken. Het zwakke licht onthulde de drie gedaanten, die waren blijven staan voor een zware deur met een ijzeren tralievenster. Oleg wierp een blik door het venster, trok toen de grendel van de deur en zette hem open. Hij keek in de cel en riep: "Ben je al wakker, mijn hartje? Ik zie dat je vief en lustig bent als altijd! Kom naar buiten, er staan veranderingen te gebeuren! Dus hop met de beentjes, want we hebben ver te gaan. En waar gaan we dan heen? Naar het land der dromen, waar anders?"

Pood zei ongeduldig: "Wees toch snel; niet zoveel dwaas gebeuzel! Haast is van het hoogste belang!"

Oleg besteedde geen aandacht aan hem en zei op sussende toon: "Waarom wacht je nog? Het is nog geen tijd voor je prak; je bent veel te belust op je verwennerijtjes, maar kan men je dat kwalijk nemen? Het is immers zo lekker! Ach, die heerlijke pap! De lekkerbeetjes waar je zo fel van geniet. Maar ik ben nu moe en voortaan moet je ze zelf maar halen. Dat wordt de nieuwe leeftrant."

Opnieuw deed Pood een geprikkeld protest horen. "Vooruit met het werk; genoeg van dat koeterwaals!"

Oleg keek achterom en zei tegen de grichkin: "Als je zo op daden gebrand bent, ga dan zelf de cel in en haal hem eruit! Je zult merken dat hij zo lenig is als een spin; hij maakt hoge sprongen, hij loopt tegen de muren op, hij is overal tegelijk. Als je een baard bezat zou hij eraan trekken ook; zoals het nu gesteld is moet hij zich tevredenstellen met je neus."

Pood antwoordde nors: "Dat is mijn werk niet. Jij dient het te doen, en snel! Zo luiden de bevelen!"

Oleg haalde zijn schouders op en draaide zich weer om naar de cel. "Kom, kom! D'ruit met jou! We kunnen geen tijd verliezen!"

Vanuit de cel klonk een geprevel dat Jaro niet kon verstaan.

Oleg riep flemend: "Kom je nou nog? Ik zou je cel wel binnengaan, als ik niet zo kieskeurig was waar ik m'n voeten neerzette. Kom maar, brave jongen! En dan gaat het van huppekee, op vleugelen door de verre ruimte naar de paleizen van de maan, waar wijn uit kristallen kranen stroomt en de maanmeisjes dansen!"

Pood bracht weer ongedurige geluidjes uit. Shim riep door de deuropening: "Kom, naar buiten met jou! Geen gemok! Moet Oleg weer van klitskletsklandere komen doen met de klapper?"

Gebrom klonk vanuit de cel. Shim riep goedkeurend: "Zo is het goed. Stapje voor stapje, kom nu maar! Sneller, we moeten haast maken!"

Een donkere gedaante die Jaro niet duidelijk kon onderscheiden schuifelde de gang in.

Oleg slaakte een schorre kreet van aanmoediging. "En nu voorwaarts! Vaarwel aan je geliefde thuis en al je dierbare hoekjes en gaatjes. Maar niet getreurd, want het is heus ergens goed voor! O, wat staat jou allemaal een heerlijks te wachten!"

Jaro schoof de kamer uit en trok zich terug in de schaduwen op de trap; met bonkend hart keek hij toe. De twee grichkin kwamen het vertrek binnen, gevolgd door Oleg en een persoon van onbestemde leeftijd. Een losse bruine kiel bedekte zijn magere lijf; vochtige beenwindsels, gemaakt van losse todden, waren om zijn voeten gewikkeld. Een klittenbos van zwart haar en een zwarte baard verborgen het grootste deel van zijn gezicht. Jaro zocht naar een gelijkenis met zichzelf en zag een zekere overeenkomst in de stand van de ogen en de vorm van de neus.

"Welnu," zei Oleg. "Eventjes wachten. Ik moet eerst licht maken."

Oleg liep naar een plank en schoof een buisvormig apparaatje op het uiteinde van zijn staf. Achter de ijzeren traliedeur fladderden zwarte gewaden, en een tweetal witte gezichten bewoog heen en weer en op en neer. Oleg liep op de deur af en richtte zijn staf op de tralies. Hij haalde een trekker over; de buis stootte een lange vlam uit die tussen de tralies door schoot. Sissend, spuwend en jammerende verwensingen slakend scharrelden de huisguilen achterwaarts weg door de gang terwijl Oleg monkelde van pret. "Daar dan, mijn beste luitjes! Als Oleg je zegt geduld te oefenen verwacht hij dat jullie aandachtig luisteren! Achteruit daar! Jullie krijgen nog tijd genoeg voor de traktatie!" Oleg tuurde tussen de tralies door. "En geen streken en onverwachte uitvallen; de vlam is bij de hand!"

Oleg ontgrendelde de deur en trok hem open op knerpende scharnieren, terwijl hij zijn vlammenstaaf gereedhield. Hij draaide zich om naar de gevangene. "Nu moeten wij afscheid nemen, aangezien we elk een andere kant uit gaan. Jouw weg ligt naar ginder, naar het land van het onbekende waar je, mogelijk na enige tegenspoed, zeker zult aankomen. Met flinke pas vooruit dus; naar binnen met jou, vergezeld van ons aller goede wensen."

De gevangene bleef roerloos staan. De twee grichkin pakten hem elk bij een arm en begonnen hem mee te tronen naar de open deur. De gevangene weerstond hen met uitpuilende ogen. De grichkin trokken harder. "Kom, vooruit! We moeten allemaal doen wat ons gezegd wordt!"

Jaro stapte de kamer in, legde aan en schoot de benen van Shim en vervolgens van Pood aan splinters. Ze vielen krijsend op de vloer. Jaro gebaarde met zijn pistool naar Oleg. "Sleep ze de gang in en vlug een beetje, anders schiet ik weer."

Oleg brulde het uit van hersenloze woede. Hij wierp zijn staf, die door de lucht suisde en Jaro tegen de borst trof, zodat deze achteruit wankelde. Oleg sprong op Jaro af, greep hem en drukte hem tegen zijn enorme borstkas. Hij grijnsde neer op Jaro's gezicht, met zijn grote vochtige, openhangende muil. "Dat is een verrassing! Maar je hebt die arme ouwe Shim pijn gedaan en de praalhans Pood ook. Dat is niet aardig en je zult geen baat hebben bij je gemenigheid! Bereid je voor! Je zult zij aan zij met Garlet de weg naar het onbekende bewandelen! We gaan en wel nu. Als je tegenspartelt plet ik je hoofd."

Hij begon Jaro naar de gang te slepen. Jaro liet zich opeens slap hangen in de hoop dat Oleg hem zou laten vallen, maar die drukte hem slechts nog steviger tegen zich aan zodat Jaro's ribben kraakten. Hij probeerde zijn ellebogen te gebruiken, te trappen en Oleg te stompen met zijn hoofd; Olegs enorme lijf werd omgeven door dikke plakken vet en spierweefsel en Jaro's inspanningen waren tevergeefs. Hij probeerde zijn pistool op Olegs voet te richten, maar Oleg gaf hem een klap op zijn pols zodat het pistool op de stenen vloer viel. Jaro dacht wanhopig aan de maanden en jaren van Gaings training en de eindeloze oefeningen die hij had gedaan; de reflexen die hij zijn lichaam had ingeprent redden hem het leven. Toch was het op het randje, want Oleg was een reus van een kerel en op zijn omvangrijke massa haalden de meeste technieken niets uit.

Behalve een welbeproefde methode. Jaro trok met een ruk zijn knie op, met alle kracht die hij kon opbrengen. Hij voelde hoe de grote testikels werden geplet en vermorzeld en hoorde Olegs ogenblikkelijke gehuil van pijn. Olegs omhelzing verslapte en Jaro greep zijn pistool en ook de staf. Hij richtte de buis op Oleg en haalde de trekker over. Vlammen besproeiden Olegs borstkas en hij wankelde achteruit, waarbij hij Jaro een pijnlijk verraste blik toewierp. "Je hebt me gebrand."

"En zo dadelijk brand ik je nog een keer," hijgde Jaro. "Sleep die grichkin de gang achter de deur in."

"Ze kronkelen zo! Ze gillen van pijn!"

Jaro legde aan met de vlammenbuis. Hijgend en snikkend gehoorzaamde Oleg, hun ontzette protesten negerend.

"Goed," zei Jaro. "En nu jij! Erachteraan!"

Oleg schonk hem een wanhopige blik. "Ze wachten me op. Ze mogen me niet; ik heb ze gebrand."

Jaro haalde de trekker over. Met vuurstoten dreef hij Oleg kreunend en huilend de gang in, waarna hij de deur dichtsloeg en vergrendelde. Vreemde geluiden klonken op uit de gang: kreten van pijn en snaterende uitingen van krankzinnige pret.

Jaro draaide zich om naar de voormalige gevangene, die in een hoekje ineengezakt tegen de muur zat. Jaro nam hem een ogenblik op, terwijl afkeer en medelijden om de voorrang streden. Garlet sloeg hem met ijzige ongevoeligheid gade.

"Garlet! Ik ben je broer. Ik heet Jaro!"

"Dat weet ik."

"Vooruit dan. Sta op, dan verlaten we dit akelige oord." Jaro stak zijn hand uit om Garlet bij de arm te nemen. Garlet slaakte een schorre kreet, sprong overeind en wierp zich op Jaro, die volstrekt niet op zoiets was voorbereid en achterwaarts tegen de muur werd gesmakt. Garlet drukte zijn haardos in Jaro's gezicht zodat die bijna stikte; het haar stonk naar viezigheid en Garlets lijflucht was ranzig. Jaro verzette zich, kronkelde en dook, deed zijn hoofd opzij, weg van dat haar, snakkend naar adem.

Ondanks Garlets graaiende vingers wist hij zich los te rukken van het ranzige lijf. Hij sprong achteruit en riep: "Garlet! Niet met mij vechten! Ik ben je broer! Ik kwam je redden!"

Garlet stond hijgend tegen de muur geleund met vertrokken gezicht. "Ik weet van jou en je bestaan; een tijdlang kon ik jouw ziel binnendringen. Dat was lang geleden en jij hebt me toen afgesneden, zodat ik alleen bleef in het donker! Dat was heel slecht van je. Jij had een leventje als een prins, je danste en koesterde je en zoog de zoete sappen terwijl ik de prijs betaalde, jammerend in het donker! Maar daar maalde jij niet om. Je wilde niet luisteren! Je sloot mijn kleine venster op jouw heerlijke leventje af! Je liet me met lege handen achter!"

"Daar viel niets aan te doen," zei Jaro. Kom, laten we hier weg gaan."

Garlet staarde nietsziend het vertrek door. Tranen welden op in zijn ogen. "Waarom zou ik van hier gaan? Er is niets meer voor mij. Al mijn dagen zijn vergleden, al mijn gulden uren! Jij kan de schuld nooit afbetalen! Alles wat kostbaar was en mij toebehoorde is heen! Het kan me niet schelen wat er nu gebeurt; er is niets meer."

Jaro probeerde een opgewekte toon aan te slaan. "Van nu af aan zal je leven prettiger verlopen en kun je al die verloren tijd inhalen. Dus kom je nu?"

Garlet keek langzaam opzij. Zijn ogen waren wijd opengesperd van onberedeneerde woede. "Ik vermoord je, zodat je bloed over de vloer in de goot stroomt! Dan, en pas dan, zal ik voldaan zijn!"

"Dat mag je niet zeggen!" protesteerde Jaro.

Bij wijze van antwoord vloog Garlet Jaro aan en greep hem bij de keel. Het tweetal viel vechtend op de vloer. Garlets magere lichaam was bottig en hard onder de stinkende kiel. Hij trachtte Jaro met diens hoofd tegen de stenen vloer te slaan. Onder het vechten stootte hij hijgend uit: "Ik stop je in de cel en dan doe ik de deur op slot! Dan ga ik buiten zitten, waar Shim zat. Ik heb hem zo lang benijd! Nou kan ik ook op mijn gemak zitten, vrij om te gaan en te staan waar ik wil. Ik kan het licht aan doen en weer uit, net wat ik wil. En als de maaltijd komt eet ik me zat aan zoute vis en niemand die zich ermee kan bemoeien."

Jaro deed zijn best zich tegen Garlets bezeten kracht te verweren. Ten slotte raakte zijn geduld op en gaf hij Garlet een klinkende oorvijg. Garlet ging geschokt overeind zitten. Hij wreef voorzichtig zijn zere wang. "Waarom deed je dat?"

"Om je weer bij je verstand te brengen." Jaro stond op. "Val me alsjeblieft niet nog eens aan." Hij stak zijn hand uit en hielp Garlet overeind. "En nu gaan we hier weg."

Garlet protesteerde niet meer. Het tweetal begon de trap te beklimmen. Op de tweede verdieping aangekomen liet Jaro even stilhouden om op adem te komen. Garlet stond ongedurig te draaien, tuurde eerst langs de trap omhoog en dan weer achterom, omlaag. "Wat verwacht je te zien?" vroeg Jaro.

"Ik ben bang dat Oleg ons erop zal betrappen dat we onze cel uit zijn gegaan, en opeens voor ons staat. Zo doet hij namelijk."

"Wees daar maar niet bang voor! Heb je voldoende gerust?"

"Ik heb geen rust nodig. In de cel ren ik over de vloer heen en weer en tegen de wanden op. Op een dag wil ik zo hard lopen dat ik met mijn voeten bij het plafond kom."

Het tweetal vervolgde de beklimming, langs de eerste verdieping en ten slotte de boog door naar de hal. Jaro zag dat Garlet zijn ogen tot spleetjes kneep. "Doet het licht pijn aan je ogen?" vroeg hij.

"Het is schel."

Het tweetal stak de hal over; Garlet slofte achteraan, met zijn ogen half geloken tegen het licht. Bij de deur naar de grote zaal bleef Jaro staan om te zien wat er gaande was.

Een grichkin in de schitterende gewaden van een majordomus stond voor de justicanten een getuigenis af te leggen. Dit, dacht Jaro, moest Ooscah zijn. Asrubal zat zoals tevoren in zijn grote zetel van zwaar, donker hout.

De magister boog zich voorover en richtte het woord tot Ooscah. "Laat ik je getuigenis samenvatten. Luister zorgvuldig. Als ik iets onjuists zeg, verbeter me dan. Vergeet niet, de straf voor opzettelijke onwaarachtigheid is de bakken!"

Ooscah boog het hoofd en bracht een klein tuitend glimlachje voort. "Ja, edelachtbare."

"Goed dan; terug naar de episode in kwestie. Asrubal gaf jou het kind met de opdracht zijn veiligheid te waarborgen."

"Ja, edelachtbare." Ooscah had een hoge heldere stem en sprak alsof elk woord een verfijnd lekkerbeetje was waarvan genoten diende te worden. "Hij overhandigde mij het kind met zorg omringd, alsof hij groot mededogen voelde voor het arme wicht."

"Te dien tijde, zo stelde je voorts, werd je benaderd door een van de heilige Ratigovrouwen, die verklaarde bereid te zijn om voor het kind te zorgen. Aangezien ze kennelijk op verzoek van Asrubal was geko-men, gaf je aan haar verzoek gehoor. Dat is juist?"

"Ja, edelachtbare."

"En wanneer zag je het kind opnieuw?"

"Nimmermeer, edelachtbare. Ik ging ervan uit dat zijn ouders moge-lijk waren teruggekomen om hun plicht jegens hem te vervullen."

Maihac had Jaro gezien en kwam naar de deuropening. Jaro gebaarde naar Garlet. "Ik vond hem op de vierde verdieping van de crypte. Ze stonden op het punt hem aan de huisguilen te voeren. Ik heb ervoor gezorgd dat ze dat niet deden."

Maihac nam Garlet van hoofd tot voeten op. "Ik ben je vader. Ik heb al die jaren gedacht dat je dood was."

"Ik weet niet wat ik moet denken," zei Garlet. "Het licht doet pijn aan mijn ogen."

"Je bent er slecht aan toe, geen twijfel aan," zei Maihac. "Maar daar kan jij niets aan doen en we zullen het zo gauw mogelijk in orde maken."

"Ik wil niet meer naar beneden."

"Maak je geen zorgen. Daarginds zit Asrubal die jou beneden in het donker heeft opgesloten. Laten we eens naar hem gaan kijken. Hij zal niet blij zijn jou te zien."

Garlet schuifelde met zijn voeten en wilde niet mee. Maihac pakte hem bij de arm en voerde hem de zaal in.

Ooscah zei juist: "Ik kan u niets meer vertellen. De tijd komt en gaat; wie weet wat de toekomst brengen zal."

Maihac en Garlet bleven voor het forum van justicanten staan. Er viel een stilte in de zaal. Asrubal zat ontzet naar Garlet te staren. Ooscah kreet met een hoog bevend stemmetje dat vreugde moest belichamen: "Daar is hij juist. Het vermiste kind, eindelijk terecht! Laat ons allen hem begroeten met onze blijde welkomstkreten!"

Op scherpe toon vroeg de magister: "Wat is er gebeurd? Wees zo goed het forum in te lichten."

Jaro zei: "Ik kan u wel vertellen wat er gebeurd is. Toen Asrubal deze zaal verliet, gaf hij de grichkin Pood opdracht naar de vierde verdieping af te dalen, waar hij diende te zorgen voor Garlets verdwijning. Ik volgde hem de stenen trappen af naar de kerker waar Garlet gevangen werd gehouden. De bewaarders haalden Garlet uit diens cel en stonden op het punt hem aan de huisguilen toe te spelen. Ik kwam tussenbeide en heb de bewaarders gedood. Vervolgens heb ik Garlet meegenomen, de trappen op. Hij heeft twintig jaar lang in de donkere kerker gezeten. Asrubal heeft hem bepaald niet goed behandeld."

De magister keek Asrubal aan die nietszeggend terugkeek. De magister vroeg: "Hebt u Garlet goed behandeld?"

"In toereikende mate, ja."

De magister wendde zich tot Garlet. "Dit is een gerechtshof. Weet je wat dat betekent?"

"Nee. Het licht is schel."

De magister droeg de regulisten op: "Haal een donkere bril en breng die hier, en snel." Hij richtte zich weer tot Garlet. "Als mensen slechte dingen doen worden ze naar het gerechtshof gebracht en als ze misdaden hebben begaan worden ze gestraft."

Garlet keek, slecht op zijn gemak, met toegeknepen ogen van links naar rechts. "Ik heb water gemorst uit mijn kom; voor straf kreeg ik geen water meer van Shim. Stuurt u me weer omlaag zonder water? Is dat mijn straf? Ik zal mijn best doen niet meer met water te morsen."

"Jij wordt niet gestraft," zei de magister. "Je hebt niets misdaan, voor zover ik weet. Hoelang heb je beneden in het donker geleefd?"

"Dat weet ik niet. Ik herinner me niets anders."

"Kijk naar gindse man in de zetel; ken je hem?"

Garlet tuurde naar Asrubal. "Ik heb hem drie keer gezien. Hij kwam naar waar ik was in het donker. Oleg haalde me eruit en dan keek de man naar me. En dan ging hij weer weg."

De magister wendde zich weer tot Asrubal. "Hebt u nog iets te verklaren? U hebt het recht argumenten tot uw verdediging aan te voeren."

"Ik zal het volgende zeggen. De buitenwerelder en de Ramy-vrouw hebben me verschrikkelijk gedupeerd! Ze hebben mijn fortuin geroofd en mijn burelen bij Lorquin afgestroopt. Ik heb het kind achtergehouden als gijzelaar in afwachting van hun terugkeer naar Romarth. Maar ze kwamen niet opdagen; ze waren te slap om hun plicht te doen! Het zijn oppervlakkige schepsels, verstoken van doorzettingsvermogen. In één woord: walgelijk! Zie ze aan. Daar zit de zoon van Tawn Maihac en een zedeloze vrouw van Huis Ramy. Hij is jong en ziet er goed uit, zoals een speelgoeddier er goed uit kan zien. Hij is de lieveling van het lot, maar hij heeft een groot gebrek. Zijn ziel is zuur, als iets dat van kwalijke kaas is gekneed. Zij die hem het beste kennen noemen hem nixo."

Asrubal zweeg even en glimlachte koud. Jaro staarde terug, diep geschokt en ongelovig.

Asrubal vervolgde: "Lang geleden is mij een groot onrecht aangedaan. Ik was terneergeslagen. Er kwam een buitenwereldse snaak die mij bedroog, mijn goederen plunderde, terwijl hij zich onderdanig en vleierig opstelde. Hoe moest ik optreden tegen deze sluwe rat? Ik handhaafde mijn volle rashudo en alle waardigheid van mijn sept! Ik ga recht door zee! Ik wijk nimmer van mijn koers af! En uiteindelijk hebben de rovers duur voor hun diefstallen betaald. Ik smaakte een weelderige wraak. Het kind van de buitenwerelder werd gekerkerd in het donker. De buitenwerelder werd aan de Lokloren uitgeleverd. Ik trof de Ramy-vrouw aan in Punt Extase en strafte haar gestreng, waarbij ik haar zo veel angst aanjoeg dat ze de dood verkoos, liever dan mij eerlijk aan te zien, vooral omdat ze wist dat ik haar kind voor haar ogen zou worgen.

"Ik heb vele jaren lang van mijn overwinningen genoten; niemand kan mij die vreugde ontnemen. Zelfs nu krimpen mijn vijanden nog ineen wanneer ik naar hen kijk! Dood me zo u wilt; iedereen moet sterven. Maar in mijn geval niet voordat het evenwicht was hersteld. En wie draagt hiervan de schuld? Wie anders dan Tawn Maihac, de trouweloze vader die nimmer terugkeerde om zijn verloren zoon op te eisen. Daar hebt u het antwoord: twintig jaar lang heeft het kind in het donker gesmacht om te boeten voor de hebzucht van zijn vader en de steelsheid van zijn moeder.

"Zo werken de krachten van het karma op elkander in. Ik zal u een laatste ironie meedelen: de kerker van het kind ligt pal beneden de stoel waar zijn vader nu zit in opgeblazen praalzucht. De man is een buitenwerelder en verwerpelijk."

De magister stak zijn hand op. "Genoeg, Asrubal! De taal die u uitslaat beschaamt slechts uzelve. Wij allen zullen vannacht kwade dromen hebben, dat geef ik u toe! Barwang, wenst u nog op clementie aan te dringen voor uw verwant?"

Barwang, die slap in zijn stoel hing, mompelde: "Ik heb er niets aan toe te voegen."

"In dat geval wordt de zitting nu verdaagd. Over een week zullen we het vonnis bekendmaken dat deze misdadiger te beurt valt. Regulisten! Sla de gevangene in de boeien, breng hem over naar een kerker die beveiligd is tegen huisguilen. Zet hem op water en brood en laat geen bezoekers bij hem toe."

Morlock vroeg: "Hoe moet het met Ooscah?"

De magister haalde nauw merkbaar zijn schouders op. "Ooscah is waarschijnlijk niet slechter dan de doorsnee grichkin; hij is echter medeplichtig aan een onverkwikkelijk misdrijf. Regulisten, neem Ooscah ogenblikkelijk mee naar de Fondans, pas de metalen wurgdraad toe en stort hem in het lijkenvat."

Ooscah smolt weg in zijn stoel alsof hij van warme was gemaakt was. Een tweetal regulisten greep hem bij de arm en trok hem overeind; met waggelende, knikkende benen werd Ooscah de zaal uitgeleid.

De magister zei: "De zitting is ten einde; ze is uitputtend geweest en zal ons allen drukken. Over een week zal over Asrubal vonnis worden gewezen. Dat is alles voor vandaag."

HOOFDSTUK XIX

1

JARO LIET DE ZWEVER omlaag komen en vloog, met Skirl en Garlet aan boord, over de stad naar Carleone. Ardrian liep, met Maihac, Morlock en de anderen gezamenlijk door de avond naar huis.

Garlet zat stijf op zijn bankje en keek verwilderd rond naar alle kanten, maar protesteerde niet. Skirl probeerde hem tot bedaren te brengen en zei: "Er zullen heel wat dingen nieuw voor je zijn en van sommige zul je best zenuwachtig worden. Maar je zult je heus gauw aanpassen en dan opeens lijkt alles vertrouwd. Bedenk eens, straks ben je net als Jaro!"

Garlet slaakte een schor geluid dat Skirl opvatte als een sarcastisch gegrinnik. Het was wel duidelijk dat een aanpassingsprogramma voor Garlet zowel geduld als een niet-aflatend goed humeur zou vergen. Als zij daarbij betrokken moest zijn kon ze niet meer doen dan haar best, hoewel ze er niet zeker van was of haar geduld wel toereikend zou zijn. Verholen nam ze het in elkaar gedoken, riekende schepsel met zijn harige gezicht en zijn fonkelende ogen op. Ze liet haar blikken naar Jaro glijden en toen weer terug naar Garlet; ongelofelijk dat die twee elkaars vlees en bloed waren! Ze probeerde zelfverzekerd te klinken. De ogen in het harige gelaat gingen opzij en vestigden zich op haar en ondanks al haar inspanningen beefde haar stem. "Mocht er iets gebeuren wat je niet begrijpt, vraag het dan; dan zullen wij het zo goed mogelijk uitleggen."

Garlets ogen blikkerden haar toe vanuit de wildernis van haar. "Wie ben jij?" stootte hij eruit.

"Ik ben Skirl Hutsenreiter. Ik ben geen Roum. Ik ben wat ze hier noemen een buitenwerelder."

Jaro zei tegen Garlet: "Jij en ik zijn allebei half Roums en half buiten-werelds. Het lijkt me geen slechte combinatie."

Skirl wees naar de oostelijke hemel, waar de enorme omvang van de Melkweg zich boven de horizon uit werkte. "Als je goed kijkt, kun je hier en daar afzonderlijke sterren onderscheiden." Ze wees. "Daar links zie je het Gaiaanse Bereik. Daar is ook de planeet Gallingale. Ik woon in Thanet op Gallingale. Wanneer we hier vertrekken gaan we misschien naar Gallingale terug, al is het maar voor een poosje."

Garlet toonde weinig belangstelling voor de sterren. Hij bleef Skirl maar aanstaren. Eindelijk zei hij: "Jij bent anders dan Jaro."

"Ja, heel anders."

"Ik mag dat andere wel. Maar ik begrijp niet wat je denkt."

Skirl lachte onbehaaglijk. "Dat is maar goed ook. Ik ben anders omdat ik een vrouw ben. Jaro is een man, net als jij. Begrijp je wel wat hij denkt?"

Garlet gaf een brom die van alles kon betekenen. "Het is nu niet meer hetzelfde." Garlet draaide zijn hoofd om, keek uit het raampje en tuurde naar de lichtende omtrek in het oosten. Hij zei: "Je zei dat je ging vertrekken?"

"Zodra Asrubal goed en wel dood is. Dan vliegen we terug naar het Gaiaanse Bereik — en hoe eerder hoe liever." Skirl wendde haar blik af van het raam. "We zijn op Carleone. Dadelijk word je gebaad en krijg je nieuwe kleren en dan voel je je een stuk beter."

Garlet zei niets. Skirl vroeg zich af of hij ook maar iets begrepen had van wat ze had gezegd.

De zwever landde op het terras van Carleone. Het drietal stapte uit en Garlet keek ietwat achterdochtig toe hoe Jaro de zwever weer de lucht in stuurde. Ardrian en Maihac kwamen aan en het gezelschap ging het paleis binnen. Ardrian ontbood zijn majordomus Fancho en gaf hem instructies. Fancho wendde zich tot Garlet: "Kom, mijnheer! Wij zullen u eens mooi opknappen."

Garlet deinsde achteruit. "Wordt het weer de crypte?"

"Geen crypten meer," zei Maihac. "Alleen een bad en wat algemene verzorging die je dringend van node hebt. Fancho zoekt behoorlijke kleren voor je op en dan voel je je als herboren."

Fancho riep vleiend: "Kom, mijnheer! Er zit een lekker parfum in het bad, helemaal alleen voor u."

Garlet wilde nog steeds niet mee. Hij wees naar Skirl. "Zij moet met me meegaan."

"Nu niet," zei Maihac. "Skirl heeft elders wat te doen."

"Ik ga met je mee, dan hoef je niets te vrezen," zei Jaro.

"Jou ken ik maar al te goed," mompelde Garlet. "Jij bent net zo erg als de anderen."

"Kom maar mee, mijnheer," riep Fancho. "We zullen u er piekfijn laten uitzien, als een echte cavalier; u zult zichzelf niet meer terug kennen."

Garlet slaakte een jammerend geluidje, maar volgde Fancho toen zonder verder geklaag. Gelaten verdroeg hij dat hij werd gebaad, geschoren, geknipt, gemanicuurd en gepedicuurd, ingesmeerd met geparfumeerde crème en afgewreven met een handdoek die met een lotion was bevochtigd: Garlet trok lelijke en pijnlijke gezichten tijdens alle stadia van het gebeuren. Jaro moest dikwijls lachen maar zorgde er wel voor dat Garlet er niets van merkte. Ten slotte was Garlet naar beste kunnen van de bedienden gereinigd, gefatsoeneerd en geparfumeerd. Fancho legde een stel nieuwe kleren klaar; Garlet, die er ineengezakt bij stond, zag er nog steeds lomp en zielig uit, als een magere geplukte kip. Jaro dacht, en het was een ontnuchterende gedachte: daar had ik kunnen staan als het Dolwijf mij had gegrepen; toen glimlachte hij niet meer.

Onder Fancho's leiding trokken de Seishanee Garlet een donkerblauwe pantalon aan, een groen-met-blauw gestreepte blouse, een groen jasje en zachte groene leren enkellaarsjes. De gedaanteverwisseling was voltooid. Fancho vroeg: "Is alles naar genoegen?"

"Zeer naar genoegen," zei Jaro. "Je hebt prima werk verricht. Garlet, wat vind jij?"

"Die laarzen voelen niet lekker."

"Ze staan je goed," zei Jaro. "Je went er wel aan."

Garlet wist dat nog niet zo zeker. Hij zag er onbehaaglijk en ongelukkig uit in zijn nieuwe kleren. Dat was niet verbazend, vond Jaro. Voor Garlet was elke ervaring een nieuwigheid van twijfelachtige waarde. Jaro nam hem op alsof hij een vreemde was. In grote trekken, vooral in hun gezicht en hun bouw, leken ze op elkaar, hoewel Garlet zijn schouders hoog opgetrokken had, waardoor hij smalletjes oogde.

Hij hield zijn knokige armen gebogen, met de vuisten gebald. Zijn huid was opvallend bleek en hij had holle wangen, diepliggende ogen en een bottige kaak en kin. Jaro vermoedde wel iets van Garlets ellende en verwarring en probeerde hem met opbeurende woorden gerust te stellen. "Je bent een volkomen ander mens geworden! Het verschil is opvallend! Voel je hoe je veranderd bent?"

Garlet antwoordde met een gemelijk gemompel: "Daar heb ik niet over nagedacht."

"Zou je jezelf willen bekijken in de spiegel?"

"Wat is een spiegel?"

"Een helder stuk glas waarin je beeld wordt weerkaatst. Hij toont je hoe andere mensen je zien."

"Dat is een verkeerde keuze!" mopperde Garlet. "De grichkin hebben me in het water gestopt en al mijn haar eraf gehaald; en daarna hebben ze me in deze kleren gestoken. Laten de mensen maar naar de grichkin kijken; die zijn er verantwoordelijk voor."

"Ze stellen geen belang in de grichkin, maar in jou!"

Garlet maakte een schamper geluid. Jaro vroeg geduldig: "Maar die spiegel? Wil je jezelf eens zien?"

Garlet zei bedrukt: "Misschien bevalt het me niet wat ik zie."

"Dat is een risico dat we allemaal moeten nemen," zei Jaro. Hij bracht Garlet naar de spiegel. "Kijk maar."

Garlet staarde een ogenblik zijn evenbeeld aan en draaide het toen de rug toe.

"Wat vind je ervan?" vroeg Jaro.

"Het is zoals ik al vreesde; ik lijk op jou."

Jaro wist daar niets op te zeggen. Hij bracht Garlet naar de salon, waar Ardrian was gezeten met Maihac, Skirl en andere leden van de huishouding.

Bij de deur bleef Garlet ineens staan. Alle aanwezigen rezen op om Garlet beleefd te begroeten. Garlet keek van het ene gezicht naar het andere terwijl zijn mond openzakte. Hij deed een stap achteruit en wilde zich al omkeren, maar Jaro pakte hem bij de arm en nam hem mee de kamer in. "Dit is mijn broer Garlet," zei Jaro. "Zoals iedereen hier weet is hij verschrikkelijk behandeld, erger dan wij ons kunnen voorstellen, en zoals u ziet heeft hij het doorstaan zonder iets aan

flinkheid in te boeten, en ik heb daar enorm respect voor. Dit wordt
een nieuw leven voor Garlet en ik hoop maar dat hij het verleden kan
vergeten. Ik zal u niet allemaal bij name voorstellen, want dat zou nergens toe dienen."

Maihac kwam bij Garlet en Jaro staan. "Dit zijn mijn twee zonen
en ik ben heel gelukkig dat ze weer bij elkaar zijn. U ziet dat ze sterk
op elkaar lijken. Garlet heeft duidelijk behoefte aan goede bijvoeding
en wat zonneschijn. Jaro en ik hebben hem wel honderd dingen bij te
brengen en ongetwijfeld zal Skirl ons daarbij helpen. Maar het heeft
geen haast. We blijven in Romarth tot we er zeker van zijn dat met
Asrubal is afgerekend. Ik kan erbij zeggen dat de gelden die bij Asrubal
in beslag zijn genomen de Roum toebehoren en dat ze, als u daarvoor
kiest, toereikend zijn voor de aanschaf van een tweetal in goede staat
verkerende passagiersschepen. Daarmee kunt u het Bereik bereizen
zoveel u wilt; er is dan geen enkele reden meer u hier bij Nachtlamp af
te zonderen."

Maihac nam Garlet bij de arm en bracht hem naar een zitbank.
Garlet liet zich behoedzaam op de kussens neer. Fancho serveerde hem
ogenblikkelijk een roemer met een bruisende, roze drank. Garlet keek
er schuins naar. "Drink zonder vrees," zei Ardrian. "Wat je is ingeschon-
ken is een onschuldig drankje genaamd Elfendauw. Het bewerkstelligt
hartelijkheid en een stemming van scheppende rust."

Garlet bracht de roemer naar zijn neus, snoof aan de inhoud en zette
hem toen weer neer. Maihac trok zijn wenkbrauwen op. "Proef toch
eens! Misschien vind je het wel lekker."

"En als ik het niet lekker vind?"

"Dan drink je er niet verder van."

Garlet knikte kortaf. "Ik zal erover denken."

Er verstreek een uur. Garlet zei maar weinig, hoewel hij met vormelijke hoffelijkheid door de andere aanwezigen werd bejegend. Men stelde
minzame vragen, die hij met een kort ja of nee beantwoordde. Na verloop
van tijd werd in een aangrenzende refter een licht souper opgediend.

Het werd een onbehaaglijk maal. Garlet zat naar het tafelblad te
staren en vertoonde geen aandrang om te eten of te praten. Skirl moe-
digde hem aan. "Garlet, je eet niet!"

"Dat weet ik."

"Waarom niet?"

"Ik zie niets dat ik lust."

"Probeer in dat geval dan iets nieuws — een van die kleine pasteitjes bijvoorbeeld. Er zitten allemaal lekkere dingen in. En kijk die prachtige groene druiven eens. Je lust toch wel druiven?"

"Ik heb er nooit een gehad."

"Probeer er dan nu eentje; die vind je vast en zeker lekker!" Garlet schudde zijn hoofd. "Dat weet ik niet zo zeker."

"Maar heb je dan geen honger?"

"O ja," zei Garlet luchtig. "Ik heb wel honger. Heb ik altijd gehad."

"Probeer dan wat van die lekkere ragout," zei Skirl wervend.

"Wat zijn die witte dingen die erin drijven?"

"Dat zijn croutons. Ze zijn licht en bros en heel lekker."

Garlet legde ernstig uit: "Het is voor mij nieuw. Wanneer ik iets niet zeker weet, moet ik voorzichtig aan doen. Misschien dat de yaha me vertelt wat ik doen moet."

"O ja? Wat is een 'yaha'?"

"Die helpt me verstandige beslissingen te nemen, vooral over nieuwe dingen."

"Probeer een klein hapje, dan is het niet nieuw meer als je het de volgende keer tegenkomt. Dan weet je al hoe het smaakt en heb je de yaha niet nodig."

Garlet gaf met tegenzin toe dat Skirls raad zinnig was en proefde behoedzaam van de ragout. "Dat is erg lekker," zei Garlet. "Ik neem er meer van."

"Natuurlijk! Je mag net zoveel hebben als je wilt! Maar probeer eerst nog eens wat andere dingen. Dan zijn die ook niet nieuw meer en dan kan je uit veel meer kiezen."

"Er is hier niets wat ik wil." Garlet keek de tafel langs. "Eet hier niemand pap als avondprak? Is er geen zoute vis?"

"Geen zoute vis, vanavond," zei Jaro. "Ik zou gedacht hebben dat je nooit meer een bord pap of een zoute vis zou willen zien." Garlet gaf geen antwoord. Zijn zwijgen had bepaald iets schampers.

"Het verleden is een akelige droom," zei Skirl. "Je moet hem uit je gedachten zetten en alleen nog maar aan de toekomst denken. Dat is waar alle fijne dingen gebeuren."

Garlet keek haar van terzijde aan. "En waar ben jij dan?"

"In de toekomst? Aan boord van de *Pharsang,* wat dus wil zeggen overal of nergens in het Gaiaanse Bereik."

Garlet maakte een afkeurend geluid. "Ik wil dat je bij mij blijft." Skirl lachte onbehaaglijk. "Waarschijnlijk ben jij zelf ook aan boord van de *Pharsang.*"

Garlet schudde traag maar beslist zijn hoofd. "Mijn plannen zijn nog niet klaar, maar ik denk het niet. Ik blijf hier en jij blijft ook hier."

"Dat is onmogelijk. Laten we het ergens anders over hebben. Deze wijn bijvoorbeeld. Heb je hem al geproefd? Nee? Probeer eens een teugje."

Garlet nam de roemer aan, maar maakte geen aanstalten er uit te drinken.

Maihac had vanaf de overkant van de tafel wel gezien dat Garlet er werkeloos bij zat. "Wat is er?" vroeg hij.

Garlet liet zijn mondhoeken omlaag zakken maar zei niets. Skirl legde uit: "Alles is zo nieuw. Garlet is voorzichtig met het uitproberen van nieuwe dingen."

Maihac zei, half lachend maar energiek: "Garlet, dat is niet logisch! Alles zal van nu af aan nieuw voor je zijn, althans voor de eerste keer! Zo zal je leven er voortaan uitzien: een opeenvolging van nieuwe, aangename ervaringen."

"Ik moet hierover nadenken," prevelde Garlet.

"Je behoeft er niet over na te denken," verklaarde Maihac. "Laat ons maar voor je denken — voorlopig tenminste. En intussen eet je en drink je en ontspan je je maar! Geniet! En als er iets is dat je in verwarring brengt, vraag je het."

"Ik ben niet verward," zei Garlet.

Maihac trok zijn wenkbrauwen op. "Des te beter! Is er iets wat je weten wilt? Iets wat je wilt zeggen?"

"Nu niet."

Skirl zei: "Ik zou gedacht hebben dat je alles zo wonderlijk zou vinden dat je aan een stuk door zou praten van pure opwinding."

"Daar voel ik geen aandrang toe."

"Juist ja." Skirl dacht even na. "Hoe dan ook, je hebt honger en je moet wat eten. Deze pasteitjes zijn erg lekker, en die pepersoesjes ook!"

Garlet keek even naar de schalen en schudde zijn hoofd. "Waarom dan niet?" vroeg Skirl, bijna smekend. "Alle anderen eten ook!"

Garlets ogen leken zich te versmallen. "Ligt dat niet voor de hand? Als ik eet sluit ik me aan bij de samenzwering."

Met moeite slikte Skirl een ongelovige lach weg. "Garlet, wees nou ernstig! Wat je zegt is absurd. Ik eet ook en ik zit in geen enkele samenzwering. Verre van dat! Ik ben Skirl Hutsenreiter en een Mosseltaart, en verder ben ik niets!"

Garlet raakte het niet. Hij draaide de roemer tussen zijn vingers in het rond en keek naar de gouden licht- en schaduweffecten in de vloeistof.

Skirl deed haar mond open en vervolgens weer dicht. Doordringen tot Garlet was onmogelijk.

Maihac zei zacht, als zat hij te peinzen: "Je bent intelligent, Garlet, en je wilt het meeste van je leven maken, waar of niet?"

"Mijn plannen staan nog niet vast."

Beduusd zei Maihac: "Luister goed, Garlet. De plotselinge omslag in je bestaan heeft je een geestelijke schok bezorgd. Op het ogenblik heb je geen greep op jezelf. Je bezit een sterke geest, net als Jaro, maar de vraagstukken en onzekerheden van het ogenblik zijn je te veel."

Garlet keek onaangedaan terug maar zei niets.

Maihac vervolgde: "Op het ogenblik weet je niet hoe je met je omgeving moet omgaan en dus trek je je terug op algehele behoedzaamheid, en dat is verstandig. Maar je moet leren dat los te laten en ons te vertrouwen; wij zijn je familie, dit is het huis van je grootvader. Je moet het leven over je heen laten komen, je moet kijken, praten, luisteren, het gevoel van je omgeving op je laten inwerken. Wij zullen je helpen nuttige gewoonten te ontwikkelen, en binnen de kortste keren zal alles je vertrouwd zijn. Begrijp je wat ik tegen je zeg?"

Garlet bleef de roemer ronddraaien. Op achteloze toon zei hij: "Natuurlijk."

Maihac vervolgde somber: "Het is voor ons allemaal een onbehaaglijke situatie en we kunnen niet voorspellen hoe het zal gaan. Maar als je doet wat ik je voorstel, zul je veel verdriet kunnen voorkomen. En al gauw zul je tevreden zijn met jezelf en de wereld."

Garlet draaide de roemer nu zo snel rond dat de wijn erover gulpte, op tafel. Skirl riep: "Garlet! Dat zijn geen behoorlijke manieren! Je maakt het tafellaken vuil!"

Garlet zei: "Ik wilde de wijn naar de bovenrand van de roemer laten draaien zonder te morsen."

"Afgezien daarvan, het is niet beleefd om aan tafel spelletjes te spelen; althans, zo is mij dat geleerd. Ik zal jou dezelfde dingen leren als je me de kans geeft."

"Net wat je wilt." Garlet sloeg zijn ogen op en zei tegen Maihac aan de overkant van de tafel: "Ik weet niets van geestelijke schokken. Ik denk aan één ding tegelijk en dan pas ik het in het kader in. Ik zorg ervoor dat ik alleen mijn eigen gedachten denk, aangezien andermans gedachten niet in mijn plannen passen."

Maihac glimlachte ietwat perplex. "Je wenst geen goede raad en geen inmenging; is dat wat je nu zegt?"

Garlet greep naar zijn roemer om er weer mee te spelen, maar Skirl zette hem weg.

Maihac zei op droge toon: "Of je nu goede raad wenst of niet, ik vermoed dat je er heel wat van zult moeten aanhoren. En het zou dwaas zijn als je die naast je neerlegde."

"Ik zal proberen naar behoren met goede raad om te gaan."

"Om te beginnen moet je jezelf niet honger laten lijden om een onlogische reden."

"In één opzicht heb je tenminste gelijk," zei Garlet. "Ik moet mij boven het schaduwgevecht verheffen en daartoe zal ik al mijn krachten nodig hebben." Hij stak zijn hand uit naar een fruitschaal, koos een druif uit en at hem op. "Dat is wel weer genoeg." Zonder plichtplegingen stond Garlet op en verliet het vertrek.

Skirl maakte een onzekere beweging, als om hem haastig achterna te gaan, maar Jaro was haar voor en Skirl liet zich langzaam weer op haar stoel zakken.

Jaro vond Garlet op het terras terug. Hij stond tegen de balustrade geleund en keek uit over de tuin die in zwart en zilver in het schijnsel van de twee manen lag. Jaro kwam bij hem staan. Garlet sloeg geen acht op hem.

Minuten verstreken. Terwijl Jaro op de balustrade geleund stond en genoot van de geurige nachtlucht, voelde hij hoe de spanning bij Garlet opliep.

Garlets geduld begaf het ten slotte. Hij keek Jaro van opzij aan terwijl hij zijn mond nijdig samenkneep. "Waarom ben je hier?" vroeg hij op hoge toon. "Ik wilde alleen zijn."

"Het is niet veilig om alleen in het donker rond te zwerven."

"Hm! Ben je me daarom achterna gekomen van tafel?"

"Gedeeltelijk. Waarom wilde je alleen zijn?"

Garlet sprak op gemelijke mompeltoon: "Van het gedreun van al die goede raad doet mijn hoofd zeer. Iedereen staart me aan met domme grote ogen. De smaak van hun gedachten bevalt me niet."

Bij het licht van de manen nam Jaro Garlets gezicht aandachtig op. "Hoe weet je wat ze denken?"

Garlet haalde zijn schouders op. "Soms weet ik het. Vanuit het donker kon ik naar buiten kijken, in jouw geest. Ik voelde hoe jij leefde. Ik riep je. Ik vertelde je van mijn wanhoop. Jij weigerde te luisteren en hield me bij je vandaan, opdat ik je genoegens niet zou bederven."

Jaro's hand omklemde de koude marmeren balustrade. "Zo is het niet gegaan. Zodra ik kon ben ik op weg gegaan om jou te zoeken."

Garlet slaakte een schamper geluid. "Je hebt niets gedaan."

Jaro wilde iets zeggen, maar de matte stem vervolgde: "Ik ben uit het donker gekomen en nu is niets meer hetzelfde. De yaha's die me wijsheid schonken zijn weg; misschien komen ze nooit meer terug. Wat is er overgebleven? Paskwillen. Flauw, heel flauw lees ik het komen en gaan van gedachten. Vanavond keek ik die gezichten aan en zag er verdorven leedvermaak, dus ben ik weggegaan."

"Je hebt het mis," zei Jaro. "Wat je zag was medeleven. Van verdorven leedvermaak was geen sprake."

Garlet zei ongeïnteresseerd: "Denk maar wat je wilt."

"Garlet, luister! Ik probeer jou niet mijn meningen op te dringen; ik wil je helpen je aan te passen aan een nieuw bestaan. En om dat te doen moet ik je fouten verbeteren en moet je naar me luisteren, omdat ik het beste weet wat behoorlijk is! Ben je dat niet met me eens?"

Garlet sprak toonloos: "Ik ben er niet van overtuigd dat jij het 't beste weet, of dat je mij wilt helpen. Ik oordeel naar wat er in het verleden is gebeurd. Je bent eerder tekortgeschoten; waarom zou je nu niet tekortschieten?"

"Alles is nu anders. Het is te ingewikkeld om uit te leggen."

"Doet er niet toe. Ik heb geen hulp nodig."

"En goede raad?"

"Ik heb geen raad nodig."

Jaro lachte kortaf. "Je hebt dringend hulp en raad nodig — heel dringend. De werkelijkheid is zonder genade. Het zal je beslist slecht vergaan als je je houding niet wijzigt."

Garlet zei zacht: "Ik ben mijn eigen werkelijkheid en ook ik ben zonder genade. Wat gedaan moet worden, zal worden gedaan."

Jaro keek Garlet aan vol onbegrip en verbijstering. Garlet vervolgde zacht en toonloos: "Yaha overstijgt het noodlot. Ik weet weinig en ik weet veel. Vanwaar ik in het donker zat zond ik me jouw geest binnen. Jij gaf niet om mij, je verried me en je weigerde te luisteren, aandacht te geven, te voelen. Je haatte me; je genoot van je vrijheid terwijl ik in de kerker zat gedoken. Ik at korsten en jij lekkere dingen. Soms meende ik iets te zien van wat jij zag en probeerde ik te voelen wat jij voelde. Ik riep je. Mijn kreten waren vergeefs en je smoorde mijn stem." Hij keek achterom toen er voetstappen klonken. Skirl kwam eraan. "Ach ja, we zullen wel zien."

Even later liet Garlet zich naar de kamer brengen die voor hem was bestemd. Staand bij een tafel van gesneden jade verorberde hij hompen brood en kaas waarop hij naar de andere hoek liep, onder een tafel kroop en daar in slaap viel.

2

Asrubal was naar een cel in het souterrain van de Juristerie gebracht waar hij werd bewaakt door een peloton regulisten. Met een week zou officieel vonnis worden gewezen. De uitvoering van het vonnis zou ogenblikkelijk plaatsvinden, zo verzekerde Morlock Maihac. De *Pharsang* bleef in een omloopbaan; op de grond zou het schip kwetsbaar zijn voor aanvallen van gemaskerde Urd-Moordenaars of andere branies. Daarnaast hield de radar van de *Pharsang* voortdurend het luchtruim boven Romarth in de gaten. Mocht Asrubal worden bevrijd en mocht hij trachten per zwever te vluchten, dan zou hij ogenblikkelijk worden ontdekt.

Gedurende de week die ze moesten wachten brachten Maihac,

Skirl en Jaro veel tijd door met Garlet in een poging de blokkades van achterdocht te slechten.

Garlets stemmingen waren niet te peilen. Om zijn nieuwe bestaan te vereenvoudigen volgde hij een aantal aanwijzingen op met betrekking tot kleding en gedrag, maar verder trok hij zich terug in zijn eigen gedachten en negeerde gesprekken of vragen, hoewel hij soms zelf wel een vraag stelde. Vanaf het begin had Garlet aangegeven dat hij Skirls gezelschap verkoos boven dat van Maihac of Jaro. Maihacs gespreksstof verveelde hem en naar Jaro luisterde hij met botte onverschilligheid.

Skirl probeerde Garlet de gebruiken en hoffelijkheden van het dagelijkse bestaan bij te brengen. Garlet hoorde haar met schijnbaar geduld aan en deed plichtsgetrouw aan haar oefeningen mee. Soms leek het of hij heimelijk glimlachte, maar het lachje was altijd weer verdwenen wanneer ze hem aankeek; ze vroeg zich af hoeveel er van haar aanwijzingen doordrong tot zijn geest — misschien wel niets.

Jaro probeerde intussen Garlet de eerste beginselen van lezen en rekenen bij te brengen. Hij verklaarde het Gaiaanse grammaticale stelsel en de functie van woordsoorten en hij legde de alfabetische grondslag van de schrijfkunst uit. Garlet luisterde onaangedaan. Toen Jaro potlood en papier voor hem neerlegde tekende Garlet een paar losse krabbels, liet toen het potlood vallen en zakte onderuit.

"Er is echt geen makkelijke manier," zei Jaro. "Als je het wilt leren zult je moeten oefenen tot het je vanzelf afgaat."

"Je zult ongetwijfeld gelijk hebben," zei Garlet. "Ik vind echter dat ik voor vandaag genoeg heb gehoord."

"Niet echt," zei Jaro. "We hebben niets bereikt. Als je het wilt leren wil ik het je best bijbrengen, maar zo niet, dan verspil ik er mijn tijd niet meer aan. Dus wat wordt het?"

Garlet dacht na. "Ik weet niet zeker of die vaardigheid wel nuttig is." Hij wees naar het alfabet dat Jaro voor hem had opgeschreven. "Die symbolen zijn naar jij zegt relieken uit de oudste oudheid, en het grootste deel van wat je me wilt laten lezen ook. Dat is een spel voor pedanteriken die niets beters te doen hebben."

"Voor een deel is dat waar, maar niet helemaal. Lezen is dikwijls heel nuttig. Wanneer je besluit dat je het wilt leren, laat het me dan weten, dan hervatten we de lessen."

Op een dag zei Skirl tegen Garlet: "Voor iemand met jouw... achtergrond beheers je de taal heel goed. Heeft iemand je dat geleerd?"

Garlet trok zijn lippen op. "Dat heb ik mezelf bijgebracht, uiteraard. De ouwe Shim praatte graag en als hij me berispte vanwege een vergrijp kon hij uren doorgaan, als ik hem de kans gaf. Ik heb ook veel geleerd van Oleg, die met de huisguilen praatte. Hij bezigde een heel vreemde manier van aanspreken, alsof ze zijn dierbare vrienden waren. Ik onthield alles wat ik hoorde."

"Maar niemand heeft je ooit lezen geleerd?"

"Natuurlijk niet! Waarom zouden ze die moeite nemen? Ik zou daar voor eeuwig en altijd blijven."

Skirl huiverde. "Ik vind dit een angstaanjagende wereld; ik zal blij zijn als ik hier wegga."

Garlet keek haar aan met misprijzend gefronst voorhoofd. "Je geeft niet om Romarth?"

"Dat vind ik moeilijk te beantwoorden. De paleizen zijn schitterend, zo mooi als ik nog nergens ben tegengekomen. Misschien dat er op de Oude Aarde gebouwen staan die even vorstelijk zijn. Maar wat de Roum betreft..." Skirl zweeg even om haar gevoelens op een rijtje te zetten. "Ik mag ze niet zo; over het algemeen hebben ze geen gevoel voor humor en zijn ze ijdel. Ik voel me hier niet op mijn gemak. 's Nachts kan ik niet slapen uit angst voor de huisguilen. Kortom, ik kan niet gauw genoeg uit Romarth vertrekken."

Garlet gebaarde ongeduldig. "Dat is niet goed wat je daar zegt. Je zult je denken moeten aanpassen."

"Werkelijk!" Skirl was vermaakt en geërgerd tegelijk, zoals zo vaak wanneer ze met Garlet van doen had. "Waarom zeg je dat?"

"De reden zal je toch duidelijk zijn? Ik heb geen lust Romarth te verlaten en jij moet ook blijven, want ik wil dat je me bepaalde dingen leert. Ik ben bijzonder geïnteresseerd in de verschillen tussen man en vrouw. Je mag me nu je lichaam tonen."

Skirl schudde haar hoofd. "Dat is niet gepast volgens de etiquette. Zet dergelijke ideeën uit je hoofd. Hoe het ook zij, we blijven niet in Romarth, dat staat wel vast. Je zult het leuk vinden om andere plaatsen op andere werelden te bezoeken."

Garlets mondhoeken zakten af. "Andere plaatsen zijn anders. Ik heb over deze plaats nu iets geleerd. Hij begint werkelijk te worden."

"Dat is mooi! Het betekent dat je je aan je nieuwe bestaan begint aan te passen."

"Mogelijk. Er is iets anders aan het werk van veel groter belang."

"O ja? Wat is dat andere dan?"

Garlet dacht na. "Ik kan je dit vertellen: de kracht die ik beheers in het Grote Rondom begint naar me terug te vloeien."

Skirl keek Garlet niet-begrijpend aan. In zijn ondoorgrondelijke uitspraken school soms een merkwaardig soort logica, wanneer ze de moeite nam ze aandachtig te bekijken. Ze zei: "Ik kan je even niet volgen. Wat is dat voor kracht? En wat is een 'rondom'?"

Garlet zocht naar woorden. "In de kerker kende ik elk ding, elke vierkante duim, elk oppervlak, elke knobbel en spleet. Dat was het Donkere Rondom, en dankzij de raad van de yaha's was ik daar heer en meester. Toen ik hierboven kwam liet ik het Rondom van de kerker achter me en was ik heer en meester van niets. Hierboven bestaat een nieuw Rondom van grote afmetingen. Om dit Grote Rondom te kunnen beheersen heb ik nieuwe kracht nodig. En die begint terug te komen omdat ik dat besloten heb."

"Dat is een heel interessant denkbeeld," zei Skirl en overtrad prompt haar eigen stelregel dat ze niet met hem zou redetwisten. "Helaas, Garlet, heb je het helemaal mis! Je kunt nooit heer en meester ergens over zijn — nu niet en nooit — behalve over je eigen gedrag, en dat is voldoende ook. In het bijzonder heb je geen macht over mij, Jaro, of Tawn Maihac. Het is maar beter dat je dat goed begrijpt. Verspil dus geen tijd en energie met jezelf te bedotten!"

Garlet sprong overeind. "Jij bent degene die het mis heeft! Jij voelt niets en je weet alleen wat ik je vertel!" Met plotselinge besluitvaardigheid zei hij: "Ik heb voorlopig genoeg gepraat aangehoord. Nu wil ik gaan wandelen langs de lanen om te zien wat er te zien valt."

Skirl wist niet goed hoe ze op Garlets plotselinge eigengereidheid moest reageren. Ze zei behoedzaam: "Dat kan makkelijk genoeg geregeld worden."

"Regelingen hebben we niet nodig!" zei Garlet. "Laten we gaan." Skirl stond met tegenzin op. "Als we maar op tijd terug zijn voor het middageten."

Ze verlieten het terras van Carleone, liepen de laan af naar de brug en staken over naar de Plaza Gamboye. In plaats van verder te lopen besloot Garlet dat hij op een van de terrasjes wenste te gaan zitten om de voorbijgangers gade te slaan. Skirl bracht er niets tegenin en het tweetal liep naar een tafeltje in de schaduw van een goudenregen. Ze bestelden thee en een schotel knapperig gebak. Garlet scheen echter meer geïnteresseerd te zijn in de personen die over de plaza slenterden. Na een poosje wees hij naar een jonge branie met een knappe jonge vrouw. "Ik begrijp het niet goed," zei Garlet. "Waarom zijn ze zo verschillend gekleed?"

"Dat is een gewoonte van aeonen her," zei Skirl. "De redenen zijn raadselachtig, maar je zult zien dat het altijd zo is, waar je ook gaat."

"De vrouw is aangenaam om naar te kijken," zei Garlet. "Ze boeit me met haar sierlijke bewegingen. Ik zou haar willen aanraken. Trek asjeblieft haar aandacht en beduid haar dat ze hier moet komen."

Skirl lachte. "Garlet, je bent absurd! Wat jij wilt is niet gepast; de dame zou verbaasd zijn en geërgerd. Herinner je je niet meer wat ik je vertelde over de etiquette? Als je voor iemand van stand wilt worden gehouden, zul je dergelijke aanvechtingen moeten onderdrukken."

Garlet wierp Skirl een schattende blik toe. "Ik vind het ook prettig om naar jou te kijken. Er is bepaald iets aantrekkelijks aan jou, net als aan die vrouw ginds. Het is een gevoel dat ik niet kan beschrijven."

"Dat gevoel is normaal," zei Skirl. "Dat is het voortplantingsinstinct dat tot gevolg heeft dat er kindertjes worden geboren."

"Hoe dat zo?"

Skirl gaf een algemeen overzicht van het voortplantingsproces, zonder op details in te gaan. "Het is een zeer breed onderwerp," zei ze tegen Garlet. "Er bestaan vele variaties, maar ze worden allemaal door strakke rituelen beheerst."

"Ik weet niets van die rituelen," mopperde Garlet. "Shim had het er nooit over."

"Dat kan je van hem ook niet verwachten. Het proces komt doorgaans op gang wanneer een man en een vrouw zich tot elkaar voelen aangetrokken; men noemt dat 'genegenheid' of soms 'liefde'. Wanneer de gevoelens in kwestie aanwezig zijn, kunnen de vrouw en de man een maatschappelijke overeenkomst aangaan die 'huwelijk' wordt genoemd of tot een minder officiële relatie besluiten. Zoals het geval is met Jaro en mijzelf. Onder dergelijke omstandigheden staat de maatschappij mensen toe hun voortplantingsorganen te gebruiken in wat 'gemeenschap' wordt genoemd. Het is niet een handeling die men met waardigheid kan uitvoeren en wordt dus in afzondering voltrokken."

Garlet boog zich met schitterende oogjes naar haar toe. "Beschrijf me die gemeenschap, in alle bijzonderheden! Hoe gaat die in zijn werk?"

Skirl ging stijf rechtop zitten en staarde over de plaza. Met grote zorg haar woorden kiezend beschreef ze in het kort de seksuele gemeenschap, in algemene en onpersoonlijke termen. Garlet deed geen moeite zijn belangstelling te verhelen en liet zijn blikken niet van Skirls gezicht af. "Dat," zei Skirl, "is de gebruikelijke wijze van voortplanting bij vele levende wezens."

"Die bezigheid klinkt interessant," zei Garlet. "Laten we het meteen proberen. Het lijkt me hier net zo geschikt daarvoor als ergens anders."

"Mis!" verklaarde Skirl heftig. "Het is een daad die uitsluitend in afzondering wordt ondernomen."

"Dan gaan we terug naar het paleis. We kunnen alleen zijn in mijn kamer en zo nodig kunnen we Fancho erbij roepen om ons te helpen."

Skirl schudde haar hoofd. "Het is een bezigheid die aan de regels der conventie onderworpen is. Jaro zou boos zijn als hij hoorde dat ik lukraak gemeenschap had bedreven — zelfs onder toezicht van Fancho."

Garlet staarde haar aan. "Ik maal niet om Jaro en zijn voorkeuren. Ze zeggen mij niets! Je kunt ze gevoeglijk ter zijde leggen, dan kunnen we meteen een poging wagen tot deze interessante bezigheid."

Skirl, heen en weer geslingerd tussen vermaak, ergernis en medelijden, probeerde haar stem in bedwang te houden. "Zo makkelijk is het niet. Jaro en ik hebben een verbintenis die gelijkstaat met een huwelijk. De conventies zijn erg streng."

Garlet wierp zich achterover in zijn stoel. "Zoals altijd is Jaro weer het struikelblok," mompelde hij.

"Het wordt tijd dat we naar Carleone teruggaan voor het middagmaal," zei Skirl. Ze stond op.

"Ik wil niet eten. Ik blijf hier."

"Net wat je wilt. Je kent de weg."

Skirl stak Plaza Gamboye over. Garlet keek haar nijdig na, veranderde van gedachten en holde achter haar aan. Zwijgend keerde het tweetal op Carleone terug.

3

Na het middagmaal nam Garlet Jaro mee naar het terras. Een halfuur lang stonden ze aan de balustrade in ernstig gesprek. Ten slotte hief Jaro zijn armen ten hemel uit verslagenheid en frustratie en liep de refter weer in. Garlet bleef somber over de tuin staan staren.

Jaro ging weer bij Maihac en Skirl aan tafel zitten. "Garlet heeft een paar mooie meisjes gezien en nou is hij opgewonden, hoewel hij niet precies weet waarom. Skirl heeft hem een paar brokjes biologie bijgebracht en nu wil Garlet de Fondans bezoeken."

"De Fondans?" Maihac begreep er niets van. "Hoezo de Fondans?"

"Garlet heeft een druk gedachteleven. Tijdens het middagmaal merkte hij de Seishanee meisjes op die ons bedienden; hij was benieuwd naar hun seksuele gewoonten. Hij vroeg zich af of de Roumse heren ook gemeenschap met hen bedreven. Ik zei dat ik daar geen geruchten of schandaaltjes over had vernomen; misschien dat dergelijke dingen voorkwamen, maar over het algemeen genomen dacht ik van niet."

"Klopt," zei Maihac. "De geslachtsorganen van de Seishanee zijn onvolgroeid en werken niet."

"Ik heb Garlet verteld dat de Seishanee seksueel niet actief waren, maar hij zei dat ik me vergiste. Hij zei dat de Seishanee gemeenschap hadden in de Fondans om nieuwe Seishanee voort te brengen; dat had Skirl hem verzekerd en nu waren ze van plan samen de Fondans te bezoeken om deze bezigheid te bezichtigen."

"Wat?" riep Skirl. "Dat verbeeldt hij zich allemaal!"

Garlet verscheen in de deuropening. Skirl zei: "Ik ben niet van plan met jou naar de Fondans te gaan, voor wat dan ook!"

Garlet keek haar even aan en haalde toen zijn schouders op. "In dat geval ga ik alleen."

"Dat lijkt me geen goed idee," zei Maihac. "Daarmee kom je in moeilijkheden, op een of andere manier." Hij stond op. "Als jij de Fondans wil bezoeken, dan ga ik met je mee."

Garlet draaide zich om naar Skirl. "Ik had me voorgenomen dat jij met me mee zou gaan, zoals je beloofd had."

"Ik heb niets van dien aard beloofd," zei Skirl.

"Je hebt het niet met zoveel woorden gezegd," verklaarde Garlet, "maar ik verstond wel wat je dacht."

Jaro zei, heel beleefd: "Dergelijke dingen moet je niet zeggen! Als je je zo gedraagt voelen we ons allemaal onbehaaglijk."

Garlet nam Jaro onaangedaan op. "Ik weet ook wat jij denkt. Jij hebt me verraden en nu wil je me maar al te graag de voet dwars zetten, aangezien ik in kracht ben toegenomen en jij klein bent geworden. Geen wonder dat je je onbehaaglijk voelt."

Skirl sprong op van tafel. "Het is onzin ruzie te maken, en zeker over zoiets onbeduidends. Ik vind het niet erg om de Fondans te bezoeken; Maihac is er immers bij."

Jaro zei grimmig: "Dan ga ik ook. Laten we nu meteen maar gaan, dan is die zaak uit de wereld."

Garlet keerde zich abrupt af. Het uitstapje verliep niet zoals hij wenste. Dat was, alles bijeengenomen, niet zo verbazend. De kracht was nog niet geheel teruggekomen en het Grote Rondom had zich nog niet gevoegd naar zijn wil, zoals uiteindelijk wel het geval zou zijn.

Het viertal vertrok van Carleone, stak de brug over en nam de Esplanade langs de rivier naar de dreigende steenklomp van de Fondans. Een inrit glooide omlaag naar de ingang — een poort die wijd openstond.

Skirl bleef staan. "Verder ga ik niet. Er is daarbinnen niets dat me interesseert — alleen een erge stank en die vermijd ik liever. Ik wacht wel hier."

Garlet protesteerde meteen. "Je moet met me mee! Je hebt zelf gezegd dat de Seishanee zich hier voortplanten! De techniek daarvan zal zeker interessant zijn en jij moet ze me uitleggen."

Maihac zei grijnzend tegen Garlet: "Wij gaan even een kijkje nemen; als er dan iets belangwekkends aan de gang is kan Skirl altijd nog van gedachten veranderen."

"Dat is een goed idee," zei Jaro. "Ik wacht hier met Skirl."

"Zo had ik het niet bedacht!" riep Garlet boos. "Moet ik dan altijd gedwarsboomd worden door Jaro?" Hij draaide zich om naar Skirl.

"Laat Jaro hier staan en Maihac ook, als hij dat liever heeft. Dan kunnen jij en ik samen deze rituelen onderzoeken! Misschien komen we belangwekkende bijzonderheden te weten."

Skirl schudde haar hoofd. "Ik stel geen belang in de voortplanting van Seishanee — of van wie dan ook."

Maihac lachte. "Kom, Garlet. Als het daarbinnen mocht stinken, trekken wij ons daar niets van aan, als ware wetenschappers."

Maihac en Garlet liepen de oprit af en gingen het gebouw binnen. Jaro en Skirl zagen vanaf de straat hoe ze even stil bleven staan en toen opzij uit het zicht verdwenen.

Twintig minuten later kwam het tweetal weer uit de Fondans tevoorschijn. Maihacs gezicht was uitdrukkingsloos. Garlets mondhoeken hingen sip af en hij scheen in gedachten te zijn verzonken. Toen hij de Esplanade bereikt had liep hij terug naar de Plaza zonder Jaro of Skirl een blik waardig te keuren.

"Wat ben je wijzer geworden?" vroeg Jaro aan Maihac.

"Veel en tegelijk weinig. De stank bestaat. We konden geen geslachtsverkeer ontdekken, alleen zes vaten met oersoep. We hebben vanaf een geïmproviseerd en nogal hachelijk balkon, dat rondom de werkplaats loopt, de bedrijvigheid gadegeslagen. Grichkin laboranten waren bezig bij de vaten, waarvan de inhoud zo te zien in verschillende fasen van opwerking en rijping verkeerde, waarbij de onwelriekende sfeer wordt voortgebracht. Een oerwoud van buizen en elektrische bedrading strekte zich uit naar alle kanten, zodat het moeilijk was de verdieping beneden de vaten goed te onderscheiden. Er leken daar rijen kleine vaten te staan waar, naar ik vermoed, de nieuwe Seishanee tot ontwikkeling worden gebracht. Op die verdieping waren de laboranten van een ander slag. Het zouden witte huisguilen kunnen zijn geweest, hoewel ik daar niet zeker van ben." Maihac keek nog eens om naar de Fondans. "Het is een verbijsterend oord."

Jaro riep tegen Garlet: "En wat vind je nu van het gebeuren?"

"Het was niet wat ik verwacht had. Ik heb geen geslachtsverkeer gezien en ik begrijp niet hoe of waar dat dan wordt voltrokken. Ik wil er weer heen om de processen te bestuderen. Skirl gaat met mij mee."

"Nee," zei Skirl, "Skirl gaat niet met je mee."

"En ik ook niet," zei Maihac. "Een keer is mij genoeg."

Garlet zei: "In dat geval zal ik Jaro toestaan met me mee te gaan."

"Nee, dank je," zei Jaro. "De stank zou me niet aanstaan."

"Net wat je wilt. Dan ga ik alleen."

"Ik moet je er weer aan herinneren," zei Maihac, "dat we niet erg gezien zijn in Romarth, en dat iemand je misschien kwaad zou kunnen berokkenen. Over een dag of drie vertrekken we en tot het zover is, wil ik dat we ons zo rustig mogelijk houden. Het is dus voorlopig noodzakelijk je belangstelling voor de geslachtsdaad te beteugelen. Heb je me begrepen?"

Garlet gaf geen antwoord en het groepje keerde terug naar Carleone.

4

De volgende dag won Skirls geweten het van haar voorzichtigheid; ze nam Garlet mee naar het terras voor zijn gebruikelijke les in algemene ontwikkeling. Bij deze gelegenheid had Skirl besloten het te hebben over de geschiedenis van de oorspronkelijke mens op de Oude Aarde. Ze stelde belang in het onderwerp en sprak vol vuur. Garlet scheen te zijn aangestoken door haar geestdrift en kwam op het puntje van zijn stoel zitten. Terwijl ze bezig was te vertellen over de megalithische cultuur van Noordwest-Europa werd ze ineens gewaar dat Garlet haar borsten betastte en dat zijn hand op weg was naar nog veel intiemere delen van haar lichaam. Even zat ze als verstijfd. Toen sprong ze overeind en keek op Garlet neer. Op zijn gezicht lag een verwaten grijns van vervoering.

Skirl zei zo kil als ze kon: "Garlet, jouw gedrag is een inbreuk op de etiquette die ik niet door de vingers kan zien."

Garlets grijns trok weg. "Logisch gezien heb je ongelijk."

"Volstrekt niet!" beet Skirl hem toe. "Logica heeft hier niets mee van doen!"

"Mis! Jaro mag je aanraken waar hij wil. Ik ben zijn tweelingbroer; het is niet logisch om kunstmatig onderscheid tussen ons te maken. Jaro beseft wat hij me schuldig is en zal de eerste zijn om te beamen dat ik in zijn voorrechten dien te delen."

Skirl keek het terras langs en zag Maihac en Jaro aankomen. "Daar heb je hem," zei ze tegen Garlet. "Vraag het hem zelf maar."

Garlet haalde nukkig zijn schouders op en keek de andere kant uit.

Skirl zei tegen Jaro: "Garlet vindt dat hij deel dient te hebben aan wat ik maar onze echtelijke betrekkingen zal noemen; dat het niet meer dan rechtvaardig is, aangezien jullie broers zijn."

Jaro zei: "Garlet, er klopt niets van jouw logica. Probeer alsjeblieft Skirl geen intimiteiten op te dringen, want dat zou ons allebei danig boos maken."

Garlet mompelde: "Ik snap niet wat het voor verschil maakt. Je dwarsboomt me gewoon weer, zoals altijd."

"Dat is niet waar! Over een paar jaartjes heb je de zeden en gewoonten van je nieuwe bestaan onder de knie en dan zul je zien dat ik gelijk heb. Val Skirl intussen niet lastig met je erotische aandrang. Je dient te begrijpen dat zulk gedrag onbehoorlijk is."

"Ik begrijp je door en door! Meer zeg ik niet."

Jaro knikte. "We praten er niet meer over. Maihac en ik hebben een plan. We staan op het punt een paar verlaten paleizen te gaan verkennen. Als jullie willen kunnen Skirl en jij met ons mee."

"Ik ga graag mee," zei Skirl. "Wat is dat voor plan?"

"Dat zul je wel zien. En jij, Garlet?"

"Nee. Ik zit liever op een terrasje op de plaza."

"Net zo je wilt. Maar val geen dames lastig, anders krijg je moeilijkheden."

Maihac, Jaro en Skirl vlogen met de zwever naar het noorden, naar oud Romarth, waar de hoge bomen van het woud de tuinen bekropen. Maihac zette de zwever neer op een binnenplaats naast een paleis dat was opgetrokken uit wit syeniet. Het drietal stapte uit en vergewiste zich ervan dat ze hun vuurwapens bij de hand hadden, uit angst voor de witte huisguilen.

"Je zult ze misschien niet zien," zei Maihac, "maar ze zijn zeker in de buurt. Overdag zijn we wel veilig, tenzij een van ons op z'n eentje op verkenning gaat. Zodra je uit het zicht bent gebeurt het, en dan zien we je nooit meer." Tegen Skirl zei Maihac: "Jaro en ik zijn van plan het een en ander discreet achterover te drukken. In het bijzonder de boeken uit de bibliotheek. Ze zijn van niemand — dat houden we onszelf tenminste voor — en niemand schijnt zich er hoe dan ook om te bekommeren. Ik vermoed dat ze hoge prijzen zullen opbrengen in het Bereik, vooral als we het geheim van hun oorsprong bewaren."

"Hm!" snoof Skirl. "Ik vind het allemaal een beetje minderwaardig."

"Beschouw ons maar als verzamelaars van oude kunst," zei Maihac. "Dat is niet minderwaardig en dan hoeft Jaro zich ook niet zo te schamen."

"En jijzelf dan?"

"Ik ben ruimtevaarder en vagebond. Ik weet niet wat schaamte betekent."

Het drietal ging het paleis binnen; ze bevonden zich in een hal van vorstelijke afmetingen, die met meubels en stoffering nog zo bruikbaar was — afgezien van het stof der eeuwen. Het drietal bleef midden in de hal staan om te luisteren maar hoorde slechts het ontastbare zingen van de stilte zelf. Naast de hal bevond zich de bibliotheek — een vertrek van redelijke omvang met een zware tafel van gepolitoerd hardhout in het midden. Planken die honderden grote in leer gebonden boeken torsten overdekten de wanden.

Jaro pakte lukraak een paar boeken en liep ermee naar de tafel. De zwarte leren banden, die zacht en soepel aanvoelden, waren bewerkt met ingewikkelde bloemreliëfs en verspreidden aangename geuren van boenwas en andere conserveringsmiddelen.

Jaro blies het stof van een van de boeken en sloeg het voorzichtig open. De bladzijden bevatten, zo zag hij, om beurten tekst en rijk gedetailleerde illustraties, die met een fijne pen en gekleurde inkt waren getekend. De afbeeldingen omvatten landschappen, interieurs, portretten en personen die diverse bezigheden bedreven — allemaal uitgevoerd in een techniek die Jaro zeer treffend vond. De tekst, die in archaïsche letters was geschreven, met de hand, ging zijn begripsvermogen te boven.

Maihac kwam kijken terwijl Jaro de bladzijden omsloeg. "Niemand neemt meer de moeite dergelijke boeken te vervaardigen," zei Maihac. "Er kwam een eind aan dat gebruik met de Kwade Tijden, die het sluitstuk vormden van de bloeiperiode van de Roumse beschaving."

Maihac bestudeerde een illustratie van een weelderige tuin, waarin een jongen in een witte kiel en een blauwe broek glimlachend een donkerharig meisje van een jaar of acht, negen aankeek. Maihac las de begeleidende tekst en keek toen weer naar de tekening. Hij wees naar de jongeman. "Dit is de schepper van het boek. Hij heette Taubry, van

Huis Methune, dat nu uitgestorven is." Hij keek weer naar de tekst. "Het meisje was zijn nichtje Tissia. Taubry noemde haar Titi, dat was zijn koosnaampje. Hij heeft heel zijn leven aan dit boek gewerkt en ongetwijfeld heeft Titi haar eigen boek gemaakt."

"Het zou interessant zijn die twee boeken te vergelijken," zei Jaro peinzend. Hij bekeek het gezicht van Taubry aandachtig. "Een aardig gezicht zo te zien. Een beetje verfijnd misschien."

"Zo zag hij zichzelf. Het kan een getrouwe afbeelding zijn of een tikje geïdealiseerd; dat maakt hoe dan ook geen verschil. Dit boek is Taubry's beginselverklaring, de bergplaats voor zijn geheimen en zijn eigen theorieën. Hij stelt dat hij geboren is, dat hij zijn leven heeft geleefd, dat hij nobele gevoelens heeft gekend en ogenblikken van hoogste verrukking. Je werpt nu een blik in Taubry's ziel — waarschijnlijk als eerste, sinds hij het voor de laatste maal dicht deed en het slot toeknipte."

Jaro sloeg de bladzijden om en keek hoe Taubry de jongeling veranderde in Taubry de volwassen man.

"Dat boek is ongeveer vijfentwintighonderd jaar oud," zei Maihac tegen Jaro. "Misschien iets ouder. Roumse boekenkenners kunnen de datum op een paar jaar nauwkeurig bepalen door naar de kleding te kijken — vooral de schoenen, en natuurlijk de japonnen van de dames."

Jaro staakte het bladeren om een andere tekening te bekijken die nog verfijnder was dan de vorige. Taubry stond op een open plek in een bos met zijn ene voet op een omgevallen boom. Hij speelde op een snaarinstrument, een rebek of een luit, terwijl drie meisjes in korte japonnen van bijna doorschijnende witte mousseline hand in hand in een kring dansten. Taubry was nu een jonge man met een bleek, mager gezicht omgeven door krullende bruine lokken. De uitdrukking die zijn gezicht vertoonde terwijl hij op zijn instrument tokkelde was er een van vervoering in de genoegens van de muziek. Zijn trekken duidden op een grillige, ietwat bijtende persoonlijkheid, eerder ingekeerd dan open. Op de bladzij ernaast had Taubry iets opgenomen dat leek op een protocol of een soort verklaring. Maihac tuurde naar de letters en las:

" 'Hier ben ik, Taubry van Methune; de ene, de singulariteit die IK ben. Mijn eigenschappen zijn voortreffelijk; ze omvatten deugd, verbeeldingskracht, humor en geluk. Onnodig te stellen dat er nooit iemand als ik heeft bestaan en dat de kosmos mijn gelijke nimmer meer zal kennen, aangezien ik me op het toppunt van bewust leven bevind. Hoe dus, is het mij gelukt alle anderen te overstijgen, door alle eeuwen heen? Heb ik wonderdaden verricht? Heb ik klassieke raadselen opgelost? Hoe dan wel? Door mijn eigen geheim; waarom zou ik hier de waarheid niet neerschrijven? Er is geen enkele reden die me niet tot ondankbare hond zou bestempelen. Dus wat is dat nobele geheim? Het is tergend in zijn eenvoud. Ik doel op mijn genot in het leven zelf.

"'Dus aan allen die na mij komen: als ge schone deernen zijt, zucht dan een ogenblik van weemoedig verlangen. Als ge koene cavaliers zijt, haal dan spijtig uw schouders op. Helaas! Geen van u zal zich kunnen voegen naar het ritme van mijn schitterende bestaan en dat is jammer, voor ieder van ons.'"

Jaro legde langzaam het boek van Taubry opzij. "Dit gaat mee."

"Ga je gang," zei Maihac.

Skirl zei schamper: "Ik hoop dat jullie er gelukkig mee zijn dat jullie dit oude paleis afstropen als een paar voddenrapers."

"Heel gelukkig," zei Jaro. "Verrukt, om precies te zijn."

Maihac probeerde Skirl op andere gedachten te brengen. "We kunnen deze prachtige dingen hier niet laten wegrotten en verschimmelen. Dat zou een drama zijn!"

Skirl wilde er niet verder over praten. Omdat ze niets beters te doen had, pakte ze een boek van de plank en begon de bladzijden om te slaan.

Jaro pakte een tweede boek. Het was geschapen door Susu-Ladou van Huis Sanbary. Gedurende een groot deel van haar leven had ze grote uiterlijke schoonheid bezeten en er met ongekunstelde tomeloosheid van genoten. En waarom ook niet? Niemand zou haar escapades ooit te weten komen. Haar tekeningen waren fascinerend en een bron van raadselen, vond Jaro. Tegenover de verve van de erotische elementen stond een naïeve onschuld die ze bijna tastbaar bekoorlijk maakten. Een paar minuten lang bekeek hij de tekeningen aandachtig. Het meisje Susu-Ladou zat, schaamteloos naakt, op de vensterbank van een groot raam, vlak aan de rivier. Ze zat achterover geleund tegen een marmeren zuil met haar handen om haar ene opgetrokken knie, en keek uit over de vredige rivier. De bomen waren verfijnd en tot in bijzonderheden weergegeven, net als hun weerspiegeling in het water. Het meisje leek te dagdromen; haar gezicht drukte een gevoel uit waarvoor Jaro geen woorden kon vinden. Toen hij de afbeelding aandachtiger bekeek, werd hij een wazig detail gewaar in de schemer van de kamer achter het meisje. Jaro keek nog eens goed en zag de gedaante van wat wel een huisguil leek achterin de kamer staan.

De afbeelding was intrigerend, voornamelijk vanwege het twee-slachtige karakter ervan. Vanwaar die witte huisguil? Waarom was het meisje niet bezorgd? Was ze zich de aanwezigheid van het schepsel bewust? Vragen waarop geen antwoord werd gegeven. Jaro legde het boek op de stapel 'meenemen'.

Skirl schoof het boek dat ze had staan bekijken over de tafel naar hem toe. "Aangezien je er zo op gebrand bent boeken te stelen, steel dan dit ook maar. Ik vind het interessant."

Het drietal was een uur lang bezig boeken uit te zoeken, waarbij er maar weinig werden teruggezet. Maihac zette de zwever zo dicht mogelijk naast de bibliotheek neer en het drietal laadde de boeken in het vrachtruim. Ze klommen aan boord en vlogen naar de *Pharsang*, waar Neitzbeck hen hielp het vrachtje naar het laadruim over te brengen. Toen dat gedaan was daalde de zwever met zijn passagiers weer af naar Carleone.

Garlet was al teruggekeerd van Plaza Gamboye en had zich op zijn kamer teruggetrokken.

Het drietal baadde en verkleedde zich en zocht Ardrian op in de kleine salon. Morlock voegde zich een paar minuten later bij hen. "Het gonst van geruchten in de stad," vertelde hij het gezelschap. "Waar rook is, is ook vuur, denk ik. Asrubal zal over vier dagen op het middaguur terechtgesteld worden. Ik heb gehoord dat een tiental Urd-Moordenaars morgen of overmorgen de maskers zal aannemen. Er zal een incident worden georganiseerd op de plaza, teneinde verwarring te zaaien. De Moordenaars zijn voornemens op datzelfde ogenblik Asrubal uit de ker-ker te bevrijden om hem naar een tijdelijk toevluchtsoord te brengen, totdat de raadsheren zullen zijn teruggekeerd naar het Parlarium. Moch-ten de buitenwerelders tussenbeide komen, dan lopen ze groot gevaar; mogelijk worden ze hoe dan ook gedood, om een voorbeeld te stellen."

"En dus?" vroeg Maihac.

"Ik overweeg diverse maatregelen."

Maihac stond op. "Er is een gemakkelijke oplossing voor dit vraag-stuk. Laten we Asrubal nu terechtstellen."

"Nu?" vroeg Morlock. "Op dit ogenblik? De schemer is amper gevallen. Ik had zelf gedacht tot middernacht te wachten."

"Beter nu meteen. Niemand zal zulk doortastend optreden van ons verwachten. We klaren het karwei onverwijld, dan is het afgelopen."

"Goed dan," zei Morlock, "hoewel dat niet naar de Roumse trant is. Wij geven er de voorkeur aan elke mogelijke variatie te overwegen en te berekenen."

"Dit keer handelen we als Gaianen," zei Maihac. "Ik ben klaar."

Jaro stond op. "Ik ook."

Maihac zei: "Ik wil jou en Skirl in de zwever hebben om ons onder-steuning te geven voor het geval zich een 'mogelijke variatie' voordoet, zoals dat hier in Romarth heet."

Jaro bracht er niets tegenin. Hij liep naar de tuin en haalde de zwever omlaag. Maihac riep Gaing op, aan boord van de *Pharsang*, en verwittigde hem van hun plannen, waarna het tweetal mogelijke noodsituaties besprak en bepaalde hoe die zouden worden opgelost, mochten ze zich voordoen. Maihac voorzag zichzelf en Morlock van zware RTV-pistolen uit de wapenvoorraad van de zwever; toen vertrok het tweetal te voet naar de Juristerie. Jaro en Skirl volgden hen in de zwever.

De schemering had nog niet plaats gemaakt voor de nacht; de Roum bereidden zich voor op hun avondlijke afspraken en de lanen lagen ver-laten.

Voor de Juristerie aangekomen sprak Maihac over de radio met Jaro, die zich met de zwever op een hoogte van zestig meter bevond. Maihac zei: "Alles lijkt rustig. De regulisten staan op post. We gaan naar binnen."

Maihac en Morlock gingen de Juristerie binnen. Een paar minuten later kreeg Jaro weer een boodschap van Maihac. "Alles is hier ordelijk. We staan beneden bij de receptie. De regulisten zijn Asrubal uit de kerker gaan halen."

Vijf minuten later kwam Maihac weer aan het toestel. "Asrubal is de hal binnengekomen. De regulisten hebben hem op een stoel doen plaatsnemen. Hij heeft ons nog niet gezien. Nu is het zover."

De stem zweeg. In de hal begaf Morlock zich naar een kast, ontsloot de zwart-wit beschilderde deur en haalde er een flacon uit die een ambergele vloeistof bevatte. Een van de regulisten bracht een beker met water die hij op tafel naast Asrubal neerzette.

Morlock goot een half maatje ambergele siroop in de beker en roerde de vloeistof om met een glazen staaf. Asrubal keek toe; zijn beender-witte gezicht was uitdrukkingsloos. Morlock wees naar de beker. "Je tijd is gekomen. Drink. Binnen een halve minuut zul je dood zijn en behoeven wij je niet te worgen met een stalen strop."

Asrubal keek naar de beker. Zijn vingers vertrokken krampachtig. Morlock deed een stap achteruit om zich te beschermen voor het geval Asrubal op de gedachte zou komen hem het gif in het gezicht te smijten.

Asrubal keek de hal door, zag Maihac staan en keek toen weer naar de beker. "U bent vroeg," zei hij tegen Morlock.

"Inderdaad. We wilden moeilijkheden voorkomen."

Asrubal liet een schraal glimlachje zien. "U hebt mijn moeilijkheden geen van alle opgelost."

"Dat was onze bedoeling ook niet."

Asrubal knikte. Met langzame, vaste hand nam hij de beker op en dronk hem zonder aarzelen leeg. Hij zette de beker weer op tafel en bleef gemelijk naar Morlock zitten kijken. De stilte in het vertrek was loodzwaar.

Ten slotte begon Asrubal te spreken, op afgemeten toon. "U hebt uw eigen opvattingen over mij, maar nimmer zal gezegd worden dat ik het noodlot anders dan met gepast decorum tegemoet ben getreden."

"Dat is zo," zei Morlock. "Uw waardigheid is onberispelijk. Een goede grondslag om te sterven."

Asrubals lippen vertrokken; zijn mond zakte open, zijn ogen ver-draaiden heel vreemd zodat ze twee kanten tegelijk uit leken te kijken. Hij zakte voorover en bleef met zijn hoofd op tafel liggen.

Morlock keerde zich om naar Maihac. "Hij is dood."

Maihac knikte. "Daar ziet het naar uit." Hij liep om de tafel heen en schoot met zijn lichte Ezelite-pistool drie gaten in Asrubals achter-hoofd. Het lichaam sprong op bij elke treffer.

Maihac liep bij de tafel vandaan. "Het is niet dat ik u niet vertrouw," zei hij tegen Morlock. "Maar iemand kan een drank drinken en toch nog leven. Iemand met drie gaten in zijn hoofd is dood."

"U bent een filosoof van de praktijk," zei Morlock. Hij wendde zich tot de regulisten. "Zorg ervoor dat het overschot naar de Fondans wordt gebracht en in het lijkenvat wordt gestort."

HOOFDSTUK XX

1

MAIHAC EN MORLOCK keerden terug naar Carleone. Morlock verwittigde de hoogwaardigheidsbekleders van de stad van de dood van Asrubal en zette de beweegredenen voor de vroegtijdige terechtstelling uiteen. Van de kant van Huis Urd klonk ontevreden gemor, maar de heethoofden gaven met enige tegenzin hun plannen voor een overval op de Juristerie, dan wel het afmaken van de buitenwerelders, toch maar op. Het scheen dat de vroegtijdige terechtstelling aan zijn doel had beantwoord.

Maihac wilde meteen vertrekken, maar Morlock haalde hem over nog een paar dagen te blijven. "Ik zeg dit uit naam van het Select Comité," zei Morlock.

"Waarom hebben die belangstelling voor mij?"

"Niets om u bezorgd over te maken. Heel eenvoudig gezegd zouden ze graag informatie krijgen."

"Waarover?"

"Laat ik het Select Comité beschrijven," zei Morlock. "Het is niet geheel en al een geheime organisatie, hoewel het in beslotenheid bijeenkomt en zijn werk doet zonder aan de weg te timmeren. Het bestaat uit tien leden, waaronder zes raadsheren, vier hooggeachte geleerden en mijzelf. Het Comité is er zich van bewust dat Romarth en haar beschaving zich in neergaande lijn bewegen. Soms bezigen we de term 'verval'. Ook vermoeden wij dat het Roumse levenspatroon onvriendelijkerwijs als 'decadent' gekenschetst zou kunnen worden — hoewel ik dat standpunt persoonlijk aan twijfel onderhevig vind. We staan echter voor een onaantastbaar feit: de bevolking van Romarth neemt

voortdurend af en als deze lijn wordt voortgezet zullen er over tweehonderd jaar misschien nog slechts een tiental oude mannen en
vrouwen over zijn, bijeengekropen in hun grootse zalen, met alleen
de Seishanee om hen de witte huisguilen van het lijf te houden. Het
Select Comité is zich van deze ontwikkeling bewust en hoopt op een of
andere manier Romarth nieuw leven in te blazen. Geen enkele beleids-
richting wordt bij voorbaat uitgesloten. Er is al sprake geweest van het
beëindigen van de Roumse afzondering en het opnemen van nieuwe
betrekkingen met het Gaiaanse Bereik."

"Dat lijkt me allemaal verstandig genoeg," zei Maihac. "Waar hebben ze mij voor nodig?"

"U bent buitenwerelder en u kent de zeden van Romarth. Uw
achtergrond is uniek. Het Comité wenst uw denkbeelden te horen.
Ze verwachten dat u zult spreken zonder een blad voor de mond te
nemen, al morren een paar van de meest behoudende grandes al over
de gevaren van wat zij 'verruwing' noemen."

"Soms komt men daar niet onderuit," zei Maihac. "Maar ik wil wel
met ze praten. Wanneer en waar? Het zal snel moeten gebeuren."

"Wanneer: morgen om twee uur na de middag. Waar: hier op
Carleone."

"Goed dan," zei Maihac. "Dat komt wel goed uit. Ogenblikkelijk na
de vergadering vertrekken we uit Romarth met de *Pharsang*."

Toen Garlet hoorde over het voorgenomen vertrek liet hij er geen
gras over groeien om zijn afkeuring duidelijk te maken. "Ik zie geen
enkele reden om van hier te vertrekken," zei hij tegen Maihac en Jaro.
"Ik ken nu de route van Plaza Gamboye naar Carleone en langs de
Esplanade tot aan de Fondans, en dat is toereikend voor mijn huidige
behoeften. Mijn kamers op Carleone zijn redelijk, net als het eten. Jaro
is in de buurt om me te helpen maatschappelijke betrekkingen op te
bouwen."

Maihac zei zo vriendelijk mogelijk: "Je ideeën zijn onuitvoerbaar.
Om te beginnen zal Jaro aan boord van de *Pharsang* zijn. Je zou je
helemaal alleen staande moeten houden. De Roum zullen niet voor je
zorgen. Zij leven volgens rituelen die jij niet begrijpt. Als je probeerde
alleen achter te blijven zou je ternauwernood geduld worden — en zelfs
dat misschien niet, als je hun vrouwen lastigvalt."

Garlet schudde koppig zijn hoofd. "Jaro kent die rituelen goed genoeg. Hij kan ze me leren; dat is het minste wat hij kan doen."

"Ik ben hier nog maar een volle dag," zei Jaro. "Dat is nauwelijks tijd genoeg om je wat dan ook bij te brengen."

"Ik had het niet over een dag," zei Garlet. "Wij zullen geleidelijk aan voortgaan, naar gelang ons leven zich ontwikkelt."

Maihac werd ongeduldig. "Luister Garlet, en luister nu goed! Er is hier voor jou niets te doen en niets te leren. Je zou maar al te gauw ongelukkig worden."

Garlet zei stijfkoppig: "Niet noodzakelijkerwijs. Op het ogenblik ben ik er heel tevreden mee om op een terrasje te zitten waar ik de Roum voorbij kan zien paraderen. Ik heb al diverse jonge vrouwen gezien van een schoonheid die me bijblijft en daar wens ik intiem mee te worden. Jaro's hulp zal daarbij van grote waarde zijn."

"Zo makkelijk is dat niet, zelfs niet voor Jaro," zei Maihac grijnzend. "Die jonge vrouwen zullen misschien wel beleefd zijn, maar geen zal er intiem met je willen worden. Net als iedereen worden die meisjes inge- perkt door de conventie; de Roumse hofmakerij is een ingewikkelde kunst. Hoe dan ook, Jaro zal dan aan boord zijn van de *Pharsang*, net als wij allemaal."

Garlet draaide zich met een ruk naar Jaro om. "Het is je plicht om te blijven!"

Jaro schudde zijn hoofd. "Ik kan deze griezelige wereld niet snel genoeg achter me laten."

"Alweer word ik gedwarsboomd," mompelde Garlet. Hij stond abrupt op en wilde weglopen. Maihac riep hem achterna: "Waar ga je heen?"

"Naar de plaza."

Maihac dacht even na. "De heethoofden van Urd menen dat wij hun huis te schande hebben gezet en ze zouden kunnen besluiten jou tot afschrikwekkend voorbeeld te stellen. Ik had liever dat je op Carleone bleef maar op de plaza ben je waarschijnlijk wel veilig — zeker als Jaro bij je is."

"Jaro mag meekomen," zei Garlet na ampele overweging. "Maar hij moet zich hulpvaardig gedragen en niet ingrijpen in wat ik van plan ben."

Maihac lachte zuur. "Misschien zal hij wel moeten ingrijpen om je huid te redden, als ik je bedoelingen juist heb geraden." Hij dacht even na en trok toen zijn zware RTV-energiepistool. "Laten we vandaag ruilen," zei hij tegen Jaro. "Geef mij jouw Ezelite en neem jij de RTV."

De vuurwapens werden geruild. "Nu ben je zeker veilig," zei Maihac. "Met één vuurstoot legt een RTV het hele Huis Urd om. De bedreiging wordt gesmoord nog voor hij kan opkomen."

Garlet mopperde: "Maar als ik een mooie jonge vrouw beleefd aanspreek vind ik dat Jaro niet het recht mag hebben haar neer te schieten."

"Hij zal voorzichtig zijn," verzekerde Maihac hem. "Maar om helemaal veilig te zijn: spreek gewoon geen dames aan, of ze nu mooi zijn of anderszins. Ze mochten je belangstelling eens verkeerd begrijpen."

"Ze zullen het maar al te goed begrijpen," zei Jaro, "en dat is nog erger."

Garlet zei: "Ik zou het pistool liever zelf dragen. Van Jaro's oordeel kan ik niet op aan."

Maihac schudde zijn hoofd. "Je weet niet hoe je het moet gebruiken. Wie weet raak je je eigen voet, of Jaro, of een voorbijganger."

"Bah. Ik ben niet zo dom als jullie denken."

Jaro zuchtte. Nog een dag op Fader en dan was het terug naar de vredige dagelijkse gang van zaken in de ruimte — hoewel, met Garlet aan boord zou die gang van zaken zo vredig misschien niet zijn. Hij kwam overeind. "Kom. Als we naar de plaza willen moesten we nu maar gaan."

Toen het tweetal de laan afliep nam Jaro Garlet heimelijk van terzijde op. Hij vroeg zich af wat er zou gebeuren als Garlet erop stond in Romarth te blijven. Jaro vermoedde dat Maihac hem toch aan boord zou brengen, gevankelijk, onwillig en gemelijk, of bewusteloos als gevolg van een slaapmiddeltje. Hoe dan ook, Garlet zou ongetwijfeld van Fader vertrekken op de *Pharsang*, waarmee de hoop op rust en vrede tijdens de reis op losse schroeven kwam te staan. Jaro zuchtte nog eens. Wat moest, dat moest.

Ze kwamen op de plaza. Garlet wees. "Dat is het beste terrasje; de meisjes die daar langskomen zijn knapper dan je elders ziet."

"Je bent een goed waarnemer," zei Jaro. "Dat is handig om te weten."

Ze gingen zitten en bestelden vruchtenpunch. Jaro ging er op zijn gemak voor zitten om de Roum te bekijken, voor de laatste maal waarschijnlijk. Het waren lieden met intrigerende kenmerken, met deugden en ondeugden, sterke en zwakke kanten, die uniek waren — om maar niet te spreken van een leefomgeving stampvol kunstschatten die ze veronachtzaamden en witte huisguilen die ze verdroegen als elementen van hun dagelijkse leefervaring.

Een uur lang deed Garlet er het zwijgen toe, behalve nu en dan, wanneer hij een uitroep slaakte over de verdiensten van een vrouw die voorbijkwam, soms in zulk een oprecht verwonderde geestdrift, dat het de aandacht trok van de vrouw of haar begeleider, hetgeen op zijn beurt Jaro weer naar de geruststellende omtrekken van de RTV deed tasten. Maar Garlets optreden leverde hem alleen hooghartige blikken op van de kant van de Roum.

Jaro begon zich te vervelen. Hij stelde voor dat ze terug zouden gaan naar Carleone.

Garlet pakte een gebakmesje, klopte er een paar maal mee op tafel, hield het stil terwijl hij het aandachtig bekeek, tikte nog eens met het mesje en keek toen naar Jaro op. "Nog niet."

Jaro haalde zijn schouders op en bleef geduldig wachten.

De zon daalde af naar de hoge bomen van Diep Blandy. Opnieuw opperde Jaro dat het tijd werd om te gaan.

Garlet fronste zijn voorhoofd, rekte zijn hals en keek de plaza rond. "Gisteren kwam hier een bijzonder bekoorlijke vrouw voorbij. Ik heb haar nauwlettend gadegeslagen en we hebben blikken gewisseld. Ik hoopte dat ze vandaag voorbij zou komen, want dan was ik van plan haar een diepergaande verhouding voor te stellen."

"Laat dat idee maar varen," zei Jaro. "De plaza is bijna leeg; de Roum zijn allemaal bezig zich te verkleden voor hun dinertjes. Die vrouw komt niet meer terug."

"Misschien wel, als ze wist dat ik met haar wilde spreken."

"Geen kans op. Kom, de zon verdwijnt al achter het bos."

Garlet zei op koude toon: "Als je zo graag weg wilt, dan kun je gaan."

"Zo makkelijk is het niet," zei Jaro. "Als ik je hier alleen achterliet en er overkwam je iets, dan stellen ze er mij aansprakelijk voor. Die vrouw komt vandaag niet meer."

"Misschien niet." Garlet zocht de plaza af. "Morgen proberen we het weer."

"Morgenochtend dan, als je er op staat, hoewel het toch nergens toe kan leiden — morgenmiddag verlaten we Romarth."

"De anderen misschien," zei Garlet zonder veel belangstelling. "Jij en ik blijven hier."

Jaro lachte afgebeten. "Mis. We nemen je mee terug naar het Bereik, voor je eigen bestwil." Jaro schoof naar voren op zijn stoel. "Ben je zover dat we kunnen gaan?"

"Een ogenblikje. Ik zal yaha nog eens raadplegen." Garlet hield het gebakmesje een paar centimeter boven het tafelblad. Het zwenkte naar rechts, dook omlaag en tikte op de tafel. "Er is me aangeraden om nog tien minuten te wachten."

"Interessant," zei Jaro. "Dat mesje is jouw 'yaha'?"

Garlet snoof ten teken van zijn zelfverzekerde gevoel van meerderwaardigheid. "Niet het mesje natuurlijk. 'Yaha' is iets dat ik jaren geleden heb ontdekt toen ik in het donker huisde. Het kwam over me als een dageraad van orde op een veld van chaos. En het heette 'yaha'. Betekent dat woord iets voor je?"

"Nee."

"Dat is niet verbazend aangezien ik degene was die het woord vormgaf. Het denkbeeld is krachtig. Ik zou niet zijn wie ik vandaag de dag ben, als 'yaha' er niet was geweest."

Jaro keek naar het mesje en toen naar Garlet. "Wat doe je als je geen mes voorhanden hebt?"

Garlet snoof opnieuw geringschattend. "Het mes is bijzaak. Eenvoudig verwoord is het een spel van de onafhankelijke vrije wil tussen de keuzemogelijkheden. De doorsnee geest kan yaha niet beheersen of zelfs maar beïnvloeden en dat is de grondslag van de kracht. De bewuste geest stelt een vraag; Yaha gaat de keuzemogelijkheden langs en geeft een ja of een nee aan. Links ligt het energieke, rusteloze, roekeloze beginsel; het betekent tevens ontkenning. Rechts is bevestigend en tevens sereen en rustgevend. Stel je een cirkel voor. Buiten is links, binnen is rechts."

"Ik zal daar verder over moeten nadenken," zei Jaro.

"Dat is nog maar het begin. Yaha werkt ook nog op een andere manier, zonder verwijzing naar links of rechts. Yaha wordt dan de brenger van spanningsvolle verwondering! Een bron van opwinding! En desondanks wordt het bereikt met de eenvoudigste middelen — in feite met volstrekt niets. In de donkere kerker kon ik altijd een glorieus avontuur beleven dankzij de oneindige reikwijdte van yaha." Garlet loerde schuins naar Jaro. "Ha ha! Je hebt weer die knipperogige, bolwangige uitdrukking van stompzinnigheid op je gezicht die je zo slecht staat!"

"O, neem me niet kwalijk," zei Jaro.

"Twijfel je aan wat ik je vertel?"

"Nee, zeker niet! Het denkbeeld is moeilijk te vatten."

"Luister dan! Leg vier vingers vlak op tafel. Ze zijn net vier kleine persoonlijkheden, elk anders dan de ander. Ze liggen stil; ze denken na. Een van hen zal in beweging komen. Welke? Ik weet het niet en evenmin wanneer. Ik wacht. Dan komt yaha, plotseling vanuit het niets. Door een geheimzinnige drang gedreven begint een van de vingers te bewegen! De spanning barst uiteen in een tinteling van verrassing. Welnu, een andere keer: ik houd een vinger vlak voor mijn gezicht. Zal ik mijn neus aanraken? Of mijn kin? Een raadsel! De toekomst is ondoorgrondelijk! Naar de ontknoping valt niet te raden! Minuten achtereen wacht ik op het optreden van yaha. Dit is dramatische spanning, door en door! En dan ... beweegt de vinger! Waarheen? Dat geheim kan ik niet onthullen. Maar ik kan er wel dit over zeggen: de vinger raakt mogelijk niet de kin aan of de neus, maar beweegt zich in een onthutsende andere richting, als voortgedreven door een ondeugend kwelduiveltje — naar het oor of het voorhoofd! Hierbij is yaha in een speelse stemming en dikwijls zeer innemend. Maar genoeg; je weet nu iets over yaha — maar lang niet alles, dat kan ik je verzekeren." Garlet verzonk half glimlachend in gepeins, terugdenkend aan zijn jaren in het donker.

Jaro ging verzitten. "De tien minuten zijn verstreken; het wordt tijd om te gaan."

Garlet protesteerde niet; ze liepen terug over de plaza, over de brug en de laan uit, naar Carleone.

2

Die middag hadden Maihac en Skirl, terwijl Jaro en Garlet op het terrasje zaten, een ander oud paleis bezocht. Skirl had al haar scrupules eraan gegeven en hielp energiek mee om drie ladingen magnifieke in leer gebonden boekdelen naar de *Pharsang* over te brengen. Na het derde tochtje had Skirl verkozen aan boord van de *Pharsang* te blijven in plaats van terug te keren naar Carleone.

Jaro meldde Maihac dat Garlet zijn voornemen om in Romarth te blijven had herhaald en beschreef Garlets ontwikkeling van het 'yaha'-principe.

Maihac was geïntrigeerd en ook zeer onder de indruk. "Misschien verwachten we wel het onmogelijke van Garlet. Hij heeft zijn denkvermogen afgericht om te functioneren in die donkere kerker. Hierboven in de zonneschijn, in een ruimte vol verten, is hij gedesoriënteerd geraakt en waarschijnlijk gewoon gek geworden. Morgen zal hij proberen weg te glippen om zich te verbergen tot we vertrokken zijn. Dat vermoed ik tenminste. Als hij morgenochtend besluit een bezoekje te brengen aan de plaza, verlies hem dan niet uit het oog."

"Misschien weigert hij gewoon mee terug te gaan. Ik kan hem bezwaarlijk dragen."

"Neem een radio mee. Als hij je last bezorgt, roep dan om hulp, dan kom ik met de zwever. Vergeet je RTV niet."

De volgende ochtend ontbeten Maihac en Jaro samen met Garlet. Hij bleek erg zwijgzaam en ging helemaal op in zijn eigen gedachten. Hij scheen de afwezigheid van Skirl niet gemerkt te hebben en negeerde Jaro. Na het ontbijt ging hij buiten op het terras zitten. Jaro kwam erbij zitten en probeerde een gesprek te beginnen. Garlet antwoordde kortaf en na een poosje deed Jaro er het zwijgen toe.

Een halfuur verstreek. Garlet kwam abrupt overeind. Jaro, die in de buurt in een stoel hing, vroeg: "Waar ga je heen?"

"Naar het cafeetje."

"Ik ga met je mee."

Garlet haalde onverschillig zijn schouders op en liep de laan af, met Jaro naast zich.

Op Plaza Gamboye aangekomen bleef Garlet staan en keek om zich heen. Het was nog vroeg en er waren nog niet zoveel mensen op straat. Garlet fronste ontevreden zijn voorhoofd en draaide zich om. "De Esplanade is interessanter. De meisjes lopen daar met soepeler bewegingen."

"Je kan gelijk hebben," zei Jaro. "Het is een vernuftig onderscheid dat ik nooit gemaakt heb, moet ik bekennen."

Garlet verwaardigde zich niet daarop te antwoorden. Ze liepen de Esplanade af tot bijna aan de Fondans, voordat Garlet een terrasje uitkoos dat helemaal aan zijn behoeften voldeed. Ze gingen zitten aan een tafeltje met uitzicht op de rivier. Jaro bestelde thee en cake, die Garlet met een schuinse blik en een geringschattend gesnuif van de hand wees. Hij draaide zich half om en ging over de rivier zitten staren. Jaro zat er zwijgend bij en vond het wel best.

De tijd verstreek terwijl Garlet somber over het water bleef staren. Toen opeens, alsof hij door een plotselinge gedachte werd getroffen, draaide hij zich met een ruk om en begon het gevaarte van de Fondans te bestuderen. Doelbewust sprong hij overeind. Jaro keek geboeid toe. Een denkbeeld kwam in Garlets geest tot ontwikkeling.

Garlet keek op Jaro neer en zei: "Ik ga een kijkje nemen in de Fondans. Jij kunt hier blijven."

Jaro keek fronsend naar het logge bruine gebouw dat hij bij een vorige gelegenheid zo zorgvuldig had gemeden. Hij zei afkeurend: "Waarom wil je daarheen? Je hebt het al eens gezien."

"Ik wil het nog eens zien. Jij hoeft niet mee te gaan."

Jaro kwam met tegenzin overeind. "Ik kom. Dat is me opgedragen."

Garlet draaide met een ruk zijn hoofd om. Jaro kreeg het gevoel dat hij glimlachte. Garlet beende de Esplanade op. Bij de afrit aangekomen bleef hij staan en keek achterom.

Jaro zag het verwonderd aan. Merkwaardig! Heel even was Garlets magere, uitgemergelde gezicht met de blinkende ogen veranderd in de kop van een lepe wolf. Jaro knipperde met zijn ogen en keek nog eens. De vreemde begoocheling was weer verdwenen.

Garlet zei zachtjes: "Er heerst een kwade stank hierbinnen. De eerste keer dat je hier was besloot je buiten te wachten. Dat kun je weer doen, als je wilt."

Jaro zag wel dat Garlet hem probeerde uit te dagen. De openlijke vijandigheid was hem niet onwelkom; zijn verplichtingen jegens deze onhandelbare figuur werden met de dag neveliger. "Als jij er tegen kan, kan ik er ook wel tegen," zei hij.

"O ja. Ik ben gewend aan kwade luchtjes. Ik ken ze amper uit elkaar."

Garlet draaide zich om en beende de afrit af. Jaro haastte zich achter hem aan; samen gingen ze door de open deur een brede gang binnen, die ooit dienst had gedaan als receptie. Een rijtje afgeleefde bankjes stond langs de rechtermuur. Links keken vensters uit op de werkvloer, een verdieping lager. Garlet wierp in het voorbijgaan een blik door de vensters en liep de gang af.

Jaro bleef staan om het toneel beneden te bezien. Hij keek met ontzag naar de wirwar van enorme ketels, vaten, bassins, tobbes, door elkaar lopende glazen leidingen, zware batterijen transformatoren en merkwaardige archaïsche apparaten — waarvan sommige met stangen aan de plafondbinten waren opgehangen, andere op hoge onderstellen stonden te wiebelen en weer andere op schappen stonden, vlak boven de vaten met slurrie. Jaro keek opzij, waar Garlet was; die was door de boog aan het uiteinde van de gang verdwenen. Jaro's onderbewuste verdenkingen begonnen nu vaste vorm aan te nemen; hij kon het idee niet van zich afzetten dat Garlet een listig plannetje aan het uitvoeren was. Jaro tastte bezorgd naar de RTV aan zijn riem.

De boog aan het eind van de gang gaf toegang tot wat kennelijk een kantoor was geweest — een ruimte die nu vol stond met restanten van oude bureaus, bergkasten en kapotte stoelen. Garlet was nergens te bekennen.

Via een volgende boogdoorgang kwam hij in de aangrenzende ruimte: een werkplaats waar overal metaalbewerkingsgereedschap en meters en ventielen en andere uitrusting in het rond slingerde. Garlet stond bij een deur die toegang gaf tot het balkon dat rond de tien meter lager gelegen werkruimte liep. De deur was al half open; Garlet stond op het punt door de opening te stappen, het balkon op, dat van stalen roosters was vervaardigd.

Jaro riep: "Wacht even! Waar ga je heen?"

Garlet keek achterom in de deuropening. "De kweekvaten zijn hierbeneden. Als je geïnteresseerd bent in de stank moet je ook hier komen."

"Niet nodig," zei Jaro. "Ik ruik het hier al genoeg."

"Aha! Maar als je de volle kracht ervan wil proeven, dan vind je die alleen hier op het balkon boven de opstijgende stoom."

"Een ander keertje," zei Jaro. "Ik ben niet zo'n kenner."

Garlet dacht een ogenblik na en vroeg toen: "Stel je geen belang in de kweekprocessen?"

"Ik heb alles wat ik weten wil al gezien vanachter het raam in de gang. Ik sta ervan versteld dat het systeem nog werkt. De laboranten zijn meesters in de kunst van het improviseren — of ze zijn gek."

Garlet draaide zich om en bekeek de oude machinerie. "Ik begrijp niets van die toestellen." Hij wees. "Wat is dat voor een ding?"

"Dat is een positronisch lasapparaat. Het stoot positronen uit en op de plaats waar die terechtkomen doet de hitte van de reactie materialen samensmelten."

Jaro legde de functie van diverse andere apparaten uit.

Garlet verlegde zijn aandacht naar de werkbank. "Wat zijn dat voor dingen? Sommige zijn zo vreemd gevormd."

"Dat is handgereedschap. Dat voorwerp daar is een waterpomptang. Aan de wand hangt een frees om driedimensionale vormen uit te slijpen. Die lange staaf is een heel simpele koevoet. Dat daar zijn gutsen, met een lemmet van een kunststof die gorgolium is geheten en die nimmer bot wordt."

"En dat ding daar?"

"Dat is een drukmeter."

Garlet nam Jaro sceptisch op. "Hoe weet je al dat soort dingen?"

"Ik heb een paar jaar in de werkplaats op de ruimtehaven van Thanet gewerkt."

"Doet er niet toe. Wil je niet gaan zitten? Ik sta op het punt je mijn plannen uit de doeken te doen."

Jaro leunde tegen de werkbank. "Vooruit, maar houd het kort, want we moeten zo dadelijk weer terug naar Carleone."

"Ik zal ter zake komen. Mijn plannen staan vast, dus opper geen wijzigingen alsjeblieft." Garlet sprak op kalme, redelijke toon. "De denkbeelden die je zult aanhoren zijn geen loze gissingen. Ik heb ze opgetrokken op een fundament van onweerlegbare oerbeginselen opdat de verenigende kracht die de kosmos beheerst in volle helderheid wordt getoond. Ik spreek hier uiteraard over 'evenwicht'. Als een stelsel geen aandacht besteedt aan 'evenwicht' stort het ineen. De wetten van het dynamisch evenwicht regeren alles, klein of groot, ver of nabij. Ze kunnen worden toegepast op elke fase van het bestaan."

"Ja. Heel belangwekkend," zei Jaro. "We moeten een andere keer nog maar eens op dat onderwerp terugkomen, maar nu moeten we toch echt terug naar Carleone."

"Nog even niet," zei Garlet. Streng stond hij tegenover Jaro, met rechte rug, zijn schouders naar achteren, terwijl zijn ogen blonken in hun diepe kassen en een vreemde roze blos zijn wangen kleurde. "Er is een directe toepassing voor dit principe. Ik doel op het stelsel dat jou en mij omvat. Door de jaren heen is het 'evenwicht' scheef getrokken in abnormale mate, zodat het nu in een onstabiele toestand verkeert."

"Dit is niet de tijd of de plaats voor theoretische haarkloverijen," zei Jaro. "Hoe dan ook, die denkbeelden geven jouw persoonlijke standpunt weer, niet het mijne, en vertegenwoordigen heel zeker geen universele waarheid. Maar we hebben geen tijd om er verder over te discussiëren. Laten we hier weggaan, want inderdaad, die stank is drukkend."

Garlets ogen schoten vuur. "Zwijg. Luister met aandacht! De vertekening bestaat, daar gaan we van uit. Laten we het denkbeeld nog iets verder ontwikkelen. Ben je erbij?"

"Natuurlijk! Vooruit dan!"

Garlet beende de werkplaats op en neer. "In het begin waren Jaro en Garlet een en bestond er evenwicht. Toen kwam de scheiding en werd alles anders. Medelijden en schaamte werden wreed vertrapt. Jaro werd benoemd tot de enkelvoudige IK bij uitstek. De ellendige Garlet werd een klein hoopje leven in het donker, dat zelfs geen persoonlijk voornaamwoord bezat om zijn eigenheid mee te beschrijven. Hij was niets, een ternauwernood van verstand voorzien brokje plasma, een ding van de duistere diepte, dat maar amper besefte dat het leefde. Zo verstreken de jaren. Het ding ontwikkelde zich met de traagheid van een ijstijd. De grichkin Shim praatte zonder ophouden; het ding leerde wat denkbeelden waren en hoe ze werden overgebracht. Van Shim vernam hij zijn naam en leerde hij ditjes en datjes, want Shim hield van opsnijden en sprak uitvoerig over allerhande zaken, of hij er nu kennis van droeg of niet. Van Shim leerde Garlet honger en versterving en afgunst. Van Oleg leerde hij angst en pijn. Uit zijn eigen innerlijke eigenschappen kwam verstand voort. Jij en ik zijn van hetzelfde vlees en bloed en er bestond weerklank tussen ons. Ik was allengs in staat je vanuit het donker gade te slaan! Ik begon verlangen te kennen; ik begon te snakken naar wat ik beleefde als jouw genietingen en gulzigheden. In mijn verlangen riep ik je, maar je drukte je voorrechten alleen nog maar steviger tegen je aan.

"Maar ten slotte veranderde het Lot van gezicht en opeens staan we voor een tijdperk van aanpassingen. Wij zullen hier in Romarth blijven en je zult dit plan zonder klagen dienen te aanvaarden, al zul je in het vervolg jouw vreugde ondergeschikt dienen te maken aan de mijne. Onze eerste daad zal zijn de minzame aandacht op te wekken van de lieftallige jonge dochters die hier in zulke overdaad door de straten gaan."

Jaro slaakte een pijnlijk lachje. "Garlet, wees realistisch! Je ideeën zijn absurd. We vertrekken vanmiddag uit Romarth. Je moet je bij die gedachte neerleggen."

"Nee, nee! Je hebt het mis. Jij blijft hier bij mij. Waarom? Omdat evenwicht ook genoegdoening inhoudt! Ik heb recht op soelaas! Daartoe zou je misschien de wens kunnen gevoelen een poosje in de kerker te verblijven om de oprechtheid van je berouw te tonen. Ik zal dan de functie van Shim op me nemen, hetgeen me werkelijk genoegen zou doen, en zo gaan we voort totdat we het erover eens zijn dat het evenwicht is hersteld."

Jaro luisterde toe met een gevoel van ontzag. Garlet was niet noodzakelijkerwijs krankzinnig; naar de maatstaven van zijn eigen universum was hij misschien zelfs wijs, maar buiten de kerker op de vierde onderverdieping was het mentale gereedschap dat hij zo moeizaam had vervaardigd onbruikbaar. Ja, zelfs schadelijk.

Jaro zei op vriendelijke toon: "Garlet, je moet het geloven want het is een feit: ik was niet verantwoordelijk voor wat je aan ellende is overkomen en ik aanvaard daar geen schuld voor. Ik wil je helpen tot op zekere hoogte — maar eens en voor al: ik blijf niet met jou in Romarth. Ik wil dat je meegaat, misschien naar Gallingale, om daar een nieuw leven te beginnen."

Garlet lachte verrukt. "Nu dien je te overleggen met yaha! Er is een keuze, of liever gezegd een tweesprong van het lot! En de keuze die je dient te maken is de volgende: zul je hier blijven zoals ik je beveel, of zul je opnieuw trachten mij te dwarsbomen? Zo ja, dan zal dat de laatste keer zijn want dan verlies ik mijn geduld."

"Garlet, wees toch redelijk!"

"Het ogenblik der beslissing is aangebroken. Het is een zeer gewichtig yaha. Wat zal het dus worden? Links of rechts? Ja of nee? Leven of dood?" Garlet sloeg Jaro aandachtig gade. Toen kreet hij: "De beslissing is gekomen en mijn geduld is op. De dood heb je gekozen, en de dood zal het zijn."

Statig en ernstig liep Garlet naar de werkbank, pakte de koevoet, woog hem op zijn hand en bevond lengte en gewicht naar genoegen. Hij knikte als wilde hij zeggen: "Ja, dit is bijzonder geschikt." Toen draaide hij zich om naar Jaro, die hem de RTV toonde. "Dit," zei Jaro, "is een bijzonder krachtig vuurwapen. Het vernietigt je in een oogwenk tot vlammende atoomdeeltjes."

"Zeker," zei Garlet. "Maar ik verbied je het op die manier te gebruiken. Geef het aan mij." Hij deed een stap naar voren met uitgestoken hand.

Jaro deed een stap achteruit terwijl hij dacht: als ik het wapen opberg kan ik hem waarschijnlijk zo wel de baas, met of zonder koevoet, en dan behoef ik hem niet te doden. Hoop ik tenminste.

Hij stak het wapen achter zijn riem. "Garlet, leg die koevoet neer en laten we weggaan; ik vind het hier verschrikkelijk."

"Nee. Ik blijf hier een poos. Er zijn grichkin beneden; die zullen me van pap en zoute vis voorzien." Hij liep op Jaro toe, de koevoet geheven. Jaro maakte zich op om een schijnbeweging uit te voeren en dan Garlets arm te grijpen en om te draaien tot de koevoet werd losgelaten en Garlet het uitschreeuwde van pijn. Garlets glimlach werd nog breder. "Ik weet wat jij van plan bent." Zijn andere hand kwam tevoorschijn met een drukmeter die hij Jaro in diens gezicht smeet. Het ding trof Jaro midden op neus en mond, waardoor Jaro verblind werd en zijn concentratie werd verbroken. Garlet sloeg toe met geweldige kracht, maar Jaro wierp zich in zijn wanhoop opzij zodat de verpletterende slag op zijn schouder terechtkwam in plaats van op zijn hoofd. Hij wankelde achteruit en viel met een smak half door de deuropening van het balkon. Garlet kwam met grote stappen naderbij en kwam wijdbeens over hem heen staan als een wraakzuchtige kolossus. Bedaard hief hij de koevoet op terwijl Jaro de RTV uit zijn riem grabbelde. Garlet gaf een schop en het wapen gleed weg over de roosters van het balkon.

Omhoog ging de koevoet; omlaag kwam hij, met zoveel kracht dat Garlets ogen ervan uitpuilden. Jaro liet zich met een ruk opzij rollen zodat de koevoet kletterend op de roosters neerkwam en uit Garlets hand schoot. Met een linkerarm die er slap bijhing schoot Jaro gebukt het vuurwapen achterna. Garlet wierp zich sissend en krijsend naar voren en griste het vuurwapen voor Jaro's grijpende vingers weg.

Garlet posteerde zich weer in de deuropening en richtte het wapen op Jaro die op de roosters lag. Garlet zei: "Dus hiertoe is het gekomen, tot de meest uiteindelijke yaha. Mijn vraag is: zal ik tot vijf tellen en je dan doden of zal ik wachten op die onverwachte aandrang?" Garlet dacht na, bijna glimlachend, heen en weer geslingerd tussen twee verrukkelijke keuzes. "Laat het komen zoals het komt! Dat is de ziel van yaha. Eerst een ondergeschikte vraag: zal ik op je hoofd schieten of op je borst? Of zal ik het pistool laten beslissen? De onbeslistheid is opwindend; dat is yaha."

De twee staarden elkaar aan. Garlet zei: "De spanning zwelt aan! Hij staat op het punt een luchtbel te vormen, te barsten!"

Jaro riep: "Garlet, bedenk wat je aan het doen bent! Ik ben je broer! Ik ben hierheen gekomen om je te helpen!"

Garlet glimlachte. "Niets kan je meer baten! Mijn pijn kent geen verlossing. Nu!" Zijn stem sloeg over van opwinding. "Mijn vinger sluit zich om de trekker! Ik schiet!"

Er gebeurde niets. Garlet keek niet-begrijpend naar het pistool. De bedieningsknoppen waren onbekend voor hem; hij had de veiligheidspal niet opzijgeschoven. "Aha! Nu zie ik het! Zo vuren we dit pistool af!"

Garlet haalde de trekker over. Jaro rolde opzij terwijl een laaiende, blauwe energiebundel langs zijn hoofd schoot en in de werkplaats verdween, waar hij het voetstuk van een hoog koperen bassin trof, dat omkiepte bovenop een transformator, met als gevolg een ontploffing en groot geraas van brekende glazen buizen.

Garlet scheen het niet te merken. Met opgetrokken lippen vuurde hij nogmaals. Jaro verkocht hem een trap en de bundel maaide door de lucht en kwam terecht in een batterij transformatoren, waardoor blauwe vonken alle kanten uit knetterden en er een stank van smeulend materiaal uit begon op te stijgen. Vanonder het balkon klonk een schril verward geschreeuw van de ontzette grichkin en misschien ook van de witte huisguilen op de verdieping daaronder. Garlet negeerde het allemaal.

Jaro schoot gebukt weg achter een betonnen pilaar. Garlet deed een paar stappen naar voren en vuurde omlaag; opnieuw liet Jaro zich opzij rollen en opnieuw vlamde de energiebundel dwars door het rooster heen en trof ditmaal een enorme laboratoriumcentrifuge die uit elkaar spatte en omviel, waarbij slurrievaten braken en een reeks kleinere explosies in gang werd gezet. Eindelijk scheen Garlet de ravage op te merken. Verbaasd staarde hij over de balustrade.

Jaro hees zich op zijn knieën en kwam toen wankelend overeind met de koevoet, die bij toeval onder handbereik had gelegen. Garlet draaide zich om, sereen en vol zelfvertrouwen. Jaro stootte hem de koevoet in het gezicht.

Garlet slaakte een kreet van woede en week achteruit, tegen de balustrade aan. Hij hief het pistool op, maar Jaro haalde uit met de koevoet en Garlet, die achterover leunde om de slag te ontwijken, verloor zijn evenwicht, sloeg over de balustrade en tuimelde maaiend met armen en benen in een bassin vol brandende chemicaliën, waar hij nog een ogenblik lag te schokken totdat hij zich niet meer bewoog.

Jaro keek hijgend, vol afschuw en medelijden, neer op het geblakerde lijk van zijn broer. Toen draaide hij zich om, verliet de Fondans en draafde zo snel hij kon terug naar Carleone terwijl achter hem pluimpjes rook opstegen, gevolgd door een aantal nieuwe ontploffingen.

3

Pas halverwege de namiddag drong de reikwijdte van wat er in de Fondans was gebeurd in volle omvang tot het bewustzijn van de Roum door. Zelfs toen werden de gevolgen die eraan verbonden waren slechts geleidelijk aan voor ieder duidelijk. Plaza Gamboye stond vol verbijsterde stadsbewoners die nu beseften dat hun leven die dag, zonder voorafgaande waarschuwing of zelfs voorgevoelens, onherstelbaar was verwoest. Overal hoorde men dezelfde vragen: wat was er gebeurd? Hoe groot was de schade? Was het een vaststaand feit dat er geen Seishanee meer zouden komen?

Het viel moeilijk de werkelijkheid te bevatten. De veranderingen zouden zich geleidelijk voltrekken, naarmate de arbeidsreserve weg erodeerde, en de kwaliteit van het bestaan zou nog schraler worden. Geen schitterende optochten meer, geen grootse banketten meer, geen verrukkelijke kostuums meer, afgezien van wat er kon worden hergebruikt en hersteld. Over een jaar of twintig, dertig op zijn hoogst, zouden de laatste Seishanee verdwenen zijn en zouden de glorieuze tradities van oud Romarth slechts een herinnering zijn geworden.

De mogelijkheden voor de toekomst waren treurig. De Roum zouden ofwel moeten ploeteren om te overleven op Fader, ofwel moeten emigreren naar een nieuw thuis, ergens tussen de werelden van het Gaiaanse Bereik. Over vijftig jaar zouden alle paleizen van Romarth verlaten zijn en zouden alleen de huisguilen nog bij maanlicht uitkijken over de in verval rakende tuinen. Het was een troosteloos vooruitzicht, dat zeker, en de mensen op de Plaza Gamboye voelden zich steeds bedrukter wanneer ze aan de toekomst dachten.

Allengs werd bekend dat buitenwerelders de ramp hadden veroorzaakt. Toen ontstaken de Roum in grote woede. Als Jaro of Skirl of Maihac ter hand waren geweest zou het hen slecht zijn vergaan. Maar de *Pharsang* bevond zich al ver in de ruimte, in haast op weg naar de ster Gele Roos.

4

Vroeg in de middag had Maihac zijn bespreking met het Select Comité in de grote zaal van Carleone. Jaro was net een halfuur tevoren teruggekomen met zijn verschrikkelijke verhaal en Maihac viel de pijnlijke taak toe het Comité van de ramp op de hoogte te stellen. Dit deed hij in zes korte en bondige zinnen.

De tien hoogwaardigheidsbekleders keken Maihac aan met geschokte, krijtwitte gezichten maar waren vooralsnog niet bij machte samenhangende uitspraken te doen. Onverstaanbaar gestamel klonk op, en schorre kreten van ontzetting; toen zakten ze, als gaven ze gehoor aan een gemeenschappelijke impuls, allemaal tegelijk slap achterover neer in hun stoelen. De Fondans was verwoest; er zouden geen Seishanee meer worden voortgebracht en het volk van Romarth stond een moeilijke, troosteloze toekomst te wachten.

Maihac sloeg de tien Roum gade terwijl ze het bericht verwerkten. Hij vroeg zich af of ze zijn verklaring nog steeds zouden willen horen. Zijn ideeën hadden nu grotere zeggingskracht dan ooit; hij moest het woord nemen, ongeacht het feit dat ze waarschijnlijk weinig genegen waren te luisteren. Een nieuwe gedachte kwam bij hem op en hij vroeg zich af of hij die tegen dit gezelschap zou durven uiten. Ze zouden er waarschijnlijk groot bezwaar tegen hebben, maar zelfs al werden ze woedend, hij had altijd nog zijn Ezelite en hij zou Romarth binnen het uur verlaten; het ergste wat ze hem waarschijnlijk konden aandoen was hem beschimpen en hem uitmaken voor opgeblazen dwaas of kwaadaardig buitenwerelds zwijn. Hij had al zo vaak scheldpartijen overleefd.

Maihac stak zijn hand op om de aandacht van het Comité te trekken. "Mijne heren, ik leef diep mee met uw ontsteltenis, maar aangezien mijn tijd beperkt is en datgene wat ik u te vertellen heb van belang is, laat ik tact maar achterwege. Verwacht alstublieft geen kalmerende woorden van mij.

"Het oorspronkelijke idee was dat ik met u van gedachten zou wisselen over het geleidelijke verval van Romarth en de ontmoedigende uitzichten voor de toekomst. Naar ik begrepen heb had u behoefte aan opbouwende voorstellen ten aanzien van de beste manier om deze vraagstukken aan te pakken. Na wat er gebeurd is zijn deze vraagstukken slechts dringender geworden, aangezien u nu niet meer kunt hopen op oplossingen langs geleidelijke weg. Er zullen ogenblikkelijk veranderingen moeten plaatsvinden. Onthechting en ongerief zullen optreden, of u het nu prettig vindt of niet.

"Ik voel mij gedrongen u erop te wijzen, zij het met grote schroom, dat hetgeen er in de Fondans gebeurd is misschien zo'n volstrekte ramp nog niet is. U kunt zich nu geen lange, statige overwegingen veroorloven; u hebt geen keus: u zult ogenblikkelijk moeten handelen."

Een van de grandes had zijn stem teruggevonden. "Het is gemakkelijk genoeg op handelen aan te dringen, maar plannen opstellen en het geheel organiseren is moeilijker."

"Ik ben het met u eens," zei Maihac. "Ik heb een aantal opbouwende ideeën voor u.

"Om te beginnen zou de gehele bevolking van Romarth kunnen emigreren naar andere werelden binnen het Gaiaanse Bereik. Het is een voor de hand liggend idee, dat waarschijnlijk het minste aanspreekt, aangezien de uitkomst ongewis is en er verschillende generaties mee heen zouden kunnen gaan voordat een bevredigende levensstandaard kan worden bereikt.

"Het tweede, dat evenzeer voor de hand ligt, is het idee dat de Roum zelf het werk op zich nemen dat nu door de Seishanee wordt gedaan. Ik besef dat u van geboorte wars bent van lichamelijk werk, maar zo heel belastend als u misschien meent is dat niet, vooral niet wanneer u gebruik maakt van moderne landbouwmethoden en machinerieën en grondstofsynthetiseerders.

"Als derde is daar de mogelijkheid uw exporthandel uit te breiden. Asrubal heeft laten zien dat daar winst te behalen is, maar daarvoor zult u bedrevenheid in zaken dienen te ontwikkelen. Uw beste keus is een kader van jonge mensen te doen opleiden aan een van de Gaiaanse handelsscholen.

"Ten vierde is daar het toerisme. Als sommige oude paleizen zouden worden omgebouwd tot hotels, zou Romarth heel wel het brandpunt kunnen worden van een profijtelijke toeristenindustrie. Onder die omstandigheden zoudt u uw bestaan als pittoreske aristocraten, toegewijd aan de kunsten en rituelen van Oud Romarth, kunnen voortzetten. U zoudt uw schitterende kostuums kunnen dragen en uw verfijnde etiquette kunnen beoefenen. Aan de andere kant zou het u niet zijn toegestaan de toeristen te molesteren. Het zal niet nodig zijn te vermelden dat voor een dergelijk plan de investering van een aanzienlijk kapitaal is vereist."

"Helaas," zei Ardrian, "beschikken wij niet over kapitaal in die orde van grootte."

"U hebt meer dan een miljoen sol in beslag genomen bij Asrubal. Dat is een begin, hoewel het bij lange na niet genoeg is. U kunt het resterende kapitaal aantrekken via banken of, wat beter is, via particuliere investeerders, die mogelijk in staat zijn hun deskundigheid in te brengen bij het project. Wel, en dit is de kern van de zaak: ik ken tenminste een persoon die over grote rijkdom beschikt en die zich mogelijk aangetrokken zou kunnen voelen tot een project van deze aard. Deze persoon is nuchter, praktisch en eigenzinnig. Hij is echter geen dief of schurk en is voor rede vatbaar. Ik vertrek zo dadelijk uit Romarth. Ik ben bereid een deputatie mee te nemen op de *Pharsang* zodat zij deze heer kunnen ontmoeten. Mocht hij belangstelling opvatten voor het project, wat mij waarschijnlijk lijkt, dan zal hij een contract aangaan met de bevolking van Romarth waarin de rechten en voorrechten van beide partijen worden vastgelegd. Hij zal veranderingen willen aanbrengen. Hij zal bijvoorbeeld een bedrijf van ongedierteverdelgers in de arm nemen om de huisguilen uit te roeien. Wat de Lokloren betreft zou u kunnen besluiten dat deze nomadische gruwelen bijdragen tot de pittoreske bekoring van Fader. U zoudt hen de vrijheid van de Tangtsang kunnen verlenen, op voorwaarde dat ze de toeristen niet vragen om met de meisjes te dansen.

"Hoe u uw Seishanee zou kunnen vervangen en huishoudelijk personeel zou moeten verwerven, dat kan ik werkelijk niet bedenken.

"Daarmee is mijn lijstje van opbouwende voorstellen uitgeput. Mocht u besluiten op punt vier in te gaan, wijs dan terstond een deputatie aan. Ik zeg het nog eens: deze mensen dienen gereed te zijn ogenblikkelijk te vertrekken, aangezien ik niet hier wens te zijn wanneer de meute voor de deur staat."

5

In Thanet aangekomen wist Maihac Gilfong Rute door middel van toespelingen en geheimzinnige verwijzingen over te halen met hem te dineren in Herberg de Blauwe Maan. Ze begonnen met een aperitief, maar Rute weigerde het menu in te zien voordat Maihac de aard van wat hij te bespreken had uit de doeken had gedaan. "Mijn tijd is kostbaar; ik ben hier niet gekomen om beleefdheden uit te wisselen of om te genieten van de cuisine van de Blauwe Maan. Kom ter zake, wilt u."

"Kalmte!" zei Maihac. "Te gelegener tijd zult u alles vernemen. Geniet intussen van dit verfrissende drankje. Het staat bekend als Tenenkrommer nummer twee en ik heb het naar speciaal recept laten bereiden."

Rute nam een slokje van de drank. "Ja, zeer verfrissend. En dan nu met betrekking tot die onthullingen waarop u zinspeelde; geef mij wat houvast als u zo goed wilt zijn, in plaats van rook en ontwijkende antwoorden. Vertel op!"

"O, goed, dan," zei Maihac. "Ik voor mij vond het wel plezierig de spanning op te voeren." Maihac maakte een valiesje open en haalde er een groot in leer gebonden boek uit, dat hij voor Rute op tafel legde. "Kijkt u dit boek eens in, wilt u?"

Rute bladerde het door, eerst oppervlakkig maar toen met toenemende belangstelling. "Ik kan uit de tekst niet wijs, maar de tekeningen spreken tot de verbeelding. De details zijn nauwlettend weergegeven. Ja, het is een pracht van een boek!" Hij sloeg terug naar de eerste bladzijden en keek toen op met een frons van verbazing. "Ik zie geen vermelding van de uitgever of andere zakelijke informatie."

"Dat heeft een heel goede reden," zei Maihac. "Het boek is met de hand geschreven in een bijzondere kalligrafie en door dezelfde persoon geïllustreerd. Haar naam was Zahamilla van Huis Torres; het boek is een autobiografisch document en behelst een weergave van haar leven. Er bestaan geen andere exemplaren van en het is niet door enig bedrijf uitgegeven; in die zin is het uniek."

Rute bestudeerde de bladzijden. "Hmm." Hij keek abrupt op. "Is dit een bestaand oord? Of is het een fantasie, geschapen door de verbeelding?"

"Het bestaat. Ik ben er zelf geweest."

Rute knikte en vroeg op omzichtige, achteloze toon: "Waar is dat oord?"

"Dat maakt deel uit van het mysterie," zei Maihac. "Het is een verloren wereld."

Rute sloeg nog een paar bladzijden om. "Vreemd en verbazingwekkend. Waarom laat u me dit boek zien?"

"Dat is een lang verhaal. Laten we het eten bestellen, dan vertel ik u wat ik weet."

Gedurende het diner en lang daarna vertelde Maihac over zijn betrekkingen met de planeet Perdu. "Dat is niet de eigenlijke naam," zei hij tegen Rute, "maar voor ons doel uitstekend geschikt."

Rute luisterde met onbewogen belangstelling terwijl Maihac verder vertelde.

"De stad is zeer oud. Vele van de antieke paleizen staan verlaten, hoewel ze bouwkundig gezien in goede staat verkeren en tegen betrekkelijk lage kosten zouden kunnen worden omgebouwd tot toeristenhotels van de hoogste categorie. Deze wereld kent andere interessante aspecten

waaronder, zoals u hebt gezien, een unieke beschaving van een hoogont-
wikkelde en verfijnde cultuur. Toeristen en excursiegroepen uit het hele
Bereik zouden Perdu graag bezoeken, als ze daartoe in staat zouden
worden gesteld."

Rute nam Maihac op vanonder half geloken oogleden. "Waarom
vertelt u me dit alles en zo uitgebreid?"

"De ontwikkeling van Perdu voor de toeristenindustrie zal aanzienlijk kapitaal vergen. U zou dit kapitaal kunnen verschaffen en ik dacht
dat u wel belang zou stellen in een dergelijk plan."

Rute dacht even na en vroeg toen: "Wat is uw persoonlijke belang
bij dit project? Kort gezegd: wat hebt u er bij te winnen?"

"Voor zover ik kan zien helemaal niets. Ik heb een delegatie van
Perdu hierheen gebracht; u kunt rechtstreeks met hen onderhandelen."

"Hmm. U maakt dus geen aanspraak op een percentage of een commissie?"

"In het geheel niet. Als het tot een overeenkomst komt, blijft die
tussen u en de deputatie. Ik ben niet voornemens terug te keren naar
Perdu."

"Hmm! Wat een donquichotterie!" Rute keek het boek nog eens
door. "Geven deze afbeeldingen een goede voorstelling van de toestand van de paleizen?"

"Ze doen de stad bij lange na geen recht." Het bleef stil terwijl Rute
de bladzijden bestudeerde. Maihac vervolgde: "Ik kan drie gebieden
bedenken waarop u mogelijkerwijs op moeilijkheden zou stuiten. De
bewoners van deze stad zijn aristocraten en zullen geen wat zij noemen
'verruwing' tolereren. Ze zijn trots op hun tradities en u zult al uw tact
nodig hebben in uw omgang met hen."

"Geen probleem. Wat verder?"

"Ten tweede heerst er in de meeste verlaten paleizen een plaag van
wat men 'witte huisguilen' noemt. Ze leven in tunnels en crypten onder
de paleizen en zullen moeten worden uitgeroeid."

Rute grijnsde. "Zolang ik de aanval maar niet persoonlijk hoef aan
te voeren."

"Ten derde — maar dat is minder ernstig en in feite eerder een pittoresk accent — zwerven er nomadische wilden op de steppen rond, die
onder de duim zullen moeten worden gehouden."

Rute knikte. "Verder nog iets?"

"Een veelheid van ondergeschikte moeilijkheden, ongetwijfeld. Als u interesse hebt zult u de stad persoonlijk willen bezoeken."

"Zeker."

"Dus u bent geïnteresseerd?"

"Ja, dat geloof ik wel. Voldoende om een kijkje te willen nemen."

"In dat geval zullen we een voorlopige overeenkomst of contract moeten opstellen, om onafhankelijk optreden van uw kant te voorkomen, zodra u de ligging van deze planeet te weten bent gekomen. Anders zou niets u in de weg staan zelf een expeditie uit te sturen, die uitsluitend uw eigen belangen ter harte heeft."

Rute schonk Maihac een zuur glimlachje. "U schijnt weinig vertrouwen te hebben in mijn integriteit."

"U ben een rijk man," zei Maihac. "Uw geld is u niet komen toestromen vanwege uw goedhartigheid. U zult een aantal ontevreden tegenstanders langs de weg hebben achtergelaten."

"Dat is nog zacht uitgedrukt," zei Gilfong Rute. "Maar in dit geval behoeft u zich geen zorgen te maken. Ik zal trachten me beschaafd te gedragen."

"Dat is een hele geruststelling," zei Maihac. "Ik leg er opnieuw de nadruk op dat de bevolking van Perdu bijwijlen lastig kan zijn. Ze beschouwen zich als de elite van het universum en hebben de neiging buitenwerelders te beschouwen als onwetende kinkels en lomperiken."

Rute wuifde het bezwaar weg. "In mijn tijd heb ik met zowel de Quantorsi als de Mosseltaarten van doen gehad. Nu ben ik overal op voorbereid."

"Het is van hetzelfde laken een pak," beaamde Maihac. "U gaat een interessante tijd tegemoet. Morgen winnen we rechtskundig advies in en laten we een voorlopig contract opstellen. Daarna zult u het alleen moeten rooien."

6

Gilfong Rute was, tezamen met de Roumse deputatie en een ploeg beroepsadviseurs, uit Thanet vertrokken naar Fader en de stad Romarth. Maihac had Morlock, Ardrian en de anderen naar beste kunnen van advies gediend en hun uiteengezet dat alle partijen er belang bij zouden hebben als in het definitieve contract met Gilfong Rute elke fase van de ontwikkeling tot in bijzonderheden zou worden omschreven, zodat er zo weinig mogelijk ruimte voor vrije interpretatie overbleef.

Maihac ried hen ook aan het definitieve contract met Rute niet in Romarth te laten opstellen en tekenen, maar in Thanet, waar de Roum zelf vakbekwame advocaten in de arm konden nemen.

Ten slotte ried Maihac de Roum aan de inhoud van hun paleizen met de grootste waakzaamheid te behoeden. "De boeken, de curiosa, de kunstwerken — ze zullen verdwijnen als sneeuw voor de zon, tenzij u met bijzondere zorg te werk gaat. Toeristen kan men niet vertrouwen; wanneer ze een souvenir willen hebben is eerlijkheid ver te zoeken!"

Gedurende de besprekingen zwierven Jaro en Skirl door Thanet, waar alles tegelijkertijd vertrouwd en vreemd leek. Merriehew was met de grond gelijk gemaakt, en op Sassoon Ayry huisde nu een ander gezin dat zich hoog op de statusschappen bevond. De heer des huizes was een Lemuriaan en zijn echtgenote zat in het bestuur van de Sasselton Tijgers.

Terwijl Jaro een kijkje nam in de vroegere kantoren van de Faths op het Instituut, had Skirl zelf iets te doen. Toen ze Jaro daarna weer ontmoette liep ze over van opwinding. "Ik heb de statuten van de Mosseltaarten bestudeerd en overleg gepleegd met een aantal bestuursleden. Ze zijn het met me eens dat ik jou voor een aparte categorie van de Mosseltaarten kan voordragen. Dat is een voorrecht dat aan de leden wordt verleend, opdat ze zich niet behoeven te generen wanneer ze hun echtgenoten voorstellen in het openbaar. Je zou buitengewoon voorwaardelijk lid kunnen worden. Er wordt altijd vrijwel automatisch voor gestemd — maar eerst moeten we wel officieel getrouwd zijn."

"Wat!" riep Jaro uit. "Moet ik in één klap zowel Mosseltaart als getrouwd man worden?"

"Het is misschien niet zo erg als je denkt," zei Skirl. "Bovendien wil ik het ook graag."

"O nou ja, waarom ook niet," zei Jaro.

"Dan trouwen we morgen, in het heiligdom van de Mosseltaarten," zei Skirl. "Het wordt een heel belangrijke aangelegenheid."

Voor de plechtigheid droeg Jaro een net, donker pak waarin hij zich slecht op zijn gemak voelde. Skirl was gekleed in een witte jurk met een tiara van witte bloemen. Jaro vond haar de mooiste vrouw die hij ooit gezien had en bedacht dat het een groot voorrecht was met haar getrouwd te zijn. Hij herinnerde zich de Langolenschool, waar hij Skirlet Hutsenreiter voor het eerst had opgemerkt. Inwendig glimlachend herinnerde hij zich de eigenaardigheden die zoveel verstikte verontwaardiging, afgunst en ontzag hadden opgeroepen bij haar klasgenoten, maar die nu achteraf gezien alleen maar grappig en bekoorlijk leken. Dat fantasierijke, intelligente waaghalsje van een Skirlet Hutsenreiter! Toen had hij haar op afstand bewonderd en nu was hij met haar getrouwd! Dat waren de wonderen die het simpele feit van het in leven zijn soms met zich meebracht. Jaro vroeg zich af of 'yaha' er in een of andere fase iets mee te maken had gehad. Hij zou er eens over nadenken — zodra hij meer tijd had.

Ook Skirl had aan vroeger zitten denken. "Het lijkt al zo lang geleden," zei ze peinzend.

Jaro glimlachte in weemoedige herinnering. "De wereld zag er toen heel anders uit. Ik vind hem zo fijner."

Skirl kneep in zijn arm en legde haar hoofd tegen zijn schouder. "Denk je eens in! We hebben Oud Romarth bezocht en we zijn eigenaars van de *Pharsang*! En er ligt nog zo veel voor ons!"

Het tweetal vierde hun nieuwe status met Gaing en Maihac in de Blauwe Maan. Voor het eten zaten ze een poosje in de salon en dronken een van de zachte witte wijnen die in de golvende heuvels ten oosten van Thanet werden voortgebracht.

Skirl had een aankondiging: "Dit is met recht een belangrijke dag voor ons, maar voor Jaro in het bijzonder, aangezien hij nu een Mosseltaart is en een persoon van groot aanzien! Hij verdient die eer ten volle en ik ben erg trots op hem!"

Jaro zei bescheiden: "Ik wil die eer nu ook weer niet overdrijven. Als je de kleine lettertjes op het certificaat goed leest, zie je dat er staat: 'Buitengewoon voorwaardelijk lid'."

"Dat is van ondergeschikt belang," zei Skirl. "Een Mosseltaart is een Mosseltaart, waar dan ook in het universum!"

"Het is beter dan een nixo te zijn," zei Jaro. "Hilyer en Althea zouden ook trots op me zijn geweest, denk ik tenminste."

"Daar ben ik van overtuigd," zei Skirl. "Van mijn eigen vader ben ik niet zo zeker."

"Ik ben zelf ook wel een beetje trots op hem," zei Maihac.

Gaing, die normalerwijs niet met zijn gevoelens te koop liep, stak Jaro de hand toe. "Op mijn naïeve manier ben ook ik trots op hem. Ja, ik ben er trots op dat ik deel uit maak van dit geachte groepje."

Maihac liet een nieuwe fles wijn komen. "Voor we nog trotser worden, moeten we een besluit nemen over wat we verder gaan doen. We hebben de beschikking over een grote som gelds en we bezitten een lading kostbare boeken dat ons ook een aardig sommetje zal opbrengen."

Jaro vroeg: "Waar was je van plan de boeken te verkopen?"

"De meest levendige markt vind je bij de veilinghuizen van de Oude Aarde. Daar krijgen we de beste prijzen, vooral als we de boeken met een sfeer van romantiek en mysterie kunnen omgeven."

"Dat lijkt me redelijk," zei Jaro. "Maar eerst moesten we onze huidige rekeningen vereffenen. Het geld dat we op de bank in Ocknow hebben opgenomen was de schadevergoeding voor de *Distilcord*. Dat dient dus tussen jou en Gaing te worden verdeeld. De opbrengst van de verkoop van de boeken kan in vieren worden verdeeld; dan zijn we allemaal betrekkelijk welgesteld. Ik heb trouwens ook nog mijn toelage van de Faths."

"Op het ogenblik wil ik de verantwoordelijkheid voor al dat geld niet," zei Gaing. "Het is beter dat we het op een veilige investeringsrekening zetten zodat het rente oplevert, en wel zo, dat we er alle vier aan kunnen komen. Dat heeft het grote voordeel dat als er een van ons wordt gedood, de overlevenden zijn aandeel zonder veel moeite kunnen overhevelen."

"Een akelige gedachte," zei Maihac, "maar wel praktisch. Ik stem ermee in."

"Ik ook," zei Jaro, "omdat ik ervan overtuigd ben dat er altijd voldoende geld in het fonds zal zitten voor ons allemaal."

"Ik stem ermee in om dezelfde reden," zei Skirl. "En ook omdat het onverstandig zou zijn als ik het niet deed. Hoewel ik hoop dat er niemand dood gaat."

"Mooi," zei Maihac. "Morgen maken we die rekening in orde bij de bank. En daarna is er voor zover ik weet niets om ons op Gallingale vast te houden, dus dan kunnen we vertrekken en ons beroep als handelaar en vagebond weer gaan uitoefenen."

"De *Pharsang* staat klaar," zei Gaing. "Ik heb de systemen nagelopen en de proviand aangevuld. Zodra iedereen aan boord is, kunnen we meteen opstijgen."

Skirl wilde iets zeggen, bedacht zich toen en bleef stilletjes wijn zitten drinken terwijl haar metgezellen spraken over onbekende en amper bekende gebieden van het Bereik. Haar gedachten dwaalden af. Voor haar lag een bewogen leventje, vol avontuur en kleur en een stoet van vreemde zeden en gewoonten. In verre kroegen en markten zou ze wijnen vinden met een ongekende smaak en voedsel dat ze misschien niet zou blieven. Ze zou muziek horen die ze nooit had verwacht of zich had kunnen voorstellen: muziek die soms zacht en indringend zou zijn, en soms wild en gedreven en dwingend. Misschien zou ze ontberingen ondergaan, of ergernissen, zoals het optreden van een bombastische passagier of de steek van een exotisch insect; misschien dreigden er zelfs gevaren, al waren het maar de risico's van een vecht- partij in een afgelegen kroeg.

Jaro zat naar haar te kijken. "Je bent ernstig. Waar denk je allemaal aan?"

"Allerlei dingen."

"Zoals?"

"Van alles en nog wat. Ik herinnerde me dat ik op een gegeven ogen- blik dacht dat ik bewerkstelliger zou worden en een heleboel geld zou verdienen met het oplossen van misdaden die iedereen voor raadsels hadden gesteld."

"Dat kun je nog steeds — mochten we een misdaad tegenkomen die je lust hebt om op te lossen."

Skirl glimlachte bleekjes en schudde haar hoofd. "Ik zou misschien kunnen optreden als bewerkstelliger op Gallingale, waar ik begrijp hoe mensen denken, maar op andere werelden gedragen de mensen zich op vreemde manieren. Na Garlet blief ik geen abnormale geestesgesteld- heden meer. Bovendien ben ik nu getrouwd en vermogend zodat ik niet langer mijn kostje behoef te verdienen."

"Dat is altijd een plezierige gedachte," zei Maihac.

Skirl vervolgde: "Maar toch, ik wil niet altijd een vagebond zijn — tenminste, niet alleen maar een vagebond. Op een dag wil ik een huis kopen op het land, misschien op Gallingale of misschien op de Oude Aarde, waar we onze kinderen kunnen grootbrengen en waar Gaing en Tawn kunnen komen wonen wanneer ze daar zin in hebben. Een thuisbasis voor ons allemaal zodat we, wanneer de lust ons bekruipt, gewoon weg kunnen gaan met de *Pharsang*, samen met onze kinderen, om plaatsen te bezoeken waar we nog nooit zijn geweest. Op die manier zijn we maar halve vagebonden en zijn we een goed voorbeeld voor onze kinderen. Denk je het eens in, Jaro!"

"Dat klinkt allemaal heel fijn. Wel, zullen we nog een fles wijn bestellen of wordt het misschien tijd dat we eens aan eten gaan denken?"

Jack Vance werd in 1916 geboren in een welgesteld Californisch gezin dat tegen het einde van zijn kindertijd moeilijke tijden doormaakte. Als jonge man probeerde hij een aantal onbevredigende baantjes uit alvorens aan de Universiteit van Californië in Berkeley mijnbouw-kunde, natuurkunde, journalistiek en Engels te gaan studeren. Hij ging van school toen de oorlog uitbrak en werd matroos op de koopvaardij. Later werkte hij als rolbrugmachinist, landmeter, keramist en timmer-man, voordat hij zich door het produceren van een gestage stroom aan SF, mysterieromans en korte verhalen als voltijds schrijver vestigde.

Hij was meer dan zestig jaar actief als schrijver, en voor zijn werk ontving hij onder andere drie *Hugo Awards*, een *Nebula Award*, een *World Fantasy Award* œuvreprijs, en een *Edgar* van de *Mystery Writers of America*. De *Science Fiction & Fantasy Writers of America* kroonden hem tot Grootmeester, en hij werd opgenomen in de roemruchte *Science Fiction Hall of Fame*.

In zijn werk overschreed Jack Vance vaak de grenzen van het genre: van weemoedige fantastiek (de zeer invloedrijke *Stervende Aarde* verhalen) tot interstellaire space opera (de vijfdelige *Duivelsprinsen* reeks), van heldhaftige fantasy (de *Lyonesse* trilogie) tot de mysterieuze moorden die een sheriff in landelijk Californië moet oplossen (de *Joe Bain* boeken).

Toen hij reeds op leeftijd was, vormde zich een internationale groep van Vance-fans die zich tot doel stelde om het complete œuvre van Vance in de oorspronkelijke staat te herstellen, daarbij tientallen jaren van redactionele ingrepen en ongewenste wijzigingen ongedaan makend. Dit resulteerde in de toonaangevende Engelse *Vance Integral Edition* die als 44 hardcover delen in een beperkte oplage verscheen.

In 2013, kort nadat hij zijn eerste jazz-album had opgenomen, overleed Jack Vance op 96-jarige leeftijd in het huis dat hij eigenhandig had gebouwd in de beboste heuvels buiten Oakland. In het jaar van zijn honderdste geboortedag begint Spatterlight met het uitgeven van een nieuwe Nederlandse editie. In 62 paperbacks verschijnen zowel alle Vance verhalen die al eerder zijn uitgegeven, alsook alle titels die nog niet eerder in het Nederlands verkrijgbaar waren.

Colofon

Dit boek is gezet uit 11,5 pt Adobe Arno Pro.

Deze uitgave kwam tot stand met de hulp van Wil Ceron,
Patrick van Efferen en Evert Jan de Groot.

Omslagontwerp: Howard Kistler

Typografisch ontwerp: Joel Anderson

Zetwerk: Joel Anderson

Management: John Vance, Koen Vyverman